KNAUR

HANNA CASPIAN

SCHLOSS LIEBENBERG

Hinter dem hellen Schein

Roman

KNAUR

Besuchen Sie uns im Internet:
www.knaur.de

Aus Verantwortung für die Umwelt hat sich die Verlagsgruppe Droemer Knaur zu einer nachhaltigen Buchproduktion verpflichtet. Der bewusste Umgang mit unseren Ressourcen, der Schutz unseres Klimas und der Natur gehören zu unseren obersten Unternehmenszielen. Gemeinsam mit unseren Partnern und Lieferanten setzen wir uns für eine klimaneutrale Buchproduktion ein, die den Erwerb von Klimazertifikaten zur Kompensation des CO_2-Ausstoßes einschließt. Weitere Informationen finden Sie unter: www.klimaneutralerverlag.de

FSC
www.fsc.org
MIX
Papier aus verantwortungsvollen Quellen
FSC® C014496

Eigenlizenz September 2022
Knaur Taschenbuch
Originalausgabe September 2022
Knaur Paperback

Ein Imprint der Verlagsgruppe
Droemer Knaur GmbH & Co. KG, München

Redaktion: Clarissa Czöppan
Covergestaltung: FAVORIT BÜRO, München
Coverabbildung: Collage von FAVORIT BÜRO unter Verwendung von Motiven von Shutterstock.com, Arcangel und Trevillion Images
Satz: Adobe InDesign im Verlag
Druck und Bindung: GGP Media GmbH, Pößneck
ISBN 978-3-426-52849-5

2 4 5 3 1

Diese Geschichte ist all den Menschen gewidmet,
die viel Arbeit und Leid auf sich genommen haben,
um ihren Nachkommen ein besseres Leben zu ermöglichen.
Aus diesem Grund wird die Geschichte auch rein aus der
Perspektive »der kleinen Leute«, der Dienstboten, erzählt.

Dienstboten

Adelheid Schaaf – Drittes Stubenmädchen
Hedda Pietsch – Zweites Stubenmädchen
Viktor Novak – Erster Diener
Constanze Maiwald – Gouvernante der Komtessen
Oswald Opitz – Haushofmeister, also Butler und höchster Diener
Diedrich Budde – Zweiter Diener
Henriette Reineke – Mamsell
Martha Petzold – Erstes Stubenmädchen
Lydia Keller – Erstes Hausmädchen
Gerda Altvater – Zweites Hausmädchen
Moritz Lüdke – Hausbursche
Hubertine Möckel – Köchin
Irene Böhme – Unterköchin
Liesel – Küchenmädchen
Anni – Spülmädchen
Leopold Theurich – Kammerdiener des Fürsten
Helena Grooten – Kammerzofe der Fürstin
Herr Hartwich – Kutscher / Chauffeur
Wolfram Neumann – Stallbursche
Ruth Mandelbaum – jüdische Witwe

Familienangehörige

Karl und Maria Schaaf – Eltern von Adelheid
Friedhelm (Friedel), Bernhard, Edeltraud, Gundula und Gunther – Geschwister von Adelheid
Justus und Anna Novak – Eltern von Viktor
Ricarda, Theodora und Leander – Viktors Geschwister

Historische Persönlichkeiten

Fürstin Augusta zu Eulenburg
Alexandrine, Augusta und Viktoria – Töchter des Fürstenpaares
Edmund Jaroljmek – Privatsekretär des Fürsten

Politische Figuren

Philipp Fürst zu Eulenburg und Hertefeld, Graf von Sandels – langjähriger bester Freund von Kaiser Wilhelm II.
General Kuno von Moltke – Stadtkommandant von Berlin, ehemaliger Flügeladjutant des Kaisers
Maximilian Harden – Journalist der Zeitschrift *Die Zukunft*
Bernhard von Bülow – amtierender Reichskanzler
Friedrich von Holstein – sogenannte »graue Eminenz« des Auswärtigen Amtes
Kaiser Wilhelm II. – letzter deutscher Kaiser

Kapitel 1

29. August 1906

Es war wie in einem Märchen. Wie sonst sollte sie hier in das Schloss gekommen sein? Und nicht nur ins Schloss, nein. Just in diesem Moment stieg Adelheid in die Räumlichkeiten der Fürstenfamilie hoch. Natürlich über die Hintertreppe. Dabei war selbst die Treppe der Dienerschaft noch zu gut für sie. Die abgewetzten Granitstufen waren blitzblank gescheuert. Hoffentlich brachte sie keinen Schmutz mit ins Schloss. Sie schämte sich, die Stufen mit ihren dreckigen Schuhen zu betreten. Aber mit Scham kannte sie sich aus. Scham war wie ein räudiger Hund, der ihr überallhin folgte, sobald sie ihre ärmliche Hütte verließ.

»Nicht trödeln!«, ermahnte sie Frau Reineke, die Mamsell des Schlosses.

Adelheid wagte einen Blick hoch. Die Furcht einflößende Frau lief ein ganzes Stück vor ihr. Tatsächlich hatte sie wohl einen Blick zu viel auf die herrschaftliche Umgebung riskiert. Sie beeilte sich aufzuholen. »Nein, natürlich nicht.«

»Wenn wir oben bei der Fürstin sind, sagst du nur etwas, wenn du gefragt wirst, verstanden?« Das schmale Gesicht der Mamsell wirkte verbittert, ihre Worte klangen harsch.

»Ja, selbstverständlich. Nur, wenn ich gefragt werde«, wiederholte sie laut.

Nun wäre sie fast gegen die Mamsell gelaufen. Die war auf der Treppe stehen geblieben. Ihr Schlüsselbund klirrte leise, so schnell hatte sie sich zu ihr umgedreht.

»Nein. Ich habe doch gesagt, nur antworten, wenn du etwas gefragt wirst. Du musst niemandem sagen, dass du eine Anweisung verstanden hast. Hier im Haus wird davon ausgegangen, dass du weißt, was du zu tun hast. Ist das klar?« Sie schaute sie prüfend an. Die schwarzen Haare zu einem strengen Dutt gebunden, ließen das schmale Gesicht noch härter wirken.

Adelheid schluckte. Sie hatte überhaupt keine Ahnung, wieso ausgerechnet sie gerufen worden war. Und sie hatte nur eine vage Vorstellung davon, was sie hier erwartete. Putzen, aufräumen, schleppen – so viel war ihr bewusst. Aber was genau man von ihr verlangen würde, das war ein Mysterium.

Ein Mysterium, das am letzten Sonntag angefangen hatte, nach der Frühmesse. Von einem Moment auf den anderen war ihr Leben umgekrempelt worden. Und das ihrer Familie gleich dazu. Seitdem gab es kein anderes Thema mehr: Adelheid, die Tochter eines schäbigen Tagelöhners, sollte im fürstlichen Schloss anfangen. Sie! In einem Schloss! In dem der Kaiser ein und aus ging!

In ihrem ganzen Leben hatte sie das Gebäude erst ein einziges Mal betreten. Mit ihrer Mutter zusammen, die damals über diesen Umstand genauso verschreckt gewesen war wie sie. Die Krämersfrau hatte der Mutter ein Päckchen Zucker gegeben, das eilig zum Schloss sollte. Draußen goss es wie aus Kübeln. Am Schloss angekommen, waren sie beide durchnässt. Aber was sollten sie machen? So verlängerte die Krämersfrau die Stundung ihrer Schulden noch mal. Also lohnte es sich. Und als die Hintertür aufging und ein Mädchen erschien, da bat man Adelheid und die Mutter kurz in den Flur. Damals konnte sie einen Blick ins Innere werfen. Was für eine Pracht schon unten in den Wirtschaftsräumen. Blitzblanke Steinfliesen, mit Farbe gestrichene Wände, schöne Stickereien als Bilder aufgehängt. Der Geruch nach deftigem Essen war ihnen entgegengeschlagen und hatte ihnen den Speichel im Mund zusammenlaufen lassen. In diesem Moment war das Schloss für Adelheid der Inbegriff für reichlich Essen, geheizte Räume und ordentlich bezahlte Arbeit geworden. Der Inbegriff eines Lebens, das rein gar nichts mit ihrem Leben zu tun hatte – weder damals noch heute. Und nun sollte ausgerechnet sie hier anfangen.

In der Sonntagsmesse – da war es passiert. Der Platz ihrer Familie war in der letzten Reihe. Schon während sie auf der harten Bank neben ihrer Mutter und ihren Geschwistern gesessen hatte, hatte Adelheid gespürt, wie jemand sie beobachtete. Und tatsächlich, als sie hochschaute, lag der durchdringende Blick der Fürstin auf ihr. Die fürstliche Familie saß erhöht in ihrer Patronatsloge und hatte so einen guten Blick auf alle Dorfbewohner. Adelheid schaute entgeistert weg. Es ziemte sich nicht, den Herrschaften offen ins Gesicht zu schauen. Doch kaum nach der Messe draußen, tauchte Mamsell Reineke bei ihrer Mutter auf und befahl ihr, dass Adelheid heute vorstellig werden solle – wegen einer Anstellung. Als was, wusste niemand. Aber das war egal. Hauptsache, sie würde hier anfangen können. Ein Maul weniger zu stopfen. Eine, die regelmäßig Geld nach Hause brachte. Beides kam den Eltern wie ein Wunder vor. Alle waren ganz aufgeregt, den ganzen Sonntag über und die nächsten zwei Tage. Über nichts anderes sprachen sie als über das Geld und welches Essen sie sich damit kaufen würden. Mit jedem Wunsch wuchs die Last, die auf Adelheids Schultern lag.

Die Mutter hatte ihr besonders lange die Haare gebürstet und dann geflochten und hochgesteckt. Adelheid hatte die Finger mit der Wurzelbürste geschrubbt, bis sie ganz rot gewesen waren. Gestern schon hatte sie ihre Schuhe mit Lampenruß poliert, damit sie wenigstens ein bisschen glänzten. Aber nun klebte wieder Schlamm daran. In der Nacht hatte es furchtbar gestürmt. Bäume waren umgeknickt, Zäune verweht worden. Der Weg ins Dorf und weiter zum Schloss war matschig. Noch immer nieselte es. Sie war extra vorsichtig gewesen, damit ihre Schuhe nicht dreckig wurden, aber es half nichts. Die dicksten Erdklumpen hatte sie abgestreift, aber auf dem billigen Pressleder stand ein brauner Rand. Und jetzt sollte sie auch noch der Fürstin vorgestellt werden.

»Wenn du überhaupt etwas sagen sollst, dann nur ›Sehr wohl, Euer Durchlaucht‹. Oder ›Euer Gnaden‹. Oder ›Eure fürstliche Hoheit‹. Aber besser ist es, wenn du gar nicht sprichst. Niemand hier will eine Unterhaltung mit dir führen. Haben wir uns verstanden?«, herrschte die Mamsell sie wieder an.

Adelheid nickte betroffen. Sie würde wohl noch viel lernen müssen. »Verstehe, Frau … ähm, Mamsell. Ähm …« Verdammt. Sie sollte doch nicht antworten.

Die Mamsell seufzte. »Keine Ahnung, warum ihre Wahl ausgerechnet auf dich gefallen ist.« Die Frau schüttelte ungläubig den Kopf, drehte sich um und ging die letzten paar Stufen hoch.

Adelheid folgte ihr. Als sie um die Ecke in die Eingangshalle trat, blendete sie goldenes Licht. Es war fast, als würde sie direkt in die Sonne schauen. Kurz war sie versucht, sich die Hand über die Augen zu halten. Das Sonnenlicht fiel durch das facettierte Fensterglas über dem Eingangsportal. Sie folgte der Mamsell weiter durch einen Flur, bis diese stehen blieb und mit gesenkter Stimme sprach.

»Also schön, hör gut zu. Ich will mich mit dir da drinnen nicht blamieren.«

Adelheid nickte aufmerksam.

»Ich gehe zuerst rein, kündige dich an. Und erst, wenn ich dich reinhole, kommst du.«

Adelheid zog den Kopf tiefer. Vor diesem Augenblick fürchtete sie sich seit Tagen. Es konnte nur ein Missverständnis sein, dass sie hier anfangen sollte. Sie konnte nichts. Sie hatte keinerlei Manieren. Sie war so arm, dass sie sich nicht einmal Arbeitskleidung leisten konnte. Natürlich würde sie sofort wieder weggeschickt. Aber das durfte nicht sein. Sie durfte ihre Eltern nicht enttäuschen. Sie durfte ihre Geschwister nicht enttäuschen. So sehr hofften alle auf ein anständiges Sonntagsmahl, mit Kartoffeln und Gemüse. Milch für die Kleinen. Und in ein paar Monaten vielleicht sogar Schuhe für die Geschwister, gebrauchte Schuhe, verstand sich. Adelheid würde tun, was immer sie tun musste, um zu bestehen. Wenn sie nur wüsste, für was sie eigentlich hier war. Ihr war mulmig zumute. Der Mund war trocken. Ihre Hände flatterten nervös. Sie musste einen guten Eindruck machen. Musste, musste, musste. Vater würde fürchterlich wütend werden, wenn das Glück, das schon zum Greifen nah erschien, ihnen wieder entfleuchte.

Die Mamsell warf ihr einen letzten scharfen Blick zu, dann öffnete sie vorsichtig die Tür und trat ein. Durch die einen Spalt offen stehende Tür hörte Adelheid, wie zwei Frauen miteinander sprachen. Sogleich erschien die Mamsell wieder und winkte ihr.

Beinahe versagten ihre Knie. Der Gedanke an die verdreckten nackten Füße ihrer Geschwister hielt sie aufrecht. Sie trat in einen großen Raum. Abgesehen von der Dorfkirche war sie noch nie in einem so großen und hohen Raum gewesen. Es war so hell. Strahlend hell. Nicht nur, dass das gleißende Sonnenlicht durch die großen, sauberen Fenster fiel. Es gab auch elektrisches Licht. Glasbirnen, die die Ecken des Raumes ausleuchteten. Und jedes Möbelstück war auf Hochglanz poliert und warf das Licht zurück. Sie kniff die Augen zusammen, musste sich erst einmal an die Lichterflut gewöhnen, und knickste höflich.

Adelheid spürte, wie die Mamsell von hinten drückte, und trat zwei Schritte vor. Ihre Hände verschränkt, blieb sie stehen und knickste wieder. Mit gesenktem Kopf blickte sie vorsichtig zur Seite. Regale an den Wänden, Tische und Stühle, Sessel und Sofas. Überall standen Dinge herum. Eine ältere Frau saß mit dem Rücken zu ihnen auf einem Polstersofa und winkte nun leicht.

Wieder spürte Adelheid die Hand auf ihrem Rücken, die sie leicht nach vorne drückte. Sie setzte sich in Bewegung, ging weiter, bis sie fast am Sofa war. Dann spürte sie das Signal am Arm, stehen zu bleiben. Ihr Blick fiel auf die schmutzigen Schuhe. Allein schon deswegen würde man sie bestimmt in hohem Bogen hinauswerfen.

»Das ist sie also«, sagte die Fürstin. Ein fremder Akzent lag in ihrer Stimme. Die hohe Dame kam nicht aus Deutschland, wie man im Dorf wusste.

Sie legte etwas beiseite, das Adelheid aus dem Augenwinkel als ein Journal erkannte, und stand etwas umständlich auf. Adelheid sah, wie die Frau zwei Schritte auf sie zukam. Ihren Blick hielt sie besser unterwürfig gesenkt.

»Wie heißt du?«

Sollte sie nun sprechen? Mit der Fürstin? Die Mamsell stupste sie von hinten an.

»Ich heiß Adelheid Schaaf.«

»Schau mich an, Adelheid. Ich tue dir doch nichts Böses.«

Es klang tatsächlich nicht böse, so, wie sie das sagte. Adelheid hob ihren Blick. Eine Frau mit hochgesteckten grauen Haaren und blaugrauen Augen. Ein herrschaftliches Gesicht, aber ein gutmütiges Lächeln. Das also war die Fürstin von Eulenburg und Hertefeld, Gräfin von Sandels, die Herrin von Schloss Liebenberg.

Adelheid wusste, dass alle glaubten, dass die Tochter eines Tagelöhners dreckig und hässlich sein musste. Schließlich hatte Gott sie gestraft für ihre Sünden – mit Armut und Hunger. Jemand wie die Fürstin dagegen stand in Gottes Gnade, weil sie offensichtlich ein gottgefälliges Leben führte. Die Plätze im Leben waren nicht zufällig verteilt, sie waren von Gott zugewiesen.

Die Fürstin starrte sie an, als würde sie in ihren Haaren etwas suchen. »Wirklich schöne Haare. So golden. Etwas ungepflegt, aber nun gut. Da können wir wohl am Anfang nichts Besseres erwarten.« Die Hand der hohen Dame ging in Richtung ihres Gesichts, berührte sie aber nicht. »Schau zur Seite, ja, so … Und nun zur anderen Seite … Tatsächlich, sehr apart. Mein Gatte hatte recht. Sie besitzt ein vollkommen ebenmäßiges Gesicht. Eine schlanke klassische Nase … Und selbst ihre Haut ist rein wie die eines Engels. Nicht zu glauben für so eine.« Sie schüttelte ungläubig den Kopf. »Und nun mach den Mund auf … Weiter … noch weiter«, forderte nun die hohe Dame.

Adelheid wusste nicht, was sie machen sollte. Sie öffnete ihren Mund ein wenig, dann etwas mehr.

»Herrgott, Kind. Ich will deine Zähne sehen. Zeig mir dein Gebiss.«

Erschrocken klappte Adelheid den Mund erst einmal wieder zu. Kurz klimperte sie mit den Wimpern. Den Mund auf, schnell. Die Zähne zeigen. Sie musste diese Prüfung bestehen.

»Zieh die Lippen hoch, sodass ich sie alle gut sehen kann.«

Adelheid zog ihre Lippen nach oben. Offensichtlich tat das seine Wirkung. Die Fürstin schaute sich ihre Zähne genau an und machte dann ein zufriedenes Gesicht. »Sehr schön. Sehr schön. Alle noch da ... Nun hauch mich an.«

Adelheid dachte gar nicht daran, wie unhöflich das war. Sie tat, wie man ihr befahl.

»Hm.« Nun trat die hochwohlgeborene Dame zurück. »Zeig deine Hände.«

Das kannte Adelheid noch aus der Schule – die Hände zeigen. Und wenn sie schmutzig waren, dann bekam man mit dem Rohrstock Schläge. Die Striemen sah man dann noch tagelang. Aber sie ging schon seit fünf Jahren nicht mehr in die Schule, seit sie dreizehn geworden war.

Die Fürstin packte ihre Hände, drehte sie, begutachtete sie. »Harte Arbeit scheint sie wenigstens zu kennen.«

Adelheid nickte leicht, blieb aber stumm.

»Sehr gut.« Nun drehte sich die Fürstin zur Mamsell. »Natürlich werden Sie ihr Zucht und Ordnung beibringen müssen. Wir können wohl kaum erwarten, dass sie davon Ahnung hat. Schrubben Sie sie ordentlich, Haare neu frisieren, kleiden Sie sie neu ein. Besorgen Sie ihr eine Zahnbürste. Sie wird das neue Stubenmädchen.«

Adelheid traute ihren Ohren nicht. Stubenmädchen, o nein! Das konnte nicht wahr sein. Das konnte sie doch gar nicht. Erst wurde man Hausmädchen, wenn überhaupt. Sie wäre schon froh gewesen, wenn sie die Gänse hätte hüten dürfen. Oder in der Küche das Gemüse putzen. Die Abortpfannen am Morgen leeren. Darauf hatte sie gehofft.

Und die Mamsell sah das wohl genauso. Laut sog sie die Luft ein, bevor sie etwas sagte: »Aber Euer Durchlaucht, das kann sie doch gar nicht. Sie hat keinerlei Erfahrung.«

»Dann bringen Sie es ihr eben bei. Das wird doch wohl nicht so schwierig sein.« Der Ton war schon harscher.

»Mit Verlaub, Eure fürstliche Hoheit, sie ist die Tochter eines Tagelöhners. Sie kennt keinerlei Manieren und keinen Anstand. Sie ist in keiner Weise erzogen. Bei all den hohen Herrschaften, die hier im Haus ein …«

Die Fürstin, schon auf dem Weg zum Sofa, schnitt ihr das Wort ab. »Mein Mann ist ein Feingeist. Ihm wird das hübsche Ding gefallen. Er umgibt sich gerne mit pläsierlichen Dingen. Gerade jetzt. In dieser unheiligen Zeit braucht der Fürst ein bisschen Schönheit um sich. Wenn hier jemand über den Flur huscht, dann soll er keinen hässlichen Bauerntrampel sehen.«

»Aber …«

Nun klang die Stimme der Fürstin verschnupft. »Ich dulde keinen Widerspruch. Und nun gehen Sie. Sie haben meine Geduld über Gebühr strapaziert.«

Die Mamsell nickte unterwürfig und ging rückwärts. Adelheid wollte nicht allein dort stehen bleiben und tat es ihr nach.

»Sehen Sie. Sie lernt schnell.« Damit griff die Fürstin nach dem Journal und setzte sich. Die Audienz war beendet. Mehr zu sich selbst als zu den beiden Dienstbotinnen murmelte sie: »Mein Mann hat in den letzten Monaten so viel Schmutz erleben müssen. Er braucht nun etwas Schönheit um sich.« Dann schloss sich die Tür.

Unheilige Zeit? So viel Schmutz erleben müssen? Während Adelheid sich noch fragte, was diese Bemerkungen der Fürstin zu bedeuten hatten, rauschte die Mamsell bereits durch die Halle zurück Richtung Hintertreppe. Adelheid folgte ihr auf dem Fuße. Unten im Souterrain angekommen, blieb die dunkelhaarige Frau stehen. »In meinen Raum«, befahl sie barsch.

Adelheid nickte und ging in die Richtung, die ihr gewiesen wurde. Schon als sie vorhin angekommen war, hatte es nach Essen geduftet. Ein fast unerträglich verführerischer Duft zog durch den Flur. Ihr leerer Magen kniff, als wollte er sie darauf aufmerksam machen, dass er heute noch nichts weiter bekommen hatte als ein bisschen dünne Mehlsuppe.

»Da links«, herrschte die Mamsell sie an.

Adelheid trat durch eine Tür in den Raum, der im Dunkeln lag. Die Mamsell drehte an einem weißen Schalter aus Porzellan, und elektrisches Licht ging an. Wäre sie nicht so nervös gewesen, hätte Adelheid bewundert, wie fortschrittlich hier alles war. Aber ihre Nerven waren zum Zerreißen gespannt. Es war nicht zu übersehen, dass die Mamsell wütend war. Auf sie? Sie hatte doch gar nichts gemacht. Starr blieb sie stehen, die Hände hinter ihrem Rücken, und schaute die Mamsell an. Doch die blieb stumm.

Adelheid verknotete ihre Finger. Stubenmädchen, das konnte gar nicht wahr sein. Man brauchte Jahre, um ein Stubenmädchen zu werden. Die Arbeit als Haus- oder Stubenmädchen war ein großes Thema gewesen in der Schule. Die meisten Mädchen aus dem Dorf gingen in Stellung, zumindest, bevor sie irgendwann heirateten. Man fing ganz unten an, als Hilfe für alles. Wenn man sich geschickt anstellte, dann wurde man ein oder zwei Jahre später Hausmädchen. Eine von den Dienstbotinnen, die die dreckige Arbeit erledigten. Die nächste Stufe war als Stubenmädchen, was bedeutete, keine Putzlappen auswringen, nicht mehr feucht durchwischen, nichts, wobei man sich die Hände schmutzig machen musste. Denn nur mit sauberen Händen durfte man die Vasen abstauben, die Betten beziehen und die Kleider weghängen.

Adelheid konnte das gar nicht glauben. Sicher würde die Mamsell nun beschließen, dass sie kein Stubenmädchen sein durfte. Andererseits konnte sie sich doch nicht gegen den ausgesprochenen Willen der Fürstin stellen. Was würde also nun passieren? Solange sie nur hier arbeiten durfte, war es Adelheid völlig egal.

Mamsell Reineke blickte an Adelheid hoch und runter, schüttelte ungläubig den Kopf, starrte auf die Arbeitsplatte ihres Tisches, schüttelte wieder ungläubig den Kopf. »Sauberkeit, Anstand und Tugend, Zucht und Ordnung – davon hat doch so eine wie du gar keinen Schimmer.« Ihr scharfer Blick durchbohrte sie nun regelrecht.

Adelheid wagte es nicht, ihr zu widersprechen.

Endlich schien die Mamsell sich zu einer Entscheidung durchgerungen zu haben. »Kind, du glaubst vielleicht, du hast Glück. Aber es kommt eine schwere Zeit auf dich zu. Eine sehr schwere. Und lass dir eines gesagt sein: Wenn du nicht sehr rasch alles lernst, was du können musst, dann stehst du schneller wieder draußen im Staub, als dir lieb ist.« Sie legte ihre Hände flach auf die Platte und stützte sich hoch. »Nun denn. Wenn es der ausdrückliche Wunsch des Fürsten ist, wollen wir den Worten der Fürstin mal Folge leisten.«

* * *

Adelheid hätte überschäumen können vor Glück. Feine Kleider, so fein, wie sie sie noch nie zuvor getragen hatte. Die dunkelblaue Bluse und der gleichfarbige Rock waren, obwohl nicht neu, alles andere als abgetragen. Die blütenweiße Spitzenschürze und das dazu passende Häubchen waren eleganter als alles, was Adelheid je am Leib gehabt hatte.

Die Mamsell wies ihr ein Bett in einer Kammer oben unter dem Dach zu, wo sie ihre Sachen unterbringen konnte. Adelheid hätte laut auflachen wollen. Sie hatte keine Sachen, rein gar nichts. Und hier bekam sie ihr eigenes Bett, nur für sich alleine. Niemand, der sie nachts anstieß. Niemand, dessen Schweiß sie im Sommer direkt in der Nase hatte. Keine eiskalten kleinen Füße, die im Winter ihre Wärme stahlen. Und sogar richtige Bettwäsche. Sie hatte noch nie im Leben in Bettwäsche geschlafen. Bei ihnen wurde ein Laken über die Matratze aus Stroh geworfen, und es gab Wolldecken zum Zudecken. Überhaupt, eine eigene Kammer! Für sie, die Tochter eines Tagelöhners. Demütig ließ sie sich alles zeigen, nickte nur stumm und sprach so wenig wie möglich.

Endlich brachte die Mamsell sie in die Stiefelstube, wo sie ihre Schuhe vom Schlamm reinigen sollte, und ließ sie allein.

Unheilige Zeiten. Der Fürst hat so viel Schmutz erleben müssen, hatte die Fürstin gesagt. Und dann nahm man ausgerechnet sie, die aus dem Dreck, aus dem Schmutz einer Tagelöhnerhütte kam? Hatte die Fürstin sich vertan? Nein, sie hatte sie doch selbst gesehen. Was für Schmutz der Fürst wohl hatte erleben müssen? Was war ihm zugestoßen, wenn das Bedürfnis nach Schönheit und Reinheit so groß war, dass es erstens als Grund für ihre Einstellung reichte und zweitens sogar so bedeutend war, dass es das Übergehen der normalen Rangordnung zur Folge hatte?

Die Tür ging auf, gerade als Adelheid mit den Schuhen fertig war. Die Mamsell trat ein.

»Etwas Wichtiges, was Sie sofort lernen sollten: Die Stubenmädchen werden gesiezt, die Küchen- und Hausmädchen geduzt. Ich werde Sie also ab sofort Fräulein Schaaf nennen.«

Adelheid machte große Augen.

»Hier, eine Zahnbürste. Sie ist noch so gut wie neu. Und ein Handtuch. Die Handtücher werden jede Woche gewechselt. Reinlichkeit und Sittlichkeit gehen Hand in Hand. Und beides ist oberstes Gesetz hier im Haus. Es stimmt, was die Fürstin gesagt hat. Wenn der Fürst etwas verabscheut, dann ist es Schmutz, oder unfeine Gerüche. Sie werden nun mitverantwortlich dafür sein, dass alles hier im Schloss und den dazugehörigen Gebäuden absolut sauber ist. Das schließt Ihre Person mit ein.« Mit diesen Worten streckte sie ihr das Handtuch und die Zahnbürste hin. Man merkte, wie es ihr gegen den Strich ging, Adelheid zu siezen.

Beklommen nahm sie die Sachen an sich. Eine richtige Zahnbürste hatte sie noch nie besessen. So einen Luxus konnten sie sich nicht leisten.

»Sie putzen sich morgens und abends die Zähne. Und jeden Morgen bürsten Sie sich die Haare und stecken sie fest. Sie könnten sich auch eine etwas elegantere Frisur zulegen. Ich sag Fräulein Pietsch Bescheid. Die ist in solchen Dingen ganz geschickt.« Wieder lief ihr skeptischer Blick über Adelheid. »Kein Wunder, dass der Fürstin Ihre Haare aufgefallen sind. So golden. Und wenn sie erst einmal mit richtiger Seife gewaschen werden, dann schimmern sie bestimmt auch. Sie haben ein ganz apartes Gesicht. Nun, ich denke, falls Sie Ihre Aufgaben beherrschen und Sie mit den anderen zurechtkommen, könnte es Ihnen hier gut ergehen.« Es klang jedoch ungläubig.

»Ich lern schnell«, sagte Adelheid eilig. Das stimmte. Der Dorflehrer war immer ganz verblüfft gewesen, wie einfach sie den Stoff, den sie verpasst hatte, aufholen konnte. Und wie schnell sie auch schwierige Dinge begriff.

»Das will ich hoffen. Wir sind nicht irgendein Landgut. Ich nehme an, Sie wissen, wer auf Schloss Liebenberg logiert?«

Adelheid nickte, merkte dann aber, dass eine Antwort verlangt wurde. »Unser Kaiser. Und andere.« Natürlich sah man die nur in einer Kutsche das Dorf durchqueren.

»Seine Majestät und Mitglieder der kaiserlichen Familie. Und andere bedeutsame hohe Herrschaften«, erklärte die Mamsell mit Nachdruck. »Gewöhnen Sie sich ganz schnell an, in vollständigen Sätzen zu sprechen. Nicht so abgehacktes Zeug.« Sie schüttelte verständnislos ihren Kopf. »Ich hoffe, Ihnen ist bewusst, was das bedeutet. Eine Tätigkeit im fürstlichen Schloss stellt die höchsten Anforderungen an alle. Es gibt Unmengen an Regeln. Die wichtigste gebe ich Ihnen direkt mit auf den Weg: Seien Sie unsichtbar. Das gilt immer. Aber das gilt besonders, wenn der Kaiser zu Besuch weilt. Niemand will ein Dienstmädchen sehen müssen, nicht einmal ein so nett anzusehendes wie Sie. Erledigen Sie Ihre Aufgaben gewissenhaft, aber seien Sie dabei unsichtbar. Das ist hier im Haus die größte Tugend.«

Adelheid nickte, als hätte sie verstanden. Was aber nicht so war. Wie sollte sie arbeiten und gleichzeitig nicht sichtbar sein? Vor allem: Warum wollte der Fürst ausgerechnet sie, wenn sie doch gar nicht zu sehen sein sollte?

Die Tür zur Stiefelstube ging auf. Ein älterer Mann kam herein. Seine Gesichtshaut war rötlich, sein Blick mürrisch. Über seinen braunen Augen türmten sich buschige Augenbrauen. Was dort zu viel war, fehlte ihm am Haupthaar. Rotbraune Haare umkränzten einen quadratischen Schädel. Er betrachtete sie, als wären sie auf dem Pferdemarkt.

»Das ist sie also?« Seine auffälligen Augenbrauen waren ungläubig hochgezogen. Sein Atem roch leicht nach Veilchen. Er stand viel zu dicht vor ihr. Es musste der oberste Diener sein, vermutete Adelheid. Jemand, der noch über der Mamsell stand.

Die Mamsell seufzte. »Ja. So sieht es aus. Wir können nur das Beste daraus machen.«

»Wie alt bist du?«, blaffte er Adelheid nun an.

»Achtzehn, mein Herr«, sagte sie schnell.

»Und du hast noch in keinem Haus gearbeitet?« Er duzte sie. Noch schien er nicht davon überzeugt, dass sie hier als Stubenmädchen anfing.

Vor lauter Angst machte sie schnell einen Knicks. »Nein, noch nie. Aber ich kann hart arbeiten.«

»Das werden wir ja sehen. Die Tochter eines Tagelöhners, pfft … Außerdem reicht es hier nicht, hart zu arbeiten. Man muss sich benehmen können. Man muss vieles wissen, von dem du gar keine Ahnung hast. Was glaubst du zum Beispiel, wie man den Kaiser anredet?«

Der Mann hatte einen hinterhältigen Gesichtsausdruck. Adelheid hatte sofort das Gefühl, dass die Frage eine Falle war. Hatte die Mamsell nicht gerade erst erklärt, dass sie niemanden anzusprechen habe? Und am besten unsichtbar sei? Wenn sie sich an diese Regeln hielt, dann sollte sie niemals in diese Situation kommen.

»Ich denke, ich sollte unbedingt vermeiden, dass der Kaiser mich überhaupt sieht. Und nur für den Fall, dass er mich doch entdecken und mich ansprechen würde, nur dann dürfte ich antworten. Wie dann die korrekte Anrede wäre, lerne ich hoffentlich sehr bald.« Oje, waren alle Sätze vollständig und ausreichend höflich gewesen?

Verblüffung stand in den beiden Gesichtern.

»Gescheiter, als man meinen sollte«, sagte die Mamsell laut.

»Na gut, versuchen wir es«, sagte der Mann nun. Er schaute Adelheid noch einmal eindringlich an. »Machen Sie uns keinen Ärger. Und machen Sie uns keine Schande.« Er nickte der Mamsell zu und ging hinaus. Jetzt siezte er sie. Das musste bedeuten, sie durfte als Stubenmädchen anfangen.

Unschlüssig stand die Mamsell vor ihr. »Denken Sie immer daran: An der Sauberkeit des Körpers erkennt man die Sauberkeit der Seele. Reinlichkeit ist deshalb das höchste Gebot.«

Die wichtigste Regel: Sei unsichtbar. Das höchste Gebot: Sei reinlich. Dazu harte Arbeit. Das sollte sie doch wohl hinbekommen, dachte Adelheid hoffnungsvoll.

»Es gibt bald Essen. Ich werde Sie vorstellen, dann wird gegessen. Danach werden Sie mit Fräulein Petzold und Fräulein Pietsch, den beiden oberen Stubenmädchen, mitgehen … Vergessen Sie eines nie: Jeder Fehler, den Sie machen, fällt auf die gesamte Dienerschaft zurück.« Wie sie es sagte, klang es resigniert. Als glaubte sie nicht, dass Adelheid auch nur eine Woche hier überleben würde. »Was Sie vermutlich nicht wissen: Wir werden nun ein Gesindebuch für Sie ausstellen lassen, von der Polizei. Herr Opitz, den Sie gerade kennengelernt haben, nimmt es dann in seine Obhut. Wenn Sie Ihren Dienst hier verlassen, bekommen Sie es ausgehändigt.«

Adelheid machte große Augen. Ein Gesindebuch, famos! Das war fast wie ein Militär-Pass oder eine Passkarte. Damit war sie endlich wer. Niemand aus ihrer Familie hatte einen Ausweis. Sie nickte erfreut.

Mamsell Reineke drehte sich um und ging zur Tür. »Ich schlage jetzt den Gong zum Mittagessen. Sie warten vor der Leutestube, bis ich Sie hole.«

Laut, mit einem nachhallenden, dunklen Ton erklang der Gong. Es duftete die ganze Zeit schon herrlich. Essen, sie würde nun Essen bekommen. Vier Mal am Tag, so hatte es die Mamsell erzählt – Frühstück, ein Mittagsessen, den Nachmittagstee oder

Kaffee mit etwas Gebäck und das Abendessen. Gebäck. Ha, ihre Eltern würden es ihr kaum glauben.

Geduldig wartete Adelheid auf dem Flur. Links lagen mehrere Küchenräume, rechts ein Raum, in dem ein sehr langer Tisch stand. Bestimmt hätten an die zwanzig oder mehr Menschen daran Platz. Adelheid blieb draußen stehen, so wie die Mamsell es gesagt hatte, und blickte hinein. Durch eine Zwischentür wurden von einem der Küchenmädchen zwei Körbe mit geschnittenem Brot hineingetragen. Ein anderes Mädchen trug zwei Blechkannen. Schmalz und Butter standen bereits auf dem Tisch. Echte goldgelbe Butter, wie Adelheid nun sah.

Zwei Frauen eilten an ihr vorbei und setzten sich. Sie sahen zu ihr hinüber und tuschelten. Adelheid war so etwas gewohnt. Und doch machte es sie nervös. Was sagten sie? Etwas Böses? Hoffentlich nur etwas Mitleidiges. Adelheid kannte nur Befehle, bösen Hohn oder Mitleid. Mehr gab es nicht in ihrem Leben. Außer von ihren Geschwistern. Da gab es auch Lachen und Freude und Lob.

Die beiden Tuschelnden trugen jede eine weiße Spitzenschürze und ein weißes Spitzenhäubchen. Das mussten die Stubenmädchen sein. Mit ihnen würde sie nun also zusammenarbeiten. Mit ihnen musste sie sich besonders gut stellen. Adelheid wusste, dass sie sich natürlich mit jedem Einzelnen hier im Haus gut stellen sollte. Freundlich sein, zurückhaltend, lernbegierig, fleißig und gründlich. Dann sollte es doch wohl klappen.

Den beiden schräg gegenüber saßen schon zwei Frauen, eine Aschblonde und eine Braunhaarige. Sie schienen etwas jünger als die Stubenmädchen und trugen weiße Schürzen ohne Spitze und kein Häubchen – die Hausmädchen. Adelheid, deren Blick bisher nur dem Essen gegolten hatte, merkte jetzt, wie giftig die Blicke der beiden Hausmädchen waren. Sie schluckte. Natürlich, die zwei waren in der Hierarchie übergangen worden. Sicher waren sie enttäuscht.

Hinter diese beiden setzte sich eine der jungen Frauen, die das Essen gebracht hatten. Ein sehr junges pausbäckiges Mädchen, jünger als Adelheid selbst, saß noch weiter hinten. Gegenüber saß ein junger Bursche mit einem schwarzen Lockenkopf. Jetzt erkannte Adelheid ihn. Moritz Lüdke hieß er. Er war mit ihr zusammen zur Schule gegangen. Zwar war er drei Jahre jünger, aber in der Volksschule gab es nur eine Klasse, in der alle Schüler saßen. Er hatte dieses Jahr als Hausbursche im Schloss angefangen. Stumm nickten sie sich zu.

Vorne, auf der der Tür zugewandten Seite, saß eine rotblonde ältere Dame, die Köchin, vermutete Adelheid. Ihr Blick war eher mitleidig und doch auch neugierig. Alle am Tisch blickten mehr oder weniger unverhohlen zu ihr, nur Herr Opitz nicht. Der thronte am Kopf der Tafel, direkt am Eingang, mit dem Rücken zu ihr.

Adelheid schluckte und war mehr als froh, als die Mamsell zu ihr kam.

»Sitzen schon alle?«, fragte diese und blickte in den Raum. »Die Diener fehlen noch. Gut, gut. Also dann.« Sie schob Adelheid ein Stück in den Raum hinein und nickte Herrn Opitz zu. »Wie bestimmt schon alle mitbekommen haben, haben wir ein neues Stubenmädchen.« Nach dem letzten Wort hob ein Getuschel an. Die Mamsell sprach lauter. »Es ist der ausdrückliche Wunsch unserer fürstlichen Hoheiten.«

Doch von der Mitte der Tafel hörte man leises Zischeln. Opitz schlug krachend mit der Faust auf den Tisch. »Wir haben das hier nicht zu diskutieren.«

Eins der Hausmädchen, das mit den aschblonden Haaren, stand auf und nickte ergeben. »Ein neues Stubenmädchen? Das kann gar nicht sein. Mir wurde versprochen, wenn ich …«

Wieder krachte die Faust des Hausdieners auf den Tisch. »Keine Widerrede! Setz dich!«

Die junge Frau sah aus, als wollte sie noch etwas sagen, ließ sich aber zurück auf den Stuhl plumpsen. Ihr giftiger Blick traf Adelheid. Die schluckte. Dieses Hausmädchen war mehr als enttäuscht. Sie hatte hier eine Feindin, das begriff Adelheid sofort.

Auch das Hausmädchen neben ihr sah sie böse an. In dem *Du glaubst vielleicht, du hast Glück* der Mamsell lag vielleicht mehr Bedeutung, als sie zunächst gedacht hatte.

»So, Sie setzen sich da hin.« Die Mamsell deutete auf einen leeren Stuhl. Er stand fast genau gegenüber dem wütenden Hausmädchen.

Adelheid nickte und ging um den Tisch herum. Das zweite Küchenmädchen brachte einen großen Topf und stellte ihn auf den Tisch. Die Mamsell setzte sich gerade, als sie noch Schritte hörten.

»Da sind Sie ja endlich«, sagte die Köchin. Sie stand auf, griff nach einer Kelle und ließ sich die Teller reichen.

Zwei junge Männer kamen herein und setzten sich. Nun war es an Adelheid zu starren. Ihr Herz pochte plötzlich heftig. Die beiden jungen Männer nickten Opitz und der Mamsell zu und nahmen weiter keine Notiz von den anderen. Der eine hatte braune, mit viel Brillantine nach hinten gekämmte Haare und einen gezwirbelten Schnauzbart wie der Kaiser. Bevor er sich setzte, schlug er kurz die Hacken aneinander, als wären sie hier beim Kommiss.

Den anderen kannte Adelheid. Hellbraune, fast blonde Haare, die wellig am Kopf lagen. Seine Augen waren von einem tiefen Grün. Er wirkte ernst, aber auch sehr vornehm. Zwei Mal schon hatte sie ihn im Dorf gesehen. Das erste Mal war sie so fasziniert gewesen, dass sie ihn wie hypnotisiert angestarrt hatte. Das zweite Mal war sie einfach nur glücklich gewesen, weil ihr klar geworden war, dass er hier in der Nähe leben musste. Und nun das: Er arbeitete hier! Es *war* wie im Märchen – das Schloss, das viele Essen, neue Kleider und nun der Märchenprinz. Er zog den Stuhl zurück und setzte sich elegant und geräuschlos.

Verschämt schaute Adelheid in seine Richtung. Sie nahm nichts anderes mehr wahr. Der Hausbursche hinter ihr stieß sie mit seinem leeren Teller an, den sie durchreichen sollte.

»Entschuldigung«, murmelte sie und reichte seinen Teller nach vorne. Und dann ihren auch und noch einen weiteren.

Als alle Teller gefüllt und zurückgereicht waren, wurde es still am Tisch. Alle beteten, allerdings anders als bei Adelheid zu Hause leise für sich. Auch Adelheid saß mit verschränkten Händen vor der herrlich duftenden sämigen Graupensuppe. Sie konnte es kaum erwarten. Ihr Magen knurrte leise.

Dann sagte der oberste Hausdiener »Amen«. Ohne Umschweife griffen alle zu den Löffeln und fingen an zu essen.

Adelheid nahm einen Löffel, dann schnell einen zweiten und dritten. Es schmeckte köstlich. Herrje, da waren sogar kleine Speckstückchen drin. Sie konnte sich kaum erinnern, wann sie das letzte Mal Fleisch oder Wurst gegessen hatte. Gelegentlich kam ein Fisch auf den Tisch, den Vater nachts heimlich aus den fürstlichen Seen geangelt hatte.

Nach den ersten Löffeln griffen die Ersten zu den Brotscheiben und gaben Butter oder Schmalz darauf. Moritz Lüdke griff sich eine Schnitte, sah kurz zu Adelheid, packte dann den Korb und hielt ihn ihr hin.

»Danke.« Sie griff zu.

Das Tellerchen mit dem goldgelben Fett stand direkt vor ihr. Sie strich sich die Butter auf das herrlich duftende Brot. Es war frisch, bestimmt keinen Tag alt. So etwas kannte sie nicht. Die Mutter kaufte immer Brot, das vom Vortag übrig war. Das war billiger. Adelheid biss hinein. Butter. Echte Butter. Sie erinnerte sich, dass Vater im letzten Sommer für mehrere Wochen eine gute Arbeit gehabt hatte. Da hatte es einmal echte Butter gegeben. Sie stopfte sich die Bissen einen nach dem anderen in den Mund. Als sie merkte, dass sie ungebührlich schlang, hielt sie inne und ließ ihren Blick über den Tisch schweifen.

Adelheid beobachtete, wie der blonde Diener ganz akkurat Schmalz auf seinem Brot verstrich. Dann nahm er den Salzstreuer und gab etwas drauf. Die Brotscheibe in der einen Hand, den Löffel in der anderen, aß er weiter. Abwechselnd biss er ins Brot und nahm einen Löffel. Adelheid war fasziniert. Er machte das alles mit einer Eleganz, die sie nicht kannte. So benahm man sich also bei Tisch. Sie nahm den Rest ihrer Schnitte in die eine Hand, den Löffel in die andere und aß genauso, wie er es tat.

Noch immer konnte sie es kaum glauben. Vier Mahlzeiten am Tag, schöne Kleider, eine eigene Kammer, jede Woche Lohn und nun auch noch der Mann, von dem sie bisher nur in ihren Träumen geschwärmt hatte. Adelheid konnte nicht anders, sie strahlte.

»Oh, da ist unser neues Stubenmädchen kaum einen halben Tag hier, und schon hat sie sich in Herrn Novak verguckt«, sagte das aschblonde Hausmädchen leise. Aber nicht leise genug. Alle am Tisch hatten es gehört.

Sofort senkte Adelheid ihren Kopf. Oje. Alle starrten sie an. Nein, so durfte sie hier nicht anfangen. Sie blickte hoch, versuchte, so zu erscheinen, als wäre nichts. Doch sie merkte, wie ihr die Röte ins Gesicht schoss. Und sie sah, wie er sie anblickte, regungslos, ja, fast gelangweilt. Dann schaute er wieder auf seinen Teller. Sie interessierte ihn nicht. Es interessierte ihn nicht einmal, dass ein neues Stubenmädchen angefangen hatte. Ihn, Herrn Novak.

»Sie beobachtet nur, wie sich alle verhalten. Sie möchte sich sicherlich mit den Gepflogenheiten vertraut machen. Daran ist nichts auszusetzen«, sagte die Mamsell bestimmt und beendete jedes weitere Gerede.

Adelheid nickte dankbar. Niemand glaubte, dass sie ein Stubenmädchen war, oder sein könnte. Sie selbst glaubte es nicht. Aber das war einerlei. Sie musste eins sein, ein perfektes Stubenmädchen. Nur das zählte. Sie senkte den Kopf und aß. Aß ihren Teller auf und dann noch ein Stück Brot mit Butter. Hinter all dem schönen Schein lauerte etwas. Sie wusste noch nicht, was sie alles zu erwarten hatte, aber Neid, Boshaftigkeit und Missgunst waren auf jeden Fall darunter.

Mit Boshaftigkeit war sie vertraut. Aber niemals im Leben hatte sie Neid oder Missgunst erlebt. Wer würde einem Mädchen wie ihr schon etwas neiden? Da gab es nichts. Sie war ein Niemand, und sie hatte nichts. Nichts außer ihrem Verstand. Doch wenn sie etwas gut konnte, dann lernen. Und hier lernte sie besser schnell.

Solange würde sie einfach das nachahmen, was sie bei den anderen sah. Darin war sie großartig.

Der Preis für ein Leben im Märchen würde höher sein als nur harte Arbeit. Trotzdem, reichlich Essen und regelmäßiger Lohn für die Eltern. Sie würde sich diese außerordentliche Gelegenheit nicht streitig machen lassen – nicht von einem einfachen Hausmädchen.

29. August 1906

»Bringen Sie ihr bei, was immer sie wissen muss. Einfach alles. Und was vor allem für die ersten Tage zählt: Sie soll um Gottes willen niemandem vor die Füße laufen. Das Letzte, was ich will, ist ein Mädchen, das kopflos durchs Schloss irrt und die Herrschaften stört.«

Martha Petzold, das oberste Stubenmädchen, nickte gehorsam. Hedda ebenso. Adelheid Schaaf stand mit verschränkten Händen neben ihr. Verschüchtert starrte sie auf ihre Schuhspitzen und sagte nichts. Die Ärmste. Noch bevor sie oben der Fürstin vorgestellt worden war, hatten schon alle gewusst, dass sie die Tochter eines hiesigen Tagelöhners war. Das an sich war schon ungewöhnlich. Normalerweise durften nur die Sprösslinge von Familien ohne jeden Tadel in Dienst bei den Herrschaften gehen. Tagelöhner, das wusste man doch, dass die faul waren. Und dreckig. Und keinen Anstand kannten. Sonst wären sie doch nicht dort unten gelandet.

Nach dem Essen hatte die Mamsell alle drei in ihren Raum beordert und ihnen erklärt, dass es der ausdrückliche Wunsch des Fürsten und der Fürstin sei, dass das Mädchen hier arbeite. Und direkt als Stubenmädchen anfing. Hedda hatte wieder freundlich genickt. Aber gedacht hatte sie vermutlich das Gleiche wie Martha: Das konnte nur schiefgehen.

Natürlich hatte Lydia darauf gehofft, und offensichtlich war ihr das auch versprochen worden, dass sie als Stubenmädchen nachrücken werde, sobald einen Ersatz für Lisbeth gefunden sei. Lisbeth, das dritte Stubenmädchen, war vorletzte Woche überraschend zurück zu ihren Eltern gegangen, um dort ihre kranke Mutter zu pflegen. Also hatte die Mamsell nach einem neuen Hausmädchen gesucht. Sobald das gefunden war, hatte Lydia endlich zum Stubenmädchen aufsteigen und Gerda Altvater als oberstes Hausmädchen nachrücken sollen.

Alle Hausmädchen wünschten sich, Stubenmädchen zu werden. Man konnte eine halbe Stunde länger schlafen, bekam mehr Wochenlohn und musste auch keine stinkenden Nachttöpfe mehr schleppen. Adelheid Schaaf standen schwere Zeiten bevor. Sie hatte sich Lydia Keller zur Feindin gemacht.

»Nach dem Abendessen soll sie auf ihrer Kammer die Dienstkleidung enger nähen.« Nun wandte sich die Mamsell an die Neue. »Aber nicht zu eng. Ich wette, ein paar Wochen hier bei guter, regelmäßiger Nahrung, und Sie werden etwas zunehmen … Hier ist ein Tütchen Kampferkreide zum Zähneputzen. Sie bekommen jeden Monat eines, also teilen Sie es sich gut ein.« Mamsell Reineke schob es Adelheid Schaaf über den Tisch und blickte nun alle drei an. »Das wäre dann alles.«

Hedda nickte wieder und drehte sich um. Adelheid Schaaf folgte ihr nach draußen, genau wie Martha, die sich nun an die Neue wandte.

»Für Sie bin ich Fräulein Petzold. Ich bin das oberste Stubenmädchen. Das ist die Rangfolge. Die Mamsell sagt uns, was wir tun sollen. Ich sage, in welcher Reihenfolge oder wer was genau tut. Und dann tun wir es.«

Adelheid Schaaf nickte. »Sehr wohl, Fräulein Petzold.«

Martha ging voran, stracks die Hintertreppe hoch. »Hedda, erklär ihr schon mal was, während wir hochgehen.«

Marthas Drang zu Höherem schlug gelegentlich ins Gegenteil um. Nur allzu gerne erteilte sie die Befehle, die sie gerade erhalten hatte, und arbeitete dann nicht selbst. Etwas, was Hedda zunehmend ärgerte, denn an ihr blieb dann alles hängen. Ein Grund mehr, warum sie Adelheid Schaaf gut anleiten sollte. Dann wäre da noch jemand, mit dem sie sich die Arbeit teilen konnte.

»Heute beziehen wir die Betten der Herrschaften frisch. Das machen wir jede Woche. Jeden Tag ist ein anderes Zimmer dran. Es gibt einen Plan, nach dem wir regelmäßig alles abarbeiten«, erklärte Hedda, während sie die Dienstbotentreppe hochgingen. Adelheid folgte ihr stumm.

»Aber natürlich müssen wir immer schauen, ob gerade irgendwo Dreck liegt, es unaufgeräumt ist oder etwas sauber zu machen ist. Die Mamsell kontrolliert jedes Zimmer mehrmals am Tag und sagt uns dann Bescheid. Also besteht unsere Arbeit aus dem, was geplant ist, und dem, was dazukommt. Verstanden?«

»Sehr wohl.«

Hedda konnte sich ein Grinsen nicht verkneifen. »*Jawohl* reicht bei uns. *Sehr wohl* ist zu vornehm. Das sagen Sie bei den Herrschaften, wenn jemand Ihnen etwas aufgibt.«

»Jawohl«, kam sofort als Antwort.

»Ruhe jetzt!«, entgegnete Martha.

Sie blieben alle auf dem zweiten Absatz der Hintertreppe stehen. Die Komtessen liefen gerade schwatzend auf dem Flur Richtung Haupttreppe. Alexandrine, Augusta und Viktoria – das waren die drei Töchter des Fürstenpaares. Sie hatten auch noch drei Söhne, die alle in anderen Städten studierten.

Fräulein Maiwald, die Gouvernante der Komtessen, blieb stehen. Offensichtlich hatte sie gesehen, dass die Dienstbotinnen darauf warteten, dass der Flur sich leerte.

»Fräulein Petzold?«

Martha trat auf den Flur.

»Geben Sie bitte unten Bescheid. Die jungen Damen hätte gerne schon jetzt ihren Nachmittagstee«, sagte Fräulein Maiwald.

»Ich hätte gerne eine heiße Schokolade statt Tee«, rief Viktoria, die jüngste der Fürstentöchter.

»Sehr wohl, Euer fürstliche Hoheit«, ereiferte sich Martha.

Hedda verdrehte die Augen. Klar, dass Martha sich wieder einschleimte. Die Komtessen waren keine fürstlichen Hoheiten, ließen sich aber gerne so ansprechen. Martha versuchte eben immer, sich bei der Familie einzuschmeicheln. Marthas heimlicher Traum war, Kammerzofe zu werden. Da war die Arbeit weniger beschwerlich. Sie würde mit auf Reisen gehen, in Schönheitssalons und zur Couture, wenn für neue Kleider Maß genommen wurde. Die Arbeitszeiten waren zwar immer noch lang, aber es war so gut wie keine körperlich anstrengende Arbeit mehr zu verrichten. Nach den Einkäufen musste man manchmal die Pakete tragen, aber meistens wurde der Einkauf ohnehin geliefert. In Zügen und Hotels musste man natürlich alles herrichten und jederzeit zur Verfügung stehen. Aber man kam rum. Und man verdiente wirklich gut. Zudem konnte man danach Mamsell werden. Nun gut. Sollte Martha doch rennen, wenn die Töchter klingelten.

»Soll ich schnell runtergehen wegen dem Tee und der Schokolade?«, bot Hedda an.

»Ja, mach das.« Martha ging weiter in Richtung Gemächer.

Hedda drehte sich um und lief die Hintertreppe wieder runter. Sie hatte noch keine halbe Treppe geschafft, da kam ihr Herr Opitz entgegen. Mitten auf der Treppe blieb er stehen. Sie kam nicht an ihm vorbei. Nicht, wenn sie sich nicht Körper an Körper an ihm vorbeidrücken wollte. Sie schluckte. Nicht schon wieder. Er würde es doch wohl nicht hier wagen, wo jederzeit jemand vorbeikommen konnte. Mit schweren Lidern sah er sie an. Hatte er wieder getrunken?

»Fräulein Pietsch, Ihre Schürze sitzt schief.«

»Ach wirklich?« Bestimmt nicht. Trotzdem musste sie das Spiel mitspielen. Sie rückte ihre schneeweiße Spitzenschürze zurecht. Doch es half nichts. Er trat noch eine Stufe höher.

»Drehen Sie sich um«, herrschte er sie an, als hätte sie tatsächlich einen Fehler gemacht.

»Ich bin sowieso gerade auf dem Weg nach unten. Da kann ich mir vor dem Spieg…«

»Drehen Sie sich um«, sagte er nun eine Spur schärfer.

Hedda drehte sich um. Er riss an ihrer Schleife, die sie sich hinten gebunden hatte, und löste sie.

Bitte nicht. Bitte fass mich nicht an. Doch zu spät. Schon stand er dicht hinter ihr und band ihr die Schleife genau da, wo ihr Po war. Er streifte ihren Körper nicht nur, er drückte seine Hände gegen ihre Rundungen.

»So macht man das.« Sein Veilchenatem drang zu ihr vor.

Hedda sprang praktisch eine Stufe höher, als er den Stoff losließ. Sie schaute an sich runter. Keinesfalls war es nun besser als vorher. Er hatte die Bänder so eng geknotet, dass der Stoff vorne Falten warf. Doch sie würde sich nicht beschweren, sonst würde er die Schürze ein zweites Mal binden.

»Danke sehr«, sagte sie stattdessen und drückte sich nun doch einfach an ihm vorbei. Zweifelsohne etwas, was er wiederum genoss. Er wurde immer risikofreudiger. Vielleicht war das Risiko, erwischt zu werden, ein Teil seines Spaßes. Möglicherweise würde er sich nicht einmal schämen, wenn jemand vorbeikam. Bestimmt genoss er seine Macht.

Unten bestellte sie schnell den Tee und die heiße Schokolade bei der Unterköchin, dann lief sie wieder hoch. Eilig. Was immer Opitz oben zu tun hatte – wenn sie schnell genug war, konnte sie ein erneutes Zusammentreffen auf der schmalen Treppe vermeiden. Sie huschte über den Flur, rüber in das Schlafgemach von Komtess Alexandrine, der ältesten der Töchter. Martha war immer noch dabei, die Regeln zu erklären. Mit den Betten hatten sie noch nicht mal angefangen. Hedda löste den Knoten und band ihre Schürze neu.

»Draußen auf den Fluren wird nicht geredet. Und auch hier oben nur verhalten und nur das Nötigste. Wir sollten nicht zu hören sein und nicht zu sehen. Eine Arbeit ist dann gut gemacht, wenn man erst gar nicht sieht, dass sich jemand Mühe machen musste.«

Wie die Mamsell trug Martha ihre dünnen rotblonden Haare zu einem Dutt. Und sie war von ebenso schlanker Gestalt. Aber auch wenn sie nun ein strenges Gesicht machte, fehlte doch das Bittere und Harsche der Mamsell.

Die Neue nickte, als wäre ihr das schon vollkommen klar.

»Hier oben dürfen Sie reden, wenn niemand in der Nähe ist. Was ich aber gar nicht hören will und wo Sie richtig Ärger bekommen, ist, wenn die Herrschaften Sie lachen hören. Das sollten Sie sich hinter die Ohren schreiben.«

Hedda verdrehte die Augen. Als hätten sie hier viel zu lachen. Eine in ihren Augen überflüssige Regel.

»Und was ebenfalls verboten ist, sind Flüche. Dann wird Ihnen etwas vom Lohn abgezogen. Oder wenn es ganz besonders schlimm war, werden Sie gezüchtigt.«

Die Kleine schaute ängstlich bei dem Wort *gezüchtigt*. Hedda fragte sich, wie es wohl in der Hütte eines Tagelöhners zuging. Ob sie da jeden Tag verprügelt wurde?

»Gleiches gilt für Widerworte. Wenn jemand Ihnen etwas aufträgt, dann haben Sie sich daran zu halten. Außer natürlich, die Herrschaften geben Ihnen etwas auf. Das ist dann immer das Dringlichste … Bevor Sie einen Flur betreten, schauen Sie nach, ob er leer ist. Wenn nicht, warten Sie. Wenn Ihnen dennoch jemand von den Herrschaften auf dem Flur begegnet, was eigentlich gar nicht geschehen sollte, dann machen Sie Platz, stellen sich an die Seite und lassen sie vorbeigehen. Und senken Sie Ihren Kopf. Niemand will von einer Dienstbotin angestarrt werden«, sagte Martha gewichtig.

Die Neue nickte und nickte. Sie schien alles in sich aufzusaugen. Diese Adelheid Schaaf sah überhaupt nicht faul aus, sondern eher wissbegierig. Na ja. Mal schauen, wie viel am Ende tatsächlich überblieb.

»Eine der wichtigsten Regel lautet: Kenne deinen Platz. Sie sind hier Dienstbotin. Mehr noch als das. Sie arbeiten hier nicht nur in einem herrschaftlichen, repräsentablen Haus. Sie arbeiten hier auch in dem Heim einer Familie. Wir haben die Privatsphäre der Familie zu wahren. Seien Sie immer zurückhaltend, immer freundlich, immer aufmerksam. Seien Sie fleißig und folgsam. Seien Sie tüchtig, aber unsichtbar. Am besten sieht man von uns nur die getane Arbeit. Das sind die Tugenden eines guten Dieners.«

Adelheid Schaaf machte ein so interessiertes Gesicht, als könnte sie es gar nicht abwarten, eine gute Dienerin zu werden. »Und wenn ich einen Raum reinigen soll und nicht weiß, ob jemand drin ist – wie mache ich das dann?«

Himmel, die Kleine stellte die richtigen Fragen. Hedda war überrascht über so viel Weitsicht. Zum ersten Mal sah sie sich das Mädchen richtig an. Sie sah nett aus, hübsch. Sie sah nicht aus, als käme sie aus einem verkommenen Hausstand. Und für die Tochter eines Tagelöhners zeigte sie einen außergewöhnlich scharfen Verstand.

»Sie klopfen. Warten. Wenn niemand etwas sagt, gehen Sie rein. Sollte doch jemand im Raum sein, ziehen Sie sich möglichst unbemerkt wieder zurück.«

»Darf ich noch etwas fragen?«, sagte das neue Mädchen.

Martha hatte wohl nicht mit so viel Wissbegierde gerechnet. »Wenn es sein muss.«

»Wenn wir nun hier drin sind und jemand kommt herein, was machen wir dann … ich meine, außer knicksen?«

»Wir fragen, ob wir irgendwie helfen können. Und erledigen das dann unverzüglich. So, nun müssen wir uns aber sputen. Ihr beiden zieht die Betten schon mal ab. Ich hole die frische Bettwäsche.« Sie reichte Hedda die weißen Bettkittel, die sie offensichtlich schon geholt hatte.

Natürlich würde Martha die frische Bettwäsche holen, dachte Hedda. Und länger fortbleiben als nötig. Die Tür schloss sich leise hinter dem ersten Stubenmädchen.

Der Blick der Neuen glitt ehrfürchtig über das bestickte Kopfkissen. »Das ist so aufwendig gearbeitet. So wunderschön weiß.«

Sicher kannte sie so etwas nicht von daheim. Aber auch bei Hedda zu Hause hatte die Bettwäsche anders ausgesehen. »Sie verstehen etwas von Stoffen?«, fragte Hedda überrascht.

Die Kleine schüttelte den Kopf. »Nicht viel. Meine Mutter bestickt gelegentlich Weißwäsche in Heimarbeit. Aber das hier ist wirklich ganz besonders feines Leinen.«

»Nun lassen Sie uns anfangen. Wir haben schon genug Zeit verplappert.« Sie reichte einen der Kittel rüber zu Fräulein Schaaf. Die schaute überrascht.

»Was ist das?«

»Unsere Bettkittel. Wenn wir die Betten machen oder beziehen, ziehen wir uns die Kittel über. Oder glauben Sie vielleicht, die Komtessen wollen den Staub und den Schmutz von unten in ihren Betten haben?«

Adelheid Schaaf schlüpfte falsch herum in den Kittel.

»Nein. Die Arme gehen nach vorn. So.« Hedda zog die langen Ärmel über und knotete sich den hinten offenen Kittel zu. Die Neue tat es ihr gleich.

Hedda packte das Kopfkissen und warf es ihr zu. Dann griff sie selbst nach dem Oberbett und fing an, die Knöpfe zu öffnen. Vielleicht, dachte sie, vielleicht bleibt die Kleine uns doch länger erhalten. Auf den ersten Blick machte sie einen blitzgescheiten Eindruck.

Sie klopften die Betten ordentlich durch, Martha brachte die frische Bettwäsche, und während sie sie aufzogen, kam Martha aus dem Nachbarraum und gab Adelheid ein teures seidenes Kleid.

»Nehmen Sie das später mit runter zum Auslüften.« Sie packte ein paar Seidenstrümpfe dazu auf den Haufen. »Und die hier können Sie auswaschen. Fräulein Pietsch weist Sie nachher an, wie.«

Hedda seufzte leise. Als Martha endlich gegangen war, zeigte sie Adelheid, wie man das Bettlaken ordentlich stramm zog. »Es muss aussehen wie beim Militär. Keine Falten, und alle Kanten so scharf wie ein Säbel.«

Als sie sah, wie sehr sich die Kleine bemühte, alles richtig zu machen, musste sie lächeln. Als wäre diese Stelle das Beste, was sie in ihrem Leben je erfahren hatte. Aber nun gut, vielleicht war das ja auch so. Und doch würde es das arme Mädchen schwer haben.

Eine halbe Stunde später waren sie mit den drei Betten der Komtessen fertig, und Hedda fiel ein, dass sie das Kleid und die Strümpfe im ersten Raum hatte liegen lassen.

»Bringen Sie das schon runter in die Waschküche. Ich komm sofort nach.«

Adelheid Schaaf eilte, den Knäuel gebrauchter Bettwäsche vor sich tragend, den Flur hinunter. Als hätte sie Angst, dass gleich der Teufel und nicht nur eine der Herrschaften ihr auf dem Flur begegnen könnte.

Im ersten Schlafgemach angekommen, griff Hedda sich den kleinen Haufen mit den edlen Kleidungsstücken. Sie schimpfte mit sich selbst. Die hätte sie nicht hier liegen lassen sollen. Wenn nun Komtess Alexandrine ihr Zimmer betreten hätte. Links, in einem kleineren Raum, der nur durch das Schlafgemach zu betreten war, lag das Ankleidezimmer mit den Garderobenschränken. Sie sah besser noch mal nach, ob von dort noch etwas runter zur Wäsche musste.

Im schummrigen Licht sah es aufgeräumt aus, weitgehend. Über dem bequemen Sessel, der dort bei einem kleinen Tisch stand, lag ein seidener Morgenkimono.

Dann hatte Martha vergessen, hier aufzuräumen, stellte Hedda fest. Sie nahm das Seidenstück und hängte es in den Schrank zurück. Zwei Paar Seidenschuhe standen so schief, als hätte die Komtess sie hervorgeholt, um zu entscheiden, ob sie sie anziehen wollte, dann aber wieder zurückgestellt. Manchmal warteten die jungen Damen nicht darauf, dass ihnen jemand half. Gerade Komtess Alexandrine war schrecklich hibbelig. Hedda ordnete alles, sah sich noch mal genau um.

Auf dem Tisch stand eine kleine Phiole mit Parfüm, daneben lag ein Schal. Die Phiole würde sie besser auf den Schminktisch im Schlafgemach stellen. Als sie den Schal hochnahm, um auch ihn wegzuhängen, kam ein kleines Handtäschchen zum Vorschein. Ein Stoffbeutel aus besticktem Samt, wie ihn die Komtessen gerne mitnahmen, wenn sie in die Stadt fuhren oder selbst Besorgungen machen wollten.

Der Beutel war offen und eine Münze strahlte Hedda verführerisch an. Sie nahm die glänzende Münze hoch und drehte sie im wenigen Licht, das durch die Vorhänge fiel. Ein Fünfzigpfennigstück. Nun griff sie nach dem Beutel. Ein Stofftaschentuch mit dem fürstlichen Monogramm, ein kleines Fläschchen mit Riechsalz und acht Mark und vierundzwanzig Pfennige. Mehr als doppelt so viel, wie sie in einer Woche verdiente. Unachtsam auf dem Tisch geworfen, als hätte es keinen Wert. Als müsste niemand dafür tagelang zwölf oder vierzehn Stunden die Treppen rauf und wieder runter und wieder rauf und wieder runter laufen. Wie viel bekam Hedda wohl für eine Stufe, für jede Treppe, die sie nahm? Manches Mal war sie versucht, das auszurechnen. Die Münzen in ihrer Hand wurden allmählich warm. Ein Zweimarkstück, drei Markstücke, vier Fünfzigpfennigstücke, ein Fünfundzwanzigpfennigstück und der Rest in kleineren Münzen. Sollte sie es wagen, einen Groschen zu nehmen? Sie liebte Groschen. Für einen Groschen bekam man ein kleines Täfelchen Schokolade. Nicht die gute, aber immerhin Schokolade. Sie liebte alles, was süß war, besonders aber Schokolade.

Oder sollte sie besser nur fünf Pfennige nehmen? Es gab aber nur zwei Fünfpfennigstücke. Dann eins von den Pfennigstücken? Würde das jemand merken? Würde die Komtess das merken? Bisher war ihr Treiben noch nie jemandem aufgefallen.

Noch ein Vorteil in einem so großen Haus mit so vielen Familienmitgliedern. Es war immer etwas durcheinander. Wie hatte sie damals Blut und Wasser geschwitzt, als sie in ihrer zweiten Stelle in einem Bürgerhaus gearbeitet hatte. Sie war sich sicher gewesen, dass die Bürgersfrau es nicht merken würde. Sie hatte nur einen Groschen genommen damals. Und das auch nur aus Wut, weil sie kein Körbelgeld bekommen hatte. Normalerweise durften die Hausmädchen beim Einkaufen das Wechselgeld behalten, wenigstens die kleinen Münzen. Und doch war der Diebstahl beinahe aufgefallen. Und die

Dame des Hauses hatte, seit ihr Verdacht einmal auf Hedda gefallen war, nie wieder auch nur einen einzigen Pfennig offen liegen lassen. Harte Zeiten waren das gewesen. Sehr harte Zeiten.

Im Schloss bemerkte niemand, wenn sie hier zwei Pfennige, dort fünf Pfennige oder mal einen Groschen nahm. Aus den Taschen der hohen Besucher nahm sie auch schon mal ein Fünfzigpfennigstück. Nur bei Herren, die immer mehrere Markstücke für die Trinkgelder dabeihatten, ließ sie schon mal ein Markstück mitgehen. Hedda achtete penibel darauf, nur dann etwas zu nehmen, wenn es niemand merken würde. Und auch nur, wenn sie nicht als alleinige Täterin in Betracht kam. Ein Tellerchen mit vielen Münzen war eine Gelegenheit. Die kleinen Beutel der Töchter waren oft eine wahre Goldgrube. Besser waren die Manteltaschen der hohen Herren. Aus Manteltaschen konnte leicht eine Münze herausfallen, beim Aussteigen aus einer Kutsche oder beim Ausziehen. Aber Hedda hatte nur selten Gelegenheit, unauffällig in die Nähe dieser Manteltaschen zu kommen.

Sehnsüchtig streichelte ihr Blick die Münzen. Alexandrine würde es nicht merken, wenn eine davon fehlte. Sie bekam mehr Geld als ihre jüngeren Schwestern. Trotzdem, besser, sie nahm kein Markstück. Sie biss sich auf die Unterlippe. Irgendetwas sagte ihr, dass sie es heute lieber lassen sollte. Nicht heute. Wenn nun der Verdacht auf die Neue fallen würde. Dann käme tatsächlich ein neues Hausmädchen. Und die giftige Lydia würde aufsteigen zum Stubenmädchen. Darauf hatte sie keine Lust. Seufzend ließ sie die Münzen zurück ins Samtbeutelchen gleiten und ging hinaus.

Anfang September 1906

Die Töchter des Fürsten würden morgen für eine Woche nach Dresden reisen, Verwandte besuchen. Der jüngsten Tochter, Viktoria, war am späten Abend eingefallen, noch zwei weitere Kleider mitnehmen zu wollen. Die Order kam gerade, als alle ins Bett gehen wollten. Weder die Mamsell noch Martha Petzold oder Hedda Pietsch hatten Lust auf diese Arbeit. Und so trug die Mamsell die ehrenvolle Aufgabe Adelheid auf. Sie solle die zwei Seidenkleider schnell mit der Hand auswaschen. Dann war sie selbst zu Bett gegangen.

Die Waschküche war ein großer Raum. Adelheid war nun schon ein paarmal hier drin gewesen, aber nie allein und nie in Ruhe. Nun hatte sie Zeit, sich umzuschauen. Mehrere Waschbecken aus Speckstein waren in den Wänden eingelassen. An einer Seite war ein großer Herd, auf dem ein Topf jederzeit warmes Waschwasser bereithielt. Mehrere Plätteisen, groß und klein, standen auf dem Herd, der noch Wärme abstrahlte. Auf der einen Seite befand sich ein hohes Regal, auf dem Unmengen von Gefäßen aller Art, Dosen und Pappschachteln und Fläschchen aufgereiht waren. Auf der anderen Seite spannten sich mehrere Leinen, auf denen einzelne Wäschestücke hingen. In der Mitte stand ein langer Tisch.

Sie schaute sich die übervollen Regale an. *Bleiche* las sie auf einem verschlossenen Glas. *Kernseifenflocken* auf einer großen Pappschachtel, daneben Soda und Schlämmkreide, Bohnerwachs und Scheuerpulver. Weiter oben waren mehrere Glasflaschen, deren Aufdrucke man nicht lesen konnte. In einer Ecke lehnte eine kurze Leiter. Adelheid holte sie heran, kletterte die Stufen hoch und schaute sich an, was oben noch alles bevorratet war. *Natronlauge* stand auf einem Fläschchen, ein giftiges Desinfektionsmittel hieß *Lysol.* Terpentin, Spiritus und Essig standen ein Regalbrett tiefer. Kurz schaute sie sich den Raum von oben an. Er war vollgestopft mit Tüchern, Lappen, Putzmitteln, Besen, Bürsten, Feudeln, Schwämmen und sonstigen Utensilien, die man zum Reinigen brauchte. Mehrere Eimer mit Scheuersand warteten in einer Ecke auf ihren Einsatz. Das war nun ihre Welt, dachte Adelheid überglücklich.

Sie entdeckte das Päckchen mit Savon de Marseille. Diese, und nur diese Seife sollte sie für die Seidenkleider nehmen, hatte die Mamsell sie ermahnt. Hier hatten sogar die Kleider ihre eigene

Seife. Als sie fertig war, legte sie noch einmal Holz im Ofen nach, damit es warm wurde in der Waschküche. Bis morgen früh sollten die Kleider trocken sein. Nun hingen beide Kleidungsstücke auf samtenen Bügeln nahe am Ofen.

Als sie nun den Raum verließ, war ihr mulmig zumute. Alle anderen waren schon zu Bett gegangen. Der Flur, auf dessen Steinplatten ihre Schritte plötzlich überlaut zu hören waren, lag im Düsteren. Sie tastete sich voran. Selbst in der Küche war niemand mehr. Meistens war Liesel, das Küchenmädchen, die Letzte, die hier unten das Licht ausmachte. Doch heute lag die Tür der Küche im Dunkeln.

Adelheid bekam Gänsehaut. Herrje. Was, wenn Lydia Keller recht hatte? Was, wenn es nicht nur eine boshafte Geschichte war, die ihr das Hausmädchen erzählt hatte?

Der Todesengel gehe umher, hatte sie ihr vorgestern erzählt. Eine Frau ganz in Weiß, die des Nachts auftauche. Sie zeige sich nur selten. Aber wenn man sie sehe, dann sei man dem Tod geweiht. Sie sei der Vorbote des baldigen Ablebens.

Ganz bestimmt war das nur eine Schauergeschichte, mit der Lydia ihr Angst einjagen wollte. Aber auch die Mamsell hatte ihr bereits eingebläut, des Nachts nicht aus ihrem Zimmer zu gehen. Und erst recht sollte sie nicht unten bei den Herrschaften über die Flure schleichen. Außer, sie habe einen triftigen Grund. Es musste schon ein Feuer ausbrechen oder eine Katastrophe ähnlicher Art geschehen, damit es den Dienstboten erlaubt war, nachts ihre Schlafkammern zu verlassen.

Wenn Lydia Keller nicht wäre, dachte Adelheid, könnte sie sich bestimmt mit Gerda Altvater anfreunden. Die Fünfzehnjährige mit den warmen braunen Augen, der langen Nase und den leicht vorstehenden Zähnen wirkte mehr träumerisch als boshaft. Es war Lydia, die sie beständig aufwiegelte.

Lydia gab sich nicht einmal Mühe, ihren Neid zu verbergen. Im Gegenteil. Anscheinend hatte sie den Vorsatz gefasst, Adelheid so lange zu piesacken, bis sie von alleine aufgab. Was natürlich nicht möglich war. Niemals würde sie aus freien Stücken eine Stelle im

Schloss aufgeben. Selbst wenn sie es gewollt hätte: Der Vater würde sie durch das ganze Dorf zurückprügeln. Sie hatte sich auf diese Stelle nicht beworben, aber jetzt, wo sie sich an den Luxus der regelmäßigen Mahlzeiten, an das warme Einzelbett und eine ansehnliche Kleidung gewöhnt hatte, wollte sie ihn nicht mehr aufgeben.

Dass sie Viktor Novak ein Dutzend Mal am Tag begegnete, war nur das Sahnehäubchen auf ihrem Traum. Die ersten paar Tage war es ihr schwergefallen, ihn nicht ständig anzustarren. Immerhin wurde sie nicht mehr ständig rot, wenn sie mit ihm in einem Raum war. Trotzdem huschte ihr Blick immer wieder zu ihm, auch wenn sie es nicht wollte. Bestimmt, dachte Adelheid, würde sich ihre Schwärmerei bald legen. Das wäre das Beste. Trotzdem gestattete sie sich diese haltlose Träumerei.

Endlich hatte Adelheid sich zum Treppenaufgang vorgetastet. Sie betätigte den glatten Drehschalter, und es wurde hell. Auf der Hintertreppe gab es nur auf jedem Absatz Licht. Obwohl ihre Beine schwer waren, rannte sie geradezu die Treppen hoch und ließ die zwei Etagen mit den Räumlichkeiten der Herrschaften hinter sich.

Das niedrigere Mansardengeschoss war in einen Frauen- und einen Männerbereich getrennt, mit einer abgeschlossenen Tür, für die nur die Mamsell den Schlüssel hatte. Hier oben war alles sehr schlicht gehalten. Die Dienstbotinnen wie die Dienstboten hatten auf ihrer Seite jeweils eine Badestube. Das Wasser hochzuschleppen und zu wechseln war Aufgabe eines Hausmädchens und des Hausburschen. In jeder Badestube gab es ein separiertes Klosett. Das war aber auch schon der einzige Luxus. Jedes Zimmer war mit einem oder zwei Betten ausgestattet, den entsprechenden Nachttischchen, mit einem Kleiderschrank sowie einem Kanonenofen.

Adelheid drehte wieder den Lichtschalter. Das Licht im Treppenhaus erlosch. Es war beinahe komplett duster. Sie wusste nicht, wo der Lichtschalter für den Flur war. Doch bis zu ihrer Kammer waren es nur ein paar Meter. Langsam tastete sie sich an der Mauer entlang. Eine Tür, noch eine Tür, ein längeres Stückchen Mauer und dann ihre Tür. Leise drückte sie die Türklinke herunter. Sie gähnte müde und beschloss, das Zähneputzen und Waschen ausfallen zu lassen. Morgen früh würde sie sich gründlicher waschen.

Gerade als sie den ersten Fuß in die dunkle Schlafkammer setzte, hörte sie es – ein lang gezogenes Wimmern. Es kam aus Richtung der Männerschlafräume. Ihr Atem stockte. Sie wagte es nicht, sich zu bewegen. Dieser Laut, er hatte sich merkwürdig angehört. Wie ein verletztes Tier. Verängstigt drückte sie sich an den Türrahmen. War da was? War da jemand? Sie drehte sich um und schaute in alle Richtungen. Es war zu dunkel, um etwas zu erkennen. Für einen Moment dachte sie schon, sie hätte sich einfach nur vertan, als sie es wieder hörte. Wieder kam es aus der Richtung der geschlossenen Trenntür. Ängstlich schob sich Adelheid tiefer ins Zimmer und schloss ihre Tür.

Als sie den Schalter drehte, um die Deckenlampe anzumachen, passierte nichts. Sie drehte den Porzellanschalter wieder und wieder. Nichts. Sie tastete sich zur Außenwand, wo es ein kleines Brettchen gab, auf dem ein Kerzenhalter aus billigem Blech stand. Die Kerze war auch da. Was fehlte, waren die Streichhölzer. Adelheid ging in die Hocke und tastete den Boden ab. Nichts.

Genau in diesem Moment hörte sie etwas. Ein leises Kratzen. Ein kaum vernehmbares Quietschen, als wäre jemand an ihrer Tür und wollte sie öffnen. Sie erstarrte. Mit dem letzten bisschen klarem Verstand riss sie die dicken Vorhänge von dem kleinen Fenster. Es wurde kaum heller, aber nun konnte sie zumindest die Umrisse der Möbel erkennen. Kurz horchte sie. Es blieb still. Bestimmt war es nur eine Bodendiele, die verzogen war. Oder ein Ast im Wind, sagte sie sich.

Mit Blick auf die Tür ließ sie sich auf dem Bett nieder und zog die Haarnadeln aus ihren Haaren. Ihre Füße, ihre Beine, der Rücken – alles spürte die Stunden harter Arbeit, die hinter ihr lagen. Sie wollte nur noch ins Bett, wollte nur schlafen.

Da war es wieder. Das Kratzen. Es war keine Einbildung! Gab es sie doch, die Weiße Frau? Ihr Vater hatte ihr manchmal Schauermärchen erzählt. Aber ihre Mutter hatte ihn immer dafür gescholten. Das gebe es alles gar nicht. Das sei erfunden. Und er solle den Kindern nicht solche Angst machen. Ihre kleineren Geschwister fragten sie manchmal, ob es Gespenster wirklich gebe. Spukgestalten, Gnome, Wichtel, Dämonen. Sie verneinte es immer. Und jetzt saß sie hier und hatte selber Angst davor? Pah. Mit zwei Schritten war sie an der Tür und riss sie auf.

Vor ihr stand die Weiße Frau. Adelheid prallte zurück, ging zwei Schritte rückwärts, stolperte und fing sich gerade noch so am Bettgestell ab. Die Tür, die sie so energisch aufgerissen hatte, schwang wieder zurück und fiel ins Schloss.

Hatte sie gerade tatsächlich einen Geist gesehen? Was sie gesehen hatte, war ohne jeden Zweifel ein weibliches Wesen, ganz in Weiß gekleidet, mit Schleier und bleichem Gesicht. Nur die Augen waren kohlrabenschwarz gewesen.

Sie zitterte am ganzen Körper, so sehr war sie erschrocken. Oder war es die Wut, die nun in ihr explodierte? Wenn Lydia und Gerda glaubten, sie würden sie in Angst und Schrecken versetzen können, dann hatten sie sich aber geschnitten. Schon war sie wieder auf den Beinen und riss erneut die Tür auf. Sie sah gerade noch, wie ein weißer Zipfel Stoff hinter einer sich schließenden Tür verschwand.

Natürlich, die Schlafkammer von Gerda und Lydia. Mit drei Schritten war sie an der Tür und drückte sie auf. Hier ging das Licht an, als sie den Drehschalter betätigte. Lydia stand dort in Nachthemd und mit Pantoffeln, die aschblonden Haare zu einem dicken Zopf geflochten. Sie kicherte leise, hörte aber sofort auf, als sie Adelheid sah.

Gerda erschrak und plumpste rückwärts auf ihr Bett. Ihr Gesicht war weiß geschlämmt, vermutlich mit einer Mehlpaste oder Ähnlichem. Ihre Augen waren geschwärzt. Eilig riss sie sich ein Stück weißen Stoff von den Haaren. So erschrocken, wie sie nun die Augen aufsperrte, sah sie wirklich gruselig aus.

»Ihr glaubt wirklich, ich bin so blöd, darauf reinzufallen?«

»Na, Sie haben sich ganz schön erschrocken«, trumpfte Lydia frech auf. Doch ihr war anzusehen, dass sie nicht damit gerechnet hatte, erwischt zu werden. Ihre vollen Lippen drückten sich schmollend nach vorn. Vermutlich hatte sie geglaubt, sie könne Adelheid so sehr ins Bockshorn jagen, dass die sich wimmernd in eine Ecke verkriechen würde.

»Wirklich ein geradezu tollkühner Plan«, sagte Adelheid.

»Seien Sie ruhig. Die anderen schlafen schon!«, zischte Lydia leise. Wenn die Mamsell aufwachen und Gerda fragen würde, woher sie die schwarzen Kohleränder um die Augen und das weiße Gesicht habe, würde es richtig Ärger geben.

Adelheid dampfte vor Wut. Es würde ihnen recht geschehen, wenn sie von der Mamsell bestraft würden. Doch sie wusste nur zu gut, dass sie besser sehr schlau vorgehen sollte, wenn sie sich nicht den Unmut der Mamsell einhandeln wollte. Zu oft hatte sie erfahren, dass ihr als Tochter eines Tagelöhners automatisch die Schuld, oder wenigstens eine Mitschuld, in die Schuhe geschoben wurde.

»Macht so was nie wieder«, zischte sie leise. Sie bedachte die beiden jungen Frauen mit einem letzten giftigen Blick, schloss leise die Tür und lief rüber in ihr Zimmer. Ohne die Vorhänge wieder zu schließen, zog sie sich aus, griff unter die Bettdecke, holte das Nachthemd hervor und verschwand im Bett.

Mit offenen Augen starrte sie in die Dunkelheit und brannte Löcher in die Tür. Zumindest wünschte sie, sie würde so was können. Diese blöden Kühe. Extra laut schnaufend drehte sie sich weg. Nun konnte sie nicht mehr einschlafen. Noch eine halbe Stunde lang wälzte sie sich von einer Seite zur anderen. Der Schreck saß ihr in den Gliedern, aber bestimmt konnte sie nicht einschlafen, weil sie so furchtbar wütend war. Sie musste aber schlafen. Morgen in aller Herrgottsfrühe musste sie die Koffer für die Komtess packen.

Eigentlich konnte es ihr eine Genugtuung sein, dass sie Stubenmädchen und Lydia immer noch Hausmädchen war. War es aber nicht. Es war gefährlich. Denn eins war gewiss: Das Hausmädchen würde nicht aufhören, bis sie ihr Ziel erreicht hatte. Was würde Lydia Keller sich als Nächstes einfallen lassen?

»Aber nein, Sie wissen doch, wie er ist. Empfänglich für jedes Kompliment. Sie dürfen Ihren Vortrag nur nicht zu langatmig machen. Dann wird er unleidlich«, säuselte es charmant in die Sprechmuschel.

Der Fürst telefonierte. Viktor Novak wusste nicht, mit wem er sprach, aber wenn er so offen über den Kaiser redete, musste das jemand sein, denn er gut kannte.

»Er ist Technischem gegenüber sehr aufgeschlossen, aber erklären Sie es ihm in schlichten Worten … Sicher. Gehen Sie in Uniform. Seine Majestät liebt Uniformen. Je bunter, desto besser.« Der Fürst lachte über seinen eigenen Witz.

Viktor platzierte das Tablett mit der kleine Porzellankanne, der Tasse und dem Zuckerdöschen auf einem kleinen Abstelltisch. Eine Etagere mit Plätzchen stellte er daneben. Der Fürst arbeitete in seinem Schreibzimmer, wo er am Nachmittag immer seinen Kaffee trank. Viktor schenkte Kaffee ein, gab zwei Zuckerstücke hinein und einen Schuss Sahne. Er rührte um und reichte dem Fürsten die Tasse, der sie nahm, ohne ihn eines Blickes zu würdigen.

»Aber nein … Natürlich … Ich wünsche Ihnen viel Glück … Ja, berichten Sie mir, wie es war.«

Obwohl der Fürst vor über vier Jahren den aktiven diplomatischen Dienst verlassen hatte, waren seine Empfehlungen und seine politischen Ratschläge noch immer sehr gefragt. Denn der Fürst war nicht nur der beste Freund des Kaisers, er war auch sein engster Berater. Wer immer mit seinem Anliegen nicht direkt zum Kaiser vorgelassen wurde, versuchte es über den Umweg des Fürsten zu Eulenburg.

Die beiden hohen Herren hatten sich bereits kennengelernt, als noch der Großvater des jetzigen Kaisers regiert hatte. Der Kronprinz befand sich damals in Wartestellung auf seinen Einsatz. Und natürlich gingen alle davon aus, dass zuvor erst noch sein Vater deutscher Kaiser und preußischer König werden würde. Kronprinz Wilhelm hatte also viel Zeit. Und der Fürst, damals noch ein mittelloser Graf, hatte die famosesten Ideen, wie man diese Zeit am geselligsten und lustigsten totschlagen konnte. So hatte vor zwanzig Jahren die Freundschaft der beiden Männer begonnen, und sie dauerte bis heute an.

1888 wurde der Kronprinz Kaiser. Als Reichskanzler Bismarck zwei Jahre später unwillig seinen Abschied nehmen musste, gab es niemanden mehr, der dem jungen Monarchen so nahestand wie der damalige Graf. Im Jahr 1900 erhob der Kaiser seinen besten Freund in den Fürstenstand. Eine Ehre, die nur wenigen zuteilwurde. Schließlich kamen aber auch nur wenige Auserwählte in den Vorzug, sich mit dem Regenten zu duzen. Lange Jahre war der Fürst auf der Jacht Hohenzollern mit dem Kaiser auf dessen Nordlandtouren durch die norwegischen Fjorde gefahren, so erzählte Opitz gelegentlich. Nur Männer durften an Bord, und es musste jedes Mal ein großer Spaß gewesen sein.

Doch ihre Beziehung war nicht nur rein freundschaftlich. Selbst in den Jahren, während Eulenburg an entfernten Höfen als preußischer Diplomat abgestellt gewesen war, hatte er dem Kaiser als politischer Berater zur Seite gestanden. In den letzten zwanzig Jahren hatte der Fürst vier Reichskanzler auf den Stuhl gehievt, hatte Minister gemacht und entlassen. Eulenburg hatte europäische Krisen beruhigt und diplomatische Zerwürfnisse geschlichtet. Mit geschicktem Zureden überredete er den Kaiser, preußische Posten mit den in seinen Augen fähigsten oder vielleicht auch nur sympathischsten Männern zu besetzen.

Und selbst heute, da der Fürst nur noch formell dem diplomatischen Korps angehörte, verging praktisch keine Woche, in der nicht Briefe oder Depeschen mit dem kaiserlichen Siegel eintrafen.

Überhaupt, der Fürst bekam Post aus allen Teilen Europas. An manchen Tagen diktierte er Dutzende von Briefen. Er war ein schwer beschäftigter Mann. Und wenn der Inspektor, der das Landgut Liebenberg leitete, etwas absprechen oder vorschlagen wollte, dann wandte er sich in der Regel an den ältesten Sohn des Fürsten. Der Fürst selbst hatte wenig Interesse an landwirtschaftlichen Fragen.

Viktor ging nach nebenan in die Schreibstube des Privatsekretärs und schenkte ihm ebenfalls eine Tasse Kaffee ein. Zucker und Sahne musste er sich selbst nehmen, und auch das Porzellan war deutlich schlichter. Viktor stellte die Tasse auf einen freien Platz. »Darf es sonst noch etwas sein, Herr Jaroljmek?«

Der Mann schenkte dem Diener nur einen flüchtigen Blick. »Nein danke«, sagte er und ordnete irgendwelche wichtigen Papiere. Zumindest tat er so.

Er war ein gut aussehender Mann, aber als besonders tüchtig empfand Viktor ihn nicht. Zu oft trieb er sich in den Salons bei den Töchtern des Fürsten herum. Er aß mit den Herrschaften, er saß abends mit ihnen im Salon, und er hatte jede Menge Zeit, Romane zu lesen. Etwas, um das Viktor ihn besonders beneidete. Jedes Mal, wenn er Jaroljmek etwas brachte, zog ein Stich durch sein Herz. Das hätte er sein können. Der Privatsekretär eines Fürsten. Jemand, der in weichen Betten schlief, elegante Kleidung trug und sich die Hände allerhöchstens mit Tinte beschmutzte.

Stattdessen war es Viktors Aufgabe, ihm Kaffee zu bringen, die gebrauchte Leibwäsche der Herren einzusammeln und Weisungen von ihnen zu empfangen. Über diesen gesellschaftlichen Abstieg würde er wohl nie hinwegkommen. Dass er Fremdsprachen beherrschte, wusste hier im Haus niemand. Und es ging auch niemanden etwas an. Überhaupt erzählte er von sich und seiner Herkunft möglichst wenig. Schließlich wollte er sich mit nichts verraten, was sein wohlgehütetes Geheimnis auffliegen lassen könnte.

Für alle anderen war er nur der Diener, der aus kleinbürgerlichen Verhältnissen stammte. Jemand, der mit Ach und Krach die Volksschule geschafft hatte. Sie lagen alle so falsch, auch wenn es dennoch stimmte. Die letzten zwei Jahre, bis er vierzehn geworden war, war er kaum noch zur Schule gegangen. Wieso auch? Er hatte ohnehin mehr als alle anderen zusammen gewusst.

Was seine Eltern anging, blieb er gänzlich ausweichend. Sein Vater sei tot, seine Mutter verarmt. Sie und seine Geschwister lebten mehr schlecht als recht von der Witwenpension. Mehr sollte keiner wissen. Nein, über diese unselige Geschichte durfte niemand etwas erfahren. Die Wahrheit war zu gefährlich. Viktor wusste, er wirkte oft arrogant. Aber seine Arroganz war notwendig, um alle auf Abstand zu halten. Nur so konnte er seine missliche Situation mit Anstand ertragen.

Dank seiner Voraussicht und seines waghalsigen Entschlusses konnte er sein erbärmliches Leben noch zum Besseren wenden. Auch wenn dieses Bessere ihm noch nicht gut genug war. Immerhin, wenn etwas Bohnenkaffee übrig blieb, durfte er ihn trinken. Und es blieb fast immer etwas in der Kanne. Wer genoss schon den Luxus, fast jeden Tag echten Bohnenkaffee trinken zu können?

Und seine Stellung hatte noch mehr Vorteile: Er musste nicht weit reisen. Die Welt kam zu ihm, also natürlich zu seinem Hausherrn. Hochgestellte Persönlichkeiten Preußens gaben sich im Schloss die Klinke in die Hand. Besuch aus den anderen Fürstentümern des Kaiserreichs war an der Tagesordnung. Auch kamen viele Gäste aus Österreich, Großbritannien oder Frankreich. Viktor hatte Ministern und Diplomaten in den Frack geholfen. Den Kaiser hatte er schon oft gesehen, auch wenn er ihn nicht persönlich bedienen durfte. Dafür brachte der seine Männer mit. Und gelegentlich durfte er mitreisen. Er war schon in Bayern gewesen, im Ostpreußischen, im Niederrheinischen und sogar in der Schweiz. So weit war sein Vater nie gekommen.

Mit einem letzten Blick ins Schreibzimmer des Fürsten zog Viktor sich zurück. Es war Zeit für seinen Nachmittagstee. Er lief hinunter und betrat die Leutestube. Blechkannen mit Tee und Muckefuck standen auf dem Tisch. Es gab kleine Stücke Butterkuchen, heute sogar mit Streuseln, wie Viktor erfreut feststellte. Seine Familie hätte ihn um diese Mahlzeit beneidet. Er wischte den Gedanken beiseite und ließ sich am Tisch nieder.

Ihm gegenüber nahm Diedrich Budde Platz. Wie immer klatschte Budde erst seine Hacken hörbar militärisch aneinander, zog dann den Stuhl nach hinten und setzte sich. Er war stolz darauf, sich auch hier schneidig und zackig zeigen zu können. *Dienst ist Dienst*, war sein Lieblingsspruch. Wenn der Kaiser zu Besuch kam, sprach er gerne vom Manöver der Diener, Truppenbewegungen und dem Feldlager des Hofstaats. Und auch sonst ließ er keine Gelegenheit aus, sich mit militärischem Vokabular und Gesten hervorzutun. Was hatte Viktor für ein Glück, dass der Fürst so gar kein Interesse an derlei Dingen hatte. Im Gegenteil.

Der Fürst selbst schrieb Skaldengesänge, in Musik umgesetzte altnordische Dichtung. Zwar war auch er, Sohn eines ostpreußischen Berufsoffiziers, selbst im Rang eines Offiziers und aktiv im Deutsch-Französischen Krieg gewesen. Doch bald danach hatte er seinen Abschied genommen, da er wenig für das Soldatenleben übriggehabt hatte. Er lebte für die Musik, für Kultur und Kunst. Die fürstliche Bibliothek war riesig. Viktor durfte sich gelegentlich ein Buch ausleihen. Noch ein Vorteil, den er gar nicht hoch genug schätzen konnte.

Herr Opitz kam und ließ sich schwer auf seinen Stuhl fallen. Er hatte keine Fahne, doch an seinem geröteten, aufgedunsenen Gesicht konnte man seine Vorliebe für Alkohol erkennen. Sein bevorzugtes Getränk war Wein. Weil er an Wein schlicht sehr einfach herankam. Viktor vermutete, dass Opitz sich beim Dekantieren für die herrschaftlichen Tafeln immer eine kleine Menge abzweigte. Bestimmt kaufte er sich regelmäßig noch billigen Wein dazu, denn er trank deutlich mehr als nur ein oder zwei Gläschen am Tag. Um seinen Alkoholatem zu übertünchen, lutschte er ständig Veilchenpastillen.

Viktor empfand Opitz als körperlich abstoßend. Sein rotbrauner Haarkranz stand oft unordentlich ab. Zusammen mit seinen buschigen Augenbrauen und seiner rötlichen Gesichtsfarbe erinnerte er ihn häufig an einen Waldschrat. Er verstand nicht, warum der Fürst, der sonst so sehr der Schönheit und Ästhetik verpflichtet war, ihn nicht austauschte. Andererseits konnte ihm das nur recht sein. Viktor war mit seinen fünfundzwanzig Jahren schlicht noch zu jung, um die Stellung eines Butlers einzunehmen. Doch wenn der Fürst jetzt Herrn Opitz austauschen würde, dann sicher gegen einen Jüngeren. Dann wäre sein Weg an die Spitze dieses Hauses mit ausgezeichnetem Ruf für zwei Jahrzehnte verbaut. Also wartete er lieber und sah dabei zu, dass Opitz sich selbst so weit herunterwirtschaftete, dass der Fürst ihn in wenigen Jahren ersetzen würde. Dann würde seine Zeit kommen. Viktor brauchte dann einfach nur nachzurücken. Schließlich war er exzellent in dem, was er tat. Hoffentlich bemerkte der Fürst das.

Wer hier arbeitete, hatte exzellent zu sein, war seine Auffassung. Auch wenn es bei den meisten Angestellten nicht dazu reichte. Auch deswegen hatte er nicht verstanden, was diese Neue hier zu suchen hatte. Zuerst, als er gehört hatte, dass die Tochter eines Tagelöhners hier anfangen sollte, hatte er es für einen schlechten Witz gehalten. Nur um sofort den Verdacht zu haben, dass Opitz dahinterstecken musste. Kein Zweifel, dass sie sich mit ihm eingelassen haben musste. Weshalb sonst hätte das Mädchen überhaupt einen Fuß über die Schwelle setzen dürfen? Als er sie dann bei Tisch gesehen hatte, hatte sich sein Verdacht erhärtet. Sie sah wahrlich apart aus. Eine schlichte Schönheit.

Doch als Mamsell Reineke darauf verkündet hatte, dass sie als Stubenmädchen anfangen sollte, war er verwirrt gewesen. Das hätte nicht einmal der oberste Hausdiener durchsetzen können. Nein. Da musste etwas anderes dahinterstecken.

Stubenmädchen ohne jede Erfahrung – das hatte hier alle erbost. Das gehörte sich nicht. Man arbeitete sich hoch, mit viel Fleiß und Sittsamkeit. Eigenschaften, die man nun nicht gerade mit dem Abkömmling eines Tagelöhners verband.

Am gleichen Nachmittag dann hatte er Opitz und die Mamsell in der Dienststube des Butlers gehört, wie sie hitzig darüber gesprochen hatten. Das Mädchen war vom Fürsten selbst verlangt worden. Die Fürstin hatte unumwunden klargemacht, dass sie hier als Stubenmädchen anfangen sollte. Auch die beiden höheren Bediensteten waren konsterniert gewesen. Sie hatten sogar in Erwägung gezogen, ob sie der Kleinen solch mächtige Steine in den Weg legen sollten, dass das Fürstenpaar selbst sehen würde, dass es mit so jemandem nicht klappen konnte. Doch sie hatten sich dagegen entschieden. Sie wollten dem Wunsch des Fürstenpaares entsprechen.

Hatte der Fürst selbst ein Auge auf Adelheid Schaaf geworfen? Sein gnädiger Herr kam ihm so gar nicht vor wie jemand, der um schöne Frauen herumscharwenzelte. Man hörte so manches aus anderen Häusern. Aber hier hatte Viktor noch nie derlei Unsitte beobachtet. Weder der Fürst noch seine mittlerweile erwachsenen Söhne stellten den Dienstbotinnen nach. Warum also war das unerfahrene Mädchen, oder sollte er besser sagen, die junge Frau, angestellt worden? Wie alt war sie wohl – siebzehn, achtzehn? Kaum jemand sprach mit ihr bei Tisch. Und er konnte sie ja nun schlecht offen danach fragen.

Hatte sie ihn wirklich angehimmelt, so wie Lydia am ersten Tag beim Mittagessen gepetzt hatte? Oder war das schon der erste Seitenhieb gegen sie gewesen? Selbst ohne Lydias Neid auf die höhere Stellung würde diese vor Eifersucht vergehen. Lydia Keller sah bestenfalls mittelmäßig aus. Adelheid Schaaf dagegen war liebreizend. Eigentlich ein Wunder bei dem Elternhaus. Aber was wusste er schon? Vielleicht hatte sie ein ähnliches Schicksal wie er.

Und doch konnte Viktor sich nicht erklären, wie sie hierhergekommen war. Hier wurde man nichts ohne Gefallen und Gegengefallen! Da musste man aufpassen, dass man am Ende nicht einen zu hohen Preis bezahlte. Diedrich Budde hatte seine Cousine hier in der Küche untergebracht. Anni, das Spülmädchen, hätte sonst nie eine Chance gehabt, hier anzufangen. Sie war träge und etwas schwer von Begriff. Viktor fragte sich oft, welchen Preis Opitz von Budde dafür gefordert hatte.

* * *

»Hast du das Menü etwa immer noch nicht abgesprochen?«, herrschte der Fürst seine Frau an. »Herrje, Frau! Die Köchin muss die Sachen doch rechtzeitig bestellen.«

Viktor stand im Speisesalon und schaute stur auf die gegenüberliegende Wand, als würde er nichts mitbekommen. Gerade hatten sich Fürst und Fürstin zu Tisch begeben. Viktor hatte bereits den Wein eingeschenkt und wartete nun darauf, dass Budde mit der Suppe kam. Kaum dass die beiden gesessen hatten, hatte die Fürstin ihren Mann nach den Essenswünschen des Kaisers gefragt.

»Aber liebster Gatte, doch … Ich … Natürlich … Ich werde umgehend alles veranlassen«, sagte sie mit brüchiger Stimme. »Ich wollte doch nur … wissen … welches Gericht du bevorzugst.«

»Welches Gericht ich bevorzuge? Das weißt du nach all den Jahren immer noch nicht? Kannst du nicht ein einziges Mal etwas ohne mich entscheiden?« Wütend kippte er ein halbes Glas Wein herunter. Er setzte ab und funkelte seine Frau verachtend an. »Manchmal kommst du mir vor wie ein kleines Kind.«

Worin Viktor ihm nur recht geben konnte. Allerdings lag es seiner Meinung nach daran, dass der Fürst seine Frau wie ein kleines Kind behandelte. Da konnte man dann nach einunddreißig Jahren Ehe wohl kaum etwas anderes erwarten. Aber er würde sich hüten, das laut zu sagen – nicht hier oder woanders. Stattdessen wartete er reglos darauf, dass eins der Gläser leer wurde. Solange würde er hier stehen und vorgeben, nichts zu hören.

»Weil du doch nach der letzten Jagd mit mir geschimpft hast. Wegen dem Karpfen«, verteidigte die Fürstin sich nun schwach.

»Natürlich habe ich geschimpft. Du weißt doch genau, dass Seine Majestät Schwierigkeiten hat, Fisch zu filetieren.«

»Aber er hat doch sein Spezialmesser.«

Der Fürst schnaufte laut auf. Als würde man mit einem begriffsstutzigen Kind reden. »Ja und? Soll er sich denn bei uns am Tisch die Blöße geben müssen, jemand anderen darum zu bitten, den Fisch zu entgräten?«

Der linke Arm des Kaisers war von Geburt an kürzer und leicht verkrüppelt. Er konnte ihn kaum benutzen und brauchte bei vielerlei Dingen Unterstützung. Fleisch musste man ihm vorschneiden, Gemüse musste butterweich sein, Kartoffeln geviertelt.

»Ja, ich dachte, Fisch ist doch leicht zu zerteilen … Nur deswegen … Ich hätte doch nie mit Absicht …« Die Fürstin klang, als würde sie jeden Moment in Tränen ausbrechen.

»Nicht mit Absicht?! Manches Mal weiß ich nicht, wo dir der Kopf steht. Als könntest du nicht für zwei Pfennige selbstständig denken.« Erbost schüttelte der Fürst sein Haupt. »Auch wenn der Karpfen butterzart ist: Er darf doch keine Gräten haben. Was hast du dir nur gedacht? Nichts, offensichtlich.«

»Es wird nicht wieder vorkommen. Bitte verzeih.« Nun griff die Fürstin selbst nach der Karaffe und goss ihrem Mann Wein nach.

Nein, das Glas war noch nicht leer genug gewesen, als dass Viktor das hätte tun sollen. Zu viel Aufhebens war dem Fürsten unangenehm, wie er wusste.

»Mach es dieses Jahr besser. Ach was, am besten zeigst du mir die Menükarte, wenn sie fertig ist. Nicht mal so etwas Unwichtiges kann ich dir überlassen.«

»Mein liebster Philipp, du bist immer so wenig innig, so wenig herzlich zu mir. Wir wollen doch gut miteinander sein«, flehte sie ihn an, während sie ihre Hand auf seinen Unterarm legte.

Er riss seinen Arm weg. »Nun lass aber gut sein mit deinem albernen Geschwätz.«

»Manches Mal weiß ich wirklich nicht, was du von mir erwartest, mein liebster Mann«, klagte die Fürstin weinerlich.

»Mach dich nützlich! Mehr verlange ich gar nicht von dir. Das würde mir vollkommen reichen.« Plötzlich schoss er auf. »Ich nehme mein Essen im Schreibzimmer ein«, sagte er an Viktor gewandt und rauschte aus dem Zimmer hinaus. Die Tür fiel laut ins Schloss.

Die Fürstin stand ebenfalls auf. Sie sah aus, als wollte sie ihm nach, sank aber nur kraftlos zurück auf die Stuhlkante. Es wirkte, als dürfte sie sich gar nicht setzen. Als wäre es verboten und sie wollte jeden Moment wieder aufspringen können, um nicht erwischt zu werden. Und sie müsste nur schnell verschnaufen und Kraft sammeln.

Endlich schaute sie auf. »Novak, bitten Sie die Mamsell nach dem Essen zu mir hoch.«

Wenn Viktor sich nicht vertat, dann hatte sie Tränen in den Augen. »Sehr wohl, Eure fürstliche Hoheit.«

»Wo nur meine Töchter bleiben?«, fragte die Fürstin leise. Und dann, an ihn gewandt, noch mal: »Gehen Sie und schauen Sie, wo die Komtessen bleiben.«

»Sehr wohl, Eure fürstliche Hoheit.« Er verließ den Salon und schloss die Tür extra leise.

Irgendwie tat sie ihm leid. Sie lebte im Luxus, hatte eine große Familie und konnte sich Dinge leisten, von denen die meisten Menschen nur träumen konnten. Und doch schien ihr ganzes Sinnen nur danach zu trachten, es ihrem Mann recht zu machen. Und egal, was sie tat, es reichte ihm nie. Er hatte nie ein Wort des Lobes für sie, nie hatten sie einen herzlichen Moment, nie reichte sie an seinen Glorienschein heran. Wenn er lachte, dann nie mit ihr. Wenn er strahlte und sich glücklich fühlte, dann nicht wegen ihrer Gegenwart. Nur wenn Gäste anwesend waren, gaben sie das perfekte Paar. Er hatte die Fürstin noch nie glücklich gesehen. Aber wer war schon wirklich glücklich?

* * *

Das Abendessen gestern im Speisesalon war in bedrückter Stimmung verlaufen. Die ganze Familie litt, wenn der Vater nicht mit an der Tafel saß. Diese trübselige Stimmung wirkte meist ein paar Tage nach. Deswegen wohl auch war es heute ungewohnt ruhig. Beim Nachmittagstee der Dienstboten war die strenge Tafelordnung aufgehoben. Jeder machte ein paar Minuten Pause, so wie es gerade passte. Viktor nahm sich Muckefuck und ein Stück Butterkuchen. Die Mamsell kam, ein paar Minuten später die Haus- wie die Stubenmädchen. Moritz kam kurz vom Teppichklopfen herein. Alle saßen auf ihren Stühlen, tuschelten leise oder tranken und aßen, bevor sie wieder hochmussten. Die Mamsell und Frau Möckel besprachen die Speisefolge der nächsten Tage. Alles ging seinen gewohnten Gang.

Viktor nahm noch ein Stück Butterkuchen und riskierte einen Blick zu Adelheid Schaaf rüber. Er sah gerade noch, wie sie eilig wegschaute. Ja, doch. Sie hatte ihn angeschaut. Aber er hatte auch schon bemerkt, dass sie hier alle anschaute. Er hatte so das Gefühl, dass sie über eine sehr gute Beobachtungsgabe verfügte. Schon am zweiten Tag hatte sie Messer und Gabel korrekt geführt. Niemand hatte es ihr gezeigt. Nach zwei Tagen war ihr Gang anders gewesen, aufrechter, mit mehr Haltung. Fräulein Schaaf schien eine schnelle Auffassungsgabe zu besitzen. Offensichtlich war sie alles andere als dumm. Zu gerne hätte er mehr über sie gewusst. Von ihrem Leben, ihrer Familie. Aber natürlich würde er nicht mit ihr reden. Nicht auszudenken, sie würde etwas über seine Familie wissen wollen. Wehe dem! Nein, er fand sie interessant, aber nicht so interessant.

Kurz darauf war es für die Frauen Zeit, weiterzuarbeiten. Er, Diedrich Budde und Herr Opitz blieben sitzen. Opitz schaute in die Runde und nickte kaum merkbar.

»Sie sind heute dran, Herr Novak, wenn ich mich recht erinnere«, sagte Herr Opitz.

»Aber natürlich. Gerne«, entgegnete Viktor.

Opitz konnte nicht mehr gut sehen. Wenn er die Rechnungen machte oder im Weinkeller die Einkäufe durchging, dann zog er seine Brille auf. Doch er war zu eitel, sich hier vor allen damit zu zeigen. Deswegen musste am Nachmittag, wenn die Diener ein wenig freie Zeit hatten, einer von beiden vorlesen.

Viktor ging in den Flur, wo auf einem Brett die Zeitungen abgelegt wurden, die von oben zurückkamen. Er griff zur *Vossischen Zeitung*, setzte sich wieder und breitete sie vor sich aus.

Die hohe Politik interessierte den Butler nicht so sehr. Ihn selbst schon eher. Gelegentlich nahm Viktor sich abends Zeitungen mit nach oben oder las in seiner knappen Pause hier unten mal einen Artikel. Doch er wusste, was Opitz am meisten interessierte: Klatsch und Tratsch, Elend und Spott.

Eine Anzeige fiel ihm ins Auge: *Mantel, auch in Teilzahlung zu kaufen*. Das interessierte ihn. 17,60 Mark für einen guten Wintermantel, das war nicht zu teuer. Andererseits, der Winter war noch weit weg, und auch 17,60 Mark waren viel Geld. Und er musste jede Mark sparen.

Sogleich räusperte Viktor sich und fing an: »In Berlin wurde der arbeitslose Arbeiter Heinrich Bast zu drei Wochen Haft wegen Bettelei verurteilt. Er hatte in einer Bäckerei um ein Stück übrig gebliebenes Brot gebeten.«

»Recht so«, sagte Opitz. Solche Meldungen waren ihm stets eine Genugtuung. Bettelei stand genau wie Landstreicherei unter Strafe.

Um altes Brot betteln, das war nun auch das Los seiner Familie. Nur wegen Vaters Sturheit. Nur wegen ihm musste Viktor jeden Tag, jede Stunde, jede Minute darauf achtgeben, sich nicht zu verraten. Was Opitz wohl machen würde, wenn er hinter seine Schummelei kam? Da drohten ihm mehr als drei Wochen Haft, viel mehr.

Viktors Blick flog weiter über die Überschriften. Es gab einen Artikel über die nun schon seit zwei Jahren andauernden Aufstände der schwarzen Einwohner in Südwestafrika gegen die deutschen Siedler und Soldaten. Aber darüber hatte Budde, der fast ausschließlich militärische Nachrichten vorlas, gestern schon berichtet. Sie hatten eifrig darüber debattiert, ob es gerechtfertigt war, ständig die Steuern für alles Mögliche zu erhöhen, damit man die wachsenden Ausgaben für den Krieg in den Kolonien und für den Ausbau der Flotte bestreiten konnte. Viktor hatte sich dagegen ausgesprochen. Diese Steuererhöhungen trafen doch immer nur die kleinen Leute, also sie. Gerade erst hatte der Reichstag fast dreißig Millionen Mark für den Krieg beantragt. Wo sollte das Geld herkommen, wenn nicht von neuen Steuern? Selbst Budde hatte ihm zugestimmt, vermutlich aber nur, weil die Steuer für Zigaretten gerade erst erhöht worden war.

»Man hat festgestellt, dass der Sommer deutlich zu kühl war«, las Viktor weiter vor.

Auf dem Klingelbrett tat sich etwas. Jeder Raum hier hatte seinen eigenen Klingelton. Dieser gehörte zum Porzellanzimmer. Viktor wechselte einen kurzen Blick mit Budde. Vermutlich war das die Fürstin. Da er las, wäre eigentlich Diedrich dran. Doch der war heute schon vier Mal bei ihr gewesen. Viktor legte die Zeitung ab. »Ich geh schon.«

Er ging zur Hintertreppe. Doch noch bevor er die erste Stufe nehmen konnte, lief die Neue vor ihm die Treppe hoch, eilig, als hätte sie etwas vergessen. Himmel, was für Schuhe die trug. Dass es da noch keine Beschwerden gegeben hatte. Sicher hatte die Mamsell ihr schon gesagt, dass sie für neue Schuhe sparen solle. Und besser auch direkt für neue Strümpfe. Die hier sahen alt aus und viel zu dick. Viel zu unelegant. Aber nun gut – eine Fürstin würde natürlich niemals diesen Blick auf die Fesseln einer Dienstbotin haben, den er gerade hatte.

Drei Stunden und etliche Aufträge später kam er wieder runter in die Dienstbotenetage. Es war bald Abendessenszeit, aber er hatte nun ein paar Minuten frei. Die Tafel war bereits gedeckt. Budde räumte noch im großen Salon auf, und die Herrschaften zogen sich alle für den Abend um. Er hatte ein paar Minuten Zeit, um die Artikel zu lesen, die ihn interessierten. Offensichtlich hatte Opitz die Zeitungen mit in seine Dienststube genommen.

Viktor ging nach hinten und klopfte. Als er nichts hörte, stutzte er. Normalerweise war der Butler um diese Zeit hier unten. Beim und nach dem Abendessen würden sie alle Hände voll zu tun haben. Heute wurden Gäste erwartet. Viktor klopfte noch mal, diesmal etwas lauter. Als er nichts hörte, schob er leise die Tür auf. Hm, fast, wie er es sich gedacht hatte. Opitz lag mit dem Kopf auf der Schreibtischplatte und schlief. Er schnarchte.

Leise trat Viktor an den Tisch. Die Zeitungen lagen gefaltet am Rand. Er zog sie weg. Darunter kamen einige Briefe zum Vorschein. Ach herrje, nicht schon wieder.

Die neueste Marotte von Opitz war, die Abendpost an die Herrschaften nicht direkt nach oben zu bringen. Schon zwei Mal hatte er es im wahrsten Sinne des Wortes verschlafen. Zwei Mal, von denen Viktor wusste. Einmal war eine dringliche Mitteilung an den Fürsten dabei gewesen. Er griff zu dem Stapel und nahm die Briefe an sich. Zwei für die Fürstin, drei für die Töchter, keiner für den Fürsten. Also waren sie auch nicht ganz so eilig. Doch darunter lag noch ein Brief. Er erkannte das Papier sofort.

Verflixt noch mal. Er hatte ihr doch gesagt, sie solle nicht dieses graue Papier nehmen. Eines Tages würde es noch auffallen, dass er so häufig Briefe auf dem billigsten Briefpapier bekam.

Eilig schaute er auf den Absender. Und atmete auf. Von Unteroffizier *Richard Adler*. Ricarda hatte daran gedacht, einen falschen Namen zu benutzen. So konnte Viktor immer behaupten, es handele sich um einen ehemaligen Schulkameraden. Eilig ging er mit der Zeitung und den anderen Briefen in der Hand hinaus. Er brauchte ihn nicht zu öffnen, denn er wusste genau, was sie schreiben würde. Das Gleiche wie immer. Und immer war es dringend. Und immer bettelte sie. Meine arme Ricarda, dachte Viktor. Ich lieb sie doch so sehr.

Jetzt musste er erst umgehend die anderen Briefe nach oben bringen. Hoffentlich würde sich niemand beklagen, dass die Post so spät war. Wegen Opitz' Nachlässigkeit wollte er nicht in Ungnade fallen.

Kapitel 2

Mitte September 1906

Adelheid stand im strahlenden Widerschein des polierten Spiegels. In der Tat, sie war wirklich ganz apart anzusehen. Sie drehte ihren Kopf nach links, wieder nach rechts und versuchte dann, ihren Kopf so weit zu drehen, dass sie ihre Frisur von hinten erkennen konnte. Das klappte nur bedingt. Aber ja, ihre Haare schimmerten tatsächlich golden. Das konnte sie nun mit Fug und Recht behaupten, da sie hier zum ersten Mal in ihrem Leben nahe genug Dinge aus echtem Gold gesehen hatte. Und es war auch das allererste Mal, dass sie sich in einem richtigen Spiegel anschaute.

Bisher hatte sie allerhöchstens ihre schattenhafte Silhouette im Fenster des Krämerladens sehen können. Die winzigen Fenstergläser in ihrer Hütte waren gebogen und gewellt und hatten Lufteinschlüsse. Darin konnte man sich nicht wirklich betrachten. Aber dieser Spiegel hier war lupenrein und absolut eben. Und er hatte einen goldenen Rahmen, der die gleiche Farbe und einen ähnlichen Glanz besaß wie ihre Haare.

Und es waren nicht nur die Haare, die ihr gefielen. Sie wusste sehr wohl, welche Frauen als schön und welche als nicht so schön bezeichnet wurden. Das Wichtigste war, ein ebenmäßiges Gesicht zu haben und reine Haut. Beides traf auf sie zu. Zudem besaß Adelheid große kornblumenblaue Augen, eine schmale gerade Nase und hohe Wangenknochen. Sie *sah* schön aus. Dann traf das, was die Fürstin gesagt hatte, vermutlich wirklich zu: Der Fürst hatte sie in der Kirche entdeckt, und nun durfte sie hier arbeiten und zur Verschönerung des Schlosses beitragen.

Sie steckte sich eine lockere Strähne hinter dem Häubchen fest. Durfte sie solche eitlen Gedanken wirklich haben? Was würde der Pastor dazu sagen, wenn er wüsste, wie sie sich hier vor dem Spiegel begutachtete? Nun, er war nicht da, und sie würde es ihm nicht verraten. Niemand durfte das wissen, was sie hier machte.

Sollte sie die Gelegenheit nutzen? Sie war im Ankleidezimmer der jüngsten Komtess. Auf dem Brokatsessel lag ein Kleid, das Komtess Viktoria gestern getragen hatte. Es war ein Tageskleid, aber aus Seide und mit wunderbar aufwendigen Verzierungen. Adelheid griff zu und hielt es prüfend vor sich hin. So also könnte sie aussehen, wenn sie in eine andere Familie geboren worden wäre. In eine andere Familie? Wohl eher in einen anderen Kosmos. Doch ihr Leben fand nur auf der Schwelle zu diesem anderen Kosmos statt. Dabei war sie nur ein ungebetener Eindringling. Jemand, der zwar da sein sollte, aber doch immer störte.

Die Mitglieder der Familie waren heute außer Haus, Besuche machen und andere kurzweilige Dinge erledigen. Deshalb brachten die Stubenmädchen heute die Räume in der ersten Etage auf Vordermann. Polierten die Möbel, räumten gründlich auf und lüfteten durch. Die Hausmädchen putzten die Fenster. Natürlich waren alle Scheiben im Schloss vollkommen ebenmäßig und wurden ständig geputzt und poliert, wie alles hier. Kein Staubkorn trübte die Sicht.

Fräulein Petzold – Martha, wie Fräulein Pietsch sie nannte – war schon im Nebenzimmer. Die beiden Stubenmädchen duzten sich. Hedda Pietsch war gerade hinausgegangen, um gebrauchtes Geschirr in den Aufzug zu stellen.

Und Adelheid, die eigentlich auf den Garderobenschränken Staub wischen sollte, nutzte den kurzen Moment für sich, um sich im Spiegel zu betrachten. Und stellte fest, dass sie bezaubernd aussah.

Bezaubernd … Wen sie auch ganz und gar bezaubernd fand, war Viktor Novak. So elegant, mit seinen blonden Haaren und seinen langen schlanken Fingern. Adelheid liebte besonders die kleine

Falte zwischen seinen Augenbrauen, die sich immer zeigte, wenn er mit etwas nicht zufrieden schien, aber sich eines Kommentares enthielt. Sie zeigte sich oft, wie Adelheid festgestellt hatte. In ihren Tagträumen stellte sie sich die aberwitzigsten Dinge vor, zum Beispiel, wie sie über diese kleine Falte oberhalb der Nase streichelte. Natürlich war er unerreichbar für sie, aus verschiedensten Gründen. Doch ihr genügte es, jeden Tag mit ihm am Tisch sitzen zu dürfen. Er war eine so durch und durch elegante Erscheinung. Wenn auch sehr reserviert. Einmal hatte er ihr geholfen, als sie ein schweres Paket aus dem Schrank im Flur hatte holen wollen, das in der obersten Ablage stand. Und obwohl das sehr nett von ihm gewesen war, hatte sie dennoch das Gefühl gehabt, dass er abweisend zu ihr war. Er hatte kaum etwas gesagt und sie nur böse angeschaut. Als hätte sie etwas falsch gemacht. Und dennoch himmelte sie ihn an.

Ja, er wirkte sehr arrogant. Auch mit den anderen Dienstboten schien er keine enge Verbindung zu haben. Mit dem zweiten Diener, Budde, verstand er sich offensichtlich nicht gut. Aber mit ihm unterhielt Novak sich wenigstens. Bisher hatte sie noch kaum ein Wort mit ihm gewechselt.

Niemand hier sprach viel über persönliche Dinge oder Ansichten oder äußerte Meinungen. Alle schienen sich beständig gegenseitig zu belauern. Lydia Keller und Gerda Altvater unterhielten sich gerne über die Dinge, die sie oben in den Herrschaftsräumen gesehen hatten. Aber auch nur, wenn sie sich unbemerkt glaubten. Viktor Novak und Diedrich Budde unterhielten sich auch, wenn sie oben in den Räumlichkeiten waren, beendeten aber jedes Gespräch abrupt, sobald man das Zimmer betrat. Hatten sie Geheimnisse? Oder wollten sie nur einfach nicht dabei erwischt werden, wie sie sich über die Herrschaften austauschten?

Eine der obersten Hausregeln lautete nämlich, dass das Privatleben der fürstlichen Familie kein Klatschthema war – nicht zwischen den Dienstboten hier im Haus und schon gar nicht draußen. Wurde man dabei erwischt, wie man auch nur das kleinste

Detail ausplauderte, stand man sofort auf der Straße. Das hatte ihr die Mamsell nun jedes Mal mit auf den Weg gegeben, bevor sie alle zwei Wochen ihren freien Sonntagnachmittag bei ihrer Familie verbrachte.

Einmal war sie ins Dorf geschickt worden, um einen eiligen Brief aufzugeben, und die Mamsell hatte ihr das Gebot der Diskretion extra noch mal eingebläut. Als sie dann vor der Krämersfrau im Laden gestanden hatte, zum allerersten Mal im Auftrag des Schlosses, hatte sie gar nicht gewusst, wie viel sie sagen durfte. Sie wolle diesen Brief aufgeben, hatte sie gesagt und ihn schüchtern über die Ladentheke geschoben. Es sei sehr eilig, hatte sie nachgesetzt. Natürlich wusste das ganze Dorf bereits, dass ausgerechnet Adelheid Schaaf nun im Schloss arbeitete. Sie musste sich nicht weiter erklären.

Mama hatte ihr erzählt, dass sie diverse Male darauf angesprochen worden war, nun eine Tochter im Schloss zu haben. Und wie anders die Leute sie plötzlich behandelten – mit einer neuen Höflichkeit. Selbst ihr gegenüber hatte Frau Lehmann, die Krämersfrau, zum allerersten Mal Bitte und Danke gesagt. Als würde der Glanz des Schlosses wie ein Heiligenschein über ihr schweben. Der helle Schein, der alle umgab, die hier im Schloss lebten.

Es war verwirrend, dass die Leute plötzlich nett zu ihr waren. Zumindest die, die im Dorf lebten. Die Leute im Schloss waren eher mit Vorsicht zu genießen. Innerhalb kürzester Zeit hatte Adelheid das Gefühl gehabt, dass auf den Fluren dieses Hauses Unmengen an unsichtbaren Fettnäpfchen standen. Mit den Herrschaften hatte Adelheid nichts mehr zu tun gehabt seit ihrer Einstellung. Der Fürst war ohnehin häufig tagelang unterwegs. Und selbst hier verbrachte er wenig Zeit mit seiner Frau. Zwei Mal hatte sie gesehen, wie die Fürstin dem Fürsten über den Flur gefolgt war. Beim ersten Mal hatte er ihr seine Wünsche für eine Abendgesellschaft mitgeteilt. Beim zweiten Mal war sie ihm stumm gefolgt. Wie ein verlorenes Küken, das seiner Entenmutter folgte.

Adelheid hörte Schritte und legte das Kleid zurück auf den Sessel. Die Tür hinter ihr ging auf, und Hedda Pietsch kam zurück.

Mit brünetten lockigen Haaren, blaugrauen Augen und einer leichten Stupsnase war Fräulein Pietsch zwar keine Schönheit, aber doch nett anzusehen. Sie hatte große Mädchenaugen, die immer etwas skeptisch blickten, als würde sie etwas völlig anderes denken, hätte aber beschlossen, ihren Mund zu halten. Verstärkt wurde es noch dadurch, dass sie häufig ihre etwas dickere Unterlippe vorschob, was wirkte, als wäre sie beleidigt oder trotzig. Aber sie war immer höflich und gab nie Widerworte.

Eilig schwang Adelheid den Staubwedel über die Kommode.

»Sie sollen doch *auf* den Schränken wischen«, sagte Fräulein Pitsch genervt.

Adelheid nickte, sagte aber: »Weil ja noch das Kleid dort liegt, wollte ich keinen Staub von oben aufwirbeln.«

»Dann hängen Sie es eben weg«, stöhnte Fräulein Pietsch, als hätte sie von ganz alleine darauf kommen müssen.

»Ich?« Sie war noch nie an einem der Kleiderschränke gewesen.

»Natürlich. Nehmen Sie einen von den breiten Kleiderbügeln und hängen es vorsichtig zwischen die anderen Stücke«, sagte Fräulein Pietsch, während sie eine Schranktür öffnete und ihr den Platz wies.

Ehrfürchtig nahm Adelheid das Kleid hoch und hängte das gute Stück vorsichtig in den Schrank. Hedda Pietsch war deutlich geduldiger als Martha Petzold. »Ich wollte nur vorsichtig sein.«

Was stimmte. Noch wusste sie nicht ganz genau, an welche Sachen sie durfte und welche zu intim waren. Was, wenn sie gar nicht an den Kleiderschrank durfte? Sie öffnete ja schließlich auch keine Schreibtischschublade. Also wartete sie besser, dass sie den ausgesprochenen Auftrag dafür bekam. Die Mamsell hatte ihr unmissverständlich klargemacht, dass sie nicht an die Sachen der Herrschaften durfte. Wenn man sie also irgendwann irgendwo erwischte, wo sie nicht sein durfte … Sie brauchte diese Stelle mehr als jede und jeder der anderen Dienstboten im Schloss. Bald war die Erntesaison vorbei. Da gab es dann keine Arbeit mehr für ihren Vater und die Brüder. Die Winter waren immer besonders hart. Dann musste man zwischen Geld für Essen und Geld für Kohle entscheiden. Hunger zu haben *und* zu frieren war schrecklich.

Vielleicht waren es die anstrengende Arbeit oder die langen Arbeitszeiten, die sie schläfrig werden ließen. Sie musste gähnen.

»Na, na, na. Wer wird denn da müde sein?« Der Ton von Hedda Pietsch war vorwurfsvoll, doch sie lächelte verschmitzt.

Adelheid drehte sich verschämt weg. Sie konnte nichts dafür. Sie war einfach müde.

»Fräulein Schaaf, können Sie bitte schnell mal unten etwas holen?« Martha Petzold stand in der Tür. »Gehen Sie runter in die Waschküche. Dort finden Sie eine Tinktur in einem runden grünen Fläschchen. Ich muss das Schminktischchen polieren. Es haben sich schon wieder Ränder gebildet.«

»Jawohl, Fräulein Petzold«, kam es sofort von Adelheid. Sie kannte die Tinktur nicht, aber so viele grüne runde Fläschchen standen dort unten nicht herum. Sie ging zur Hintertreppe und wollte gerade hinunter, als sie ihren Namen hörte.

»Fräulein Schaaf, können Sie das bitte mit runternehmen?«, fragte Gerda Altvater, die plötzlich direkt hinter ihr stand. Sie trug eine große Abortpfanne vor sich her. Im gleichen Moment stolperte sie, und der Inhalt der Pfanne entleerte sich über Adelheids weiße Schürze und den Rest der Kleidung.

»Igitt!«, stieß Adelheid angewidert aus. Sofort hielt sie den Mund. Das war zu laut gewesen. Aber auf ihrer Schürze zeigten sich ein großer Fleck gelben Urins und ein brauner Streifen von dem, was an ihrer Schürze entlang auf die Steinstufen geplumpst war. Unwillkürlich trat sie zwei Stufen hinunter. Das war widerlich. Und es stank ekelhaft.

Ihre Arme angewidert ausgebreitet, schaute sie an sich hinunter. Sie würgte vor lauter Ekel. Vorsichtig holte sie durch den Mund Luft. Ihr Blick ging zu Gerda Altvater, die zwei Stufen über ihr stand und amüsiert zu ihr hinunterschaute. Adelheid war entsetzt. War das Absicht gewesen? Hatte Gerda sie wirklich gerade mit Pisse und Scheiße übergossen?

Sie würde sich komplett umziehen müssen. Zudem müsste sie ihre Kleidung sofort einweichen und heute Abend nach der Arbeit auswaschen. Dabei wollte sie heute unbedingt früher ins Bett. Heute Morgen hatte sie verschlafen. Nur ein wenig, aber das durfte sie sich kein zweites Mal leisten. Aber gerade war ihr das egal. Gerade stand sie wie zur Salzsäule erstarrt auf der Treppe und schaute an sich herunter. So ein verdammter Mist! Beinahe hätte sie laut geflucht. Was sollte sie denn nun tun?

Gerda Altvater stand noch immer über ihr und konnte sich das Lachen kaum verkneifen. Hinter ihr tauchte Lydia Keller auf. Sie verzog hämisch ihr Gesicht.

»Das tut mir so leid. Das wollte ich nicht. Ich bin gestolpert«, log Gerda nun.

Adelheid schluckte ihre Wut hinunter. Natürlich wusste sie, dass das nicht stimmte. Das hatte Gerda absichtlich gemacht. Vermutlich hatten die beiden Hausmädchen darauf gelauert, dass Adelheid irgendwann zur Hintertreppe ging. Die beiden grinsten feist.

»Nun gehen Sie sich schnell umziehen. So können Sie doch hier nicht rumlaufen«, herrschte Lydia Keller sie auch noch an, als hätte sie ihr etwas zu sagen.

Sie stank. Adelheid holte Atem durch den offenen Mund. Am liebsten hätte sie die zwei angeschrien, was natürlich nicht möglich war. Zwar waren die Herrschaften gerade außer Haus, aber wenn die Mamsell sie hören würde, gäbe es bestimmt Schwierigkeiten.

»Was wolltest du mir denn mitgeben, Gerda?«, fragte sie nun so ruhig wie möglich. Die Abortpfannen runterzubringen war die Aufgabe der Hausmädchen. Die hätte sie ihr also nicht mitgeben können. Höchstens etwas, was in die Aufgaben der Stubenmädchen fiel, wie gebrauchtes Geschirr oder ein Wäschestück der Töchter. Sie schaute Gerda fordernd an. Die geriet sofort ins Stottern und wusste nicht, was sie antworten sollte.

Adelheid streckte nun die Hand aus und sagte: »Nun gib es mir, was immer es auch ist. Meine Hände sind sauber geblieben.«

»Ich … ähm …« Gerda Altvater riss ihre Augen auf. Ihr Gesicht bekam Flecken. Sie hatte wohl nicht damit gerechnet, dass das Stubenmädchen so reagieren würde. Unsicher blickte sie sich zu Lydia Keller um.

»Nun gehen Sie schon hoch und ziehen sich um. Sie wollen doch so nicht durchs Haus laufen?«

»Also gibt es gar nichts, was du mir mitgeben wolltest?«, fragte Adelheid nachdrücklich. Sie hatte bereits bemerkt, dass Gerda sich gerne von Lydia aufhetzen ließ. Eigentlich war die Fünfzehnjährige ein zurückhaltendes Mädchen. Doch sie war auch Wachs in den Händen des ersten Hausmädchens.

»Herrgott, Fräulein Schaaf, gehen Sie endlich! Sonst entdeckt Sie noch jemand.«

Was vermutlich genau das war, was die beiden vermeiden wollten. Dann wäre nämlich klar, dass sie schuld an der Misere waren. Und nicht sie selbst. Die Abortpfannen wegzubringen war nämlich eine der ersten Tätigkeiten, die die Hausmädchen erledigten, sobald die Herrschaften unten am Frühstückstisch saßen. Dann wurde gelüftet, das gebrauchte Waschwasser und die Abortpfannen nach unten getragen und frisches Wasser sowie die gereinigte Pfanne wieder nach oben gebracht. Etwas, was schon seit Stunden erledigt sein musste.

Doch genau in diesem Moment hörte sie Schritte von unten. Es war nicht Herr Opitz und auch nicht die Mamsell. Beide liefen etwas langsamer. Es war ein federnder, eiliger Schritt. Jemand nahm zwei Stufen auf einmal. Da die Küchenmädchen tagsüber nie hochkamen und alle anderen Dienstbotinnen bereits auf dieser Etage waren, konnte es entweder nur der Hausbursche oder einer der beiden Diener sein.

Ein Kribbeln stieg in ihrem Nacken hoch. Nun raffte sie Schürze und Kleid und stieg vorsichtig am Rand der Treppe hoch. Sie wollte sich nicht noch ihre Schuhe versauen. Gerda und Lydia traten beiseite und ließen sie durch. Adelheid ging die wenigen Schritte, bevor auf der anderen Seite die Dienstbotentreppe weiter nach oben führte.

»Jetzt riecht sie so wie alle aus ihrer Familie«, kam es hämisch geflüstert hinter ihr her.

Schon hörte sie, wie ein Mann fluchte. »Was ist denn das für eine Sauerei? Könnt ihr nicht aufpassen? Wie das stinkt! Mach das sofort weg!«, schimpfte Viktor Novak.

Verdammter Mist, dachte Adelheid nun zum zweiten Mal. Ausgerechnet er!

»Das war die Neue. Die ist da draufgetreten und hat alles umgekippt«, hörte sie Lydia Keller sagen.

»Was lasst ihr die Pfanne auch hier stehen? Dann muss doch so etwas passieren! Die gehört frühmorgens weggebracht. Das solltet ihr doch wissen!«

Adelheid hörte, wie seine Stimme näher kam. Um Gottes willen. So durfte er sie nicht sehen. Hastig stieg sie die Stufen weiter hoch, doch er war schneller. Kurz vor dem Flur zur Mansarde hörte sie ihn direkt hinter sich. Verschämt drückte sie sich an die Wand, um ihn vorbeizulassen.

Schon war er auf der gleichen Höhe und schob sich an ihr vorbei. Ihre Arme gingen nach vorne, um möglichst viel von sich zu verdecken. Doch er warf einen Blick zurück und schaute erstaunt. Sofort blieb er stehen.

Auch das noch. Jetzt sah er sie in all ihrer Schande. Geh weiter, geh weg, schrie alles in ihr. Doch sie blieb stumm.

»Sie sind da gar nicht draufgetreten, oder?«, fragte er nun.

Adelheid war zu keiner Antwort fähig. Ich will einfach im Erdboden versinken, flehte sie innerlich. Sie ekelte sich vor sich selbst. Ausgerechnet er musste sie nun so sehen! Tränen sammelten sich in ihren Augen. Endlich schüttelte sie ihren Kopf.

»Diese Saubande! Sie sollten es der Mamsell sagen.« Dann drehte er sich weg und ging weiter. Er hatte es immer noch eilig.

Der Mamsell sagen, ausgerechnet. Als hätte sie gerade nicht größere Probleme. Ausgerechnet Viktor Novak musste sie in dem Moment ihrer größten Schande sehen.

Und doch – so lange hatte er noch nie mit ihr gesprochen. Und im Grunde war es sogar nett gewesen, was er gesagt hatte. Aber er würde ihre Schande nicht vergessen. Sie hätte sterben wollen. Stattdessen stieg sie weiter die Treppe hoch. Sie würde sich auskleiden und komplett neu anziehen müssen. Dann würde sie schnell die Kleidung runterbringen und einweichen. Und heute Abend musste sie sie dann auswaschen und aufhängen. Noch mehr Arbeit. Aber all das interessierte sie nicht. *Er* hatte sie so gesehen! Das war alles, was sie gerade denken konnte.

Doch dann fiel ihr ein, dass er vielleicht recht hatte. Was, wenn Lydia und Gerda der Mamsell nun auch sagen würden, dass sie auf die Pfanne getreten wäre und sich der Inhalt auf die Stufen ergossen hätte? Würde sie dann entlassen werden? Diese Frage stellte sie sich Tausende Male am Tag. Ständig hatte sie Angst, ihre Stellung zu verlieren, wegen jeder Kleinigkeit, die sie eventuell nicht richtig machte. Sie konnte es sich nicht erlauben, mit leeren Händen nach Hause zu kommen. Das machte sie wirklich mürbe: Ihre bittere Armut hatte sie gegen beständig lauernde Angst getauscht.

Ende September 1906

Es war Hedda immer unangenehm, wenn sie zu Herrn Opitz ins Zimmer musste, zumal wenn sonst niemand dabei war. Vorhin hatte er sie zu sich beordert. Sie überprüfte noch mal den Sitz ihrer Spitzenschürze und klopfte. Sogleich hörte sie, wie der Butler und oberste Hausdiener sie hineinrief.

»Fräulein Pietsch, sehr schön. Setzen Sie sich.« Er hatte einen roten Kopf, wie so häufig.

Hedda lächelte gequält. Sie hatte keine Ahnung, warum sie hier war. Ihre Aufgaben bekam sie von der Mamsell. Nur ganz selten, wenn die nicht im Haus war, sagte Herr Opitz ihr, was wann zu erledigen sei. Sie war schon ewig nicht mehr für Botengänge hineingerufen worden. Dafür fanden sich in der Regel andere. Andere hieß: jemand, der entweder kürzer hier im Haus beschäftigt war oder in der Hierarchie unter einem Stubenmädchen stand. Was also wollte er von ihr?

Sie nahm den angebotenen Stuhl und zog ihn bis kurz vor den Schreibtisch. Beim letzten Mal, als er sie reingerufen hatte, hatte Opitz sich breitbeinig auf die Kante seines Schreibtisches gesetzt. Und sie hatte die ganze Zeit das Gemächt auf Augenhöhe gehabt. Das wollte sie nicht noch mal erleben. Also setzte sie sich so nahe an den Schreibtisch, dass er sich nicht mehr dazwischendrängen konnte.

Herr Opitz, der schon stand, stutzte, überlegte wohl, ob er sich wieder auf die andere Seite des Schreibtisches begeben sollte, ging dann aber an ihr vorbei. In ihrem Rücken erhob er die Stimme, sodass sie sich zu ihm umdrehen musste.

»Wie macht sich die Neue?«

Hedda versuchte, ihre Überraschung zu verbergen. Das war doch wohl eine Frage, die er mit der Mamsell klären musste. Tat er aber nicht. Und brachte sie damit in eine scheußliche Lage. Hedda hielt sich gerne aus solchen Dingen heraus.

»Also mein Eindruck ist, dass sie sich gut eingelebt hat. Sie begreift schnell. Zwar weiß sie sehr oft nicht, wie wir etwas machen. Oder wie man bestimmte Dinge pflegt. Aber wenn man ihr einmal etwas erklärt, dann behält sie es. Und macht es beim nächsten Mal richtig.«

»Und so sittlich gesprochen? Flucht sie, oder benutzt ungehobelte Sprache?«

»Nein, überhaupt nicht«, sagte Hedda wahrheitsgemäß.

»So, so.« Mit auf dem Rücken verschränkten Händen ging er an ihr vorbei bis zur Wand, drehte sich um und kam ihr wieder entgegen.

»Ist sie unreinlich?«, fragte Opitz streng.

Hatte er von dem Malheur gehört? Jeder im Haus wusste es mittlerweile. Als Adelheid so lange fort gewesen war, war Hedda sie suchen gegangen. Lydia hatte ihr erzählt, dass sie sich mit dem Inhalt der Abortpfanne beschmutzt hatte. Feixend. Für das oberste Hausmädchen war es wohl ein echter Genuss gewesen, das miterleben zu dürfen. Und es unter der Hand weiterzuerzählen. Hedda hatte die Kleine bedauert. Das war wirklich ungeschickt von ihr gewesen.

»Nein. Sie hat sofort begriffen, wie wichtig es ist, immer saubere Hände zu haben. Und sich die Fingernägel zu reinigen. Auch sonst finde ich, dass sie einen sauberen Eindruck macht. Gelegentlich ist sie zu gründlich. Dann dauert es zu lang, wenn sie etwas putzt. Aber sie wird von Tag zu Tag besser.«

»Also haben Sie nichts gegen sie vorzubringen?«

Hedda wurde skeptisch. Das klang wie bei einem Verhör. War etwas vorgefallen und Hedda sollte es wissen? »Ähm … nun … Sie hat natürlich noch keinerlei Erfahrung im Umgang mit Besuch. Wenn sie mal allein unterwegs ist, weiß ich nicht, ob sie dann weiß, wie sie sich zu verhalten hat.«

»Aha!« Es klang so, als würde ihm das noch nicht reichen.

»Und ich weiß natürlich nicht, ob sie außer Haus den richtigen Ton trifft, wenn sie über ihre Arbeit erzählt.«

»Sie erzählt draußen von ihrer Arbeit?«, fragte Opitz vorwurfsvoll.

»Ich … ähm … Ich weiß nicht. Sie wird ja nun vermutlich mit ihrer Familie über ihre Arbeit sprechen.«

»Hat sie das gesagt?«

»Nein. Ich dachte nur …«

Opitz war direkt hinter ihr stehen geblieben. Sie roch seinen Veilchenatem.

»Und Fräulein Petzold? Kommt die mit der Neuen aus?«

Hedda nickte nur. Langsam wurde ihr angst und bange. Was wollte er von ihr?

»Keine Beschwerden von ihrer Seite aus?«

»Vielleicht fragen Sie das Fräulein Petzold besser selbst.« Sie wollte aufstehen, doch so nahe, wie sie am Schreibtisch saß, konnte sie das nicht. Und er stand so dicht hinter ihr, dass sie mit dem Stuhl nicht zurückrutschen konnte.

Er kam näher. Seine Lippen berührten fast ihr Haar. »Du weißt, ich könnte dich zum ersten Stubenmädchen machen!«

Hedda schluckte. Also doch! Deswegen war sie hier. Schon wieder. Er versuchte es schon wieder. Bisher hatte sie sich dem immer charmant entziehen können. War heute der Tag, an dem ihr das nicht mehr gelang?

»Du müsstest nur etwas entgegenkommender sein.« Er sagte es leise, aber so eindringlich, dass ihr ein Schauer über den Rücken lief. Dann spürte sie die Hände auf ihren Schultern.

Hedda senkte den Kopf. Jeder Muskel in ihr verkrampfte sich. Da redete er von Sittlichkeit und Reinlichkeit, und dann das. Das Atmen fiel ihr schwer, so angespannt war ihr Körper. Nun spürte sie, wie seine fleischigen Finger mit ihren Haaren spielten. »Ich bin mit meiner Stellung sehr zufrieden. Und … und Fräulein Petzold … ist ein ausgezeichnetes erstes Stubenmädchen … Sie hat … sehr viel Erfahrung.« Hatte Martha Petzold sich mit Opitz eingelassen und so diese Stelle bekommen? Möglich. Andererseits war sie seit über sechs Jahren hier im Dienst. Sie hatte sich sicher hochgearbeitet. Hedda wollte nicht an so was denken.

»Aber du hast doch auch schon viel Erfahrung. Gib mir einen Grund, die gute Arbeit einer Dienstbotin zu belohnen.«

Meinte er wirklich, sich mit ihm einzulassen sei eine Belohnung für sie? Und würde er wirklich Martha Petzold auf die Straße schicken, damit er in Ruhe ein Techtelmechtel mit ihr anfangen konnte? Nun glitt seine Hand über ihren Rücken.

Panisch schnellte Hedda hoch. Ihre Oberschenkel donnerten gegen die Schreibtischplatte. Doch das war ihr egal. Mit den Kniekehlen stieß sie den Stuhl nach hinten und drehte sich zur anderen Seite weg.

»Ich muss … noch dringend etwas erledigen. Für die Mamsell … Ich hab was vergessen. Bitte entschuldigen Sie.«

Mit gesenktem Kopf stürmte sie zur Tür hinaus. Sie lief den Flur entlang bis zur Hintertür und hinaus. Sie wusste nicht, wohin sie ging. Nur weg von hier. Weg.

Sie lief weiter, in den Park hinein, hinter dem Kutscherhaus entlang, vorbei an den Ställen und immer weiter den ausgetretenen Pfad entlang Richtung Lindsee.

Es war ein lauer Abend. Noch war es warm. Der Herbst hatte noch nicht gegen den Sommer gewonnen. Mit ihrer Arbeit war sie fertig für heute. Niemand würde sie vermissen. Vermutlich deshalb hatte Opitz sie so spät noch zu sich beordert. Noch immer schlotterte sie am ganzen Körper. Dann fiel ihr die Rosenburg ein. Sie drehte sich um und lief einen großen Bogen am Waldrand entlang. Um diese Zeit wäre niemand dort.

Die Rosenburg war eine aus kleinen Felsbrocken und großen Kieselsteinen nachgebaute Schlossruine, die für die Kinder des Fürsten erbaut worden war. Ganz lebensecht wirkte sie, wie eine geschrumpfte, halb zusammengefallene mittelalterliche Burgenruine. Mit Zierportal, Spitzfenstern und Säulen war es ein abenteuerlicher Spielplatz für Kinder, die sich darin ganz wie Schlossherr und Schlossherrin fühlen konnten. Nun waren die Kinder des Fürsten alle erwachsen.

Hedda ging die Treppe hoch und setzte sich in die Ecke mit einer steinernen Säule. Ihr Atem rasselte. Sie zitterte am ganzen Körper. Noch mal davongekommen. Doch sie wusste, das würde nicht mehr lange so bleiben. Seit ein paar Monaten ging das nun schon. Es war nicht das erste Mal, dass Opitz sich an sie rangemacht hatte. Und es würde nicht das letzte Mal sein. Dessen konnte sie sich sicher sein.

Dabei wollte Hedda gar nicht erstes Stubenmädchen werden. Und erst recht nicht zu dem Preis, dass sie dafür mit Opitz Verkehr haben musste. War Lisbeth, die hier früher als Stubenmädchen gearbeitete hatte, deswegen gegangen? Weil sie nicht gewollt hatte, dass etwas Schlimmes passierte? Oder war vielleicht schon etwas Schlimmes passiert? Verdammt, was sollte Hedda tun? Es ging nicht darum, ob sie aufsteigen würde oder nicht. Wenn sie Opitz zu brüsk abweisen würde, wäre er in der Lage, sie zu entlassen. Ihm würde sicher etwas einfallen, wie er das begründen konnte.

Das aber konnte sie sich nicht leisten. War das also ihre Wahl: Entweder sie zierte sich und flog auf die Straße, oder sie zierte sich nicht und …? Iiih. Hedda merkte, wie ihr die Galle hochkam.

War Adelheid Schaaf so an ihre Stelle gekommen? War Martha Petzold deswegen erstes Stubenmädchen? Und Lydia Keller, war sie so an die Stelle als erstes Hausmädchen gekommen? Bei Lydia konnte sie es sich noch am ehesten vorstellen. Die würde sonst was tun, um aufzusteigen. Würde Opitz Lydia Keller als Nächstes ansprechen und ihr Heddas Stelle anbieten?

Was dann? Sie hatte noch lange nicht genug Geld beisammen. Außerdem war sie noch nicht so weit. Wenn sie sich wirklich trauen würde, nach Amerika auszuwandern, dann nur mit einer großen finanziellen Rücklage. Doch würde sie je alleine den Schritt wagen, in das Land der unbegrenzten Möglichkeiten zu gehen? Noch war es eh zu früh, darüber nachzudenken. Sie musste wenigstens dreimal so viel Erspartes als Startkapital haben. Das würde noch dauern. Drei Jahre, fünf Jahre? Sie war noch jung. Sie war erst einundzwanzig. Bisher war das alles noch Träumerei. Vielleicht auch Fantasterei, die sich nie erfüllen würde.

Hedda hörte Schritte. Wer war das? Opitz? War er ihr etwa gefolgt? Alarmiert schreckte sie hoch und blinzelte über die dicke Mauer. Es war einer der Stallburschen. Wolfram Neumann hieß er und hatte ihr schon diverse Male zugelächelt, wenn sie sich begegnet waren. Die Bediensteten vom Gut und die vom Schloss hatten wenig miteinander zu tun. Und Neumann arbeitete erst seit ein paar Monaten hier.

Hedda hatte immer gedacht, dass er sie bestimmt beim nächsten Erntedankfest zum Tanzen auffordern würde. Und jetzt kam er hierher. War das Zufall? Oder hatte er sie vorhin gesehen, wie sie am Pferdestall vorbeigelaufen war?

Wolfram Neumann umrundete die Burgruine und sah hoch. »Hallo? … Fräulein Pietsch?«

Also kein Zufall. Er hatte sie gesehen und war ihr nachgelaufen. Was sollte sie tun? Sollte sie sich verstecken? Das wäre doch dumm. Er war hochgewachsen und schlaksig, mit langen dünnen Beinen. Er brauchte nur drei Stufen hochzukommen, um sie zu entdecken. Besser, sie tat so, als wäre alles normal.

»Ja, bitte?« Sie trat vor und schaute auf ihn hinunter.

»Ähm … Hallo … Ich habe Sie gerade hier entlanggehen sehen. Und ich wollte nur … ähm … also … Ist alles in Ordnung?«

Er war um sie besorgt? Sie riss sich zusammen. »Ja, natürlich.« Was sollte sie ihm auch sagen? Dass der Butler des Schlosses ihr unsittliche Anträge machte? Sicher nicht. »Wieso fragen Sie?«

Neumann trat an die Treppe heran und stieg die erste Stufe hoch, unsicher, ob es ihm erlaubt war, weiterzugehen. »Ich dachte nur … Sie sahen gerade so … aufgescheucht aus. Ich wollte nur sichergehen, dass alles in Ordnung ist.«

Das war ja schon fast ritterlich. Hedda lächelte. »Danke sehr. Es ist alles bestens. Ich wollte nur mal ungestört frische Luft schnappen.«

Nun kam er die restlichen Stufen hoch und blieb vor ihr stehen. »Da bin ich aber beruhigt.« Er hielt etwas in der Hand, ein zusammengefaltetes Taschentuch. »Ich … Ich habe Ihnen etwas mitgebracht.«

»Mir?«, fragte Hedda verblüfft.

Er nickte und entfaltete das Tuch. Drei Pralinen kamen zum Vorschein. Etwas linkisch hob er die Hand und bot ihr die Süßigkeit an. Schokolade war schon purer Luxus, aber Pralinen kosteten ein Vermögen, geradezu unerschwinglich für jemanden wie sie – eine Dienstbotin oder einen Stallbuschen. »Greifen Sie zu.«

»Wirklich?« Erst als er noch einmal nickte, griff sie mit spitzen Fingern nach einer mit Schokolade überzogenen Praline. »Danke sehr.« Sie schob sich die Praline in den Mund. Hm, so süß. So schokoladig.

Er nahm nun auch eine und steckte sie sich in den Mund. Sie kauten beide genüsslich und grinsten sich dabei an. Er hielt noch mal die letzte Praline hoch. »Bitte sehr. Bedienen Sie sich.«

»Gerne.« Hedda wusste nicht, womit sie das verdient hatte. Aber bei Pralinen sagte sie nicht Nein. Das war ein wahrer Luxus. Sie nahm die letzte Süßigkeit und ließ sie sich auf der Zunge zergehen. Himmlisch. Sie grinste mit geschlossenem Mund. Dann drehte sie sich um und ging zur Mauer. Sie lehnte sich über die niedrige Steinbrüstung und schaute in Richtung Schloss. »Eine wunderbare Aussicht. Finden Sie nicht auch?«

Er setzte sich neben sie auf das Mäuerchen. »Hier ist es viel schöner als da drüben. Es ist wie unser eigenes kleines Schloss.«

Unser, als gäbe es ein *Uns*. Hedda schluckte. Nicht, dass er sich etwas versprach, nur weil sie zwei Pralinen bekommen hatte.

Er räusperte sich. »Ich wollte Sie schon länger mal ansprechen. Aber bisher hat mir der Mut gefehlt.«

»Ähm …« Was sollte sie darauf sagen? Besonders schüchtern kam er ihr nämlich nicht vor. »Sie heißen Neumann, nicht wahr?«

»Ja, genau, Wolfram Neumann.«

»Woher kommen Sie? Stammen Sie hier aus der Ecke?«

»Nein, nicht ganz. Ich komme aus Werder. Werder bei Potsdam.«

»Wo die Obstplantagen sind?«

»Ja, genau. Ganz Berlin isst unser Obst. Aber mein Vater ist Fischer.«

Als sie nichts mehr sagte, fragte er nach. »Und Sie? Stammen Sie aus Liebenberg?«

Sie schüttelte ihren Kopf. »Ich bin in Tangermünde aufgewachsen.«

»Oh, die Perle der Altmark.«

»Waren Sie mal dort?«

Er verneinte. »Nein, noch nicht … Werden Sie auch auf dem Erntedankfest sein?«

Was war das denn für eine Frage? Alle würden auf dem Erntedankfest sein. Bis dahin waren es nur noch knapp drei Wochen. Sie nickte leicht.

»Wie schön. Ich werde auch kommen.«

»Vom Schloss werden doch wohl alle da sein.«

»Vermutlich. Und tanzen Sie gerne?«

Hedda nickte wieder. Natürlich. Sie war eine junge Frau. Natürlich tanzte sie gerne.

»Dann hoffe ich, dass Sie … dass du einen Tanz oder auch mehr für mich reservierst.« Er grinste sie auffordernd an.

Herrschaftszeiten, der ging aber ran. Er sah so aus, als wollte er sich jeden Moment zu ihr rüberlehnen und sie küssen. Aber dazu war sie nicht bereit. Wenn er glaubte, er würde sie mit zwei Pralinen bezirzen können, dann hatte er sie unterschätzt.

»Ich muss wieder zurück«, sagte Hedda. »Und wir gehen besser separat.«

»Ja, natürlich«, pflichtete Neumann ihr bei. »Geh du zuerst.«

Wann hatte sie ihm erlaubt, sie zu duzen? Und was würde er sich noch ungefragt herausnehmen? Hedda stand auf, strich sich ihren Rock glatt und lief die Treppe runter. Er sah ihr nach, wie sie bemerkte. Trotz seiner Unverschämtheit musste sie grinsen. Er ging ran. Aber er war auch nett. Und das mit den Pralinen war sehr zuvorkommend gewesen. Noch immer spürte sie den Geschmack der Schokolade im Mund. Heiter ging sie zurück.

Vor dem Dienstboteneingang wischte sie sich den Staub von den Schuhen. Mittlerweile war ihr doch kühl geworden. Als sie die Tür aufzog und die Wärme ihr entgegenschlug, schlüpfte sie vorsichtig hinein. Das fehlte ihr noch, dass sie ausgerechnet jetzt Opitz in die Hände lief. Vielleicht sollte sie beim nächsten Mal der Mamsell Bescheid geben, dass die nach ein paar Minuten klopfte. Würde sie sich auf ihre Seite stellen? Immerhin war sie für die Sittlichkeit der weiblichen Angestellten verantwortlich.

Hier unten war es ruhig. Als Hedda den Flur betrat, hörte sie von oben leise die große Standuhr, die sich im Vestibül befand und zur neunten Stunde schlug. Liesel, das Küchenmädchen, putzte schon Gemüse für morgen. Sie würde auch noch kleinere Wünsche der Herrschaften erfüllen. Heiße Milch oder noch eine warme Schokolade als Schlummertrunk. Nur selten kamen zu dieser Zeit noch Essenswünsche. Und wenn es um mehr als ein belegtes Brot oder Rührei ging, dann wurde die Köchin noch mal geholt. Der Rest des Küchenpersonals ging früh schlafen. Vor allem Anni, die neben den Hausmädchen die Erste war, die morgens früh anfing.

Hedda huschte durch den Flur zur Hintertreppe. Die Fürstin hatte Besuch von einem befreundeten Ehepaar samt erwachsener Tochter aus der Nachbarschaft. Nur eine kleine Gesellschaft. Einer der beiden Diener würde oben Dienst tun. Für so wenige Personen reichte einer aus. Gerade als sie die Hintertreppe hochging, kam Viktor Novak um die Ecke geschossen. Abgetrennt vom Vestibül lag ein schmaler Flur zur Hintertreppe. Hier, für die Besucher nicht sichtbar, stand der Schrank, in dem die Mäntel der Gäste aufgehängt wurden.

»Fräulein Pietsch, Sie kommen gerade zur rechten Zeit. Der Besuch bricht gerade auf und ich bin allein. Wenn Sie so freundlich sein könnten …«, sagte Novak und wartete gar nicht auf eine Antwort. Er öffnete den Schrank, reichte Hedda einen Mantel, für den es eigentlich zu warm war, und packte selbst einen anderen.

»Die Tochter hatte auch einen Mantel dabei. Wer zuerst fertig ist, holt ihn.« Dann drehte er sich um und ging um die Ecke.

Als sie auf dem Schloss in Stellung kam, hatte Novak gerade als zweiter Diener angefangen. Für einige wenige Wochen hatte sie sich in den gut aussehenden jungen Mann verliebt. Doch ihre Schwärmereien hatten sich schnell in Luft aufgelöst. Sie mochte zwar seine blonden Haare, die sich von ganz allein in elegante Wellen legten. Aber das reichte ihr nicht. Er war ihr zu arrogant und viel zu ruhig. Als würde er sein Temperament beständig abbremsen.

Irgendwo öffnete sich die Tür eines Salons. Hedda hörte Stimmen. Der Besuch schien sich zu verabschieden.

Fast schon, als wäre es das Normalste der Welt, griff Hedda in die Manteltasche. Nichts. Sie war leer. Kein Geld. Nicht eine Münze. Aber nur eine oder zwei Münzen wären eh zu verdächtig gewesen. Das wunderte sie allerdings nicht. Ehefrauen hatten selten Geld dabei, zumal wenn sie mit ihren Männern unterwegs waren.

Hedda folgte dem Diener und stellte sich am Rand des Vestibüls auf. Sie schauten nicht in die Richtung, aus der die Gäste kamen. Die Mäntel über dem Arm, starr geradeaus schauend, waren sie eher lebende Kleiderhalter.

Wie so oft war die Fürstin allein mit ihren Gästen. Die kleine Gesellschaft schwatzte munter und ließ sich in keiner Weise von den anwesenden Bediensteten irritieren. Die Besucherin sagte noch etwas Ungehöriges über eine dritte Nachbarin, woraufhin alle lachten. Dann löste sie sich von der Gruppe.

Das war das Signal. Hedda half der älteren Dame in den Mantel, drehte sich um und ging sofort Richtung Schrank zurück. Sie sah noch, wie Novak dem Mann in den Mantel half und dafür ein Trinkgeld kassierte. Das würde er natürlich nicht mit ihr teilen. Das taten die Diener nie.

Sie holte einen leichten Sommermantel aus dem Schrank. Das Kleidungsstück der Tochter war eine wahre Fundgrube. Hedda holte eine silbrige Haarspange aus der einen Tasche. In der anderen fanden sich mehrere Münzen. Hedda schaltete schnell. Sie nahm ein Markstück und ließ es in ihren Schuhen verschwinden. Die Haarspange verbarg sie in der Hand. Während die Tochter sich in den Mantel helfen ließ, schwatzte sie mit ihrer Mutter.

So waren sie immer. Dienstboten waren es nicht wert, bemerkt zu werden. Selten gab es jemanden, der sich mit einem stummen Nicken bedankte. Noch seltener jemanden, der einer Dienstbotin Trinkgeld zusteckte. Das bekamen immer nur die Diener. Die hatten immerhin den ganzen Abend mit im Raum gestanden, immer in Habachtstellung, ob man etwas bringen musste, nachschenken sollte oder sonst ein Wunsch zu erfüllen war.

Aber Hedda wusste, sie arbeitete härter als die männlichen Diener und hatte weniger Pausen. Und doch bekam sie deutlich weniger Lohn. Schwungvoll ließ sie den Mantel auf die Schultern der jungen Frau sinken. Die bemerkte sie kaum. Doch dann bückte Hedda sich und tat so, als würde sie etwas aufheben.

Betont hilflos schaute sie in Richtung Viktor Novak und zeigte ihm die Haarspange. Sie bedeutete ihm, dass die Haarspange auf den Boden gefallen war. Nun war es an ihm, die Dame anzusprechen.

»Gnädigste … da ist etwas aus Ihrem Mantel herausgefallen.« Alle schauten ihn überrascht an. Man war es nicht gewohnt, dass ein Diener das Wort erhob, ohne gefragt zu werden.

»Ich sage dir immer, du sollst deine Sachen nicht einfach nur in die Manteltasche stecken«, schalt die ältere Dame ihre Tochter.

»Ich weiß auch nicht, wie die Spange da rausfallen konnte.« Die Tochter schaute böse zu Hedda, doch die hielt ihr unschuldig die offene Hand mit der Haarspange hin. Die junge Frau griff zu.

»Eines Tages verlierst du noch deinen Kopf«, sagte der Mann nun. Dann wandte er sich wieder an die Fürstin.

Hedda war entlassen. Viktor Novak würde die Besucher noch zur Tür begleiten und ihnen die Pforte aufhalten. Vermutlich war der Kutscher schon vorgefahren. Unten in der Leutestube hatte nämlich niemand mehr gesessen.

Hedda drehte sich weg und ging zufrieden hoch. Wenn die Komtess zu Hause feststellte, dass Geld aus ihrem Mantel fehlte, würde sie denken, dass es ebenfalls herausgefallen war. Wenn sie es überhaupt bemerkte. So viel Geld, wie die hatten, konnte doch eine einzelne Münze kaum auffallen. Und ganz sicher würde sie es nicht erzählen, um nicht einen weiteren Rüffel von ihrer Mutter zu kassieren.

Alle fanden sich so schlau. Aber was die konnten, konnte Hedda schon lange. Ohne Köpfchen arbeitete sich niemand aus der

Kinderstube eines Schusterhauses zum Stubenmädchen in einem fürstlichen Schloss hoch. Und die Herrschaften hatten Geld wie Heu, während sie sich hier die Füße wund laufen musste. Es war vertretbar, dass sie ab und an etwas beiseiteschaffte.

Oben in ihrer Kammer angekommen, löste sie den Knoten ihrer Schürze und zog sie aus. Als Nächstes zog sie die Schuhe aus. Das Markstück war warm. Vor ihren Augen drehte sie die glitzernde Münze. Für eine Mark musste sie sonst fast zwei ganze Tage arbeiten. Wie viele Treppenstufen hatte sie damit gespart? Wie viele schmutzige Tassen hätte sie für diese Mark wegräumen müssen? Zweimal früh aufstehen und spät ins Bett kommen hatte sie damit gespart. Sie bückte sich vor ihrem Schrank. Hinter dem hinteren Fuß des Schrankes stand ein schlankes Döschen. Es rappelte, als Hedda es hervorholte. Fast dreißig Mark waren darin. Insgesamt hatte sie schon bald zweihundert Mark gespart.

Natürlich langte das noch nicht. Allein eine Passage auf dem Zwischendeck von Hamburg oder Bremerhaven nach New York würde schon gut an die hundertsechzig Mark verschlingen. Für die Zeit, bis sie eine anständige Stelle fand, plante sie mindestens zweihundert Mark ein. Sie wollte nicht gezwungen sein, eine schlechte Arbeit annehmen zu müssen. Zudem brauchte sie noch eine Notfallreserve – das Geld für die Rückreise. Aber mit jedem glitzernden Markstück kam sie ihrem Ziel der Freiheit ein wenig näher. Und sie hatte ja nun wirklich noch Zeit. Solange sparte sie schön weiter auf Amerika, wo sie frei sein würde. Eine Bürgerin unter Bürgern. Selbst wenn sie dort nur wieder als Hausmädchen unterkam, würde es besser sein.

Sie ließ das Markstück in die Dose gleiten und versteckte sie wieder hinter dem massiven Fuß des Schrankes. Ihr anderes Geld hatte sie in einer losen Bohle unter dem Bett versteckt. Und ein drittes Versteck war hinter der Leiste des kleinen Fensters. Irgendwann würde sie nach Berlin fahren und dort ein Konto bei der Sparkasse eröffnen. Statt hier immer Angst um das Geld haben zu müssen, würde sie sogar Geld für das Geld bekommen. Zinsen nannte sich das. Hedda war ganz begeistert. Mit jeder Mark, die sie sparte, lohnte es sich mehr. Blöd nur, dass sie nur sonntags freibekam. Da hatten die Sparkassen immer geschlossen. Aber irgendwann würde sich schon eine Gelegenheit finden.

Anfang Oktober 1906

Bis Gesundbrunnen, in den Norden von Berlin, und dort umsteigen in die Ringbahn nach Charlottenburg – diese Strecke kannte Viktor wie seine Westentasche. Dabei fuhr er sie so selten wie möglich. Aber nachdem der zweite Brief von Ricarda gekommen war, musste er einsehen, dass er keine Chance hatte. Er musste sie besuchen.

Wie immer sah er sich vorsichtig um, bevor er am Bahnhof Charlottenburg ausstieg. Er wollte wirklich niemandem in die Arme laufen, der ihn vielleicht erkannte. Und Gott bewahre, jemand würde beobachten, in welche Ecke von Charlottenburg es ihn trieb. Seine so mühsam aufgebaute Fassade wäre dahin.

Jedes Mal, wenn er heimfuhr, wollte er wenigstens kurz das Charlottenburger Schloss sehen. Es war so prächtig und bis vor wenigen Jahren als Sommerresidenz der preußischen Könige genutzt worden. Jetzt wohnten die im Neuen Palais in Potsdam. Heutzutage sollte man das Schloss wohl besichtigen können. Aber weder hatte Viktor das Geld dazu noch die Zeit.

Jenseits von Schloss Charlottenburg gab es Viertel, die alles andere als ansehnlich waren. Und ausgerechnet dorthin musste er. So reich die Stadt auch war, einige Bewohner hatten rein gar nichts davon. Überall in der Stadt wurde gebaut. Als es angefangen hatte, hatte er noch gehofft, dass Vater auf einer der vielen Baustellen Arbeit finden würde. Aber niemand brauchte einen studierten Gymnasiallehrer mit zwei linken Händen. Einmal nicht, weil er nicht zu körperlicher Arbeit taugte. Und zum anderen nicht, weil jeder wusste, was er getan hatte.

Viktor hatte Vater schon so oft beschworen, wegzugehen aus Charlottenburg, irgendwohin in die Fremde, raus aus Preußen. Aber Vater war ein Sturkopf. Er befand, er habe recht. Er befand, die anderen hätten ihm unrecht getan. Er würde nicht weichen. Und die ganze Familie musste mit ihm leiden.

Mit eingezogenen Schultern und hochgestelltem Kragen lief Viktor die Straßen entlang. Das Paket in seinen Armen war seinem Gefühl nach viel zu leicht, obwohl es schwer wog. Zwei Offiziere kamen ihm entgegen. Viktor schritt aus und sprang auf die Straße. Das Militär hatte immer Vorrang. Zivilisten mussten Platz machen. Er hob seinen Arm und deutete einen militärischen Gruß an. An der Art, wie sie das Gesicht verzogen, wusste er, er hatte es wieder falsch gemacht. Recht so. Er hasste diesen Militarismus. Er hasste diese Männer, die im Staat mehr Macht hatten als Minister oder die Regierung.

Andere Staaten halten sich ein Militär. Preußens Militär hält sich ein Land, so sagte man im Rest des Kaiserreichs. Ganz berauscht von den vielen gewonnenen Kriegen – erst der Deutsch-Dänische Krieg, dann ging Preußen gegen Österreich und zu guter Letzt gegen Frankreich. Der letzte Krieg hatte auch die Einigung der deutschen Länder unter einer Kaiserkrone mit sich gebracht. Seitdem waren alle besoffen vor Stolz. Doch der letzte Krieg lag fünfunddreißig Jahre zurück. Trotzdem wähnten sich alle noch im Siegestaumel, als hätte die Schlacht von Sedan erst vor zwei Monaten stattgefunden.

Im September, als sich die ruhmreiche Schlacht von Sedan gejährt hatte, hatte Diedrich Budde stolz um Urlaub gebeten und war nach Potsdam gefahren, um bei den Feierlichkeiten dabei sein zu können. Budde, der auf ihn herabsah, weil Viktor keinen Militärdienst geleistet hatte. Er würde sich die Hände reiben, wenn er wüsste, wer Viktor wirklich war. Und er würde es sofort Opitz stecken. Ganz sicher wäre damit sein letzter Arbeitstag im Schloss besiegelt. Deshalb musste er höllisch achtgeben, sich nicht zu verraten.

Je schmaler die Straßen wurden, je kleiner die Häuser, je schmutziger die Mauern, desto mehr entspannte Viktor sich. In dieser Ecke sollte es schon mit dem Teufel zugehen, wenn ihm hier jemand Bekanntes begegnete. Bald war er angekommen. Ein Zuhause konnte er es nicht nennen, denn es war nie sein Zuhause gewesen. Und noch immer war die Hoffnung aller nicht versiegt, es könnte eines Tages wieder besser werden, normaler, so wie früher.

Früher, als er noch auf das Gymnasium gegangen war und jeden Tag ein warmes Mittagessen auf ihn gewartet hatte. Früher, als er seinem Vater beim Abendbrot von den Abenteuern des Tages berichten konnte. Früher, als er abends mit seiner Schwester Ricarda in der guten Stube gemeinsam Klavier gespielt hatte.

Ricardas zweiter Bettelbrief hatte noch verzweifelter geklungen als der erste. Nachdem sie in ihrem ersten Brief davon geschrieben hatte, dass Theodora, die jüngere Schwester, in dem Fischladen als Aushilfe rausgeworfen worden war, weil der Fischhändler sich an ihr hatte vergreifen wollen, fehle das Geld wieder an allen Ecken und Enden.

Viktor hatte sich in die Stiefelstube zurückgezogen, um kurz den Brief zu lesen. Die Beschreibung, wie die Familie zwei Tage nur von trockenem Brot gelebt hatte, schnürte ihm die Kehle zu. Und zusätzlich sei der böse Husten seiner Mutter zurückgekommen, berichtete seine Schwester. Ihm zitterten die Hände, als er wieder auf den Flur hinaustrat. In der Zwischenzeit hatte Budde das Trinkgeld des Besuchs eingestrichen, dem Viktor zuvor drei Stunden aufgewartet hatte.

Eine unbefestigte Straße, in der Mitte ein Rinnsal, in dem die Fäkalien ausgeschüttet wurden, links und rechts davon niedrige Häuser – die Armenhäuser. Es stank nach Unrat und menschlichen Ausdünstungen. Erst im tiefsten Winter, wenn es so kalt wurde, dass die Kälte schlimmer als der Hunger wurde, übertünchte der Geruch von Kohle den Geruch der Ausscheidungen. Er war angekommen.

Mit tief in die Stirn geschobener Mütze und hochgezogenen Schultern eilte er die letzten Meter zur Tür. Über ihm trompeteten die ersten Kraniche, die ihren frühen Zug in Richtung Süden begannen. Dutzende der Tiere hatten zwei spitze Vs gebildet. Ach, könnte er ihnen doch folgen. Weg von hier, auf in die Freiheit. Er senkte seinen Blick und trat ein.

Es roch nach Fisch. Heute war zwar Sonntag, aber da sie sich sicher kein Fleisch leisten konnten, gab es gelegentlich Aal oder Heringe, Armeleuteessen. Und selbst darüber mussten sie froh sein, wenn sie es einmal die Woche auf den Tisch brachten. Vermutlich war Ricarda auf dem Wochenmarkt für die unverkäuflichen Reste betteln gegangen.

»Viktor, da bist du ja!« Theodora warf sich ihm in die Arme.

Er drückte sie. Schon war Ricarda an seiner Seite. Sie lächelte ihn schmerzlich an, Tränen in den Augen. Schließlich kam Mama, die vor Dankbarkeit überfloss.

»Komm, setz dich, mein Junge.« Sie schob ihn auf einen freien Stuhl am Tisch, nahm das Paket und packte es sofort aus. Kein Angebot, einen Muckefuck oder einen Tee zu kochen. Dann stand es wahrlich schlecht um sie.

»Hallo, Vater«, sagte Viktor. Sein Vater, bald Mitte fünfzig, saß auf dem verschlissenen Sofa unter dem kleinen Fenster. Gekrümmt von der Last, die er seiner Familie zumutete, und gleichzeitig aufrecht, den letzten Stolz bewahrend. Seine Augen wanderten über die Gestalt seines Sohnes, auf der Suche nach etwas Respekt.

Damit konnte Viktor nicht dienen. Zu sehr verachtete er seinen Vater für das, was er ihnen aufbürdete. Einfach nur aus Starrköpfigkeit. Viktor war zwölf gewesen, als die ganze unselige Geschichte ihn mitten aus der Idylle eines bürgerlichen Lebens gerissen hatte. Sein Vater, der Gymnasiallehrer, wurde wegen Majestätsbeleidigung zu vier Monaten Gefängnis verurteilt. Das war schlimm, aber noch nicht das Schlimmste. Das Schlimmste war, dass er seine Anstellung verlor. Und in ganz Preußen auch keine mehr finden würde, nicht als Gymnasiallehrer. Viktor, der älteste Sohn, musste sofort runter von der höheren Schule. Die nächsten zwei Jahre verbrachte er auf der Dorfschule, die nichts kostete. Wenn er überhaupt noch dort hinging. Zu lernen gab es da für ihn nichts mehr. Lieber suchte er sich Arbeit, oft nur für ein oder zwei Tage.

Ricarda, damals neun, war das einzige Geschwisterkind, das sich noch wirklich an die besseren Zeiten erinnern konnte. Auch sie war auf einer besseren Schule gewesen. Theodora, damals erst sechs Jahre, musste direkt in der Volksschule anfangen. Sie hatte sich schnell mit der neuen Situation arrangiert. Und Leander, der damals Dreijährige, war in dieses Leben hineingewachsen. Er litt am ehesten darunter, dass sich die Eltern der Mutter von der Familie abgewandt hatten. Die Großeltern schämten sich, ihre Tochter mit den Enkeln zu besuchen, die sich halb verhungert über das mitgebrachte Essen hermachten. Ihre Besuche wurden seltener, dann kamen nur noch Pakete. Seit die Großeltern vor drei Jahren gestorben waren, fehlte auch die regelmäßige Versorgung mit Lebensmitteln.

Der Vater hielt beharrlich daran fest, im Recht zu sein. Man dürfe doch wohl noch sagen, dass die Sozialdemokraten einige gute Ideen hätten. Der Kaiser habe keine Ahnung von der Not und dem Elend der untersten Schichten. Mehr hatte er nicht gesagt. Eine Lappalie, ein heißer Furz, und doch am Ende der Einsturz eines riesigen Gebäudes – ihres alten Lebens. Über dem Eingang der Hütte hing ein kleiner Bilderrahmen mit einem Gedicht von Frank Wedekind. Aus lauter Trotz hatte der Vater das Gedicht *Im Heiligen Land* aufgehängt. Das Gedicht, für das auch der Dichter wegen Majestätsbeleidigung verurteilt worden war. Genau wie der Vater.

Deswegen durfte niemand je davon erfahren. Einen Diener, dessen Vater Majestätsbeleidigung begangen hatte, in einem Haus zu haben, das die Majestät regelmäßig empfing, das ging gar nicht. Überhaupt, jeder würde sich sofort fragen, wie er an ein solch ausgezeichnetes Gesindebuch gekommen war. Dafür würde er dann selbst ins Gefängnis gehen.

Unmerklich schüttelte Viktor den Kopf. Da sah er auf Adelheid Schaaf herab, deren Vater Tagelöhner war. Sein Vater war nicht besser. Im Gegenteil, sie hätten es besser haben können. Und doch waren sie arm, ohne einen für Viktor ersichtlichen zwingenden Grund. Es wäre so einfach gewesen, diesem Schicksal zu entgehen.

Mama packte verzückt die Dinge aus, die Viktor unterwegs noch erstanden hatte: Zichorienkaffeepulver, eine Flasche Milch, Zucker und Mehl. Brot, frisches Brot, und ein Stück Butter waren auch dabei. Gerade packte sie das Briefpapier aus.

Das Briefpapier. Ob Adelheid Schaaf sich etwas dabei denken würde? Er hatte es sich schicken lassen, aus der Stadt. Sie hatte zufällig gesehen, wie er es ausgepackt hatte. Er hatte nichts gesagt, sie hatte nicht gefragt. Es war doch normal, dass man Briefpapier brauchte. Würde sie es bemerkten, wenn er auf genau diesem Briefe bekam? Es war unauffällig, einfach normales Papier, nicht ganz so billig wie das schäbige graue.

»Ricarda, bitte schreib mir demnächst immer nur auf diesem Papier.«

Seine Schwester nickte verständig. Sie wusste genau, worum es ihm ging. Ihr Papier machte in einem so herrschaftlichen Haus keinen guten Eindruck. Aber er wusste, sie würde niemals freiwillig so billiges Papier benutzen, wenn sie nicht dazu gezwungen wäre.

Nun zog er einen Umschlag aus dem Mantel und schob ihn unauffällig der Mutter rüber. Sie nahm ihn und schaute hinein. Für einen kurzen Moment zog Freude über ihr Gesicht. Sie gab der Tochter acht Markstücke. Das war etwas mehr, als er in einer Woche verdiente. Viktor brachte nur selten Bargeld mit. Das meiste sparte er. Und seine Familie wusste auch, wofür.

Seine Mutter drehte sich nach Theodora um. »Kind, geh und hol einen Sack Haferflocken. Und für den Rest Kohlen.«

Haferflocken, die letzte Bastion vor dem Hunger. Das kannte Viktor noch von früher. Haferflocken waren billig. Und wenn man sie mit warmem Wasser mischte und quellen ließ, hatte man wenigstens eine warme Mahlzeit und den grummelnden Magen gefüllt. Ricarda fing an, den kleinen Bollerofen in der Mitte der Hütte mit zusammengeknülltem Papier und mageren Holzscheiten zu befüllen.

»Eier!«, rief seine Mutter laut aus, als sie das letzte bisschen auspackte. Nun kam sie um den Tisch herum und drückte ihn.

Fünf Eier, eines für jeden von ihnen. Die hatte er unterwegs einer Bäuerin zu einem guten Preis abschwatzen können. Er wusste, seine Eltern brauchten einfach nur Geld. Sie würden es schon bestens einteilen. Aber es war ihm unangenehm, wenn er seine Mutter sah, wie sehr sie sich grämte, ihrem Sohn zu seinen seltenen Besuchen nicht mal einen dünnen Kaffee anbieten zu können. Also brachte er immer alles dafür mit.

»Komm, Sohn. Setz dich zu mir.« Sein Vater deutete auf den Platz neben ihm. »Erzähl mir etwas.«

Ohne seinen Mantel auszuziehen, setzte Viktor sich. Noch war es bitterkalt. Der Vater schaute ihn erwartungsvoll an, doch er blieb stumm. Was sollte er denn erzählen? Natürlich war viel passiert, seit er das letzte Mal hier gewesen war. Aber wann immer sie miteinander sprachen, endete es mit Streit und Vorwürfen. Sein Vater warf ihm vor, die Augen vor der Wirklichkeit zu verschließen. Und er warf Vater vor, seinen Stolz über das Glück seiner Familie zu stellen.

Beim letzten Mal hatten sie sich über die Kolonialpolitik gestritten. Menschen, die wie Sklaven behandelt wurden, die schlugen eben irgendwann zurück, hatte Vater die Aufstände der ›Hottentotten‹ verteidigt. Auch der Abschluss der Konferenz in Algeciras, einer spanischen Stadt, sei lachhaft, hatte er gesagt. Wer glaube, dass die Marokko-Krise damit beendet sei, würde sich irren. Dieser Kompromiss ließ den Kaiser schwach aussehen. Und das aus dem Mund seines Vaters. Dann musste es stimmen, was die Zeitungen schrieben.

»Die Fahrkartensteuer ist schon wieder erhöht worden.« Als müsste er sich verteidigen, dass er so selten kam.

»Das Porto wird auch ständig erhöht«, sprang Ricarda ihm bei.

»Das ist wegen der Subventionen für unsere Kolonien. Und auch wegen dem vielen Geld, das dort für das Militär reingepumpt wird. Alles verschwendet. Und die kleinen Leute müssen dafür zahlen. Zum Teufel mit dem Kaiser und seinen Ministern.«

Würde seine Familie nicht in der Armensiedlung wohnen, wo alle auf die Oberen schimpften, Vater wäre schon zehn weitere Male wegen Majestätsbeleidigung ins Gefängnis gewandert.

Viktor seufzte innerlich. Wenn er jetzt nichts darauf erwiderte, könnte er dieses Thema noch abwenden. »Leander, wie läuft es mit dem Lernen?«

Der blond gelockte Junge, der die ganze Zeit stumm über ein Buch gebeugt am Tisch gesessen hatte, strahlte. »Wir lesen nun Homer im Original«, sagte er stolz. Wir, das waren Vater und er.

»Und kommst du mit deinem Französisch weiter?«

Leander nickte. »Ausgezeichnet. Wir sind mit den Reisebeschreibungen von Humboldt durch.«

»Gut. Sehr gut. Dann kann ich das Buch ja wieder mitnehmen.« Viktor lieh sich heimlich Bücher aus der Bibliothek des Fürsten. Dann arbeitete Leander sie mit Vater durch, und anschließend brachte er sie wieder zurück. Auch für sich lieh Viktor Bücher aus. Er liebte Bücher. Lesen war seine große Leidenschaft. Vermutlich, weil es das Letzte war, was sein jetziges Leben mit seinem früheren bürgerlichen Leben noch verband.

»Die Prüfung für Französisch würde ich mit Leichtigkeit jetzt schon bestehen«, schob Leander stolz nach.

Viktor lächelte. Darum überhaupt ging es bei all seinem Streben. Dass Leander bald seine Prüfung für seinen Gymnasialabschluss ablegen und studieren konnte. Dann würde man auch ihn nicht zum Militärdienst ziehen, hoffentlich. Was man dort mit den Rekruten anstellte, war eine Schande, über die sich kaum jemand traute zu reden. Dabei gab es nicht wenige junge Männer, die irgendwann den

Freitod als Ausweg aus der brutalen Schikane der adeligen Unteroffiziere und Offiziere suchten. Drei seiner Cousins waren an ihrem Rekrutendienst verzweifelt. Einer war verkrüppelt nach Hause gekommen. Einer sei bei einem Unfall im Manöver gestorben, so hatte es in einem Brief geheißen. Mehr hatte man nie erfahren. Und der dritte, Viktors Lieblingscousin, hatte sich erhängt. Jemanden wie seinen kleinen Bruder würden die adeligen Offiziere wie einen Schmetterling aufspießen und sich an seinem langsamen Sterben weiden.

Anfang Oktober 1906

Adelheid schritt eilig über den guten Teppich. Er hatte kräftige Farben, sah aus wie neu, war kaum abgelaufen. Bei ihnen im Dienstbotentrakt war das anders. Wenn es überhaupt Teppiche gab, waren sie ausgetreten. Und lange nicht so prunkvoll, sondern eher zweckdienlich. Aber hier befand sie sich gerade in einem der wichtigsten Räume des Schlosses: im Speisesalon. Sie hatte vorher nicht gewusst, wie viele Dinge man besitzen konnte. Allein, wie viele unterschiedliche kleine Löffel es gab. Für jeden Gebrauch einen anderen – für das Dessert, für Obst, ein Extralöffel für Eis und Sorbet, einer für das Frühstücksei und ein anderer für Kaviar. Es gab sogar verschiedene Löffel für das Kaffee-, Tee- oder Mokkagedeck. Und so verhielt es sich mit den meisten Dingen hier im Schloss, die es in unterschiedlichsten Ausführungen gab.

Die fürstliche Familie hatte gerade ihr Frühstück beendet. Fräulein Pietsch war mit den Schüsseln der angebotenen Speisen zum Aufzug gegangen. Adelheid stapelte das gebrauchte Geschirr auf einem Tablett.

»Schau bloß zu, dass du nichts kaputt machst. Sonst wird es dir vom Geschirrgeld abgezogen«, ermahnte Martha Petzold sie.

Die Stubenmädchen bekamen einmal im Monat Geschirrgeld, genau wie das Spülmädchen. Es war nicht viel, denn das meiste Geschirrgeld bekamen die Diener.

Die Diener, hach, schwärmte Adelheid tagträumerisch. Viktor Novak hatte es ihr angetan. Er war einfach in allem, was er tat oder trug oder sagte, die vollkommene Eleganz. An ihm orientierte Adelheid sich am meisten. Nicht nur, weil sie bei ihm am besten lernen konnte, wie man sich in einem herrschaftlichen Haus benahm. Es gab ihr auch Gelegenheit, ihn zu beobachten. Wem wollte sie etwas vormachen? Sie war eindeutig in ihn verschossen. Leider redete Novak nicht viel. Und mit ihr schon mal gar nicht.

Der zweite Diener, Diedrich Budde, der immer so militärisch tat, er wenigstens schien sie wahrzunehmen. Von den oberen Dienstboten wurde sie kaum jemals angesprochen. Hatte die Mamsell etwas zu sagen, dann sagte sie es meistens Fräulein Petzold oder Fräulein Pietsch. Adelheid fühlte immer den skeptischen Blick von Herrn Opitz auf sich, wenn sie ihm begegnete. Aber diesen Blick hatte er bei allen Dienstboten drauf. Immerzu kontrollierte er, ob sie wirklich den hohen Ansprüchen eines fürstlichen Schlosses genügten.

Adelheid war schnell dahintergekommen, dass hier eine strenge Hierarchie herrschte. Opitz stand über allen. Die Mamsell und die Köchin bildeten die nächste Stufe, obwohl sie nicht ganz auf einer standen. Alle Dienstmädchen, die Hausmädchen, die Stubenmädchen und die Küchenhilfen, standen auf ähnlichen, wenn auch nicht gleichen Stufen. Die Unterköchin Fräulein Böhme stand natürlich weit über dem Spülmädchen Anni; die Stubenmädchen über den Hausmädchen; der Hausbursche unter den Dienern. Ein jeder und eine jede verteidigte sein Territorium nach unten und buckelte nach oben. Gleichzeitig galten die Männer generell mehr als die Frauen. Adelheid fragte sich zum Beispiel, wie viel Moritz Lüdke, der Hausbursche, verdiente. Bestimmt mehr als die Hausmädchen, vielleicht sogar mehr als die Stubenmädchen.

Moritz arbeitete sowohl auf Befehl von Herrn Opitz oder der Diener, aber auch auf Befehl der Mamsell oder der Kammerbediensteten. In anderen Häusern waren Kammerzofe und Kammerdiener wohl dem obersten Hausdiener unterstellt. Hier im Schloss aber hörten sie nur auf die Weisungen des Fürstenpaares und ließen sich auch sonst möglichst wenig hier unten blicken. Der Kammerdiener des Fürsten und die Kammerzofe der Fürstin hatten zwar auch oben in den Mansarden ihre Schlafkammern, speisten aber für sich im Kammerzimmer. Mit ihnen hatte die andere Dienerschaft kaum Berührungspunkte. Ebenso wenig wie mit dem Kutscher, der mit seiner Familie drüben im Kutscherhaus wohnte und sich nur selten hier unten blicken ließ.

Darüber stand aber noch eine Dienergruppe, die Adelheid nur selten zu Gesicht bekam: die höheren Angestellten, das waren der Privatsekretär des Fürsten, Herr Jaroljmek, und Fräulein Maiwald, die Gouvernante der Töchter. An normalen Tagen speisten sie mit den Herrschaften. Nur wenn es hohen Besuch gab, mussten sie mit an den Kammertisch zur Zofe und dem Kammerdiener Theurich.

Außer von Herrn Opitz und der Mamsell wurde Adelheid von allen höhergestellten Dienstboten ignoriert. Aber ignoriert zu werden war immer noch besser, als schikaniert zu werden. Die beiden Hausmädchen sprachen kaum mit ihr, aber es kam Adelheid so vor, als würden sie beständig über sie reden. Und sich neue Gemeinheiten ausdenken.

Als Stubenmädchen durfte Adelheid eine halbe Stunde länger schlafen. Trotzdem hatte Hedda Pietsch sie bereits mehrmals gerügt, weil sie zu spät dran gewesen war. Erst da hatte Adelheid erfahren, dass es Gerdas Aufgabe war, sie zu wecken. Sie hatte Gerda höflich gebeten, lauter und mehr als einmal zu klopfen. Ob sie das wirklich tun würde, stand in den Sternen.

Lydia Keller warf ihr nach wie vor giftsprühende Blicke zu. Wenn Adelheid nach etwas fragte, dann schickte sie sie gern erst einmal in die falsche Richtung oder auf die falsche Etage. Und behauptete hinterher immer, Adelheid hätte sie falsch verstanden.

Auch deswegen war Adelheid mehr als froh, dass sie heute ihren freien Sonntagnachmittag hatte. Nach dem Mittagessen würde sie ihre Familie wieder besuchen. Und sie hoffte sehr auf freundliche Gesichter und ein paar nette Stunden. Etwas, was sie hier sehr vermisste. In all dem Luxus fehlte das Glück.

»Nun gehen Sie schon und bringen Sie das zum Speiseaufzug«, herrschte Fräulein Petzold sie an.

»Sofort«, sagte Adelheid schnell. Anscheinend hatte sie doch Träumereien nachgehangen. Sie packte ein volles Tablett und hob es an. Es war schwer, aber nicht zu schwer. Fräulein Petzold und Fräulein Pietsch achteten sehr darauf, dass es keinen Unfall mit dem Geschirr gab. Unter Umständen würde nämlich auch ihnen Geschirrgeld abgezogen.

»Nehmen Sie die schon mit runter.« Sie legte die gebrauchten Servietten oben auf das Geschirr.

Adelheid nickte und ging. Mittlerweile hatte sie raus, wie sie mit dem Ellenbogen die Türklinke herunterdrücken und mit dem Rücken die Tür öffnen musste, sodass sie mit einem vollen Tablett durchgehen konnte. Hier draußen im Flur legte sie einen Zahn zu. Nicht zu schnell, aber zügig. Keinesfalls wollte sie den Herrschaften in die Arme laufen.

Hinter der Mauer im Vestibül fing der Dienstbotenbereich an. Hier gab es nichts Geschmackvolles mehr, sondern nur noch Praktisches. Hier lagen zwar auch Teppiche, aber nur, damit die Herrschaften nicht hören mussten, wie ihre tüchtigen Dienstboten den Flur entlangeilten.

Neben dem Speiseaufzug stand ein kleiner Tisch. Gerade groß genug, um das Tablett abzustellen. Adelheid stellte es vorsichtig darauf und öffnete die Klappe. Der Kasten, in den alles hineingestellt wurde, war schon wieder oben angelangt. Sie betätigte einen Hebel, um ihn festzustellen. Das war besonders wichtig, damit nicht jemand von unten den Aufzug holen konnte, während man oben noch die Hände im Kasten hatte.

Als sie das Geschirr einräumte, hörte sie, wie jemand die Hintertreppe herunterkam. Es waren die Hausmädchen, die mit Putzeimer und Feudel bewaffnet an ihr vorbeihuschten. Niemand grüßte sie, niemand sagte ein freundliches Wort. Doch kaum um die Ecke gegangen, kamen beide wieder zurück.

»Sie haben was verloren«, sagte Lydia Keller pampig.

Adelheid schaute sie überrascht an. Was sollte sie denn verloren haben? Geschirr konnte es nicht sein, denn dann hätte das halbe Haus gehört, wie es zerbrochen wäre. »Was denn?«

»Gehen Sie selbst gucken. Auf dem halben Weg zum Frühstücksraum liegt es. Wir haben genug zu tun.« Trotz ihrer Worte ging Lydia Keller nicht etwa irgendwohin, sondern blieb stehen und lugte um die Ecke. Sie sah aus, als würde sie auf etwas warten. Dann sagte sie plötzlich: »Nun gehen Sie schon, oder wollen Sie, dass die Mamsell darüberfällt?«

Da hatte sie natürlich recht. Wenn die Mamsell etwas herumliegen sah, konnte sie fuchsteufelswild werden. Adelheid eilte um die Ecke und huschte den Flur entlang. Genau in diesem Moment trat der Fürst zu Eulenburg an dem anderen Ende ebenfalls in den Flur.

Um Himmels willen, was sollte sie tun? Sie stockte, wollte umkehren, sah, dass er sie schon gesehen hatte, drehte sich einmal um sich selbst, weil sie nicht wusste, was sie nun tun sollte. Was, wenn er nun über etwas stolperte, was dort herumlag? Oder einfach nur einen schmutzigen Löffel auf dem guten Teppich fand. Das Blut schoss ihr ins Gesicht. Von hier aus konnte sie nichts auf dem Boden erkennen.

Der Fürst kam schnurstracks in ihre Richtung, immer näher. Also drückte sie sich so nahe an die Wand, wie es ging, ohne sie zu berühren. Sie senkte ihren Kopf und hoffte, dass er einfach vorbeigehen würde. Ihr Herz raste. Sie hörte, wie der Mann seinen Schritt verlangsamte und dann vor ihr stehen blieb.

»Du bist das neue Stubenmädchen, nicht wahr?«

Adelheid wusste nicht, was sie tun sollte. Der Fürst war selten im Schloss, und bisher hatte sie noch kein Wort mit ihm gewechselt. Sie blickte kurz hoch und nickte. Dann senkte sie ihren Blick wieder und knickste noch, weil sie das vorher vergessen hatte.

Oje, alles lief schief. Ihr Blick war auf die prachtvoll gearbeiteten und polierten Schuhe des Fürsten gerichtet. Was für ein Unterschied zu ihren schäbigen Latschen.

»Da ich dich anspreche, darfst du gerne hochschauen. Wie ist dein Name?«

Der Schweiß strömte ihr aus allen Poren. »Adelheid Schaaf, Euer Durchlaucht.« Nun sah sie ihn mit einem scheuen Blick an. »Ich wollte Sie nicht behelligen. Ich dachte … ich hätte etwas … ich muss noch den Frühstückstisch …« Sie plapperte einfach drauflos. Sie wollte sich entschuldigen, aber wusste nicht, wie. Und sie wollte ihn nicht darauf aufmerksam machen, dass sie etwas verloren haben musste. Vielleicht hatte er es ja nicht gesehen. Was immer es auch war.

»Und, Adelheid Schaaf, wie gefällt es dir hier auf dem Schloss?«, fragte er nun mit sonorer Stimme.

Sie machte große Augen. Er fragte sie tatsächlich, wie es ihr hier gefiel. »Euer Durchlaucht, ich bin überaus dankbar, dass Euer Gnaden mir die Güte erweist, für Eure fürstliche Hoheit arbeiten zu dürfen.«

Irgendwas schien ihn zu belustigen.

»Ich denke, ich habe ein gutes Auge bewiesen. So blonde Haare findet man selten. Und so eine reine Haut. Wunderbar.« Er lächelte wohlwollend, als wäre er auf etwas besonders stolz. »Nun denn. Dann mach weiter so. Und schau das nächste Mal, ob der Flur leer ist.« Mit diesen Worten ging er an ihr vorbei und verschwand hinter einer der massiven Türen, die zu den Salons führten.

Adelheid atmete tief aus. Ihr ganzer Körper war so angespannt, dass es wehtat. Das also war der Fürst. So nahe war sie ihm noch nie gewesen. Er hatte ein freundliches Gesicht, etwas schütteres Haar und einen geschmackvoll gestutzten Bart. Er achtete sehr auf alles Äußere, wie Adelheid mittlerweile wusste. Er trug nur besten Zwirn, und im Gegensatz zu den meisten Männern hielt er nicht viel von Uniformen. Seine Anzüge seien aus Paris und Berlin, hatte Diedrich Budde ihr gegenüber erwähnt. Die Schuhe aus London. Und offensichtlich benutzte der Fürst ein Gesichtswasser. Er duftete bittersüß nach Bergamotte.

Adelheid starrte ihm nach. Der beste Freund des Kaisers, so hieß es. Mit seinen beinahe sechzig Jahren war er noch immer eine stattliche Erscheinung. Kein Vergleich zu seinen Pächtern oder anderen hart arbeitenden Männern, die schon mit vierzig einen gebeugten Rücken hatten. Der Fürst wirkte überaus elegant und weltmännisch. Kein Wunder, war er doch schon viel herumgekommen. Natürlich hatte sie ihn früher schon gesehen. Sonntags, wenn er nicht auf Reisen war, saß er in der abgetrennten Patronatsloge in der Dorfkirche. Aber niemals im Leben hätte sie gedacht, dass sie jemals mit ihm sprechen würde.

Ein Liebhaber der Künste sei er. Er liebte Gedichte, schrieb selber Gedichtbände, hatte Fräulein Pietsch ihr erklärt. Fast jeden Abend wurde im Schloss musiziert, selbst wenn er nicht anwesend war. Adelheid hatte sich vorgenommen, sich irgendwann, wenn sie länger da war, wie die Küchenmädchen abends auf die Hintertreppe zu setzen und der Musik zu lauschen. Wann jemals sonst fanden solch liebliche Töne schon den Weg zu ihren Ohren? Doch die waren im Moment bestimmt flammenrot. So ein Missgeschick.

Sie löste sich aus ihrer Starre, denn es wäre besser, was immer sie auch verloren hatte, schnell zu holen, bevor er zurückkam. Oder bevor noch mehr der Herrschaften darübertrampelten. Doch als sie nun den Flur entlangging, lag da nichts. Kein Teller, keine Tasse, keine Löffel, keine Serviette. Und etwas anderes konnte es nicht sein.

Ihr Blick ging den Flur entlang, wo bei dem Durchgang zum Dienstbotenbereich zwei Haarschöpfe auftauchten. Und dann vier Augen, die neugierig zu ihr starrten.

Schlagartig wurde ihr klar, was hier lief: Da hatte gar nichts auf dem Flur gelegen. Die beiden Hausmädchen waren von oben gekommen und hatten vermutlich den Fürsten gesehen, wie er sich anschickte, die breite herrschaftliche Treppe hinabzusteigen.

Und aus reiner Gehässigkeit hatten sie Adelheid genau in die Arme des Fürsten geschickt.

Es war ganz klar, was sie damit bezwecken wollten: Adelheid hatte dumm aussehen sollen. Erst jetzt wurde ihr bewusst, dass die beiden gar nicht hätten wissen können, wenn etwas auf dem Flur herumgelegen hätte. In ihrer großen Angst, etwas falsch zu machen, hatte sie zu spät nachgedacht. Stumm ging sie an den Hausmädchen vorbei und begann damit, die letzten Tassen in den Speiseaufzug zu stellen. Ihre Hände zitterten. Die beiden jungen Frauen verschwanden leise kichernd.

Als sie das Tablett leer geräumt hatte, löste sie die Sperre und drehte den Hebel. Das Tablett fuhr nun nach unten. Erst jetzt keuchte sie laut auf. Ihr wurde übel. Der Fürst … sie war praktisch in ihn hineingerannt. Wenn er sich jetzt bei Herrn Opitz beschwerte und der es an die Mamsell weitergab – war das schon das Ende ihres Märchens? Würde sie morgen noch hier arbeiten? So oder so – die beiden Hausmädchen würden schon dafür sorgen, dass die Mamsell es spitzbekam.

* * *

Die Hütte lag abseits des Dorfes, als würden die anderen Häuser sich ihrer schämen. Geduckt unter einer Schwarzerle wartete sie auf bessere Zeiten. Weiter hinten sah man den Saum eines Erlenbruchwaldes, der ein morastiges Niedermoor hinter sich versteckte.

»Schau mal. Ich kann es jetzt«, sagte Gunther. Adelheids jüngster Bruder hatte auf dem Weg auf sie gewartet. Stolz riss er einen breiten Grashalm ab, klemmte ihn zwischen beide Daumenseiten und blies, bis ein Pfeifton erklang. Ein paar Meter weiter wurde ein Kranichpaar beim Tanzen gestört. Krächzend flogen sie auf.

»Wunderbar. Da hast du aber fleißig geübt.« Adelheid nahm ihn in die Arme und drückte ihn fest. Ihn hatte sie am meisten vermisst. »Hast du heute schon was gegessen?«

Er nickte. »Löwenzahnsalat.«

Löwenzahnsalat schmeckte bitter und machte nicht lange satt. Aber besser als nichts. Sie trat in die Hütte ein. Das konnte doch gar nicht sein! Die Hütte der Eltern konnte doch nicht geschrumpft sein. Adelheid sah sich um. Nichts hatte sich verändert, und doch wirkte alles kleiner und dunkler. Ihre Familie starrte sie an, als wäre sie eine Fremde.

»Gut siehst du aus«, sagte ihre Mutter. In ihrem Gesicht spiegelte sich Hoffnung.

»Was für eine Ehre, dass du uns überhaupt noch kennst«, sagte der Vater nur. Das hatte er auch die letzten zwei Male gesagt, als sie zu Besuch gekommen war.

Er saß auf einem Stuhl in dem Raum, in dem auch der Herd stand. Drüben gab es noch einen zweiten Raum. Mit zwei großen Betten für die Kinder. Und hinter einer Trennwand das Bett der Eltern. Die Wände waren dünn und nur aus einer einzigen Schicht Ziegelstein. Im Winter zog die Kälte ein, und im Sommer verging man vor Hitze. Regnete es, dann wurde der Boden, der nur gestampft war, feucht.

»Was ist mit dem Geld?«, bellte der Vater nun.

Adelheid trat näher. Sie trug ihre alte Kleidung, denn sie durfte die Arbeitskleidung draußen nur anziehen, wenn sie im Auftrag des Schlosses unterwegs war. Sie holte einige Münzen aus ihrer Rocktasche und zählte zwei Markstücke und acht Groschen auf die abgegriffene Tischplatte.

Sofort maulte der Vater: »Das soll alles sein? Bastarde!«, zischte er leise, sodass die Kleinen es nicht mitbekamen. Gut, dass das Herr Opitz nicht hörte. Für dieses Wort hätte Adelheid vermutlich ihren ganzen Lohn abgeben müssen.

Moritz Lüdke, der Hausbursche, war die Woche dabei erwischt worden, wie er ›Herrgott im Himmel‹ gesagt hatte, schnaufend, weil ihm etwas heruntergefallen war. Das hatte ihn fünfzig Pfennige gekostet. Herr Opitz war da sehr streng. Was der Kaiser denken würde, wenn man sich in seiner Nähe zu so etwas hinreißen ließe?

Nein, sie bekam tatsächlich mehr. Drei Mark und zwanzig Pfennige verdiente sie als unterstes Stubenmädchen pro Woche. Die Mamsell hatte sie schon in der ersten Woche zur Seite genommen und in ihrem strengen Ton geraten, Geld zu sparen. Wenn sie alles bei den Eltern abliefere, dann würde sie nie auf einen grünen Zweig kommen. Lange werde man es nicht tolerieren, wie sie rumlief. Sie solle sich besser ganz bald ein Paar neue gebrauchte Schuhe zulegen. Auch eine Bürste sollte Adelheid sich kaufen, Haarbänder, Strümpfe. Geld, das den Eltern für Kohlen und Holz fehlen würde.

Als sie ihren ersten Lohn bekommen hatte, war ihr Herz übergeschäumt vor Glück. Noch nie in ihrem ganzen Leben hatte sie eigens Geld verdient. Wenn sie etwas im Krämerladen holte, dann wurde angeschrieben. So lange, bis Vater Arbeit fand oder Mama einen Auftrag fertig gemacht hatte. Natürlich verdiente der Vater deutlich mehr, wenn er zwei Wochen arbeitete. Wenn er denn Arbeit fand … Dann wurde das ganze Geld sofort zum Krämerladen getragen. Denn wenn man das nicht tat, und im Dorf wusste ja immer jeder, dass man gerade Arbeit gehabt hatte, dann würde man am nächsten Tag nichts mehr bekommen. Und am Tag danach aus dem Laden gejagt. Selbst Schulden mussten ehrenvolle Schulden sein.

»Karl, lass sie. Hauptsache, ich kann was bei der Lehmann abzahlen.« Eilig griff Mama nach dem Geld und ließ es in der kleinen Tasche ihres schäbigen Kittels verschwinden.

»Es ist ja auch so wenig, weil ich doch Kost und Logis bekomme!«, verteidigte Adelheid sich.

»Nun setz dich doch, Kind.« Mama drückte sie auf die Bank an der Wand. Gunther kam sofort und setzte sich auf ihren Schoß. Sein Köpfchen ließ der Fünfjährige an ihre Brust sinken.

»Ich mach Tee«, sagte ihre Mutter glücklich. Sie setzte Wasser auf und nahm eine Dose, in der Kräutertee war. Meistens hatten sie nur billigen Tee, oft genug selbst gepflückten und getrockneten Hagebuttentee oder Pfefferminze oder Kamille. Muckefuck gab es selten. Bald wären Bucheckern und Eicheln reif. Dann würden die Kinder sie sammeln. Geröstet und gemahlen schmeckte das fast wie Muckefuck.

Mama griff zum Brotkorb, holte einen großen Laib Brot hervor und schnitt drei dünne Scheiben ab. Sie strich Margarine darauf und ein wenig Rübenkraut. Dann teilte sie beide Schnitten in drei Teile. Die anderen Kinder griffen gierig danach.

Ein warmes Gefühl überkam Adelheid. Süßes Brot, das gab es nur sehr selten. Mama hatte sicher nicht viel zu Hause. Aber mit der Aussicht darauf, dass sie morgen einen Teil der Schulden abtragen und neu anschreiben lassen konnte, durften die Kinder das essen, was sonst noch für morgen hätte reichen müssen.

»Ihr könnt euch meins teilen«, sagte Adelheid ihren beiden großen Brüdern. Friedhelm war fünfzehn, Bernhard dreizehn. Sie hatten immer Hunger. Die beiden ließen sich nicht lange bitten.

»Erzähl, was hast du zu essen bekommen?«, fragte Mama.

Essen, es gab nichts Wichtigeres als Essen. Aber wenn sich der Magen vor lauter Hunger in den Körper fraß, dann war das so.

»Jeden Tag gibt es dicke Suppe oder Eintopf. Heute gab es Kartoffeln, und jeder bekam zwei Spiegeleier, die Männer drei. Und ich habe gehört, an Feiertagen soll es sogar Braten geben.«

»Braten, was? Da bring uns doch mal ein Stück mit«, forderte der Vater.

»Ich darf nichts mitnehmen. Wenn was übrig bleibt, dann kriegen es die Schweine«, erklärte Adelheid.

»Und wie ist die Arbeit?«, fragte Friedhelm. »Brauchen die nicht noch jemanden? Ich würde alles machen.«

Friedhelm, den alle nur Friedel nannten, ging schon seit zwei Jahren nicht mehr in die Schule. Aber Arbeit gab es hier im Dorf selten. Vom Frühjahr bis zum Herbst half er auf den Feldern mit. Aber wenn es kühl wurde, war er nur noch ein zusätzliches Maul, das gestopft werden musste. Im Grunde war er schon jetzt ein Tagelöhner, genau wie sein Vater. Adelheid schaute ihn mitleidig an.

»Es ist ja eher … unüblich, dass sie jemanden von uns einstellen. Aber wer weiß, wenn ich mich bewähre, dann klappt das vielleicht früher oder später.«

»Von uns …«, schimpfte der Vater laut. »Als wären wir keine Menschen. Sogar die Schweine kriegen eher das trockene Brot als wir.« Verbittert stand er auf und ging hinaus.

Alle sahen dem Vater hinterher. Seine Launen waren berüchtigt, aber heute war er gnädig. Es gab Geld, und es kam nun regelmäßig. Das war doch was.

»Und bei euch? Wie geht es euch? Gibt es Neues zu berichten?«

Mama schüttelte den Kopf. »Ich bekomme wohl nächste oder übernächste Woche wieder Weißwäsche zum Besticken. Aber im Moment …« Sie zuckte mit den Schultern.

Noch halfen Vater, Friedel und Bernhard bei der Ernte. Doch die war so gut wie vorbei. Dann würde es wieder knapp werden.

Im Gegensatz zu ihren Geschwistern lebte Adelheid nun im puren Luxus. Das aber durfte sie ihnen nicht vor Augen führen. Und vielleicht war es nicht von Dauer. Wenn Lydia und Gerda sie bei der Mamsell verpetzten oder wenn der Fürst sich beschwerte … Vielleicht, wenn sie heute Abend ins Schloss zurückkam, durfte sie unverrichteter Dinge wieder in die schäbige Hütte zurückkehren. Nicht auszudenken, wie sich ihre Familie dann fühlen würde. Sie schaute in die fordernden Gesichter ihrer Geschwister. Sie durfte sie nicht enttäuschen.

Kapitel 3

17. Oktober 1906

Sie saßen zu viert im Porzellanzimmer. Der Raum hieß so, weil hier das wertvolle Geschirr ausgestellt wurde. In den Vitrinen standen Einzelstücke von erlesenem Porzellan – Altberlin, Meißen und Altwien sowie japanisches Porzellan, das der Onkel des Fürsten von seiner Asien-Expedition als preußischer Innenminister mitgebracht hatte. Die kompletten Sets der kostbaren Stücke für hundert oder mehr Personen lagerten gut behütet in der Silberkammer im Keller.

Constanze Maiwald konnte sich nicht sattsehen an den schönen Stücken. Trotzdem unterdrückte sie nun ein Gähnen. Gestern Abend war es wieder spät geworden. Alexandrine, die älteste der Fürstentöchter, hatte Herrenbesuch gehabt. Und natürlich hatte Constanze als Anstandsdame dabeibleiben müssen. Und Viktoria, Tora, wie die Familie die jüngste Tochter rief, hatte heute Morgen schon früh ausreiten wollen. Natürlich durfte sie das nicht allein. Also war Constanze zeitig aufgestanden und mitgeritten. Und so ging das nun schon seit Monaten, seit Jahren, um genau zu sein.

Irgendwer war immer spät auf, und irgendwer wollte immer früh raus. Als Gouvernante war es nun mal ihre Aufgabe, stets parat zu stehen. Im Grunde war sie mehr Gesellschaftsdame als Gouvernante, denn beibringen konnte sie den fast erwachsenen Frauen kaum noch etwas. Was viel wichtiger war: Die Keuschheit und Ehre der drei jungen Damen oblagen ihrer Obhut. Es gab nichts Wichtigeres, nichts Kostbareres.

Die drei Söhne des Fürstenpaares studierten außerhalb. Der Älteste, Friedrich Wend, war bereits verheiratet und kümmerte sich zusätzlich auch um das dem Schloss angeschlossene Gut. Man baute gerade ein paar Kilometer weiter weg, am Ufer des Lankesees, ein Seehaus. Sobald es fertig war, würde er mit seiner jungen Familie dort einziehen. Alle kamen oft zu Besuch und brachten dann meist noch Gäste mit.

Überhaupt war es hier im Schloss ein einziges Kommen und Gehen. Hohe preußische Beamte, Literaten und andere Kunstschaffende, die Verehrer der Töchter, die weitläufige Verwandtschaft und die Söhne, die oft genug Studienkameraden mitbrachten. Und natürlich der Kaiser, der in wenigen Wochen erwartet wurde. Wie so oft würde er Anfang November nach Liebenberg kommen und für eine illustre Jagdgesellschaft sorgen.

Constanze hatte alle Hände voll zu tun, sich um die drei Töchter zu kümmern. Alexandrine war vernünftig. Viktoria, mit zwanzig Jahren das jüngste Kind, war zwar ein Springinsfeld, schreckte aber oft vor ihrer eigenen Courage zurück. Am meisten Arbeit und Sorgen machte die Mittlere, Augusta, Lycki genannt. Sie war sprunghaft und unvernünftig. Lycki erfordert Constanzes Einsatz rund um die Uhr, gelegentlich sogar bei Nacht. Kein Wunder, dass sie ständig müde war. Noch einmal versuchte sie, ein Gähnen zu unterdrücken. Etwas frische Luft würde ihr guttun.

»Sollen wir einen Spaziergang im Park unternehmen?«, fragte sie in die Runde.

Alexandrine schien zu überlegen. Viktoria wippte mit einem Fuß, in eigene Gedanken versunken, als hätte sie gar nicht zugehört. Nur Augusta antwortete sofort.

»Nein. Nicht bei diesem Wetter. Es ist zu windig.«

»Aber die Sonne scheint«, entgegnete Constanze. Im Schloss mit seinen dicken Mauern wurde es schnell kühl, sobald die Sommersonne verschwunden war. Die Kamine brannten schon seit mehreren Wochen, und ihr war nach frischer Luft.

Augusta verzog das Gesicht. »Also, ich gehe nicht. Aber ihr anderen könnt gerne eine Runde drehen.«

Das denkst du dir wohl, dachte Constanze. Natürlich wusste sie, worum es Augusta eigentlich ging. Einen ganzen Wochenlohn würde Constanze darauf verwetten, dass es keine zwei Minuten dauern würde, bis entweder die mittlere Tochter die Schreibstube des Privatsekretärs ihres Vaters aufsuchte oder der äußerst gut aussehende Edmund Jaroljmek sich hier wie zufällig zum Tee einfände.

Was die ganze Geschichte noch brisanter machte, war, dass Augusta schon wieder zu sehr an den Cognac-Kirschen und den kandierten Likörtrauben genascht hatte. Letzte Woche erst hatten sie Renekloden und Pfirsiche in Maraschino gehabt, und da war es auch zu einem kleinen Vorfall gekommen.

»Wie es Ihnen beliebt. Dann vergnügen wir uns hier. Sollen wir vielleicht Bridge spielen?« Eine Bekannte der Fürstin aus England hatte dieses Kartenspiel mitgebracht, und die Töchter spielten es gerne.

Alexandrine stand abrupt auf. Sie schien einen Entschluss gefasst zu haben. »Nein danke. Ich gehe auf mein Zimmer. Ich möchte noch etwas lesen.«

Constanze lächelte ihr angestrengt zu. Bridge konnte man nur zu viert spielen. Verdammt, was sollte sie nun mit den beiden anfangen? Wenn man sie nicht beschäftigte, neigten die beiden Jüngeren dazu, Blödsinn zu veranstalten.

»Komtess Viktoria, hätten Sie wohl einen Vorschlag, wie wir den Nachmittag gestalten könnten?«

Viktoria blickte überrascht auf. »Ich? … Nein, ich weiß nicht. Eigentlich warte ich schon die ganze Zeit darauf, dass mein neues Reitkostüm endlich ankommt.« Auch sie stand nun auf und trat ans Fenster. »Wo die Schneiderin nur bleibt!« Sie klang ungehalten.

Constanze hätte laut aufseufzen wollen. Lesen, naschen, neue Kleidung anprobieren – das Leben der Töchter schien eine einzige Aneinanderreihung von Vergnügungen und Freiheiten zu sein. Sie hatten keine Aufgaben, nicht, solange sie nicht verheiratet waren. Sobald sie mit der Schule beziehungsweise mit dem Privatunterricht fertig waren, hatten junge adelige Damen nur noch eine einzige Aufgabe: sich einen geeigneten Gemahl zu suchen.

Aber natürlich genossen die Töchter eines der wichtigsten Männer im Lande ihre Freiheit. Zudem ließ ihr Vater ihnen viel durchgehen. Die drei waren gescheit genug zu wissen, dass ihre Freiheiten endeten, sobald sie verheiratet waren. Solch eine persönliche Unabhängigkeit wie in den erwachsenen Jahren vor ihrer Vermählung würden sie nie wieder haben.

Constanze konnte daher verstehen, dass die jungen Damen sich mit ihrer festen Bindung Zeit ließen. Alexandrine war immerhin schon sechsundzwanzig Jahre alt. Eigentlich ein Alter, in dem andere bereits zur alten Jungfer abgestempelt wurden. Zumal wenn man in einen hohen Stand hineingeboren worden war. Trotzdem hatte sie ausreichend Verehrer mit deutlichen Ambitionen. Sie brauchte sich keine Sorgen zu machen.

Constanze selbst war schon zweiunddreißig Jahre alt. Aber für eine Gouvernante war es nicht ungewöhnlich, in diesem Alter noch unverheiratet zu sein. Die meisten Gouvernanten waren ohnehin älter. Überhaupt blieben viele Gouvernanten ihr Leben lang unverheiratet und folgten damit den Bräuchen der Hofdamen an den fürstlichen und königlichen Höfen Europas.

Hier im Haus wusste niemand, dass Constanze verlobt war. Und es sollte besser auch niemand wissen. Ihr Verlobter, Hugo, arbeitete in Leipzig als Journalist bei einer Tageszeitung. Irgendwann würden sie und Hugo heiraten. Irgendwann, wenn sie beide genug gespart hatten, um eine Familie gründen zu können. Oder wenn Hugo eine deutlich besser bezahlte Stelle bekommen würde. Sie schrieben sich oft, aber sahen sich leider nur sehr selten. Constanze konnte mit den jungen Damen viel reisen, aber nach Leipzig kam sie praktisch nie.

Es dauerte schätzungsweise noch fünf oder sechs Jahre, bevor alle drei Fürstentöchter verheiratet waren. Dann wäre Constanze schon Ende dreißig. Eigentlich zu spät, um noch eigene Kinder zu bekommen. Aber vielleicht war ihnen das Glück ja auch hold und Hugo fand früher eine bessere Stelle. Sie hätte wirklich nichts dagegen, ihre Anstellung als Gouvernante aufzugeben. Wenn wenigstens schon eine der drei verheiratet wäre! Oder zwei – dann bräuchte sie sich nur noch um eine zu kümmern. Das würde die ganze Sache so vereinfachen. Wenn nur noch Viktoria unverheiratet wäre, dann müsste sie zwar früh aufstehen, aber sie käme auch früher ins Bett. Manchmal wusste Constanze gar nicht, wie sie es mit so wenig Schlaf überhaupt schaffte, wach zu bleiben.

Kaum hörbar ging die Tür auf und Novak, einer der Diener, trat ein. Auf seinem Tablett stand eine kleine Obstschale aus Porzellan, die er nun auf dem Teetisch abstellte. Stumm schaute er in die Runde. Als sich niemand regte, sagte er in Richtung Augusta: »Ich habe nachgefragt. Es war noch etwas gezuckerte Melone da. Darf ich Ihnen auftragen?«

Ohne ihn überhaupt zu beachten, winkte Augusta ab. Zwar hatte sie vor kaum zehn Minuten explizit danach gefragt, aber nun war ihr wohl nicht mehr nach Melone.

Novak nickte leicht und zog sich rückwärts in eine Ecke zurück. Wie immer richtete er den Blick ins Nirgendwo, wenn er mit durchgedrücktem Rücken darauf wartete, weitere Befehle zu empfangen. Es gab viele Stellungen hier im Haus, die deutlich schlimmer waren als Constanzes. Das musste sie sich immer wieder in Erinnerung rufen. Immerhin musste sie nur stundenlang herumsitzen und Tee trinken und nicht stundenlang herumstehen oder Wassereimer die Treppen hochschleppen.

Wieder ging die Tür auf, und die Fürstin trat ein. »Entschuldigt bitte, dass ich so spät komme«, sagte sie an ihre Töchter gewandt. »Ihr habt hoffentlich nicht auf mich gewartet. Fräulein Grooten musste mir noch die Haare richten.«

Sie humpelte leicht, als sie zu ihren Töchtern trat. Sobald es kälter wurde, machte sich ihre Hüfte bemerkbar. Schon stand Novak am Teetischchen und wartete darauf, ob die gnädige Frau mit einem leichten Nicken andeutete, dass er ihr etwas einschenken durfte.

Doch sie winkte ab und sagte stattdessen: »Ich bin auch schon wieder weg. Die Schneiderin aus Oranienburg kommt mit dem Vier-Uhr-Zug. Ich werde den Rest des Nachmittags mit Anproben verbringen.«

Die Fürstin kam aus Schweden, und obwohl sie sehr gut Deutsch sprach, konnte man noch immer einen leichten nordischen Tonfall aus ihren Worten heraushören.

Viktoria drehte sich bei dieser Ankündigung vom Fenster weg. »Müsste sie nicht schon längst da sein?«

»Nein, der Kutscher holt sie gerade erst vom Bahnhof ab. Sie bringt etliche neue Stücke mit.« So elegant, wie ihr Mann sich kleidete, so schlicht war die Garderobe der Fürstin. Schlicht und farblos, wie die Hochsteckfrisur ihrer ergrauten Haare. Aber schlicht hieß nicht billig.

»Dann geh ich schon mal nach oben«, kündigte nun auch Viktoria an und verschwand.

Die Fürstin nickte ihr zu und wandte sich an Constanze. »Heute Abend werden wir wieder Besuch haben. Zwei Freundinnen haben sich angekündigt. Wir werden in intimer Runde sein. Ich denke, Ihre Anwesenheit wird dann überflüssig sein.« Sie ließ Constanze immer spüren, dass sie nicht ihresgleichen war.

»Ganz wie Sie wünschen.« Constanze versuchte, ein ausreichend zerknirschtes Gesicht zu machen.

Natürlich war das eine Spitze gegen sie. Erst letzte Woche hatte es einen kleinen Eklat gegeben. An einem der seltenen Abende, an denen kein Besuch im Haus gewesen war, war Constanze im Salon auf dem Sofa eingeschlafen. Sie konnte nur kurz weggenickt sein, trotzdem war die Entrüstung der Fürstin groß gewesen. Die folgende Standpauke hatte Constanze hellwach gemacht.

Wie sie nur schlafen könne, wo sie doch so viel Muße genieße? Constanze komme schließlich in den Genuss von einer Vergnügung nach der anderen – Ausritte, Soireen, Opernbesuche, Kleideranproben, Nachmittagstees und Abendgesellschaften. Ihre Arbeit bestehe doch nur aus Erquickungen. Und da würde sie es nicht schaffen, wach zu bleiben? Die Fürstin hatte sie ohnehin schon ein paarmal wegen ihres ständigen Gähnens gescholten.

Jetzt sah die hohe Dame sie aus ihren hellgrauen Augen scharf an. »Damit Sie sich ausschlafen können. Und frisch und munter sind, wenn Seine Majestät kommt.«

So nachgiebig und willensschwach die Fürstin ihren Kindern gegenüber war, so sehr versuchte sie doch, den Bediensteten gegenüber Stärke zu zeigen. Aber so recht gelang es ihr nicht. War der Fürst aus dem Haus, lief es selten so, wie sie es wollte. Mit der Haushaltsführung eines Schlosses und sechs erwachsenen Kindern war sie schlicht überfordert. Dabei war sie außerordentlich fürsorglich. Sie liebte ihre Kinder, und ihren Mann vergötterte sie.

Constanze wirkte betont zerknirscht. Doch in Wahrheit musste sie sich ein Grinsen verkneifen. Ja, sie musste immer überall dabei sein. Aber es war doch nicht ihr Vergnügen. Es war Arbeit! Und noch nicht mal ausreichend gut bezahlte Arbeit, wie Constanze fand. Doch natürlich war die Fürstin der Meinung, dass es für Constanze bereits genug Entgelt bedeute, immer in ihrem huldvollen Kreis mit dabei sein zu dürfen. Am liebsten hätte die Fürstin ihr die Reisen vermutlich noch vom Gehalt abgezogen.

Dabei war jede Reise eine Tortur. Es musste enorm viel organisiert werden, sie musste mit den Töchtern durch die Straßen der unbekannten Stadt laufen oder in Berlin über die Friedrichstraße flanieren und sich darum kümmern, dass die Einkäufe alle zur Stadtwohnung geschickt wurden. Unterdessen flatterten die jungen Damen von einer Straßenseite zur anderen, und Constanze musste immer aufpassen, dass sie nicht eine verlor. Manchmal kam sie sich vor wie ein Hütehund. Und selbstredend gab es auf Reisen keinen einzigen Abend, an dem die Töchter früh ins Bett gingen.

Wo immer Constanze mit den Töchtern hinging, war sie stets das fünfte Rad am Wagen. Dabei war es eine ewige Gratwanderung und anstrengend, die jungen Damen auf der einen Seite zu unterhalten und auf der anderen Seite unvernünftiges Verhalten zu unterbinden.

Freie Stunden hatte sie selbst äußerst selten. Im besten Falle durfte sie darauf hoffen, im Hause einer Freundin der Töchter in der Küche oder der Leutestube hocken zu dürfen, damit sich die beiden jungen Damen oben in den herrschaftlichen Räumlichkeiten zu zweit kichernd unterhalten konnten. Heute Abend also durfte sie endlich mal früher ins Bett. Was für eine Wonne.

Sie konnte es gar nicht mehr erwarten, dass es Januar wurde und damit Ballsaison. Natürlich musste sie dann mit nach Berlin fahren und sich dort in der Stadtwohnung um alles kümmern. Aber abends, wenn die Töchter auf die Bälle gingen, hatte sie frei. Da die Hofbälle oft die ganze Nacht dauerten, schliefen die hohen Herrschaften bis in den Tag hinein. Für ein paar wenige Wochen war es fast wie Urlaub. Doch bis dahin dauerte es noch Monate.

»Das ist sehr freundlich von Ihnen«, sagte Constanze nun und setzte ihr bezauberndstes Lächeln auf.

»Gut, gut«, sagte die Fürstin nur und drehte sich schon wieder weg.

Constanze ließ sich zurück ins Sofa fallen. Es dauerte einen Moment, bis ihr auffiel, dass sie alleine im Salon war. Sie schaute sich um. Augusta war weg. Vermutlich war sie im Schatten von Viktoria mit aus dem Zimmer gehuscht.

Schon stand sie. »Wo ist Komtess Augusta?«

Novak blieb steif stehen, drehte aber seinen Kopf in ihre Richtung. »Sie ist mit ihrer jüngeren Schwester zusammen hinausgegangen.« Ein leichtes Nicken ging zu einer der Türen, die vom Porzellanzimmer abgingen.

Oh, herrje. Sie sollte sie besser sofort suchen. »Wir sind gleich wieder da«, sagte sie noch, damit Novak nicht alles wegräumte. Schon war sie aus der Tür.

Hier ging es Richtung Nordischer Halle. In ihr traf man sich eher, wenn es große Gesellschaften gab. Gelegentlich saß der

Fürst auch schon mal mit einem einzelnen Besucher hinten am Kamin. Aber meistens war die große Nordische Halle leer. Wie auch jetzt.

Constanze ging einen Flur entlang, warf einen kurzen Blick in die Halle und ging weiter. Das Schreibzimmer des Fürsten und die daran angrenzende Schreibstube des Privatsekretärs lagen oben im ersten Stock. Sie lief weiter, vorbei an den anderen Salons, stieg die Treppe empor und befand sich auf dem Flur. Niemand war zu sehen.

Jetzt war Fingerspitzengefühl gefragt. Sie konnte nicht einfach in die Schreibstube hineinplatzen. Sie würde sich heillos blamieren, wenn der Privatsekretär dort alleine wäre. Wenn Augusta dort aber stand und mit ihm poussierte, musste sie eine Ausrede parat haben, warum sie sie ausgerechnet hier suchte. Denn ihr offen zu unterstellen, dass sie absichtlich und nur, um den Mann zu umgarnen, ins Zimmer gegangen war, durfte sie natürlich auch nicht.

Augusta wurde von dem Mann angezogen wie eine Motte vom Licht. Und die verwöhnte Fürstentochter war naiv genug, sich Dinge vorzustellen, die niemals eintreten durften. Constanze musste zugeben, dass Edmund Jaroljmek sehr gut aussah. Er war intelligent, äußerst charmant und allseits beliebt. Aber selbstredend durfte er bei den jungen Damen keinen falschen Eindruck hinterlassen. Eine Verbindung wäre absolut nicht standesgemäß. Auch wenn Constanze bisher selbst noch nichts Ungebührliches von ihm mitbekommen hatte, so hatte sie ihn doch in Verdacht, Augusta gelegentlich schöne Augen zu machen, wenn sie allein waren.

Letztendlich war es auch egal, von wem die Tändelei ausging. Denn Constanzes Aufgabe bestand darin, alle unerwünschten Kontakte streng zu unterbinden. Doch nun stand sie hier auf dem Flur und wusste nicht weiter. Der Fürst war wieder einmal für ein paar Tage unterwegs, und sein Schreibzimmer war verwaist. Sie schlich zur Tür der danebenliegenden Schreibstube und legte ihr

Ohr ans Holz. Kein Ton war zu hören. Was gut war. Andererseits, wenn sie sich küssen würden, wäre auch nichts zu hören.

Herrjemine. Was sollte sie nun tun? Sie bückte sich gerade, um durchs Schlüsselloch zu schauen, als sie Schritte hörte. Eilig trat sie ein Stück beiseite. Wunderbar, es war Fräulein Pietsch.

Hedda Pietsch sah Constanze, blieb kurz stehen und kam dann näher. Wäre sie eine der Herrschaften gewesen, hätte Fräulein Pietsch sich zurückgezogen, bis der Flur leer wäre. Sie hielt einen Lappen, ein Tuch und eine kleine Flasche Möbelpolitur in der Hand.

Die beiden kannten sich. Tatsächlich hatte Constanze Hedda Pietsch hier ins Schloss vermittelt. Die junge Dienstbotin hatte einen äußerst fleißigen, zuvorkommenden und höflichen Eindruck gemacht, als sie sie kennengelernt hatte. Es lag vier Jahre zurück, dass sie mit Alexandrine zusammen deren Freundin in Oranienburg besucht hatte. Die beiden hohen Damen wollten alleine sein, und Constanze durfte sich in der Leutestube des Hauses ausruhen. Dort hatte Fräulein Pietsch ihr Kaffee und Kuchen gebracht und auch eine Modezeitschrift. Sehr höflich hatte sie sich danach erkundigt, ob im Schloss noch nach Stubenmädchen gesucht werde. Und so war sie nach Liebenberg gekommen. Natürlich standen sie auf unterschiedlichen Hierarchiestufen, aber ihre Verbindung konnte man fast als freundschaftlich bezeichnen. Nur deshalb traute Constanze sich, schnell einen Finger an den Mund zu legen und ihr zu bedeuten, leise zu sein. Sie ging ihr entgegen.

»Ich suche die Komtess Augusta. Haben Sie sie zufällig gesehen?«, flüsterte sie.

»Vor wenigen Minuten noch habe ich sie auf der Treppe gesehen. Wo sie nun ist, weiß ich nicht.« Allerdings war es schon verräterisch, dass auch ihr Blick zur Tür von Jaroljmek lief.

»Hätten Sie dort drin nicht zufällig etwas zu erledigen?«, bat Constanze.

»Eigentlich nicht … Ich könnte ja so tun, als wollte ich dort …« Mit einem spitzbübischen Blick hielt sie die Möbelpolitur hoch.

»Das wäre ganz wunderbar«, sagte Constanze dankbar.

Fräulein Pietsch ging vor, klopfte leise und öffnete weit die Tür. »Oh, entschuldigen Sie bitte. Ich dachte, hier wäre niemand. Ich wollte nur …« Wieder hob sie die Möbelpolitur. »Dann komme ich später wieder.«

»Das wäre angemessen«, hörte Constanze den Privatsekretär mit leicht genervter Stimme sagen.

Doch bevor Fräulein Pietsch wieder hinaustreten konnte, lief Constanze auf dem Flur vorbei. Ihr Blick ging ins Zimmer. Sie stoppte und kehrte um. Na also!

»Hier sind Sie, gnädiges Fräulein. Ich habe Sie bereits gesucht. Ich wollte Sie mitnehmen zur Kleideranprobe. Hatten Sie nicht auch etwas bestellt?«

Augusta machte ein säuerliches Gesicht. »Nein, mein neues Reitkostüm ist ja bereits fertig.«

Constanze machte Fräulein Pietsch den Weg frei durch die Tür, blieb aber im Rahmen stehen.

»Womit wollen wir uns dann also den Nachmittag vertreiben?«

Die leichte Wut und Gereiztheit der jungen Dame war praktisch greifbar. Ihre Miene war abweisend. Aber selbst ihr war klar, dass Constanze das Zimmer ohne sie nicht verlassen würde.

»Herr Jaroljmek war so freundlich und hat mich auf etwas hingewiesen. Haben Sie schon die heutige Zeitung gelesen? Es ist so amüsant. Unverfroren, aber auch ganz und gar amüsant.«

»Nein, es tut mir leid. Dazu fehlte mir bisher die Zeit.« Als wenn sie die Muße hätte, Zeitung zu lesen. Was sie sehr gerne tun würde. Aber sie war dazu da, die Damen zu unterhalten.

»Ein Zivilist hat sich eine Hauptmannsuniform angezogen, ist ins Köpenicker Rathaus gegangen und hat sich die Stadtkasse aushändigen lassen. Gestern. Und ist damit durchgekommen. Das ist doch unglaublich, oder?«

»Bitte? … Was?« Das hörte sich tatsächlich wenig glaubhaft an. Sie trat näher und nahm die Zeitung in Empfang. Ihr Blick lief über die Überschrift.

»Lesen Sie nur. Lesen Sie«, forderte Augusta sie auf.

»Sie können die Zeitung gerne mit runternehmen«, bot nun der Privatsekretär höflich an.

Constanze ließ die Zeitung sinken. »Gerne. Ich werde mir das später anschauen. Was möchten Sie denn nun unternehmen, Komtess? Haben Sie vielleicht noch Wünsche, was wir für unsere kleine Reise einpacken sollen?« Wenn die zwei glaubten, sie würde ohne die junge Dame den Raum verlassen, hatten sie sich geschnitten.

17. Oktober 1906

Viktor goss sich etwas Muckefuck nach. Er saß in der Leutestube. Heute war es ruhig. Die anstrengenden Tage würden anbrechen, sobald die ersten Gäste eintrafen. Morgen würden die Komtessen nach Berlin fahren, gemeinsam mit der Gouvernante, Fräulein Maiwald. Also war heute das große Packen angesagt. Die Fürstin beschäftigte sich heute mit der Sitzordnung und den Menüfolgen für die Jagdgesellschaft. Der Fürst war noch in Berlin oder Potsdam. Ja, für ihn würde es heute ein ruhiger Tag werden.

Während die Stubenmädchen und die Hausmädchen schwer mit den Vorbereitungen beschäftigt waren, herrschte bei ihnen, den Dienern, die Ruhe vor dem Sturm. In nicht einmal drei Wochen würden die ersten Gäste für die Jagd eintreffen. Die Tage, in denen die Jagd stattfand, waren die anstrengendste Zeit im Jahr. Obwohl der Kaiser selbst seine Leute mitbrachte, die ihn bedienten und ankleideten, kamen alle spät ins Bett. Schließlich hatten sie mit den anderen Gästen reichlich zu tun. Die Nächte waren kurz. Trotzdem musste alles perfekt laufen. Deswegen durften die Diener in den letzten Wochen davor etwas länger schlafen. Und in den Tagen nach dem Ansturm ebenfalls.

Heute war es sogar tagsüber relativ ruhig. Sie hatten gerade zu Mittag gegessen. Budde war heute mit dem Lesen dran. Viktor schaute raus auf den Flur. Fräulein Petzold kümmerte sich mit der

Mamsell zusammen um die empfindlichen Vasen, die spätestens bei der Ankunft der ersten Gäste mit prunkvollen Blumenbuketts bestückt wurden. Eine nach der anderen wurden im Aufzug runtergebracht und auf einem Tisch gesammelt. Wenn Anni mit dem Geschirr des Mittagessens fertig war, würde sie unter der Aufsicht der Mamsell jede einzelne Vase spülen und polieren müssen. Teilweise waren Raritäten darunter, die so kostbar waren, dass man sie nicht unbeaufsichtigt in der unteren Etage lassen konnte.

Gerade gingen Hedda Pietsch und Adelheid Schaaf mit Staubwedeln, weichen Bürsten und Seidentüchern bewaffnet nach oben. Damit würden sie die Stofftapeten in den Gästezimmern entstauben. Viktor blickte dem untersten Stubenmädchen hinterher. Wie bei einem schönen Schwan, so lang war ihr schneeweißer Hals. Sie wirkte vornehm, oder würde vornehm wirken, wenn sie die Gelegenheit hätte, mehr aus sich zu machen. Vielleicht wusste sie ja nicht, wie man das anstellte. Andererseits hielt er sie für klug genug, hier nicht noch mehr eifersüchtige Blicke auf sich ziehen zu wollen.

Budde kam und legte mehrere Zeitungen auf den Tisch. Es war klar, was Opitz vorgelesen haben wollte. Natürlich stand der Bericht über den Skandal auf der ersten Seite. Gestern hatte man nicht viel mehr gewusst als das, was vorgefallen war. Heute würde man hoffentlich mehr über die Hintergründe erfahren. Der ganze Vorgang war eine Hochstapelei erster Güte. Ein älterer Herr hatte sich, bekleidet mit einer falschen und unvollständigen Hauptmannsuniform, die Stadtkasse der Stadt Köpenick bei Berlin angeeignet. Und zwar mithilfe der Amtsträger und unter den Augen der Öffentlichkeit. Und niemandem war der Schwindel aufgefallen. Alle brannten darauf, mehr davon zu erfahren. Wie war so etwas Ungeheuerliches überhaupt möglich gewesen?

Budde hatte das erstbeste Blatt genommen und las vor. »In Plötzensee unterstellte der verkleidete Mensch zehn Mann des 4. Garderegiments seinem Befehl – mit Hinweis auf eine angebliche Kabinettsorder, die ›auf allerhöchsten Befehl‹ seinem Kommando folgen sollten. Mit kleineren Pausen, in denen er den Männern Bier ausgab, legten sie den Weg nach Köpenick per Bahn zurück. Sie marschierten zum Rathaus, verhafteten den Bürgermeister und einen weiteren Amtsträger ›im Namen Seiner Majestät‹ und ließen sich die Stadtkasse aushändigen.«

»Hört, hört«, sagte Opitz. Er legte sonst so viel Wert auf Recht und Ordnung. Aber diesen Lausbubenstreich fand wohl selbst er erheiternd.

Budde las weiter. »Zur Belustigung aller hatte der falsche Hauptmann dem Chef der örtlichen Polizei Urlaub gewährt. Der war sogleich nach Hause gegangen und hatte ein Bad genommen.«

Alle lachten. Der Polizeichef nahm auf Weisung eines Dahergelaufenen Urlaub und selbstverständlich erst einmal ein Bad. Was sollte man davon halten?

»Nach einem amtlichen Rechnungsabschluss wurden Teile der Stadtkasse noch vom Postamt abgehoben und ihm überbracht. Nachdem er den Betrag von 3557,45 Reichsmark ordnungsgemäß, aber mit falscher Unterschrift quittiert hatte, befehligte der ›Hauptmann von Köpenick‹, wie man ihn jetzt schon nennt, den Soldaten, das Rathaus noch eine halbe Stunde besetzt zu halten. Auf seine Weisung hin ließ man auf dem Köpenicker Postamt Telefonate nach Berlin für eine ganze Stunde lang sperren. Die verhafteten Männer ließ er mit einer Mietdroschke und unter militärischer wie polizeilicher Begleitung nach Berlin zur Neuen Wache bringen. Er selbst zog seelenruhig mit mehreren mit Geld gefüllten und gewissenhaft versiegelten Beuteln ab, ging zurück zum Bahnhof und fuhr unbehelligt davon, nicht ohne vorher noch einmal einem Glas Bier zugesprochen zu haben. Teile der Uniform wurden später auf dem Tempelhofer Feld gefunden. Der dreiste Kerl aber war verschwunden.«

»Ein wahrer Tausendsassa«, sagte Opitz und schlug mit der flachen Hand laut auf den Tisch.

»Grundgütiger. Wie konnte das nur passieren?«, fragte Budde sich laut.

Schon in den gestrigen Abendblättern war es überall der Aufmacher gewesen. Was für eine Blamage. Was für eine Räuberpistole. Sollte man lachen? Sollte man weinen? Alle waren auf den falschen Hauptmann hereingefallen.

Opitz war ganz Buddes Meinung gewesen, dass so was doch hätte auffallen müssen. Dass die Leute doch hätten wissen müssen, wie ein echter Hauptmann aussah. Und wie sich so einer verhielt. Schon gestern Abend hatte es einen hitzigen Disput darüber gegeben, weil Viktor in einem kleinen Nebensatz erwähnt hatte, dass dieses Gaunerstück die Konsequenz des militärischen Kadavergehorsams sei. Nichts stand in Preußen höher als eine militärische Uniform. Die Menschen wagten nicht mehr, selbstständig zu denken, sobald eine beliebige Uniform vor ihnen auftauchte.

Budde hielt dagegen. Nichts sei wichtiger als die Frage, ob man gedient habe oder nicht. Nur das mache echte Männer aus. Nur der Militärdienst brachte Ruhm und Ehre, so Diedrich Budde, der sehr ungehalten reagiert hatte. Schließlich habe man sich mit Blut und Eisen in drei glorreichen Kriegen das Kaiserreich verdient. Erst im Feuer des Krieges sei das große Deutsche Reich geschmiedet worden. Und das habe man alles den Männern in Uniformen zu verdanken. Viktor habe ja von so etwas gar keine Ahnung.

Viktor wollte ihm entgegnen, dass er nicht auf den blinden Gehorsam reinfallen würde, den man von den einfachsten Soldaten gegenüber jedem Vorgesetzten eingedrillt und eingebläut bekam. Aber er hielt lieber seinen Mund. Sein noch nicht abgeleisteter Militärdienst war ein wunder Punkt. Er wollte Diedrich Budde nicht auf dumme Gedanken bringen.

Gestern Abend hatte Viktor im Bett darüber nachgedacht, was sein Vater dazu sagen würde. Vermutlich lachte er schallend über die Auswüchse des Untertanengehorsams der Preußen. In Deutschland galt, dass jede Uniform besser war als keine Uniform. Und je näher man an Berlin dran war, desto eher galt dieser Spruch.

Aber nun waren alle gespannt, was die Presse zu diesem Vorfall sagte. Budde nahm sich als Nächstes die *Berliner Morgenpost* vor.

> … dass eine Abteilung Soldaten selbst auf so überwältigend komische und dabei doch völlig gelungene Art von einem einzigen Menschen düpiert wurde, das hat in unserem Lande der unbegrenzten Uniform-Ehrfurcht ein militärisches Gewand getan, mit dem sich ein altes, krummbeiniges Individuum notdürftig behängt hatte.

Wütend knallte Budde die Zeitung auf den Tisch. »Sozialdemokratisches Schmierenblatt!«

Doch Viktor konnte sich ein Grinsen nicht verkneifen. Genau das war es. Sie waren im Land der unbegrenzten Uniform-Ehrfurcht. Wer darin steckte, ob nun kompetent oder nicht, ob befugt oder kriminell, das war den Leuten letztendlich egal. Hauptsache, sie machten sich nicht des Vergehens des Ungehorsams schuldig.

Budde griff zu der nächsten Zeitung, dem *Berliner Tageblatt*.

> Wir merken, dass unsere Vorliebe für militärisches Gepränge und Gepräge, die jedem Preußen im Blute steckt, in den letzten Jahren allzu reichliche Nahrung erhalten hat. Deshalb müssen wir fortan unsern Respekt etwas schweigen lassen.

Buddes Mundwinkel zuckten. Das war zwar zurückhaltender ausgedrückt, hieb aber in die gleiche Kerbe.

Was sich da genau abgespielt hatte, war nicht zu beschönigen. Es war unvergleichbar, wie sich praktisch eine ganze Stadt hatte vorführen lassen.

»Und wer ist denn nun der Kerl?«, wollte Opitz wissen. »Haben sie ihn schon gefasst?«

Viktor hatte sich die *Vossische Zeitung* herangezogen und las in dem Artikel. Das Blatt kritisierte das allzu respektvolle Verhalten der Soldaten. Der Hauptmann sei nicht vorschriftsmäßig uniformiert gewesen, zum Beispiel hatte er statt eines Helms eine Mütze getragen. An der auch noch eine Kokarde, ein Abzeichen, gefehlt hatte. Tja, dass das tatsächlich niemandem aufgefallen war beziehungsweise sich niemand getraut hatte, es laut auszusprechen, war doch genau sein Argument für den blinden Gehorsam. Aber er wollte nicht noch mehr Salz in Buddes Wunde streuen.

Der riss ihm geradezu die *Vossische* aus den Händen. Er ließ seinen Blick über die Zeilen wandern. »Hier. Hier steht es: Anscheinend hat der ›Räuberhauptmann‹ sich an mehreren Stellen eine Hauptmannsuniform zusammengekauft. Verdächtigt wird ein arbeitsloser Schuhmacher, der bereits früher kriminellen Gewohnheiten verfallen war und schon fünfzehn Jahre Zuchthaus hinter sich hat. Was für ein Subjekt, dass er unser ganzes Militär derart in den Dreck zieht. Erhängen sollte man ihn.«

So kannte Viktor Diedrich Budde. Mit solchen Aussagen war er immer sehr schnell dabei.

»Ein Dieb, ein Krimineller, ein Streuner, ein Tagelöhner … und bringt Dutzende von hohen Beamten und Angehörige der Polizei, der Reichspost und sogar des Militärs in derartige Verlegenheit.« Opitz schaute die beiden für einen Moment mit großen Augen an und ließ dann krachend seine flache Hand auf den Tisch knallen. »Was für ein Teufelsstück. Famos!« Er lachte schallend. Das schien ihm wohl genug Information für heute zu sein, denn nun stand er auf.

»Denken Sie bitte beide daran, Ihre Gala-Livree zu kontrollieren. Wir wollen doch keine bösen Überraschungen erleben. Ich habe bereits neue weiße Handschuhe in Berlin geordert. Sie müssen jeden Tag ankommen.« Mit diesen Worten verließ er die Leutestube und ging in Richtung seines Raumes.

Budde packte wütend die Zeitungen zusammen. »Mir wäre das nicht passiert. Ich hätte den Betrug erkannt. Mir wäre der falsche Hauptmann nicht durchgekommen mit dieser lächerlichen Theateraufführung.«

Viktor beobachtete, wie Budde die Zeitungen wütend auf den neben dem Kamin vorgesehenen Platz warf und davonstapfte. Die alten Zeitungen wurden hier gesammelt und entweder zum Anzünden der Kamine und Bolleröfen benutzt oder in den meisten Fällen zerrissen und als Toilettenpapier gebraucht. Heute hui, morgen pfui.

* * *

Den ganzen Nachmittag über hatten sie die Kristallgläser gereinigt. Beinahe fünfhundert Stück hatten sie aus den Schränken herausgeholt, mit feinen Tüchern poliert, kritisch gegen das Licht gehalten und auf Staub, Schlieren oder sonstigen Schmutz kontrolliert. Wenn erst einmal die Gäste anreisen würden, hätten sie für so etwas nur noch wenig Zeit.

Budde verhielt sich feindselig stumm. Als könnte Viktor etwas dafür, was dort in Köpenick passiert war. Nur, weil er nicht einer Meinung mit ihm war. Nur, weil er nicht das Militär über alles andere stellte. In dieser Hinsicht war der zweite Diener wirklich fanatisch.

Seinen gezwirbelten braunen Schnauzbart pflegte er ausgiebig mit Bartpomade, in der Hoffnung, dass der ihn wie einen bürgerlichen Unteroffizier wirken ließ, der es beim Militär zu etwas gebracht hatte. Nach seinem dreijährigen Militärdienst hatte Budde ein knappes Jahr bei einem pensionierten Offizier im Privathaushalt gedient. Da erst war er überhaupt auf die Idee gekommen, Diener zu werden. Denn eins konnte er gut: Befehle empfangen.

Dann war der Offizier gestorben, und seine Witwe hatte ihn im letzten Frühjahr nach Liebenberg vermittelt. Budde war tüchtig, wenn auch etwas unbeholfen. Seine fehlende Bildung versuchte er durch militärische Zackigkeit auszugleichen. Für ihn konnte der nächste Krieg, in dem er endlich seinen Mut und seine Tapferkeit beweisen würde, gar nicht früh genug kommen. Viktor hatte früh gelernt, mit ihm nicht über dieses Thema zu debattieren.

Da er die Schlafkammer neben Budde hatte, wusste er, dass der Dreiundzwanzigjährige manchmal nachts im Schlaf schrie. Oder sich laut stöhnend im Bett wälzte, als hätte man ihn gequält. Viktor sprach ihn natürlich nicht darauf an. Möglicherweise kam da etwas raus, was er in der Kindheit erlebt hatte. Möglicherweise aber auch etwas, was er in den Kasernenstuben während seiner Ausbildung erlebt hatte. Sein Vater hatte ihm erzählt, dass Rosa Luxemburg und Karl Liebknecht Berichte sammelten von jungen Männern, die während ihrer Militärzeit von ihren Vorgesetzten bestialisch gequält worden waren.

Bald gab es Abendessen. Viktor war auf dem Weg runter in die Waschküche, wo alle Reinigungsmittel aufbewahrt wurden. Sie waren mit den Gläsern fertig und würden nun die alten Zinnbecher polieren. Das Reinigen mit einer Paste aus Schlämmkreide und Brennspiritus war eine schmutzige und stinkende Angelegenheit. Deswegen musste das hier unten erledigen werden.

Doch unten in der Waschküche angekommen, sah er, dass die große Ballonflasche mit dem Brennspiritus leer war. Das war dumm. Ohne konnte er die Paste nicht anrühren. Noch ließ sich diese Arbeit auf morgen oder übermorgen vertagen. Trotzdem musste er unverzüglich Opitz Bescheid geben, dass er den Brennspiritus umgehend bei ihrer Apotheke in Oranienburg nachbestellte. Da er Opitz nicht in einem der Salons gesehen hatte, war er vermutlich in seiner Dienststube.

Viktor klopfte. Nichts regte sich. Opitz war doch wohl hoffentlich nicht schon wieder … Er klopfte noch einmal, lauter, verharrte einen Moment und öffnete dann die Tür.

»Herr Opitz?«

Ein leises Schnarchen war die Antwort. Der massive Kopf mit dem schütteren Haar lag mitten auf dem Schreibtisch, die Hände lagen links und rechts vom Kopf, als hätte er sich ergeben. Was in gewisser Weise ja auch stimmte. Es war nicht das erste Mal, dass Opitz sich dem Suff ergeben hatte. Eine leere Flasche ohne Etikett stand noch auf dem Schreibtisch.

Viktor trat näher. Seine Fußspitze geriet an etwas, was leise klirrte. Direkt neben dem Schreibtisch standen noch zwei leere Flaschen. Das konnte er nicht alles heute getrunken haben, oder? Der Duft seiner Ausdünstungen schwebte durch den Raum. Ganz klar hatte Opitz mehr getrunken, als er sollte.

Leise zog Viktor sich zurück. Opitz konnte sehr ungehalten werden, wenn man ihn bei einem Fehler oder einer Schwäche überraschte. Es war schon spät. Die Bestellung würde ohnehin nicht vor morgen früh rausgehen. Doch gerade, als er sich wegdrehen wollte, sah er den Packen Briefe. Viktor atmete tief durch. Nicht schon wieder! Wieder hatte Opitz es verpasst, die Briefe sofort nach oben zu bringen.

Nun war er in einem Dilemma, wie so oft: Entweder tat er so, als hätte er sie nicht gesehen, und Opitz würde einen dicken Rüffel dafür kassieren. Oder er brachte sie umgehend nach oben und würde selber dafür gerügt. Es war nicht das erste Mal, dass Viktor Opitz aus einer solchen Situation heraushalf. Nein, man konnte schon sagen, dass Opitz beinahe damit rechnete, dass Viktor ein Auge auf ihn hatte. Er presste die Lippen zusammen, nahm die Briefe an sich und ging hinaus. Leise schloss er die Tür.

Noch auf dem Flur sortierte er die Umschläge. Zwei Briefe für das Personal, der Rest ging nach oben. Die Fürstin bekam einen Brief aus Schweden, ihrer Heimat. Der überwiegende Rest der Umschläge war für den Fürsten bestimmt. Einer sogar vom Fürsten selbst. Er eilte die Treppe hoch.

Gerade ging die Tür auf und Herr Jaroljmek trat aus seiner Schreibstube. Mit strammem Ton fragte er: »Wo bleibt denn die Post von heute? Ich warte auf weitere Anweisungen des Fürsten.«

»Ich bringe sie soeben.« Viktor streckte das Silbertablett mit den Umschlägen vor.

»Ist die Post etwa erst jetzt gekommen?«

»Sie war heute spät«, sagte Viktor unbestimmt.

Jaroljmek machte ein Gesicht, als würde er es nicht recht glauben. Was man ihm nicht verdenken konnte. Bestimmt hatten die Umschläge schon zwei Stunden auf Opitz' Schreibtisch gelegen.

Jaroljmek sah die Umschläge durch und riss dann einen hoch. »Der Brief des Fürsten. Ich warte seit Stunden darauf.«

»Es tut mir wirklich leid. Es ist ausgesprochen viel zu tun im Moment. Wir werden sehen, dass es nicht noch einmal passiert.«

»Wir?«

Nun musste er entweder Opitz anschwärzen oder die Schuld auf sich nehmen. »Ich entschuldige mich und verspreche, ich werde dafür sorgen, dass die Post demnächst zügig nach dem Eintreffen nach oben gebracht wird.« Er hatte die Schuld nicht offensichtlich auf sich genommen. Würde es Jaroljmek reichen? Würde er jetzt nicht trotzdem annehmen, dass es seine Schuld war? Vermutlich.

Mit einem zerknirschten Gesicht drehte er sich weg und ging. Hoffentlich hatte es keine weitreichenderen Folgen für ihn. Verpetzte Jaroljmek ihn beim Fürsten? Sagte er, dass Viktor schuld an der Verzögerung sei? Obwohl alle wussten, dass Opitz die Post in Empfang nahm und sortierte. Ach, hätte er doch einfach die Briefe unten liegen gelassen.

Bis zum Abendessen blieb ihm noch etwas Zeit. Gerade genug, um sich die Hemdkragen und Manschetten des Fürsten vorzunehmen. Er ging zurück in die Waschküche.

Adelheid Schaaf saß dort und nähte die sauberen Schweißblätter in die Kleider der Komtessen. Diese Baumwollstücke an den Achselhöhlen wurden vor dem Waschen der meist delikaten Kleiderstoffe abgetrennt, sehr viel heißer und länger gewaschen als die Kleider und später wieder angenäht.

Das Stubenmädchen schaute hoch, und ein scheues Lächeln erschien.

»Hallo«, sagte er kurz angebunden.

»Hallo«, hauchte sie beinahe. Ihr Blick blieb eine Sekunde zu lang auf ihm liegen. Darum sollte Viktor sich nicht kümmern, auch wenn es ihn freute.

Er holte einen Kasten hervor, in dem die Hemdkragen und Manschetten gesammelt wurden. Anders als die Hemden wurden diese Stück gebleicht und doppelt oder dreifach gestärkt. Sie wurden später nicht angenäht, sondern angeknöpft.

Schon vor einer halben Stunde hatte er ein Stück *Hoffmann's Silber-Glanz-Stärke* in einer Schüssel mit warmem Wasser aufgelöst. Jetzt goss er die Mischung mit heißem Wasser auf. Die Stärke würde die Leinenstücke weißer und gleichzeitig steif machen.

Die Tür ging auf und Lydia Keller kam herein. Offensichtlich brauchte sie frisches Putzwasser, denn sie goss heißes Wasser in den Blecheimer und stellte ihn dann unter den Wasserhahn, um kaltes nachlaufen zu lassen.

»Hab ich es mir doch gedacht. Fräulein Schaaf ist verliebt.«

Viktor schaute auf, ebenso wie das blonde Stubenmädchen.

»Wissen Sie, Herr Novak, ich habe nämlich vorhin gesehen, wie Sie das Stärkebad angesetzt haben. Genau wie Fräulein Schaaf das gesehen hat. War ja klar, dass Sie früher oder später hier arbeiten würden. Und sofort hat sich das Fräulein Schaaf dazu entschlossen, die Schweißblätter anzunähen … Was für ein Zufall.«

Adelheid Schaaf wurde puterrot. Sie blickte nur ganz kurz zu ihm, dann senkte sie ihren Blick auf das Kleid, das auf ihrem Schoß lag. Sie schüttelte den Kopf, schaute Lydia böse an, schüttelte wieder den Kopf, rang um Fassung. Viel zu spät antwortete sie: »Fräulein Pietsch hat mir das aufgetragen.«

»Ja, sicher«, sagte Lydia Keller süffisant. Dann drehte sie den Wasserhahn zu. Ihr Gesicht sprach Bände, als sie, Viktor vieldeutige Blicke zuwerfend, die Waschküche verließ.

Viktor sagte nichts, zog sich zwei Ärmelschoner über und griff zu den Manschetten. Nacheinander tauchte er sie in das Stärkewasser.

»Ich habe nicht … Das war gar keine Absicht … Mir war nicht klar …«, versuchte Adelheid Schaaf sich zu verteidigen. Doch weit kam sie nicht.

»Lassen Sie's gut sein. Ich weiß, was ich von Lydia zu halten habe. Sie ist nur eifersüchtig«, versuchte er sie zu beruhigen, bevor sie noch schnappatmen würde.

Fräulein Schaaf schluckte. »Ja … ähm … danke.« Sie senkte ihren Blick und beschäftigte sich wieder intensiv mit dem Kleid.

Viktor bemerkte, wie ihre Hände flatterten. Plötzlich ging erneut die Tür auf. Fräulein Pietsch erschien. Überraschung stand auf ihrem Gesicht, als sie nun das jüngere Stubenmädchen entdeckte. Sie schaute etwas irritiert.

»Du bist noch hier? Du solltest doch die Haarbürsten der Komtessen reinigen.«

Wieder flammte das Gesicht des jungen Stubenmädchens auf. Feuerrot. Sie stand auf und legte das Kleid auf dem Hocker ab. Ihr ganzer Körper schien zu vibrieren.

»Damit bin ich schon fertig.« Und tatsächlich ging sie nun zum anderen Ende des großen Tisches, wo vier Bürsten auf einem Handtuch lagen und trockneten.

»Ähm, ja, gut. Dann … dann mach weiter mit den Kleidern. Wie viele musst du noch?«

»Das noch und noch ein weiteres.«

»Also gut. Das solltest du bis zum Abendessen ja schaffen. Und bring die Bürsten dann wieder hoch. Heute Abend brauchen die Komtessen sie wieder.«

Adelheid Schaaf nickte. Fräulein Pietsch zog die Tür zu. Sie setzte sich wieder und griff zum Kleid. Aus den Augenwinkeln sah Viktor, wie sehr die Nadel zwischen ihren Fingern zitterte. Ihr Mund zuckte, ihr Gesicht war immer noch rot.

Lydia Keller hatte vielleicht sogar recht, dachte Viktor. Oft genug sah er, wie sie bei Tisch oder woanders den Blick hastig abwandte, als hätte er sie überrascht.

Nun schaute er weg. Es freute ihn. Sehr sogar. Mehr, als er es sich zugestand. Er hatte schon so manche Schwärmereien von Stuben-, Küchen- und Hausmädchen erlebt. Normalerweise war es ihm egal. Doch bei Adelheid Schaaf … Was für ein Kokolores. Wozu soll das gut sein, schalt er sich selbst. Konzentrier dich auf deine Arbeit. Diese Gedanken führten in eine Richtung, die für ihn versperrt war. Noch für sehr lange Zeit.

17. Oktober 1906

Hedda knüpfte die Schürze auf und legte sie über den Stuhl. Sie war heute spät dran, später als alle anderen. Die Mamsell, Martha, auch die Hausmädchen waren schon vor einer halben Stunde zu Bett gegangen. Ermattet streifte sie sich die Schuhe von den Füßen und ließ sich aufs Bett fallen. Wieder ein anstrengender Tag vorbei. Wieder ein Tag, an dem sie mehr gearbeitet hatte als Martha Petzold. Die hatte stundenlang die Koffer für die Töchter gepackt. Als würde das so lange dauern.

Wieder ein Tag, an dem sie das untere Stubenmädchen hatte einweisen müssen. Natürlich wusste die nicht, wie man einen Fleck aus dem Samtbezug eines teuren Sofas herausbekam. Woher auch sollte Adelheid Schaaf so etwas wissen? Trotzdem hatte Hedda das Gefühl, sie würde für anderthalb arbeiten. Immerhin lernte die Schaaf schnell. Man musste ihr nur ein einziges Mal etwas sagen oder zeigen, dann behielt sie es. Aber noch immer gab es so viele Dinge, die sie noch nie getan hatte.

Zu allem Unglück hatte die Neue heute Morgen auch noch verschlafen. Und das zum wiederholten Mal. Unfassbar. Bisher war es der Mamsell noch nicht aufgefallen. Heute allerdings hatte sie es mitbekommen. Da hatte sich die Schaaf aber einiges anhören müssen.

Natürlich bestätigten diese Vorfälle die allgemeine Meinung, dass es bei Tagelöhnern sehr müßig zuging. Andererseits war Adelheid Schaaf sehr fleißig und bemühte sich redlich. Hedda konnte nichts Schlechtes über sie sagen, außer natürlich, dass es grundsätzlich etwas Zweifelhaftes war, die Tochter eines Tagelöhners zu beschäftigen. Noch immer lief die Schaaf in ihren alten, ausgetretenen und schon zehnmal geflickten Schuhen herum. Wieso die Mamsell ihr das durchgehen ließ, konnte Hedda nicht verstehen. Bestimmt war sie angehalten worden, auf neue Schuhe zu sparen. Aber das war ja nicht ihr Problem. Hedda besaß sogar zwei Paar Schuhe, leichtere Sommerschuhe und etwas dickere

Stiefeletten für die kalte Jahreszeit. Hedda putzte sie gewissenhaft, damit das Leder recht lange halten würde.

Heute hatten sie angefangen mit den Gästezimmern. Zur Jagdsaison wurden wieder viele Gäste erwartet. Da musste alles tipptopp sauber und blitzblank sein. Alles wurde poliert, gewienert, geputzt und ausgeklopft. Den ganzen Tag über hörte man, wie Moritz, der Hausbursche, draußen Teppiche klopfte. Und wenn sie dann in einem Zimmer mit allem fertig waren, dann wurde alles mit übergroßen weißen Leinentüchern bedeckt. Damit sich dort in den nächsten zwei Wochen auch ja kein Staub sammeln konnte. Auf dem Schloss verkehrten regelmäßig Gäste. Aber vor großen Familienfesten oder den Jagdgesellschaften hörte die Arbeit über Wochen nicht mehr auf. Hedda hatte das Gefühl, dass es zwischen Aufstehen und Todmüde-ins-Bett-Fallen keine ruhige Minute mehr gab.

Jetzt wollte sie nur noch schlafen. Sie öffnete die Klammern des Strumpfhalters und rollte sich die Strümpfe von den Beinen. Ein Brief von ihren Brüdern aus Afrika war gekommen. Sie würde ihn morgen lesen oder am Sonntag. Jetzt war sie einfach zu müde, um von dem Leben ihrer Brüder zu erfahren. Nach dem Tod ihrer Eltern waren die beiden auf der Farm ihres Onkels in der deutschen Kolonie Südwestafrika untergekommen. Hedda selbst hätte auch jederzeit dort unterkommen können. Potenzielle Ehefrauen waren dort so viel wert wie eine gute Wasserstelle. Aber Hedda hatte keine Lust, auf einer von allem Leben und Vergnügungen abgeschiedenen Farm zu wohnen.

Gerade als sie anfing, die Bluse aufzuknöpfen, klopfte es. Nanu, wer konnte das sein? Bestimmt war es Adelheid Schaaf, mit der sie gerade gemeinsam hochgegangen war. Vielleicht hatte Lydia mal wieder die Kerze versteckt und die Glühbirne rausgedreht. Armes Fräulein Schaaf. Sie musste wirklich leiden. Hoffentlich war ihr bewusst, dass diese Triezerei so lange andauern würde, bis Lydia Keller auch endlich Stubenmädchen war. Und das konnte noch Jahre dauern.

Mit nackten Füßen lief Hedda zur Tür und öffnete sie. Laut hörbar sog sie den Atem ein. Oswald Opitz stand vor der Tür. Im Frauenflur! Hier durfte er nur hin, wenn es einen Notfall gab.

»Mach auf und lass mich rein.« Schon schob er Hedda ins Zimmer zurück und schloss hinter sich die Tür.

Sie war starr vor Schreck. Sein Blick lief an ihr hinunter und blieb an ihren nackten Füßen hängen. Es war ihr höchst unangenehm, dass er sie so sah. Mit ihrem langen Rock versuchte sie die Füße zu bedecken.

»Was gibt es denn?« Es konnte sich nur um einen eiligen Arbeitsauftrag handeln. Etwas anderes war doch wohl nicht möglich! Ein eisiger Schauer zog über ihren Rücken, den Nacken hoch bis zum Schädel. Nein, er würde doch jetzt nicht …

Er ließ sich Zeit, ließ sie zappeln, schaute sich im Zimmer um, dann hefteten sich seine braunen Augen an ihre Gestalt. Er blickte ihr nicht ins Gesicht, sondern ein kleines Stück darunter. Dort, wo sie bereits die ersten zwei Knöpfe ihrer Bluse geöffnet hatte. Ihre Hände liefen zum Kragen der Bluse, und mit zittrigen Fingern versuchte sie, die Knöpfe wieder zu schließen.

»Wieso so nervös?«

»Ich bin nur … müde. Es war heute ein langer Tag«, wich Hedda aus. Sie schluckte.

Wieder ließ er sich Zeit, weiterzureden. »Gut hast du das heute gemacht.«

»Was genau meinen Sie?«, fragte sie nach.

»Du hast den Fleck aus der Sofalehne bekommen. Die Fürstin hat es extra noch mal betont, dass ich dir dafür danken soll. Schließlich bekommen wir bald hohen Besuch. Sonst hätten wir uns etwas einfallen lassen müssen mit dem Sofa.«

Hedda versuchte sich an einem Lächeln. »Es ist ja meine Aufgabe.« Die Fürstin wusste, dass sie einen Fleck entfernt hatte?

Opitz trat einen Schritt näher. Hedda ging ein Stück zurück und stieß an die Bettkante. Langsam schob sie sich zur Seite, sodass sie wieder freien Raum hinter sich hatte.

»Ich hab ihr gesagt, wie außerordentlich tüchtig du bist. Und wie geschickt. Und wie gut du dich zu benehmen weißt.«

»Das … das war sehr nett von Ihnen, mich extra zu erwähnen.«

Wieder trat er einen Schritt näher. »Du weißt, ich könnte sehr viel mehr für dich tun.«

Hedda nickte leicht. Ja, das könnte er wohl. Aber um welchen Preis? Einen Preis, den zu bezahlen sie nicht bereit war.

Nun trat er so nahe, dass seine Finger über ihr Kinn streichen konnten. »Ich könnte dich zum ersten Stubenmädchen machen.«

»Das … Fräulein Petzold ist ein sehr gutes erstes Stubenmädchen.« Auch wenn sie fleißiger sein könnte. Aber diese Einschränkung war ihr gerade vollkommen egal.

»Möchtest du denn nicht erstes Stubenmädchen werden?« Seine Finger liefen nun an ihrem Hals herunter. Sein quadratischer Schädel mit den hervorstehenden Augenbrauen war ihrem viel zu nahe.

Hedda wollte ihre Finger gerade wegziehen, da sie es vor lauter Zittern sowieso nicht schaffte, die Knöpfe zu schließen. Schon hatte er eine Hand gepackt. Und zog sie an seinen Mund.

»Ich bin sehr zufrieden mit meiner Stellung«, sagte sie schnell.

»Du würdest mehr verdienen. Jeder will doch mehr verdienen.« Er legte ihre Finger an seine Lippen und sog ihren Duft ein.

»Und Martha Petzold, was würde aus ihr werden?« Sie schaffte es einfach nicht, ihm ihre Hand zu entziehen.

Unbedarft zuckte er mit den Schultern. »Es findet sich immer was.«

»Ich möchte auf gar keinen Fall auf Kosten von …«

Er ließ sie nicht ausreden. So heftig riss er sie an ihrer Hand zu sich, dass sie gegen seinen Körper prallte. Mit der anderen Hand packte er sie und drückte sie an sich.

»Ich kann mich doch nicht so in dir geirrt haben! Natürlich willst du aufsteigen. Und ich kann dir dabei helfen.« Seine Hand wanderte über ihren Rock, blieb auf ihrem Po liegen. Dann krallte er seine Hand in ihre Pobacke und presste sie an sich, sodass sich ihr Gesicht noch mehr in seine Richtung schob. Heute Abend hatte es Lauchgemüse gegeben. Die Mischung aus den Gerüchen nach Lauch, Wein und Veilchen verursachten ihr Übelkeit.

»Bitte … Bitte nicht.«

»Was bitte nicht? Bittest du mich etwa, dir nicht zu helf…«

Es klopfte. Sehr leise, sehr verhalten, aber es hatte geklopft. Noch nie war Hedda über ein Klopfen an der Tür so glücklich gewesen.

Opitz ließen ihren Po los und machte mit dem Zeigefinger eine eindeutige Geste. Sie solle bloß still sein. Doch Hedda drückte ihn von sich weg, schob ihn weiter hinter die Tür und öffnete sie gleichzeitig mit einer freien Hand. Opitz blieb nun nichts anderes übrig, als sich hinter dem Türblatt zu verstecken.

»Fräulein Pietsch, entschuldigen Sie bitte, dass ich störe. Wir fahren doch morgen früh nach Berlin. Und als ich nun gerade gepackt habe, habe ich eine defekte Naht an einem Kleid entdeckt. Dummerweise scheine ich mein Nähzeug verlegt zu haben. Deswegen wollte ich Sie fragen, ob Sie mir nicht Nadel und Garn leihen könnten.«

Constanze Maiwald stand in Morgenrock und Pantoffeln vor ihr. Ihr Haar hatte sie unter ein Haarnetz gesteckt. Hedda hatte sich noch nie so sehr über ihren Anblick gefreut. Ihr Herz machte einen Hüpfer.

»Aber natürlich, gerne. Ich hole Ihnen gleich etwas aus der Waschküche.«

»Oh, ich wollte Ihnen keine Umstände machen. Haben Sie nichts hier oben auf dem Zimmer?«

»Nein. Wenn ich etwas brauche, nehme ich es mir immer von unten mit. Sie haben Glück. Ich bin Gott sei Dank noch nicht ausgekleidet.« Mit weit offener Tür schob sie sich zurück, griff ihre Schuhe und schlüpfte mit nackten Füßen hinein.

»Aber nein. Wenn Sie mir sagen, wo es ist, dann hole ich es mir schon selber«, bot Fräulein Maiwald an.

»Es macht mir wirklich nichts aus. Und Sie müssten erst nach dem Nähkästchen suchen.«

»Das ist sehr freundlich von Ihnen.«

»Was ist denn hier los?« Plötzlich stand die Mamsell in Morgenmantel und Pantoffeln auf dem Flur. Was auch nicht anders zu erwarten gewesen war, denn eigentlich hatten nun alle auf ihren Zimmern zu sein.

»Fräulein Maiwald benötigt dringend Nähgarn. Ich geh schnell runter und hole es.«

»Das ist sehr nett von Ihnen. Aber seien Sie doch etwas leiser. Die Ersten schlafen ja schon.« Die Mamsell ging, blieb aber vor ihrer Tür stehen. »Und beeilen Sie sich nachher mit dem Waschen. Wir wollen doch, dass hier bald Ruhe eingekehrt.«

»Aber natürlich. Natürlich beeile ich mich.« Constanze zog hinter sich die Tür zu, schloss sie aber nicht ganz. Opitz würde hoffentlich so vernünftig sein, nicht in ihrem Zimmer auf sie zu warten. Sie musste nun nur schnell genug unten im Keller sein, das Nähgarn holen und es Fräulein Maiwald bringen.

Nachdem sie die erste halbe Treppe leise hinter sich gebracht hatte, sprang sie über die Stufen. Keine Ahnung, ob Opitz ihr folgen würde, aber sie würde zu schnell für ihn sein.

Die Frage war allerdings, was beim nächsten Mal passieren würde. Jetzt war sie gewarnt. Jetzt würde sie erst fragen, wer da war, bevor sie die Tür öffnete. Und sich vorsichtshalber einschließen, sobald sie ihr Zimmer betrat. Eigentlich durfte man das nicht, weil man im Falle eines Feuers dann nicht gerettet werden konnte.

Doch das alles schützte sie letztendlich nicht. Opitz hatte tausendundeine Gelegenheit, sie irgendwo abzufangen. Das nächste Mal würde sie sich vielleicht nicht mehr so herauswinden können.

18. Oktober 1906

Adelheid schlug die Augen auf und starrte in die Dunkelheit. Lydia Keller sei nur eifersüchtig, hatte Viktor Novak gesagt. Was er damit wohl gemeint hatte? Weil er sie hübscher fand als Lydia? Oder weil Lydia nur ein Hausmädchen war? Trotzdem, Lydia hatte voll ins Schwarze getroffen. Wie peinlich. Überaus peinlich. Adelheid konnte Viktor Novak nicht mehr ins Gesicht sehen. Er wusste nun, was in ihrem Kopf vorging. Bestimmt. Ach herrje.

Plötzlich schoss sie hoch. Nein, nein, nein! Das durfte doch nicht wahr sein. Eigentlich sollte sie durch Gerdas Klopfen geweckt werden. Doch sie hatte nichts gehört. Dann hatte sie anscheinend schon wieder verschlafen. Sie riss ihre Kleidung vom Stuhl und zog sich hastig an. Ihre alten Schuhe standen am Bettende. Sie schlüpfte hinein. Bevor sie sich neue gebrauchte Schuhe kaufen würde, sollte sie sich besser einen Wecker anschaffen. Auch wenn so etwas unfassbar teuer war. Aber sie konnte es sich nicht leisten zu verschlafen. Die Schelte der Mamsell nach ihrem letzten Verschlafen war deutlich gewesen. Das nächste Mal konnte ihr letztes Mal sein. Die Frage war jetzt: Wie viel zu spät war sie? Heute hatte sie nicht einmal Zeit für eine Katzenwäsche. Hastig steckte Adelheid sich die Haare hoch. Die Schürze knotete sie sich zu, während sie schon auf der Treppe war.

Gerda Altvater, die als Erste aufstehen musste, hatte den Dienstbotenwecker der Frauen, Moritz den der Männer. Demzufolge war es Gerdas Aufgabe, bei den anderen Frauen zu klopfen. Bei Anni, dem Spülmädchen, klopfte sie sofort. Alle anderen Dienstbotinnen durften eine halbe Stunde länger schlafen. In den ersten Wochen war Adelheid immer von allein wach geworden, obwohl Gerda nicht geklopft hatte. Aber nun machte die Arbeit Adelheid so müde, dass sie ständig verschlief. In den letzten Tagen war es immer sehr spät geworden.

Mit dem Gesinde aus der Küche hatte sie nicht viel zu tun. Aber vielleicht war es eine gute Idee, Anni darum zu bitten, sie zu wecken.

Geschwind sprang sie die Treppen hinunter und blieb auf dem letzten Absatz stehen. Mit zwei Haarklammern befestigte sie das Häubchen in ihren Haaren. Hier im Vestibül befand sich eine große Standuhr. Sollte sie kurz schauen, wie spät es war? Um abzuschätzen, wie groß das Donnerwetter der Mamsell werden konnte? Sie lugte kurz um die Ecke. Fräulein Maiwald stand dort, einen kleinen Koffer neben sich. Die Töchter würden für ein paar Tage nach Berlin fahren, und die Gouvernante würde sie natürlich begleiten.

»Darf ich Ihnen helfen?« Schon war Adelheid neben ihr, packte den Koffer und ging Richtung Vordertür.

»Das ist wirklich sehr freundlich.« Constanze Maiwald blickte sie müde an.

Adelheid schleppte den Koffer bis zur Kutsche. Herr Hartwich, der Kutscher, nahm ihn wortlos entgegen und schnallte ihn hinten auf die anderen Koffer.

»Kann ich sonst noch etwas für Sie tun?«, fragte Adelheid höflich.

»Nein, ich denke nicht. Herr Novak holt gerade den Picknickkorb für unterwegs. Das sollte dann alles sein.«

»Sehr wohl.« Sie ging rückwärts Richtung Eingang und blieb an der Seite stehen. Viktor Novak und Diedrich Budde brachten noch ein paar Kleinigkeiten, die sie auch Herrn Hartwich übergaben. Viktor Novak schaute sie kurz an, nickte lächelnd, als wollte er sich für ihre Hilfe bedanken, und stellte sich neben sie. Und Budde stellte sich neben ihn.

Nun kamen schon die drei Töchter und auch die Fürstin heraus. Die drei jungen Damen verabschiedeten sich von ihrer Mutter und stiegen eilig in die Kutsche. Sie konnten es anscheinend gar nicht erwarten, nach Berlin zu kommen. Ihre Mutter gab ihnen noch ein paar fürsorgliche Ratschläge mit auf den Weg, dann winkte sie ihnen hinterher.

Solange blieben Adelheid und die beiden Diener steif am Rand stehen. Adelheid fröstelte. Sie trug nur Rock, Bluse und Schürze.

Die Männer hatten wenigstens lange Sakkos an. Die Fürstin ging ins Haus. Die Diener drehten sich um und schickten sich an, um das Haus herum zum Hintereingang reinzugehen. Adelheid folgte ihnen, da wurde sie plötzlich von der Fürstin gerufen, die noch einmal vor die Tür getreten war.

»Kleine, komm mal her.«

Adelheid bekam es mit der Angst zu tun. Hatte die Fürstin etwa gemerkt, dass sie verschlafen hatte? Oder waren ihre Haare unordentlich? Ihr wurde übel. Hatte Mamsell Reineke mit der Fürstin darüber geredet, dass Adelheid verschlief? Wurde sie jetzt rausgeschmissen? War es jetzt so weit? Sie senkte ihren Blick und verschränkte ihre Arme hinter dem Rücken. Mit eingezogenen Schultern stand sie vor der Fürstin.

»Nun mach mal nicht so ein trübes Gesicht. Schau mich an.«

Adelheid hob ihren Kopf und blickte die Fürstin an.

»Wie heißt du noch mal?«

»Adelheid Schaaf ist mein Name, Euer Durchlaucht.« Sie knickste noch schnell. Das hätte sie sofort tun sollen.

»Also, Adelheid, zeig mir deine Schuhe.«

»Meine …?«

»Deine Schuhe, ja. Zeig sie mir.«

Adelheid tat, wie ihr befohlen wurde. Sie streckte erst einen Fuß hervor, sodass man die Schuhe unter dem langen Rock erkennen konnte, dann den anderen.

»Die sehen ja furchtbar aus. Geh zur Mamsell. Sie soll dir alte Schuhe von Komtess Viktoria geben. Die hat genug, die sie nicht mehr trägt. Dass sie dich so hier herumrennen lässt, wenn bald Seine Majestät kommt!«, sagte sie mit leichter Empörung in der Stimme.

»Sehr wohl, Euer Durchlaucht!«

»Und nun spute dich. Ich habe gerade den Gong zum Frühstück gehört.«

Adelheid ging rückwärts zurück, so lange, bis die Fürstin im Vestibül verschwunden war. Dann drehte sie sich um und lief schnell um die Ecke, zum Hintereingang hinein. Die Mamsell stand noch vor der Leutestube. Unter ihrem scharfen Blick zuckte Adelheid zusammen.

Nicht nur ihr Blick war scharf, sondern ihre ganze Erscheinung: die schlanke, hochgewachsene Gestalt, der dünne Mund fast ein Strich, die schmale lange Nase, das dunkle glatte Haar, das immer zu einem strengen Dutt nach hinten gesteckt war. Alles an ihr vermittelte eine außerordentlich Strenge, die sich nicht nur gegen andere zu richten schien, sondern auch gegen sich selbst.

»Haben Sie etwa schon wieder verschlafen?«, fragte sie, offenbar irritiert, dass Adelheid zum Dienstboteneingang hereingekommen war.

»Ich habe Fräulein Maiwald mit dem Gepäck geholfen.«

»Ah, sehr gut.«

Puh, das war wohl noch mal gut gegangen. »Und, Mamsell … die werte Fürstin …«

»Sie hat mit Ihnen gesprochen?«

Adelheid nickte.

»Und was hat sie gesagt?«

»Dass Sie mir bitte ältere Schuhe von Komtess Viktoria geben sollen. Sie sagt, die Komtess hätte einige, die sie nicht mehr anzieht. Ich soll unbedingt gute Schuhe tragen, wenn Seine Majestät kommt.«

»Da hat sie allerdings recht. Kommen Sie gleich nach dem Frühstück zu mir. Dann gehen wir in die Stiefelstube und schauen, was wir Ihnen geben können.«

Wieder nickte Adelheid. Heute war ihr Glückstag. Nicht nur hatte niemand gemerkt, dass sie verschlafen hatte. Auch hatte Viktor Novak sie angelächelt. So ein warmes Lächeln, ohne jeden Hohn über den gestrigen Vorfall. Und als wenn das noch nicht reichen würde, bekam sie nun noch schöne Schuhe von der Komtess.

Die Mamsell entließ sie mit einer Geste und ging hinter ihr in die Leutestube. Adelheid setzte sich. Ihr Blick schweifte über den Tisch. Alle warteten stumm darauf, dass die Blechkannen mit dem warmen Muckefuck auf den Tisch gestellt wurden. Das war jeden Morgen das Signal, dass das Frühstück beginnen konnte.

Lydia Keller und Gerda Altvater warfen sich verschwörerische Blicke zu. Ein böser Verdacht stieg in ihr auf: Was, wenn sie nicht einfach so verschlief? Was, wenn es einen Grund dafür gab? Zu Hause hatte sie praktisch nie verschlafen. Und hier auch erst in der letzten Zeit.

Anni kam mit zwei Blechkannen herein. Auf jeden Fall würde Adelheid sie noch heute fragen. Besser, sie ließ sich solange von dem Spülmädchen wecken, bis sie hinter das Geheimnis der Hausmädchen gekommen war.

* * *

Was für wunderschöne Schuhe! Sie waren elegant und sahen sehr teuer aus. Vorne an den Spitzen war das Leder etwas abgewetzt. Was vermutlich der Grund dafür war, dass die Komtess sie nicht mehr trug. Adelheid konnte ihr Glück kaum fassen. Die Schuhe waren nicht aus dem billigen geklebten Pressleder wie all ihre bisherigen. Es waren echte Lederschuhe, mit dicken Ledersohlen. Sie hatten einen dunklen Braunton und kleine Verzierungen mit aufgenähten Lederstückchen. Und das sollten jetzt ihre sein! Ehrfürchtig hielt sie das Paar vor sich hin.

Sie stand mit der Mamsell in der Stiefelstube, in der fast alle Schuhe der Herrschaften aufbewahrt wurden. Nur die Stoffschuhe der Damen waren oben.

»Nun ziehen Sie sie schon an. Wir müssen doch wissen, ob sie passen«, forderte die Mamsell sie auf.

O Schreck! Natürlich. Sie mussten auch noch passen. Adelheid schickte ein stummes Stoßgebet gen Himmel. »Die passen bestimmt.« Schon streifte Adelheid sich ihre Schuhe ab und schlüpfte in die anderen. Verdammt, sie drückten.

»Und?«, fragte die Mamsell. »Nun sagen Sie schon: Passen sie?«

Ob sie sich wohl noch weiten würden? Die Mamsell schaute fragend. Adelheid musste nun etwas sagen. Sollte sie dieses Geschenk wirklich ausschlagen? So wunderschöne, so teure und elegante, gut gearbeitete Schuhe? Adelheid wollte diese Schuhe unbedingt.

»Nein, nein. Sie passen. Sie sind wunderschön. Und ich darf sie wirklich behalten?«

»Natürlich. Oder glauben Sie etwa, Komtess Viktoria würde die Schuhe noch mal anziehen, wenn Sie sie getragen haben?« Die Mamsell schnaufte auf, als hätte sie etwas sehr Lächerliches gesagt.

»Ich werde sie in Ehren halten.«

Nun lachte die Mamsell tatsächlich. »Wissen Sie, Kindchen, das ist kein Orden. Das sind nur gebrauchte Schuhe. Bilden Sie sich da mal nicht zu viel drauf ein.«

»Natürlich nicht.«

»Also gut. Dann ran an die Arbeit. Ihre alten Schuhe können Sie immer noch anziehen, wenn Sie Ihre Familie besuchen. Sie sollten die neuen Schuhe für die Arbeit bewahren.«

»Selbstverständlich.« Adelheid stellte ihre alten Schuhe auf einem Regal ab. Sie würde sie heute Abend noch einmal ordentlich mit Lederfett putzen und dann in ihre Kammer bringen.

Plötzlich war draußen auf dem Flur Unruhe. Man hörte Schreie, und jemand schimpfte. Die Mamsell riss die Tür auf. Fast genau davor duckte sich Moritz Lüdke, der Hausbursche. Auf dem Boden kniend, hielt er sich seine Arme über den Kopf.

Hinter ihm stand der oberste Hausdiener und schlug mit dem Teppichklopfer auf ihn ein.

»... werde dir beibringen, mit den Besitztümern der Herrschaften umzugehen ... Und dann auch noch Widerworte geben! ... Was erlaubst du dir?« Bei jedem dritten Wort donnerte der Teppichklopfer auf den Körper des Jungen.

Adelheid zuckte bei jedem Schlag zusammen. Moritz tat ihr leid. Er war der jüngste der Lüdke-Jungs, und Adelheid wusste, dass er Schläge gewohnt war. In der Schule wurden alle geprügelt, und die meisten auch zu Hause. Moritz, drei Jahre jünger als Adelheid, war ein netter Kerl. Er war vielleicht etwas ungelenk und ein bisschen tumb. In der Schule hatte er sich schwergetan. Aber hier arbeitete er hart und gewissenhaft. Stumme Tränen rannen seine Wangen hinunter.

Anscheinend hatte Opitz seine Wut endlich an ihm ausgelassen, denn nun schmiss er den Teppichklopfer auf seinen Rücken.

»Heute Abend liegt der Teppich wieder oben im Salon. Und wehe, ich entdecke nur einen Spritzer Schlamm daran!« Dann endlich drehte Opitz sich weg und ging wutschnaubend davon.

Erst einmal sagte niemand etwas. Endlich eilte Hedda Pietsch herbei. »Lass mal sehen.« Sie schob den Teppichklopfer mit den Schuhspitzen beiseite und kniete sich zu Moritz. Sie nahm seine Hände, die wohl am meisten abbekommen hatten.

»Das wird schon wieder. Es sind nur ein paar Stellen.«

Adelheid konnte von hier sehen, dass die Haut an den Fingern aufgeplatzt war. Hedda warf der Mamsell einen eigentümlichen Blick zu. So, als wollte sie wissen, warum sie nicht dagegen eingeschritten war.

»Keine Ahnung, was heute mit dem los ist. Dem ist wohl eine Laus über die Leber gelaufen«, sagte die Mamsell und drückte sich an den beiden Knienden vorbei, als wollte sie nur schnell weg hier.

»Komm mit in die Waschküche.« Hedda stand auf und zog Moritz mit sich. Erst einmal sollten sie aus dem Flur verschwinden. Wenn Opitz aus seinem Zimmer kam und die drei hier hocken sah, dann würde er sie vermutlich alle verprügeln. Adelheid folgte ihnen.

Hedda zog einen Schemel heran. »Setz dich, Moritz. Und lass mal schauen.«

Mit noch immer eingezogenen Schultern zeigte er seine Hände vor. Es blutete an mehreren Stellen. Andere liefen blau an. Auch seine Lippe war aufgeplatzt.

»Am besten, du hältst deine Hände erst einmal unter kaltes Wasser«, sagte Hedda Pietsch. Und hatte sicher recht damit. »Was ist passiert?«

Moritz schüttelte unwirsch den Kopf. »Hab nen Teppich falln jelassen. Is mir auf eener Seite in ne Pfütze jeplumpst.« Er zuckte mit den Schultern. Ja, so etwas passierte eben, wenn man den ganzen Tag hart arbeitete. »Nur 'ne kleene Ecke … Aber er hat's jesehen.« Wieder zuckte er mit den Schultern. Mehr gab es nicht zu erklären.

»Fräulein Schaaf, gehen Sie zur Mamsell. Sie soll Ihnen Salbe geben. Aber sagen Sie ihr, die gute Ringelblumensalbe. Und wir brauchen ein paar Pflaster. Vier, nein, fünf! Und bringen Sie den Alaunstein mit.«

»Jawohl, Fräulein Pietsch.« Adelheid nickte und stand auf. Gerade als sie die Tür öffnen wollte, steckte Diedrich Budde seinen Kopf herein.

»Alles in Ordnung mit ihm?«

»Wir kümmern uns«, sagte Hedda Pietsch kurz angebunden. Alle hatten es mitbekommen. Niemand hatte etwas unternommen.

»Hm. Das ist gut.« Schon war er wieder weg.

Zuerst riskierte Adelheid einen Blick auf den Flur. Opitz war nicht zu sehen. Schon am Frühstückstisch hatte man merken können, dass der Butler heute ausgesprochen schlechte Laune hatte. Er hatte wohl nur nach einem Grund gesucht. Und den armen Moritz hatte es getroffen.

Adelheid klopfte leise am Raum der Mamsell. Als sie nichts hörte, öffnete sie die Tür. Die Mamsell saß hinter ihrem Tisch. »Mamsell Reineke?«, fragte Adelheid noch mal.

»Ja, Fräulein Schaaf, was ist?« Als würde sie gerade aus einem Traum erwachen.

»Fräulein Pietsch sagt, wird bräuchten die Ringelblumensalbe, einen Alaunstein und fünf Pflaster.«

Mit einem in sich gekehrten Blick stand die Mamsell auf, schwerfällig, als würde sie eine große Bürde tragen. Sie ging zu einem beigen Metallschrank mit Emailleüberzug und schloss ihn mit einem der vielen Schlüssel, die sie am Bund mit sich trug, auf.

Sie gab ihr etwas Kleines in die Hand. »Der Alaunstein. Und hier die Pflaster und eine Schere. Schneiden Sie so viel ab, wie ihr braucht. Dann bringen Sie mir alles zurück. Und hier haben Sie … Nanu?« Sie starrte auf einen weißen Papierbeutel. Dann nahm sie ihn heraus und wog ihn in der Hand. »Wieso ist die Tüte denn so leer?«, fragte sie mehr sich selbst als Adelheid.

Die konnte sehen, was auf dem weißen Papier stand. *Schlafpulver*. Die Mamsell stellte sie wieder zurück.

»Da müssen wir wohl neues bestellen … Hier, die Salbe.« Sie gab ihr ein Töpfchen in die Hand. »Aber beeilen Sie sich. Sie können nicht den ganzen Vormittag vertrödeln.«

Adelheid war schnell wieder zurück in der Waschküche. Moritz stand mit nacktem Oberkörper über dem Ausguss, während Hedda ihm mit einem nasskalten Lappen über den Rücken strich.

Wie das aussah! Überall blühten rote Striemen auf. Opitz hatte so fest geschlagen, dass sich an einigen Stellen die einzelnen Weideruten des Teppichklopfers als Bluterguss abzeichneten. Stumm kam Adelheid näher und stellte alles auf dem Arbeitstisch ab. Bei diesem Anblick musste sie schlucken. Ob Opitz sie auch so schlagen würde?

»Hier, trockne dich ab.« Hedda Pietsch reichte Moritz ein Leinentuch. Dann setzte er sich wieder auf den Schemel.

Adelheid hielt ihr den Alaunstein hin. »Wofür ist der?«

Hedda und Moritz schauten sie beide überrascht an.

»Rasiert sich Ihr Vater nicht?«

»Er stutzt sich nur den Bart. Einen Alaunstein haben wir nicht.«

»Der stillt das Blut, zumindest, wenn es sich um kleinere Wunden handelt. Die Männer nehmen ihn oft, wenn sie sich beim Rasieren schneiden.« Hedda machte den weißen Stein an einer Ecke feucht, und Moritz hob ihr das Gesicht entgegen. Dann betupfte sie die kleine Wunde an der Lippe. »Sehen Sie? So macht man das. Jetzt blutet es nicht mehr.« Sie tupfte auch noch etwas auf die blutigen Stellen an den Händen, bevor sie die Pflaster daraufklebte. Schließlich verteilte sie vorsichtig die goldgelbe Salbe auf den Striemen. Es musste schmerzhaft sein, denn Moritz zuckte ein ums andere Mal zusammen.

»Ich kann den Teppich reinigen. Wo ist er?«, bot Adelheid an.

Moritz schaute erstaunt hoch. »Er liegt vorne, im Flur. An der Tür.«

Adelheid nickte. Aber sie wollte noch etwas wissen. »Fräulein Pietsch …«

»Ja?« Sie maß nun die Pflaster aus.

»Darf … Kann mir das auch passieren? Ich meine, darf Herr Opitz mich so schlagen?«

Der Blick, den Fräulein Pietsch ihr zuwarf, war merkwürdig.

»Nein. Darf er nicht. Herr Opitz hat das Züchtigungsrecht für die Männer, die Mamsell für die Frauen. Sie dürfte Sie ebenso verprügeln. Tut sie aber nicht. Hab ich in den letzten vier Jahren noch nie erlebt.« Dann setzte sie nach: »Sie sollten sich trotzdem vor Opitz in Acht nehmen … Eine Schande ist das. Eine verdammte Schande.«

Nur gut, dass das Opitz nicht gehört hatte. Fluchen und schimpfen durfte man hier im Haus nicht.

»Wisst ihr, eigentlich … also gesetzlich … wenn man zu sehr geschlagen wird, darf man den Dienst verlassen. Man könnte sogar Anzeige erstatten.«

Ein merkwürdiger Ton kam aus Moritz' Mund, als würde er das nicht glauben.

»Wirklich? Das kann man?«, fragte nun auch Adelheid nach.

»Eigentlich ist harte körperliche Strafe verboten, aber es schert niemanden. Die Polizei würde uns einsperren, wenn wir uns beschweren würden. Die halten doch alle zusammen. Ich habe es gerade erst letzten Monat gelesen. Ein Dienstmädchen hat Klage erhoben. Sie war so schlimm geschlagen worden, dass sie ein ärztliches Attest bekommen hat. Doch vor Gericht hat man gesagt, es wäre nicht mehr als eine berechtigte Ohrfeige gewesen. Und das wäre ja nicht weiter schlimm.«

Adelheid presste ihre Lippen aufeinander. Gelegentlich rutschte dem Vater mal die Hand aus, aber geprügelt hatte er seine Kinder noch nie. Aber wenn Opitz oder die Mamsell sie so schlagen würde, sie würde trotzdem bleiben. Sie musste bleiben. Wegen des Geldes. So einfach war es. Aus eigenen Stücken würde sie diese Stellung niemals aufgeben, nicht wegen Lydia, nicht wegen Opitz oder irgendwelcher Vorkommnisse.

Sie bückte sich, um die neuen Schuhe etwas weiter zu schnüren. Verdammt, sie drückten mächtig. »Dann kümmere ich mich jetzt um den Teppich.«

»Ja, aber lassen Sie sich nicht von Opitz erwischen«, rief Hedda Pietsch ihr noch hinterher.

Sie lief über den Flur. Die Schuhe drückten immer mehr. Wenn das so weiterging, würde sie schon heute Abend Blasen haben. Sie humpelte bereits leicht. Als sie am Raum von Mamsell Reineke vorbeiging, fiel ihr plötzlich etwas ein. Natürlich, das war es! Das Schlafpulver. Die Mamsell war überrascht gewesen. Jemand hatte Schlafpulver genommen. Viel Schlafpulver. So stellten sie es also an, dass Adelheid ständig verschlief. Nun musste sie nur noch herausfinden, wie Lydia und Gerda ihr das Pulver verabreichten.

Kapitel 4

Ende Oktober 1906

Hedda hörte das bekannte Geräusch, wenn die Mamsell über den Flur lief. Das leise Klirren des Schlüsselbundes verriet sie fast immer. Sie trat ein, wie immer mit strengem Dutt und ihrem scharfen Blick bewaffnet, und schaute sich um. Morgen wurden die Komtessen zurückerwartet, und Hedda bezog gerade die Betten.

Die Mamsell machte ein zufriedenes Gesicht. Anscheinend gefiel ihr, wie hier gearbeitet wurde. »Wo ist Fräulein Petzold?«

»Nebenan«, sagte Hedda nur.

Mamsell Reineke ging um die Ecke ins Ankleidezimmer. »Was machen Sie denn da?«, hörte Hedda sie leicht empört fragen.

»Die Bernsteinkette war so stumpf. Deswegen poliere ich sie mit Öl. Damit sie wieder schön glänzt.«

»Das sehe ich doch. Meine Frage ist: Warum *Sie* das machen. Das ist Aufgabe von Fräulein Grooten«, hörte Hedda die Mamsell schimpfen.

Eigentlich war die Kammerzofe, Fräulein Grooten, nur für die Fürstin zuständig. Aber einige Belange der Töchter fielen in ihren Zuständigkeitsbereich. Was bedeutete, sie kümmerte sich um deren Schmuck, polierte ihn oder gab ihn zur Reparatur. Die Stubenmädchen halfen den jungen Damen gelegentlich beim Anziehen, was bedeutete, dass es meistens Martha machte, weil sie davon träumte, selbst irgendwann Kammerzofe zu werden. Aber den Schmuck zu reinigen, und zwar den aller Damen, war einzig und allein Aufgabe von Fräulein Grooten.

Unten in Opitz' Arbeitsraum gab es einen kleinen Panzerschrank, der einen knappen halben Meter mal einen halben Meter groß war. Darin lagen alle Gesindebücher und andere wichtige Papiere, aber auch Geld für Lieferanten und natürlich am Ende der Woche der Lohn.

Im Ankleidezimmer der Fürstin allerdings gab es einen doppelt so großen Tresor. Darin wurden die Ausweisdokumente der Familienmitglieder, die Ahnentafel der Familie, einige Urkunden, die Orden des Fürsten, das Geschmeide der Fürstin sowie der Schmuck der Töchter aufbewahrt. Der Fürst hatte einen Schlüssel dazu und Herr Opitz ebenso.

»Die Kette lag noch draußen. Ich hab gedacht, ich erledige es schnell. Dann braucht sich Fräulein Grooten keine Umstände zu machen«, erklärte Martha gerade.

»Fräulein Grooten soll sich aber Umstände machen. Dafür wird sie bezahlt.«

Die Mamsell mochte es nicht, wenn die Kammerzofe Aufgaben, die eigentlich in ihren Bereich fielen, an die Stubenmädchen delegierte. Noch weniger mochte sie es, wenn die Stubenmädchen von alleine auf die Idee kamen, solche Dinge zu erledigen. Natürlich waren das samt und sonders Aufgaben, die körperlich nicht sehr anstrengend waren. Bei dem ewigen Gerenne waren alle Dienstboten froh, sich mal für eine halbe Stunde hinsetzen zu können.

»Lassen Sie das. Das kann Fräulein Grooten selbst zu Ende bringen.«

»Sie weiß gar nicht, dass ich es mache.«

Mamsell Reinekes Stimme war ihr Unmut anzumerken. »Haben Sie nicht eigentlich gerade alle Hände voll zu tun? Wenn Sie wirklich für so etwas Zeit haben, dann können Sie gerne heute Abend noch die langen Tischdecken plätten.«

»Die Tafeldecken? … Heute Abend noch?«

Nebenan musste Hedda sich ein Grinsen verkneifen. Plätten war natürlich die Aufgabe der Waschfrauen. Doch für die großen Festtagstafeln brauchte man besonders lange Tischdecken, die selten herausgeholt wurden, die Tafeldecken. Nach dem Waschen kamen sie frisch geplättet hier an. Aber wenn sie erst einmal Wochen oder Monate im Schrank gelegen hatten, musste man sie vor Gebrauch noch einmal glätten. Was sehr anstrengend war. Ständig musste man glühende Kohlestückchen in das Plätteisen nachfüllen. Dabei musste man unglaublich aufpassen, dass man die blütenweißen Baumwolldecken nicht mit Kohle einsaute. Das hatte Martha Petzold jetzt davon, dass sie sich wieder um die harte Arbeit drückte.

Mamsell Reineke kam heraus. »Morgen sind die Kronleuchter dran.«

»Jawohl«, sagte Hedda. Auch das war eine gleichermaßen anstrengende wie diffizile Arbeit. Sie hatte sich schon gefragt, wie Martha sich dieses Jahr davor drücken wollte. Aber nach diesem Vorfall würde sie sich das bestimmt nicht trauen.

Adelheid Schaaf trat mit der Möbelpolitur und einem Lappen ins Zimmer. Sie humpelte und blieb überrascht stehen, als sie die Mamsell sah.

»Was ist denn mit Ihnen? Warum humpeln Sie?«

Das untere Stubenmädchen senkte verschämt ihren Kopf. »Die … die Schuhe. Sie sind …«

»… zu klein?«

»Ein wenig«, gab sie kleinlaut von sich.

»Tse, da sagen Sie doch etwas. Wie viel zu klein sind sie denn?«

Adelheid zuckte mit den Schultern.

»Ziehen Sie die Schuhe mal aus und lassen Sie sehen«, befahl die Mamsell.

Adelheid Schaaf stellte die Möbelpolitur beiseite und streifte sich einen Schuh ab. An zwei Stellen glänzten die schwarzen Strümpfe feucht.

»Haben Sie sich eine Blase gelaufen?«

»An beiden Füßen. Mehrere.«

Die Mamsell verdrehte die Augen. »Wissen Sie denn nicht, was man da macht? … Heute Abend pinkeln Sie in die Schuhe.

So, dass das Leder rundherum gut durchgefeuchtet ist. Das lassen Sie so über Nacht stehen, und morgen früh ziehen Sie die Schuhe wieder an. Dann wird sich das Leder weiten.«

»Riecht man das denn nicht?«, gab Adelheid Schaaf verschreckt zur Antwort.

»Kaum. Das verschwindet nach ein paar Tagen. Sie müssen nur abends die Strümpfe gründlich auswaschen.«

»Danke schön. Ich werde es ausprobieren.« Adelheid versuchte wieder in den einen Schuh hineinzuschlüpfen und verzog schmerzhaft ihr Gesicht dabei.

»Ach, was soll's. Sie können bis morgen früh die alten Schuhe anziehen. Aber schauen Sie zu, dass die Fürstin Sie nicht damit sieht.« Ungehalten schüttelte die Mamsell ihren Kopf. »Kommen Sie mit. Ich gebe Ihnen ein paar Pflaster für die Blasen. Aber das nächste Mal sagen Sie früher Bescheid!« Laut schnaufend verließ sie den Raum.

Adelheid Schaaf, unsicher, was sie jetzt tun sollte, sah Hedda an. »Nun gehen Sie schon mit ihr. Fräulein Petzold wird mir gleich helfen.«

Eilig band die junge Frau die Schnürsenkel an den schönen Schuhen, dann humpelte sie der Mamsell hinterher.

Martha Petzold erschien, die Bernsteinkette wie eine Monstranz vor sich hertragend. »Ich suche noch die Kammerzofe, damit sie das Schmuckstück zurücklegen kann.«

»Oder du lässt es liegen, damit sie es selber findet. Sie muss doch eigentlich den Schmuck immer sofort zurücklegen. Du kannst mir drüben mit der Matratze helfen. Du hast doch gehört, was die Mamsell gesagt hat.«

Martha Petzold schaute sie genervt an. Doch dann drehte sie um, verschwand schnell drüben und kam wieder zurück. Gemeinsam hievten sie die ausgelüftete Matratze zurück ins Bettgestell.

* * *

Es gab Schlesisches Himmelreich zum Abendessen, das Lieblingsgericht der Mamsell. Na ja, es war natürlich von mindestens der Hälfte der Dienstboten das Leibgericht. Alle liebten den Mix aus süß eingelegtem Trockenobst, Kartoffelklößen und Speckscheiben. Auch Hedda hätte es einmal die Woche essen können. Es war, als hätte man Hauptgang und Nachtisch in einem. Und Nachtisch gab es für die Dienstboten normalerweise nur am Sonntag und an hohen Feiertagen.

Die Mamsell hatte Hedda heute gelobt, zumindest mit ihren Blicken. Und sie hatte ihr Lieblingsgericht gegessen. Überhaupt schien sie heute guter Laune zu sein. Heute war also der ideale Zeitpunkt für ihr Vorhaben.

Hedda hatte lange mit sich gerungen. Sie musste etwas unternehmen. Sie wusste, Opitz würde es nicht beim jüngsten Vorfall in ihrem Schlafzimmer belassen. Er hatte bereits mehrere Vorstöße gewagt, und er würde nicht aufhören, bis er Erfolg hatte – auf die eine oder andere Weise. Würde sie es aber wagen, sich ihm offen zu verweigern, dann würde er sie rausschmeißen. Einen Grund würde er schon finden.

Also musste sie sich Schützenhilfe holen. Das Fürstenpaar kümmerte sich in der Regel nicht um die Dienstboten. Ob sie gut arbeiteten oder auf die Straße gejagt wurden, oblag der Obhut des obersten Dieners Opitz und der Mamsell. Wobei Herr Opitz immer das letzte Wort hatte. Ausgerechnet er.

Hedda hatte gerade noch die Bilderrahmen im Blauen Salon mit Brennspiritus gereinigt und poliert. Für heute war sie fertig. Leise lief sie die Hintertreppe hinab und schaute um die Ecke.

Gewiss wartete Martha nur darauf, sie abzufangen. Heute Abend würde es sehr spät werden für das erste Stubenmädchen. Aber Hedda fand, dass sie es sich verdient hatte. Es war nicht das erste Mal gewesen, dass die Mamsell Martha bei einer Arbeit überrascht hatte, die sie ihr nicht aufgetragen hatte. Und das war nun die Strafe dafür. Sie wartete, bis Martha aus der Waschküche kam und eine fertig geplättete Tischdecke in die Weißzeugkammer brachte. Dort wurde die gesamte weiße Wäsche wie Bettwäsche, Taschentücher, Tischdecken und Servietten aufbewahrt. Die Tür war nur angelehnt.

Hedda stellte sich immer mit allen gut, hielt sich aus jeglichen Streitereien heraus und wollte niemanden vor dem Kopf stoßen. Deshalb wollte sie lieber erst gar nicht in die Situation geraten, dass Martha Petzold sie aufforderte, ihr zu helfen. Ihre Strafe sollte sie mal schön alleine abarbeiten. Außerdem wusste Hedda, dass es keine zehn Minuten dauern würde, bis Martha irgendetwas anderes Wichtiges zu erledigen hätte und Hedda alleine mit den Tischdecken zurückblieb.

So schlich sie auf Zehenspitzen in die Waschküche, stellte den Brennspiritus zurück und schlich ebenso leise wieder heraus. Vor der Tür der Mamsell blieb sie stehen. Sie stand im Halbdunkel, um die Ecke die halb geöffnete Tür der Waschküche, wo Martha auf sie lauerte. Vor ihr lag ein äußerst unangenehmes Gespräch.

Nun bekam sie Bammel. Sollte sie das wirklich tun? Sollte sie Opitz anschwärzen? Was, wenn die Mamsell ihr nicht glaubte? Was höchst wahrscheinlich war! Dann könnte sie morgen schon auf der Straße stehen.

Andererseits, wenn sie es nicht tat, lief sie Gefahr, dass Opitz sie beim nächsten Mal irgendwo eingekesselte. Vielleicht im Eiskeller oder hinten bei den Kohlen oder sonst wo. Da, wo sie nicht mehr wegkonnte. Was dann? Das Allerschlimmste konnte ihr passieren: Sie konnte schwanger werden. Wenn das passierte, war sie verloren. Für immer.

Niemand würde fragen, wie das passiert war. Da wurde nicht lange gefackelt. Schwangere Dienstmädchen wurden sofort auf die Straße gejagt. Und wenn sie erst einmal unverheiratet ein Kind hatte, dann würde es nicht lange dauern, bis sie gezwungen war, sich ihren Lebensunterhalt und den des Kindes mit Prostitution zu verdingen. So war es dem Dienstmädchen des benachbarten Hauses in Brandenburg ergangen. Die Ärmste. Nein, das war ein Albtraum. So weit durfte sie es nicht kommen lassen. Sie musste der Mamsell Bescheid geben. Nur sie konnte sie schützen. Leise trat sie noch einen Schritt vor. Noch immer traute sie sich nicht zu klopfen.

Vielleicht würde es ja gar nicht so unangenehm werden. Vielleicht hatte die Mamsell ja ein Einsehen. Vielleicht war Hedda am Ende nicht die Erste, die zu ihr kam. Endlich fasste sie Mut und klopfte.

Von drinnen kam ein resolutes »Herein!«.

Hedda öffnete die Tür, trat ein und schloss sie hinter sich. »Mamsell Reineke.«

»Was gibt es?« Ihre schmalen Lippen wirkten oft, als hätte sie nur einen Strich im Gesicht. Ihre Gestalt war dünn, schon fast dürr. Auf den ersten Blick wirkte sie oft harsch, war aber doch milder, wenn man sie kannte.

»Ich müsste mit Ihnen etwas besprechen.« Unruhig verknoteten sich Heddas Hände hinter ihrem Rücken.

»Ja, dann bitte.« Die ältere Frau schloss eine schwarze Kladde, in der sie gerade noch etwas notiert hatte. Die dunklen Augen blickten Hedda scharf an. Ihnen entging wenig, was sie zu einer ausgezeichneten Mamsell machte.

Hedda holte tief Luft. Sie spürte ihre weichen Knie. Wie sollte sie dieses Gespräch anfangen? Oder sollte sie es doch lieber sein lassen? Aber nun war sie hier. Jetzt galt es.

»Vor ein paar Tagen … da hat … hat es geklopft … bei mir … abends.«

Eine Augenbraue im Gesicht der Mamsell ging hoch.

»Und vor der Tür … Also dann auch ganz schnell drin … war … es war … Herr Opitz.« Ihre Stimme versagte. Es gab keine guten Wörter, mit der sie diese Situationen beschreiben konnte. Das Ganze war so unschön gewesen, unschön und gefährlich.

Die Miene der Mamsell wurde hart, aber ihre Lippen bewegten sich kein Stück. Als die Mamsell nicht reagierte, holte Hedda tief

Luft. »Was ich sagen will … Er hat sich … in meine Stube gedrängt.«

Die Augen der Mamsell verengten sich zu Schlitzen. Es sah nicht so aus, als wollte sie das hören. Sie schwieg weiter. Es sah auch nicht so aus, als würde sie es Hedda leichter machen und schon verstehen, worauf sie hinauswollte. Offensichtlich musste Hedda ausführlich werden. »Und hat mich … bedrängt. Ich meine … körperlich.«

Die Mamsell schaute sie weiter mit böser Miene an, schien aber zu schrumpfen. Immer tiefer hingen ihre Schultern, immer verlorener sah ihr Gesichtsausdruck aus. Sie musste doch jetzt etwas dazu sagen. Sie sollte etwas dazu sagen. Das gehörte zu ihren Aufgaben. Doch es kam nichts. Stattdessen blinzelte sie unsicher.

»Er hat mich körperlich bedrängt … Mich an sich gezogen … und seine Hand … ging dahin.« Hedda zeigte vage in Richtung ihres Pos.

Es war so still in dem Raum, sie hätten Mäuse trapsen hören können. Die Mamsell legte ihr Kinn in eine Hand und schien zu überlegen. Für einen Moment hatte Hedda Hoffnung, dass sie das Problem lösen würde. Das musste sie sogar. Schließlich war sie für Sitte und Anstand der Haus- und Stubenmädchen verantwortlich.

Es dauerte ewig, bis die ältere Frau eine Antwort zu haben schien. »Sie sollten sich von ihm fernhalten.«

Hedda öffnete den Mund, aber blieb stumm. Das war ihre Antwort? Sie solle sich fernhalten? Wie sollte sie sich denn fernhalten von ihrem höchsten Vorgesetzten? Das ging doch gar nicht.

»Ich habe nichts gemacht, was auch nur im Geringsten …«

Die Mamsell stand abrupt auf. »Mir sind da leider die Hände gebunden. Das ist alles, was ich Ihnen dazu sagen kann.«

Hedda schaute verwirrt in das Gesicht der Mamsell. Die schmalen Lippen waren kaum noch zu sehen, der Mund wie ein hart gezogener Strich. Hedda versuchte ihren Blick zu erhaschen. Aber sie schaute nicht in ihre Richtung. Als wäre es ihr peinlich, als wäre es ihr extrem unangenehm, so schien es.

»Ich kann Ihnen nur raten, vorsichtig zu sein und sich von ihm fernzuhalten.«

»Aber das bin ich doch!«

Die Mamsell nickte, als wäre damit ihr Gespräch beendet.

»Was meinen Sie damit: Ihnen sind die Hände gebunden?«

Jetzt schaute die Mamsell ihr direkt ins Gesicht, wütend. »Das ist nicht Ihre Angelegenheit. Und nun raus, ich habe zu arbeiten.« Sie griff sich die Kladde und klatschte sie laut auf den Schreibtisch. Resolut setzte sie sich wieder, den Kopf nach unten gebeugt, machte sie mit der Hand nur eine wegwerfende Geste. Hedda hatte den Raum zu verlassen.

Sie stockte, ging einen Schritt zurück, blieb kurz stehen, konnte gar nicht glauben, was da passierte, und verließ dann den Raum. Sie achtete nicht darauf, dass sie die Tür normal laut zumachte.

Schon schoss Martha auf den Flur. »Gut, dass du endlich da bist. Du kannst mir helfen.«

Zu ihrem eigenen größten Erstaunen stapfte Hedda einfach an ihr vorbei, machte eine ähnlich wegwerfende Handbewegung wie die Mamsell gerade und sagte: »Mach deine Strafarbeit alleine.« Eilig lief sie die Hintertreppe hoch. Sie war geschockt.

Es war nicht so, als würde die Mamsell ihr nicht glauben. Damit hatte sie ja fast gerechnet. Sie glaubte ihr und würde trotzdem nichts unternehmen! Ihr seien die Hände gebunden. Was sollte das denn bitte schön bedeuten? Die Hände gebunden?

5. November 1906

Interessiert beobachtete Adelheid, wie Hedda Pietsch ein paar Wacholderbeeren und Lorbeerblätter in die Glut des Kamins warf. Die ersten Gäste waren gestern eingetroffen. Generalmajor Graf Kuno von Moltke, einst Flügeladjutant des Kaisers und seit zwei Jahren Stadtkommandant von Berlin, war bereits angereist sowie ein französischer Diplomat. Gestern Abend hatten die Besucher mit dem Fürsten in der großen Bibliothek gesessen und sich bis spätabends unterhalten. Wein, Portwein, Cognac – sie hatten viel getrunken und dabei viel geraucht.

Fräulein Pietsch zeigte ihr viele neue Dinge. Sie hatte Adelheid gerade erklärt, dass man Wacholderbeeren und Lorbeerblätter verbrennen musste, damit die Luft frischer wurde. Adelheid überlegte kurz, ob man damit wohl auch den Mief nach Kohlgemüse und Schimmel aus einer Tagelöhnerhütte räuchern könnte.

Am letzten Sonntag hätte sie eigentlich ihren freien halben Tag gehabt. Aber natürlich war daran gar nicht zu denken gewesen, auch am kommenden Sonntag würde das so sein. Zu viel war noch vorzubereiten, zu viel zu erledigen. Dabei hatte Adelheid wirklich Sehnsucht nach ihrer Familie, vor allem nach ihren Geschwistern.

Am Sonntagabend hatte Friedel, ihr ältester Bruder, am Hintereingang geklopft und mit ihr sprechen wollen. Vater war wütend, weil sie nicht gekommen war. Seit dem Sommer rechnete die Familie fest mit ihrem Lohn. Sie hatte doch selbst nicht gewusst, dass sie nicht freibekommen würde.

Es war ihr unglaublich peinlich gewesen, dass ihr Bruder vor der Tür gestanden hatte. Liesel hatte ihm aufgemacht, sie selbst war gottlob gerade unten in der Waschküche gewesen. Sie war schnell zur Tür gekommen und kurz rausgegangen. Also hatten nicht viele ihren Bruder gesehen. Sie schämte sich für ihn, so abgerissen, wie er da vor der Tür stand. Und sie schämte sich, dass sie sich für ihren Bruder schämte. Das hatte er nicht verdient. Eilig rannte sie hoch, holte den Lohn und übergab ihn ihrem Bruder. Das musste nun wieder zwei Wochen reichen.

Friedel hatte wohl auch darauf gehofft, dass sie ihm etwas zu essen in die Hand drückte, aber das ging gerade nicht. Und mehr Zeit zusammen hatten sie nicht. Sie hatte dringende Aufgaben zu erledigen. Er hatte noch bemerkt, dass sie müde aussehe. Und so war es ja auch. Jetzt, in der Zeit mit den vielen Gästen, wurden alle früher geweckt. Alle mussten extrafrüh aufstehen. Alle wurden gemeinsam geweckt. Wenigstens würde Adelheid nun nicht mehr verschlafen.

Gestern Abend noch hatten die Diener die benutzten Gläser in der Bibliothek eingesammelt, gelüftet und das größte Durcheinander beseitigt. Aber die Stubenmädchen mussten in der Früh alles penibel reinigen – die kleinen Beistelltischchen auf Glanz polieren, die Möbel richtig hinstellen, die Kissen ausschlagen und Ähnliches. Die Hausmädchen fegten die Teppiche und wischten den Boden. Wenn die hohen Herren sich hier später wieder einfinden würden, musste alles wieder perfekt sein. Nichts durfte auf die Unordnung hindeuten, die sie heute Nacht hinterlassen hatten. Adelheid schnupperte. Tatsächlich zog nun ein würziger, frischer Duft durch den Raum.

Nebenan im Speisesalon waren die beiden Diener damit beschäftigt, den Tisch für das Mittagessen zu decken. Seit gestern Morgen herrschte Hochbetrieb. Besuch war im Haus. Man musste den besten Eindruck hinterlassen, in jeglicher Hinsicht.

Adelheid war froh, dass die Mamsell ihr den Trick mit den Schuhen verraten hatte. Tatsächlich hatte er funktioniert. Die Schuhe der Komtess drückten zwar immer noch, aber nur sehr leicht. Sobald der Kaiser nach seinem Aufenthalt abgereist wäre, würde sie das Prozedere noch einmal wiederholen. Bis dahin würde sie es schon aushalten.

»Kontrollieren Sie drüben noch mal die Spiegel. Dann sind wir hier erst einmal fertig«, sagte Fräulein Pietsch und ordnete alles zurück in das Holzkästchen, in dem allerlei Reinigungsmittel und Lappen aufbewahrt wurden. Gemeinsam mit Martha Petzold verließ sie die Bibliothek. Adelheid ging rüber zum Speisesalon.

Vor der offenen Tür blieb sie stehen. Sie hörte die beiden Diener. Seit dem Vorfall in der Waschküche traute Adelheid sich kaum noch, Viktor Novak anzuschauen. Himmel, war ihr die ganze Sache peinlich. So vorgeführt zu werden. Bisher Lydias größter Triumph. Blut und Wasser hatte sie geschwitzt, bis sie endlich das letzte Kleid fertig gehabt hatte. Zwei Mal hatte sie sich mit der Nähnadel in den Finger gestochen, was ihre eigentlich so gut wie nie passierte. Dann war sie beinahe aus dem Raum geflüchtet. Erst draußen hatte sich ihr Atem wieder beruhigt.

Sie konnte niemandem in die Augen sehen, Lydia nicht, Novak erst recht nicht, nicht mal Hedda Pietsch, so sehr schämte sie sich. Drei Tage hatte sie gebraucht, um sich von dieser peinlichen Szene zu erholen. Dann hatte sie beschlossen, Lydia ihren Triumph nicht zu gönnen. Seitdem schaute sie sie wieder mit stolz gerecktem Kinn an. Aber bei Viktor Novak schaffte sie das nicht. Ihm ging sie aus dem Weg, wo immer es möglich war.

Sie klopfte leise an die offene Tür und trat ein. »Ich muss nur kurz die Spiegel kontrollieren.« Auch jetzt betrat sie den Speisesalon mit derart eingezogenem Kopf, dass es jeder Schildkröte Ehre gemacht hätte.

Viktor Novak schaute sie an. Mittlerweile war sie seinen skeptischen Blick gewohnt. Er schien sich mit niemandem so recht anfreunden zu können, und mit Budde stritt er sich eigentlich ununterbrochen. Beide waren nicht gut aufeinander zu sprechen. Allerdings lieferten sie sich meistens nur harmlose Streitereien. Sie hatte noch nicht mitbekommen, dass einer der beiden so bösartig gewesen wäre wie Lydia Keller zu ihr.

Viktor Novak wandte sich wieder Budde zu. Er schien über etwas ungehalten zu sein. »Du musst besser darauf achten, dass die Besteckteile exakt waagerecht und in gleichem Abstand liegen.«

»Tue ich doch«, verteidigte Diedrich Budde sich.

»Nein, schau hier. Man kann sehen, dass das Messer zu weit außen liegt. Wenn Opitz gleich kommt und nachmisst, kriegen wir einen Rüffel«, sagte Novak gerade.

Adelheid schlich zum großen Spiegel, der auf einem Kaminsims stand. Niemand kümmerte sich um ihre Anwesenheit. Gut so.

»Du hast wohl Schiss vor dem Alten.«

»Ich hab nur keine Lust, für deinen Fehler geradezustehen.«

»Als müsstest du das«, schnaubte Budde auf.

»Bestimmt oft genug.«

»Ich weiß genau, wie ich mich verhalten muss.«

»Ach ja? Dann hast du letztes Jahr den linken Arm unserer Majestät nicht angestarrt? Ich hab's doch genau gesehen!«

»Das ist Blödsinn. Ich darf doch meinen Kaiser anschauen.«

»Aber du darfst ihn nicht anglotzen, als wäre er eine Kuriosität. Und vor allen Dingen mag er es nicht, wenn man seinen linken Arm anstarrt. Das solltest du wissen. Du hast Glück gehabt, dass es sonst niemandem aufgefallen ist«, sagte Novak barsch.

Obwohl der Spiegel sauber war, ging sie mit einem weichen Lappen über ein paar Stellen. Als sie nun im Spiegelbild nach dem attraktiven Diener suchte, war sie überrascht, als sie seinen Blick auffing. Auch er hatte sie angeschaut. Jetzt aber sah er schnell weg. Ihr Gesicht flammte sofort hochrot auf.

»Ich hole schon mal das Kristall«, sagte Novak zu seinem Kollegen und verließ den Raum. Es hörte sich böse an, als hätte jemand etwas falsch gemacht.

Adelheid reckte sich, um an den oberen Rand des Spiegels zu kommen. Diedrich Budde kam näher, noch immer einige Dessertlöffel in der Hand, die er auf dem Tisch verteilen musste.

»Und? Sind Sie schon aufgeregt, weil Sie zum ersten Mal den Kaiser sehen?« Mit zwei Fingern zwirbelte er sich die Enden seines Schnauzbarts.

Adelheid war überrascht, dass er sie so direkt ansprach. »Natürlich. Furchtbar aufgeregt. Wobei ich ja schon weiß, dass ich ihn vermutlich nicht zu sehen bekommen werde.«

»Wenn sein Kommen angekündigt wird, dann stellen Sie sich am besten im Torturm an ein Fenster. Dort hat man eine gute Sicht. Nachher wird es tatsächlich schwierig, ihn noch mal zu sehen. Sobald er im Haus ist, werden Sie kaum noch Gelegenheit dazu haben. Wenn Sie glauben, die letzten paar Tage wären anstrengend gewesen, dann warten Sie mal übermorgen ab.« Budde lächelte sie freundlich an. Es klang nett, so wie er das sagte.

»Danke für Ihren Ratschlag. Ich hoffe, ich bekomme überhaupt eine Möglichkeit. Aber ich würde ihn natürlich liebend gerne einmal von Nahem sehen.«

»Es kann ganz schön einschüchternd sein, bei all den vielen hohen Herrschaften hier im Haus, nicht wahr? Sie sind doch auch aus einfachen Verhältnissen.«

Adelheid nickte. ›Auch aus einfachen Verhältnissen‹ war in seinem Fall natürlich weit untertrieben. Martha Petzold hatte mal erzählt, dass Budde der Sohn eines Pächters auf einem Gut im Brandenburgischen war. Im Vergleich zu ihr, der Tochter eines Tagelöhners, war er wer. Immerhin war er ein Diener eines vornehmen Herrn und lief in einer eleganten Livree herum. Deshalb wusste Adelheid gar nicht, was sie nun antworten sollte.

»Möglicherweise kann ich Ihnen den Gefallen tun, damit Sie den Kaiser einmal aus der Nähe anschauen können«, sagte Budde.

»Wirklich?«, fragte Adelheid erfreut.

»Wir werden sehen … Wir werden sehen.« Es klang geheimnisvoll.

Kristallgläser klirrten. Viktor Novak kam mit einem großen Tablett voll mit Gläsern zurück. Budde schaute sich sofort um.

»Wirklich sehr nett, wie Sie sich um Moritz gekümmert haben. Das wollte ich noch gesagt haben«, sprach Budde weiter.

»Das war ja vor allem Fräulein Pietsch. Ich hätte mich das gar nicht getraut.«

»Trotzdem war es sehr nett. Wir müssen doch hier zusammenhalten.«

Der Anflug eines Lächelns huschte über ihr Gesicht. Das war wohl das Netteste, was bisher ein Mensch hier im Schloss zu ihr gesagt hatte.

Novak stellte das Tablett laut auf der Anrichte ab und begann sofort damit, die Gläser zu verteilen. Dabei beobachtete er sie beide scharf.

Budde schien zufrieden mit ihrer Reaktion und auch mit der von Novak. Grinsend ging er zum Tisch zurück und legte die kleinen Löffel an die Plätze. Flüchtig nahm Adelheid Viktor Novaks abfällige Blicke wahr. Seit dem Vorfall in der Waschküche schienen seine Blicke noch abschätziger, noch abweisender zu sein. Aus irgendeinem Grund schien Viktor Novak sie nicht zu mögen. Oder bildete sie sich das nur ein? Und doch schien er sie zu beobachten.

Ihr Mund zuckte. Mit einem dankbaren Lächeln in Richtung Budde eilte sie hinaus. Sie wusste nicht, was sie noch mit den Männern reden sollte. Ohnehin hatte sie mehr als genug zu tun. Was eigentlich war an dem linken Arm des Kaisers so besonders? So viele Dinge, die sie nicht wusste. Die Mamsell behielt wahrlich recht, dass sie es schwer haben würde.

* * *

Adelheid wachte auf. Es war noch dunkel, aber sie konnte nicht verschlafen haben. Im Moment mussten alle Dienstboten gleich früh aufstehen. Und es war nichts aus den Nachbarräumen zu hören. Sie blinzelte ein paarmal. Irgendwas ging ihr nicht aus dem Kopf. Nur was? War es ein Traum? Gestern Abend beim Einschlafen war ihr noch etwas eingefallen. Doch dann war sie selig eingeschlummert. Wenn sie sich nur erinnern könnte. Es war etwas Wichtiges gewesen. Heute kam der Kaiser an. Da durfte nichts schiefgehen. Was hatte sie vergessen?

Endlich fiel es ihr ein: Gestern Abend noch hatte sie in sechs Gästezimmern die Staublaken entfernen sollen. Heute Vormittag würden die Räumlichkeiten bezogen werden. Also war sie hochgelaufen und hatte die großen weißen Laken von den Möbeln genommen, sie zusammengelegt und auf dem Stuhl gestapelt. Es waren so viele, dass sie aus sechs Zimmern zwei hohe Stapel gebildet hatte. Aber später hatte sie nur einen Stapel mit den Laken nach unten gebracht. Unten angekommen, hatte die Mamsell ihr schon etwas anderes Wichtiges aufgetragen. In einem der Gästezimmer lag nun also ein Haufen mit weißen Laken. Das war es, was sie vergessen hatte!

Oh, herrje. Und das ausgerechnet heute! Bevor der Kaiser eintraf, würde die Mamsell noch einmal haarklein alle Zimmer kontrollieren. Auf gar keinen Fall durfte sie die Laken finden. Überhaupt war es das Beste, wenn niemand sie mit den Stapeln durch die Gänge gehen sah. Also musste sie es erledigen, bevor die anderen aufstanden.

Leise schob sie sich unter der Bettdecke hervor. Noch besaß sie keine Pantoffeln, deswegen hatte ihr ihre Mutter beim letzten Mal dicke Socken mitgegeben. Die waren zwar schon mehrfach gestopft, aber sie zog sie nur hier oben an. Es war frisch, und unten in den Fluren würde es noch kälter sein. Leise öffnete sie die Schranktür, nahm sich ihr wollenes Tuch heraus und legte es sich um. Im Dunkeln schlich sie die Dienstbotentreppe hinunter in die erste Etage, wo die Gästezimmer waren.

Nichts war zu hören oder zu sehen. Nachdem sich die Geschichte um die Weiße Frau, den angeblichen Todesengel, so lächerlich aufgelöst hatte, brauchte Lydia ihr nichts mehr von Geistern und Gespenstern zu erzählen. Das war alles Unfug. Überhaupt, was immer Lydia erzählte, zielte darauf, sie reinzulegen, sie zu belügen oder sie irgendwie hinters Licht zu führen.

Die Fürstenfamilie hatte ihre Schlafkammern und Wohnzimmer in der ersten Etage. Dort war auch das Schreibzimmer des Fürsten. In dem anderen Trakt des Nachbargebäudes lagen die Gästezimmer, von denen derzeit erst zwei bezogen waren. In einem schlief Graf de Lecomte, Erster Sekretär der französischen Botschaft in Berlin, so hatte der Butler es Budde vorgestern erklärt. Und in dem anderen nächtigte Graf Kuno von Moltke, der Berliner Stadtkommandant. Der preußische Generalmajor war ein Verwandter des ruhmreichen preußischen Generalfeldmarschalls Helmuth von Moltke, dessen Name jedes deutsche Kind kannte. Er war maßgeblich für die Siege der drei deutschen Einigungskriege verantwortlich gewesen. Die Namen Bismarck und von Moltke waren untrennbar mit der Gründung des Deutschen Kaiserreichs verbunden. Dass Adelheid jemals unter einem Dach mit einem von Moltke schlafen würde, ja sogar mit dem Kaiser, konnte sie noch immer nicht glauben.

Nun aber musste sie sich sputen. Sie musste die Laken noch in den Keller bringen und wollte unbemerkt wieder ins Bett schlüpfen. Sie öffnete eine Tür der Zimmer, in dem sie gestern gearbeitet hatte. Hier war nichts. Hinter der zweiten Tür entdeckte sie den vergessenen Stapel mit den weißen Laken. Wie gut, dass es ihr noch eingefallen war. Sie wollte sich gar nicht vorstellen, wie die Mamsell mit ihr geschimpft hätte, wenn sie das entdeckt hätte.

Mit beiden Händen griff sie sich den Haufen und ging hinaus. Mit dem Ellenbogen schaffte sie es schließlich, die Klinke leise herunterzudrücken und die Tür zu schließen. So nahe an die Tür gedrängt, hörte sie ein Geräusch. Mucksmäuschenstill blieb sie stehen. Die Tür, hinter der Graf Kuno von Moltke schlief, ging auf. Jemand kam heraus und schloss sie leise. Der Flur lag im Düsteren, aber soweit sie es erkennen konnte, war es ein Mann, zumindest der Statur nach. Ein Mann in einem Morgenmantel.

Ohne weiter den Flur zu beachten, ging er auf leisen Sohlen den Gang hinunter und verschwand hinter der nächsten Ecke. Adelheid war verwirrt. Sie hatte den Mann nicht erkennen können. Aber so furchtbar viele Männer kamen ja nun nicht infrage. Vielleicht war es Graf von Moltke selbst gewesen, auf dem Weg zum Abtritt. Aber das glaubte sie nicht. Der Abtritt im Besuchertrakt war weit entfernt, und kalt. Es war so viel bequemer, nachts den Nachttopf zu benutzen.

Außerdem, Graf von Moltke hatte sie gestern mehrere Male kurz gesehen. Er war ein großer Mann, schwer, etwas korpulent. Mit einem sichtbar dicken Schnauzbart. Das war nicht von Moltke gewesen, der dort aus dem Zimmer herausgekommen war. Lecomtes Gästezimmer lag in der anderen Richtung.

Blieb eigentlich nur noch ihr Fürst übrig … Von der Silhouette her hätte es gepasst. Aber sicher war sie sich nicht. Und außerdem – was würde er denn derartig früh am Morgen hier tun? Hatte er noch eine wichtige Besprechung gehabt? Aber würde er das in Pantoffeln und nur mit einem Morgenmantel bekleidet tun? Adelheid wusste nicht, was sie davon halten sollte. Was sie aber wusste, war, dass sie sich sputen sollte. Vielleicht kam er zurück. Dann sollte sie besser längst aus dem Flur verschwunden sein.

6. November 1906

Heute wurde er erwartet – der oberste Herr des Reiches. Auch für Viktor, der ihn schon ein halbes Dutzend Mal gesehen hatte, war es immer wieder aufregend. Man hatte eigens Männer kommen lassen, die mit allen vorhandenen Kutschen am Bahnhof in Löwenberg vorfuhren. Das war zwar kein Kaiserbahnhof, doch der nächste war in Joachimsthal, wo das kaiserliche Jagdrevier Schorfheide lag. Kaiserbahnhöfe zeichneten sich durch einen besonders luxuriös ausgestatteten Empfangs- und Aufenthaltsraum aus. Doch Joachimsthal lag zu weit entfernt. Die kaiserliche Entourage hätte ewig lange über die Landstraße kutschieren müssen. Also wurden sie in Löwenberg abgeholt. Nun wurden sie jede Minute erwartet.

Die Rockschöße seiner Livree flatterten, als Viktor über die Flure hastete. Er hatte gerade Bescheid bekommen, dass er den Stubenmädchen im Großen Salon mit dem Kronleuchter helfen sollte. Dringend! Keine Ahnung, warum.

Tage vor dem Eintreffen der ersten Gäste hatten sie die Arme des Kronleuchters und jedes einzelne Stück der gläsernen Gehänge poliert. Die Tropfen und Kugeln und Schalen waren aus Bleikristall, der Kronleuchter insgesamt unfassbar schwer. Und unfassbar kostbar.

Viktor rannte beinahe in den Salon und blieb stehen. Diedrich Budde und die Schaaf standen beieinander und unterhielten sich. Was ihn augenblicklich ärgerte. Natürlich durften zwei Dienstboten sich unterhalten. Dennoch fand er es befremdlich, dass ausgerechnet diese beiden plötzlich so gut miteinander auskamen. Was Budde an ihr fand, war leicht zu beantworten. Aber was fand Fräulein Schaaf an Budde?

»Na endlich«, sagte Budde und legte seine Hand an die Seilkonstruktion, während er Adelheid Schaaf noch ein letztes Lächeln schenkte. Viktor hätte ihn erwürgen können. Nur wusste er selbst nicht, wofür.

»Der Kohlenfaden einer Birne ist vorhin kaputtgegangen«, erklärt Hedda Pietsch die Aufregung. Sie wartete bereits unter dem Kronleuchter, eine Glasbirne in der Hand.

Der große Kronleuchter hing an zwei äußerst kräftigen Seilen, die zu beiden Seiten, verdeckt von Ziergardinen, an einer Eisenkonstruktion festgebunden waren. Viktor lockerte die Verknotung des Seils an seiner Seite, und gleichzeitig mit Budde ließ er den Kronleuchter runter.

Beide Stubenmädchen trugen weiße Stoffhandschuhe, die normalerweise nur die Diener trugen. Fräulein Schaaf nahm die kaputte Glasbirne von Hedda Pietsch in Empfang. Eine neue fand ihren Platz. Es erforderte Geschick, den Kronleuchter zu zweit so heraufzuziehen, dass er keine Schlagseite bekam. Sie knoteten die beiden Seile fest und schoben die Gardinen wieder darüber.

Budde ging zum Lichtschalter und betätigte ihn. Warmes Licht erglühte und wurde zunehmen heller. In den vielen Tausend Facetten des geschliffenen Kristalls brach sich das Licht und tauchte den Raum in ein glitzerndes Meer aus goldgelben Sternen.

Gerade rechtzeitig. Vom Vestibül aus hörte man Schritte. Von draußen vor dem Schloss drangen Geräusche von knirschendem Kies hinauf. Die Kutschen mit dem Besuch trafen ein.

Viktor sah, wie Adelheid Schaaf richtiggehend erschrak, als Herr Theurich, der Kammerdiener des Fürsten, den Kopf zum Salon hineinsteckte. »Jetzt aber schnell«, mahnte er. Vor allem die niedrigen Dienstboten hatten unsichtbar zu sein, wenn der Kaiser ankam.

Die beiden Frauen verschwanden zur hinteren Tür hinaus, durch die nun Herr Opitz hereinkam, zwei Eiskübel mit Champagner auf einem Tablett. Draußen vor dem großen Salon standen auf einer Anrichte noch mehr Flaschen, wie Viktor wusste. Opitz, Viktor und Budde würden den Champagner in ihrer schmucken Gala-Livree ausgeben.

Jetzt aber stellten er und Budde sich draußen vor die Tür. Von beiden Seiten flankierten sie den großen Salon. Der Kaiser und die

Seinen würden vermutlich gleich ins Haus kommen, hier im Salon etwas trinken und erst einmal ein paar Worte mit dem Fürsten und der Fürstin wechseln. Sobald die Majestät das Vestibül betrat, würden sie ihm die Flügeltüren öffnen und ihm in den Salon nacheilen, um sofort mit dem Servieren der Getränke zu beginnen. Erst danach würde der Kaiser sich auf seinem Zimmer für die Jagd umziehen. So nahe würde Viktor dem Kaiser in den nächsten zwei Tagen nicht mehr kommen. Sobald sich seine mitgereisten Hofdiener eingerichtet hatten, würden die ihn bedienen.

Noch aber war die ganze Entourage draußen. Der Fürst war mit zum Bahnhof gefahren. Graf von Moltke und der französische Diplomat hatten sich mit der Fürstin in der Bibliothek aufgehalten. Nun standen alle draußen, um ihre Knickse und Verbeugungen zu machen.

Viktors Blick lief zu Budde. Der hatte den Kaiser erst einmal gesehen. Letztes Jahr hatte er tagelang von nichts anderem gesprochen. Dieses Jahr schien er gefasster zu sein. Aber stimmte das auch? Und warum verstanden sich die Schaaf und Budde plötzlich so gut? Was war da vorgefallen? Ihr gegenüber blieb Viktor sowieso skeptisch. Der Besuch des Kaisers würde ihre große Bewährungsprobe werden. Mal sehen, ob sie sich danach halten konnte.

Es dauerte etliche Minuten, bis Bewegung in die Gruppe draußen kam. Dann endlich trat der Kaiser durch die Pforte, direkt gefolgt vom Fürsten, der ihm das heutige Jagdprogramm erläuterte. Jetzt kam der aufregendste Moment. Viktor und Budde rissen die beiden Flügeltüren auf und stellten sich an deren Ende auf. Natürlich hätte man die Türen auch schon früher öffnen können, aber das hätte weniger dramatisch gewirkt.

»Man hat einen kapitalen Hirsch gesehen, einen Zwölfender. Erst gestern, am nördlichen Ende des Weißen Sees«, erklärte der Fürst voller Stolz.

»Famos. Ganz famos. Aber weißt du, mein lieber Phili, ich fühle mich nicht so recht. Warten wir ab, wie es morgen wird.« Sich die Hände reibend, als wäre ihm kalt, lief der Kaiser an den beiden Dienern vorbei, ohne sie eines Blickes zu würdigen.

Sie warteten kurz, dass die anderen Gäste den Salon betraten, und eilten sogleich nach vorne, wo Opitz schon auf einem Silbertablett den Champagner anbot. Viktor und Budde füllten weitere Gläser und schwirrten mit den Tabletts durch den Salon, bis alle versorgt waren.

Alle Anwesenden blickten unterwürfig in Richtung des Kaisers. Wie ein Sonnengott tauchte seine strahlende Aura die Umstehenden in seinen hellen Schein. Der Fürst war umhüllt vom Nimbus des Herrschers.

»Auf eine gelungene Jagd und auf meinen guten Freund Phili. Ich komme einfach viel zu selten«, sagte der Kaiser und trank. Alle anderen hoben das Glas, prosteten ihm zu und tranken.

Der Kaiser hustete, als hätte er sich verschluckt. Der Fürst trat sogleich näher. »Kann ich helfen?«

»Nein, es ist nur … Ich habe mich ein wenig verkühlt.«

Die Fürstin machte Opitz ein Zeichen, der sogleich selbst nach zwei Scheiten Holz griff und sie auf dem Feuer im Kamin platzierte. Etwas, was er sonst nie selbst tat.

»Wie wäre es, wenn wir uns heute ein gemütliches Plätzchen suchen? Und morgen früh geht es mir, so Gott will, etwas besser und wir machen uns auf die Pirsch.«

Der Kaiser war ein begnadeter Jäger. Trotz seiner Behinderung durch seinen lahmen linken Arm, der bei seiner Geburt massiv verletzt worden war, schoss er ausgezeichnet. Er hatte immer zwei fleißige Büchsenspanner dabei sowie ein Eisengestell, auf dem er die Flinte zum Schießen ablegen konnte. Aber natürlich musste er nicht stunden- oder gar tagelang durch die Wälder pirschen. An allen Orten wussten die Einheimischen, man konnte sich eine schöne Münze verdienen, wenn der Kaiser kam und man dem Oberjäger oder Förster Bescheid gab, wo man fettes Schwarzwild oder gar einen kapitalen Hirsch gesichtet hatte. Dann fuhr die Jagdgesellschaft direkt dorthin. Und normalerweise dauerte es nicht lang, bis die Treiber die Beute direkt in das Sichtfeld des Kaisers getrieben hatten.

»Wenn dir kalt ist, dann lass uns in die Bibliothek gehen. Dort ist es wärmer«, schlug der Fürst seinem hohen Gast vor. Und schon verschwanden sie, gefolgt von Graf von Moltke und Monsieur Lecomte. Opitz schloss sich ihnen an. Er würde die noble Runde bedienen.

Viktor und Budde blieben bei den anderen Gästen. Die wenigen Frauen standen sittsam zusammen und blickten etwas verloren. Sie hatten ihre Aufgabe bereits erfüllt. Empfangen und huldigen, das musste reichen. Als wären sie nur zu reinen Dekorationszwecken hier.

Die Fürstin wusste nur zu gut um ihren Zweck. Ihr Dasein im Schatten des glanzvollen Fürsten war immer noch glanzvoll genug. Viktor hatte noch nie erlebt, dass sie sich beschwert hätte, wenn ihr Mann mal wieder tage- oder wochenlang ohne sie fort war. Ihr Platz war hier zu Hause, wo sie das Leben auf dem Schloss organisierte. Das traute Heim, das der Fürst immer nur kurz aufsuchte, um Ruhe und Kraft zu tanken für all die wichtigen Aufgaben und illustren Feierlichkeiten, die draußen auf ihn warteten. Wie die meisten Frauen hatte sie sich in ihrer Rolle eingefunden.

Einer der kaiserlichen Begleiter trat an ihn heran. »Wäre es möglich, einen Kaffee zu bekommen? Wir sind doch alle recht durchgefroren.«

»Sehr wohl. Ich bringe ihn sofort.« Schon stellte Viktor das Tablett ab, gab Budde ein Zeichen und verschwand. Natürlich war unten in der Küche alles vorbereitet für jegliche Eventualität. Trotzdem, als er herunterkam, waren alle in heller Aufregung.

»Was mach ich denn nun mit dem Jägerfrühstück? Alles fertig … Stattdessen muss ich nun schnell für dreißig Leute ein kaiserliches Mittagessen zaubern«, schimpfte Hubertine Möckel, die Köchin.

Aber Viktor wusste, sie hatte natürlich alles bedacht, und wenn auch etwas später als normalerweise, es würde ein opulentes Essen geben. Im Speisesalon war ebenfalls alles eingedeckt.

»Ich brauche Kaffee«, sagte Viktor zu Fräulein Böhme, der Unterköchin. Die führte die Anweisungen aus. In einer Kanne war bereits Kaffee vorbereitet worden, der nun in eine vorgewärmte Porzellankanne gefüllt wurde. Irgendjemand bestellte nach der Anreise aus Berlin immer einen Kaffee.

Viktor platzierte Kaffeekanne und Milchkännchen auf dem Tablett. Unten im Flur standen etliche zusätzliche Helfer und Helferinnen aus dem Dorf bereit. Einen davon wies Viktor an, alles in den Speiseaufzug zu stellen. Er selbst eilte hoch, löste die Verankerung und holte den Speiseaufzug auf seine Etage. Sogleich stellte er im angrenzenden Flur vier Tassen des guten Porzellans und die dazugehörige Zuckerschale auf das Tablett und ging zurück in den großen Salon. Der Höfling hatte es sich schon mit seinesgleichen auf einer der Sitzgruppen bequem gemacht.

Viktor stellte das große Tablett auf einen Beistelltisch, tat eine Tasse, Milch und Zucker auf ein Servier-Tablett und goss den Kaffee ein. Dann ging er um den Diwan herum und beugte sich vor. »Ihr Kaffee, mein Herr«, präsentierte er dem älteren Mann das gewünschte Getränk.

»Milch und zwei Löffel Zucker«, sagte der nur.

Mit einer Hand das Tablett balancierend, tat Viktor den Zucker und die Milch in den Kaffee und reichte die Tasse auf einer Untertasse.

Der Mann sah ihn nicht an, sondern beugte sich geheimniskrämerisch vor und sprach weiter in gedämpftem Ton, während er das Getränk annahm. »Seine Majestät hat die drei ganz normal begrüßt. Also weiß er noch von nichts … Und wenn es sich nun bewahrheitet, dass Moltke ein Hundertfünfundsiebziger ist, was dann? Seine Majestät würde so jemanden niemals in seiner Nähe dulden.«

»Ein Moltke ein Hundertfünfundsiebziger? Ausgeschlossen«, sagte ein anderer Mann ebenfalls mit gesenkter Stimme und gab Viktor ein Zeichen, dass er ebenfalls einen Kaffee wünsche.

Viktor nickte, ging zum Beistelltisch und goss eine weitere Tasse ein. Ob die wirklich glaubten, er würde es nicht mitkriegen, nur weil sie etwas leiser sprachen? Aber solche Art Gespräche war er gewohnt. Der Hof mit seinen Hunderten von Höflingen glich einem Schlangennest. Das hatte der Fürst selbst einmal so gesagt. Niemand gönnte dem anderen etwas. Und Klatsch und Tratsch waren die höchste Währung. Zudem war er ein Unsichtbarer. Er wurde dafür bezahlt, wegzuhören. Aber er tat nur so. Er hörte sehr wohl so einiges.

Hundertfünfundsiebziger – er kannte diesen Ausdruck. Damit betitelte man Homosexuelle, nach dem Paragrafen 175, der homosexuelle Handlungen unter Strafe stellte. Was hatte das bitte schön mit dem Generalmajor Kuno von Moltke zu tun? Oder war jemand anderes gemeint? Schließlich gab es viele von Moltkes.

»Harden hat es in seinem Artikel zwar verklausuliert, aber was er meint, ist sehr deutlich geworden.«

»Weiß Seine Majestät denn nichts von den Artikeln?«, fragte ein Dritter, der nun auch mit den Fingern nach Viktors Diensten schnipste.

»Um Gottes willen, wer mag der Schwachkopf sein, der dumm genug ist, das Seiner Majestät vorzulegen?« Die Männerrunde lachte noch lauter.

»Nun, da es weder Innenpolitik noch Außenpolitik noch etwas Militärisches ist, fallen alle weg, die Immediatrecht haben«, sagte der Erste wieder.

Immediatrecht – wie Viktor wusste, bedeutete das, dass man direkt und persönlich vor Seiner Majestät sprechen durfte. Allerdings mussten sich selbst der Reichskanzler und die militärischen Führer vorher anmelden. Ohne Termin den Kaiser besuchen zu dürfen, war etwas Besonderes. Eine Gunst, die der Kaiser höchstens seinen näheren Verwandten gewährte und einigen Auserkorenen, wie zum Beispiel dem Fürsten zu Eulenburg.

»Und was ist mit dem kaiserlichen Hofmarschall? Er legt dem Kaiser doch die Presseausschnitte vor.«

»Graf August zu Eulenburg? Würde er seinem Verwandten, dem Fürsten, so etwas antun? Außerdem – er legt die Ausschnitte ja nur vor, er wählt sie nicht aus. Das tun die einzelnen Behörden. Nein, niemand ist so dumm und macht es freiwillig.«

Viktor musste eine abschätzige Mimik unterdrücken. Der Kaiser war von Feiglingen umgeben, die nicht einmal den Mut hatten, dem Kaiser etwas mitzuteilen, was er als unangenehm empfinden könnte. So hoch waren sie alle gestiegen und hatten doch noch immer Angst. Nur dieser Harden schien Mut zu besitzen. Wer war das eigentlich? Da es um einen Artikel ging, vermutlich ein Journalist. Das schien ein äußerst pikantes Thema zu sein. Wenn es darum ging, dass sich Homosexuelle in der Nähe des Kaisers aufhalten könnten, war es wirklich brisant.

»Seine Majestät war einfach zu nachgiebig in der Marokko-Frage. Deswegen schießt Harden gegen ihn. Und trifft Moltke.«

»Nicht nur Moltke.« Ein weiterer Mann beugte sich vor und sagte mit dem Ton eines Verschwörers: »Ich hab gehört, es geht um etwas anderes. Unser Fürst hier, Eulenburg, und der alte Holstein haben sich im Frühjahr beinahe duelliert. Nur durch den eifrigen Einsatz des Auswärtigen Amtes konnte Schlimmeres verhindert werden. Und merkwürdigerweise sind Holstein und dieser Schmierenjournalist Harden genau zu diesem Zeitpunkt engste Freunde geworden.«

»Holstein, die graue Eminenz des Auswärtigen Amtes? Ich habe gehört, er hat einen ganzen Aktenschrank voll mit Beweisen gegen alles und jeden. Er sammelt Druckmittel wie andere Briefmarken. Was könnte er gegen Eulenburg in der Hand haben?«

Der erste Hofdiener zuckte mit den Schultern. »Ein Mann, der so viel Einfluss auf den Kaiser hat wie Eulenburg, hat sich im Laufe der Jahre viele Feinde gemacht. Fürst zu Eulenburg hat Kanzler erschaffen und sie gestürzt.«

Der Mann, der als Erster Kaffee bestellt hatte, schien ungehalten. »Also will Harden jetzt gegen alle mächtigen politischen Hintermänner schießen?«

Ein anderer Mann verschluckte sich fast an dem Kaffee. Er prustete vor Lachen.

»Was ist denn so komisch?«, fragte der Erste.

»Hintermänner!«, sagte der Lachende jetzt doppeldeutig. »Wenn der eine ganz dicht hinter dem anderen steht ...!« Und lachte weiter.

Alle anderen stimmten in das Lachen ein. Anscheinend musste Viktor die Irritation anzusehen sein, denn nun sagte einer der Männer schroff in seine Richtung: »Was glotzen Sie denn so? ... Geben Sie mir auch einen Kaffee und dann verschwinden Sie.«

»Sehr wohl.« Viktor tat unbeeindruckt. Er kannte das schon. Die Männer um den Kaiser herum waren oft unhöflich. Budde nannte sie heimlich Hofschranzen, wenn Opitz nicht dabei war. Und auch, wenn Viktor es nicht laut sagte, befand er, dass Budde in diesem Punkt recht hatte. Er gab noch eine weitere Tasse Kaffee aus und gesellte sich zurück zum Champagner.

Einige Besucher waren schon nach oben auf ihre Zimmer gegangen. Viktor stellte sich zu Budde. »Gehen denn nun einige auf die Jagd, oder bleiben alle hier?«, raunte er leise.

Diedrich Budde zuckte mit den Schultern. »Scheint noch nicht geklärt zu sein«, flüsterte er zurück. »Alle warten wohl noch, ob der Kaiser sich vielleicht doch wieder umentscheidet.«

Ja, so kannte man den Kaiser. Wilhelm der Plötzliche wurde er auch genannt, denn er überrumpelte seine Umgebung gerne mit überraschenden Entschlüssen, dieses zu tun oder jenes zu lassen. Und er hinterließ oft Chaos, um sich danach genau darüber aufzuregen.

Viktor störte es nicht. Je höher die Herrschaften, desto weniger Gedanken machten sie sich um die Umstände, die sie anderen bereiteten. Immer gab es Sonderwünsche, Aufregungen, Planänderungen. Und er arbeitete bei einem Fürsten. Er war daran gewöhnt, den Wünschen Folge zu leisten, ohne deren Gründe zu hinterfragen. Darin zumindest ähnelte seine Arbeit dem Militärdienst.

Aufmerksam beobachtete Viktor die verbliebenen Gäste. Wenn er seinen Dienst tat und stundenlang dem Fürsten und anderen wichtigen Persönlichkeiten aufwartete, schnappte er ungewollt immer wieder Teile ihrer Gespräche auf. Und er wusste, dass der Kaiser selbst bei Leuten, die eng mit ihm verbunden waren, stark in der Kritik stand.

Derzeit gab es ein umstrittenes Thema: Die Franzosen wollten sich Marokko als Kolonialbesitzung einverleiben. Das widerstrebte Deutschland. Es forderte weiterhin den freien Handelszugang für alle Staaten. Nach etlichen Auseinandersetzungen und Machtdemonstrationen hatte man eine internationale Konferenz veranstaltet. Im späten Frühjahr war es zwischen Frankreich, Großbritannien und Deutschland in der Algeciras-Akte zur Einigung gekommen. Diese Einigung gefiel vielen nicht. Sofort waren viele Stimmen laut geworden, dass der Kaiser zu nachsichtig sei. Man würde Frankreich zu viel Einfluss gewähren. Der Kaiser sei zu friedlich gestimmt. Er hätte die Gelegenheit wahrnehmen sollen, um Deutschlands Stärke zu demonstrieren. So war die einhellige Meinung. Gerade dem Erzfeind Frankreich gegenüber sollte man sich nichts gefallen lassen.

Viktors Vater sah das allerdings ganz anders. Überraschenderweise war er mit dem Vorgehen des Kaisers einverstanden – ausnahmsweise, wie er betonte. Sollte es wegen eines unbedeutenden afrikanischen Landes wirklich zum Krieg der europäischen Staaten kommen? Zum Krieg, bei dem Großbritannien seinen Bündnisvertrag mit Frankreich hätte einlösen müssen? Nein. Viktor wäre nicht verschont geblieben und vermutlich sofort eingezogen worden. Leander war zwar noch zu jung für den Militärdienst, aber in spätestens zwei Jahren konnte auch er zum Waffendienst gerufen werden. Man wusste nie, wie lange so ein Krieg dauerte. Und ein Krieg brachte immer Elend und Hunger für die ganze Bevölkerung mit sich.

Viktor kannte den Kaiser nicht gut genug, um zu beurteilen, ob er wirklich zu milde und nachgiebig war. Aber er hatte schon mit angehört, wie der Fürst davon gesprochen hatte, dass der Kaiser häufig seinen politischen Kurs wechsele. Und dass es zu viele Leute in seinem engsten Kreis gebe, die ihm etwas einflüsterten. Wer gerade anwesend war, hatte das Ohr des Kaisers. Und seinem Fürsten glaubte Viktor, wenn er etwas sagte. Er war ein überaus geachteter und gebildeter Mann.

Deswegen beschäftigte ihn nun auch etwas anderes. Durch die Attacke von diesem Journalisten Harden sollten Moltke und Eulenburg getroffen werden. Mit den unglaubwürdigsten Vorwürfen. Was steckte dahinter? Opitz, der seit beinahe zwanzig Jahren hier im Schloss arbeitete, ließ immer mal wieder Bemerkungen fallen. Fürst zu Eulenburg habe sich viele Freunde gemacht, aber mit jedem, den er bevorzuge, auch einen, der sich benachteiligt fühle. Er hatte also Feinde angesammelt. Das war nun mal so. 1902 war er aus dem aktiven diplomatischen Dienst ausgetreten. Er hatte sein Amt als Botschafter in Wien aufgegeben, und obwohl er offiziell noch dem diplomatischen Korps angehörte, war er nun schon lange Privatier. Was wollte dieser Harden also jetzt noch von ihm? Es konnte sich nur um eine wirklich dumme und haltlose Attacke handeln.

Es bestand kein Grund, besorgt zu sein. Seine eigene Zukunft sah weiter rosig aus. Viktor war ohnehin noch etwas zu jung, um Haushofmeister, wie Opitz' Stellung offiziell hieß, zu werden. In ein paar Jahren würde er hoffentlich das Amt als oberster Diener und Butler von Opitz übernehmen können. In einem der geachtetsten Häuser Deutschlands. Viktor verdiente ganz passabel und würde dann noch mehr verdienen. So würde er Leander den langen Militärdienst ersparen und sein Studium finanzieren können. Leander würde ein bürgerliches Leben führen können, in das er seine Schwestern mit aufnahm, und seine Eltern, falls die noch lebten. Darum ging es in seinem ganzen Streben, nur darum.

Gestern erst hatte Viktor wieder einen Bettelbrief erhalten. Mama ging es nicht gut. Sie lag mit schlimmem Husten darnieder. An einen Arzt war nicht zu denken, aber sie brauchten dringend Geld für Kohlen zum Heizen und vor allem für Medizin. In den nächsten Tagen konnte er keinesfalls nach Charlottenburg fahren. Viktor musste das irgendwie von hier aus regeln.

In dem Brief stand kein Wort über Hunger oder Essen. Hatten sie genug? Oder stand die Sache um Mama so schlecht, dass Ricarda kein Wort darüber verloren hatte? Was, wenn sie starb? Ihr war es im letzten Winter schon schlecht gegangen. Und dieser Winter hatte ja noch nicht einmal richtig begonnen. Viktor machte sich große Sorgen. Aber Opitz brauchte er erst gar nicht zu fragen. In den nächsten Tagen war niemand abkömmlich.

Manchmal war er richtig wütend. Das alles, auch die Krankheit seiner Mutter, hatte ihnen sein Vater eingebrockt. Mit seinem gesunden Menschenverstand, sagte sein Vater. Wegen seines Stolzes, behauptete Viktor. Manchmal wünschte er sich, dass Vater krank werden würde. Wenn Vater starb, würde mit ihm der Makel des vorbestraften Tagelöhners sterben. Und wenn mit Leander alles so lief, wie Viktor es plante, dann wäre er eines Tages frei. Frei von der Verpflichtung, für seine Familie sorgen zu müssen. Danach erst würde sein eigenes Leben beginnen können. Dann erst würde er sich seine ureigensten Träume erfüllen dürfen. Zuerst aber musste die Schande seines Vaters ausradiert werden.

7. November 1906

Eine bessere Gelegenheit als diese würde Adelheid nicht mehr bekommen. Alle waren aus dem Häuschen, sie erst recht. Der Kaiser war da! Martha Petzold hatte ihr erlaubt, ganz kurz in den Torturm mit dem Treppenaufgang zu gehen, um dort durchs Fenster zu schauen. Von dort oben hatte sie freie Sicht, um einen schnellen Blick auf den Kaiser werfen zu können. Bei all den Kutschen mit den vielen Männern hatte sie erst gar nicht gewusst, wer denn der Kaiser war. Doch das merkte man bald. Alle schauten in seine Richtung. Und da war er, höchstpersönlich, Seine Majestät, der deutsche Kaiser. Ihr Fürst stand dicht neben ihm. Sie unterhielten sich. Es wirkte vertraut.

Doch dann hatte sie schon wieder zurückgemusst. Es gab so viel zu tun, und alle Dienstboten waren hektisch. Nachdem sie gerade die bereits belegten Gästezimmer aufgeräumt hatten, hatte ihr Anni vor wenigen Minuten aus Versehen etwas über die Schürze gegossen. Die Mamsell hatte es gesehen. Adelheid solle sofort ihre Schürze wechseln. Zwar sollte es ohnehin ausgeschlossen sein, dass der Kaiser und die anderen hohen Gäste sie sahen, aber für alle Fälle sollte man sichergehen.

Also ging Adelheid auf der Hintertreppe nach ganz oben in den Flur mit den Dienstbotenschlafräumen. Nun konnte sie endlich den Austausch vornehmen, den sie schon seit etlichen Tagen plante. Denn sie war dahintergekommen, dass sie nicht ohne Grund verschlafen hatte.

Ganz wie sie es sich gedacht hatte, hatten Lydia Keller und Gerda Altvater ihr Schlafpulver verabreicht. Eines Morgens, als die beiden Hausmädchen schon arbeiten waren, hatte sie ihre Sachen durchsucht. Kein bisschen versteckt hatte in Lydias Nachtschrank ein Briefumschlag mit dem weißen Pulver gelegen.

Wie sie ihr das Pulver verabreichten, hatte sie schon einen Tag später herausgefunden: Eine der beiden tat es ihr abends bei Tisch einfach in ihre Tasse. Natürlich war Adelheid vorher nicht auf die Idee gekommen, ihre Tasse zu kontrollieren. Liesel oder Anni gossen beim Abendbrot den Muckefuck oder den Tee ein. Man gab seine Tasse nach vorne und bekam sie gefüllt zurück. Irgendwo dazwischen tauschten sie die Tassen aus billigem weißem Porzellan, in denen es nicht auffiel, wenn weißes Pulver darin war.

Bei ihrem letzten Besuch zu Hause hatte Adelheid sich etwas Mehl mitgenommen und die Mamsell um einen Briefumschlag gebeten. Jetzt musste sie diesen nur noch austauschen. Die beiden würden dann zwar nach wie vor etwas weißes Pulver in die Tassen tun, aber Adelheid würde nicht mehr verschlafen.

Es war das erste Mal, dass sie so wütend war, dass sie es den beiden am liebsten heimgezahlt hätte. Bisher hatten sie Adelheid geärgert und gedemütigt. Das kannte sie ja bereits. Aber die Geschichte mit dem Schlafpulver zielte darauf ab, dass sie entlassen werden sollte. Dagegen musste sie etwas unternehmen. Am liebsten hätte sie sich an den beiden gerächt, nur wusste sie leider nicht, wie. Lydia und Gerda kannten sich hier im Haushalt viel besser aus. Und sie konnten einander immer decken. Adelheid hatte keine Verbündete. Sie konnte nur warten und darauf hoffen, dass die Zeit für sie arbeitete. Wenigstens würde sie nun nicht mehr verschlafen.

Eilig holte sie aus ihrem Zimmer den Briefumschlag mit dem Mehl, schlich sich in Lydias Schlafstube und nahm den Austausch vor. Die ganze Geschichte dauerte keine Minute. Das Schlafpulver versteckte sie, dann zog sie sich eilig eine neue Schürze über. Niemand würde denken, dass sie in der Zeit etwas anderes getan hatte, als sich umzuziehen.

Unten im Keller angelangt, gab die Mamsell ihr auf, die gespülten Kristallgläser in die Vitrinen einzuräumen, weil die Diener anderweitig beschäftigt waren. Sie eilte die Treppe hoch und nahm das Tablett mit den sauberen Gläsern aus dem Speiseaufzug heraus. Doch nun musste sie über den Flur, auf dem sie jederzeit dem Kaiser oder anderen hochgestellten Persönlichkeiten begegnen konnte. Sie schaute um die Ecke. Im Moment schien alles ruhig zu sein. Andererseits wusste sie nicht, in welchen Räumen sich Gäste aufhielten. Sie wusste nicht einmal, ob ein Teil der Gäste nun doch zur Jagd gegangen war oder nicht. Und wer noch im Schloss weilte.

Unentschlossen stand sie hinter der Ecke zum Vestibül. Sie konnte hier nicht ihre Zeit vertrödeln. Die Mamsell erwartete sie sofort wieder unten. Herrje, was sollte sie nur machen?

Diedrich Budde kam aus einem Raum heraus, genau in ihre Richtung. Den schickte der Himmel. Er bog um die Ecke.

»Herr Budde, ich soll die Gläser im Porzellanzimmer einräumen. Aber ich weiß nicht, wo Seine Majestät ist. Und unsere Durchlaucht, der Fürst. Ist der Blaue Salon leer?« Durch den Blauen Salon kam man ins Porzellanzimmer.

Budde sah sie überrascht an. Kurz verengten sich seine Augen. Dann sagte er: »Der Blaue Salon, ja … Ich werde Ihnen die Tür aufhalten.« Mit beiden Händen strich er sich seine braunen Haare glatt, dann lief er zurück. Adelheid hatte Mühe, ihm mit dem schweren Tablett in der Hand zu folgen.

An der Tür angekommen, riss er sie weit auf, sodass Adelheid hindurchgehen konnte. Als ihr Blick vom Tablett hochging, blieb sie so abrupt stehen, dass ihr beinahe Gläser heruntergefallen wären. O nein! Das durfte doch nicht wahr sein! Das konnte nicht sein! Alles war verloren.

Der Kaiser, der das leise Klirren gehört hatte, drehte seinen Kopf. Er stand mit einem anderen Mann zusammen und unterhielt sich. Beide schauten sie jetzt an. Überrascht. Strafend. Empört.

Adelheid wusste für einen Moment überhaupt nicht, was sie tun sollte. Sie spürte, wie die Röte ihr ins Gesicht schoss. Und was alles noch viel schlimmer machte, war die Tatsache, dass sie wie gebannt auf den linken Arm des Kaisers starrte, der leblos neben seinem Körper herunterbaumelte. Was war damit? Wieso sah er so komisch aus?

Sie riss ihren Blick weg, deutete eine Verbeugung an, so gut es mit dem schweren Tablett in der Hand ging, und wollte gerade rückwärts zurückgehen. Obwohl sie natürlich am liebsten im Erdboden versunken wäre.

Da schoss Diedrich Budde in den Raum. »Entschuldigen Sie vielmals, Eure Majestät. Unser Stubenmädchen ist neu. Sie kennt sich noch nicht mit unseren Gepflogenheiten aus. Sonst herrschen hier militärische Zucht und Ordnung. Das darf ich Ihrer Majestät versichern.«

Schon war Budde an ihr vorbeigegangen. Sie nutzte die Gelegenheit, sich zurückzuziehen. Schön langsam, damit am Ende nicht noch ein Glas herunterfiel.

»Wenn Majestät erlauben, darf ich Seiner Majestät versichern, dass ich in jeden Krieg ziehen würde, den Seine Majestät befehligen. Mit größtem Vergnügen … Stets zu Ihrer Verfügung … Bis zu meinem letzten Atemzug würde ich die Ehre und den Namen Seiner Majestät und unseres Vaterlandes verteidigen.« Dann knallte er lautstark und zackig die Hacken aneinander. »Eure Hoheit.«

Aus den Augenwinkeln bekam Adelheid mit, wie Budde mit militärisch erhobenem Handgruß vor den beiden Männern stand. Und sich nun auch anschickte, rückwärts den Raum zu verlassen. Mittlerweile war sie an der Tür angekommen. Sie trat durch, und mit einem tiefen Atemzug richtete sie sich wieder auf. Geschafft! Und doch war es eine Katastrophe. Wenn das bekannt wurde! Würde Budde sie verraten?

Sie drehte sich um und schaute genau in die finster dreinblickenden Augen von Viktor Novak. Er blieb stumm, aber vermutlich war das nur dem Umstand geschuldet, dass die Tür noch immer offen stand. Endlich hatte es auch Diedrich Budde rausgeschafft und schloss die Tür.

Viktor Novak packte sie beide an den Schultern und schob sie den Flur entlang. Erst als sie um die nächste Ecke waren, ließ er sie los.

»Ja seid ihr denn wahnsinnig? Was hat euch denn geritten?«

Adelheid wollte irgendwas sagen, aber ihr gelang noch nicht einmal ein Stottern.

»Fräulein Schaaf ist einfach in den Raum hineingelaufen, ich musste sie schleunigst dort herauskomplimentieren.«

»Und dich dem Kaiser als Soldaten empfehlen? Glaubst du, ich hätte das nicht mitbekommen?«

Plötzlich ging Adelheid ein Licht auf. Deswegen war Diedrich Budde in den letzten Tagen so nett zu ihr gewesen. Er hatte das geplant. Er hatte sie absichtlich ins Messer laufen lassen, als Vorwand, damit er persönlich mit dem Kaiser sprechen musste und durfte. Zudem war ihr Fehler so unverzeihlich, dass sich niemand über sein anschließendes Geschwafel aufregen würde. Budde betete den Kaiser an. Das Militär war seine Religion und der Kaiser als höchster Heeresführer sein Gott. Vermutlich hatte er schon das ganze Jahr über überlegt, wie er es am geschicktesten anstellte, sich ihm zu nähern. Ganz sicher hatte er gewusst, wer hier im Raum war. Er war schließlich aus der Richtung gekommen!

»Er hat mir gesagt, der Blaue Salon sei leer«, verteidigte Adelheid sich nun.

Viktor Novaks Blick sprang zwischen den beiden hin und her. Er schüttelte nur seinen Kopf, dann ließ er sie stehen.

Adelheid schaute Budde böse an.

»Na, Kindchen, ist doch nicht so schlimm.«

Ihre Unterlippe bebte. Sie wusste, sie stand kurz davor, loszuheulen. Am liebsten hätte sie ihm jetzt eine schallende Ohrfeige verpasst. Was sie natürlich niemals tun würde. Aber sie war so enttäuscht. Zum ersten Mal hatte sie geglaubt, jemand sei nett zu ihr. Dabei wollte Budde sie von Anfang an nur benutzen.

Das Tablett in ihren Händen wurde schwer. Eigentlich waren die Gläser ohnehin eine Aufgabe der männlichen Dienstboten. Und nur, weil sie im Moment so viel zu tun hatten, hatte die Mamsell es ihr aufgetragen. Nun drückte Adelheid ihm das Tablett so fest an die Brust, dass er genötigt war, es zu übernehmen.

Ohne ein Wort zu sagen, ging sie. Sie brauchte nichts mehr zu sagen. Es war alles verloren. Sie war nicht unsichtbar geblieben. Sie war so was von gar nicht unsichtbar gewesen, mit ihrem Tablett und ihrem hochroten Kopf und ihrem Starren auf den linken Arm. Es gab gar keine Zweifel, dass Viktor Novak sie beide verraten würde. Und selbst wenn er es nicht tat, dann würden der Kaiser oder sein Adjutant es dem Fürsten erzählen. Der würde es der Fürstin erzählen. Und die würde es der Mamsell erzählen. Und die Mamsell würde dafür sorgen, dass sie schnellstmöglich aus dem Haus entfernt wurde. Vielleicht noch nicht heute. Vielleicht erst, wenn alle Gäste abgereist waren. Aber das war es nun für sie – sie würde die Adventszeit im Schloss nicht mehr miterleben. Dabei hatte sie sich so sehr darauf gefreut. Tränen standen ihr in den Augen. Die Adventszeit war doch nicht wichtig. Und Weihnachten auch nicht. Was wichtig war, war ihr regelmäßiger Lohn. Und die vier Mahlzeiten am Tag. Damit war es nun bestimmt aus. Unwirsch wischte sie ihre Tränen weg und eilte die Treppe herunter. Aus. Alles war aus und vorbei! Wie sollte sie das ihrem Vater erklären?

Kapitel 5

11. November 1906

Noch eine letzte Aufgabe, dann hätte sie für heute frei, viel früher als üblicherweise. Hedda konnte es kaum glauben. Sie hatte in den letzten Tagen so viel geschuftet. Der Kaiser war endlich weg und alle anderen Gäste auch. Nachdem der Sturm sich gelegt hatte, hatten alle ein paar Extras erhalten. Heute Abend hatten die Stubenmädchen ein wenig Schokoladenpudding bekommen. Ausnahmsweise. Auch Hansi Hartwich, der neunjährige Sohn des Kutschers, saß in der Leutestube und aß Pudding. Er hatte den größten Schlag in seine Schüssel bekommen.

Wenn sehr viel Besuch da war, arbeitete er als Page. Dann wartete er unten im Vestibül, um die Türen der Salons zu öffnen. Oder flitzte hin und her zwischen den einzelnen Zimmern, in denen sich die Gäste aufhielten. Oder gab eilige Bestellungen in der Küche auf. Er hatte eigens eine putzige Pagenuniform mit Kappe bekommen, die denen in einem Grand Hotel ähnelte. Hedda fand, dass er darin aussah wie ein dressierter Affe. Auch wenn er stundenlang herumstehen musste, war Hansi immer sehr glücklich, arbeiten zu dürfen. Da es abends oft spät wurde, musste er am nächsten Tag nicht zur Schule. Und die Herren steckten ihm immer viel Trinkgeld zu. Dann lüftete er brav die rote Kappe und bedankte sich artig. Das fanden sie dann noch amüsanter. Und oft bekam er noch eine zweite Münze. Dieses Jahr aber hatten sich viele über ihn amüsiert, weil er aus den Hosen herausgewachsen war. Und auch die Jackenärmel waren reichlich kurz. Also war heute die Schneiderin der Fürstin unterwegs, um eine neue Uniform anzupassen. Worüber er sehr glücklich war.

Ob Hansi wusste, dass er maximal noch zwei oder drei Jahre hatte, in denen er als niedlicher Fratz durchgehen würde? Danach wäre er in einem normalen Alter, in dem andere sich eine Arbeit suchten. Vielleicht fing er ja hier im Schloss an.

In den letzten drei Tagen hatten die Dienstboten alles wieder in den Normalzustand versetzt. Hatten die Betten abgezogen, die Matratzen gelüftet, die Möbel nachpoliert, etliche Möbel auch wieder umgeräumt. In der Küche wurden tagelang Geschirr und Gläser gespült. Mit den Gästen hatten auch die zusätzlichen Hilfen aus dem Dorf das Schloss verlassen. Die Hausmädchen putzten und putzten und putzten. Nun war die Unordnung, die der hohe Besuch mit sich gebracht hatte, fast beseitigt.

»Kommen Sie, wir bringen das noch raus zum Waschhaus. Dann sind wir für heute fertig«, sagte Hedda zu Adelheid Schaaf.

Die schien seit Tagen angespannt. Keine Ahnung, was vorgefallen war, aber sie lief herum, als würde jeden Moment der Allmächtige über sie kommen und sie strafen.

Adelheid Schaaf nickte und packte den großen Wäschekorb mit der Bettwäsche aus dem letzten Gästezimmer. Jede trug einen Henkel. Sie liefen zum Hintereingang hinaus. Draußen war es schon dunkel.

»Gleich werden Sie mal richtig hart arbeitende Frauen sehen. Die Waschfrauen laufen trotz der Winterkälte leicht bekleidet und von oben bis unten klatschnass durch die Gegend und schleppen und wuchten und wringen und klopfen und schrubben. Den Berg Wäsche, der hier nach jedem Besuch des Kaisers anfällt, kann man sich nicht vorstellen.«

»Ich war schon mal da. Meine Mutter hatte vorgesprochen, weil sie gerne helfen wollte. Aber man hat sie nicht gelassen«, erklärte das jüngere Stubenmädchen und drückte ein weißes Leinenstück zurück über den Rand des vollen Korbes.

»Oh, wieso nicht?«

Adelheid Schaaf knabberte an ihrer Unterlippe. »Das weiß ich nicht genau.«

Vermutlich, weil man der Frau eines Tagelöhners nicht zutraute, hart zu arbeiten. Oder weil man Angst hatte, die Weißwäsche schmutziger zurückzubekommen, als man sie abgegeben hatte.

Weil es geregnet hatte, liefen sie durch Matsch am Kutscherhaus vorbei Richtung Waschhaus. Dort dampfte es aus allen Löchern. Zum Schornstein oben, aber auch aus allen Fenstern und der Tür quollen dicke, helle Dampfschwaden in die Dunkelheit. Es sah fast aus, als würde es in dem niedrigen Häuschen brennen.

Eine massige Frau trat gerade vor die Tür. Sie trug einen langen Rock und ein dünnes Leinenhemd, das ihrem mächtigen Busen kaum Halt bot. Darüber nur eine große schlichte Leinenschürze. Arme wie Keulen, ihr Kopf hochrot. Haarsträhnen fielen ihr ins Gesicht. Sie sah aus, als hätte sie gerade einen Ringkampf hinter sich. Als sie Hedda und Adelheid sah, wurden ihr Augen groß. Schnell, bevor sie schimpfen konnte, rief Hedda ihr schon entgegen.

»Das ist der letzte Korb.«

»Det will ick aba auch ma jesacht haben. Donnerlüttchen. Det hört ja nie uff.«

»Wohin damit?«, fragte Hedda, als sie am Waschhaus angekommen waren.

Mit roten, rissigen Händen strich sich die Frau die Haare aus der Stirn und wedelte dann unbestimmt in eine Ecke. Es war eigentlich kein Platz mehr. Hedda und Adelheid sahen sich um, ob es noch woanders ein Eckchen gab, da packte die Frau schon Heddas Henkel.

»Immer ruff damit. Hier, immer druff.« Und schon schob sie den Korb über einen anderen und setzte ihn ab. »Wir müssn doch och ma rauskommen ausse Bude.«

Das Waschhaus bestand aus mehreren Räumen: einer, in dem die Wäsche in riesigen, mit Lauge gefüllten Waschzubern eingeweicht wurde. Dort wurde sie auch mit Holzklopfern geschlagen und mit Stampfern bearbeitet. Besonders verschmutzte Wäsche wurde mit Waschbrett und Wurzelbürste vorgereinigt. Im nächsten Raum standen mehrere gemauerte Waschkessel, unter denen eingeheizt wurde. Hier wurde die Wäsche erhitzt und im heißen Waschwasser mit riesigen Holzpaddeln gewendet. Wieder und wieder. War es weiße Wäsche, setzte man Wäscheblau hinzu, damit man eine strahlend blütenweiße Wäsche erhielt. Am Ende wurden die Stücke mit riesigen hölzernen Wäschezangen aus dem Bottich gefischt und im nächsten Raum klargespült. Dahinter kamen die Räume, in denen die Wäsche getrocknet wurde. Ganz neu war eine Wäscheschleuder, ein Gerät, in das die Wäsche tropfnass in eine große Trommel kam. Zwei Frauen drehten die Trommel mithilfe von Kurbeln. So bekam man schon mal einen großen Teil der Feuchtigkeit raus. Zuletzt kam die Wäsche dann in einen anschließenden Raum, in dem ein riesiger Ofen stand und rundherum Leinen gespannt waren. Im Sommer wurde natürlich nur draußen getrocknet, in einem durch einen hohen Zaun vom Park und der anderen Umgebung abgetrennten Bereich.

Doch dahin gelangten die im Schloss angestellten Dienstbotinnen selten. Meist kamen sie gerade bis zur Türschwelle des Waschhauses. Und genau hier starrte die Wäscherin sie mit in die Hüften gestemmten Händen an, als wären sie Eindringlinge.

»Wir ham jetze Feierabend«, erklärte die Frau und knotete sich die Schürze auf. »Det wird ers' morjen einjeweicht.«

Hedda und Adelheid verabschiedeten sich und verließen das Gebäude umgehend.

»Wirklich harte Arbeit«, sagte Hedda.

»Ja, nicht wahr«, antwortete Adelheid begeistert. »Ich wünschte, meine Mutter würde hier eine Stelle bekommen. Dann würde sie ordentlich verdienen.«

Hedda schaute sie verblüfft an. Jemand, der sich eine echt harte Arbeit wünschte. Das allerdings hatte sie nicht von der Frau eines Tagelöhners erwartet. Sie gingen gerade am Kutscherhaus vorbei, als Hedda sah, wie drüben bei den Pferdeställen jemand eine Laterne in der Hand schwang. Wolfram Neumann, der Stallbursche, hatte sie entdeckt und winkte sie zu sich.

»Sie haben jetzt frei. Am besten, Sie gehen früh schlafen. Es wird nicht ewig dauern, dass wir weniger arbeiten müssen. Bestimmt ist nächste Woche schon wieder alles ganz normal.«

Adelheid Schaaf nickte ihr zustimmend zu. Die Begeisterung über das Wäschehaus war schon wieder verflogen. Nun wirkte sie wieder sehr bedrückt. »Ja, eine gute Idee.«

Hedda blieb stehen und ließ sie gehen. Erst als sie hinter einer Ecke verschwand, lief Hedda rüber zum Stall.

»Fräulein Pietsch, haben Sie noch nicht Feierabend?«

»Doch, jetzt«, sagte Hedda.

Wolfram Neumann stand an der geöffneten Stalltür, die Petroleumlampe hing nun im Stall neben der Tür und erhellte das Innere. Warmer Duft nach Pferden und Stroh drang heraus. An die Tür gelehnt, griff er in seine Hemdtasche, holte eine Packung Zigaretten hervor und bot ihr eine an. »Rauchen Sie?«

»Nein, danke«, sagte Hedda. Eigentlich sollte er es wissen. Er hatte sie beim Erntedankfest umgarnt, und auch da hatte sie seine Angebote abgelehnt. Nun steckte er sich eine an. Wie vorhin beim Waschhaus verflüchtigte sich der weiße Rauch in die Dunkelheit.

»Jetzt, wo Sie es mit eigenen Augen gesehen haben, dass ich eigentlich so gut wie gar nicht tanzen kann, wollte ich Sie fragen, ob Sie es mir nicht beibringen mögen.«

Tatsächlich hatte er Hedda ein paarmal zum Tanzen aufgefordert. Aber er hatte sich schrecklich ungeschickt angestellt.

»Gerne, wenn wir mal Zeit finden.«

»Wieso nicht jetzt?«, fragte er unbekümmert.

»Jetzt?« Hedda schaute ihn erstaunt an. Es war dunkel und ungemütlich. Und es kam sehr überraschend. »Wo?«

»Na, hier im Stall. Die Pferde haben sicher nichts dagegen.«

Für einen Moment dachte sie nach. Im Stall würde abends um diese Zeit niemand mehr vorbeikommen, und sie wäre mit ihm ganz alleine. »Ich bin nicht warm genug angezogen.«

»Ach was, wenn Sie sich bewegen, dann wird es schon.«

»Lieber nicht.«

Er schaute sie mit einem traurigen Blick an. Doch dann stieß er sich vom Holz ab. »Warten Sie. Ich hab noch was für Sie.« Er ging hinein, kam aber sofort wieder heraus. Auf seiner Handfläche lagen zwei Pralinen. »Bitte schön, bedienen Sie sich.«

»Schon wieder Pralinen. Sie scheinen mir ein richtiges Schleckermäulchen zu sein.«

Er grinste. Sie nahm sich eine. Hmm, erst Schokoladenpudding, jetzt noch eine Praline.

»Bitte, die hier können Sie auch noch haben. Ich sehe doch, wie sehr es Ihnen schmeckt.«

Hedda grinste und nahm sich auch die andere. Das ließ sie sich nicht zweimal sagen. Pralinen waren ein ungewöhnlicher Luxus. Sie leistete sich selten Schokolade, weil sie viel zu teuer war. Aber Pralinen waren unerschwinglich. Trotzdem wurde ihr langsam kalt. »Ich danke Ihnen. Aber ich muss wieder rein.«

»Schade … Und wann bekomme ich meine Tanzstunde?«

»Vielleicht am Sonntag. Da hab ich meinen freien Nachmittag.«

»Sehr schön. Dann zieh ich mir meine Tanzschuhe an.«

»So was haben Sie?«, fragte Hedda und lachte.

»Nein«, sagte er und lachte nett zurück. »Aber wenn Sie es mir gut beibringen, dann lohnt es sich ja vielleicht, mir welche zu kaufen.«

Mit einem Grinsen verabschiedete sie sich und ging. Er war charmant. Dennoch wusste sie nicht so recht, was sie von ihm halten sollte. Jemand, der sein ganzes Geld für Pralinen ausgab. Und über Tanzschuhe nachdachte.

Sie drehte sich noch einmal um. Er schaute ihr nach. Und winkte. Nett, wirklich sehr nett. Eigentlich hatte sie nicht vor, sich einen Kerl anzulachen. Außer vielleicht, er hätte auch Pläne, nach Amerika zu gehen. Schließlich wollte sie nicht als Ehefrau eines Dienstboten mit einer Schar Kinder, die man kaum satt bekam, enden. Sie hatte Abenteuerlicheres im Sinn.

Am Hintereingang stand Lydia Keller und trat sich die Schuhe ab, in der Hand einen leeren Blecheimer. Vermutlich hatte sie gerade Putzwasser weggeschüttet.

Als sie Hedda sah, blieb sie stehen. »So spät noch draußen?« Es klang doppeldeutig.

»Ich komm vom Waschhaus.«

»Ja, ich hab die Schaaf vor ein paar Minuten reinkommen sehen … Neumann, er ist ein netter Kerl, nicht wahr?«

Hedda schaute verblüfft. Hatte sie sie beobachtet? Und wenn ja, wieso? Was sollte diese Frage? Umgarnte er etwa auch Lydia Keller, in der gleichen Weise wie sie?

»Er gibt mir immer Pralinen.«

Fräulein Keller schaute überrascht. »Ach wirklich? Gelegentlich nimmt Komtess Viktoria welche mit runter, für ihre Lieblingspferde.«

Was? Wirklich? Das wusste sie gar nicht. Dann bot er ihr die Pralinen an, die die Pferde verschmäht hatten? Natürlich. Sicher kaufte er sie nicht selbst. Wie lange lagen sie wohl schon im Stall herum? Und hatten die Pferde schon daran geschnuppert? … Iiih.

»Er kauft sie extra«, sagte Hedda nun zum Trotz.

»Ja … sicher«, kam es so schnippisch wie ungläubig zurück. »Schönen Abend noch.« Dann verschwand das Hausmädchen nach drinnen.

Was für eine blöde Kuh. Gut, dass sie nicht das neue Stubenmädchen geworden war. Sie war Hedda noch nie so recht sympathisch gewesen. Aber nun, mit der armen Adelheid Schaaf, merkte man erst, wie gemein sie tatsächlich sein konnte. Sehr gründlich putzte Hedda sich die Schuhe ab.

14. November 1906

»Sie müssen mitmachen. Sonst sind wir nicht genug.« Komtess Viktoria zog Constanze an ihrer Hand, als wäre sie eine Sechsjährige, die zum Jahrmarkt wollte.

»Na gut, aber nur, wenn es nicht wieder so ewig dauert.«

»Vielleicht passiert ja etwas Spannendes. Vielleicht bekommen Sie eine Weissagung, und ein Geist erzählt Ihnen, wann die Liebe Ihres Lebens erscheint«, quengelte Viktoria weiter. Immerhin hatte sie ihre Hand losgelassen.

Die Liebe meines Lebens. Sie wusste, wer die Liebe ihres Lebens war. Natürlich durfte das hier niemand erfahren. Hugo schrieb ihr unter dem Namen Hubertine Mahlzahn. Und sie schrieb zurück an H. Mahlzahn. Hugo war ein moderner Mann, einer, wie sie ihn kein zweites Mal finden würde. Liberal im Denken, modern und unkonventionell. Sie hatten schon oft darüber gesprochen, wie ihre Zukunft aussehen könnte, wenn sie erst einmal verheiratet wären. Hugo sah keinen Grund, warum Constanze nicht weiterarbeiten sollte, auch wenn schon Kinder da waren. Sie hatten ähnliche Ansichten zur Reformpädagogik, und wenn sie über politische Themen sprachen, dann nahm er sie für voll. Zudem war er humorvoll und intelligent. Eine gute Bildung für ihre Kinder wäre das höchste Gut. Darin stimmten sie überein. Nein, so einen wie ihn würde sie so schnell nicht wieder finden.

Ihr sollte besser mal ein Geist erscheinen, der ihr erzählte, wann sie wohl endlich heiraten würden. Manchmal hatte Constanze das Gefühl, es würde nie geschehen. Oft wusste sie nicht einmal, wann sie Hugo das nächste Mal sehen würde.

Nur sehr selten wurde sie in die Reisepläne der Familie eingeweiht. Meistens bekam sie kurzfristig mitgeteilt, dass sie für eine Reise packen solle. Oder, was eher selten passierte, dass sie plötzlich für ein paar Tage abkömmlich sei.

»Lycki hat schon alles aufgebaut.« Komtess Viktoria rannte vor.

»Nicht rennen.« Sie lief angemessenen Schrittes hinter der Zwanzigjährigen her. Wenn die Fürstin das sehen würde, gäbe es wieder ein Donnerwetter. Edle Damen hatten nicht zu rennen, nie, unter keinen Umständen. Das hatte sie nicht nur von ihrer Mutter gelernt, die vor ihrer Hochzeit als Kammerzofe bei einer

Gräfin gearbeitet hatte. Oft genug war sie selbst auf der Höhere-Töchter-Schule, die sie besucht hatte, dafür gescholten worden.

Sie trat in das japanische Zimmer. Hier waren viele der Mitbringsel des berühmten Ahnen ausgestellt, der fast fünfzig Jahre zuvor auf der preußischen Ostasien-Expedition viele Länder besucht hatte. Alle drei Komtessen saßen schon – Viktoria, Augusta und auch Alexandrine, die Älteste. Sicher hatte man auch sie erst überreden müssen. Aber noch jemand saß mit an dem runden Tisch. Constanze machte sofort ein missmutiges Gesicht.

»Herr Jaroljmek, Sie konnten sich trotz Ihrer so dringlichen Arbeit freimachen?«

»Die Damen haben mich gefragt. Und solch netten Bitten kann ich mich doch nun wirklich nicht entziehen«, sagte der attraktive Privatsekretär charmant in Richtung Komtess Augusta. Sie saßen bereits nebeneinander. Constanze blieb nur noch der Platz zwischen Alexandrine und Viktoria.

»Der Fürst wird sicher erfreut sein zu hören, dass Sie alle Aufgaben bereits erledigt haben«, sagte Constanze bissig. Sie wusste sehr wohl, dass der Fürst und die Fürstin es nicht gerne sahen, wenn die beiden private Zeit miteinander verbrachten. Aber die Herrschaften waren heute auf einem benachbarten Gut eingeladen und außer Haus.

»Nun lasst uns endlich beginnen«, sagte Augusta eilig. Und stand rasch auf, um die Vorhänge zuzuziehen. Es war zwar schon dämmerig, aber noch fiel etwas Licht in den Raum. Nun wurde es dunkel. Auf dem Kaminsims brannte noch eine Kerze. Sonst war es finster.

»Soll ich das Medium sein?«, fragte Viktoria, die Jüngere.

»Nein.« Wieder war Augusta schnell mit ihrer Antwort dabei. »Ich habe es vorgeschlagen. Ich bin heute das Medium. Und ich weiß auch schon, wen ich anrufen werde.«

Nun saßen alle, und es wurde ruhiger. Constanze hatte schon an etlichen dieser Séancen teilgenommen. Das Mystische und Okkulte war im Hause Eulenburg äußerst populär. Der Fürst selbst praktizierte Séancen, kannte viele Hellseher und Geisterbeschwörer und lud die besten davon zu sich ins Schloss ein. Mehrmals im Jahr gab es solche Abende, zu denen auch immer wieder illustre Gäste eingeladen wurden.

Constanze konnte dem nicht viel abgewinnen. Als sie hier angefangen hatte, hatte sie sich natürlich nicht getraut, etwas dagegen zu sagen. Widerspruch wurde von den Herrschaften nicht gerne gehört. Und die Töchter hatten schon in frühen Jahren gelernt, dem Beispiel ihrer Eltern zu folgen. Also hatte Constanze die ersten paarmal klaglos teilgenommen und später einfach aus Gewohnheit. Sie glaubte nicht an solche Sachen. Anderseits war es ein Zeitvertreib. Solange man sich nicht von den angeblichen Geisterstimmen sein Leben beeinflussen ließ, befand sie es als harmlos.

Augusta legte nun ein Foto in die Mitte und eine goldene Uhr. »Ich rufe heute Großohm Onkel Fritz.«

Nicht schon wieder, dachte Constanze. Der Onkel des Fürsten, ein berühmter preußischer Politiker, war nach seinem Tod vor fünfundzwanzig Jahren hier in Liebenberg beigesetzt worden. Und war damit zum beliebtesten Geist avanciert, den es hier anzurufen galt. Natürlich hatte der Geist viel Interessantes zu erzählen. Schließlich hatte er zu Lebzeiten als außerordentlicher Gesandter und bevollmächtigter Minister die Preußische Ostasien-Expedition befehligt und war so nach Japan und China gekommen, hatte Hinterindien gesehen und war auch sonst viel herumgekommen. Aber Constanze ahnte, dass das meiste, was er hier durch die Stimme anderer zum Besten gab, aus Familienerinnerungen und Briefen stammte.

»Sind wir so weit?«

Alle nickten. In der Mitte stand das Schälchen mit dem Weihrauch. Augusta zündete ein kleines Stück Kohle an, auf dem das Harz lag. Und dann eine dicke violette Kerze in der Mitte des Tisches. Die Farbe sollte die Kraft des Übersinnlichen verstärken. Augusta stand kurz auf und blies die Kerze auf dem Kaminsims aus. Als sie sich wieder setzte, wurde es still. Nun gaben sich alle die Hände und bildeten damit einen Kreis.

Für einen langen Augenblick war nur das Atmen der Anwesenden zu hören. Als sich der süßliche Duft des Weihrauchs in die Luft schraubte, sprach Augusta endlich.

»Ich begrüße alle guten Geister, die in der Nähe sind. Kommt zu uns … Helft uns, ich beschwöre euch.« Ihre Stimme hatte plötzlich einen flehenden und flüsternden Ton.

Stille folgte. Wieder war nur das Atmen zu hören.

»Wir haben uns versammelt, um Führung aus der Geisterwelt zu erlangen. Wir bitten um Erhörung.«

Stille. Und Atmen.

»Wir sind heute zusammengekommen, um Friedrich Albrecht Graf zu Eulenburg anzurufen. Hörst du mich? … Onkel Fritz, wir sind deine Großnichten.«

Nichts. Constanze war schon einmal bei einer Séance eingenickt. Sie hatte abends stattgefunden, und Constanze hatte in den Tagen davor wenig Schlaf bekommen. Heute würde es ihr nicht passieren. Aber die ersten Minuten, bevor etwas passierte, fand sie immer sehr öde.

»Onkel Fritz, hier ist die Tochter von deinem Neffen Philipp. Wenn du mich hörst, so gib uns ein Zeichen.«

Der Tisch bewegte sich kurz. An den Atemgeräuschen der anderen konnte Constanze erkennen, dass alle es gemerkt hatten.

»Onkel Fritz, bist du bei uns?«

Ein leises Klopfen war zu hören. Ein Klopfen bedeute Ja, zwei Klopfer Nein. Man brauchte Onkel Fritz nicht zu unterweisen. Er wusste schon Bescheid.

»Ich begrüße dich, Onkel Fritz. Hier sind deine drei Großnichten, die Töchter von deinem Neffen Philipp. Adine, Lycki und Tora.«

Adine, Lycki und Tora waren Alexandrine, Augusta und Viktoria. Aber wie es im Adel Usus war, den Kindern die immergleichen Namen von berühmten Vorfahren zu geben, hatten alle noch einmal eigene Kosenamen, damit man sie sicher unterscheiden konnte.

»Wir freuen uns, dass du dich zu uns gesellt hast. Wir beschwören dich und deine übersinnlichen Wahrheiten. Bitte lass uns teilhaben an deinem Quell allen Wissens.«

Der dünne Rauchfaden vom Weihrauch kräuselte sich plötzlich.

»Hast du eine Botschaft für uns?« Erst passierte nichts, dann flackerte die Flamme der Kerze.

»Ich fühle etwas«, sagte nun Viktoria. »Ich fühle, etwas Schreckliches wird kommen.«

»Tora, du bist nicht das Medium«, schimpfte Augusta leise.

»Aber ich fühle es doch! … Papa!«

»Tora …!« Augusta fand das gar nicht witzig, dass ihre Schwester so in ihre Pläne reingrätschte.

»Lass sie. Wenn sie doch was wahrnimmt«, sagte Alexandrine nun. »Was, Tora? Was fühlst du? Siehst du etwas?«

»Ich weiß nicht. Ein Gefühl … Man wird ihm wehtun. Uns allen wird man wehtun.«

»Wer, Tora? … Wer wird ihm wehtun?«

»Ich kann es nicht sagen … Ein Mann … Es kommt aus Berlin.«

Constanze rollte mit den Augen. Ja, ja, ja. Das war jetzt wirklich alles nicht neu. Frauen hatten in der Regel gar keine Macht, Männern wehzutun. Und Berlin. Natürlich Berlin. Aus Berlin kam so viel Schlechtes. Und es war unbestimmt genug, um später alles und nichts hineininterpretieren zu können.

Die Flamme flackerte bedrohlich.

»Onkel Fritz, willst du uns eine Warnung mit auf den Weg geben?« Wohl oder übel musste Augusta nun auf den Zug aufspringen.

Es dauerte ein paar Sekunden. Die Kerze flackerte unruhig, dann gab es plötzlich einen heftigen Windzug, und sie war aus.

»Onkel Fritz«, fragte Tora verängstigt. »Was bedeutet das?«

Constanze wusste genau, was das bedeutete. Sie streckte ihren Fuß aus, in Richtung gegenüberliegender Tischseite. Und da war er schon – ein Männerfuß, der sich an ihrem rieb. Nur war sie nicht gemeint. Eigentlich hatte der Männerfuß einen anderen Fuß verzärteln wollen – den von Augusta.

Eilig tastete Constanze über den Tisch und fand die Zündhölzer. Sie entflammte die Kerze erneut mit einem Hölzchen. Und siehe da: Die Gesichter der beiden Tischgegenüber waren einander gefährlich nahe.

Lachend zog Augusta ihren Kopf zurück. »Na, so was. Wo man hingerät, wenn es so dunkel ist.«

Edmund Jaroljmek warf Constanze einen finsteren Blick zu. Sie erwiderte ihn. Er sollte sich bloß nicht einbilden, hier Spielchen spielen zu können. Sie war nicht einfältig. Keine Ahnung, ob Augusta diese Tändelei ernst nahm. Er aber sicher. In seinem ganzen Leben würde sich nie wieder eine so fantastische Gelegenheit bieten, so einfach und schnell in der Gesellschaft aufzusteigen. Er musste nur die Tochter eines Fürsten heiraten. Zumal eines Fürsten, der dem Kaiser nahestand.

»Herr Jaroljmek, mit scheint, Ihr Fuß hat sich verirrt.«

Der Fuß, der immer noch zärtlich an ihrem herumtastete, wurde plötzlich weggerissen.

Viktoria war noch ganz eingenommen von dem Gefühl der Bedrohung, aber Alexandrine kapierte sofort, was hier passiert war. Sie lachte glucksend.

»Seid ruhig. Alle«, herrschte Augusta sie an. »Tse … Jetzt habt ihr den Geist verscheucht.« Trotzdem schickte sie noch etwas hinterher. »Mein lieber Onkel Fritz, wir danken dir für deine Anwesenheit. Und das nächste Mal machen wir es einfach besser.«

Das nächste Mal setze ich mich zwischen euch, dachte Constanze. Das hätte sie von Anfang an machen sollen.

Alexandrine stand auf und drehte das Licht an. Gerade im rechten Moment. Plötzlich hörte man draußen auf dem Flur harte Schritte. Sie kamen näher, dann wurde eine Tür aufgerissen.

Der Fürst stand dort und schaute sich die Szene an. Er war nicht überrascht, kam das Interesse an dem Okkulten doch von ihm.

»Jaroljmek, Sie kommen sofort mit hoch.«

»Papa, ist etwas passiert? Ich habe etwas gesehen. Etwas Schreckliches.« Schon stand Viktoria mit bangem Gesicht vor ihm.

»Mein Kind, was hast du gesehen?«

»Ein Mann. Es kommt aus Berlin. Er wird dir wehtun. Er wird uns allen wehtun.«

Der Fürst trat näher und nahm seine jüngste Tochter in den Arm. »Wie empfindsam du doch bist. Ja, jemand hat heute etwas sehr Dummes getan. Und es tut mir weh. Jemand aus Berlin.«

»Wer, Papa? Der Kaiser?«

»Aber nein. Der Kaiser würde mir nie Schaden zufügen.« Nun nickte er in Richtung seines Privatsekretärs. »Trotzdem muss ich dringende Depeschen schreiben. Sie kommen mit.«

Jaroljmek stand schon und ging nun um den Tisch herum. Ihm war sichtlich unwohl, dass der Fürst ihn hier entdeckt hatte. Dabei ging es nicht darum, was er getan hatte. Es ging darum, mit wem er es getan hatte.

»Sehr wohl, Euer Durchlaucht. Was gibt es denn?«, fragte er nun dienstbeflissen.

»Gehen Sie schon vor!« Nun sah der Fürst Constanze an. »Auf ein Wort.«

»Sehr wohl, Euer Durchlaucht.« Constanze folgte ihm nach draußen. Hinter ihm fiel die Tür laut ins Schloss. Er sah ohnehin wütend aus. Nun aber schien sich die Wut auch gegen sie zu richten.

Die Fürstin kam gerade erst in den Flur und stellte sich zu ihnen. Wie immer blieb sie stumm, wenn ihr Mann etwas Wichtiges zu sagen hatte.

»Ich dachte, ich hätte eindeutig klargemacht, dass ich es nicht gerne sehe, wenn meine Tochter in persönlichen Angelegenheiten mit Herrn Jaroljmek verkehrt.«

»Natürlich. Nur leistet die Komtess meinen Ansagen nicht immer Folge. Aber Euer Durchlaucht darf beruhigt sein. Ich achte jederzeit darauf, dass es zu keinen unangebrachten Verhaltensweisen kommt.«

»Unter keinen Umständen will ich meine Tochter in einem dunklen Zimmer mit dem Kerl sehen. Egal, auf was Sie achten wollen oder nicht. Haben wir uns da verstanden?«

»Jawohl, Euer Durchlaucht.« Constanze senkte den Kopf und knickste. Sie hatte den Befehl empfangen. Dabei wäre es so viel einfacher, wenn der Fürst nur einmal so klar mit seiner Tochter reden würde.

»Dann gehe ich davon aus, dass mir so etwas in Zukunft nicht mehr vor die Augen kommt.«

»Natürlich, Euer Durchlaucht. Ich werde dafür sorgen.«

»Donner und Doria. Dass ich mich hier um alles kümmern muss.« Er ließ sie stehen.

Geknickt verharrte Constanze in ihrer Position. Verdammt. Das hatte Augusta ihr eingebrockt.

Die Fürstin warf ihr noch einen vorwurfsvollen Blick zu und rauschte dann ohne jedes Wort in den Salon.

»Dieser Bülow … Was bildet er sich ein? Was ist nur mit ihm los?«, schimpfte der Fürst, als er sich in Richtung Jaroljmek und Treppe begab.

»Was hat der Reichskanzler getan?«, fragte Jaroljmek unterwürfig.

»Was er getan hat, fragen Sie? Was er getan hat? Sie sollten es eigentlich früher wissen als ich. Vermutlich sind schon die ersten Telegramme eingetroffen, während Sie mit meiner Tochter poussiert haben. Was ich Ihnen hiermit ausdrücklich für die Zukunft untersage.«

»Jawohl, mein Fürst. Und Bülow …«

»Er hat im Reichstag … vor versammelter Mannschaft davon gefaselt, dass es keine Kamarilla gebe. Dass der Vorwurf absurd sei. Und lächerlich. Ganz ohne Not hat er von allein davon angefangen. Jetzt glaubt doch die ganze Welt, wenn er es so vehement dementiert, dass da was Wahres dran ist. Ich höre, die gesamte Berliner Presse zerreißt sich schon das Maul. Das ist ein gefundenes Fressen für diese Hyänen.«

Die beiden Männer verschwanden nach oben.

Da war er wieder, der Vorwurf einer Kamarilla, einer geheimen Nebenregierung. Reichskanzler Bernhard von Bülow, dachte Constanze überrascht. Der jetzige Reichskanzler war über viele Jahre ein guter Freund von ihrem Fürsten gewesen, auch wenn er sich in letzter Zeit rarmachte. Aber das lag natürlich auch daran, dass der Fürst kein offizielles Amt mehr innehielt und Bülow mit dem Amt des Kanzlers schwer beschäftigt war. Eine Krise jagte die nächste.

An beiden Abenden, als der Kaiser mit seinem Gefolge hier zu Gast gewesen war, hatte man in verschiedenen Gruppierungen zusammengesessen. Es wurde erzählt, berichtet, geklatscht und getratscht. Die Gerüchte aus Berlin, vor allem aber die vom Hofe, flogen nur so durch den Raum. Constanze hatte selbst einmal mit angehört, wie jemand gesagt hatte, dass Reichskanzler Bülow Angst um sein Amt habe. Aber sicher hatte er keine Angst, dass ausgerechnet Fürst zu Eulenburg es haben wollte. Der Kaiser hatte es ihm schon mehrfach angeboten. Und der Fürst hatte jedes Mal dankend abgelehnt.

Constanze nahm sich vor, morgen alle Zeitungen gründlich zu studieren. Eine Kamarilla um den Kaiser, ein Bund verschworener Männer, die im Geheimen wirkten. Es war nicht das erste Mal, dass sie diesen Vorwurf in Bezug auf ihren Fürsten hörte. Doch bisher hatte sich jeder Sturm wieder gelegt.

18. November 1906

Es war vier Wochen her, seit Adelheid das letzte Mal ihre Familie gesehen hatte. Ihre ältesten Brüder Friedel und Bernhard saßen mit ihrem Vater am Küchentisch. Mama kam sofort angelaufen, um sie zu umarmen. Und natürlich, um umgehend das Geld in Empfang zu nehmen, und das, was sie außerdem noch mitgebracht hatte. Was nicht viel war.

Die Köchin, Frau Möckel, war wie alle über die Situation ihrer Familie im Bilde. Vermutlich deswegen hatte sie Adelheid in letzter Sekunde ein halbes, in Papier eingeschlagenes Brot in die Hände gedrückt. Besser gesagt hatte sie es ihr quasi unter ihr wollenes Tuch geschoben. Sie hatte nichts gesagt, aber Adelheid wusste auch so Bescheid. Am meisten erstaunt war Adelheid darüber, dass die Köchin sie überhaupt wahrnahm. Bisher hatten sie keinen einzigen Satz miteinander gewechselt, der über ein ›Die Damen wünschen heiße Schokolade‹ oder Ähnliches hinausgegangen wäre. Weder durfte die Köchin ihr etwas mitgeben, noch durfte Adelheid etwas annehmen. War das Brot nicht mehr gut genug für die Herrschaften oben, dann wurden die Schweine damit gefüttert.

Aber die Schweine hatten in den letzten Tagen schon ordentlich zu futtern gehabt. War hoher Besuch da, allen voran der Kaiser, dann wurden unglaubliche Mengen der verschiedensten Speisen vorbereitet. Es musste immer eine große Auswahl da sein, aus der er sich sein Frühstück oder Abendessen aussuchen konnte. Natürlich hatten sie viel zu viel Brot, Brötchen und Kuchen gebacken. Und das hielt sich nicht lange.

Adelheid hatte unterwegs nicht nachschauen wollen, damit niemand die heimliche Gabe zufällig entdeckte. Erst jetzt, wo die Mutter das Brot auspackte, sah sie, dass es Weißbrot aus feinstem Mehl war. So etwas bekam man in dieser Hütte niemals zu sehen, geschweige denn zu essen.

»Mein Kind. Lass dich anschauen«, sagte Mama und hielt sie ein Stück von sich.

Adelheid musste lachen. »Ich sehe doch aus wie immer.« Natürlich hätte sie nur allzu gerne ihre schönen Schuhe vorgezeigt, aber die Mamsell hatte sicher recht. Besser, sie machte sich die neuen Schuhe nicht schmutzig.

»Ach was, das kann gar nicht sein. Jemand, der mit dem Kaiser unter einem Dach geschlafen hat, an dem muss etwas Besonderes sein.«

Jetzt lachte sogar der Vater. »Nur erzähl schon, Kind!« Er schien ausgezeichnete Laune zu haben. Was wirklich nicht oft vorkam. »Wir sind alle so neugierig!«

Sie nickte. »Gerne.« Gunther, ihr jüngster Bruder, kam zu ihr. Er sah etwas besser aus, und doch, seine Haare waren strohig, sein Gesicht viel zu schmal. Mit etwas Glück hatte es heute Morgen Mehlsuppe oder ein trockenes Brötchen gegeben. »Habt ihr denn nun genug zu essen?«

Mit einem Schlag wich die gute Laune aus dem Gesicht des Vaters. Er schaute zur Seite, betreten. Als Mann war es eigentlich seine Aufgabe, das Geld für den Unterhalt der Familie ranzuschaffen. Dass nun die Tochter das regelmäßige Geld mit nach Hause brachte, behagte ihm gar nicht. »Der Junge kriegt seinen Anteil, wie wir alle«, sagte er barsch.

Adelheid überlegte, wie sie ihm etwas extra zukommen lassen konnte. Gunther war fünf, aber auch Edeltraud, die in ein paar Tagen elf werden würde, und die achtjährige Gundula sahen mager aus. Zu mager. Zu strohig die Haare, zu knöchern das Gesicht. War es schlimmer geworden, oder war es so, dass sie einfach nur noch runde Gesichter gewohnt war? Vielleicht konnte sie ihnen beim nächsten Mal je einen Apfel mitbringen, nur für sie. Andererseits, was war das schon – alle zwei Wochen ein Apfel oder andere Kleinigkeiten? Nicht genug. Es war nie genug.

Freudlos schaute Adelheid sich in der Hütte um. Natürlich war es im Winter immer besonders trostlos und besonders duster. Aber die Behausung kam ihr ärmlicher denn je vor. Und kleiner. Und schmutziger. Im Schloss dagegen war es hell, alles wurde beleuchtet und tausend polierte Dinge warfen ihren Glanz zurück. Sie arbeitete nun seit drei Monaten auf dem Schloss, und noch immer fiel ihr der krasse Unterschied auf. Ihr Leben, so schien es, wurde in zwei Welten geteilt, als würde auf jeder Seite ein Vierspänner an ihr zerren.

Ihre Angst, entlassen zu werden, weil sie dem Kaiser quasi in die Arme gelaufen war, hatte sich in den letzten zehn Tagen allmählich gelegt. Bei dem erbärmlichen Anblick aber flammte sie erneut auf. Nie wieder wollte sie zurück in diese Hütte. Und keinesfalls wollte sie so ein Leben fristen müssen wie ihre Mutter: ein

Kind nach dem anderen bekommen und dabei zusehen müssen, wie man nicht eins davon satt bekam. Nein, deswegen war es auch völlig unerheblich, ob Viktor Novak sie beachtete oder nicht. Denn was, wenn er es täte? Würde es auffliegen, dann würden sie beide sofort entlassen werden. Und zum Heiraten waren sie beide viel zu jung. Nein, sie wollte sich keine Hoffnung auf ein Leben machen, das am Ende diesem hier ähnelte. Da würde sie besser auf eine Heirat verzichten. Lieber würde sie ihr Leben lang arbeiten und das Geld für ihre Geschwister ausgeben. Zumindest, solange sie noch so klein waren.

Unmerklich schüttelte sie ihren Kopf. Was dachte sie da nur! Sie und Viktor Novak. Den größten Teil der Zeit schien er sie überhaupt nicht wahrzunehmen. Wenn ein Gespräch unumgänglich war, dann klangen seine Worte meistens abweisend. Und noch immer ging sie ihm aus dem Weg.

»Komm, Kind. Setz dich.« Der Vater machte Bernhard ein Zeichen, er solle den vierten Stuhl räumen. Der Bruder stand auf und setzte sich auf die klapprige Holzbank.

Ihre Mutter rüttelte am Aschesieb des gusseisernen Herdes, auf dem eine Blechkanne stand. Dann schüttete sie ihr eine Tasse dünnen Getreidekaffee ein und stellte sie vor ihr hin. »Ich hab schon mal ein bisschen was für heute besorgt. Ich kann jetzt mehr anschreiben lassen. Es ist so wunderbar, dass du im Schloss arbeitest.«

Diese Worte machten Adelheid unendlich glücklich. Sie war so froh, dass sie ihrer Familie helfen konnte. Gerade jetzt, wo die Erntezeit vorbei war und Vater, Friedel und Bernhard sich alle zehn Tage nach neuer Arbeit umschauen mussten. Es war nur eine Frage der Zeit, bis ihre Brüder in eine größere Stadt gehen würden, um dort nach Fabrikarbeit zu suchen. Aber selbst dazu fehlte ihnen das Geld, denn sie mussten ja erst einmal irgendwo übernachten. Und auch Mama bekam zunehmend seltener Weißwäsche zum Besticken. Immer mehr betuchte Frauen kauften schon fertig bestickte Weißwäsche in den neuen Kaufhäusern, die es nun überall in den großen Städten gab.

Mama machte eine Klappe des Herdes auf und holte eine Blechschüssel heraus. Anscheinend hatten alle nur darauf gewartet, dass sie endlich kam.

»Maronen ... wunderbar!« Adelheid liebte heiße Maronen. Und es war etwas, das man im Herbst, wenn sich kaum noch Beeren und Pilze im Wald fanden, sammeln konnte. Esskastanien und Walnüsse.

Alle griffen zu, nahmen eine Kastanie und rollten sie ein paarmal fest über den Tisch. Sogleich fingen alle an, die Schale abzupellen. Auch Adelheid. Kastanien waren ein seltener Luxus. Und wie es duftete.

Adelheid aß genüsslich ihre Kastanie, trank einen Schluck von dem Ersatzkaffee und fing an zu erzählen: von der Anreise des Kaisers und dass der Berliner Stadtkommandant ebenfalls gekommen war. Und sogar ein Franzose! Dass der Kaiser anscheinend zu erkältet gewesen war, um auf die Jagd zu gehen. Was alle unendlich bedauerlich gefunden hatten. Sie erzählte von den vielen Männern, die plötzlich im Schloss herumgeeilt waren und alle unfassbar wichtig ausgesehen hatten. Und dann erzählte sie vom Essen. Unglaubliche Mengen an Essen. Unfassbare Dinge hatte es zu essen gegeben – Krebsbutter, Austernpastete, Aalquappensuppe und gebackene Kalbsfüße.

Der Sohn des Fürsten, Friedrich Wend, war dann doch noch mit einigen Männern auf die Pirsch gegangen. Schließlich musste ausreichend Wildfleisch für den Herbst und Winter eingelagert werden. Sie hatten einige Stücke Damwild, etliches an Schwarzwild und Unmengen an Hasen, Fasanen und Birkhähnen erlegt. Abseits des Schlosses war man schwer beschäftigt gewesen mit Ausbluten und Abhängen des Fleisches, mit dem Einpökeln und dem Sülzen und dem Beizen und der Herstellung der Blutwurst.

Wovon sie allerdings nicht erzählte, war ihre persönliche Begegnung mit dem Kaiser. Nicht einmal ihre Eltern sollten davon wissen. Sie konnte einfach nur froh sein, dass weder der Kaiser und sein Adjutant noch Budde oder Novak es ausgeplaudert hatten. Es kam ihr wie ein unverdientes Glück vor.

Und wovon sie ebenfalls nicht erzählte, war diese merkwürdige Begebenheit bei den Gästezimmern, als ein Mann das Schlafzimmer eines anderen Mannes verlassen hatte. Mittlerweile fragte sie sich ernsthaft, ob es nicht Einbildung gewesen war. Und selbst wenn nicht, gab es dafür sicher eine harmlose Erklärung. Was wusste sie schon, wie diese furchtbar wichtigen hochgestellten Persönlichkeiten arbeiteten? Fast alle hatten mehr oder weniger mit Regierungsgeschäften zu tun. Regierungsgeschäfte, die keinen Aufschub duldeten. Natürlich musste da manchmal eine Nachricht oder Information von einem Telegramm mitten in der Nacht überbracht werden.

Mama hatte einen Teil des Brotes aufgeschnitten. Acht halbe Schnitten, dünn mit Schmalz bestrichen, lagen auf den Tellern. Alle griffen zu, denn Adelheid hatte ihnen ordentlich den Mund wässrig gemacht. Sie selbst nahm das Messer und teilte ihre halbe Schnitte in drei Teile. Gunther, Gundula und Edeltraud bekamen je ein Stück davon. Wie selig sie dreinblickten. Das größte Geschenk für Adelheid.

Sie hatte sich schon vorgenommen, die Köchin zu fragen, ob sie ihr beziehungsweise dem Schloss einen Hasenbraten für Weihnachten abkaufen konnte. Und wie viel es kosten würde. Jetzt, da sie weder auf einen Wecker noch auf gute Schuhe sparen musste, hatte sie etwas Spielraum. Wie wunderbar wäre es, wenn ihre Eltern in diesem Jahr zu Weihnachten einen echten Braten in der Röhre hätten.

Drei Stunden später verabschiedete sie sich. Sie hätte noch länger bleiben dürfen, aber wenn sie jetzt ging, dann würde sie ganz normal mit den anderen Dienstboten zu Abend essen können. Und konnte sich dann auf ihr Zimmer zurückziehen. Sie wollte ihren Eltern nicht weiter zur Last fallen. Außerdem hatte sie Schlaf nachzuholen.

Da es Mitte November war, war es schon dunkel, als sie sich dem Schloss näherte. Warmes goldenes Licht schien aus etlichen

Fenstern. Sie spürte schon die Wärme, die sie gleich umgeben würde. Zwar konnten sich ihre Eltern jetzt etwas mehr Brennholz und Kohle leisten, aber der Winter hatte noch nicht mal angefangen. Und je mehr Kohlen sie kauften, desto weniger zu essen konnten sie sich leisten. Es war eine Schande.

Adelheid hatte beinahe ein schlechtes Gewissen, wie sehr sie sich auf das Abendbrot freute. Ein schlichtes Abendessen, das dennoch so viel opulenter ausfallen würde als das ihrer Familie. Zu gut erinnerte sie sich noch an das nagende Gefühl des Hungers. Die Krämpfe und das Ziehen. Manchmal war Adelheid schwindelig geworden, und sie hatte sich in der Schule nicht konzentrieren können. Die Tage, an denen man nur an eine einzige Sache auf der Welt dachte: Woher bekommt man das nächste Stück Brot? Oder was auch immer. Aber es hatte immer gelangt zum Überleben, wenigstens für sie. Nach Edeltraud und nach Gunther hatte Mutter Babys geboren, die es nicht durch ihren ersten Winter geschafft hatten. Alle hatten immer Angst vor dem Winter, dann, wenn die Armut in alle Poren kroch.

Am Dienstboteneingang zog sie sich ihre alten Schuhe aus, die feucht geworden waren. Adelheid stellte sie zum Trocknen in die Stiefelstube. Als sie nun auf den Flur trat, stand dort die schmale Gestalt der Mamsell, stocksteif wie ein hartkantiges Lineal.

»Komm mit in meinen Raum«, befahl sie barsch und ging vor.

Die Mamsell duzte sie. Das konnte nichts Gutes bedeuten. Adelheid blieb nichts übrig, als ihr auf Strümpfen zu folgen.

»Schließ die Tür.«

Adelheid tat, wie ihr befohlen wurde. Das war kein normales Gespräch. Es würde nicht so enden, dass die Mamsell ihr eine Aufgabe auftrug. Das war ihr sofort klar. Dann hätte sie einfach gesagt, dass sie dieses tun oder jenes holen sollte. Nein, es sah schlecht für sie aus.

»Wie ich höre, hast du den Kaiser behelligt.«

Sie musste heftig schlucken. Dann war es jetzt also so weit. All die tollen Vorstellungen, die sie gehabt hatte – von Hasenbraten zu Weihnachten und Adventsplätzchen, deren Duft den ganzen Tag durchs Haus ziehen würde –, alles war dahin. Mit einem Schlag war all ihre Hoffnung zerstört.

»Ja! … Und es tut mir furchtbar leid.«

»Was tut dir leid? Dass du in den Kaiser hineingelaufen bist oder dass du mir nichts davon gesagt hast?«

»Beides«, schoss es sofort aus ihr heraus. Beides tat ihr tatsächlich leid. Sie hätte es der Mamsell gesagt, wenn sie nicht die Konsequenzen so sehr fürchtete.

»Dann ist dir also klar, dass du es hättest sagen müssen?«

Adelheid senkte ihren Kopf und nickte. Die Zange aus Angst, die ihre Brust in den ersten Tagen nach der unheilvollen Begegnung eingequetscht hatte, war mit jedem Tag lockerer geworden. Doch noch immer schnürte es ihr mehrere Male am Tag den Atem ab, wenn sie daran dachte. Nun aber wurde die nebulöse Angst abgelöst von einer ganz realen: Sie würde entlassen werden, ganz bestimmt.

»Was habe ich dir eingebläut, was du zu sein hast?«, fragte die Mamsell scharf.

»Unsichtbar.«

»Nennst du das etwa unsichtbar?«

Sie schüttelte ihren Kopf. Tränen schossen ihr in die Augen. Die Mamsell blieb stumm. Noch immer sprach sie nicht aus, was jede Sekunde kommen musste: dass sie ihre Sachen packen konnte. Dass sie sofort dahin zurückgehen konnte, wo sie gerade herkam. Doch stattdessen sagte die Mamsell in einem etwas versöhnlichen Ton:

»Du kannst von Glück sagen, dass Herr Novak mir genau erklärt hat, was vorgefallen ist.«

Überrascht schaute Adelheid auf. Sie schaute wohl so irritiert, dass die Mamsell sich genötigt sah, es zu erklären.

»Er hat gesagt, dass Herr Budde dich reingelegt hat. Stimmt das?«

Ja, genauso war es doch gewesen. Aber durfte sie es jetzt sagen? Durfte sie Diedrich Budde anschwärzen? Welche Konsequenzen würde das wiederum haben? Ihre Lippen bebten, aber sie wusste nicht, ob es besser war, etwas zu sagen oder zu schweigen.

»Ich nehme dein Schweigen mal als ein Ja … Kind, ich habe dir gesagt, dass es schwer für dich werden würde. Du bist es nicht gewohnt, wie die Leute hier miteinander umgehen. Du solltest niemandem vertrauen.« Sie senkte ihre Stimme. »Also niemandem außer mir. Wenn so etwas noch einmal geschicht, dann komm zu mir. Ich weiß, dass sich hier die meisten einfach nur um ihre eigenen Belange kümmern. Um ihren eigenen Vorteil bemüht sind. Und auch, wenn mir oft die Macht fehlt, Dinge zu verbessern … Wenn Novak mir nicht Bescheid gesagt hätte, würdest du jetzt auf der Straße stehen.«

Wieder musste sie schlucken. Ausgerechnet er, Viktor Novak, hatte sich für sie eingesetzt. Es war kaum zu glauben. Ausgerechnet ihm hatte sie es zu verdanken, dass sie nun nicht auf der Straße stand.

»Ich … Ich danke Ihnen sehr. Ich danke Ihnen unendlich.« Erst jetzt spürte sie, wie kalt ihre Füße geworden waren. Erst jetzt, wo sie bleiben durfte, da alles seinen normalen Gang gehen würde, erst jetzt fühlte sie, wie die Kälte in ihr hochkroch.

»Aber dennoch, du hast etwas falsch gemacht. Und ich kann es dir nicht einfach so durchgehen lassen. Irgendwie ist es der Fürstin zu Ohren gekommen. Nun weiß Herr Opitz davon. Ich konnte mit ihnen alles so weit arrangieren, aber ich konnte nicht alles abwenden. Du wirst ab sofort als Hausmädchen arbeiten müssen.«

Adelheid erstarrte. Blickte auf den dunklen Schreibtisch vor sich, ohne etwas zu sehen. Bewegte sich nicht mehr. Atmete kaum noch. Sie musste atmen, einfach weiteratmen.

Gerade eben hatte sie sich noch so gefreut. Für ihre Familie, auf Weihnachten und darüber, dass Viktor Novak ihr beigestanden hatte. Und nun wurde sie zum Hausmädchen herabgestuft. Deswegen hatte die Mamsell sie geduzt. Sie gab sich einen Ruck. Das war nicht das Ende aller Hoffnung. Es war einfach nur … mehr Arbeit und weniger Geld. Mehr Arbeit war egal, aber weniger Geld … Wie viel weniger?

Bisher hatte sie Vater und Mutter immer einen Teil ihres Gehaltes vorenthalten. Erst, weil sie gedacht hatte, sie müsse sich gute Schuhe kaufen. Dann, weil sie gedacht hatte, sie müsse sich einen Wecker kaufen. Und jetzt hatte sie gedacht, sie könne sie überraschen mit einem Hasenbraten und weiteren nützlichen Weihnachtsgeschenken. Ordentliche Schuhe, in denen ihre älteren Brüder arbeiten gehen konnten. Die Jüngeren mussten ohnehin immer die Sachen der Älteren auftragen, aber irgendwann waren diese auch verschlissen. Edeltraud und Gundula teilten sich ein Paar Schuhe, sodass sie in der kalten Jahreszeit nicht gleichzeitig zur Schule oder in die Messe konnten. Die drei Kleinen brauchten dringend dicke Wollpullover für den Winter. Und alle sollten dicke Socken bekommen. Richtig gute, dicke Socken, mit denen man nachts ins kalte Bett schlüpfen konnte.

Was blieb nun von ihren Träumen? Dann konnte sie eben nicht weiter sparen. Dann würde es vermutlich nur für einen Hasenbraten und die dicken Socken reichen. Immer noch zehnmal mehr Weihnachtsgeschenke als in den letzten Jahren. Trotzdem war sie unendlich traurig.

»Jawohl, Mamsell.« Sie gab sich noch einen Ruck. »Wenn ich fragen darf: Wie hoch wird mein Lohn sein?« Nachfragen, etwas, das sie sich vor zwei Monaten noch nicht getraut hätte.

»Du wirst unterstes Hausmädchen, also bekommst du in der Woche zwei Mark und dreißig Pfennige.«

Adelheid sog die Luft ein. Bisher hatte sie drei Mark und zwanzig Pfennige in der Woche bekommen. Nun würde sie also neunzig Pfennige weniger als bisher bekommen. Auf einen Monat hochgerechnet, waren das drei Mark sechzig, die ihr fehlten. Das war mehr als ein Wochenlohn weniger. Sie hätte Diedrich Budde verfluchen wollen.

Die Mamsell entließ sie. Wütend lief sie auf Strümpfen hoch in ihr Zimmer, um sich die guten Schuhe anzuziehen. Doch als sie dort ankam, brach es aus ihr heraus. Schluchzend sank sie auf ihr Bett. Es war so ungerecht. Alles und alle waren ungerecht.

Sie hatte niemandem etwas Böses getan. Und doch versuchten Lydia Keller und Gerda Altvater mit allen Mitteln, sie aus dem Haus zu drängen. Und Budde, bei dem sie zum allerersten Mal gedacht hatte, dass jemand aus dem Schloss nett zu ihr sei, hatte sie reingelegt. Ausgerechnet Viktor Novak, der ihr immer so abweisend erschien, war ihr Retter gewesen. Dabei hatte sie sich so viel Mühe gegeben, gut zu arbeiten, keine Fehler zu machen und zu allen nett und freundlich zu sein. Und doch reichte es nicht.

Im Kopf überschlug sie die Zahlen. Drei Mark und sechzig Pfennige im Monat weniger – in Essen gerechnet waren das ungefähr ein Kilo Butter, zwei Kilo Brot, vier Liter Milch und sechs Eier weniger. Gunther liebte Eier. Alle liebten echte gute Butter. Und das Brot und die Milch waren unverzichtbar zum Überleben. Essen, das nun bitterlich fehlen würde. Drei Mark und sechzig Pfennige, das wären auch zweieinhalb bis drei Zentner Kohle. Das war der Unterschied zwischen einer warmen Hütte und Körpern, die nachts vor lauter Zittern nicht schlafen konnten. Wie sollte sie das ihren Eltern beibringen?

25. November 1906

Morgen würde Mama ihre so wichtige Medizin kaufen können. Dann würde es ihr schnell besser gehen. Viktor verließ die ärmliche Hütte am Rand von Charlottenburg. Erst hier draußen konnte er wieder aufatmen. Zwar war es hier genauso duster wie drinnen in der Hütte mit der niedrigen Decke, aber die Luft war etwas besser. Seine Eltern konnten es sich nicht leisten zu heizen. So saßen sie fast den ganzen Tag in all ihrer Kleidung im Bett. Ebenso wie Viktors Geschwister. Mit selbst gestrickten Handschuhen bekleidet, las Leander in dem fahlen Tageslicht die Bücher, die Viktor ihm unerlaubterweise mitbrachte. Einmal am Tag wurde geheizt, wenn das Essen warm gemacht wurde. Wenn es überhaupt etwas Warmes zu essen gab. An einigen Tagen gab es nur Brot mit billiger Margarine. Häufig genug stellten Ricarda, Theodora und Leander sich bei der Armenküche für einen Teller Suppe an.

Manchmal fragte Viktor sich, ob er das Richtige tat. Er könnte auch all sein Geld und sein Gespartes nehmen und seiner Familie mehr Erleichterung verschaffen. Aber sowohl seine Mutter als auch seine Schwestern waren mit Viktors Plan einverstanden. Mit Glück konnte Leander früh genug ein Studium beginnen und würde erst gar nicht zum Militär eingezogen werden.

Vater war ebenso damit einverstanden, aber über Geld reden brauchte Viktor mit ihm nicht. Vater bestand darauf, das Richtige getan zu haben. Wenn er sich mit ihm unterhielt, endete es fast immer in einem Streit. Es gab nur wenige Themen wie das Wetter, Literatur oder die neuesten Theaterstücke, deren Besuch sich niemand von ihnen leisten konnte, in denen sie einer Meinung waren.

Viktor hatte ihnen Geld gebracht, mehr Geld als sonst. Die Winter waren immer schwieriger als die Sommer. Dann musste das wenige Geld zwischen Kohle und Essen aufgeteilt werden. Aber er hatte gutes Trinkgeld bekommen. Die Besucher der Jagdgesellschaft waren immer äußerst spendabel. Natürlich nicht der Kaiser und seine Hofgesellschaft. Die hielten es ja für die größte Ehre, dass man sie bedienen durfte. Aber alle anderen waren mehr als glücklich, kommen zu dürfen, wenn der Kaiser da war. Das merkte man auch an den Trinkgeldern.

Dieses Mal hatte er nichts davon zurückgelegt, sondern alles für seine Familie mitgebracht. Allein vom Trinkgeld konnte Mama sich richtigen Hustensaft kaufen. Das beste Hustenmittel war Heroin. Es war noch nicht lange auf dem Markt und beruhigte nicht nur den Husten, sondern linderte auch die Schmerzen.

Er hätte noch mehr Geld mitbringen können. Aber man hatte ihn betrogen. Was ihn unfassbar ärgerte. Doch auch darüber konnte er nicht mit seinem Vater reden. Der hätte ihm nur an den Kopf geworfen, dass Viktor es hätte besser wissen müssen. Der Kaiser, seine Höflinge und deren Diener, sie schauten auf alle Menschen herab.

Dabei dachte Viktor an fast nichts anderes, so sehr ärgerte er sich über den Ausgang ihres Kartenspiels. Am Nachmittag des zweiten Tages des kaiserlichen Besuchs hatten sie ein wenig Zeit gehabt. Der Kaiser und alle Herrschaften waren spazieren gegangen. Und Viktor hatte mit den zwei Dienstboten der Höflinge Karten gespielt – Poker. Erst hatte Viktor verloren, doch dann hatte er eine Glückssträhne gehabt. Er merkte, wie die anderen immer missmutiger wurden. Und dann, als er gerade ein besonders gutes Blatt auf der Hand hatte und der Einsatz in der Mitte des Tisches hoch war, klingelten plötzlich oben die Glocken. Die Herrschaften waren von einem längeren Spaziergang zurückgekommen. Die beiden Diener wurden nach oben geläutet. Aber statt das Spiel ordentlich zu beenden, griffen die zwei sich ihren Einsatz aus der Mitte.

Was nicht recht gewesen war, denn Viktor hatte den großen Batzen Geld so gut wie gewonnen. Aber was hatte er tun sollen? Das waren die Männer des Kaisers. Sich beschweren? Ganz sicher nicht. Wer immer in der Umlaufbahn dieses hellsten Sterns an Deutschlands Firmament kreiste, war unantastbar. So unantastbar wie der Kaiser selbst. Das seinem Vater zu erzählen, hatte überhaupt keinen Sinn. Er würde es sofort als Eingeständnis sehen, dass er mit allem anderen auch recht hatte. Und Mama würde wahrscheinlich darüber schimpfen, dass er sein Geld verspielte. Dabei gewann er fast immer, wenn er Poker spielte.

Es gab so vieles, was ihm auf der Seele lag. Und es gab nicht einen einzigen Menschen, mit dem er wirklich darüber reden konnte. Ricarda vielleicht noch, seine älteste Schwester. Aber der Umstand, dass er Ricarda nur sah, wenn er seine Eltern besuchte, und sie fast immer nur zusammen in der Hütte saßen, machte auch diese Gespräche schwierig. Mit Ricarda konnte er sich nur mit Blicken verständigen. Oft schien es ihm, dass sie genau wusste, wie er sich fühlte. Und wie schwierig es für ihn war. Nur sehr selten schaffte er es, mal eine Stunde allein mit ihr zu sein. Höchstens im Sommer, wenn sie auf den Straßen Charlottenburgs spazieren gehen konnten. Aber auch da fühlte er sich nicht wohl. Zu groß war die Angst, dass jemand sie entdeckte. Zu groß die Gefahr, dass jemand vielleicht wusste, wer Ricarda war – die Tochter eines wegen Majestätsbeleidigung verurteilten Gymnasiallehrers. Niemand sollte eine Verbindung von seiner Familie zu ihm und nach Liebenberg ziehen können. Das wäre fatal.

Es war wirklich kalt, und er schlug seinen Mantelkragen hoch. Er hätte gerne einen dickeren Mantel oder wenigstens einen dicken Schal und einen richtigen Hut gehabt, so wie jeder normale bürgerliche Mann ihn trug. Jedes Jahr nahm er sich vor, für den nächsten Winter einen neuen Mantel zu kaufen. Und jedes Jahr, so schien es ihm wenigstens, wurde die Situation seiner Familie misslicher. Er würde sich dieses Jahr keinen neuen Mantel leisten können und vermutlich im nächsten Jahr auch nicht.

Es gab wenig Hoffnung auf Besserung. Sein Vater würde keine gute Anstellung mehr finden können. Theodora und Ricarda waren dank Vater zwar beide gut gebildet, aber auch sie litten unbotmäßig unter der Schande ihres Vaters. Ricarda hatte für anderthalb Jahre eine Stelle als Kindermädchen gehabt, bis die Bürgersfrau rausbekommen hatte, wer ihr Vater war. Sie hatte ihr umgehend gekündigt. Das waren die besten anderthalb Jahre gewesen, die Viktors Familie gehabt hatte, seit er zwölf gewesen war. Seit Vater in Ungnade gefallen war.

Genau wie er hätten Ricarda und Theodora aus Charlottenburg weggehen müssen. Irgendwohin, wo niemand sie kannte. Doch sie hatten keine Ausbildung, und für eine Frau hatte es immer den Beigeschmack der Liederlichkeit, nicht in der Obhut eines Mannes zu leben. Entweder sie lebten bei ihren Eltern, bei anderen Familienmitgliedern oder ihrem Mann. Dazu kam, dass sie nicht einmal das Geld hatten, sich eine Reise zu leisten. Ihre beste Hoffnung bestand noch darin, sich gut zu verheiraten. Aber wer heiratete schon die Tochter eines Tagelöhners? Nur andere Tagelöhner. Wenn überhaupt geheiratet wurde.

Seine Geschwister taten ihm so leid. Er hatte noch das beste Los gezogen. Mit seiner Hilfe würde Leander die Familie hoffentlich eines Tages aus ihrer schändlichen Situation retten. Bis dahin musste Viktor versuchen, sie nicht verhungern oder erfrieren zu lassen. Und doch fiel jedes Mal eine riesige Last von ihm, sobald er das Armenviertel verlassen konnte.

Das Bahnhofsgebäude lag vor ihm. Ein Losverkäufer, der auf dem Vorplatz auf Kundschaft wartete, sah ihn und kam direkt auf ihn zu.

»Ein Lotterielos für den Herrn?« Er nahm ein Los aus seinem Bauchladen und streckte es Viktor hin. »Das ganz große Glück für kleines Geld.«

Wenn das mal so einfach wäre. Anders als beim Pokern hing bei einem Lotterielos das Glück nur vom Glück und nicht auch vom Geschick ab. Nein, für so was hatte er kein Geld. »Nein, danke«, sagte Viktor und wollte weiter. Doch der Kerl versperrte ihm den Weg.

»Der Hauptgewinn beträgt 75 000 Mark!«

Viktor sah ihn an. »Ich bin eher kein Glücksvogel!«

»Dann kommt Ihre Mark einem guten Zweck zugute. Es ist für unsere Schutzgebiete in Übersee!«

Dafür kassierte die Regierung doch schon reichlich Steuern, dachte Viktor und sah ihn stumm an. Endlich trat der Mann zur Seite.

Direkt vor dem Eingang zum Bahnhofsgebäude war ein Zeitungskiosk aufgebaut. Viktor hatte noch ein paar Minuten Zeit und schaute sich die Blätter an. Nicht, dass er etwas zu kaufen beabsichtigte. Der Fürst bezog mehrere Zeitschriften und Zeitungen, sodass sie ausreichend zu lesen hatten. Aber natürlich war es interessant, einen Blick auf andere Meinungen zu werfen. Mit etwas Abstand begutachtete er die Auswahl.

Der Zeitungsverkäufer, ein kleiner, schmaler Mann mit gestutztem Bart und Schiebermütze, schaute ihn skeptisch an. Würde Viktor sich noch einen Schritt weiter vorwagen, würde er bestimmt mit ihm schimpfen, dass er die Zeitungen kaufen musste, wenn er sie lesen wollte.

Ein Herr mit Hut und Mantel, feiner als seiner, aber nicht so fein wie die der Herrschaften, trat an den Stand heran. »Und? Hat Harden wieder Neuigkeiten über Moltke und Eulenburg?« Anscheinend kannte der Mann den Zeitungsverkäufer.

»O ja, mein Herr. Auch die gestrige Ausgabe lohnt sich wieder«, sagte der Verkäufer und schob sich seine Schiebermütze zurecht.

»Das habe ich mir wohl gedacht. Die von letzter Woche war ja schon nicht ohne.« Die Worte klangen belustigt, als würde wer weiß was für ein Vergnügen auf ihn warten.

Der Mann mit Hut kramte in seiner Tasche nach einigen Münzen und gab eine davon dem Zeitungsverkäufer, der ihm ein Blatt rüberreichte. Viktor las den Titel – *Die Zukunft*. Das war keins der Blätter, die der Fürst abonniert hatte.

Moltke und Eulenburg – die waren ihm natürlich sehr bekannt. Und den Namen Harden hatte er auch schon gehört. Er musste an ein Gespräch denken, das sich während des Pokerspielens entbrannt hatte. Nachdem er schon oben im Salon von einem gewissen Herrn Harden und seinem sensationsheischenden Vorwurf gehört hatte, den er dem Stadtkommandanten von Berlin, General von Moltke, machte, gab es auch bei den Dienern der Höflinge kein anderes Thema. Und die wussten noch mehr zu berichten: dass die graue Eminenz aus dem Auswärtigen Amt, Friedrich von Holstein, sich plötzlich und sehr überraschend außergewöhnlich gut mit diesem Harden verstand.

Und sie wussten sogar davon, dass Holstein und sein Fürst, Philipp zu Eulenburg, sich im Frühjahr beinahe duelliert hätten. Viktor war überrascht gewesen, dass die Hofdiener davon wussten. Er hatte gedacht, dass es ein wohlgehütetes Geheimnis war. Er selbst hatte damals nur durch Zufall davon erfahren, als er ungewollt ein

Telefonat des Privatsekretärs mit angehört hatte. Fürst zu Eulenburg hatte sich dann doch nicht duelliert. Aber Ende April und Anfang Mai hatte es einige hektische Tage gegeben, in denen mehr Kuriere, noch mehr Briefe und Telegramme angekommen waren als normalerweise.

Vor allem aber hatten sich die Diener der Höflinge während des Pokerspiels merkwürdige Andeutungen und Bemerkungen an den Kopf geworfen, warum dieser Friedrich von Holstein und dieser Journalist Harden sich plötzlich so gut verstehen würden. Sie vermuteten dahinter einen Schachzug des im Frühjahr so plötzlich pensionierten Holstein. Er würde seinen Rachefeldzug planen, so hieß es. Die beiden hatten Schlimmeres befürchtet, gut gelaunt und schadenfroh. Denn ihnen würde es ja nicht an den Kragen gehen. Höchstens ihren Herrschaften.

Also war diese Zeitschrift, die der Mann mit Hut gerade gekauft hatte, das Blatt dieses besagten Journalisten Harden. Und darin schrieb er über seinen Fürsten. Viktor trat näher.

»Was kostet die Ausgabe, die Sie gerade dem Herrn gegeben haben?«

»Fünfzig Pfennige«, sagte der Verkäufer und änderte seinen Blick von skeptisch zu freundlich.

Viktor griff in seiner Hosentasche. Auch wenn er das allermeiste Geld seiner Familie gegeben hatte, hatte er natürlich immer etwas dabei. Vor allem, wenn er den langen Weg von Liebenberg nach Charlottenburg machte. Jederzeit konnte etwas dazwischenkommen. In einem kleinen Lederbeutel trug er immer ein paar Münzen mit sich herum. Fünfzig Pfennige, das war viel Geld. Hart verdientes Geld. Dafür schuftete er sechs oder sieben Stunden. Sollte er das wirklich ausgeben? Er zögerte.

»Diese Ausgabe lohnt sich wirklich. Da steht einiges über die warmen Kameraden des Kaisers drin. Alles noch deftiger als die Ausgabe von letzter Woche.« Es klang mehr als doppeldeutig.

Warme Kameraden. Sein Schicksal war mit dem Schicksal des Fürsten verbunden. Litt das Ansehen des Fürsten, litt auch seins.

Schweren Herzens kramte Viktor ein Fünfzigpfennigstück hervor und reichte es dem Mann. »Die Ausgabe von letzter Woche, ist die zufällig preiswerter?«, fragte er.

Der Mann schien überrascht. »Sie wollen eine alte Zeitung kaufen?«

Viktor zögerte mit seiner Antwort. Der Mann bückte sich hinter seinen Zeitungsstand. Dann kam er wieder hoch, rückte sich seine Schiebermütze zurecht und hielt Viktor eine weitere Zeitung hin.

»Wie viel kostet die?« Eine ganze Mark für Zeitungen auszugeben, das hatte Viktor eigentlich nicht vorgesehen.

»Können S'e so haben. Is' mein Exemplar. Über solche Skandale muss man ja schließlich Bescheid wissen.«

»Ich danke Ihnen sehr.« Viktor nahm beide Ausgaben und ging in den Bahnhof. Er zeigte sein Billet vor, durfte durch die Schranke nach hinten auf den Bahnsteig gehen. Nur wenige Minuten später kam sein Zug.

Er wählte sich extra einen Platz unter einer elektrischen Lampe. Als der Zug sich in Bewegung setzte, fing er an zu lesen. Diese Zeitung *Die Zukunft* wurde herausgegeben von einem Journalisten namens Maximilian Harden. Da also war die Verbindung.

In der Zeitung vom vorigen Samstag gab es einen Artikel namens *Präludium* – was Vorspiel hieß. Es war also klar, dass dieser Artikel nur der Auftakt für weitere war. Viktor schlug die Seite auf und begann zu lesen. Ganz offensichtlich war dieser Maximilian Harden nicht sonderlich einverstanden mit der Politik des Kaisers und damit, wie Seine Majestät, wie Reichskanzler von Bülow und andere Minister Politik machten. Aber unerträglich fand er, dass es da Hintermänner gab, die Politik machten, die nicht mal ein offizielles Amt bekleideten. Hintermänner … dieser Ausdruck war auch gefallen, als die Begleiter des Kaisers im Salon Kaffee getrunken hatten. Neben Eulenburg und Moltke wurden weitere Männer aufgezählt, die dem Kaiser nahestanden.

> Das alles wäre ihre Privatangelegenheit, wenn sie nicht zur engsten Tafelrunde des Kaisers gehörten ... und von sichtbaren und unsichtbaren Stellen aus Fädchen spönnen, die dem Deutschen Reich die Atmung erschweren,

hieß es in dem Artikel. Viktor las weiter. Harden nahm kein Blatt vor den Mund und warf Fürst zu Eulenburg vor, den Kaiser zum Größenwahn angestachelt zu haben.

> Heute weise ich offen auf den Fürsten zu Eulenburg und Hertefeld, Grafen von Sandels, als auf den Mann, der mit unermüdlichem Eifer Wilhelm dem Zweiten zugeraunt hat, er sei berufen, alleine zu regieren, und dürfe, als unvergleichlich Begnadeter, nur von dem Wolkensitz, von dessen Höhe herab ihm die Krone verliehen wart, Licht und Beistand erhoffen; nur ihm sich verantwortlich fühlen. Das unheilvolle Wirken dieses Mannes soll wenigstens nicht im Dunkeln fortwähren.

Unheilvolles Wirken ... im Dunkeln. So hatte Viktor seinen Fürsten nie wahrgenommen. Er war doch eher jemand, der schillerte. Natürlich bekleidete er kein politisches Amt. Und hatte auch nie eins haben wollen. Er gehörte zwar immer noch dem diplomatischen Korps an, war aber nicht weiter aktiv. Aber natürlich war er einer der wenigen Auserwählten, die sich mit dem Kaiser duzten. Einer der besten, wenn nicht gar der beste Freund Seiner Majestät. Was nun aber meinte er mit ›unheilvollem Wirken‹?

War es das, was auch sein Vater ständig kritisierte? Das ›persönliche Regime‹ des Kaisers, der, statt den gewählten Reichstag regieren zu lassen, sich in alles und jedes einmischte? Durch die Jahre seiner Diensttätigkeit beim Fürsten wusste er, es war mehr als ein Gerücht, dass sowohl Reichskanzler Bülow und seine Vorgänger als auch das Auswärtige Amt und Minister jeglicher Couleur alle Hände voll zu tun hatten, die vom Kaiser ausgelösten

Krisen und sein Chaos auszubügeln. Oft genug hatte er gehört, wie die lokale Presse in den Ortschaften, in denen der Kaiser mal wieder eine freie Rede gehalten hatte, genötigt werden musste, nur die bewilligte schriftliche Fassung abzudrucken. Und dennoch waren genug verbale Ausrutscher des Kaisers in die Öffentlichkeit gelangt. Wie zum Beispiel die berühmte drastische Hunnenrede, in der der Kaiser 1900 die deutschen Truppen in einen rücksichtslosen Rachefeldzug verabschiedet hatte. Sie sollten den Boxeraufstand in China niederschlagen. »Pardon wird nicht gegeben! Gefangene werden nicht gemacht!«

Gerade erst vor wenigen Wochen hatte seine Schwarzseher-Rede für Aufsehen gesorgt, in der er die pflichtbewussten Staatsbürger unbotmäßig gescholten hatte. Die Umgebung des Kaisers hatte immer große Angst, wenn er sich öffentlich äußerte. Was er leider nur allzu gerne tat. Oft genug wählte er eine rüde oder beleidigende oder weit übers Ziel hinausschießende Ausdrucksweise, bei der die meisten Politiker die Hände über dem Kopf zusammenschlugen. Der Kaiser brachte es fertig, mit wenigen Sätzen seine eigene Bevölkerung oder auch ganze Staaten vor den Kopf zu stoßen oder diplomatische Verwicklungen auszulösen. Aber der Kaiser hatte nun mal den Eindruck, dass er sagen durfte, was immer ihm gerade in den Sinn kam. Und auch bei seinen Befehlen war er oft so spontan, dass Verwicklungen nicht ausgeschlossen waren.

Viktor nahm sich nun die aktuellere Zeitung. *Dies Irae* – Tage des Zorns, so lautete der Titel des Artikels, was nichts Gutes verhieß. Vorab stand dort ein merkwürdiger Theatertext, eine Szene, die Goethes *Faust* nachempfunden war. Viktor musste es mehrere Male lesen, bevor er endlich verstand, worum es ging. Es war die Rede vom »Harfner«, vom »Süßen« und dem »Liebchen«.

Wer der Harfner war, war klar. Fürst zu Eulenburg komponierte Lieder und dichtete. Und spielte auch Klavier. Gerne wurde er der Troubadour des Kaisers genannt. Der Süße, sollte das etwa Kuno von Moltke sein, einer der langjährigsten und besten Freunde des Fürsten? Wer mit Liebchen gemeint war, war unschwer zu erraten – Seine Majestät, der Kaiser. Was der Artikel vermitteln wollte, war, dass sowohl der Fürst als auch Moltke homosexuell waren. Und der Verfasser stellte die Frage, ob der Kaiser wohl davon wisse.

Viktor konnte es gar nicht glauben. Das war mehr als ein Paukenschlag. Das war ein riesiger Skandal. Die Begleiter des Kaisers hatten sich bereits über das Gerücht, dass Moltke homosexuell sei, ausgetauscht. Das alleine schon fand Viktor wenig glaubhaft. Aber der Fürst, Vater von sechs Kindern, eigentlich acht, aber zwei waren früh gestorben, über zwanzig Jahre verheiratet mit der gleichen Frau, bekannter Diplomat, bester Freund des Kaisers – nein, was da behauptet wurde, durfte nicht wahr sein.

Allein durch die Tatsache, dass er ein so enger und langjähriger Freund des Kaisers war, würde sich eine solche Behauptung zu einem internationalen Skandal ausweiten. Ein Hundertfünfundsiebziger im allerintimsten Kreis des mächtigsten Mannes Deutschlands. Und nicht nur einer, sondern zwei. Das durfte nicht sein. Außerdem lag doch die Frage nahe, ob der Kaiser davon nicht wissen musste. Schlimmer noch: Ob er selbst …

Dagegen verblasste die Affäre des Hauptmanns von Köpenick, der mittlerweile im Gefängnis saß und auf seine Verurteilung wartete. Bisher hatten die Berichte über den tollkühnen Raubzug des Tagelöhners die Blätter gefüllt. Keine Zeitung ohne Bericht über den »Hauptmann von Köpenick«. Aber mit dem, was Viktor hier las, war absehbar, dass sich das gerade änderte.

Das war ein unvergleichlicher Vorwurf, den dieser Maximilian Harden da machte. Viktor kannte den Mann nicht, aber er konnte sich nicht vorstellen, dass jemand so dumm war, einen derartigen Schmutz und Vorwurf über andere auszugießen, wenn er nicht ein Ass im Ärmel hatte.

Ab Bahnhof Löwenberg lief er die letzten Kilometer zu Fuß. Verdammt, gerade wenn er seine Familie besuchte, brauchte er dringend einen dickeren Mantel, und Schal und Hut. Der Wind pfiff ihm eisig um die Ohren. Er war mehr als froh, als er endlich das Schloss sah. Durch den Hintereingang trat er ein und spürte sofort die wohlige Wärme.

Es war Sonntagabend, und eigentlich ging es dann immer besonders geruhsam zu. Die Hälfte der Dienstboten nahm ihren freien Tag. Aber irgendwie schien heute eine gewisse Unruhe zu herrschen. Er betrat die Leutestube. Liesel und Anni aus der Küche saßen dort und unterhielten sich. Adelheid Schaaf saß ein paar Stühle weiter, alleine, und strickte Socken. Das tat sie schon seit ein paar Wochen, wann immer sie eine freie Minute hatte. Viktor stellte sich vor den Kamin. In der Leutestube brannte fast immer ein warmes Feuer. Er musste sich erst einmal aufwärmen.

Vorsichtig öffnete er seinen Mantel und sah die beiden Zeitschriften, die innen in der Manteltasche steckten. Sollte er jemandem davon erzählen? Lieber nicht. Zu oft wurden die Überbringer schlechter Nachrichten für diese bestraft.

Die Hintertür ging auf, und jemand stürmte durch den Flur und alsbald die Treppe hoch. Viktor hatte gerade noch die Umrisse gesehen. Es war Jaroljmek, der Privatsekretär des Fürsten.

»Da oben brennt die Bude«, sagte Budde, der nun im Türrahmen lehnte.

»Was ist denn los?«, fragte Viktor in einem möglichst harmlosen Ton.

»Keine Ahnung. Sie haben mich rausgeschickt, und auch Opitz. Sie telefonieren wie wild, und die Telegramme fliegen nur so hin und her. Es hat heute Mittag angefangen.«

»Ähm …«, sagte Viktor tonlos. Dann hatten sie vermutlich eine Ausgabe der Zeitschrift bekommen. Vielleicht wäre es das Beste, die beiden Zeitschriften hier in den Kamin zu werfen. Nicht, dass noch jemand auf dumme Gedanken kam. Nicht, dass jemand die Zeitung sah und falsche Schlüsse daraus zog, dass Viktor regelmäßig nach Berlin fuhr. Natürlich verriet er nicht, dass er eigentlich nach Charlottenburg weiterfuhr.

Mit den Oberarmen drückte er seine Mantelseiten zu und wärmte sich seine Hände über dem Feuer. Erst jetzt wurde ihm wirklich bewusst, wie brisant die ganze Geschichte war.

»Sind die etwa für mich?«, fragte Diedrich Budde Fräulein Schaaf. Anscheinend wollte er sich lieb Kind bei ihr machen. Aber es war schon klar, dass Adelheid Schaaf ihm die Schuld dafür gab, dass sie zum Hausmädchen heruntergestuft worden war. Und selbstverständlich hatte sie recht. Es war seine Schuld.

Adelheid Schaaf schaute nur kurz auf. »Nein.« So kurz wie die Antwort war, war sie auch unhöflich.

»Du bist mir gram«, kombinierte Budde messerscharf.

Viktor beobachtete aus den Augenwinkeln, wie sich der Mund von Adelheid Schaaf verzog. Doch offensichtlich verzichtete sie auf eine Antwort. Sie war nicht besonders gesprächig und hielt sich meistens aus allem raus. Was Viktor für einen weisen Schachzug hielt.

Natürlich war es für sie ein herber Schlag, dass sie zum Hausmädchen degradiert worden war. Alle anderen befanden natürlich, dass damit nur die normale Ordnung wenigstens ein wenig wiederhergestellt war. Sie hätte niemals als Stubenmädchen anfangen dürfen. Deswegen bedauerte sie kaum jemand.

Lydia Keller indes war nun neues Stubenmädchen. Viktor konnte sich nicht des Eindrucks erwehren, dass es weder Fräulein Petzold noch Fräulein Pietsch besonders gefiel. Ihm konnte es egal sein, er hatte weder mit den Hausmädchen noch mit den Stubenmädchen viel zu tun. Er musste sich nur daran gewöhnen, zu Lydia Keller nun Sie zu sagen und zu Fräulein Schaaf Adelheid.

Budde zuckte nur mit den Schultern und ging. Jetzt aber schaute Adelheid Schaaf auf und sah ihn an. Sie legte ihr Strickzeug beiseite und stand auf. Viktor schwante etwas. Darauf hatte er nun gar keine Lust.

Dicht bei ihm blieb sie stehen. »Herr Novak, ich wollte Ihnen noch dafür danken, dass Sie sich für mich verwendet haben. Bei der Mamsell und Herrn Opitz.«

Darüber wollte Viktor eigentlich gar nicht sprechen. Und er wollte sich auch nicht mit ihr verbünden. Deshalb nickte er nur und ließ sie dann stehen. Eigentlich gab es keinen Grund, unhöflich zu ihr zu sein.

Als er nun die Treppe hochging, merkte er allerdings, wie es ihn freute, dass sie wusste, dass er sich für sie eingesetzt hatte. Und dass sie sich bei ihm bedankt hatte. Sie war viel besser erzogen und hatte so viel bessere Manieren als die meisten hier im Haus. Und das, obwohl sie die Tochter eines Tagelöhners war.

Kapitel 6

26. November 1906

Was war denn hier los? Schon seit gestern Abend, als Hedda ins Schloss zurückgekehrt war, lag irgendwas in der Luft. Unruhe. Aber nicht die Unruhe, die im Haus herrschte, wenn man hohen Besuch erwartete. Eher schwebte eine düstere Stimmung durch die Gänge.

Gestern hatte Hedda freigehabt. Wie fast immer, wenn sie freihatte, war sie nach Löwenberg gegangen und von dort mit dem Bus nach Ruppin gefahren. Dort kannte sie sich ein wenig aus. In Ruppin hatte sie ihre erste Stelle angefangen. Damals war sie zwölf gewesen, und ihr Vater war gerade gestorben. Sie hatte zwei ältere Brüder, die ebenfalls beide sofort arbeiten mussten. Eine Freundin ihrer Tante wusste von einer freien Stelle in einem Haushalt und vermittelte sie. So kam es, dass sie beinahe hundert Kilometer von ihrer Heimat entfernt ihre erste Stelle anfing, als Zusatzmädchen eines nur wenige Jahre älteren Dienstmädchens.

Doch bald gab das Dienstmädchen seine Stelle auf, und sie wurde zum Alleinmädchen – was bedeutete, dass sie die gesamte Arbeit alleine machen musste. Alles. Das Jahr war hart, sehr hart. Aber nicht so hart wie die Stelle, die sie danach hatte. Bei der nächsten Stelle kam noch Hunger dazu. Und Schläge. Und noch weniger Schlaf.

Hedda wusste genau, was es hieß, in einem bürgerlichen Haushalt zu arbeiten. Vor allem, wenn man alles alleine machen musste, das Putzen, das Kochen, den Abwasch, die Wäsche. Ihre erste Stelle war anstrengend gewesen, aber auf ihrer zweiten Stelle musste sie zudem unfassbare Qualen erleiden. Wenn sie nicht schnell genug war oder einschlief, wurde sie verprügelt.

Als sie endlich wechseln konnte, war sie mehr als glücklich. Sie arbeitete dann in Brandenburg in einem Haushalt mit zwei älteren Herrschaften. Das ging anderthalb Jahre gut, bis deren Sohn aus der Kadettenanstalt zurückkam. Es dauerte nicht lange, dann fing er an, ihr nachzustellen. Sie musste wieder etwas anderes finden. Mit siebzehn fand sie zum ersten Mal eine Anstellung in einem adeligen Haushalt. Weniger arbeiten musste sie deswegen nicht, aber immerhin war sie nicht mehr das einzige Dienstmädchen. Es gab eine Köchin, eine Zugehfrau für die Gräfin und ihre Tochter, und die Wäsche wurde nach draußen gegeben.

Hier war es auch, wo Hedda Constanze Maiwald begegnete. Sie wusste sofort, dass es ihre Chance war. Die gebildete bürgerliche Frau war Gouvernante bei den Töchtern des Fürsten zu Eulenburg. Das war ein Haushalt mit sehr vielen Bediensteten. Dass es ein reicher Haushalt war, hieß nicht unbedingt etwas. Reiche waren oft sehr geizig. Aber es war ein Schloss, das gleichzeitig ein Gutshof war. Da würde es zumindest immer genug zu essen geben.

Also verwöhnte sie Fräulein Maiwald, als die es sich unten in der Küche bequem machte, während sich die älteste Fürstentochter oben mit ihrer Freundin unterhielt. Keine sechs Wochen später konnte sie hier auf dem Schloss angefangen. Mamsell Reineke erkannte sehr schnell, dass es praktisch keine Arbeit gab, die ihr zu schwer oder unbekannt war. Sie hatte als einfaches Hausmädchen angefangen, war aber schnell erstes Hausmädchen geworden, und vor gut anderthalb Jahren war sie zum Stubenmädchen aufgestiegen.

Von Löwenberg aus war es nicht weit nach Ruppin. Jedes Mal, wenn sie den Bus nahm, stellte sie sich vor, sie würde ihrer alten Herrin begegnen. Die sie verprügelt hatte, hatte hungern lassen und sie behandelt hatte wie eine Sklavin. Das alles würde Hedda sich heute nicht mehr bieten lassen. So oft stellte sie es sich vor, dass sie dieser schrecklichen Frau heute begegnen und wie sie sie dann herablassend und mit einer gewissen Schadenfreude betrachten würde. Heute konnte ihr ihre alte Herrin nichts mehr anhaben.

Manchmal kam es ihr wie eine Ewigkeit vor, dass sie dort gearbeitet hatte. Ihr Leben heute war so anders, obwohl es gerade mal neun Jahre her war. Wenn sie dann im Bus saß, überlegte sie sich, wie ihr Leben in weiteren neun Jahren aussehen würde, wenn sie dreißig war. Bestimmt hatte sie es da schon nach Amerika geschafft. Sie wollte in das quirlige New York, wo es viele begüterte Haushalte gab. Und wo Little Germany lag, das Viertel, in dem Tausende Deutsche wohnten und Deutsch gesprochen wurde. Ihr Traum war es, dort in einem Laden zu arbeiten.

»Fräulein Pietsch, gehen Sie bitte hoch und bringen den Herrschaften Kaffee«, riss Herr Opitz sie aus ihren Gedanken. Nach diesem einen Ereignis, wo er sich in ihr Zimmer gedrängt hatte, war erst einmal nichts mehr vorgefallen. Aber natürlich war die Zeit danach von der Jagdgesellschaft und dem hohen Besuch belegt gewesen.

Aber nun, vor zwei Tagen, war spätabends ihre Türklinke runtergegangen und es hatte leise geklopft. Gut, dass sie nun immer abschloss. Sie war an die Tür getreten und hatte gefragt, wer da sei. Da keine Antwort gekommen war, hatte sie nicht geöffnet. Sie konnte nur vermuten, dass es Opitz gewesen war. Denn rausgetraut hatte sie sich nicht. Allmählich beschlich Hedda das Gefühl, dass es nun nicht mehr lange dauern könnte, bis es zum nächsten Vorfall käme. Was sollte sie nun unternehmen? Die Mamsell sah sich offensichtlich nicht in der Lage, ihr zu helfen. Sollte sie gehen, so wie Lisbeth? Hedda stand ganz allein da. Niemand würde ihr gegen Opitz helfen. Immerhin war sie hier unten, im Gewusel der vielen Dienstboten, einigermaßen sicher.

»Ich soll das machen?«, fragte Hedda überrascht.

»Haben Sie etwa etwas dagegen?«, sagte Opitz barsch.

»Nein, ich dachte nur … Normalerweise würden doch die männlichen Diener …«

»Die männlichen Diener sind gerade nicht gefragt. Also tun Sie gefälligst, was ich Ihnen aufgebe.«

»Sehr wohl.« Merkwürdig, warum wohl Budde und Novak den Kaffee nicht hochbrachten? Waren sie in Ungnade gefallen? War das die Ursache für diese Unruhe, die sie im ganzen Haus spürte?

Wie befohlen, brachte sie den Kaffee hoch in die Bibliothek. Nur der Schlossherr saß dort mit einem Besucher. Der war heute überraschend angereist, würde aber auch nicht lange bleiben. Irgendjemand hatte gerade unten gesagt, dass es ein Theaterdirektor aus Hamburg sei, den der Fürst noch aus seiner Wirkungszeit in Wien kannte.

Als sie den Raum betrat, blickten beide Männer pikiert auf. So, als hätte sie etwas Falsches gemacht. Für einen Moment war sie irritiert und blieb an der Tür stehen. Dann winkte der Fürst sie zu sich.

»Ja, ja. Bringen Sie schon den Kaffee.« Er klang ungehalten, als hätte er sich gerade furchtbar aufgeregt.

Als sie den Kaffee in die Tassen gießen wollte, machte er eine abweisende Bewegung.

»Wir nehmen uns schon selbst. Danke.« Er sah sie durchdringend an und folgte ihr mit seinen Blicken, bis sie hinausgegangen war.

Was war das denn? Normalerweise wurden die Dienstboten gar nicht beachtet. Die Herrschaften sprachen weiter über die intimsten Details ihres Privatlebens, als wäre man Luft. Doch jetzt gerade hatte sie das Gefühl, der Fürst würde sie der Spitzelei verdächtigen. Durften die Männer deshalb nicht mehr rein, weil es um etwas politisch Brisantes ging? Oder vertat sie sich einfach? Jeder stand mal mit dem falschen Bein auf. Vielleicht hatte der Fürst einfach nur schlechte Laune. Nein, irgendetwas lag in der Luft. Sie wusste nur nicht, was.

Heute Nachmittag nach dem Mittagessen hatten sich Opitz und die beiden Diener merkwürdigerweise in Opitz' Zimmer zurückgezogen. Und vorher hatten sie alle Zeitungen zusammengesammelt, die in der letzten Woche erschienen waren.

Als die Mamsell sie ganz harmlos darauf angesprochen hatte, hatte Herr Opitz merkwürdig kryptisch und sehr hoheitsvoll geantwortet. Das sei nichts für Frauenohren. Man wolle sie nicht weiter belasten. Und dass sie bloß darauf achten solle, dass keine der Dienstbotinnen gerade jetzt Zeitung lesen würde. Was ohnehin selten genug vorkam.

Hedda griff gerne mal zur *Gartenlaube*. Aber die Fürstin und auch ihre Töchter hatten die Illustrierte nicht abonniert, und so gelangten nur ausnahmsweise einzelne Ausgaben in den Haushalt.

Novak kam ihr auf der Hintertreppe entgegen.

»Wissen Sie, was hier los ist?«

Wie immer wirkte er abweisend. Jetzt schien es, als müsste er etwas überlegen. Doch dann sagte auch er: »Es geht um irgendwelche politischen Querelen. Mehr weiß ich auch nicht.«

»Aha, danke.« Sie lief weiter die Treppe hinunter. Sie musste noch die Tischdecken kontrollieren. Das hatte ihr die Mamsell vorhin aufgegeben. Es gab wohl zwei schadhafte Tischdecken mit Löchern. Hedda sollte sie heraussuchen. Sie ging runter in die Weißzeugkammer und zog mehrere Stapel weißer Tücher auf den sauberen Tisch. Plötzlich ging die Tür auf, und Wolfram Neumann schlich sich hinein.

»Hallo, Fräulein Pietsch«, sagte er hocherfreut.

Die Gutsarbeiter hatten selten einen Grund, ins Schloss zu kommen. Der Gärtnergehilfe brachte zwar frisches Gemüse für die Küche und der Stallbursche gelegentlich Eier oder Milch und Sahne, aber die Männer, die für die Pferde zuständig waren, hatten dafür keine Gründe.

»Herr Neumann, was tun Sie denn hier?« Hedda wusste nicht, ob sie lachen oder schimpfen sollte.

»Ich darf mir hier etwas Lederwichse holen. Unsere ist bestellt, aber noch nicht angekommen. Wir haben keine mehr. Und ich muss das Zaumzeug einfetten.«

»Oh, da sind sie hier aber falsch. Warten Sie, ich bringe Sie rüber in die Stiefelstube. Dort sind unsere Leder…« Hedda war Richtung Tür gegangen. Doch statt dass er die Tür aufmachte, blieb er stehen und wartete, bis sie bei ihm war.

»Fräulein Pietsch, ich bin so froh, Sie hier zu treffen … Hedda, wir haben uns so lange nicht mehr gesehen. Ich vermisse dich geradezu.«

Wolfram Neumann konnte sehr charmant sein, wie sie mittlerweile wusste. Aber dass er ihr die alten Pralinen aus dem Stall angeboten hatte, das würde sie ihm so schnell nicht verzeihen.

»Wir haben wirklich furchtbar viel zu tun.« Sie ging einen Schritt zurück, weil sie ihm schon zu nahe war.

Doch er folgte ihr, und plötzlich spürte sie seinen Mund auf ihren Lippen. Er küsste sie!

»Nein!« Sie wollte ihn gerade wegdrücken, als er sie packte und wieder an sich zog.

Zu allem Unglück ging ausgerechnet jetzt die Tür auf. Mamsell Reineke wollte gerade hereinkommen, blieb aber abrupt stehen. Und ausgerechnet Herr Opitz ging gerade hinter ihr vorbei.

Jetzt drückte sie Wolfram Neumann vehement zurück. »Was erlauben Sie sich!« Sie trat einen Schritt zurück und schlug ihn mit der Hand ins Gesicht.

Nur leider hatte der Pferdeknecht noch nicht begriffen, dass hinter ihm jemand in der Tür stand. »Hedda, ich hatte gedacht, wir wären einander …« Erst jetzt hörte er ein Geräusch und drehte sich erschrocken um.

»Ja? … Wie würde dieser Satz weitergehen?«, fragte die Mamsell streng.

Neumann stammelte etwas vor sich hin. »Ich … ich wollte gerade in die Stiefelstube … das Lederfett …«

»Das Lederfett werden Sie hier nicht finden.« Mamsell Reineke trat beiseite und ließ ihn hinausgehen. Sie wies mit dem Finger auf eine Tür, und er verschwand aus Heddas Sicht.

»Ich habe wirklich ni…«

»Ich hätte Besseres von Ihnen erwartet.« Mamsell Reineke starrte sie an, und ihr böser Blick ließ Hedda verstummen. »In meinen Raum. Sofort!«

Hedda schluckte. Was kam jetzt? Würde sie entlassen werden?

Als auch sie auf den Flur hinaustrat, sah sie am Ende des Flurs Lydia Keller stehen. Sie verschwand sofort um die Ecke. Lydia Keller war seit Adelheid Schaafs Degradierung das neue Stubenmädchen. Sie stellte sich ungeschickter an, als man glauben sollte. Schließlich arbeitete sie schon seit drei Jahren hier und sollte eigentlich genau wissen, was wo lag und welche Arbeit die Stubenmädchen erledigten.

Aber Hedda mochte sie nicht. Und innerhalb der ersten paar Tage war ihr bereits klar geworden, dass sie nun die Nächste war, die auf Lydia Kellers Liste stand. Jetzt war sie sich ziemlich sicher, dass Lydia der Mamsell gerade einen Wink gegeben hatte.

Sie ging in den Raum der Mamsell und hörte, wie die noch kurz mit Opitz sprach. Dann kam sie nach und schloss die Tür.

Hedda wollte sich verteidigen, wollte ihre Stimme erheben, doch mit einer Bewegung schnitt ihr die Mamsell das Wort ab.

»Das geht natürlich gar nicht. Das kann ich Ihnen nicht durchgehen lassen. Sie werden ab sofort …«

Heddas Finger krallten sich ineinander. Sie konnte ihr deswegen nicht einfach kündigen. Das konnte sie nicht machen. Hedda hatte sich nichts zuschulden kommen lassen. Die Mamsell würde Wolfram Neumann befragen müssen. Sie würde das nicht hinnehmen, auf gar keinen Fall.

»… mit Adelheid Schaaf zusammen auf einer Kammer schlafen.« Die Mamsell schaute sie mit einem merkwürdigen Ausdruck in den Augen an.

Hedda überlegte einen Moment. Das war … geradezu genial. Sie würde zwar keine Kammer mehr für sich alleine haben, aber ganz sicher würde Opitz nun nicht mehr auf die Idee kommen, an ihrer Tür zu klopfen.

Sah sie da ein leises Lächeln im Gesicht der Mamsell? War das ihre Lösung für das Problem, bei dem ihr sonst die Hände gebunden waren? Und Herr Opitz konnte sich nicht beschweren, denn es war eine ausreichende Bestrafung ihres Fehltrittes.

»Sehr wohl, Mamsell.« Sie trat von einem Fuß auf den anderen. »Aber eins möchte ich Ihnen doch noch sagen. Ich habe gar nicht …«

Wieder unterbrach die Mamsell sie. »Lassen wir das einfach so stehen.«

Fast hätte Hedda den Raum mit einem Grinsen auf dem Gesicht verlassen. In der letzten Sekunde fiel ihr ein, dass sie doch besser ein zerknautschtes Gesicht machen sollte, wenn sie auf den Flur trat. Nur falls Herr Opitz dort stand. Oder Lydia Keller.

Dezember 1906

Adelheid war überrascht von der neuen Entwicklung. Zwar war es ungewöhnlich, dass ein Hausmädchen eine Kammer für sich alleine hatte. Aber bisher hatte sie geglaubt, die Mamsell wolle sie nur um des lieben Friedens willen nicht mit Gerda Altvater in einen Raum stecken. Dass sie nun aber plötzlich mit Hedda Pietsch in einem Raum schlafen sollte, die immer noch Stubenmädchen war, fand sie allerdings erstaunlich. Erstaunlich, aber nicht weiter unangenehm.

Das drei Jahre ältere Stubenmädchen hatte ihre Sachen rübergebracht. Sie stülpte ihre Unterlippe vor, was sie ein wenig trotzig aussehen ließ. Fräulein Pietsch machte das oft, dabei war sie gar nicht trotzig. Auch nicht hinterhältig oder verschlagen. Irgendwie freute es Adelheid sogar, dass sie beide nun ein Zimmer teilen sollten.

»Ich bin es ja gewohnt, nicht alleine zu schlafen. Ein Einzelbett ist schon mehr Luxus für mich, als ich verdiene.«

Hedda Pietsch sah sie merkwürdig an. Als hätte sie etwas Dummes gesagt.

»Also, viel mehr Luxus, als ich gewohnt bin«, schob sie deshalb schnell nach. Diese Ausdrucksweise schien Fräulein Pietsch dann allerdings wieder zu beruhigen.

Lydia Keller hatte alle an dem Unglück des zweiten Stubenmädchens teilhaben lassen. Es gab wohl niemanden, dem sie nicht heimlich auf dem Flur zugeraunt hatte, dass Hedda Pietsch bestraft worden sei, weil sie sich unsittlichen Handlungen mit dem Pferdeknecht hingegeben habe. Was genau das gewesen sein sollte, ließ sie im Dunkeln. Es hätte alles und nichts sein können. Aber Adelheid wusste mittlerweile sehr genau, was sie von Lydia und ihren Geschichten zu halten hatte. Und Fräulein Pietsch war ihr nicht unsympathisch.

»Mir ist es egal, dass wir uns eine Kammer teilen müssen. Ich brauche nicht viel Platz«, sagte Fräulein Pietsch nun auch, während sie ihre Seite des Schrankes einräumte. Sie hatte zehnmal mehr Sachen als Adelheid.

»Sie können gerne noch meine Schubladen haben. Ich brauch sie nicht.«

Jetzt erst schien Fräulein Pietsch zu bemerken, wie wenig sie hatte. Adelheids Mutter hatte ihr einen alten, zerbrochenen Kamm mitgegeben. Ihr Wintermantel und ihre Wollstola hingen im Schrank, untendrunter lag das Sommernachthemd. Sie hatte etwas Leibwäsche, einen Rock und zwei Blusen, die sie anzog, wenn sie nicht ihre Arbeitskleidung trug. Ihre alten Schuhe standen hier, und mehrere Paar Socken lagen noch im Schrank. Das war alles.

Fräulein Pietsch holte nun eine schöne Bürste hervor und verstaute mehrere Dosen und Schachteln in dem Nachtischchen. Sie hatte Briefpapier und eine Unmenge an Briefen, die sie mit einer Kordel zusammengeknotet hatte. Und sie war immer noch nicht fertig mit Auspacken: Zwei Bücher und allerlei andere Kleinigkeiten wie Haarspangen folgten. Dann hob sie etwas aus einer Schachtel heraus und setzte es auf einen Ring aus Stoff. Es war ein riesiges Ei.

»Was ist das denn?«, fragte Adelheid überrascht.

»Ein Straußenei. Von meinen Brüdern aus Deutsch-Südwestafrika. Sie leben dort.«

»Das ist ja noch viel größer als ein Gänseei!«, sagte sie beeindruckt. So ein riesiges Ei – da würde ihre ganze Familie satt von werden. Adelheid schaute ein wenig wehleidig auf Heddas tolle Sachen. Alles, was Adelheid hatte, war ihr praktisch vom Schloss gestellt worden. Die Taschentücher, die Schürzen, die Arbeitskleidung und natürlich die wunderschönen Halbstiefel, die immer noch etwas eng waren. Sie besaß praktisch nichts.

»Du bringst immer noch all dein Geld zu deiner Familie, oder?«

Adelheid nickte.

»Das habe ich in den ersten Jahren auch so gemacht. Mein Vater war gerade gestorben, und meine Mutter brauchte jeden Taler.«

Adelheids Herz machte einen Hüpfer. So etwas Persönliches hatte ihr hier im Schloss noch niemand erzählt. Es klang fast, als würde eine Freundin mit ihr reden. »Haben Sie noch mehr Geschwister?«

»Nur die zwei Brüder. Nach dem Tod meiner Mutter sind beide zu meinem Onkel in die afrikanischen Kolonien gegangen.«

»Oh, dann haben Sie hier niemanden mehr?«

»Nur entfernte Verwandte.«

»Das tut mir sehr leid für Sie«, sagte Adelheid mitfühlend.

»Nun ja. Es hat Nachteile, es hat aber auch Vorteile. Ich brauche niemandem etwas von meinem Geld abzugeben.«

»Das macht mir nichts aus. Ich brauche nicht viel. Ich bekomme genug zu essen, und hier ist es ja auch immer warm. Meine Geschwister haben das Geld viel nötiger.«

»Ja, so war ich auch mal.« Hedda Pietsch schaute Adelheid durchdringend an. »Jetzt spare ich auf Amerika. Eines Tages gehe ich weg aus Deutschland.«

»Oh, wirklich? Sie sind aber mutig.« Adelheid war beeindruckt. Sie würde das Land verlassen. Eine Frau, die den Ozean überqueren wollte.

»Na ja, vielleicht klappt das ja auch nie. Welche Träume hast du?«

»Ich? … Ich hab keine Träume.« Zumindest keine, von denen sie glaubte, dass sie jemals wahr würden. Dass der Vater eine feste Arbeit bekam. Dass ihre Geschwister immer genug zu essen hatten, dass alle eigene Schuhe hatten und nicht frieren mussten. Dass sich Viktor Novak für sie interessieren könnte.

»Gar keine? Wirklich?«, hakte Hedda Pietsch nach.

»Nein. Das Einzige, was ich will, ist hier weiterarbeiten.«

»Na ja. Jetzt, wo Lydia Keller nicht mehr auf deine Stellung aus ist, weil sie sie schon hat, kannst du sicher endlich in Ruhe arbeiten.«

»Das stimmt. Ich hätte trotzdem lieber die Anstellung als Stubenmädchen behalten.«

Hedda Pietsch lächelte sie an und packte weiter aus.

»Was lesen Sie?«, fragte Adelheid mit Blick auf die beiden Bücher.

»Ach, ich lese nicht wirklich. Dazu bin ich sowieso meistens zu müde. Das eine Buch ist ein Reiseführer über Amerika, für deutsche Auswanderer. Und das andere ist ein Buch, mit dem man angeblich Englisch lernen soll.« Sie schüttelte ihren Kopf. »Ich würde aber sicher verhungern, wenn ich mich nur aufs Englische verlassen müsste.«

Wie wunderbar, eigene Ziele. Adelheid hatte sich noch nie Gedanken darüber gemacht, was sie mit ihrem Leben anfangen wollte. Und da saß eine Frau vor ihr, die kaum gebildeter war als sie und auch nur ein wenig mehr konnte, und sie wollte sogar nach Amerika gehen.

»Trotzdem, das ist bewundernswert.«

»Ach, findest du?«

»Absolut! Alleine die Vorstellung, über den Ozean zu fahren, mit einem großen Schiff, und in ein fremdes Land … Nein, ich glaube, das würde ich mich nie trauen. Sie sind eine viel mutigerer Frau, als ich es gedacht hätte.«

Fräulein Pietsch lachte auf. Dann reichte sie ihr die Hand übers Bett. »Du kannst mich Hedda nennen.«

Wie warmer Honig floss das Glück durch Adelheids Körper. »Ich heiße Adelheid. Sie … Du kannst auch gerne Heidi oder Heide zu mir sagen. Wie immer du willst.«

Nun packte Hedda eine Karte aus und befestigte sie mit vier Nadeln an der Wand.

»Welches Land ist das?«

»Unsere wichtigste Kolonie: Deutsch-Südwestafrika. Hier ist Windhuk, die Hauptstadt, wenn man es so will.« Sie zeigte mit einem Finger auf eine Stelle in der Mitte und lief dann weiter nach oben. »Und hier oben ist die Farm meines Onkels.«

Adelheid war wirklich beeindruckt. Das hatte sie bisher nicht gewusst. Sie hatte in den letzten zehn Minuten mehr über das Stubenmädchen erfahren als in den ganzen drei Monaten, die sie schon zusammenarbeiteten.

Natürlich hätte sie lieber als Stubenmädchen weitergearbeitet, nicht nur, weil es mehr Geld gab. Jetzt als Hausmädchen musste sie früher aufstehen und auch unangenehmere Tätigkeiten ausüben. Andererseits war sie auch froh darüber, jetzt nicht mehr ständig das Gefühl zu haben, etwas Falsches zu tun. Und sie musste auch nicht mehr darüber nachdenken, was Lydia Keller und Gerda Altvater ihr als Nächstes antun wollten. Gerda Altvater schien ohnehin nicht so bösartig zu sein, jetzt, wo sie nicht mehr mit Lydia Keller zusammenarbeitete.

»Darf ich dich was fragen?«

Hedda Pietsch ließ sich auf ihr Bett fallen und fischte sich Haarnadeln aus der Frisur. »Nur zu.«

»Die Weiße Frau, dieser Geist, was hat es damit auf sich?«

»Du darfst einfach nichts glauben, was Lydia dir erzählt. Die Weiße Frau gibt es hier nicht. Sie spukt im Schloss der Hohenzollern in Potsdam. Schon vor Jahren ist die Geschichte mit den Bediensteten des Kaisers hierhergekommen.«

Nun waren ihre Haare offen, und Adelheid bemerkte, dass sie kaum länger als schulterlang waren. Fast schon ungehörig kurz.

»Aber es gibt sie?«

»Woher soll ich das wissen? Im Gegensatz zu dir habe ich sie ja noch nie gesehen.« Hedda lachte, und Adelheid musste unwillkürlich mit einstimmen. Auf einmal fühlte sie sich so leicht wie schon lange nicht mehr. Es war der beste Tag, seit sie auf dem Schloss angefangen hatte.

»Und darf ich dich noch etwas fragen?« Als Hedda nickte, sprach sie weiter: »Weißt du, was hier in den letzten Tagen los ist? Alle sind so komisch … irgendwie aufgebracht. Und diese Geschichte, dass die Männer die Zeitschriften vor uns verstecken … Ist Krieg oder was ist los?«

»Dann hast du es also auch bemerkt«, antwortete Hedda in erleichtertem Ton. »Nein, es ist kein Krieg. Aber irgendetwas ist los.« Energisch, fast wütend, ging sie mit ihrer Bürste durch die brünetten Locken.

11. Dezember 1906

Viktor schaute Herrn Opitz überrascht an. »Die Familie reist ab? Alle?«

»Jawohl. Sie fahren in die Schweiz. Bereiten Sie alles vor.« Opitz gab ihm und Budde gerade Anweisungen, für den Fürsten und den Sohn des Fürsten zu packen.

»Das kommt etwas überraschend.«

»Die Familie darf Weihnachten feiern, wo immer es ihr beliebt«, sagte Opitz nachdrücklich.

»Natürlich«, sagte Budde duckmäuserisch. »Werden unsere Dienste dort erwartet?«

»Sie wollen einen Diener mitnehmen. Und ein Stubenmädchen. Ansonsten wollen sie wohl *en famille* in kleinem Kreis sein«, erläuterte Opitz.

»Wenn ich fragen darf: Für wie lange wird die Familie dort weilen?«, fragte Viktor. Davon hing ab, wie viel sie einpacken mussten.

»Das scheint noch nicht ausgemacht. Bis nächstes Jahr auf jeden Fall. Aber etwas mehr Gepäck als weniger scheint mir durchaus angebracht.«

»Sie bleiben über den Jahreswechsel? Wer von uns darf mitfahren?«, fragte Budde etwas plump. Er war noch nie mit der Familie auf Reisen gewesen und wartete nur darauf, endlich eine Gelegenheit zu bekommen.

Diedrich Budde kam sich oft vor, als wäre er auf dem besten Wege, der Kammerdiener des Fürsten zu werden. Was lachhaft war. Budde war erst seit einem Jahr hier, Viktor selbst arbeitete schon vier Jahre im Dienst des Fürsten und war der erste Diener. Er würde also erst einmal an Viktor vorbeiziehen müssen. Und das würde Viktor zu verhindern wissen.

»Wenn Herr Novak freiwillig verzichtet, sehe ich keinen Grund, warum Sie nicht mitfahren sollten.«

Viktor zuckte nur mit den Schultern. Sollte Budde doch mitfahren.

»Aber ich sage Ihnen, es wird anstrengend«, warnte Opitz ihn.

»Das ist mir egal. Ich war noch nie im Ausland.« Budde klang aufgeregt.

»Es ist nicht so, als würdest du in die Schweiz einmarschieren«, sagte Viktor spöttisch. Er konnte sich die Bemerkung nicht verkneifen. Was Budde unter Auslandsbesuchen verstand, wussten alle.

Viktor sollte sich freuen. Weihnachten ohne die herrschaftliche Familie würde deutlich entspannter. Natürlich gab es kein Trinkgeld. Aber wenn man die Familie auf Reisen begleitete, gab es ohnehin kein Trinkgeld. Man gab seinen eigenen Bediensteten kein Trinkgeld. Vielleicht mal eine Münze extra für einen Botengang. Wenn überhaupt. Trinkgeld würde die Familie den Hotelpagen und den Bediensteten anderer Häuser geben. Wenn er also hierblieb, würde er auf nichts verzichten, allerdings deutlich mehr freie Zeit haben. Sicher konnte er sich dann mal für ein paar Tage freimachen. Nicht, dass er es getan hätte. Woanders zu übernachten kostete Geld. Außer er würde bei seinen Eltern übernachten. Was er keinesfalls vorhatte. Aber sicher würde er ein- oder zweimal früh losfahren und den ganzen Tag bei ihnen verbringen können.

»Wohin geht es?«, fragte Budde.

»In die Nähe von Montreux, an den Genfer See. Der Fürst will wohl noch etwas kuren. Und auch mit der Gesundheit der Komtess steht es nicht gut«, sagte Opitz.

Welche Komtess denn?, dachte Viktor. Es gab drei. Aber er hatte so eine Ahnung, dass es ohnehin nur eine Ausrede war.

»Kuren? Ich denke wohl eher, er flüchtet!« Budde sprach aus, was er dachte.

Opitz sah Budde ärgerlich an und wurde dann laut. »Was erlauben Sie sich?«

Budde wurde wohl gerade erst klar, dass er damit weit übers Ziel hinausgeschossen war. »Ähm … entschuldigen Sie vielmals. Ich habe es nicht so gemeint.«

Opitz sah ihn streng an. Natürlich hatten sie nach den entsprechenden Artikeln gesucht, denen sie entnehmen konnten, was eigentlich los war. Und tatsächlich gab es jede Menge Artikel mit Anspielungen auf ein Schloss in der Mark Brandenburg. Oder die süßlichen und verweichlichten Klänge eines Harfenspielers. Aber noch hielten sich die anderen Zeitungen mit konkreten Stellungnahmen zurück.

Viktor hatte Opitz und Budde nichts von den Artikeln aus der *Zukunft* erzählt. Die zwei wussten also vermutlich nicht, weshalb im Schloss ein solcher Aufruhr herrschte. Nur dass etwas Gewaltiges in der Luft lag, war den beiden bewusst. Sie dachten, es gehe um den Vorwurf der Kamarilla, der geheimen Liebenberger Tafelrunde, deren Vorsitzender Fürst Philipp zu Eulenburg sein sollte. Der Vorwurf, dass sowohl der Fürst als auch sein gern gesehener Gast, Kuno von Moltke, homosexuell seien, wurde in den anderen Zeitungen nur sehr verklausuliert dargestellt.

Die Presseblätter ergingen sich lediglich in vagen Andeutungen. Anscheinend haderten die Journalisten im gesamten Kaiserreich noch damit, ob an Hardens abstrusen Vorwürfen etwas dran war. Anscheinend wollte sich niemand eines falschen Vorwurfs gegen den besten Freund des Kaisers schuldig machen. Und doch fand Viktor es höchst ominös, dass niemand offen gegen Harden vorging. Eigentlich hätte er stehenden Fußes verhaftet werden müssen.

Generalmajor Kuno von Moltke hatte sich schon Ende Oktober diesem unhaltbaren Vorwurf der Homosexualität ausgesetzt gesehen und Fürst zu Eulenburg einen Monat später. Jetzt waren wieder über zwei Wochen vergangen, und noch immer lief dieser Journalist frei herum. Was Viktor nicht verstehen konnte. Deshalb hielt er es für einen Fehler, dass der Fürst nun das Land verlassen wollte. Was würde er damit der Öffentlichkeit signalisieren? Er arbeitete lange genug beim Fürsten, um zu wissen, dass die Information über seine Abreise in Windeseile durch alle Salons der Berliner Kreise laufen würde. Budde hatte recht – es sah aus wie eine Flucht.

»Ich hatte nur ... Der Fürst und ... Ich hörte, wie er von einer Übereinkunft sprach ...«

Opitz sah Budde an, als würde er ihm gleich an die Gurgel gehen. »Sprechen Sie da etwa gerade über Dinge, die Sie im Salon gehört haben?«

Oje. Dünnes Eis. Was immer man an intimen Details und Informationen der Familie hörte oder sah oder auf eine andere Weise mitbekam, war tabu für andere. Das wusste Budde doch.

»Nein ... nur mit Ihnen ... Ich wollte Ihnen nur die Mitteilung zukommen lassen. Sie müssen doch Bescheid wissen, als Haushofmeister.« Budde verhedderte sich nur schlimmer in seinen Ausreden.

»Ich bin mir nicht sicher, ob Sie wirklich dazu geeignet sind, den Fürsten zu begleiten. Er muss vor gar nichts flüchten. Er ist der Fürst zu Eulenburg und Hertefeld. Der beste Freund des Kaisers. Und er wird seine Erholung und die Gesundheit seiner Familie doch nicht von dem Geschmiere einiger Provinzblätter abhängig machen«, sagte Opitz streng.

»Natürlich. Ich verstehe.«

So konnte man es natürlich auch sehen, dachte Viktor. Trotzdem, dieser Mensch, dieser Maximilian Harden, besudelte den Namen ihres ehrenvollen Hauses. Irgendetwas musste man doch gegen ihn unternehmen. Je mehr er über diese Geschichte las, desto unsicherer wurde er. Er blickte nicht durch, was hinter den Kulissen der politischen Macht gespielt wurde. Allerdings wusste er, dass der Fürst ein ausgezeichneter Spieler war. Er würde sicher einige Asse im Ärmel haben. Viktor wollte sich das Gegenteil gar nicht vorstellen.

»Der Kammerdiener und die Kammerzofe werden die Familie begleiten. Sie und Fräulein Petzold reisen also mit«, er sah Budde an, der erleichtert durchatmete. »Das sind alle. Sie haben doch einen Pass? Oder?«

»Selbstverständlich, Herr Opitz«, sagte Budde schnell. Er war nun so nahe dran, endlich einmal ins Ausland reisen zu können. Er wollte jetzt nichts falsch machen.

»Herr Novak, Sie fragen bei Herrn Theurich nach, welche Schuhe der Fürst mitzunehmen gedenkt. Bringen Sie sie noch mal auf Hochglanz und verstauen Sie sie.« Opitz wandte sich an Budde. »Und Sie packen noch einige Dinge für Graf Friedrich Wend zu Eulenburg. Er reist von Halle aus direkt in die Schweiz.«

Damit war ihr Treffen zu Ende. Viktor und Budde verließen Opitz' Raum und gingen nach oben. Auf dem Flur in der ersten Etage trennten sich ihre Wege.

Viktor klopfte am Ankleidezimmer des Fürsten, weil er dort Herrn Theurich, den Kammerdiener, vermutete. Als er eintrat, war der Fürst selbst anwesend und gab unwirsch Order, was Theurich einzupacken habe und was nicht. Er schien ungehalten. So hatte Viktor ihn in den letzten Tagen ständig erlebt. Mit seinen Gedanken nicht so recht dabei, war er aufgebracht über die Störung. Als er Viktor sah, ruckte er mit dem Kopf, schimpfte mit Theurich, der doch wissen sollte, was er brauche, und verließ den Raum.

Viktor war unsicher. Er hatte nichts falsch gemacht, doch sah es nun so aus. »Ich wollte nur fragen, welche Schuhe der Fürst mitzunehmen gedenkt.«

Der Kammerdiener sah ihn an, schüttelte den Kopf und wollte gerade etwas antworten, als man hörte, wie der Fürst nebenan das Schlafzimmer verließ.

»Um Gottes willen. Nun weiß ich nicht, ob ich eine Uniform einpacken soll.« Mit diesen Worten ließ er Viktor stehen und eilte dem Fürsten nach.

Sicher würde er gleich wiederkommen. Viktor schaute sich im Ankleidezimmer um. Alles lag durcheinander – Schachteln mit Krawatten, Plastrons und seidenen Halstüchern waren aufgerissen. Diverse Lederhandschuhe waren herausgelegt worden. Ein Koffer stand, zwei weitere lagen offen auf dem Boden. Auf dem Tischchen waren Schachteln, in denen Krawattennadeln und Orden aufbewahrt wurden. Darunter war auch der Hohe Orden vom Schwarzen Adler. Es war die allerhöchste preußische Auszeichnung, die der Kaiser zu vergeben hatte. Der Fürst hatte ihn gerade erst im letzten April erhalten.

Das war eine einmalige Gelegenheit für Viktor. Noch nie hatte er den Orden von Nahem gesehen. Er trat an den Tisch heran und schaute auf das blau emaillierte Malteserkreuz. Zwischen den Kreuzwinkeln waren die schwarzen Adler abgebildet.

Für einen Moment war er versucht, ihn in die Hand zu nehmen. Dann wurde sein Blick abgelenkt. Auf dem gepolsterten Sessel neben dem Tisch, halb verdeckt von einer Hose, lag eine Zeitung. Er erkannte das Schriftbild sofort. Vorsichtig schob er den Stoff beiseite und sah, dass es eine weitere Ausgabe von *Die Zukunft* war. Eilig flog er über die aufgeschlagene Seite.

Wird's nötig, dann werde ich lauter reden,

stand in der Ausgabe vom 8. Dezember. Das war die Ausgabe vom letzten Samstag. Viktor las weiter. Harden schrieb, er werde sich

> aber freuen, wenn das Grüppchen, dem ich jedes Privatvergnügen gönne, das politische Geschäft aufgibt und mir (und anderen) leidige Pflichterfüllung erspart.

Das war eine offene Drohung. Erpressung! Oder ein gut gemeinter Vorschlag, ganz wie man es aufnehmen wollte. Dann war es also doch eine Flucht?! Gab der Fürst nun jedes politische Geschäft auf und verhinderte damit, dass Harden lauter wurde und noch mehr sagte? Was wohl mehr hatte er noch zu sagen? *Das Grüppchen* – damit konnte doch nur diese Gruppe der Hintermänner gemeint sein, die im Verborgenen politisch wirkten. Die Kamarilla, von der Reichskanzler von Bülow so unangenehm lautstark behauptet hatte, dass es sie nicht gebe.

Der Kammerdiener kam zurück, und Viktor legte eilig die Hose wieder über das Blatt.

»Packen Sie einfach alles ein. Die eleganten, die dicken für den Winter, ein Paar Stiefel, die Uniformstiefel – für jede Gelegenheit etwas.« Der Kammerdiener schien verzweifelt. Ganz offensichtlich wusste nicht einmal der Fürst selbst, wie lange er bleiben würde.

»Sehr wohl.« Viktor verließ den Raum und ging runter. Immer mehr verdichtete sich sein Verdacht, dass der Mann, bei dem er in Lohn und Brot stand, erpresst wurde. War also an dem unfassbaren, unglaublichen, unerhörten Vorwurf etwas dran? Was für Auswirkungen konnte es auf ihn haben, auf die gesamte Dienstbotenschaft?

1. Januar 1907

Mein Gott, wie waren ihren Geschwistern die Augen übergegangen, als sie zu Weihnachten den Hasen mitgebracht hatte. Es war wie ein Weihnachtsmärchen gewesen. Einen Braten hatten sie Ewigkeiten nicht mehr gehabt. Man konnte praktisch dabei zusehen, wie Fleisch von Woche zu Woche teurer wurde. Gestern hatte Diedrich Budde am Nachmittagstisch einen Artikel vorgelesen, dass die Polizei darüber klage, dass immer mehr Hunde- und Katzenbesitzer den Verlust ihrer Tiere anzeigten. Immer häufiger wurden die Haustiere gestohlen, um dann verspeist zu werden. Das galt natürlich in den Städten. Ihre Familie würde keine Hunde und Katzen klauen, aber sie wusste, dass Friedel und Bernhard zu seltenen Gelegenheiten Fasane, Birkhähne oder Krammetsvögel mit nach Hause brachten. Dann wurden sie in aller Heimlichkeit geschlachtet, gebraten und sofort verspeist. Nur sehr selten schossen sie Eichhörnchen mit der Zwille, denn die musste man ein paar Tage lang beizen. Auf Wilderei standen hohe Strafen. Niemand wollte riskieren, wegen einer Handvoll Fleisch für zwei oder drei Jahre ins Gefängnis zu gehen.

»Und wann kommt denn nun deine Herrschaft zurück?«, fragte Edeltraud ihre Schwester.

»Das wissen wir noch nicht«, sagte Adelheid wahrheitsgemäß.

»Und was ist jetzt mit deinem Weihnachtsgeschenk?« Auch Bernhard interessierte sich dafür, was sie bekommen würde. Vielleicht etwas, bei dem was für die Familie abfiel.

»Die Mamsell sagt, dass wir erst nach ihrer Rückkehr die Geschenke bekommen. Die Familie ist wohl so überstürzt abgereist, dass man noch nicht alle Geschenke für alle Bediensteten zusammenhatte. Man will nun nicht anfangen, einigen was auszuteilen, während die anderen leer ausgehen, hat die Mamsell gesagt.«

»Weißt du denn schon, was du bekommst?«, fragte nun auch Mama nach.

Adelheid war schon am ersten Weihnachtsfeiertag bei ihrer Familie gewesen. Die Köchin hatte ihr nicht nur vorher schon sehr günstig einen abgehangenen Hasen verkauft. Sie hatte ihr auch am Festtag sechs Äpfel mitgegeben. So hatten sie Bratäpfel machen können, allerdings ohne Marzipan, Honig und Mandeln. Vom Hasenbraten hatte Adelheid nichts abbekommen, und auch ihren Bratapfel hatte sie an die anderen verteilt.

Schon an Weihnachten war Mama merkwürdig still und zurückhaltend gewesen. Als läge ihr etwas auf der Seele. Doch noch hatte sie nicht mit Adelheid gesprochen.

»Ich weiß nicht, ob ich überhaupt etwas bekomme. Schließlich habe ich schon etliche Dinge erhalten, meine Stiefel, die Nachthemden, Zahnputzpulver und Seife.«

An der Tür stampfte Friedel sich den Schnee von den Schuhen und kam herein. »Es hält weiter an. Es schneit richtig doll.«

Vater kam ihm nach und trat sich ebenfalls den Schnee von den Holzpantinen. Er humpelte in die Hütte und stellte die nassen Schuhe am Ofen ab. Vor einigen Jahren hatte er im Winter Frostbeulen bekommen und einige Zehen verloren. Mit der Kälte kam auch immer der Schmerz zurück.

Sie hatten weiße Weihnachten gehabt. Und auch danach hatte es immer wieder geschneit. Aber seit vier Tagen hörte es praktisch nicht mehr auf. Der Schnee lag zwei Meter hoch, und Adelheid hatte sich richtiggehend bis zur Hütte durchkämpfen müssen.

»Wunderbar. Morgen früh gehen wir zeitig zum Gemeindevorsteher. Bestimmt können wir auch morgen und in den nächsten Tagen weiter Schnee schippen«, sagte Vater begeistert und klopfte Friedel und Bernhard auf die Schultern. Schnee schippen und festgefahrene Karren oder Automobile aus dem Straßengraben holen war im tiefen Winter oft die einzige Möglichkeit, sich noch etwas dazuzuverdienen. Papa und ihre Brüder nahmen jede Gelegenheit wahr.

Friedel stellte seine Schuhe beiseite und griff nach den Wollsocken, die er zu Weihnachten von Adelheid bekommen hatte. Sie hatte es tatsächlich geschafft, für alle Geschwister Socken zu stricken. Für ihre Eltern hatte sie auch noch welche stricken wollen, aber dazu hatte die Zeit nicht mehr gereicht. Sie hatten den Hasenbraten bekommen, das musste für Weihnachten reichen.

Adelheid würde sich nun aufmachen, damit sie rechtzeitig zum Abendessen kam. So schade sie es fand, keine Mahlzeit mehr mit ihrer Familie einzunehmen, wollte sie ihren Eltern und ihren Geschwistern doch keinen einzigen Bissen wegessen.

Ausnahmsweise hatte sie heute tatsächlich mal die guten Stiefel angezogen, denn sie befürchtete, dass ihre Schuhe aus Pressleder auseinanderfallen könnten, wenn sie durch den knietiefen Schnee stapfte. Ihren Mantel hatte sie angelassen, denn es war zwar geheizt in der Hütte, aber nicht wirklich warm. Sie knöpfte ihn zu und warf sich noch das Wolltuch über Kopf und Schultern.

Als sie sich verabschiedete, wollte Mama sie merkwürdigerweise nach draußen begleiten.

Draußen war es eiskalt, und die dicken Schneewolken hingen tief. Obwohl man keine Sterne sah, war es doch hell durch den ganzen Schnee. Mama ging ein paar Meter mit ihr und blieb dann stehen.

»Kind, ich muss dir noch etwas sagen.«

Das hörte sich nicht gut an. Das hörte sich nicht so an wie etwas, das Adelheid wissen wollte.

»Gott hat uns noch einmal beschenkt.« Ihre Mutter schaute sie mit einem zweifelnden Blick an. Sie ahnte, dass Adelheid sich nicht freuen würde. Und so war es auch.

»Du bekommst noch ein Baby?«, keuchte Adelheid entsetzt auf.

Ihre Mutter versuchte sich an einem Lächeln, aber es misslang. »Im April, mit ein wenig Glück erst im Mai.«

Das sollte ihr wohl Hoffnung machen. Zwei Babys, die im späten Herbst beziehungsweise frühen Winter gekommen waren, hatten es nicht durch die schwere Zeit geschafft. Sie waren einfach zu schwach gewesen. Mama hatte nicht genug Milch gehabt, um sie zu ernähren.

Verzweiflung schlich sich in Adelheids Herz. Sie hatte Angst um ihre Mutter. Bei Friedel und Bernhard war sie noch zu klein gewesen, aber schon bei der Geburt von Edeltraud hatte sie begriffen, dass Geburten immer gefährlich waren. Furchtsam hatte sie mit ihren Brüdern draußen vor der Hütte gesessen. Danach war Gundula gekommen, dann ein Baby, das es nicht geschafft hatte. Dann Gunther und noch ein Baby, welches gestorben war.

»Oh, Mama«, sagte sie bedauernd.

»Jedes Kind ist doch ein Geschenk«, sagte Mama entschuldigend und strich ihr eine Strähne aus dem Gesicht.

Was sollte sie dazu sagen? Ihre Mutter liebte ihre Kinder. Aber je älter Adelheid wurde, desto weniger konnte sie es verstehen, dass sich ihre Mutter dieser Gefahr aussetzte.

Sie wusste nicht viel über das Schwangerwerden. Nur dass man verheiratet sein musste und Mann und Frau dazugehörten. Aber sie wusste viel über das Schwangersein und über das Gebären. Mehr, als sie wissen wollte. Das Wichtigste war: Bei jeder Geburt standen das Leben der Mutter und das des Kindes auf Messers Schneide.

»Es wird bestimmt Anfang Mai«, sagte ihre Mutter zuversichtlich.

»Hm«, antwortete Adelheid unbestimmt. »Ich muss jetzt wirklich gehen. Und dir wird auch kalt.« Sie wusste, warum ihre Mutter es ihr erst jetzt gesagt hatte. Mama ahnte, dass sie es missbilligte, noch mehr Kinder zu bekommen. Wie sollten sie noch ein Maul mehr stopfen, wenn es für die, die da waren, kaum reichte? Aber jetzt ließ es sich sowieso nicht ändern. Adelheid drehte sich um. Wütend stapfte sie durch den Schnee. Aber wütend zu sein hatte überhaupt keinen Zweck. Was immer sie empfand oder was immer sie ihren Eltern vorwerfen würde, es würde rein gar nichts ändern. Als sie endlich im Schloss ankam, hatte sie sich wenigstens wieder beruhigt.

Es war warm, und ein wohliger Duft nach gutem Essen schlug ihr entgegen. Eilig zog sie ihren Mantel und das Wolltuch aus und hängte sie in der Stiefelstube zum Trocknen. Ihre gestopften Socken lagen schon hier unten. Die Stiefel waren nass geworden, und der Schnee war selbst bis zu ihren Strümpfen durchgesickert. Als sie nun den Flur zurückging, bemerkte sie, dass die Tür zur Leutestube geschlossen war. Das war sie eigentlich nie.

In der Küche stand Frau Möckel und rührte in einem großen Topf. Es roch nach Kartoffelsuppe. Adelheid liebte Kartoffelsuppe, denn hier war sie immer sehr sämig und mit Karotten, Sellerie und viel Speck gekocht. Sie begrüßte die Köchin, die zwar selten mit ihr sprach, aber freundlich zu ihr war.

Auch die Verbindungstür zwischen der Küche und der Leutestube war geschlossen. Neugierig öffnete Adelheid die Tür.

Es war dunkel, nur eine einzige Kerze brannte. Sie erkannte die Gesichter von Liesel und Anni, von Lydia und Gerda. Sie saßen an einem Tischende zusammen. Sogar Hedda saß mit dabei, wie Adelheid jetzt sah, als sie sich umdrehte.

»Du bist zurück. Komm, setz dich zu uns«, sagte Hedda.

»Was macht ihr?«, fragte Adelheid und schloss hinter sich die Tür.

»Wir beschwören Geister«, antwortete Lydia Keller. »Du hast Glück, wir haben gerade eine Anrufung abgeschlossen.« Lydia genoss es, Adelheid nun duzen zu können, während Adelheid sie mit Fräulein Keller ansprechen musste.

Adelheid trat näher. »Was habt ihr denn da?«

»Das ist ein Ouija-Brett«, erklärte Hedda.

Im schummrigen Licht besah sich Adelheid das große Holzbrett, auf dem das Alphabet aufgemalt war, Zahlen von 1 bis 0, Ja und Nein, Sonne und Mond und ein Schriftzug. Darauf lag ein weiteres flaches Holzstück, handtellergroß und geformt wie ein Tropfen mit einem Loch darin. Es gehörte anscheinend mit zu dem Spiel.

»Man kann mit dem Brett Geister beschwören und Fragen stellen. Wenn man eine Frage stellt, packen alle hier diese Planchette an, und der Geist zeigt einem die Antwort. Siehst du, so.« Hedda legte ihre Finger ausgestreckt auf das kleinere Holzstück und schob es über das große Holzbrett. »Es zeigt dann auf Buchstaben oder Zahlen oder je nach Frage auch auf Ja oder Nein. Sonne oder Mond stehen für Tag und Nacht«, erklärte sie weiter.

»Und was bedeutet dieses Zeichen?« Adelheid deutete auf einen Schriftzug, den sie nicht lesen konnte.

»Das heißt Goodbye. Das ist Englisch«, sagte Lydia angeberisch, als würde sie die Sprache beherrschen.

»Darauf zieht die Planchette, wenn der Geist sich verabschiedet. Machst du mit?«, fragte Hedda.

Für einen Moment wusste Adelheid nicht, was sie tun sollte. Sie hatte nichts Besseres vor, und da auch noch nicht fürs Abendessen gedeckt wurde, konnte sie doch einfach mitmachen.

»Na gut, ich spiele mit.«

»Das ist kein Spiel«, höhnte Lydia. »Das ist ernst. Die Herrschaften beschwören ebenfalls Geister.«

»Ja, ja. Ihre Geister kenne ich, Fräulein Keller.«

»Nein, echte Geister. Wirklich! Im Ernst!« Anni sagte es in einem so ernsten Tonfall, dass Adelheid fast lachen musste. Stattdessen zog sie sich einen Stuhl heran und setzte sich.

Außerdem, Adelheids Vater verdiente hin und wieder etwas Geld als Wünschelrutengänger. Er konnte Wasseradern aufspüren. Leider waren solche Dienste nur selten gefragt. Wie die meisten Menschen im Kaiserreich glaubte Adelheid an Wünschelrutengänger und Wasseradern und an Hellseher und Geister. Sie glaubte nur nicht daran, dass ausgerechnet Lydia Keller diese beschwören konnte. Bestimmt wollte sie wieder allen nur Angst machen.

Natürlich hatte Lydia die Leitung. »Also, wer möchte noch eine Frage stellen? Willst du jetzt mal, Liesel?«

»Nein, ich trau mich nicht«, sagte das Küchenmädchen eilig.

»Es ist doch nichts dabei«, sagte Gerda, die sich aber auch nicht vordrängelte.

»Na komm, Adelheid. Stell du eine Frage.«

Sie wollte schon Nein sagen, als sie es sich anders überlegte. Was für ein durchsichtiges Spiel. Ganz sicher würde Lydia Keller dieses Holzstückchen, diese Planchette, so fest über das Brett schieben, dass sie die Antworten bekam, die sie wollte.

»Na gut.«

Alle waren überrascht, dass sie so schnell nachgegeben hatte. Mit weihevollen Worten begrüßte Lydia den Geist, der natürlich nicht zu sehen war. Sie sagte ein paar Sätze, als würde sie zu ihm sprechen, und gab dann das Wort an Adelheid. Alle warteten geduldig darauf, was sie nun fragen würde. Wie auf Kommando fassten nun alle ganz feierlich das kleine Holzstückchen an.

Adelheid begann. »Hallo, Geist, wird …«

»Du musst würdevoller sprechen«, mahnte Lydia. »So wie ich gerade.«

»Hallooo, Geeeist«, sagte Adelheid nun etwas übertrieben, »sage mir bitte, ob meine Eltern einen schönen Sommer erwarten dürfen.« Mal sehen, was Lydia daraus machen würde.

Das tropfenförmige Holzteil setzte sich in Bewegung, machte kleine Kreise und kam mit dem spitzen Ende auf dem Nein zum Stehen. Genau was sie erwartet hatte.

»Das war zu vage gefragt. Du musst konkreter fragen«, riet ihr Hedda nun.

Nun gut, was wäre denn eine konkrete Frage? Ihre Mutter und deren Schwangerschaft fielen ihr wieder ein. »Was wird meine Mutter im Mai tun?« Sie fand, das war eine ausreichend konkrete Frage. Ob das Brett wusste, dass es dann ein neugeborenes Baby gab?

Die Planchette setzte sich wieder in Bewegung, machte dieses Mal aber keine Kreise, sondern zog sehr direkt auf den Goodbye-Schriftzug. Alle schauten sich an. Wieder wusste niemand, wie sie das deuten sollten.

»Was bedeutet das? Hat der Geist keine Lust mehr?«, sagte Adelheid etwas unwirsch.

Nun zog die Planchette wieder auf Nein. Alle waren verwirrt. Es war eigentlich keine Frage an den Geist gewesen.

»Geist, bist du noch da?«, fragte Lydia nach.

Die Spitze des Holzstücks zog auf Ja.

Adelheid wusste nicht, was das zu bedeuten hatte. Aber auch alle anderen schienen sich eher unsicher zu sein. Als hätte sie sich verbrannt, ließ sie das Brett los, und alle anderen dann auch.

»Will deine Mutter verreisen?«, fragte Lydia nach.

»Wohl kaum.«

»Könnte sie sonst irgendwie abwesend sein?«

Sonst irgendwie abwesend sein – Adelheid fröstelte es. Wie sollte ihre Mutter denn abwesend sein können? Sie konnte nicht verreisen. Ihr fiel nur eine Lösung ein – dass ihre Mutter nicht zu Hause war, weil sie im Krankenhaus lag. Aber auch das konnte nicht sein, denn sie konnten sich einen Krankenhausaufenthalt überhaupt nicht leisten.

»Das ist ein blödes Spiel«, sagte Adelheid und stand abrupt auf.

»Das ist kein Spiel!«, sagte Lydia wieder.

Doch bevor nun ein Streit ausbrach, ging die Tür auf und Frau Möckel trat ein. Sie drehte den Lichtschalter und es wurde hell.

»Das Essen ist bald fertig. Deckt schon mal den Tisch.« Die Aufforderung ging an Liesel und Anni.

Lydia packte das Brett und das Holzstück und nahm es vom Tisch. Adelheid stellte den Stuhl zurück und ging an ihren Platz. Sie setzte sich. Irgendwie war ihr unwohl zumute. Sie hätte dieses blöde Spiel nicht spielen sollen.

Hedda setzte sich ihr gegenüber und zog eine Zeitung zu sich heran. Seit die Herrschaften abgereist waren, tauchten immer wieder Artikel über den Fürsten auf, deren Sinn sich ihnen nicht erschloss. Hedda hatte ihr schon mehrere Artikel gezeigt, in denen auf merkwürdige Art und Weise über ihren Fürsten geschrieben wurde. Schlüpfrig, sagte Hedda dazu. Alle Journalisten ergingen sich in Doppeldeutigkeiten, die offensichtlich nur von Eingeweihten verstanden werden konnten.

Jetzt aber las sie wahrscheinlich gerade einen Artikel über die anstehenden Reichstagswahlen, denn sie sagte: »Ich wünschte, ich würde auch wählen dürfen. Das muss doch aufregend sein.«

»Und wen würdest du wählen?«, fragte Adelheid nach. Sie interessierte sich nicht für Politik. Und bisher war ihr nicht bewusst gewesen, dass Hedda sich dafür interessierte. Außerdem durften ohnehin nur Männer ab fünfundzwanzig Jahren wählen, die weder Soldaten noch Strafgefangene waren und die nicht von der Armenunterstützung lebten. Vater hatte in seinem ganzen Leben noch nie einen Wahlzettel ausgefüllt.

»Na ja, auf jeden Fall eine Partei, die das zusätzliche Geld für den Krieg in unseren afrikanischen Kolonien ausgeben will. Ich will doch, dass meine Brüder in Sicherheit leben.«

Adelheid wusste von Hedda, dass es schon seit Jahren Aufstände und Überfälle der afrikanischen Einwohner von Deutsch-Südwestafrika auf die Deutschen gab. Das Land ließ sich einfach nicht befrieden. Immer mehr Soldaten wurden ins südliche Afrika geschickt, immer mehr Geld war nötig, um die Leute zu verköstigen und um Pferde und Kanonen und Gewehre und Munition dorthin zu verschiffen.

Hedda erzählte ihr so einiges. Selbst die Farm ihres Onkels war bereits überfallen worden. Dem Onkel und ihren Brüdern war zwar nichts passiert, aber ein Teil ihrer Kuhherde war abgeschlachtet worden.

Die Mamsell kam herein. Ein paar Minuten später auch Herr Opitz. Moritz, der Hausbursche, und Viktor Novak kamen beinahe zeitgleich. Da Fräulein Böhme, die Beiköchin, für ein paar Tage zu ihrer Familie gefahren war, waren nun alle da, die noch im Hause waren. Es war wirklich herrlich ruhig.

Heute Morgen hatten alle bis neun Uhr schlafen dürfen. Was sehr ungewohnt gewesen war. Gestern hatten sie in kleiner Runde ins neue Jahr hineingefeiert. Adelheid hatte zum ersten Mal in ihrem Leben Wein getrunken. Länger schlafen durfte sie auch nur deshalb ausnahmsweise, weil die Herrschaften nicht da waren. Und so bald auch nicht zurückerwartet wurden. Auch die Arbeit war weniger anstrengend, weil man nicht ständig aufpassen musste, ob einem die Herrschaften auf dem Flur begegneten. Natürlich musste Adelheid normal arbeiten, aber abends hatten sie oft früher frei und konnten den Abend noch etwas genießen, so wie heute.

»Soll ich den Gong schlagen?«, fragte die Mamsell.

»Selbstverständlich. Auch wenn die Herrschaften nicht anwesend sind, müssen doch nicht alle Sitten zum Teufel gehen.« Opitz setzte sich.

Adelheid sah zu Novak rüber. Er hatte gestern Abend mitgefeiert, war aber wie immer sehr reserviert geblieben. Aber eins hatte sie doch bemerkt: Gestern war noch Post gekommen. Auch er hatte einen Brief erhalten. Als sie nämlich etwas in die Waschküche hatte bringen wollen, hatte sie ihn dort überrascht. Er hatte erschrocken aufgeschaut, so als hätte er etwas Verbotenes getan. Merkwürdig. Sehr merkwürdig. Das war ihr schon ein paarmal aufgefallen, dass er die Briefe immer so schnell wegsteckte, als dürfte niemand wissen, von wem sie waren.

Ob er vielleicht eine Verlobte hatte? Sie fand es überraschend, wie sehr sie dieser Gedanke traf. Aber natürlich interessierte Viktor Novak sich nicht für sie. Deshalb konnte es ihr vollkommen egal sein, ob er verlobt war oder verheiratet oder einfach nur borniert. Gestern hatte er sie angeschnauzt, ob sie nicht klopfen könne. An der Waschküche klopfen – das wäre ja ganz was Neues. Adelheid hatte wohl sehr überrascht geschaut. Zwar hatte sie noch eine Entschuldigung geflüstert, aber er war wütend an ihr vorbeigerauscht. Sie hatte wirklich keine Ahnung, was das zu bedeuten hatte. Aber ihr konnte es egal sein. Zumindest sollte es ihr egal sein. Das musste sie sich nur immer wieder sagen.

Kapitel 7

Anfang Januar 1907

Herrlich, es war kalt, und die ganze Stadt lag unter einer dichten Schicht aus Schnee. Alle Geräusche waren gedämpft. Durch die Luft zog ein permanenter Duft nach verbrannter Kohle und Holz. Die Wege waren nur notdürftig geräumt, und von den Pflanzen sah man nur noch weiße Umrisse. Vermutlich deshalb hatte sie niemand aufgehalten, als Constanze im Palmengarten von Leipzig spazieren gewesen war. Normalerweise war der Palmengarten dem betuchteren Publikum vorbehalten.

Von dort hatte sie es nicht weit bis zu Hugos Pension im nahe gelegenen Stadtviertel Lindenau. Hier standen hohe Häuser dicht an dicht. Es war ein typisches Arbeiterviertel, in dem man beengt wohnte und die Bürgersteige nicht zum Flanieren einluden. In einem kleinen Eckladen kaufte sie noch zwei Flaschen Gose, das hiesige Bier.

Hugo wohnte in einer Pension zur Miete. Er hatte ein einzelnes Zimmer, das preiswert war. Constanze schlich sich hoch über die knarzenden Treppenstufen, vorbei an der Vermieterin, bei der man nicht wusste, ob sie absichtlich oder unabsichtlich den Damenbesuch nicht bemerkte. Ab und zu schimpfte sie mit den Männern, aber sie kontrollierte nicht wirklich, wer da die Treppen hoch und runter ging. Eigentlich war ihr nur wichtig, dass die Männer pünktlich ihre Miete zahlten. Andererseits durfte sie sich nicht dem Vorwurf der Kuppelei aussetzen, denn darauf stand eine hohe Strafe. Allein die Gewährung der Möglichkeit von Damenbesuch hätte die ältere Dame ins Gefängnis bringen können.

Deshalb schimpfte sie alle paar Wochen tüchtig mit einem der Männer. So konnte man ihr keine Nachlässigkeit vorwerfen.

Oben angekommen, stellte Constanze das Bier auf dem Fensterbrett kalt, draußen, wo schon ein Stück Hartkäse, Schmalz, billige Margarine und ein halbes Brot in einem befestigten Kasten lagen. Es würde nun nicht mehr lange dauern, bis Hugo von der Arbeit nach Hause kommen und sie zu Abend essen würden.

Als die Fürstenfamilie Mitte Dezember in die Schweiz abgereist war, hatte Constanze um freie Tage gebeten. Sie wolle ihre Eltern besuchen, die in Wittenberg lebten. Und tatsächlich hatte sie ihre Eltern auch zu Weihnachten mit ihrem Besuch überrascht. Doch davor und auch jetzt wohnte sie bei Hugo, ihrem Verlobten. Von dem natürlich niemand wissen durfte.

Ihren Eltern wiederum hatte sie erzählt, dass sie für die nächsten paar Tage noch eine Freundin aus ihrem ehemaligen Höhere-Töchter-Gymnasium in Leipzig besuchen wolle, Hubertine Mahlzahn. So hatte sie Hugos Adresse angeben können, unter H. Mahlzahn, falls irgendetwas war.

Sie liebte diese wenigen Tage im Jahr, die sie mit ihm hatte. Vor allem liebte sie es, durch die Stadt der Buchhändler und Verlage zu spazieren. Oft gingen sie abends noch durch die Straßen der Stadt, um sich die Auslagen der unzähligen Buchhandlungen anzuschauen.

Oben in der Stube angekommen, entfachte sie das Feuer im Kanonenrohrofen neu. Dazu nahm sie Zeitungsseiten, die sie fest zusammengedrehte. Je fester die Zeitung gedreht war, desto länger würde sie brennen. Darauf legte sie noch zwei Holzscheite. Sie deckte den kleinen Tisch, der vor dem Fenster stand. Erst jetzt war ihr warm genug, um ihren dicken langen Wollmantel auszuziehen. Die Blechkanne mit dem Wasser für den Kaffee stand auf dem Kanonenrohrofen und wurde heiß. Sobald Hugo kam, würden sie essen können.

Und danach würden sie bestimmt wieder ins Bett kriechen. Constanze nahm das Kondom aus dickem Kautschuk-Gummi, das sie schon mehrmals verwendet hatten, und legte es auf den Nachttisch. Das Kondom wurde sorgfältig nach jedem Einsatz gewaschen. Bei jedem ihrer seltenen Besuche kaufte Hugo ein neues Kondom, denn mit der Zeit wurde das Material brüchig. Eine Schwangerschaft konnte Constanze sich nicht leisten. Natürlich würde Hugo sie dann heiraten, und irgendwann wollten sie ohnehin Kinder haben. Aber noch war es nicht so weit. Noch sparten sie für später.

Endlich klopft es leise dreimal hintereinander, sodass Constanze wusste, dass Hugo es war. Schnell eilte sie zur Tür, schloss auf und ließ ihn hinein. Schon lagen sie sich in den Armen und küssten sich innig.

»Ich hab dich den ganzen Tag vermisst«, sagte Hugo, seine Lippen nicht von ihren lösend, während er sich dabei den Mantel auszog.

»Ich hab dich auch vermisst. Ich glaube, dieses Mal kann ich wirklich nicht zurückfahren. Ich bleibe einfach hier – für immer«, sagte Constanze lachend. Sie wussten beide, dass es so nicht sein würde. Natürlich würde sie zurückfahren. Natürlich würden sie sich wieder etliche Monate gar nicht sehen.

Die Komtessen waren im Sommer oft auf Reisen, Constanze musste dann mit. Im Sommer waren sie selten in Berlin, aber im Januar und Februar waren sie wochenlang zur Ballsaison in der Hauptstadt und im Herbst zu gelegentlichen Ausflügen. Dann war es an Hugo, nach Berlin zu kommen, wo sie sich heimlich trafen. Meistens, wenn die Komtessen auf Bällen waren oder Opern und Theater besuchten. Dann waren ihre Nächte lang, und es fiel überhaupt nicht auf, wenn Constanze sich erst mitten in der Nacht in die Stadtwohnung zurückschlich.

»Mein Liebling.« Hugo küsste Constanze noch ein letztes Mal und setzte sich. Morgens früh aß er ein paar Schnitten, aber bis zum Abend nichts mehr. Wenn er nach Hause kam, hatte er immer einen riesigen Hunger. Fast immer, wenn Constanze nicht zu Besuch war, aß er irgendwo in einer der billigen Arbeitergaststätten. Dann gab es warme Suppen und Eintöpfe, gelegentlich mal Frikadellen oder Würste. Aber wenn Constanze da war, aßen sie fast immer hier in der Wohnung. Aber kochen konnte man hier leider nicht.

»Ich hab heute Vormittag Heringshäckerle mit Roter Bete und Apfel gemacht.« Es war sein Lieblingsessen. Und sie aß es auch gerne. Man konnte es zubereiten, ohne kochen zu müssen. Sie liebte es, an den wenigen Tagen im Jahr etwas essen zu können, was sie selbst mochte. Und Häckerle gab es im Brandenburgischen kaum.

»Ich liebe dich.«

»Ich weiß.« Constanze grinste, holte eine Flasche Gose herein und stellte die Schüssel auf den Tisch.

Hugo schmierte sich noch eine Butterstulle, und sie fingen an zu essen.

»Hast du mal wieder Post bekommen?«

»Nein, nichts. Es ist einfach nichts zu finden.« Hugo bewarb sich ständig auf neue Stellen. Er war als einfacher Redakteur bei der *Leipziger Volkszeitung* angestellt. Seit Jahren war er dort, und die Arbeit machte ihm Spaß, aber sie wurde nicht sonderlich gut bezahlt. Daher bewarb er sich im gesamten norddeutschen Raum, von Bremen bis Stettin und von Kiel bis Hannover. In Berlin und Potsdam natürlich auch, aber da gab es ohnehin zu viele Arbeitssuchende. Es war eben schwer, eine besser bezahlte Stelle zu finden. Sie waren übereingekommen, dass sie wenigstens noch drei oder vier Jahre warten würden mit der Hochzeit. Bis dahin konnten sie noch etwas sparen, aber natürlich, wenn Hugo eine besser bezahlte Stellung finden würde, dann könnte Constanze schon vorher kündigen. Das war ihre große Hoffnung.

Am liebsten würden sie beide hier in Leipzig bleiben. Und am liebsten würde Constanze ihren Traum verwirklichen, privaten Unterricht für angehende Gouvernanten zu geben. Bürgerliche Töchter sollten dort gegen Geld beigebracht bekommen, was sie in den höheren Häusern erwartete. Mit ihrer Anstellung beim

Fürsten zu Eulenburg brachte sie hervorragende Referenzen mit. Dafür mussten sie sich aber eine gute Wohnung in einem besseren Viertel leisten können. Die höheren Töchter würden sicher nicht in dieses Viertel kommen.

»Und gibt es in Sachen Fürstenfamilie Neuigkeiten?«, fragte Constanze interessiert nach.

Mittlerweile waren die unglaublichen Vorwürfe im gesamten Deutschen Reich Gesprächsthema und hatten so auch ihren Weg nach Leipzig gefunden. Auch wenn die allermeisten Menschen nicht wussten, wer mit dem ›Süßen‹ und dem ›Harfner‹ gemeint war, so wussten sie doch, dass ein ungehöriger Skandal im Gange war. Und Constanze hatte alles, was sie wusste, Hugo erzählt. Aber er wusste auch schon etliche Details. Seine Redaktion hatte viele Zeitschriften abonniert, die täglich kamen. So hatte Constanze schon im Dezember alle Ausgaben von *Die Zukunft* gelesen und war bestens im Bilde. Und natürlich wusste sie auch Bescheid über all die Artikel fremder Zeitungen, die darauf Bezug genommen hatten. Durch Wolffs Telegraphisches Bureau, die deutsche Nachrichtenagentur, war die Redaktion von Hugo immer am Puls der Zeit. Auch die eiligsten Meldungen aus der Hauptstadt und vom Kaiser kamen hier nur wenige Stunden nach Bekanntwerden an.

»Nein, nichts Neues. Ich denke mal, es wird so sein, dass Harden und dein Fürst ein Arrangement getroffen haben. Er geht ins Ausland und verhält sich ruhig.«

»Aber er kann ja nicht ewig in der Schweiz bleiben.«

Hugo zuckte mit den Schultern und nahm sich noch etwas Häckerle. Plötzlich hörte man vor der Tür die Dielen quietschen und es klopfte. Sie schauten sich überrascht an. Hugo bekam praktisch nie Besuch. Wenn er sich mit wem traf, dann immer außer Haus. Es konnte also eigentlich nur die Vermieterin sein.

Schnell stand Constanze auf, nahm ihren Teller, Besteck und das Glas Bier vom Tisch und versteckte sich hinter einem Paravent, der den Waschtisch vom Rest des Zimmers trennte.

Erst jetzt ging Hugo zur Tür. »Frau Haller, guten Abend.«

»Herr Mahlzahn, das ist gerade für Sie gekommen. Ich nehme an, es ist wichtig. Deswegen wollte ich es Ihnen direkt bringen.«

Constanze war sich sicher, dass Frau Haller die Gelegenheit nutzte, in den Raum hineinzuschauen. Normalerweise hatte sie keine Schwierigkeiten mit Hugo. Er war sauber, leise und reinlich. Er trank nicht und zahlte seine Miete pünktlich. Und doch konnte Constanze sich nicht vorstellen, dass Frau Haller so dumm war, ihre Anwesenheit nicht zu bemerken.

»Ein Telegramm. Das ist sehr freundlich von Ihnen. Danke schön, dass Sie es mir direkt gebracht haben.«

»Sehr gerne.«

Constanze hörte, wie die Tür zuging, und kam wieder hervor. Das Telegramm war adressiert an *H. Mahlzahn*. Das konnte jetzt für Hugo oder auch für sie sein. Er öffnete den Umschlag, und sie lasen gemeinsam den Text.

Erbitten sofortige Rückkehr von Fräulein Maiwald nach Liebenberg + + + Erwarten Sie Lycki im Schloss? + + + Bitte um umgehende Meldung nach Territet + + + Eulenburg

»Territet?«, fragte Hugo.

»Das ist die kleine Ortschaft, wo die Familie hingefahren ist. Sie liegt direkt bei Montreux, am Genfer See. Wunderschön.« Constanze hatte die Familie mehrere Male dorthin begleitet.

»Was bedeutet das?« Ein schmerzlicher Ausdruck hatte sich auf Hugos Gesicht gelegt. Ein Ausdruck, der ganz sicher in Constanzes Gesicht widergespielt wurde. ›Sofortige Rückkehr‹ war eindeutig. Nur weshalb?

»Merkwürdig. Wieso sollte ich Augusta dort zurückerwarten? Scheint so, als wäre sie nicht mehr bei der Familie. Und noch merkwürdiger, dass sie nicht Augusta schreiben. So als wollten sie verhindern, dass jemand beim Telegrafenamt mitbekommt, wer gemeint ist. Dass Lycki Augusta ist, wissen nur die wenigsten.«

»Du sollst also nach Liebenberg fahren und schauen, ob die Komtess dort angekommen ist? Dann ist sie nicht mehr in der Schweiz, bei der Familie?«

Endlich ging ihr ein Licht auf. Constanze schnappte nach Luft. »Sie wissen nicht, wo sie ist?! … Oh, ich weiß, was passiert ist. Oder passiert sein könnte. Oje, ich kann nur froh sein, dass ich nicht in der Nähe war. Oh, oh, oh.« Sie setzte sich. Das wäre allerdings ein Schlag.

»Was meinst du?«

»Augusta ist keine zehn mehr. Sie geht nicht einfach verloren. Wenn die Familie nicht weiß, wo ihre Tochter steckt, dann gibt es dafür wahrscheinlich nur eine Erklärung.« Vielsagend riss sie ihre Augen auf. »Dann hat sie vermutlich eine große Dummheit angestellt.«

»Der gut aussehende Privatsekretär!«

»Genau. Jaroljmek.«

»Du meinst, sie sind durchgebrannt?«

»Naiv genug ist sie. Er hatte sich für die Zeit der Abwesenheit des Fürsten eigentlich ein paar Tage freigenommen, wollte zu seinen Eltern, genau wie ich. Wohin auch immer er gereist ist, ich kann mir sehr gut vorstellen, dass Augusta die Situation genutzt hat, um sich mit ihm zu treffen. In den letzten Tagen, ja Wochen, waren die beiden Herrschaften wirklich zu nichts mehr zu gebrauchen. Kurz vor ihrer Abreise waren sie völlig in sich selbst versunken … Ich hätte allerdings gedacht, dass Augusta bewusst ist, wie brisant eine solche Kapriole für ihre Familie ist. Wenn sie nun wirklich … durchgebrannt wäre, wäre das der denkbar schlechteste Zeitpunkt. Wenn der eigene Vater gerade ganz besonders im Licht der Öffentlichkeit steht, weil er des unzüchtigen Verhaltens verdächtigt wird, dann sollte eine Tochter so gescheit sein und sich nicht exakt so verhalten.«

Jetzt setzte Hugo sich ebenfalls. »Dann es ist wirklich ein großes Glück, dass du gerade nicht in ihrer Nähe bist.«

Ja, dachte Constanze. Ein sehr großes Glück. Denn wann immer irgendetwas schieflief im Schloss, suchte man zuerst die Schuld bei den Angestellten und Dienstboten.

O nein! Schlagartig wurde ihr etwas klar. »Letztendlich würde mir das trotzdem nichts nutzen … Das wäre schlimm, wenn es sich als wahr herausstellt. Ganz schlimm. Auch für mich. Für uns.«

»Wieso für uns?«, fragte Hugo überrascht.

»Weil«, Constanze schlug die Hände vors Gesicht, »selbst wenn ich weit weg war: Ich bin die Gouvernante, die zugelassen hat, dass sie sich überhaupt verliebt. Dass sie solche Flausen im Kopf hat. Das würde mir ewig nachhängen. Du glaubst doch nicht, dass mir dann noch jemand seine Töchter anvertraut?«

Sie konnte an Hugos Gesicht sehen, dass ihm die Konsequenzen sofort deutlich wurden: aus der Traum von ihrer Gouvernantenschule.

»Oh, Constanze, wie schrecklich. Dann musst du sofort nach Liebenberg zurück. Vielleicht ist sie dort. Vielleicht ist es noch nicht zu spät.«

Constanze kannte Augusta. Sie wusste, sie war für jede Dummheit zu haben. Bestimmt war es schon zu spät.

17. Januar 1907

In Adelheids Kopf summten die Gedanken über die Dinge, die hier vor sich gingen. Die Gouvernante, Fräulein Maiwald, war bereits wenige Tage zuvor zurückgekehrt. Schon da hatte man geahnt, dass irgendetwas nicht stimmte. Und nun war auch die Familie wieder da. So kurzfristig, wie sie abgereist waren, so kurzfristig waren sie zurückgekommen. Vor drei Tagen waren sie eingetroffen, in hellster Aufregung und mit weniger als vierundzwanzig Stunden Vorankündigung. Es hatte nur einen Abend und eine Nacht gedauert, bis das ganze Haus gewusst hatte, was los war: Die mittlere der drei Töchter, Komtess Augusta, war verschwunden.

Allmählich sickerte mehr durch, denn Budde konnte seinen Mund nicht halten. Vor Ort war eine Suchaktion organisiert worden, weil die Herrschaften befürchtet hatten, dass Augusta sich etwas angetan habe. Aus Liebeskummer, weil der Vater ihr verboten hatte, seinen Privatsekretär Edmund Jaroljmek zu heiraten. Der See in der Nähe ihrer Ortschaft und rund um Montreux war durchsucht worden. Immerhin war keine Leiche gefunden worden. Da aber auch der Privatsekretär nirgendwo zu erreichen war, nicht bei seinen Eltern oder sonst wo, lag der Verdacht nahe, was passiert war: Sie konnten nur gemeinsam durchgebrannt sein.

Heute Vormittag war der Fürst allein nach Berlin gefahren, weil er morgen zum allerersten Mal an der alljährlichen Versammlung der Ritter des Schwarzen Adlerordens teilnehmen würde. Ein hoher Tag. Die Fürstin wartete in Liebenberg derweil auf ein Lebenszeichen ihrer Tochter.

Die beiden anderen Töchter liefen wie aufgescheuchte Hühner durchs Haus, wussten nichts mit sich anzufangen. Ging es ihrer Schwester gut? Wo war sie? Wie konnte sie ihnen das antun? Sie schwankten zwischen Sorge und Wut.

Da noch niemand etwas Konkretes wusste, aber alle das Schlimmste ahnten, wurde natürlich kein Besuch empfangen. Was sollte man dem sagen? Dass man nicht wusste, wo sich die eigene unverheiratete Tochter aufhielt? Nein, das kam gar nicht infrage.

Fräulein Maiwald versuchte ihr Möglichstes, um die Damen aufzumuntern, aber selbst sie schien sehr darunter zu leiden, dass Komtess Augusta verschwunden war.

Hedda brachte ihr abends nun gelegentlich einen heißen Kakao aufs Zimmer. Als kleiner Freundschaftsdienst. Aber auch, weil sie hoffte, so den neuesten Stand der Dinge zu erfahren. Da gab es allerdings im Moment noch keine Neuigkeiten.

Ein klein wenig war Adelheid neidisch auf Hedda, die so freundschaftlichen Umgang mit einer höheren Angestellten pflegte. Hedda hatte ihr erzählt, wie Constanze Maiwald ihr damals geholfen hatte, eine Stellung im Schloss zu bekommen. Und nun schienen sich tatsächlich richtige Freundschaftsbande zu schließen. Gestern Abend war Hedda erst sehr spät in die Schlafkammer zurückgekehrt.

Fräulein Maiwald hatte ihr wohl ihr Herz ausgeschüttet. Die Fürstin machte ihr größte Vorwürfe, dass sie es unter ihrer Aufsicht zugelassen hatte, dass der Privatsekretär und ihre Tochter sich nähergekommen waren. Was Fräulein Maiwald als sehr ungerecht empfand, wusste doch die Mutter selbst, dass da was vor sich ging. Und auch der Fürst hatte Edmund Jaroljmek mehrmals deutlich gemacht, dass unter gar keinen Umständen eine Verbindung mit seiner Tochter infrage käme. Er hatte es hochoffiziell verboten. Beiden Elternteilen war also die Gefahr bewusst, in der ihre Tochter schwebte. Und doch machten sie der Gouvernante, die noch nicht mal mit in der Schweiz gewesen war, bitterste Vorwürfe.

Obwohl die Familie nun zu Hause war, war es dennoch ungewohnt ruhig. Es wurden keine Gäste erwartet, die Familie speiste für sich, und es gab auch keine anderen Pläne. Hedda schwor, dass es nicht lange so ruhig bleiben würde. Deshalb genoss Adelheid die Ruhe dieser Tage.

Und doch, seit sie Hausmädchen war, musste sie unangenehme Dinge erledigen. Die unbeliebteste Aufgabe war natürlich, morgens die Abortpfannen der Frauen einzusammeln und runterzubringen. Obwohl es schon Klosetts gab, waren sie doch für die Nacht die bequemere Alternative. Unten wurden sie ausgeleert und das Porzellangeschirr gereinigt. Aber sie hatte es erst ein paarmal gemacht. Dann war die Familie abgereist. Ihr war klar, dass diese Aufgabe umso unangenehmer werden würde, je wärmer es wurde. Und dann, in wenigen Wochen, war hier bestimmt wieder so viel los wie im Sommer und im Herbst. Die Abortpfannen zu leeren war auf jeden Fall eine der unangenehmsten Aufgaben, die es im Schloss gab. Und dieses Bild des Unrates fiel immer auch zurück auf die Person, die diese Aufgabe zu erledigen hatte.

Gerade als sie den Eimer mit dem gesammelten Inhalt aller Abortpfannen zur Sickergrube gebracht hatte, sah sie ihren ältesten Bruder Friedel. Sie ließ ihren Eimer stehen und ging zu ihm. Er wartete außerhalb der Einfriedung des Schlossareals.

»Wie lange stehst du dort schon?«

»Halbe Stunde vielleicht.« Er trat von einem Bein aufs andere.

Dann war es etwas Wichtiges, was er von ihr wollte. »Oje, du Armer. Dir muss sehr kalt sein.«

»Ja. Gunther geht es schlecht. Sein Husten ist schlimmer geworden. Und Mama lässt fragen, ob du was dagegen hast.«

Adelheid war verwirrt. Was sollte sie denn dagegen haben? »Du meinst Medizin?«

Friedel nickte.

»Ich hab doch keine eigene Medizin hier.« Sie hatte natürlich immer noch etwas Gespartes. Aber Medizin war teuer. Und vor allen Dingen musste man eigentlich vorher einen Arzt befragen, was der Junge eigentlich hatte. Danach richtete sich ja, was er bekommen sollte.

»Papa sagt, er hat bestimmt Tuberkulose.«

»Woher will Papa das wissen?«

Friedel zuckte mit den Schultern. »Wenn du keine Medizin hast, hast du noch Geld?«

»Ich hab euch doch am Sonntag erst was gegeben.«

»Papa hat Kohle gekauft und Holz. Es ist doch so kalt. Damit können wir jetzt wenigstens für ein paar Wochen heizen.«

»Habt ihr nichts mehr übrig? Gar nichts mehr? Was ist mit Essen?«, fragte Adelheid erschrocken.

»Papa sagt, Mama kann doch jetzt wegen dir mehr anschreiben lassen. Und weil er so viel Holz und Kohle gekauft hat, hat er sie billiger bekommen.«

Unmerklich schüttelte Adelheid den Kopf. Dann würden sie also nicht erfrieren, aber immer noch hungern. Es hatte aufgehört zu schneien, und das Geld vom Schneeschippen war sicher auch schon aufgebraucht. »Ich hab gestern etwas Geld für einen Botengang bekommen. Das kann ich dir geben.«

Sie hatte oben noch drei Mark gespart. Für drei Mark bekam man allerdings keine gute Medizin.

»Und …?« Friedel sah sie skeptisch an. »Kannst du nicht noch mal fragen, ob sie nicht jemanden suchen? Ich würde alles machen. Die Ställe ausmisten, melken, Hausbursche, was immer sie wollen.«

»Ich weiß. Ich werde noch mal nachfragen«, versprach Adelheid. Bisher hatte sie noch nicht gefragt. Sie traute sich nicht, nicht nach der Geschichte mit dem Kaiser. Und vorher hatte sie sich nicht getraut, weil sie das Gefühl hatte, dass niemand noch einen Dienstboten aus einer Tagelöhnerfamilie anstellen wollte. Es war bestimmt eine gute Idee, mit Hedda darüber zu sprechen. Die konnte es besser einschätzen, ob und wen sie fragen sollte.

»Gib mir fünf Minuten. Ich bin gleich zurück.«

Adelheid lief zum Blecheimer und reinigte ihn draußen an einem Wasserhahn. Dann ging sie rein, stellte den Eimer weg und huschte die Hintertreppe hoch in ihre Etage.

Sie hatte eine alte Keksdose zur Aufbewahrung ihres Geldes bekommen. Nachdem sie nun den Hasenbraten für Weihnachten und das Geld für die Sockenwolle ausgegeben hatte, war nicht mehr so viel übrig von ihrem Ersparten. Sie zählte die Münzen ab, drei Mark in Fünfzigern und Groschen. Danach hätte sie keinen Pfennig mehr. Egal, es war schließlich für den Kleinen. Immerhin wusste sie, dass ihre Eltern wirklich Medizin davon kaufen würden.

Unten angekommen, sah sie in der Küche kurz um die Ecke. Die Köchin war alleine. Adelheid trat nahe an sie heran. »Haben wir vielleicht noch etwas altes Brot, das ich mitnehmen könnte?«

»Mitnehmen für wen?«

»Für meinen kleinen Bruder.«

»Du willst jetzt zu deiner Familie gehen?«

»Mein ältester Bruder steht draußen. Es geht dem Kleinen nicht gut. Ich hab ein wenig Geld für Medizin, aber …«

Die Köchin schnaubte ungehalten auf, wischte sich aber die Hände an der Schürze ab und ging zum Brotkasten. Sie öffnete den Kasten mit dem Fliegengitter, blickte kurz hinein, um zu prüfen, was dort vorhanden war, und griff dann zu einem mit Wachspapier umwickelten Stück. »Ausnahmsweise … Aber schau bloß zu, dass es niemand sieht.«

»Ich danke Ihnen. Sehr.«

»Ja, ja. Nun mach schon.« Sie schob Adelheid quasi aus der Küche.

Eilig lief sie hinaus bis zum Löwentor. »Versteck das.« Sie schob ihm das Brot durch die Gitterstäbe unter den Mantel. »Und hier sind drei Mark.«

»So viel hast du da noch rumliegen?«

Adelheid sah die Empörung in Friedels Augen. Geld, das sie der Familie vorenthielt. Geld, von dem sie eigentlich hätten Essen kaufen können.

»Nein, etwas ist von einem Botengang von gestern. Und den Rest hab ich mir gerade von meiner Stubenkameradin geborgt. Natürlich hab ich nicht so viel Geld übrig. Das kannst du dir doch denken.« Oje, für diese Lüge würde sie bestimmt in die Hölle kommen.

Friedels Empörung legte sich wieder. »Na gut. Mama will heute noch nach Löwenberg, zur Apotheke.«

»Mama will dorthin? Zu Fuß?«

»Ich kann sie ja begleiten.«

Adelheid nickte zufrieden. Mama sollte sich jetzt bloß nicht zu viel zumuten.

»Und … ähm.«

Was kam denn jetzt noch?

»Papa lässt fragen, ob du noch mal ein paar Kerzenstumpen mitbringen kannst?«

»Das darf ich nicht. Das weiß er doch. Ich kann die nicht einfach einsammeln und mitbringen. Sag ihm das. Wenn sie mich erwischen, fliege ich raus.«

»Du kennst ja Papa.«

Ja, sie kannte ihn. Er würde immer mehr fordern, als gut war. »Ich muss wieder rein, sonst bekomme ich Ärger. Aber grüß alle von mir. Ja? Besonders Gunther, bitte.«

Friedel lächelte, drehte sich um und ging. Adelheid hielt sich nicht lange auf, sondern ging sofort wieder hinein. Sie musste nun die gereinigten Abortpfannen wieder unter die Betten verteilen. Dann musste sie das Vestibül putzen. Das machte Gerda Altvater nämlich nicht gerne, weil sie immer Angst hatte, von den Herrschaften dabei überrascht zu werden. Als würde es Adelheid anders gehen.

Abends saß sie im Bett und strickte den letzten Socken für ihren Vater. Beim nächsten Besuch hatte sie auf jeden Fall auch die Socken für ihre Eltern fertig. Sie versuchte immer, etwas mehr als nur das Geld mitzubringen. Aber wenn das nicht klappte, war ihr Vater schon beleidigt. So sehr hatte er sich schon daran gewöhnt, dass nun das Geld von ihr kam. Adelheid wollte gar nicht daran denken, was passiert wäre, wenn man sie wirklich rausgeschmissen hätte. Nach wie vor hatte sie beständig Angst, sie könnte etwas falsch machen. Und dass das dann zur Folge hätte, dass sie ihre Stellung aufgeben musste. Wie hart sie arbeitete und wie viel Mühe sie sich gab, sah ihr Vater nicht. Sie würde es ihm nicht recht machen können, niemals. Nur ihre Mutter freute sich jedes Mal, wenn sie kam, egal, was sie mitbrachte.

Wie sollte das weitergehen mit ihrer Familie? Ihre Mutter bekam nun noch ein Kind. Das bedeutete, dass sie noch weitere Jahre ans Haus gebunden war, noch weitere Jahre ein Kleinkind ernähren musste. Adelheid hatte so sehr gehofft, dass Gunther ihr letztes Kind sein würde. Er war schon fünf und aus dem Gröbsten raus, auch wenn er klein und schmächtig war. Aber alle Kinder ihrer Eltern waren klein und schmächtig. Tatsächlich hatte die Mamsell recht behalten, dass Adelheid ein wenig zulegen würde. Sie arbeitete nun seit knapp fünf Monaten hier und hatte bemerkt, dass ihr Gesicht nicht mehr ganz so hager aussah.

Die Tür ging auf und Hedda kam herein. Wieder war sie noch bei Fräulein Constanze gewesen. Sie konnte ihr nicht jeden

Abend heiße Schokolade bringen, aber einen Tee oder eine Milch mit Honig, das ging schon.

Adelheid schaute von ihrem Strickzeug hoch und lächelte.

»Du bist ja bald fertig. Dann kannst du mir ein Paar Socken stricken«, sagte Hedda lachend und fing an, sich auszuziehen.

»Gerne. Wenn du mir die Wolle dafür gibst.« Ihr lag etwas auf der Seele. »Hedda … Mein kleiner Bruder ist sehr krank. Und ich verdiene einfach nicht genug, um für Essen, Kohle und Medizin zu sorgen.«

Hedda sah sie mitleidig an. Sie wusste genau, wovon Adelheid sprach. Ihr war es in den ersten Jahren nicht viel besser gegangen. Obwohl ihre zwei Brüder da schon älter gewesen waren und die Familie niemals so arm wie Adelheids.

»Ich wollte wissen, wenn ich … nun jemanden fragen wollte, ob mein Bruder hier auch eine Stellung bekommt, wen sollte ich dann ansprechen? Herrn Opitz?«

Hedda presste die Lippen aufeinander. Irgendetwas daran schien ihr nicht zu gefallen. »Das wäre keine gute Idee. Denn dann würdest du in seiner Schuld stehen. Und Herr Opitz treibt seine Schulden immer ein.«

»Dann Mamsell Reineke?«

»Nein, die ist nur für die Dienstbotinnen zuständig. Besser …«

Hedda schien zu überlegen. Es war wohl schwieriger, als Adelheid sich das vorgestellt hatte.

»Entschuldige bitte, dass ich das so sagen muss, aber es ist schon sehr ungewöhnlich, dass du als Tochter eines Tagelöhners hier arbeiten darfst. Aber du machst dich gut, bist fleißig und zuverlässig. Was für deine ganze Familie spricht. Andererseits ist hier im Schloss keine Stelle frei. Deshalb würde ich denken, dass es das Beste wäre, wenn er selbst beim Stallmeister vorstellig wird.«

Etwas enttäuscht legte Adelheid das Strickzeug beiseite. Sie würde den letzten Socken morgen Abend fertig machen.

»Was hat dein Bruder denn? Rachitis?«

»Was ist Rachitis?«

»Das ist typisch für Kinder, die zu wenig zu essen bekommen. Dann sind sie klein und schmächtig und zusätzlich verformen sich ihre Knochen.«

»Na ja, klein und schmächtig ist mein Bruder. Aber das sind wir alle. Mein ältester Bruder sagt aber, er hat schrecklichen Husten. Mein Vater glaubt, dass es Tuberkulose ist.«

»Auch so eine Armenkrankheit.«

»Armenkrankheit?«

»Ja, viele Krankheiten kommen nur davon, dass die Leute in schlechten Verhältnissen leben. Zu wenig Essen, zu viel Dreck, zu wenig gesunde Luft. Da habe ich letztens einen Artikel darüber gelesen … Manchmal kann man richtiggehend wütend werden, wenn man weiß, wo das ganze Geld hingeht.«

Adelheid schüttelte unwissend ihren Kopf. Was meinte Hedda?

»Na ja, unser Kaiser bekommt doch unglaublich viel Geld von der Regierung. Statt dass sie es ihrem Volk geben, bekommt es der Kaiser. Millionen.«

»Er bekommt Millionen? Wofür?«

»Nun, weil er eben der Kaiser ist.« Hedda drehte sich um, öffnete ihren Nachttischschrank und holte eine Mappe heraus. Adelheid wusste, sie sammelte alle möglichen Artikel über Amerika. Und manchmal auch interessante Artikel über die Kolonien, vor allem, wenn Fotos oder Karten abgebildet waren. Nun suchte sie in der Mappe nach etwas ganz Bestimmtem.

»Hier, hier steht es.« Sie zog einen Artikel hervor. »Das ist von letztem April. Und da steht, dass unser Kaiser über fünfzehn Millionen Mark über die Zivilliste bekommt.«

»Was ist denn die Zivilliste?«

»Na, das Geld vom Deutschen Reich, von dem der Kaiser lebt. Damit bezahlt er seine Rechnungen, sein Essen, seine Dienerschaft, seine Kleidung, lässt Schlösser bauen und so weiter.«

Adelheid gingen die Augen über. »Und dafür bekommt er fünfzehn Millionen Mark?«

»Jedes Jahr!«, ergänzte Hedda.

»Jedes Jahr?« Die Empörung war ihr anzuhören. Sie stieß den Atem aus. Mehrmals. Um klarzumachen, was sie davon hielt. Das war doch nicht zu glauben.

»Und unser Fürst? Bekommt er auch so viel?«

»Das weiß ich nicht genau. Manche Würdenträger bekommen eine Donation. Das sind Gelder für besondere Verdienste, die die Regierung natürlich auch aus Steuergeldern bezahlt. Ob unser Fürst dazugehört, weiß ich nicht. Aber ich halte es nicht für ausgeschlossen, da unser Kaiser doch so viel von seinem besten Freund hält. Als Botschafter verdient man bestimmt auch sehr gut. Und dann gibt es ja noch den Gutsbetrieb.«

»Pfft …« Und Adelheid litt unter einem schlechten Gewissen, wenn sie nur daran dachte, abgebrannte Kerzenstummel zu klauen, um ihrer Familie etwas mehr Licht ins Leben zu bringen.

24. Januar 1907

Seit vier Tagen fielen die Temperaturen. Stellenweise sogar auf minus zwanzig Grad. Und wieder schneite es, schneite ohne Ende. Züge blieben liegen, viele mitten auf der Strecke. Schon die Strecke von hier ins Dorf war kritisch. Meterhohe Schneeverwehungen versperrten den Weg. Jeden Tag aufs Neue mussten die Straßen und Pfade freigeschaufelt werden.

Unverhofft waren Adelheid Schaafs Vater und ihre zwei Brüder damit betraut worden. Sie schienen genauso fleißig zu sein wie Adelheid, was man ihnen gar nicht zugetraut hätte. Viktor konnte nur staunen. Und wünschte sich überraschenderweise, dass sein Vater etwas weniger Stolz und etwas mehr Fleiß wie Adelheid Schaafs Vater hätte.

Im ganzen Kaiserreich waren die Wetterverhältnisse ähnlich. In den östlichen Provinzen, in Pommern und West- und Ostpreußen fielen die Temperaturen teilweise auf unter dreißig Grad. Irgendwie schien das ganze öffentliche Leben lahmgelegt zu sein. Es kamen keine Züge mehr aus Berlin, und es fuhren auch keine mehr.

Viktor konnte nicht nach Charlottenburg fahren. Seit seinem letzten Besuch war kein Brief mehr gekommen. Dennoch konnte er sich ausrechnen, wie es seiner Familie ging. Bei dieser Kälte musste es schlimm sein. Und vermutlich wurde es mit jedem Tag schlimmer.

Nur weil die Wettersituation so außergewöhnlich war, hatte er überhaupt in Erwägung gezogen zu telefonieren. Und er wusste, nur wegen dieser außergewöhnlichen Situation hatte er eine Chance, dass Opitz es ihm gestattete. Natürlich musste er lügen. Niemand konnte annehmen, dass seine Familie einen Telefonapparat besaß. Das wenige, was man hier von seinen Eltern wusste, war, dass sein Vater tot war und seine Mutter mit den Geschwistern von einer kleinen Witwenpension lebte. Also hatte er sich eine Lüge einfallen lassen über eine befreundete Dame, die sie regelmäßig besuchte. Selbst wenn seine Mutter nicht dort wäre, wüsste man dort auf jeden Fall Bescheid, wie es der Familie ging.

Opitz hatte ihm also gestattet, vom Apparat, der unten in seiner Dienststube stand, zu telefonieren. Selbstredend würde der Betrag ihm im nächsten Monat, wenn die Telefonrechnung kam, von seinem Lohn abgezogen. Von den Bediensteten telefonierte so gut wie niemand. Es war zu teuer. Zudem kannten die Dienstboten kaum Menschen, die Telefonapparate besaßen.

Viktor wusste, wie die Rechnungen des kaiserlichen Postamts aussahen. Und dass dort nur aufgeteilt war nach Orts- und Ferngesprächen und Telegrammen. Und auch Telefonate ins Ausland wurden separat aufgeführt. Die wurden natürlich nur vom Fürsten geführt. Viktor musste also den Ort und die Länge des Telefonats notieren. Drei Minuten kosteten zehn Pfennige. Viktor musste sich sputen, möglichst nicht länger als diese drei oder sechs Minuten zu telefonieren. Er hatte den Zettel mit der Telefonnummer und wusste genau, was er sagen musste. Er nahm das Hörerteil von dem Kasten an der Wand und hielt seinen Mund an die Sprechmuschel, die an dem Wandgerät war. Sogleich hörte er eine Frauenstimme. Bei der Telefonistin meldete er das Gespräch an und gab die Nummer durch, die sie wählte, und dann sagte sie: »Ich verbinde.«

Es dauerte nicht lange, bis jemand das Gespräch annahm. »Kohlehandlung Schlüter und Söhne.«

»Guten Tag. Mein Name ist Viktor Novak. Ich möchte eine Kohlenbestellung aufgeben. Ich hätte gerne eine Lieferung an eine Adresse in Charlottenburg, und ich würde Ihnen das Geld per Postanweisung zukommen lassen.«

»Also keine Barzahlung bei Lieferung?«

»Nein, Sie bekommen das Geld vorab.« Normalerweise wurde Kohle immer bei der Lieferung bezahlt. »Und würden Sie die Kohle sofort liefern, sobald die Anweisung eingetroffen ist?«

»Selbstverständlich. Aber vorher liefern wir nichts.«

»Nein, nein. Das weiß ich natürlich. Die Adresse lautet: Justus Novak …« Er diktierte gerade die Straße, als er hinter sich ein Geräusch hörte. Als er sich zur Tür drehte, schloss sie sich gerade wieder. Verdammt, wer war das? Budde? Verunsichert schaute er auf die Tür.

»Einen Augenblick, bitte.« Mit dem Hörer in der Hand ging er zur Tür und riss sie auf. Da war niemand. Er schloss sie wieder. Trotzdem legte er die zweite Hand um die Sprechmuschel, als er weitersprach.

»Haben Sie die Adresse? … Sie brauchen sicher noch meinen Namen.« Er diktierte erst seinen Namen, dann die Summe, für die Kohle geliefert werden sollte.

Nachdem er sich nochmals versichert hatte, dass alles Wichtige notiert war, verabschiedete er sich und hängte den Hörer zurück auf die Gabel. Mal wieder ärgerte er sich über seine Familie, die ihn ständig in unangenehme Situationen brachte

Die Nennung des Namens seines Vaters und die Adresse war der kritische Moment gewesen. Wenn jemand das mitbekam, dann würde er nicht nur wissen, dass seine Familie in den Armenhäusern Charlottenburgs wohnte, sondern es bestand sogar die Gefahr, dass jemand herausbekam, dass sein Vater noch lebte. Und wer er war. Und weshalb Viktor ihn verschwieg.

Deshalb hatte er versucht, Opitz mit seiner Bitte allein zu erwischen. Wenn Budde das mitkriegte, würde der sich vielleicht nach oben in die Bibliothek schleichen, um mitzuhören. Was natürlich auch für den zweiten Diener nicht ungefährlich war, falls jemand ihn in der Bibliothek überraschte. Dann hätte er nämlich erklären müssen, was er da am Telefon tat. Denn wenn die Herrschaften für eins sicher kein Verständnis hatten, dann war es, fremden Gesprächen zu lauschen.

Viktor trat auf den Flur. Es war Nachmittag, und es war nicht besonders viel los. Noch immer kamen kaum Besucher. Und begründet durch die ungehörigen Beschuldigungen Hardens, war auch der Briefverkehr weniger geworden. Schon zu Weihnachten hatte die Familie weniger Glückwunschkarten und Weihnachtsbriefe erhalten als in den Jahren zuvor.

Adelheid Schaaf kam um die Ecke, einen Putzeimer und Feudel in den Händen. »Herr Novak, ich soll Ihnen ausrichten, dass Sie bitte nach oben in den Blauen Salon kommen sollen.«

»Wer sagt das?«, fragte er barsch.

»Herr Opitz.«

»Und wieso sagt er mir das nicht selber?«

So barsch, wie er gefragt hatte, schien das Hausmädchen nun verunsichert. Adelheid Schaaf war schnell zu verunsichern, denn offensichtlich hatte sie beständig das Gefühl, etwas falsch zu machen.

»Er ist mir vorhin im Vestibül begegnet. Und ich sollte Ihnen ausrichten, dass Sie bitte …«

»Hat er dir gesagt, wo du mich findest?«

Jetzt nickte Adelheid Schaaf nur noch.

»Dann hast du an seiner Dienststube geklopft und gehört, wie ich telefoniert habe?«

Wieder nickte sie, und ihr Hals versank zwischen ihren Schultern. Sie wirkte schuldbewusst. »Ich wollte nicht stören. Deswegen habe ich die Tür sofort wieder zu gemacht. Ich wusste ja nicht, dass Sie telefonieren.«

Also hatte Adelheid Schaaf seine Worte gehört! Er schaute sie durchdringend an. »Was hast du denn gehört?«

»Nichts. Ich hab nicht gelauscht! Ich hab sofort die Tür wieder geschlossen«, verteidigte sie sich mit leiser Stimme.

Seine Blicke durchbohrten sie regelrecht. Vielleicht stimmte das, vielleicht aber auch nicht. Vielleicht hatte sie nur einen harmlosen Satz mitbekommen, vielleicht aber auch genau den Moment, als er die verräterische Adresse seiner Eltern diktiert hatte. Nicht, dass ausgerechnet Adelheid Schaaf sich in Charlottenburg auskennen würde. Vermutlich hatte sie kaum jemals die Grenzen des Löwenberger Bezirkes verlassen. Im Leben würde sie nicht wissen, was jeder in Charlottenburg wusste – dass in der besagten Straße die Armenhäuser standen. Dennoch, sie könnte sich verplappern.

»Gar nichts? Du hast gar nichts gehört?«

Wieder schüttelte sie den Kopf, dieses Mal sehr vehement.

Auf der Dienstbotentreppe kam jemand schnell herunter. »Novak, wo bleibst du denn? Muss ich alles alleine machen?«

Viktor bedachte Adelheid Schaaf mit einem letzten scharfen Blick, dann wandte er sich an Budde. »Was gibt es denn so Dringendes?«

Budde blieb stehen, sah ihn interessiert an, dann erschien ein dickes Grinsen auf seinem Gesicht. »Die Komtessen hätten gerne ihren Tee.«

»Und das schaffst du nicht allein?« Was bitte schön hatte dieses Grinsen zu bedeuten? Hatte er doch gehorcht?

»Ich muss dem Fürsten und Herrn Theurich zur Hand gehen.«

Jaroljmek war ein arroganter Kerl gewesen, aber nun hatte der Fürst keinen Privatsekretär mehr. Theurich, der Kammerdiener, musste gerade vieles zusätzlich übernehmen.

»Ich bringe den Tee sofort«, sagte Viktor und wandte sich zur Küche.

Manchmal hatte er wirklich Lust, Budde eine reinzuhauen. Manchmal hatte er sogar das Gefühl, Budde wollte ihn zu genau so einem Schritt provozieren. In der Annahme, dass er beim Militär gelernt hatte, sich besser zu verteidigen. Aber Budde war etwas kleiner und schmächtiger als er. Wie eine Prügelei tatsächlich ausgehen würde, konnte man sich nicht sicher sein. Nur eins war klar: Viktor wollte sich oben in den Herrschaftsräumen nicht mit einem Veilchen im Gesicht zeigen müssen. Etwas, worauf Budde vermutlich noch stolz gewesen wäre.

Er brachte den Komtessen den Tee und bediente sie. Ihre Mutter war nicht anwesend, sondern hatte sich hingelegt. Was sie in den letzten Tagen häufig tat. Die Tatsache, dass ihre eine Tochter verschwunden war, setzte der Fürstin wirklich zu. Viktor hatte mitbekommen, dass man einen Privatdetektiv engagiert hatte. Doch noch gab es keine Informationen. Zumindest hatte man unten bei den Dienstboten nichts weiter gehört.

Viktor stellte sich an der Wand des Salons in Warteposition. Vielleicht wollten die Komtessen noch eine Kleinigkeit essen. Oder er sollte nachschenken. Oder etwas anderes bringen. Doch nach einer halben Stunde wurde er entlassen.

Er durchquerte das Vestibül, wo Opitz stand und ihm den Rücken zukehrte. Gestern war der Friseur im Schloss gewesen und hatte die Männer frisiert. Opitz hatte sich seinen rotbraunen Haarkranz stutzen lassen. Nun sah man wieder seine speckigen Falten hinten am Hals. Der Butler sortierte die Post, die offensichtlich gerade gekommen war. Dann hatte es also doch noch ein Zug geschafft, hierher durchzudringen. Oder vielleicht war die Post auch ausnahmsweise wie früher mit der Pferdekutsche befördert worden.

»Ist etwas für mich dabei?« Sicher hatte Ricarda ihm geschrieben. Sicher war es wieder ein Bettelbrief. Als wüsste er nicht selbst, woran es ihnen mangelte. Weshalb Ricarda dann immer noch schrieb? Als könnte er plötzlich Extrageld zur Verfügung stellen. Was natürlich im Grunde genommen so war, aber sie wussten alle, er sparte das Geld ja nicht für sein Vergnügen und nicht für irgendeinen Luxus.

»Jawohl. Es ist ein Brief für Sie gekommen«, sagte Opitz, während er in die Hosentasche griff. Er hatte die Post für die Dienstboten noch nicht in seine Kammer gebracht.

Viktor erkannte den Umschlag sofort. Er griff zu, und ohne auf den Absender zu schauen, ließ er ihn eilig in seiner Hosentasche verschwinden. Als hätte er etwas zu verbergen.

Was Herrn Opitz plötzlich stutzig machte. »Von wem war der?«

Verdammt. Was hatte Ricarda dieses Mal als Absender geschrieben? Wieder Richard Adler? Hoffentlich, er musste einen Schuss ins Blaue wagen. »Es ist ein Brief von einem ehemaligen Schulkollegen von mir.«

Opitz' Augen verengten sich zu Schlitzen. »Wie können Sie das wissen, wenn Sie nicht mal auf den Umschlag schauen?«

Noch mal verdammt. Erst hatte er nicht auf den Umschlag geschaut, dann hatte er mit der Antwort gezögert. Doch jetzt fiel ihm wieder keine überzeugende Antwort ein. »Ich hab das Briefpapier erkannt.«

Opitz zog eine Augenbraue hoch. Er schien skeptisch. Es kam ihm alles etwas zu vage vor. »Tatsächlich? Sie erkennen das Briefpapier von einem ehemaligen Schulkollegen? Schreiben Sie sich denn so oft?«

»Nein … also … ähm … Ich erkenne es halt.« Viktor spürte, wie er unter seinem weißen Hemd anfing zu schwitzen. Und er hatte gedacht, das Telefonat sei der kritische Moment.

Opitz bedachte ihn mit einem merkwürdigen Blick.

»Suchen Sie etwa gerade nach einer anderen Stelle?« Er spitzte missmutig den Mund. »Denn wenn das so wäre, dann wäre das Verrat an unserem Fürsten. Wenn jetzt im Moment jemand geht, wäre das eine Art Eingeständnis der Vorwürfe, die man ihm macht.« Opitz' buschige Augenbrauen sahen drohend aus.

Offensichtlich sickerten diese infamen Anschuldigungen gegen den Fürsten nun doch langsam durch. Oder woher wusste

Opitz davon? Vielleicht hatte er etwas im Salon aufgeschnappt. Vielleicht meinte er aber nach wie vor nur den Vorwurf der Geheimregierung durch die sogenannte Kamarilla.

»Nein … Aber nein. Ich suche keine neue Stelle.«

Schon griff Opitz in das Innere seines Jacketts und holte eine Brille hervor. »Ich will den Brief lesen.«

Viktor schnappte nach Luft. Das durfte nicht wahr sein. Er konnte Opitz den Brief nicht zeigen. Dann wäre alles verloren. Seine so gut aufgebaute Fassade, all seine Hoffnung, alles dahin.

»Ich bin mir nicht sicher …«

Opitz sah ihn scharf an und wartete. Viktor wusste nicht, wie er den Satz weiterführen sollte. »Es ist doch aber nur …«

»Sie müssen mir den Brief natürlich nicht zeigen. Aber dann ist es für mich das Eingeständnis, dass Sie sich nach einer anderen Stellung umsehen. Dann werde ich umgehend mit dem Fürsten darüber sprechen, dass wir uns einen neuen Diener suchen. Ich bin mir sicher, unsere fürstliche Hoheit wird es ähnlich sehen wie ich.«

Was sollte er tun? Was hatte Ricarda dieses Mal geschrieben? Von der engen Behausung, von dem Mief, den sie nicht mehr ertrug? Von dem fehlenden Geld, dem Hunger, der Kälte? Was, wenn sie von Viktors angeblich totem Vater schrieb?

»Sie geben mir jetzt sofort diesen Brief. Eine Weigerung werte ich als Ihr Entlassungsgesuch.«

Mit zittrigen Händen fischte Viktor den Brief aus seiner Hosentasche. Schweiß stand ihm auf der Stirn. Er wusste, er sah unendlich schuldig aus. Kein Wunder, dass Opitz das Gefühl hatte, dass mit dem Brief etwas faul war. Nur war etwas ganz anderes faul damit, als der Butler dachte. Viktor hielt ihm Ricardas Brief hin. Mit einem leisen Anflug von Erleichterung stellte er sich vor, wie schlimm es wäre, wenn es jetzt ausgerechnet noch das ganz billige graue Papier gewesen wäre. Doch sobald Opitz den Inhalt kannte, war die ganze Charade sowieso aufgeflogen.

»Öffnen Sie.«

Viktor zögerte. Er sah, dass Ricarda einen Männernamen benutzt hatte. Wie üblich.

»Sehen Sie? Richard Adler, mein ehemaliger Schulkollege.« Immerhin mit einer falschen Absenderadresse beschriftet, wie er erleichtert feststellte.

»Öffnen Sie den Umschlag!«

Viktor schluckte. Es bliebe ihm nichts anderes übrig, als Opitz den Brief zu zeigen. Er trennte den Briefumschlag auf und holte das gefaltete Papier heraus. Am liebsten hätte er wenigstens selbst erst mal geschaut, was Ricarda schrieb. Aber Opitz riss ihm den Brief geradezu aus der Hand.

Viktor schaute ihm halb über die Schulter, versuchte zu erkennen, wie groß der Schaden war, den die verräterischen Zeilen seiner Schwester anrichteten.

Lieber Viktor, du weißt vermutlich …

»Wo bleibt denn unser Kaffee?« Plötzlich stand oben an der Treppe der Fürst und dröhnte unwirsch hinunter. Opitz riss sich die Brille vom Gesicht, bevor er sich zu ihm umdrehte.

»Ist er noch nicht gebracht worden, Euer Durchlaucht?«

»Sonst würde ich doch wohl kaum fragen … Was ist das? Lesen Sie etwa meine Briefe?« Er kam ein paar Treppenstufen herunter.

»Nein, Euer Durchlaucht. Ich wollte nur … zur größten Sicherheit, den Brief von Herr Novak kontrollieren.«

»Zur größten Sicherheit? Was soll das heißen?«

»Ich wollte unter allen Umständen vermeiden, dass jemand gerade jetzt den Dienst aus eigenen Stücken verlässt. Und ich hatte die Befürchtung, es sei ein Brief eines möglichen anderen Arbeitgebers.«

»Und, ist das so?«, donnerte der Fürst.

Viktor sollte sich verteidigen. Aber er schaffte es nicht, auch nur eine Silbe rauszubringen. Sag was, schrie er innerlich. Aber zu wissen, dass nicht nur Opitz, sondern auch der Fürst gleich den Inhalt seines Briefes kennen würde, und damit seine ganze Schande, ließ ihn erstarren. Gleich würden sie von ganz allein auf die Idee kommen, dass er sich eine neue Stelle würde suchen müssen. Er versuchte, Atem zu holen. Die Brust wurde ihm eng.

»Nun, ich müsste erst kurz …« Opitz schaute auf den Brief und tat so, als würde er ihn lesen.

Viktor wurde übel. Er konnte nur hoffen, dass Opitz ohne Brille wirklich so wenig erkennen konnte, wie er immer vorgab. Deswegen lasen sie ihm die Zeitung vor. Weil er sich nicht stundenlang zum Lesen in seine Dienststube zurückziehen konnte oder wollte. Und auch jetzt war er viel zu eitel, um dem Fürsten zu zeigen, dass er eine Brille brauchte. Sein Kopf machte diese kleinen Bewegungen, die man machte, wenn man einen Brief las. Viktor hatte das Gefühl, er müsse sich an der Wand abstützen. Die Knie wurden im weich. Konnte er lesen, was Ricarda geschrieben hatte? Ein paar falsche Worte, und alles wäre aus.

»Nein, mein Herr. Es ist nur eine private Korrespondenz. Ganz harmlos.« Er faltete den Brief zusammen und reichte ihn Viktor zurück. »Ich werde mich umgehend persönlich um Ihren Kaffee kümmern.« Er ging ein paar Schritte vor. »Ich bringe auch sogleich die Post.«

Der Fürst nickte und verschwand wieder.

Opitz drehte sich zu ihm um. »Nun machen Sie schon und stellen unten den Kaffee in den Aufzug. Mit Budde werde ich gleich noch ein Wörtchen reden.«

Anfang Februar 1907

Constanze betrat den Salon. Vielleicht gab es endlich Nachrichten von Augusta. Die letzten drei Wochen waren unerträglich gewesen. In den ersten zwei Wochen hatte niemand irgendetwas gewusst. Letzte Woche waren endlich Nachrichten von dem Privatdetektiv gekommen. Doch sie war jedes Mal hinausgeschickt worden. Überhaupt wurde sie jetzt häufig hinausgeschickt. Die Fürstin lastete ihr die Dummheit ihrer Tochter an, wenigstens zu einem sehr großen Teil. Auch die beiden anderen Töchter schauten Constanze mit diesem speziellen Blick an. Als hätte sie etwas verbrochen. Als würde sie die große Schuld tragen, dass Augusta auf solch unangebrachte Weise verschwunden war. Dabei war Constanze Hunderte von Kilometern entfernt gewesen, als Augusta durchgebrannt war.

Die beiden Komtessen vermittelten ihr das Gefühl, Constanze würde sie verderben, wenn sie noch länger mit ihr zusammen wären. Was natürlich ein Hohn war. Von Tag zu Tag wurde sie wütender darüber, wie sehr sie jede Verantwortung für ihr eigenes Tun und das ihrer Schwester abstreiften. Als hätten sie nicht ebenso danebengesessen, wenn Augusta mit dem Sekretär poussiert hatte. Als hätten sie nicht im Nachbarzimmer geschlafen, während ihre Schwester die Flucht vorbereitet haben musste.

Im Gegenteil. Constanze war sich sicher, dass Augusta sich bestimmt ihren Schwestern anvertraut hatte – wenn nicht die Fluchtabsichten, so doch ihre Schwärmerei für den attraktiven Privatsekretär und ihre Träumerei. Sicherlich wussten Alexandrine und Viktoria viel besser Bescheid über das Seelenleben ihrer Schwester als Constanze.

Doch nun tat die gesamte Familie, als wäre es ihnen komplett neu, dass da was im Busch gewesen sein musste. Als hätte Constanze ihnen diese wichtige Information vorenthalten. Sie mieden sie, schickten sie hinaus, tuschelten über sie. Es war zum Verrücktwerden. Dabei war es ihre Aufgabe, die Komtessen angemessen zu beschäftigen. Früher war es viel einfacher gewesen. Sie hatte die Komtessen aufgesucht und ihnen eine Aktivität vorgeschlagen, um die Nachmittagsstunden zu füllen. Doch nun kam sie sich vor, als würde sie um eine Gefälligkeit bitten.

Als sie nun das Porzellanzimmer betrat, sahen Alexandrine und Viktoria sich mit einem wissenden Blick an. Irgendetwas war passiert. Irgendetwas, was noch unangenehmer war als die Situation vorher. Doch sie musste weiter gute Miene zum bösen Spiel machen.

»Wunderbar. Sie haben schon Tee. Möchten Sie später vielleicht Karten spielen?«

Alexandrine setzte sich aufrecht hin, als hätte sie etwas sehr Bedeutsames zu sagen. »Mama kommt jeden Moment. Sie will mit Ihnen sprechen.

»Sehr schön. Über was denn?« Mit weichen Knien ließ Constanze sich auf einem Sofa gegenüber den Töchtern nieder.

»Lycki wäre nie weggelaufen, wenn Sie dabei gewesen wären«, sagte Viktoria nun vorwurfsvoll.

»Möglicherweise hätte ich etwas verhindern können«, antwortete Constanze vage. »Aber offensichtlich hat sich Komtess Augusta sehr geschickt angestellt, wenn sie Sie alle überrumpeln konnte. Sie hatten doch wieder die Zimmer direkt neben Ihrer Schwester, oder?«

Alexandrine schnappte nach Luft, aber Viktoria lamentierte lautstark: »Ach, wären Sie nur dabei gewesen.«

»Ich wäre sehr gerne mitgekommen. Aber Ihre Eltern wollten ja in einem möglichst kleinen Kreis verreisen.« Das sagte sie bestimmt schon zum zwanzigsten Mal. Sie hatte doch nicht darüber zu entscheiden, ob sie auf Reisen mitgenommen wurde oder nicht. Das war allein die Entscheidung der Fürstin und des Fürsten.

»In was für einer Situation wir uns nun befinden!«, warf Alexandrine ihr vor.

»Aber ich kann doch nun wirklich nichts dafür.«

»Sie hätten Papa deutlicher machen müssen, wie groß die Gefahr war.«

»Aber Ihr Herr Vater hatte doch sogar schon ein Hochzeitsverbot ausgesprochen. Er wusste um die Gefahr.« Er hätte einfach diesen vermaledeiten Privatsekretär entlassen sollen. Doch das konnte Constanze natürlich nicht laut sagen.

»Wie unverfroren, dass Sie ihm nun den Vorwurf machen.«

Constanze schnappte nach Luft. Allmählich bekam sie das Gefühl, dass, egal, was sie sagte, sie auf jeden Fall die Schuldige war. Nicht die Eltern, die dabei gewesen waren, nicht die Schwestern und auch nicht die Tochter selbst – sondern nur sie, die Gouvernante.

Die Tür ging auf, und die Fürstin erschien. Sie machte ein düsteres Gesicht. Wie innerlich erstarrt trat sie an die Sitzgruppe und ließ sich steif auf einem einzelnen Sessel nieder. Ihre Blicke waren auf ihre Hände im Schoß gerichtet, und sie atmete, als müsste sie erst Anlauf nehmen für ihre nächsten Worte.

»Wir haben heute Vormittag endlich Nachricht von meiner Tochter erhalten. Sie ist wohlauf.«

»Aber das ist doch wunderbar«, sagte Constanze verhalten. Es hörte sich nicht so an, als wäre das schon alles.

»Sie ist nun … verheiratet.«

Constanze nickte. So etwas in der Art hatte sie sich schon gedacht. Vermutlich war es das Beste in ihrer Situation. Nein, stimmte nicht, korrigierte Constanze sich. Noch besser wäre es gewesen, wenn niemand etwas von ihrem kleinen Ausflug mitbekommen hätte und Augusta einfach irgendwann nach Hause gekommen wäre. Geläutert und beschämt. Und vernünftig geworden. Das wäre das Beste in ihrer Situation gewesen.

»Wo … Ich meine, wo haben sie geheiratet?« Sie musste nicht fragen, wen sie geheiratet hatte. Das war ja klar.

»In London. Sie sind gerade auf dem Weg hierher. Soweit es die schwierige Wetterlage zulässt.«

Noch immer war es bitterkalt, und noch immer lag der Schnee hoch und behinderte alles Fortkommen. Der Ärmelkanal war nicht zugefroren. Trotzdem würden die Schiffe eine unruhige Überfahrt haben. Und dann mussten sie noch einen Zug finden, der fuhr.

»Sie freuen sich sicherlich ungemein, Ihre Tochter wohlbehalten wiederzusehen.«

»Wohlbehalten?!«, sagte die Fürstin scharf.

»Ich meine natürlich … Wir hatten ja zwischendurch alle befürchtet, dass etwas Schreckliches passiert sein könnte.«

»Es ist etwas Schreckliches passiert!«

»Ja, sicher.« Natürlich war es schrecklich. Vor allem schrecklich dumm.

Für einen Moment sagte niemand mehr etwas. Constanze überlegte, was sie nun tun sollte. »Sollen wir etwas für ihre Rückkehr planen?«

»Was denn?«, fragte Viktoria überrascht. »Soll Lycki jetzt etwa auch noch belohnt werden?«

Endlich mal ein Eingeständnis, dass es Augusta gewesen war, die einen Fehler gemacht hatte. Trotzdem, es blieb schwieriges Terrain. Jetzt gehörte Herr Jaroljmek zur Familie. Zwar hätte Constanze nun auf ihn schimpfen können, und auch auf Augusta. Aber spätestens wenn sich die erste Entrüstung gelegt hatte, würde alles auf sie zurückfallen.

»Nein. Wir können nicht verhindern, dass sie herkommen. Aber sie werden nicht lange bleiben«, sagte die Fürstin bitter.

* * *

Unfassbar, mit welch eiskalter Berechnung Augusta sich im Schoß der Familie einfand. Das frischgebackene Ehepaar war vor wenigen Stunden angekommen. Natürlich durfte niemand der Bediensteten bei der Unterredung dabei sein. Erst hatten nur der Fürst und die Fürstin allein mit den beiden gesprochen. Dann durften die Schwestern hinzukommen. Constanze hatte auf heißen Kohlen gesessen. Hoffentlich wurde nun endgültig geklärt, dass die Flucht von Augusta und Jaroljmek allein geplant und durchgeführt worden war. Und dass Constanze keine Schuld traf.

Irgendwann bekam sie mit, dass die Familie nun zu Tisch ging. Constanze wusste nicht, ob sie sich mit dazusetzen sollte. Schon in den letzten Tagen hatte man sie darum gebeten, am Kammertisch zu speisen. Gemeinsam mit Fräulein Grooten, der Kammerzofe, und Herrn Theurich, dem Kammerdiener.

Seit Wochen schon lag eine merkwürdige Atmosphäre in der Luft. Eine Atmosphäre der Unsicherheit. Als wüsste man nicht mehr, welche Katastrophen der nächste Tag bringen würde. Im Grunde hatte es schon im letzten Frühjahr angefangen, mit der Konfrontation von Friedrich von Holstein mit dem Fürsten. Damals war das Duell abgewendet worden, und alle hatten geglaubt, das Schlimmste sei vorbei. Dann hatte dieser Maximilian Harden im Herbst diese unangenehmen Artikel veröffentlicht. Und als wäre das nicht alles schon schlimm genug, hatte sich die kostbare Fürstentochter mit dem Privatsekretär auf und davon gemacht.

Die Stimmung im Schloss wurde von Tag zu Tag trüber. Noch immer hatte man keine Gäste empfangen, seit die Familie aus der Schweiz zurückgekehrt war. Im Grunde genommen war es Constanze ganz recht, dass sie nicht mit ihnen zusammen essen musste. Zwar waren die Gespräche am Kammertisch auch nur sehr verhalten, aber niemand wurde persönlich angegriffen.

Nach dem Essen ging sie den Flur entlang. Sollte sie nun, so wie früher immer, sich abends zu den noch unverheirateten Töchtern gesellen? Vor fünf Jahren war sie als Gouvernante eingestellt worden. Doch nun waren die Komtessen fast erwachsen, und Constanze fungierte eher als Gesellschaftsdame, deren Aufgabe es war, an Tagen ohne Besuch für Kurzweil zu sorgen.

Constanze stand an der Tür zum Blauen Salon. Ihre Hand schwebte über der Türklinke. Sie hatte ein ungutes Gefühl. Ein ungutes Gefühl, das nicht nur ihrer Unlust entsprang, nun mitten in diese Familienfehde zu geraten. War sie erwünscht? Vermutlich eher nicht. Aber wenn sie nicht hineinging, würde es ihr als eine Vernachlässigung ihrer Pflichten ausgelegt. Und da gerade eine mögliche Vernachlässigung ihrer Pflichten im Raume stand, war es besser, sich jetzt eine Abfuhr einzuhandeln als den Hinweis darauf, man könne ja sehen, dass sie ihren Pflichten nicht nachkomme.

Gerade als sie sich endlich entschlossen hatte, wurde die Tür von innen aufgerissen und Augusta stand davor. »Sehr schön. Sie können direkt mitgehen und mir helfen.«

»Aber gerne«, antwortete Constanze. Sie folgte Augusta die Treppe hoch in ihr altes Schlafgemach. Natürlich hatte man ihr und ihrem frisch angetrauten Ehemann ein anderes Zimmer zugewiesen. Ein Gästezimmer mit einem breiteren Bett.

Sie gingen nun in Augustas Ankleidezimmer neben dem alten Schlafgemach. Die fing sofort an, Kleidungsstücke aus dem Schrank hervorzuholen und auf den Sessel zu werfen.

»Das nehme ich mit. Das auch … Und dieses hier.«

»Sehr wohl.« Constanze war es gewohnt, Kleidung für die Töchter einzupacken, wenn diese auf Reisen gingen. Ob sie wohl nun in die Flitterwochen fuhren?

»Und ich brauche meinen Schmuck.«

Constanze nickte. »Ich werde sofort Herrn Opitz Bescheid geben. Welche Stücke möchten Sie mitnehmen?«

»Alle. Ich nehme alles mit.«

Fast schien es, als hätte Augusta nicht vor, jemals zurückzukehren. Constanze versuchte sich die Überraschung nicht anmerken zu lassen. »Wie Sie wünschen.«

Sie hatte nicht darüber zu entscheiden, ob Augusta den Schmuck mitnehmen durfte oder nicht. Aber sie würde Herrn Opitz darum bitten, den Fürsten davon in Kenntnis zu setzen.

* * *

Das konnte doch gar nicht wahr sein. Das durfte nicht wahr sein! Wie um alles in der Welt wollte man sie dafür auch noch verantwortlich machen?

»Woher soll ich denn wissen, wo das Schmuckstück ist?«

»Weil es mit in Berlin war! In Ihrer Obhut.«

»Das stimmt. Aber Ihre Tochter hat die Kette in Berlin doch gar nicht getragen. Ich habe sie gar nicht aus der Schatulle geholt.«

Es gab nur wenige Personen hier im Haus, die mit dem Schmuck der Töchter oder der Fürstin zu tun hatten.

Es gab einen Tresor, in dem die Preziosen gelagert wurden – der Schmuck der Fürstin und ihrer Töchter und ebenso die Orden des Fürsten. Die Fürstin und die Töchter bestimmten, welchen Schmuck sie zu tragen gedachten, wenn sie auf einen Ball gingen oder ins Theater, in die Oper oder auf Reisen. Normalerweise wurde dann die Kammerzofe darüber informiert, holte die Stücke heraus und legte sie anschließend wieder dahin zurück, nachdem Herr Opitz ihr den Tresor geöffnet hatte. Nur er und der Fürst hatten Schlüssel dazu.

Gelegentlich passierte es, dass Constanze eins von den opulenten Schmuckstücken zurückbringen musste, wenn weder die Kammerzofe noch die Mamsell in der Nähe waren. Dennoch kam es sehr selten vor, dass sie etwas persönlich in den Tresor legte. Ohne Herrn Opitz kam sie nicht an den Inhalt des massiven Metallschrankes heran.

Und jetzt fehlte etwas. Eine goldene Kette mit eingefassten Rubinen. Constanze wusste, um welches Stück es sich handelte – ein Erbstück von der verstorbenen Mutter des Fürsten. Alle Töchter hatten teure Erbstücke erhalten, und diese Rubinkette war Augusta zugefallen. Augusta hatte sie nie gemocht, war sie doch zu dick und zu protzig für eine junge Frau. Aber sie war aus schwerem Gold, mit vielen großen und kleinen Rubinen. Das machte sie sehr wertvoll.

»Nun, sie ist nicht da. Und es gibt nicht so viele Personen, die in Betracht kommen.«

»Aber ich habe sie nicht genommen. Ich habe die Schatulle vollständig zurückgegeben. Komtess Augusta …« –Himmel, wie wurde Augusta denn nun angeredet? Frau Jaroljmek? –, »… sagen Sie Ihrer Mutter bitte, dass Sie das Schmuckstück gar nicht getragen haben.« Constanze stand vor der Fürstin und rang um Fassung.

Augusta stand neben ihrer Mutter und vermied jeden Blickkontakt. Sie blieb stumm.

Constanze wusste, nun wurde es brenzlig. Das war ein ernst zu nehmender Vorwurf. Dagegen waren die wenig subtilen Vorwürfe über ihre Pflichtvernachlässigung nichts. Hierfür könnte sie ins Gefängnis kommen! »Also werfen Sie mir vor, ich hätte mich der Kette in Berlin bemächtigt?«

»Wo auch immer Sie es getan haben, kann ich nicht sagen. Sie hatten ja immer mal wieder Zugang.«

Constanze schluckte. »Wie Sie es richtig sagen, Euer Durchlaucht. Immer mal wieder. Aber eher haben noch andere Zugriff auf den Inhalt des Tresors.«

»Sie streiten also ab, vom Verbleib der Kette zu wissen?«, fragte die Fürstin barsch nach.

»Allerdings. Ich wüsste nicht, wann Ihre Tochter besagte Kette das letzte Mal getragen hätte. Oder jemals.«

Die Fürstin drehte sich zu ihrer Tochter. »Wann, sagtest du, hast du sie getragen?«

Constanze kannte Augusta gut genug, um zu wissen, wann ihr eine Situation unangenehm war. Sie spielte dann immer mit ihren Fingern. So wie jetzt gerade.

»Getragen habe ich sie tatsächlich nie. Das letzte Mal gesehen habe ich sie vor der Jagd, als wir kurz davor nach Berlin gefahren sind, hatte ich sie mir rauslegen lassen. Diese Kette und noch andere Stücke. Ich hatte gedacht, sie würde gut zu meinem roten Chintzkleid passen. Aber getragen habe ich sie dann doch nicht. Sie ist einfach zu dick für meinen schlanken Hals.«

Die Fürstin schaute Constanze an, als wäre damit alles bewiesen.

»Nun, dann ist sie möglicherweise noch in Berlin. Vielleicht ist sie dort vergessen worden«, schlug Constanze vor.

»So ein wertvolles Stück vergisst man doch nicht. Nein! Sie ist verschwunden.«

»Was wirklich alles sehr bedauerlich ist, aber ich habe damit rein gar nichts zu tun.«

»Es ist ein bedeutendes Erbstück meiner Schwiegermutter.«

»Umso bedauerlicher ist es, dass Ihre Tochter nicht gut genug darauf aufpasst.« Nun wurde es ihr langsam zu viel. Den Verdacht eines Diebstahls durfte sie nicht auf sich sitzen lassen. Keinesfalls!

Augusta blinzelte. Die Fürstin schnappte nach Luft. »Sie sind entlassen. Umgehend. So jemanden wie Sie dulde ich nicht in meinem Haus.«

Das kam nicht überraschend. Seit die Familie nach Liebenberg zurückgekehrt war, verdichtete sich Constanzes Gefühl, dass ihre Zeit auf dem Schloss abgelaufen war. Überraschend allerdings war, mit welcher Begründung ihr gekündigt wurde.

»Das obliegt natürlich Ihrer Entscheidung. Ich möchte aber noch einmal darauf hinweisen, dass«, jetzt war es doch sowieso egal, wenn sie sich unbeliebt machte, »ich diese Kette zu keiner Zeit in meiner Obhut hatte. In Berlin war sie selbstverständlich mit all den anderen Schmuckstücken im dortigen Panzerschrank. Und bei unserer Rückkehr hat Herr Opitz selbst alle Kästchen an sich genommen und weggeschlossen.«

»Wir haben Herrn Opitz bereits befragt. Er hat ausgesagt, dass er die drei Schmuckkästchen nicht einzeln nachkontrolliert hat.«

»Und ich habe in Berlin an jedem Abend die getragenen Schmuckstücke ordnungsgemäß und vollständig zurückgelegt. Ich weiß noch sehr genau, dass die Komtessen zur Oper einheitlich ihre Diamantketten getragen haben. Was meines Wissens der einzige Anlass in diesen Tagen war, an dem der Schmuck überhaupt herausgeholt wurde«, erklärte Constanze.

In den Augen der Fürstin loderte die Wut. »Sie packen und verlassen dieses Haus umgehend.«

»Wie Sie wollen.« Constanze konnte nichts dagegen unternehmen, dass sie entlassen wurde. Sie konnte nur dafür sorgen, dass ihr Abschied mit rechten Dingen vor sich ging. »Ich werde in einer halben Stunde so weit sein, mein Zeugnis entgegenzunehmen. Und meinen restlichen Lohn.«

»Sie glauben doch wohl nicht, dass wir Ihnen auch nur einen Pfennig geben, solange nicht der Verbleib der Kette geklärt ist.«

Constanze musste tief durchatmen. »Es gibt nicht einen einzigen Beweis, dass ich diese Kette gestohlen habe.«

»Nur Sie können es gewesen sein!«

»Nein. Herr Opitz hatte jederzeit Zugang. Seit unserer Rückkehr aus Berlin war Ihre Kammerzofe diverse Male am Panzerschrank. Der Kammerdiener hat dort im Januar noch die Orden Seiner Durchlaucht entnommen. Wenn ich mich recht erinnere, hat sogar die Mamsell …«

»Sie beschuldigen meine Kammerzofe?«

»Ich beschuldige niemanden. Ich sage nur, wer sonst noch Zugang hat. Und zwar deutlich mehr Zugang als ich. Ich weiß wirklich nicht, wie Euer Durchlaucht darauf kommen, ich hätte die Kette genommen.«

»Weil Sie mit in Berlin waren.«

»Aber Euer Durchlaucht wissen doch gar nicht, seit wann die Kette verschwunden ist.«

»Auf jeden Fall wurde sie danach nicht mehr gesehen«, sprang nun Augusta ein.

Was rein gar nichts hieß. Aber Widerworte halfen in der Regel nicht, wie Constanze wusste. »Ich werde das nicht hinnehmen. Sie können mir zwar kündigen, aber ich bestehe auf meinem ausstehenden Lohn.«

»Bei Gott … sonst was?« Die Fürstin sah spöttisch auf sie herab. »Sie glauben doch wohl nicht, dass der ausstehende Lohn auch nur einen Bruchteil unseres Verlustes decken würde. Sie können froh sein, wenn wir nicht die Kriminalen holen!«

Nun brodelte es auch in Constanze. Sie wäre der Fürstin am liebsten an die Gurgel gegangen. Was für eine infame Lüge, sie des Diebstahls zu bezichtigen.

»Wenn Sie mir das Wohl Ihrer Töchter nicht mehr anvertrauen wollen, muss ich das billigend hinnehmen. Obwohl mich an den jüngsten Vorfällen«, sie warf Augusta einen scharfen Blick zu, »nicht mehr Schuld trifft als jeden hier im Haushalt. Sie haben doch selbst gewusst, wie Ihre Tochter zu Herrn Jaroljmek steht.

Ebenso wie Ihr Gatte. Im Gegenteil, Ihre Tochter unterstand ja nicht einmal meiner Aufsicht, als sie sich zu ihrem Handeln entschloss.« An den Ausdrücken in den Gesichtern sah Constanze, dass sie den wunden Punkt getroffen hatte. »Und ich bestehe auf meinem Lohn.«

Die Fürstin schauten sie voller Ablehnung an. Sagte aber nichts.

»Darf ich wissen, warum nur ich verdächtigt werde?«

»Sie kommen dafür am ehesten infrage.«

»Was veranlasst Sie zu dieser Annahme?«

»Wir haben Erkundigungen eingeholt. Der Privatdetektiv, den wir engagiert haben, hat auch über unsere Angestellten Informationen eingeholt.«

Das Blut schoss Constanze ins Gesicht. Sie wussten von Hugo! »Was soll das heißen?«

»Dass wir Sie auf keinen Fall weiterhin für befähigt halten, unseren Töchtern Sitte, Moral und Anstand zu vermitteln.«

»Und deshalb bin ich eine Diebin?«

»Sie haben uns einmal belogen. Es liegt nahe, dass es nicht das einzige Mal war«, warf ihr die Fürstin verachtungsvoll vor.

Was sollte Constanze darauf antworten? Von einer Sekunde zur nächsten war sie ins Hintertreffen geraten. »Ich bestehe weiterhin darauf, dass ich keine Diebin bin.«

»Sie können von mir aus auf was auch immer bestehen. Sie verlassen noch heute das Schloss. Und nun entfernen Sie sich.« Die Fürstin wandte sich ab und setzte sich.

Ohne zu zögern folgte Augusta ihrer Mutter. Constanze war entlassen.

Entlassen! Und ohne Lohn, den sie anders als die anderen Angestellten nicht wöchentlich bekam, sondern monatlich. Und da weder sie noch die Familie Ende Dezember anwesend gewesen war, hatte es da auch keinen Lohn gegeben. Für ihre freien Tage im Dezember und Anfang Januar bekäme sie ohnehin einen Lohnabzug. Am 1. Februar hatte sie nach dem ausstehenden Lohn gefragt, war aber vertröstet worden. Die Fürstin sei in einer düsteren Stimmung, so hatte es geheißen. Nun war schon wieder eine Woche vergangen. Einschließlich heute hatte sie Anspruch auf sechs Wochengehälter plus drei Tage.

Und nun sollte sie mit leeren Händen einfach so von hier verschwinden? Zumal sie ganz sicher nicht die Kette an sich genommen hatte. Und eigentlich war es ihr auch egal, wer es getan hatte. Aber was sollte sie tun? Herr Opitz, der die Gehälter auch für die höheren Angestellten wie die Kammerdiener und den Sekretär verwaltete, war sicher schon instruiert worden, ihr nicht …

Plötzlich hatte sie eine Eingebung. Das Gehalt des Sekretärs! Von welchem Geld waren Augusta und ihr Geliebter eigentlich nach London gereist und hatten dort logiert? Sie warf Augusta einen letzten Blick zu. Bestimmt hatte sie etwas mit dem Verschwinden der Kette zu tun.

»Sie sind ja immer noch da!«, tönte nun die Fürstin. »Wenn Sie in einer halben Stunde nicht weg sind, lasse ich Sie hinauswerfen.«

»Zur Kette ist das letzte Wort noch nicht gesprochen!«, sagte Constanze und drehte sich um. Ja, sie würde gehen. Und nein, diesen Vorwurf und die Vorenthaltung ihres Gehaltes würde sie nicht auf sich sitzen lassen.

Kapitel 8

10. Februar 1907

Erst jetzt kam der Vater heim. Er hatte noch die Landstraße Richtung Häsen freigeräumt. Auch wenn der Pfarrer es nicht gerne sah, dass er sonntags arbeitete, waren die Dorfbewohner doch froh darum, dass sich jemand dieser Tätigkeit erbarmte. Und Vater war froh, damit eine Extramark verdienen zu können.

Er hatte mehrere Holzstücke mitgebracht. Friedel klopfte draußen den Schnee ab, und eins wurde sofort in den Ofen geworfen. Es war furchtbar kalt, immer noch. Gunther tat Adelheid so leid, dass sie ihn in ihren Wintermantel mit ihrem Schal gewickelt hatte. Der Husten wurde einfach nicht besser. Der Junge sah ganz bleich aus, mit roten Augen und einem von Besuch zu Besuch schmaler werdenden Gesicht.

Der Hustensaft, den Mama gekauft hatte, war schon wieder leer. Immerhin hatte die Mutter es geschafft, aus zwei Zwiebeln und etwas Honig neuen herzustellen. Aber er wirkte nur kurz. Gunther hustete in einem fort. Alle hatten sich schon daran gewöhnt, nur Adelheid tat jedes einzelne Husten weh. Ihr kleiner Bruder bellte geradezu, und man konnte hören, wie ihm die Lungen dabei schmerzten.

Der Vater und die beiden großen Brüder zogen ihre nassen Schuhe aus. Mama gab ihnen die neuen Wollsocken, die sie auf einer Leine über dem Ofen angewärmt hatte.

Adelheid machte sich nicht nur um Gunthers Husten Sorgen. Langsam konnte man Mama die Schwangerschaft ansehen. Aber nun denn, Ende April oder Anfang Mai war ein guter Geburtstermin. Und dieses Mal würde sie das Geld von ihr haben, und im Sommer gab es immer mehr zu essen als im Winter. Also würde Mama vermutlich genug Milch für das Baby haben.

Mama machte den Männern einen dünnen Muckefuck. Vater zog einen alten Baumstumpf an den Ofen und ließ sich nieder. Er rieb sich die Hände, um sie warm zu machen. Wenn er draußen arbeitete, hatte er nur ein paar Lappen, die er sich um die Hände wickeln konnte. Adelheid hatte überlegt, Wolle zu kaufen, um ihm und ihren Brüdern Handschuhe zu stricken. Oder sie fand einen alten Wollpullover, dessen Wolle sie nutzen konnte.

»Was ist denn eigentlich bei euch im Schloss los? Was sind das für abscheuliche Dinge, die man hört?«

»Was meinst du, Vater?«

Vater schaute Adelheids Geschwister an. »Ihr alle, geht nach nebenan spielen.« Er wartete, bis Edeltraud Gunther an den Händen genommen hatte und mit Gundula zusammen rübergegangen war. Friedel und Bernhard blieben und schauten erwartungsvoll, ob ihr Vater sie auch noch wegschicken würde. Dem war aber nicht so.

»Im Dorf munkelt man ungehörige Sachen über den Fürsten. Er würde sich unsittlich verhalten.«

»Wer sagt denn so was?«

»Jemand aus Berlin.«

Adelheid schüttelte ihren Kopf. »Also, ich habe bisher noch nie mitgekriegt, dass der Fürst sich unsittlich verhalten hätte. Keine der Dienstbotinnen beschwert sich über ihn. Natürlich würden sie es nicht unbedingt mir sagen, sondern eher der Mamsell. Aber auch ich habe bisher noch keine einzige schlechte Erfahrung mit dem Fürsten gemacht. Wobei ich ihn natürlich auch nur selten zu Gesicht bekomme.«

Der Vater lehnte sich zurück, schaute seine Söhne an, schaute Adelheid an und sagte dann leise: »Es geht wohl auch weniger um das Verhalten gegenüber Frauen.«

Nun wusste Adelheid überhaupt nicht, was er meinte. Wie sollte man sich denn sonst unsittlich verhalten? Ganz sicher war der Fürst niemand, der nackt durch den Tiergarten marschierte. »Das verstehe ich nicht.«

Der Vater warf ihr einen mitleidigen Blick zu. »Natürlich, Kind. Du bist ja auch unbescholten. So wie du sein solltest. Trotzdem solltest du wissen, dass der Fürst …« Es schien ihm äußerst unangenehm zu sein, weiterzureden. »Der Fürst wird bezichtigt … sich in seiner Liebhaberei mit Männern zu verbinden.«

Adelheid stutzte. Dann lachte sie auf. »Aber Vater, so was gibt es doch gar nicht.« Vater musste sich verhört haben.

Doch ihr Vater schaute sie ernst an. »Kind, tatsächlich gibt es das, *abartigen* körperlichen Austausch zwischen Männern.«

Adelheid versuchte wieder zu lachen, aber der Gesichtsausdruck ihres Vaters besagte, dass er es ernst meinte. »Du willst mich verulken, oder?«, fragte sie skeptisch.

»Nein, will ich nicht. Ich glaube ja auch nicht daran. Der Fürst hat sechs Kinder und ist schon sehr lange verheiratet. Und doch hält sich das Gerücht im Dorf hartnäckig. Zudem sind alle sehr erstaunt darüber, dass er den Mann, der dieses Gerücht in einer Zeitung öffentlich gemacht hat, nicht verklagt. Stattdessen, so sagt man, sei er in die Schweiz geflohen.«

»Aber er ist doch wieder zurück. Soweit ich weiß, ist es überhaupt nichts Ungewöhnliches, dass der Fürst verreist.«

»Also, du hast den Fürsten nie zusammen mit einem anderen Mann gesehen?«, hakte Vater nach.

»Ich sehe den Fürsten ständig mit Männern. Mit Politikern, Mitarbeitern der Ministerien, mit befreundeten Gutsbesitzern, mit dem Kaiser!«

»Ich meine doch, ob du etwas Ungewöhnliches oder Unangebrachtes beobachtet hast?«

»Nein, ich …« Nun fiel es ihr wieder ein – die Geschichte mit dem Mann, der des Nachts aus dem Schlafzimmer eines anderen Mannes gekommen war. Der Fürst, der aus dem Schlafgemach von Generalmajor von Moltke, dem Stadtkommandanten von Berlin, gekommen war. Wenn er es denn wirklich gewesen war.

Allein die Tatsache, sich mit ihren Eltern über so ein unangebrachtes Thema unterhalten zu müssen, ließ ihr die Röte ins Gesicht schießen. Sie wollte nicht mit ihren Eltern über das Thema der körperlichen Liebe sprechen. Das war ihr unerträglich. Mit Schaudern dachte sie an das Gespräch, das sie mit Mama gehabt hatte, als sie ihre erste Monatsblutung bekommen hatte. Es hatte ihr praktisch leibhaftig wehgetan, was Mama ihr da erzählt hatte. Sie hatte noch nie mit ihren Eltern jemals über etwas Ähnliches geredet. Und das hier war so … unaussprechlich.

»Nein. Nein, da war nie etwas. Und ich glaube das auch nicht. Der Fürst ist ein anständiger Mann.« Etwas anderes wollte sie gar nicht denken. Und doch … »Ich muss jetzt auch gehen, wenn ich rechtzeitig zum Abendessen zurück sein will.« Eilig stand sie auf und ging nach nebenan. »Gunther, mein Kleiner. Ich brauch meinen Mantel wieder«, sagte sie mit Bedauern in der Stimme. Am liebsten hätte sie ihm alles hiergelassen. Aber das ging natürlich nicht. Sie brauchte die warmen Sachen, weil sie auch immer wieder nach draußen gehen musste. Sie zog sich an und ging wieder in den Raum mit dem Ofen.

»Habt ihr nicht noch etwas Geld, um noch mal Medizin zu kaufen?«

Verschämt schüttelte ihre Mutter den Kopf. »Es reicht immerhin für Essen. Ich versuche jeden Tag, ihm etwas Warmes zu machen. Und Vater tut, was er kann, um für Kohle und Holz zu sorgen. Aber es ist einfach so kalt, so kalt.«

Adelheid zog ihren Mantel an und warf sich den Wollschal über. Ihr kleiner Bruder bellte schon wieder so stark, dass ihm die Augen hervortraten. Der Ärmste. Sie war wütend, wütend auf ihre Eltern, wütend auf das Schicksal und auf das Wetter. Wieso musste es so furchtbar kalt sein? Das war ja schon nicht mehr normal. Sie wusste, sie brauchte ihren Eltern keinen Vorwurf zu machen. Sie versuchten ja, Arbeit zu finden. Und im Grunde wussten alle, dass es nicht ausreichen würde, dem Jungen mehr Hustensaft einzutrichtern. Er müsste zu einem Arzt gehen, zu einem richtigen Doktor. Der würde erst einmal feststellen, was das eigentlich für eine Krankheit war. Vielleicht war es Tuberkulose, vielleicht aber auch nicht. Da sie schon so lange anhielt, war es sicher mehr als eine Erkältung.

Sie verabschiedete sich und ging. Manchmal hatte Adelheid Angst, dass Gunther sterben würde, einfach so, während sie nichts ahnend im Schloss saß und sich den Bauch vollschlug. Je schlimmer es ihm ging, desto größer wurde ihr schlechtes Gewissen. Als trüge sie persönlich Schuld daran, dass ihr kleiner Bruder so krank war.

In den letzten paar Tagen hatte es zwar nicht mehr so viel geschneit, aber der Wind wehte den vorhandenen Schnee beständig zurück auf die Wege und Straßen. Sie beeilte sich, möglichst schnell zurück ins Schloss zu kommen. Es war furchtbar kalt, und ohne ihren Mantel und das große Wolltuch hätte sie die Strecke gar nicht bewältigen können. Aber immerhin kam sie in eine warme Stube und brauchte nachts im Bett nicht zu frieren.

Sie ging zum Dienstboteneingang hinein und tauschte in der Stiefelstube ihre nassen Schuhe gegen dicke Socken. Es war außergewöhnlich ruhig hier unten. Möglicherweise war sie zu früh zurückgegangen, denn noch schien nichts auf ein baldiges Abendessen hinzudeuten.

Auf dem Flur kam sie an der Tür zum Dienstraum der Mamsell vorbei. Sie stand offen. Adelheid hatte freien Blick auf den hellen Metallschrank, der ebenfalls offen stand. Vermutlich war die Mamsell gerade hochgerufen worden, weil irgendjemand etwas daraus brauchte. Der Medizinschrank war vollgestopft mit einer Unmenge an unterschiedlichen Medikamenten. Medizin. Medizin, die Gunther so dringend brauchte! Wie viel besser würde es ihm gehen, wenn er richtigen Hustensaft hätte, und ein Schmerzmittel. Wenn sie es ihm irgendwie leichter machen könnte, ihr Herz wäre ebenfalls so viel leichter.

Adelheid horchte in den Flur hinein. Es war absolut still. Vielleicht war jemand in der Küche zugange, aber die lag weiter hinten. Sollte sie es wagen? Durfte sie es wagen? Nein, so sollte sie gar nicht denken. Hatte sie das Recht, diese Gelegenheit verstreichen lassen, zum Nachteil ihres Bruders? Durfte sie ihm etwas vorenthalten, was ihn gesunden ließ? Konnte sie heute Nacht schlafen, wenn sie diese Gelegenheit verstreichen ließ? Und was, wenn es ihm beim nächsten Besuch schlechter ging? Sie würde sich ewig Vorwürfe machen.

Sie trat einen Schritt in den Arbeitsraum hinein. Eilig öffnete sie beide Flügel des Schrankes. *Morphium* – ein Schlafmittel. Das brauchte sie nicht. *Lebrams kohlensaure Bäder* – das war eher was für den Fürsten, der oft sehr strapaziert war. *Sebalds Haartinktur* – auch für den Fürsten. *Pedol* – gegen Fußschweiß. Ah, hier war ein Fläschchen mit Aspirin – ein Schmerzmittel. Sie nahm den Korken ab und ließ sich ein Dutzend der Tabletten in die Hand rollen. Eilig stellte sie das Glasfläschchen zurück. Nirgendwo entdeckte sie Hustensaft. Verflixt. Ganz in einer Ecke, halb verdeckt von anderen Packungen, stand eine Flasche mit dem Aufdruck *Leciferrin*. Es war ein Mittel gegen Schwäche und Erschöpfung und für Bleichsüchtige. Das konnte nicht so falsch sein. Ob die Mamsell noch wusste, dass es das gab? Sie musste wieder an den bellenden Husten ihres Bruders denken. Und daran, wie bleich er aussah. Ohne weiter nachzudenken, schnappte sie sich die Flasche und rückte die anderen Packungen so zurecht, dass es keine Lücke gab. Die Flasche und die Tabletten ließ sie in den Taschen ihres Rockes verschwinden.

Endlich löste sie sich vom Medizinschrank und schlich auf den Flur. Durch die geöffnete Tür warf sie einen Blick zurück. Was tat sie da nur? Ihr ganzer Körper wurde von einer Hitzewelle erfasst. Bestimmt bekam sie rote Flecken im Gesicht. Sicher würde die Mamsell den Verlust bemerken! Vermutlich sofort, wenn sie wieder herunterkam. Sie hätte nur die Tabletten nehmen sollen. Die waren bestimmt nicht abgezählt. Aber die Packungen da, die sie verschoben hatte … bestimmt würde das Fehlen der Flasche trotzdem auffallen. Wie dumm sie war.

Für einen Moment war Adelheid versucht, die Flasche wieder zurückzustellen. Aber schon hörte sie auf den Stufen Schritte. Zu spät. Eilig zog sie sich zurück in die Stiefelstube und setzte sich. Sie ließ die Tür extra offen stehen, sodass ein Lichtstrahl auf den Flur fiel. Dann zog sie sich die Socken aus. Die Schritte kamen näher.

»Ach, du bist das. Du bist heute aber früh zurück.«

Adelheid drehte sich um, sah die Mamsell an und tat so, als wäre sie überrascht. »Ich wollte zurück sein, bevor es ganz dunkel wird.«

»Ist schon recht.« Die Mamsell sah ihr noch dabei zu, wie sie sich die Socken wieder anzog, als sei sie gerade erst zurückgekommen. Adelheid folgte der Mamsell aus der Stiefelstube heraus.

»Soll ich etwas erledigen?«

»Nein. Ich war gerade oben. Es ist einigermaßen ruhig heute.«

»Jawohl.« Adelheid ging an ihr vorbei und eilte dann die Treppe hoch. Was hatte sie sich nur dabei gedacht! So schnell würde die Mamsell das Medizinschränkchen nicht wieder offen stehen lassen. Nun konnte sie die Flasche nicht zurückbringen.

Oben in ihrer Kammer angekommen, drehte sie sich dreimal um sich selbst. Und wo verdammt noch mal sollte sie das Zeug verstecken? Natürlich würde die Mamsell den Verlust sofort bemerken. Und sie sofort verdächtigen. Und dann würde sie dieses Zimmer hier durchsuchen und darauf stoßen. Wie dumm sie war! Wie dumm, wie dumm, wie dumm!

Eilig steckte sie die Flasche unter das Kissen und holte die Schmerztabletten hervor. Die wenigstens konnte sie gut verstecken. Sie nahm sich ein Stück Papier, gab die Tabletten darauf und faltete es zu einem Päckchen zusammen. Das steckte sie vorne in ihre alten Schuhe. Da würde niemand freiwillig hineinschauen.

Aber die Flasche. Ausgerechnet die Flasche – die hätte sie einfach nicht mitnehmen sollen. Sie holte sie hervor und versuchte sie in den anderen Schuh zu stopfen. Doch das würde man sofort sehen. Im Schrank selbst würde es auch sofort auffallen. In ihren Nachttisch konnte sie sie ebenfalls nicht tun. Sie hatte nichts, wohinter oder worin sie die Flasche hätte verstecken können.

Jetzt hieß es, gut zu überlegen. Sollte sie die Flasche einfach zurückbringen und vielleicht oben auf den Medizinschrank stellen, sodass die Mamsell dachte, sie hätte sie herausgeräumt? Das wäre wohl die beste Idee. Nur wann? Am besten sofort. Gerade heute, wo es so still gewesen war. Vielleicht wurde die Mamsell noch einmal nach oben gerufen. Das wäre die beste Möglichkeit für sie.

Gerade als sie zur Tür hinauswollte, hörte sie Schritte. Eilig nahm sie die Flasche, schob sie unter die Bettdecke und setzte sich aufs Bett. Die Tür öffnete sich. Hedda war zurück.

»Du bist aber früh zurück.«

»Ich bin gar nicht nach Ruppin gefahren. Ich wollte nicht dort stecken bleiben, für den Fall, dass es wieder anfängt zu schneien. Außerdem ist es so kalt, dass man sich ohnehin nicht draußen aufhalten kann. Und die ganze Zeit in einem Café hocken zu müssen ist zu teuer.« Hedda warf die Handschuhe und Mütze auf ihr Bett, zog sich das Wolltuch aus und knöpfte sich den Mantel auf.

»Hast du noch nicht im Ofen nachgelegt?«

»Nein, ich bin auch gerade erst reingekommen.« Sofort stand Adelheid auf und legte mit einer Metallschippe ein paar Kohlestückchen im Ofen nach. Der bollerte nun schon seit Wochen ununterbrochen. Auch wenn sie tagsüber die Glut nur gerade so aufrechterhielten. Aber wenn der Raum ganz auskühlte, konnte man nicht einmal mehr darin schlafen. Adelheid schob den Rost hin und her, sodass unten die alte Asche herausfiel und mehr Sauerstoff an die Glut kam.

Hedda versuchte gerade, sich im Stehen die Stiefeletten abzuziehen, wankte und plumpste auf Adelheids Bett. Sie war genau auf der Flasche gelandet. »Aua!«

Adelheids Herz stand still.

Hedda griff unter die Bettdecke, zog die Flasche mit dem Leciferrin hervor und schaute überrascht. »Was willst du damit?«

Adelheid wollte sagen, dass es für ihren Bruder sei. Sie wollte behaupten, sie habe sich die Flasche selbst gekauft. Doch es brach nur ein merkwürdiger Ton aus ihr heraus. Die Tränen liefen übers Gesicht. Aus! Nun war alles aus. Sie hatte geklaut, und man hatte sie erwischt.

»Adelheid, was ist denn los?« Heddas verwunderter Blick wechselte zwischen der Flasche und ihrer Stubenkameradin.

Adelheid versuchte, mit dem Heulen aufzuhören, aber es gelang ihr nicht. Zu groß war ihre Angst, ihre Verzweiflung.

»Die ist ja schon angebrochen …« Hedda schnappte nach Luft. »Das ist gar nicht deine. Hast du die etwa aus dem Medizinschrank ge…?«

Adelheid brachte nur noch ein schwaches Nicken zustande. Wieder brach das Heulen aus ihr heraus. »Bitte verrate mich nicht. Bitte, bitte! Ich tu alles, was du willst«, brachte sie zwischen mehreren Schluchzen hervor. »Bitte, was du willst … Nur verrate mich nicht.«

»Herrje, du dummes Kind … So macht man das doch nicht. Das fällt doch sofort auf!«

Adelheid brauchte einen Moment, um zu kapieren, was sie da gerade gehört hatte. Ein Schluchzer kippte, sie schniefte auf, dann fragte sie: »Wie bitte?«

»Ich habe gesagt, dass man das so nicht macht. Das fällt sofort auf. Wenn es auffällt, dann gibt es große Unruhe. Wenn die Mamsell oder Herr Opitz die Dienstboten verdächtigen, etwas gestohlen zu haben, gibt es immer große Unruhe. Und es fällt auf uns alle zurück.«

»Ich … Es ist für meinen Bruder. Für meinen kleinen Bruder. Es geht ihm sehr schlecht.«

Hedda nickte, als hätte sie sofort verstanden, worum es ging. »Ja, aber trotzdem musst du das anders machen. Ich zeig es dir.«

»Was zeigst du mir?«

Hedda schnaufte laut auf, als wäre sie schwer von Begriff. »Ich zeigt dir, wie man sich Dinge aneignet, ohne dass es auffällt.«

Adelheid zog die Nase hoch. Was passierte hier gerade? Sie verstand im Moment tatsächlich nicht, wie ihr geschah. »Du meinst, du zeigst mir, wie man … stiehlt?«

»Nein, Kindchen. Ich zeige dir, wie du zu dem Anteil am Glück kommst, der dir zusteht.« Hedda lächelte sie an. »Aber erst einmal müssen wir das hier wieder hinbiegen.« Sie wackelte mit der Glasflasche vor Adelheids Gesicht.

Mein Anteil am Glück, dachte Adelheid. Den gibt es?

Februar 1907

Je mehr sie darüber nachdachte, desto sicherer war Constanze sich: Augusta musste die Goldkette mit den Rubinen ihrer Großmutter an sich genommen haben. Und sie wettete darauf, dass sie sie direkt verkauft und nicht nur versetzt hatte. Dafür gab es nämlich mehr Geld. Hätte Constanze sich eine Kette aus dem Schmuckfundus der Komtess aussuchen müssen, dann hätte sie genau diese genommen. Sie war zu wuchtig für eine junge Frau, aus massivem Gold, mit edlen Rubinen besetzt. Natürlich würde es dafür besonders viel Geld geben.

Constanze wusste, dass die Komtess, die nun keine Komtess mehr war, diese Kette Ende Oktober tatsächlich mit nach Berlin genommen hatte. Sie hatte sich die Abläufe noch mal ganz genau in Erinnerung gerufen. Ihres Wissens hatte Augusta die Rubinkette dort gar nicht getragen. Deshalb hatte Constanze auch nicht kontrolliert, ob sie wieder ins Schmuckkästchen zurückgelegt worden war. Schließlich war sie ja gar nicht erst herausgeholt worden. Und auf die Idee, dass die Komtessen sich selbst bestehlen würden, war Constanze natürlich nicht gekommen. Ja, sie erinnerte sich nun ganz genau. Sie hatte damals nur den Diamantschmuck der drei zurückgelegt und die Kästchen später so Opitz übergeben.

Augusta hatte sich also die Kette angeeignet und musste sie verkauft haben, bevor sie in die Schweiz gefahren waren. Ganz offensichtlich hatte die Komtess ihre Flucht von langer Hand geplant. Damit würde Constanze Augusta nicht durchkommen lassen. Nicht einmal jetzt, wo eine Angestellte des Diebstahls bezichtigt und deswegen entlassen wurde, sagte dieses verwöhnte Ding die Wahrheit. Hätte sie doch einfach zugegeben, dass sie die Kette verkauft hatte. Nun, da sie ohnehin ohne Erlaubnis geheiratet hatte, war das vermutlich das geringste Problem. Aber nein, Augusta war derartig selbstsüchtig, dass sie ihre Tat nicht einmal jetzt ihren Eltern gegenüber zugeben wollte.

Das Vertrauensverhältnis, das Constanze einmal mit der Familie gehabt hatte, war dahin. Dass sie ihre Stellung verlieren würde, war ihr in dem Moment klar gewesen, in dem die Fürstin sie des Diebstahls bezichtigt hatte. Selbst wenn der Diebstahl aufgeklärt wurde, würde sie ihre Stellung nicht wieder zurückbekommen. Darum ging es also nicht.

Worum es Constanze ging, was sie unfassbar zornig machte, war, dass die Komtess dachte, sie käme damit durch. Auf ihre Kosten. Sie brauchte den ausstehenden Lohn. Sie sah nicht ein, darauf zu verzichten. Im Gegensatz zur Auffassung der Fürstin und der Töchter war es nicht das reinste Vergnügen, sich mit ihnen herumschlagen zu müssen. Es war harte Arbeit, und Constanze hatte sie geleistet. Ihre Entlohnung dafür zu bekommen, war somit nur angemessen. Daran änderte sich auch nichts, nur weil sie heimlich verlobt war.

Also hatte sich Constanze nicht auf direktem Weg nach Leipzig zu Hugo begeben. Stattdessen war sie nach Ruppin gefahren und hatte dort bei den zwei Pfandleihen vorbeigeschaut. Natürlich konnte sie nie wissen, ob die Pfandleiher ihr wirklich die

Wahrheit sagten. Deshalb tischte sie ihnen eine erbarmungswürdige Geschichte von einem jungen, naiven, verführten Mädchen auf, das eine wertvolle Kette ihrer Herrin gestohlen hatte und mit einem schrecklichen Mann, dem sie verfallen war, auf und davon war.

In Ruppin hatte sie kein Glück gehabt, aber das hatte sie auch nicht erwartet. So dumm konnte Augusta gar nicht sein, denn die kleine Stadt lag viel zu nahe am Schloss.

Nach der Jagdgesellschaft war Komtess Augusta zweimal mit ihren Schwestern in Ruppin gewesen und hatte einmal eine Freundin in Oranienburg besucht. Ansonsten kam nur noch infrage, dass sie die Kette schon während ihres Aufenthalts in Berlin versetzt hatte. Das allerdings wäre höchst problematisch. In Berlin gab es Tausende von Pfandleihen. Deshalb hoffte Constanze inständig, dass sie in Oranienburg fündig würde.

Gestern Abend noch hatte sie einen Überlandbus genommen, hatte in einer preiswerten Pension übernachtet und heute schon vier Pfandleihen abgeklappert. Jedes Mal war es das Gleiche. Weder war die Kette dort, noch konnte sich jemand an das beschriebene Fräulein erinnern. Sie hatte noch die Adresse von einer einzigen Pfandleihe. Wenn sie dort nichts fand, dann musste sie nach Berlin fahren. Dort standen ihre Chancen denkbar schlecht. Deshalb schickte sie nun ein Stoßgebet gen Himmel.

Rastlos begutachtete sie die Auslage des letzten Pfandleihhauses, das sie in Oranienburg noch nicht besucht hatte. Hier draußen fand sie keinen Hinweis auf die wertvolle Kette. Aber so eine dicke Goldkette legte man auch nicht in die Auslage.

Innerlich flehend, endlich fündig zu werden, betrat sie den Laden. Eine kleine Glocke über dem Türrahmen klingelte. Die Theke des Pfandleihers war hinter einer Glaswand. In der Scheibenfront war ein Stück ausgespart. Dahinter saß ein schmächtiger Mann mit einer runden Brille. Er betrachtete Constanze eingehend und neigte dann seinen Kopf. »Wie darf ich Ihnen helfen, wertes Fräulein?«

Bestimmt überlegte er, ob sie ihm einen seriösen Handel anbieten würde. Oder ob sie jemand war, der irgendwo etwas geklaut hatte. Sie trat näher an die Theke und bemerkte erst jetzt, dass die Holzumrandung so gebaut war, dass man sie vom Schaufenster aus nicht sehen konnte.

»Ich komme mit einem etwas unangenehmen Anliegen.«

Der Mann lächelte sie milde an. »Ja, das tun alle, die hierherkommen. Dann möchten Sie also etwas Wertvolles verpfänden?«

»Nein, ich bin eher auf der Suche nach etwas, was verpfändet oder vermutlich verkauft wurde. Unlautererweise.«

Der Mann zwinkerte und rückte sich dann seine Brille gerade. »Wenn Sie glauben, ich verkaufe Diebesgut, dann sind Sie hier an der falschen Stelle.« So freundlich er gerade gewesen war, so resolut war die Absage.

»Es tut mir leid, so habe ich es nicht gemeint. Ein Dienstmädchen aus unserem guten Hause, dessen Name nicht genannt werden will, ist auf Abwege gelangt. Der Mann hat sie überredet, etwas von unserer Herrin zu nehmen und ... zu verkaufen. Eigentlich ist sie eine gute Seele. Unsere gnädige Frau will das Stück nur zurückhaben, weil es einen unschätzbaren Erinnerungswert für sie hat. Es ist seit Generationen in der Familie. Ihr wäre auch sehr daran gelegen, jedes Aufheben zu vermeiden.«

»Ach so?« Sein Gesicht kehrte zwar nicht zu dem milden Ausdruck zurück, den es vorhin gehabt hatte, aber schien doch wieder zugänglich. »Um was handelt es sich denn?«

Constanze griff in ihre Manteltasche. Gestern Abend in der Pension hatte sie mit einem Bleistift versucht, die ungefähre Form der Kette zu zeichnen. »Sehen Sie, so ungefähr sieht sie aus. Aus purem Gold. Und hier und hier und hier«, sie zeigte jeweils mit dem Zeigefinger auf bestimmte Stellen, »sitzen Rubine. Und hier und hier verteilt gibt es noch kleinere Steine.«

Der Mann war aufgestanden und schaute bedächtig auf den Zettel, den Constanze ihm durch die Lücke geschoben hatte.

»Und Ihre Herrin möchte das Stück zurückkaufen, wenn ich Sie richtig verstanden habe?«

»So ist es.« Constanzes Herz machte einen Hüpfer. Konnte es sein, dass sie die Kette gefunden hatte? Noch ließ sie sich nichts anmerken. »Natürlich habe ich jetzt kein Geld dabei. Ich bin erst einmal nur auf der Suche und würde zurückkehren mit der Information, für welche Summe meine Herrin das Stück zurückerwerben könnte. Die gnädige Frau würde dann selbst vorbeikommen, um sich zu vergewissern, dass es das richtige Stück ist.«

Er schien etwas abzuwägen. Würde sie ihm die Polizei auf den Hals hetzen? Würde es seinem guten Ruf schaden? Oder würde vielleicht am Ende ein gutes Geschäft für ihn herausspringen? Er zögerte.

Constanze wollte gerade fragen, wie viel die Komtess dafür bekommen hatte, hielt sich aber dann doch zurück. Bestimmt würde er im Angesicht eines unersetzlichen Erbstückes den Preis ganz anders ansetzen als bei einer Unbekannten, der er etwas abkaufte. Und noch hatte er nicht zugegeben, dass er das Stück gekauft hatte.

»Vielleicht, wenn Sie sich erinnern, es muss Ende November gewesen sein, dass die junge Frau hier gewesen ist. Sehr gepflegtes Äußeres und wunderschöner brünetter Lockenkopf. Eine Schande, dass sie in die Fänge dieses Mannes geraten ist. Eigentlich ist sie so eine gute Seele.«

»Und die gnädige Frau würde persönlich vorbeikommen?«

»So sagte sie es mir. Ihr ist ja bewusst, dass dieses Stück nicht für eine geringe Summe zurückgekauft werden kann. Deshalb will sie ganz sicher sein, dass es die richtige Kette ist. Wenn ich es einmal sehen könnte, dann wüsste ich aber, ob meine Gnädigeste den langen Weg auf sich nehmen muss. Ich bin ihre Zofe und für den Schmuck zuständig. Ich kenne es also … Das Geld wäre zweitrangig. Hauptsache, sie bekommt das Familienerbstück zurück.«

Der Pfandleiher schätzte Constanze mit seinen Blicken ab. Sie war gut gekleidet, nicht zu billig, nicht zu elegant. Wie es sich für eine Kammerzofe oder Gouvernante gehörte. Sicher hatte er viel Erfahrung in der Bewertung von Menschen. Ob sie seriös waren, ob er gerade eine Lüge aufgetischt bekam, ob er Schwierigkeiten bekommen würde oder ein gutes Geschäft machen konnte.

»Eine schöne junge Dame mit brünetten Haaren, sagen Sie? … Ich glaube, ich erinnere mich.«

Noch ein Hüpfer. Ihr Herz galoppierte davon. Jetzt musste sie nur schauen, dass sie ihn nicht verschreckte. »Wenn ich es nur einmal kurz sehen dürfte, dann könnte ich meiner Herrin bestätigen, dass es das genannte Stück ist.«

»Wann würde die Dame hierherkommen?«

»Ich denke, es dürfte nicht länger als drei oder vier Tage dauern, bis ich mit ihr zurückkehren würde.«

»Nun, ich habe eine Goldkette mit Rubinen. Natürlich bin ich mir nicht sicher, ob es die benannte ist. Ich werde sie holen.«

»Wunderbar.«

Er sah sie noch einmal durchdringend an und ging dann nach hinten. Constanze vermutete, dass im Hinterzimmer ein großer Panzerschrank mit den wertvollen Stücken stand. Tatsächlich dauerte es länger. Bestimmt wohnte er über dem Laden. Dann war der Panzerschrank vermutlich oben in seiner Wohnung.

Sie schaute sich ein wenig um. Gut erhaltene schöne Lederhandschuhe lagen in einem Kästchen am Rand. In einer Vitrine waren Krawattennadeln und Manschettenknöpfe ausgestellt. Schöne Stücke, aber auch nicht übermäßig wertvoll. In den Regalen an der Wand standen vielerlei Dinge wie Vasen, Porzellan, Besteckkästen, Kerzenständer. Auf einem kleinen Tischchen war eine Schreibmaschine ausgestellt. Constanze trat näher.

So etwas wünschte Hugo sich. Natürlich hatte er in der Redaktion seine Schreibkräfte, die Texte tippten. Aber eines Tages wollte er eine eigene Schreibmaschine für zu Hause haben.

Zu Hause. Constanze dachte daran, dass sie nun zu ihm ziehen würde. Es war ein bittersüßer Gedanke. Vermutlich würden sie dann bald heiraten. Aber selbst mit dem ausstehenden Lohn hatten sie noch immer nicht genug Geld zusammen, um sich ihre Träume zu verwirklichen.

»Sind Sie daran interessiert? Ich würde Ihnen einen guten Preis machen«, sagte der Mann, der nun zurückgekehrt war.

Constanze lächelte und trat wieder an die Ladentheke. »Ich wüsste jemanden, der sich wirklich über das Geschenk freuen würde. Aber ich bin noch dabei zu sparen.«

»Eine sehr löbliche Eigenschaft, das Sparen. … So, und hier haben wir nun das besagte Schmuckstück.«

Er klappte eine Samtschachtel auf und drehte sie so, dass Constanze den Inhalt sehen konnte. Sie war so erleichtert, dass ihr die Tränen in die Augen schossen.

»Das ist es. Tatsächlich. Das ist die Kette. Meine Herrin wird so unendlich froh sein.«

»Nun, ich bin mir sicher, wir werden uns über einen angemessenen Preis einigen.«

»Bestimmt. Würden Sie mir bitte eine Summe aufschreiben, dic ich der gnädigen Frau übermitteln kann? Und würden Sie das Schmuckstück, sagen wir mal, eine Woche zurücklegen?«

»Natürlich. So etwas Kostbares verkaufe ich nun wirklich nicht jeden Tag.«

Constanze lächelte dankbar, wartete, bis er nach einigen Überlegungen eine Summe auf einem Zettel notierte, den er in einen Umschlag tat und ihn über die Theke schob.

»Und bitte, wirklich, bitte verkaufen Sie die Kette nicht in der Zwischenzeit. Meine Herrin wäre so unendlich traurig.«

»Und was ist nun mit diesem jungen Fräulein, das in den Fängen dieses schrecklichen Mannes ist?«

Hoffentlich war ihr Gesicht ausreichend zerknirscht. »Nun, ich wünsche ihr alles Gute. Aber ich bin mir sicher, sie ist längst über alle Berge mit ihm.«

»Das ist sie vermutlich. Dann wünsche ich Ihnen eine gute Heimreise.« Nun hatte er wieder diesen gütigen Ausdruck auf dem Gesicht.

Gemessenen Schrittes verließ Constanze die Pfandleihe und lief ein paar Meter. Erst jetzt ließ sie zu, dass sie über das ganze Gesicht grinste. So, werte Komtess. Nun zu dir!

Dieses dumme Ding brachte sie noch in Verruf. Hedda mochte Adelheid, und im Grunde war sie sehr gescheit. Doch sie war viel zu ehrlich und auch viel zu naiv gegenüber dem Bösen, das in der Welt war. Sie konnte sie nicht einfach so weitermachen lassen. Allein wenn der Verdacht aufkam, dass irgendjemand vom Personal etwas entwendet haben könnte, wurde es unangenehm. Die Herrschaften wurden immer für eine Zeit lang unausstehlich, die Kontrollen strenger und jeder beschuldigte jeden. Nein, das konnte sie wirklich nicht gebrauchen. Also musste sie Adelheid ein paar Dinge beibringen. Gerade so viel, dass sie sie nicht in Verruf bringen würde.

Hedda hatte eine leere Bierflasche genommen, sie ordentlich durchgespült und die Medizin darin umgefüllt. Dann hatte sie das Medizinfläschchen genommen und mit Wasser und Tinte aufgefüllt. Jetzt sollte Adelheid zuschauen, wie sie das machte. Es war Nachmittag, und es war immer noch ruhig im Haus. Mamsell Reineke war in ihrem Zimmer. Adelheid sollte sich draußen vor der Tür verstecken und lernen.

Hedda klopfte und trat hinein. »Mamsell Reineke, ich wollte Sie fragen, ob ich eventuell eine Kopfschmerztablette haben dürfte. Mir ist nicht wohl. Ich hab sie schon den ganzen Tag. Ich habe gehofft, sie würden weggehen. Aber es wird immer schlimmer.«

»Kopfschmerzen?«, fragte die Mamsell überrascht nach. Hedda hatte nie Kopfschmerzen.

»Ja, ganz furchtbare Kopfschmerzen sogar. Sonst würde ich gar nicht erst fragen.«

Die Mamsell seufzte, griff zu ihrem Schlüsselbund und wollte gerade aufstehen.

»Ich kann Sie mir gerne selbst rausholen. Ich weiß ja, wo sie sind.«

Vom Flur aus konnte Adelheid nur den Medizinschrank sehen und jetzt Hedda, wie sie sich davor hinkniete. Sie schloss das Medizinschränkchen auf, nahm mit der rechten Hand das Aspirin heraus, und mit der linken ließ sie, verdeckt von ihrem eigenen Körper, das Leciferrin-Fläschchen auf den Boden fallen. Es zersprang.

»Ach herrje … Wie ungeschickt von mir. Dabei war ich da gar nicht dran. Es tut mir so leid.« Hedda tat ganz aufgeregt. »Es muss unglücklich gestanden haben.«

Mamsell Reineke seufzte wieder sehr leidlich und stand nun auf. Doch Hedda stellte sich ihr quasi in den Weg. »Adelheid, du kommst wie gerufen. Hier, das kannst du bitte aufwischen.«

»Aber gerne, Fräulein Pietsch.« Wie vorher instruiert, tat Adelheid so, als käme sie gerade zufällig mit Putzeimer und Feudel vorbei. Schnell wischte sie die dunkle Flüssigkeit weg, kehrte mit dem Feudel die Glasscheiben zusammen und sammelte die großen Stück in ihrer Handfläche.

»Ich werfe sie vorne in den Abfall«, sagte Adelheid und ging.

»Was war es denn?«, fragte die Mamsell besorgt.

»Das Leciferrin. Ich glaube, es ist irgendwie aus der Ecke rausgekippt. Das Aspirin steht ganz woanders«, verteidigte Hedda ihr Ungeschick.

»Ach je. Na ja, es war ja schon angebrochen. Dann werde ich eine neue Flasche besorgen.« Die Mamsell ging zu ihrem Schreibtisch zurück und machte sich eine Notiz.

Hedda nahm sich ein Aspirin aus dem Fläschchen, verschloss es wieder, stellte es zurück, schloss ab und gab der Mamsell den Schlüssel zurück.

»Bestimmt wird es gleich besser«, sagte Hedda entschuldigend.

»Wie weit sind Sie denn mit den Sommerkleidern?« Mamsell Reineke hatte den Stubenmädchen aufgetragen, die Sommerkleider der Komtessen zu kontrollieren und gegebenenfalls zu reinigen oder auszubessern.

»Fräulein Petzold und Fräulein Keller sind oben dabei. Wir haben schon einen Teil der Kleider rausgelegt, die wir uns vornehmen müssen.«

Fräulein Keller – Lydia ging ihr unendlich auf die Nerven. Sie ließ sich nicht gerne Dinge erklären, tat so, als ob sie schon alles wüsste und könnte. Da war Adelheid so viel zugänglicher gewesen. Die hatte gefragt, wenn sie etwas nicht gewusst hatte. Das ehemalige Hausmädchen verstand auch nichts von teuren Kleidern und modischen Stoffen. Zugeben wollte Lydia das aber nicht. Martha hatte einen Streit nach dem anderen mit ihr.

»Das mit den Kleidern ist ja nichts Dringendes. Und so, wie es im Moment aussieht, wird der Fürst seinen sechzigsten Geburtstag nun doch nur in kleinstem Kreise feiern. Wir haben also Muße … Wenn Ihre Kopfschmerzen nicht weggehen, dann können Sie sich vor dem Abendessen hinlegen.«

Hedda lächelte dankbar. »Das ist sehr nett. Aber ich hoffe einfach mal, dass es nicht notwendig sein wird.« Sie wog weiter die einzelne weiße Tablette in ihrer Hand, verabschiedete sich und ging hinaus. Das hatte doch schon mal tadellos geklappt. Lektion eins.

* * *

»Du bist ja nicht mal rot geworden. Herzlichen Glückwunsch.«

»Dafür habe ich gedacht, dass die Mamsell bestimmt mein Herz schlagen hört. Es hat so gepocht.« Adelheid ließ sich auf ihr Bett fallen. »Ich bin dir wirklich so dankbar. Ich wünschte nur, ich könnte sofort zu meinen Eltern gehen und ihnen das Mittel bringen.«

Hedda beobachtete die junge Frau. Es schien ihr wirklich auf der Seele zu liegen, wie es ihrer Familie ging. Plötzlich fing sie sogar an zu heulen.

»Ach, Adelheid, was ist denn nun wieder?«

Die wischte sich mit dem Ärmel die Tränen weg und schüttelte vehement ihren Kopf. Doch dann heulte sie trotzdem weiter.

Hedda stand auf und ließ sich neben ihr auf dem Bett nieder. Sie legte ihr eine Hand aufs Knie. »Was ist denn so schlimm? Hast du Angst, dass dein Bruder stirbt?«

Adelheid weinte und nickte.

»Vielleicht darf ich ja die Tage mal einen Botengang machen. Dann bring ich es deinen Eltern.«

»Wirklich? Das würdest du für mich tun?«

Jetzt nickte Hedda.

»Aber … aber …« Adelheid schniefte. »Dann würdest du sehen, wie meine Familie wohnt.«

»Na und? Ich weiß doch, dass deine Familie nicht in einem Palast wohnt.«

»Und meine Mutter … Meine Mutter … ist wieder schwanger!«

»O nein!«

»Und sie haben so schon nicht genug zu essen«, heulte Adelheid weiter.

Hedda seufzte. Was sollte sie da sagen? Kinderreichtum sei ein Segen, so hieß es. Aber alle wussten, dass Schwangerschaften gefährlich und Kinder hungrig waren. »Gott gibt, und Gott nimmt.«

»Manchmal glaube ich, dass Gott uns vergessen hat.«

Hedda lachte auf. Wie wahr. Sogar Adelheid schaute auf, weil sie überrascht war von Heddas Gelächter.

»Ich hätte das nicht sagen sollen«, schob Adelheid nun kleinlaut nach.

»Doch, Kleines. Du kannst so was gerne sagen. Nur nicht laut, wenn andere dabei sind. Ich glaub dieses ganze Zeug sowieso nicht.«

Adelheids Augen wurden groß. »Was für Zeug denn?«

Hedda holte tief Luft, denn sie würde einiges zu erklären haben. »Der Kaiser, unser Kaiser, er ist doch auf dem Thron, weil Gott es so will. Das nennt man Gottesgnadentum. Deshalb ist er so immens reich und hat so viel Macht. Weil sie ihm von Gott verliehen wurde.«

Adelheid nickte. So weit kam sie mit.

»Also entscheidet die Geburt und nicht der Charakter oder die Talente einer Person über deren Lebensweg. Ich meine, ich könnte die allerbeste Person der Welt sein, und ich würde trotzdem nie in einem Himmelbett schlafen und nie ein eigenes Pferd besitzen und nie auf Reisen gehen oder von goldenen Tellern essen. Das ist doch ungerecht.«

Adelheid nickte, als würde ihr gerade etwas klar.

»Ich weiß, so was sagt man nicht laut. Aber wir sind ja jetzt eine Schicksalsgemeinschaft … Weißt du, all dieses Gottes-Wille-Gerede, daran glaube ich nicht … Daran glauben wohl nur Leute, die denken, dass es gerecht wäre, an welchem Platz in dieser Gesellschaft sie stehen. Unser Fürst, der die längste Zeit seines Lebens ein Graf war, der Kaiser und all die hohen Leute … Aber wir, wir aus dem Volk, wir sollten doch nicht glauben, dass es wirklich gottgegeben ist, dass wir leiden sollen. Und es vorherbestimmt sei, dass nur wir schuften müssen. Dass Gott will, dass wir uns die Hände schwielig arbeiten, während die anderen sich nur den Kopf darüber zerbrechen müssen, ob sie auch genug schöne Kleider haben. Ich kann mir einfach nicht vorstellen, dass Gott das so geplant hat.«

»Sondern?«, fragte Adelheid interessiert.

»Was, wenn das alles nur so erzählt wird? Wenn es gar kein Gottesgnadentum gibt, sondern einfach nur Macht und Geld?«

»Ja?« Adelheid erwartete wohl eine ausführlichere Antwort.

»Na ja, was immer dann auch mit den Höhergestellten ist. Man selbst sollte doch dann sein Schicksal in die eigene Hand nehmen und sich sein Glück selbst bestellen.«

»Daran glaubst du?«, fragte Adelheid ehrfürchtig. Als wäre es etwas ganz Ungehöriges. Was es im Grunde genommen auch war. Hedda stellte die gottgegebene Ordnung infrage.

»Was ist das denn anderes als Sklavenarbeit, wenn man seinen Dienst nicht verlassen darf? Wenn man gezwungen wird, zu hungern und zu frieren und Schlimmeres.« Hedda merkte, wie die alte Wut in ihr hochkroch. »Auf meiner zweiten Stelle in Ruppin musste ich achtzehn Stunden arbeiten, fast jeden Tag. Ich hätte im Stehen schlafen können. Manchmal bin ich vor Hunger ohnmächtig geworden. Und wenn denen irgendwas nicht gepasst hat, dann haben sie mich geschlagen. Manchmal regelrecht geprügelt.

Ich bin jeden Abend mit dem Gedanken an Flucht eingeschlafen und jeden Morgen damit aufgewacht. Aber ich wusste ja, ich komm nicht weit. Aber nach dem Jahr bin ich weg aus Ruppin.« Hedda schluckte. Allein bei der Erinnerung an dieses Jahr verkrampfte sich alles in ihr. »Auf meiner nächsten Stelle in Brandenburg bei dem älteren Ehepaar ging es mir gut, bis der Sohn anfing, mir nachzustellen. Aber mir wurde unterstellt, ich würde lügen. Glücklicherweise konnte ich von dort in ein gräfliches Haus wechseln. Dort war ich nicht mehr Alleinmädchen. Es gab eine Köchin, und die Wäsche wurde rausgegeben. Deren älteste Tochter war eine Freundin von Komtess Viktoria. So hab ich Constanze Maiwald kennengelernt. Sie hat mir Gott sei Dank die Stelle hier vermittelt. Ich bin wirklich heilfroh, dass ich hier arbeiten kann ... Und doch, ich will nicht für den Rest meines Lebens Dienstbotin bleiben. Ich will nicht immer unsichtbar und unterwürfig durch die Flure schleichen müssen. Ich will ein eigenes Leben haben. Und wenn Gott findet, dass mir das nicht zusteht, dann tut es mir leid. Dann müssen Gott und ich getrennte Wege gehen.«

»Getrennte Wege gehen«, wiederholte Adelheid leise. Als wären die Worte verboten.

»Weißt du, als ich damals Fräulein Maiwald da unten in der Küche gesehen und mitbekommen habe, dass sie in einem fürstlichen Schloss arbeitet, da wusste ich: Das ist meine Gelegenheit. So eine Chance kommt nicht oft, vielleicht nur einmal im Leben. Dann musst du zugreifen. Und ich hab zugegriffen.«

»Und was müsste ich tun, damit ich eine Chance bekomme?«, fragte Adelheid.

Hedda lachte auf. »Wir können gar nichts tun. Wir sind nicht in der Position, in dieser Welt etwas zu bewegen. Wir können nur warten, bis die Chance kommt. Aber dann musst du bereit sein.«

Adelheid schaute sie an, als würde sie einen zweiköpfigen Hund sehen. Sie sagte nichts, aber Hedda sah, dass es in ihr arbeitete.

»Weißt du, die Sozialdemokraten, die kämpfen ja für unsere Rechte. Die zeigen dem Kaiser auch, dass er nicht einfach machen kann, was er will. Vor einigen Tagen, bei der feierlichen Reichstagseröffnung, sind sie einfach weggeblieben. Ich bin nicht die Einzige, die will, dass sich was ändert.«

»Das hört sich so … unglaublich an. Unglaublich, aber auch wunderbar. Erzähl weiter«, bat Adelheid.

»Weißt du, ich hätte damals fliehen können. Aber wohin? So jung, wie ich war, ohne Geld auf der Straße? Bestimmt hätte mich einer dieser Männer in ein Freudenhaus gesteckt. In dem aber nur die Männer Freude haben. Da sind viele Mädchen, die von ihren Hausherren schwanger geworden sind. Denen bleibt nur noch die Prostitution … Die, die clever waren, haben ihr Gesindebuch weggeschmissen und ein neues beantragt. Oder sie haben gespart und sich falsche Bücher gekauft. Und selber etwas reingeschrieben.«

»Falsche Gesindebücher? Aber das ist ja Betrug!«, sagte Adelheid jetzt.

»Wir werden doch auch betrogen. Die ganze Zeit über. Sie betrügen uns um unser Glück, unsere Freiheit. Die haben alle Rechte und wir keine. Die dürfen einen jederzeit auf die Straße setzen, aber selbst darf man nicht kündigen. Und beschweren nutzt einem gar nichts. Und wenn man streiken würde, dann würde man entweder geprügelt oder ins Gefängnis geworfen. Alles ist so ungerecht. So will ich nicht für den Rest meines Lebens arbeiten müssen. Ich gehe irgendwohin, wo man als freier Mensch leben kann. Und deshalb spare ich für Amerika.«

Adelheid nickte, als wenn sie alldem zustimmen würde.

»Du willst das doch auch, oder?«, fragte Hedda.

»Nach Amerika?«

»Nein, aber als freier Mensch leben.«

»Schon. Darüber habe ich nie wirklich nachgedacht.«

»Aber du hättest gerne mehr Geld. Für deine Familie!«

»Auf jeden Fall.«

»Dann sorg dafür, dass du dein Stück vom Glück abbekommst«, sagte Hedda und strahlte Adelheid an. Es dauerte einen Moment, doch dann erwiderte sie dieses Strahlen.

Februar 1907

Constanze ging den altbekannten Weg. Sie kam sich merkwürdig fremd vor, jetzt, da sie hier so wenig höflich hinausgeschmissen worden war. Sie durchquerte das Jägertor, ging am Kaiserbrunnen, der vor wenigen Jahren mitten auf dem Schlossplatz gebaut worden war, vorbei zum Hauptportal. Erleichtert stellte sie ihre schweren Koffer ab und klingelte.

Es dauerte einen Moment, und die Tür ging auf. »Fräulein Maiwald, Sie hätte ich hier nicht erwartet.«

Herr Opitz schien außerordentlich überrascht. Er starrte sie an, als wäre sie eine Erscheinung. Natürlich, wenn jemand davon wusste, dass sie ihren ausstehenden Lohn nicht erhalten hatte, dann er. Und vermutlich hatte er auch mitbekommen, wieso ihr das Geld verweigert wurde. Schließlich war er der Wächter des Tresors. Nur er und der Fürst hatten einen Schlüssel dafür.

»Guten Tag, Herr Opitz. Es wäre sehr nett, wenn Sie mich der Fürstin melden würden«, sagte sie so freundlich wie möglich.

Er zögerte. »Ich bin mir nicht sicher, ob Euer Durchlaucht Sie zu sehen wünscht.«

»Dann wäre es sehr freundlich von Ihnen, wenn Sie sie fragen könnten. Es ist etwas Dringendes.«

»Gewiss.« Er schaute sie neugierig an. Noch zögerte er, ob er nun die Tür vor ihr zuschlagen sollte oder nicht. »Vielleicht mögen Sie … Wenn Sie hier im Vestibül warten könnten.«

»Das wäre überaus freundlich von Ihnen.« Constanze trat ein. Sie würde hier warten, in der Hoffnung, dass die Fürstin sie vorlassen würde. »Vielleicht können Sie ihr mitteilen, dass ich interessante Informationen über den Verbleib des Verlustes habe.«

Opitz hob eine seiner mächtigen Augenbrauen, sagte aber nichts. Er durchquerte das Vestibül in Richtung der Salons.

Wenigstens war es hier warm. Constanze war mit dem Zug bis Bahnhof Löwenberg gefahren und den Rest gelaufen. Jetzt war sie mächtig durchgefroren.

»Fräulein Maiwald, was machen Sie hier?!«

Sie drehte sich um und schaute die Treppe hoch. Oje. Da stand Augusta. Wieso war sie noch hier? Hatte sie nicht eilig wieder abreisen wollen? Vielleicht aber war es gar nicht verkehrt, dass Augusta sich zu ihren Vorwürfen direkt verantworten musste. »Ich habe Ihrer Frau Mutter noch etwas zu sagen.«

Nun kam Augusta die Treppe heruntergestürzt. »Sie dürfen sich hier nicht mehr aufhalten. Bitte verlassen Sie sofort das Schloss.«

»Ich verlasse das Schloss, wenn ich meinen mir zustehenden Lohn habe.« Sie bemerkte, wie Augusta ihre Hand schützend vor den Bauch legte und sofort wieder wegzog. Sie ist schwanger! Schon schwanger, dachte Constanze.

»Wie kaltschnäuzig, in Ihrer Situation noch Forderungen zu stellen.«

»Kaltschnäuzig? Ich sage Ihnen, was kaltschnäuzig ist. Ich komme gerade aus Oranienburg … vom Pfandhaus Lohse.«

Augustas Gesicht verlor schlagartig jede Farbe. Ihre Hände flatterten. Sie kam näher, hechelnd, kein Wort hervorbringend. Und dann doch mit dünner Stimme: »Nein, das dürfen Sie nicht tun. Sie dürfen meiner Mutter nichts sagen. Meine Eltern wären so enttäuscht. Constanze, das können Sie mir doch nicht antun. Nicht nach all den Jahren, die wir zusammen hatten. Ich flehe Sie an.«

Unfassbar. Es war schlicht unfassbar. Es hatte Augusta noch nie interessiert, wie es ihren Angestellten ging. Für sie gab es nur zwei Arten von Menschen – die, die ihr ebenbürtig waren, und die, die ihr zu dienen hatten. Und zwar in jeder Hinsicht und ohne Rücksicht auf persönliche Verluste.

»Sie verlangen von mir allen Ernstes, ich soll auf meinen guten Ruf, auf ein gutes Zeugnis und auf mein Geld verzichten?«

»O ja, bitte. Würden Sie das für mich tun?«

Constanze schaffte es nicht einmal mehr, dem zu widersprechen. Es war ganz und gar unglaublich, wie diese verwöhnte Göre sich aufführte. Glücklicherweise kam gerade in diesem Moment die Fürstin um die Ecke geschossen. Opitz folgte ihr auf dem Fuße.

»Was bedeutet das? Was wollen Sie hier noch?«

»Ich komme geradewegs aus Oranienburg. Sie wissen doch noch, dass Ihre gnädige Tochter Ende November ihre Freundin dort besucht hat?«

»Und was hat das mit Ihrem unerhörten Auftauchen in meinem Haus zu tun?«

»Nun, sie hat nicht nur ihre Freundin dort besucht.« Jetzt griff Constanze in ihre Manteltasche und holte den Umschlag hervor. Den Umschlag mit dem Zettel, auf dem der Mann eine Summe notiert hatte. Sie hielt ihn in Richtung der Fürstin, die ein paar Meter vor ihr stehen geblieben war.

»Ich habe in Oranienburg alle Pfandleihen besucht und nach der Kette gesucht. Und ich bin fündig geworden. In diesem Umschlag ist eine Summe notiert, zu der Euer Durchlaucht die Kette zurückkaufen kann, wenn Sie mögen. Auf jeden Fall finden Sie aber auf dem Briefkopf die Adresse des besagten Pfandleihhauses. Der Besitzer erinnert sich sehr gut an Komtess Augusta. Und an das Stück, das er ihr abgekauft hat.«

Augusta war zur Seite getreten, so als wollte sie sich in Sicherheit bringen. Die Fürstin blickte stumm auf den Brief und bedachte Constanze dann mit einem bitterbösen Blick. Doch als die nicht zurückzuckte, lief ihr Blick zu ihrer Tochter.

»Lycki? Kannst du mir das erklären?«

Augusta schien ohnmächtig werden zu wollen. Sie hielt sich den Arm an die Stirn, die andere Hand auf der Brust, und wankte. Opitz war sofort zur Stelle, um sie zu stützen.

Was für ein Schauspiel. Constanze würde sich sicherlich nicht davon beeindrucken lassen. Und ihre Mutter anscheinend ebenso wenig.

»Augusta, geh hoch in dein Zimmer. Ich werde später zu dir kommen ... Und Sie, Sie kommen mit mir mit.« Dieser Befehl war an Constanze gerichtet.

Constanze ließ ihre Koffer an der Tür stehen und folgte der Fürstin in den Blauen Salon, wo die hohe Dame sich hinsetzte. Constanze blieb stehen. Sie hatte nicht vor, länger zu bleiben als nötig.

»Was verlangen Sie?«

»Ein ausgesprochen gutes Zeugnis, wie es meiner Arbeit der letzten Jahre gebührt. Und den mir zustehenden Lohn. Sowie meine Reisekosten und die Übernachtung, die ich mir in Oranienburg leisten musste.«

Die Fürstin starrte sie an. »Und weiter?«

Nun war Constanze verunsichert. »Was meinen Sie mit ›und weiter‹?«

»Was verlangen Sie dafür, dass Sie schweigen?«

Constanze schüttelte ihren Kopf. Sie waren alle so hochnäsig. Sie alle dachten, sie wären so viel besser und moralisch höherstehend als die einfachen Leute.

»Im Gegensatz zu Ihrer Tochter bin ich moralisch integer.«

»Ach ja. Und dass Sie uns verschwiegen haben, dass Sie mit einem Mann zusammenleben, das nennen Sie moralisch integer?«

»Er ist mein Verlobter. Wir werden bald heiraten.«

»Unser Privatdetektiv hat aber etwas anderes gesagt.«

Es war ihr vollkommen egal, was wer sagte. Sie wollte nur ihr Geld und ein gutes Zeugnis. »Und Komtess Augusta hat auch gesagt, sie wüsste nicht, wo die Kette ist. Jeder hat wohl ein Anrecht auf seine eigene Wahrheit.«

Die Lippen der Fürstin bebten, aber zum ersten Mal in ihrem Leben wich Constanze nicht zurück. Sie würde nicht untertänig werden. Nicht hier, nicht jetzt, nicht heute.

Diese Entschlossenheit drang auch zu der älteren Dame durch. Sie stand auf und klingelte nach einem Dienstboten. »Sie bekommen umgehend Ihren ausstehenden Lohn. Vertrauen Sie meinem

Wort, dass ich Ihnen ein gutes Zeugnis zuschicke, an eine Adresse Ihrer Wahl. Zum Beispiel an H. Mahlzahn?«

Constanze dachte kurz nach. Wenn sie jetzt sofort das Geld bekam und sich etwas sputen würde, dann würde sie noch den späten Abendzug nach Oranienburg schaffen. Dort brauchte sie nicht nach einer Pension zu suchen, sie kannte schon eine, die zu ihrem Geldbeutel passte.

»Ja.«

Die Fürstin sah sie überrascht an, denn solch wenig unterwürfige knappe Antworten war sie nicht von Constanze gewohnt. Opitz betrat den Raum und kam näher.

»Bitte zahlen Sie Fräulein Maiwald das ausstehende Gehalt aus sowie die Ausgaben, die sie auf ihrer kurzen Reise hatte. Und vielleicht kann Ihnen Fräulein Maiwald noch kurz einige Stichworte diktieren für das Zeugnis, das wir ihr gütigst ausstellen werden.« Nun stand die Fürstin auf und verließ zur anderen Tür hinaus den Raum. Indigniert war das Wort, das Constanze einfiel. Empört und gedemütigt.

»Fräulein Maiwald, Sie wissen ja, wohin Sie müssen.« Opitz machte mit seiner Hand eine einladende Bewegung.

»Sehr gerne.« Constanze ging in der Gewissheit, eine große Schlacht geschlagen und gewonnen zu haben. Das war ein herrliches Gefühl. Ein befreiendes Gefühl. Eins, das sie sich für ihr restliches Leben erhalten wollte.

* * *

Gerade noch so hatte sie den Zug erreicht. Sie war so schnell gelaufen, wie sie es mit zwei Koffern in der Hand geschafft hatte. In Löwenberg kaufte sie eilig ein Billett nach Oranienburg, dann konnte sie schon einsteigen. Sie fuhr dritter Klasse. Es war nicht weit, es war wirklich nicht notwendig, mehr Geld auszugeben.

Auf der anderen Seite, zwei Sitzbänke weiter, nahm ein Herr Platz. Er legte seinen Hut neben sich und öffnete seinen Mantel.

Er hatte eine Zeitung dabei, aber aus irgendeinem Grunde schaute er die ganze Zeit zu Constanze hinüber.

Sie versuchte sich nicht von seinen Blicken irritieren zu lassen. Die Fahrt würde gerade mal eine halbe Stunde dauern. Constanze freute sich schon auf ihr Zimmer in der Pension. Es war klein und schlicht, aber gut geheizt. Und gestern Abend hatte sie für kleines Geld noch ein paar Schnitten bekommen. Morgen früh wurde sie direkt über Berlin weiter nach Leipzig fahren.

Zwar hatte sie Hugo bereits in einem Brief angekündigt, was passiert war, aber dass er sie so bald erwarten könnte, wusste er nicht. Sie war so enttäuscht, aber auch wütend. Wütend darüber, wie sehr sich die beiden adeligen Frauen über sie gestellt hatten. Beide hatten sie Fehler gemacht, und trotzdem taten sie so, als wäre es Constanze, die im Unrecht wäre. Unfassbar, wirklich unglaublich.

Der Mann schaute immer noch zu ihr rüber. Langsam wurde es unangenehm. Draußen war es schon lange dunkel, und sie war froh, als endlich der Schaffner kam, um ihre Fahrkarte zu kontrollieren. Er knipste sie ab und ging weiter zu dem Mann. Als er auch ihn kontrolliert hatte, stand der Herr auf und kam zu ihr rüber.

»Guten Abend. Ich möchte nicht aufdringlich erscheinen, aber ich hätte eine Frage.«

Constanze schaute ihn skeptisch an. Betont skeptisch, denn sie hatte keine Lust auf ein unangenehmes Gespräch. »Worum geht es denn?«, fragte sie wenig einladend.

»Wenn ich mich nicht irre, sind Sie auf Schloss Liebenberg angestellt.«

Huch, woher wusste er das denn? Was sollte sie jetzt sagen? Sollte sie ihm sagen, dass sie gerade entlassen worden war? Sicher nicht. Das ging ihn nichts an. »Wieso fragen Sie?«

»Mein Dienstherr sucht nach einem soliden, rechtschaffenen und gebildeten Fräulein, das bei einer älteren Dame Gesellschafterin werden könnte.«

»Was habe ich damit zu tun?«

»Nun, vielleicht wüssten Sie ja jemanden, der dafür infrage käme. Es wird recht gut bezahlt. Es gibt Kost und Logis, ein eigenes großes Zimmer. Und, wenn ich das sagen darf, nicht unterm Dach. Sondern mit einem großen Fenster hinaus zum Garten.«

Das war aber nun wirklich eine Überraschung. Mit einem solchen Angebot hatte sie nicht gerechnet. »Aha? Ich bin mir sicher, da würden sich bestimmt viele Gesellschafterinnen wohlfühlen.«

»Ja, ganz bestimmt. Es ist in einer schön gelegenen Villa im Grunewald.«

Das hörte sich zu gut an, als dass es wahr sein konnte. Gut bezahlt, großes Zimmer, gute anderthalb Stunden Fahrt näher an Leipzig dran. »Und wo ist der Haken?«

»Wieso sollte ein Haken daran sein?«, sagte der Mann freundlich. Nun setzte er sich tatsächlich auch noch.

»Wenn Sie extra ins Löwenberger Land fahren müssen, um sich eine Gesellschafterin zu suchen, muss ein Haken dabei sein. Ich bin mir sicher, es gibt genug anständige und solide Damen in Berlin, die sich um so eine Stelle reißen würden.«

»Da haben Sie recht. Allerdings würde nicht jede gerne bei einer Jüdin arbeiten.«

Das war allerdings wahr. »Dennoch …« Sie schüttelte ihren Kopf. Trotzdem konnte irgendwas daran nicht stimmen. Für einen Moment dachte sie daran, dass er einer der Männer war, die die jungen Dienstmädchen in Berlin und anderen großen Städten an den Hauptbahnhöfen mit haltlosen Versprechen abfingen, um sie in die Prostitution zu zwingen. Aber sie sah doch nun wirklich nicht so naiv aus. Außerdem, woher wusste er von ihrer Anstellung im Schloss?

»Und wer, wenn ich fragen darf, ist Ihr Dienstherr?«

»Ich bin mir sicher, Sie kennen ihn. Zumindest werden Sie von ihm gehört haben, in letzter Zeit … Er gibt eine Zeitung heraus. Sein Name ist Maximilian Harden.«

Constanzes Mund klappte auf. Für einen Moment ratterten die Rädchen in ihrem Gehirn. »Ich nehme an, es ist kein Zufall, dass Sie mich angesprochen haben.«

Er machte einen recht zerknirschten Eindruck, aber grinste dabei. »Sie sind wirklich sehr gescheit. Ja, ich muss Ihnen sagen, dass ich Ihnen nach Oranienburg gefolgt bin. Und hierher zurück … Ich nehme an, Sie haben Ihre Stelle nicht wiederbekommen?«

Constanze schnappte laut nach Luft. »Wer sind Sie?«

Er griff in seiner Manteltasche und holte eine Karte hervor. »Anton Sibelius – Privatdetektei.«

Ein Privatdetektiv. Noch einer? Constanze hatte nicht nach dem Namen des Mannes gefragt, der sie vor der Fürstin enttarnt hatte. Aber das musste doch wohl ein anderer sein. Es konnte schlicht nicht sein, dass der Fürst zu Eulenburg und Harden den gleichen Mann engagiert hatten. »Und Sie arbeiten für Herrn Harden?«

Der Mann nickte.

»Exklusiv?«

Nun stutzte er. »Wie meinen Sie das?«

»Würden Sie auch für den Fürsten ermitteln? Oder haben Sie das vielleicht schon?«

Er lachte leise. »Nein. Hätte mich der Fürst zuerst beauftragt, vielleicht. Aber so würde es ja zu einem Interessenskonflikt kommen. Also, nein. In dieser Angelegenheit arbeite ich exklusiv für Herrn Harden. Aber natürlich weiß ich, dass auch der Fürst die Arbeit von Privatdetektiven in Anspruch nimmt.«

Sie überlegte. Also gab es zwei Privatdetektive, die hier herumschnüffelten. »Und Sie bieten mir im Namen von Herrn Harden eine Stelle an?«

»Sagen wir mal, das ist nur eine Zufallsgelegenheit. Herr Harden erzählte mir unlängst, dass seine ältere Nachbarin, eine sehr nette und außerordentlich gebildete Frau, verwitwet, wie ich erwähnen sollte, eine Gesellschafterin sucht. Und durch meine kleine Recherche rund um Schloss Liebenberg habe ich mitbekommen, dass Ihre Dienste unlängst verfügbar geworden sind.«

So kann man das auch ausdrücken, dachte Constanze. Sie schaute ihn an. Ein Privatdetektiv, der ums Schloss schlich, vermutlich im Dorf Erkundigungen einholte und anscheinend tüchtig genug war, ihr auf die Schliche zu kommen. »Dann haben Sie mir hinterherspioniert?«

»Das habe ich. Und ich darf sagen, es tut mir nicht leid. Um offen zu sein, es war nicht besonders schwierig herauszubekommen, was los war. Sie haben gestern das Schloss verlassen, zwei schwere Koffer mit vermutlich all ihren Habseligkeiten dabei. Und an Ihrem Gesichtsausdruck war zu erkennen, dass sie einigermaßen wütend waren. In den Pfandleihhäusern haben Sie immer ähnliche Dinge erzählt. Wenn ich es mir zusammenreime, ist eine wertvolle Kette abhandengekommen. Und da Sie nach dem Verbleib des Stückes geforscht haben, waren nicht Sie es, die das Stück ›verloren‹ hat.«

»Sie sind gut.«

»Herr Harden stellt nur die Besten ein.«

Sollte sie das wirklich überraschen? Dass dieser Berliner Journalist einen Privatdetektiv engagierte? Nein, das überraschte sie nicht. Aber dass er ihr nun eine Stellung anbot, das allerdings. »Und nebst Lohn, der Kost und der Logis und dem schönen Ausblick in den Garten, was würde Herr Harden da noch von mir erwarten?«

»Ich kann Sie direkt beruhigen. Nichts, was Ihren Ruf schädigen würde. Und auch nichts, was Sie in irgendeiner Weise kompromittieren würde. Und ganz sicher nichts Kriminelles.«

»Sondern?«

»Informationen, die ich auch beziehen könnte, wenn ich nur lange genug hier in der Gegend bliebe. Zuordnung von Gesichtern. Vielleicht das eine oder andere Detail, das unter keine Verschwiegenheitsklausel fällt, sondern einfach nur Zufallswissen ist.«

Constanze schaute hinaus in die Dunkelheit. Was würde sie erwarten? Eine sehr gute Stelle, hoffentlich nicht schlechter bezahlt als in Liebenberg. Dafür musste sie vermutlich aber auch nicht ständig auf Reisen gehen oder bis spät in die Nacht mit den Komtessen unterwegs sein. Mehr Schlaf, näher an Hugos Wohnort.

Sie drehte sich zu dem Mann um. »Wie hoch wäre mein Gehalt?«

Er lächelte siegessicher, was Constanze sofort ärgerte.

»Ich darf Ihnen zehn Prozent über Ihrem letzten Lohn anbieten.«

»Zehn Prozent?« Sie versuchte, nicht besonders beeindruckt auszusehen. »Und wer würde mein Gehalt bezahlen – die Witwe oder Herr Harden?«

»Die Dame. Es ist nicht so, wie Sie im Moment glauben. Es ist tatsächlich ein Gefallen, den Herr Harden seiner netten Nachbarin erweisen möchte. Die sucht jemanden zum Spazierengehen, zum Vorlesen und eine Begleitung für ihre Reisen. Sie hat wohl eine größere Verwandtschaft in Halle und Dresden … Herr Harden besucht seine Nachbarin gerne mal zum Tee. Gelegentlich.«

»Gelegentlich?«

»In der Regel ist Herr Harden ein viel beschäftigter Mann.«

Eine Villa im Grunewald, ein Zimmer zum Garten, Kost und Logis, leichtere Arbeit, Reisen nach Halle und Dresden, also in die unmittelbare Nachbarschaft von Leipzig und Hugo, mehr Geld – und im Gegenzug dazu ihre Loyalität. Die Aufgabe ihrer Ergebenheit gegenüber der Familie, für die sie so lange gearbeitet hatte. Das entsprach nicht ihrem Sinn von Loyalität.

Doch spürte sie wirklich noch Treue zu den Eulenburgs? Jetzt noch? Nach dem, was sie vor kaum einer Stunde erlebt hatte? Sie hatten sie beleidigt, des Diebstahls bezichtigt und so herablassend behandelt, wie es nur irgend ging.

Hatte sie wirklich noch eine Pflicht gegenüber den Menschen, die sie ohne mit der Wimper zu zucken vor die Tür gesetzt hatten? Ihr das Schlimmste unterstellt hatten?

»Nun, ich wäre bereit, mir die Stelle einmal anzuschauen. Und mit der älteren Dame über ihre Vorstellungen zu sprechen. Und am besten auch mit Herrn Harden, nur damit es zu keinen Missverständnissen kommt.«

»Famos.« Zufrieden stand er auf. »Ich werde nun schnell für Sie beim Schaffner eine Fahrkarte kaufen – für die Strecke von Oranienburg nach Berlin.«

Er ging in die Richtung des Schaffners. Oje, was passierte hier? Konnte das alles wahr sein? Oder geriet sie da gerade in eine ganz merkwürdige Geschichte? Es klang alles plausibel, was er sagte. Natürlich würde jemand wie dieser Herr Harden genau so vorgehen. Von Hugo wusste sie, dass die großen Redaktionen gelegentlich Privatdetektive engagierten.

Es war ein gutes Angebot. Sie würde sich die Sache anschauen. Solange sie sich nicht in Gefahr begab. Sobald der Mann zurück war, würde sie ihm sagen, dass sie heute Abend noch in einer Pension ihrer Wahl unterkommen würde. Und morgen früh, bei Tageslicht, würde sie gerne mit öffentlichen Verkehrsmitteln in den Grunewald fahren. Sonst würde sie es nicht machen. Sie wollte nichts überstürzen und spät am Abend allein mit einem Unbekannten irgendwo im Grunewald stehen. Zudem würde es ihr die Möglichkeit geben, noch heute Abend einen Brief an Hugo abzuschicken.

Und dann, dann würde sie Maximilian Harden kennenlernen. Den Mann, der gerade mit seinen Enthüllungsartikeln das gesamte Kaiserreich, ja, ganz Europa in Aufruhr versetzte.

Kapitel 9

14. März 1907

Schau, wenn du eine Kerze hast, die noch relativ lang ist, dann teilst du sie in zwei Stücke. Und den angebrannten Teil bringst du der Mamsell. Himmel, das hab ich ja ewig nicht mehr gemacht.« Hedda lachte leise. Mit einer heißen Messerschneide durchtrennte sie das Wachs einer gebrauchten Kerze. In den Herrschaftsräumen wurden jeden Tag neue Kerzen eingesetzt.

Zwar hingen überall elektrische Lampen, aber wenn die Mitglieder der Fürstenfamilie lesen wollten, dann war es in der Regel doch nicht hell genug. Dann zündeten sie Kerzen an und setzten sich neben das Tischchen mit dem Kerzenständer. Die angebrannten Kerzen wurden gesammelt und einmal im Monat den Dienstboten zugeteilt. Nichts durfte verschwendet werden. Da selbst in den Dienstbotenkammern bereits elektrisches Licht installiert war, brauchten sie ohnehin nicht mehr häufig auf Kerzen zurückzugreifen.

»Noch vor zehn Jahren war elektrisches Licht eine Seltenheit. Zumindest in den bürgerlichen Haushalten, in denen ich gearbeitet habe. Du kannst dir gar nicht vorstellen, wie viel weniger Arbeit das bedeutet. Wenn jeden Abend Petroleumlampen und Kerzen brennen, da kannst du nach drei Tagen alles putzen. Die Vasen, die Spiegel, die Möbel polieren – überall legt sich der Ruß drauf. Vor allem musst du ständig Gardinen waschen. Als ich im Schloss angefangen habe, war das für mich das Größte, dass sie in allen Räumen schon elektrisches Licht hatten.«

»Das habe ich hier auch zum ersten Mal gesehen«, sagte Adelheid. »Als ich an meinem ersten Tag ins Schloss kam, war alles so hell, so strahlend hell.«

Hedda nickte. »Stell dir mal vor, die Kronleuchter würden wie früher noch mit Wachskerzen beleuchtet. Da kannst du jeden Morgen zwei Stunden nur Kerzen wechseln, Wachs entfernen und polieren. Ich liebe die Elektrizität. In Amerika soll sie noch viel weiter verbreitet sein.«

Hedda erzählte ihr so viel von Amerika und wie viel freier und besser das Leben dort sei, dass sie fast selbst Lust bekam, mit ihr auszuwandern. Was natürlich Blödsinn war. Sie durfte ihre Familie nicht im Stich lassen. Ihren Anteil vom Glück würde sie, wenn überhaupt, erst sehr viel später erhalten. Adelheid hatte sehr schnell begriffen, worauf es bei ihrem Anteil vom Glück ankam – dass es niemand mitbekam. Deshalb stand Adelheid gerade vor der Tür. Wenn jemand hineinkommen würde, würde er sie nicht öffnen können. Und selbst bei einem schmalen Spalt stand Adelheid im Weg. So konnte Hedda ihr in aller Ruhe zeigen, wie sie das mit den Kerzen machte.

»So, siehst du?« Sie legte die fünf Kerzen nebeneinander, die Adelheid vorhin erst aus dem teurer Silberkerzenständer der Bibliothek geholt hatte. »Versteck sie gut, damit du sie beim nächsten Besuch deiner Familie mitbringen kannst. Jetzt muss ich mich aber sputen.«

Adelheid musste grinsen. Hedda erzählte nicht nur von Amerika, sondern wusste auch ansonsten interessante Dinge zu berichten. Und sie brachte ihr viele kleine Tricks bei, mit denen man sich sein Leben erleichtern konnte. Sie selbst schwitzte Blut und Wasser, wenn sie auch nur daran dachte, ein trockenes Brot oder einen Apfel zu klauen. Aber Nahrungsmittel wurden immer teurer.

Immer öfter fragte Adelheid sich Dinge, die sie sich nie zuvor getraut hatte zu denken. Warum ihre Familie so ein schweres Los gezogen hatte? Warum einige Menschen so viel und andere so wenig hatten? Wieso der Fürst sie ihrer Schönheit wegen eingestellt hatte und wieso dann jemand Hässliches wie Opitz hier arbeiten durfte? Ob Gott den Kaiser wirklich zum Herrscher auserwählt hatte oder es vielleicht nur Zufall war, wie Hedda einmal erwähnt hatte?

Hedda erzählte ihr viel von den deutschen Kolonien in Afrika. Dass man nicht alles glauben sollte, was in der Zeitung stand. Denn dort standen oft ganz andere Sachen als das, was ihre Brüder ihr schrieben. Hier las man zwar immer von den Aufständischen, die die armen Farmer überfielen, aber wie blutig und tödlich diese Überfälle waren, das wurde nur selten wirklich ausgeführt. Und wie viele Leute ihre Farmen aufgeben mussten, weil das Vieh getötet worden oder die Felder abgebrannt worden waren. Aber auch, dass man die Schwarzen dort hungern ließ, sogar verhungern ließ, zu Abertausenden.

Las man die hiesigen Zeitungen, konnte man den Eindruck haben, dass es zwar jede Menge Aufstände gab, aber dass die deutschen Soldaten schon alles im Griff hatten. Kein Wunder, dass die Parteien im Reichstag die geforderten neunundzwanzig Millionen für die Weiterführung des Krieges im Dezember abgelehnt hatten. Auf diesen Widerstand hin hatte Kanzler Bülow den Reichstag einfach aufgelöst und Neuwahlen angesetzt. Die ›Hottentottenwahl‹ wurde sie allerorts genannt. Schon während des Wahlkampfs hatten in Deutsch-Südwestafrika die letzten Aufständischen das Handtuch geworfen. Nun hatte der Kaiser Anfang des Monats verkündet, dass der Krieg mit den Eingeborenen zu Ende sei. Ende dieses Monats würde der Kriegszustand offiziell beendet. Und obwohl der Kaiser das Ende des Krieges verkündet hatte, waren vor zwei Tagen diese neunundzwanzig Millionen trotzdem noch vom Reichstag bewilligt worden. Was dann mit den Millionen passieren würde, da es nun keinen Krieg mehr gab, darauf hatten auch die Zeitungen keine Antwort.

Hedda ging zuerst. Adelheid wartete kurz, packte dann die zwei Eimer mit schmutzigem Putzwasser, die sie schon vor einer Viertelstunde hatte rausbringen sollen, bevor sie auf den Flur trat.

Herr Opitz stand dort, wo der Gang zum Hintereingang abging, und sortierte Briefe.

Viktor Novak kam gerade die Dienstbotentreppe herunter und brachte schmutziges Geschirr mit. Gestern hatte sie gesehen, wie er kurz über etwas gelächelt hatte. Dabei zeigten sich winzige Grübchen. Am liebsten hätte Adelheid ihn gefragt, ob er nicht noch mal lächeln wolle, damit sie die Grübchen noch mal sehen konnte. Sie sahen entzückend aus … Was sie da nur dachte?! Noch immer, wenn sie ihm begegnete, gab es ein kurzes Aufflammen. Ihr Blut fühlte sich für einen Moment heiß an. Sie hatte sich schon daran gewöhnt und wusste ja auch, dass sie sich nichts darauf einzubilden brauchte. Er würde sich nie für sie interessieren, so ein attraktiver und gebildeter Mann. Nicht für jemanden wie sie.

Trotzdem war da zum ersten Mal ein Wunsch in ihr gekeimt, dass sie sich auch um ihr eigenes Glück kümmern durfte. Das war ein ganz neuartiger Gedanke.

Novak trat an Opitz heran und fragte mit leichter Anspannung in der Stimme: »Ist etwas für mich dabei?«

Opitz schaute hoch. »Ja, wieder ein Brief von Ihrem Schulkollegen. Er schreibt Ihnen wohl häufig.«

»Er ist versehrt und kommt nicht mehr oft vor die Tür«, erklärte der Diener. »Möchten Sie den Brief wieder lesen?«

Herr Opitz schien von dieser Frage etwas überrascht. »Möchten Sie mir etwas unterstellen?«

»Nein, aber den letzten Brief wollten Sie auch lesen.« Man konnte hören, dass sich der Diener mühsam beherrschen musste. Offensichtlich war er über etwas wütend.

Barsch drückte Opitz ihm den Brief gegen die Brust. Novak nahm ihn, nickte dankend und steckte ihn eilig weg. Dann brachte er das Tablett mit dem gebrauchten Geschirr in die Küche.

Adelheid ging schuldbewusst mit gesenktem Kopf an Herrn Opitz vorbei. Ob er gemerkt hatte, dass Hedda und sie so lange in der Waschküche gewesen waren?

Viktor Novak und seine Briefe – das war auch so eine Merkwürdigkeit. Er bekam Briefe auf dem Briefpapier, das er sich selber bestellt hatte. Bemerkenswert. Und dass er sich mit Herrn Opitz darüber stritt, war ebenfalls augenfällig. Und dass er seine Briefe immer so schnell wegsteckte, als wären sie geheim. Aber er war überhaupt ein Mann, bei dem man nicht hinter die Fassade blicken konnte. Er erzählte wenig und praktisch nie Persönliches.

Diedrich Budde konnte ganze Abende füllen mit Erzählungen, welche Kameraden er besucht hatte, was sie miteinander gemacht hatten, was es bei den Eltern zu Hause zu essen gegeben hatte und so weiter. Wenn Viktor Novak erzählte, dass es an seinem freien Tag in der Eisenbahn unangenehm gerochen hatte, war das schon das Persönlichste, was man von ihm erfahren würde.

Sie schleppte die zwei Eimer raus und schüttete die braune Brühe weg. In einem lag die Wurzelbürste, mit der sie die Holzbohlen geschrubbt hatte, den kompletten Flur entlang, vom Ende des Männertraktes bis zum Ende des Frauentraktes. Bei dieser Arbeit musste sie sich die Schürze ausziehen, den langen Rock wegstecken und auf den Knien herumrutschen. Es war harte Arbeit, wirklich harte Arbeit. Härter als die Arbeit als Stubenmädchen, die auch schon nicht leicht war. Aber stundenlang auf den Knien herumrutschen musste man da eher selten. Sie wollte gerne wieder Stubenmädchen werden.

Früher hatte sie solche Gedanken nicht gehabt. Früher hatte sie sich eben mit dem begnügt, was das Leben ihr zugeteilt hatte. Und das war beileibe nicht viel. Waren es die Gespräche mit Hedda oder das Leben auf dem Schloss, das ihr Denken so veränderte? Das helle Licht, das Gold überall, die schönen Kleider, die guten Düfte, all das Essen. Gottesgnadentum, hatte Hedda ihr erklärt. Die höheren Herrschaften waren alle in Gottes Gnade geboren worden. Weil sie besonders gottgefällig lebten.

Aber was nur hatten die anderen Schlimmes verbrochen, die Armen? Wieso waren Adelheid, Gunther oder ihre Schwester Edeltraud, die so lieb war, nicht gottgefällig? Was hatten sie Gott getan, dass er sie hungern ließ? Und wieso erzürnte sich Gott nicht denen gegenüber, die Essen wegwarfen wie andere verwelkte Blumen?

Was für Gedanken! Wisch sie weg, wisch sie beiseite, sagte Adelheid sich. Sie hatte schon in den letzten Wochen bemerkt, dass es ein Gefühl war, das sich immer häufiger nach vorne kämpfte – Zorn. Immer mehr bestimmte Zorn ihre Sicht auf die Welt. Das war nicht gut. Das konnte zu unguten Vorkommnissen führen. Sie spülte die Eimer aus und reinigte die Wurzelbürste unter dem eiskalten Wasser einer Pumpe.

Vor dem Eingang trat sie sich die Schuhe gründlich ab und ging hinein. Wärme und der Duft nach leckerem Essen empfingen sie und versöhnten sie mit ihren wankelmütigen Gedanken. Als sie an der Stiefelstube vorbeikam, hörte sie Lydia Kellers Stimme. Die Tür stand einen Spalt offen. Als sie ihren Namen hörte, blieb sie stehen. Und lauschte.

»… will ja nicht behaupten, dass sie dreckig ist. Aber es ist schon gut, dass sie nun kein Stubenmädchen mehr ist. Sie muss doch erst einmal richtig lernen, wie man sauber macht. Wie man richtig putzt und poliert. Wie soll sie was davon verstehen? Sie ist die Tochter eines Tagelöhners. Sie ist doch nur Dreck gewohnt. Wie soll man Schmutz erkennen, wenn man im Schmutz lebt, als wäre es ganz normal?«

Adelheid stiegen die Tränen in die Augen. Sie wusste, viele Menschen dachten so. In ihrem Leben hatte sie schon mehr als einmal gehört, dass sie dreckig war und dass sie zu Hause lebten wie die Schweine. Aber das stimmte alles gar nicht. Mama wusch ihre Kleidung ständig, aber sie war alt und abgewetzt und sah daher immer etwas dreckig aus. Und wenn die Behausung keine Holzdielen und keinen Steinboden hatte, dann waren die Füße eben dreckig und die Schuhe schnell verschlammt.

Sie kannte das, wie über sie gesprochen wurde. Das war nichts Neues. In der Schule hatte man sie gehänselt. Im Dorf waren ihr oft genug böse Worte hinterhergerufen worden. Ihre Eltern hatten ihr beigebracht, nicht darauf zu reagieren. Denn es brachte nichts. Wenn man einen Streit anfing, so wie ihre Brüder es manchmal versucht hatten, war man am Ende immer der Gelackmeierte. Man wurde immer dafür bestraft, dass man sich verteidigt hatte. Denn keiner glaubte einem, dass man den Streit nicht angefangen hatte.

Aber gerade jetzt empfand sie ein großes Gefühl. Es war nicht Scham. Unheiliger Zorn brach sich seinen Weg. Aus dem Affekt heraus riss sie die Tür auf, schaute Lydia Keller an und sagte: »Merkwürdigerweise sagen sowohl Fräulein Pietsch als auch Fräulein Petzold, dass ich mich deutlich besser als Hausmädchen eigne als Sie. Merkwürdigerweise habe ich, obwohl ich die Tochter eines Tagelöhners bin, deutlich mehr Fingerspitzengefühl.«

Sie schaute Lydia giftig an, die entgeistert zurückstarrte. Damit hatte sie wohl nicht gerechnet. Und auch nicht mit der Tatsache, dass sie ihre Arbeit nicht so vollkommen verrichtete, wie sie es gerne glaubte. Voller Wut blickte Adelheid von ihr zu Viktor Novak. Es war das erste Mal, dass sie sich so etwas traute.

Er stand da, einen Schuh des Fürsten in der einen Hand, die weiche Bürste zum Polieren in der anderen. Er blickte ebenso überrascht wie Lydia Keller. Zwar hatte er nicht über sie geschimpft, aber schon die Tatsache, dass er sich widerspruchslos das Gewäsch von ihr anhörte, sprach Bände. Auch er wurde mit einem giftigen Blick bedacht. Erhobenen Hauptes trat Adelheid zurück auf den Flur und ging weiter.

Ihr ganzer Körper zitterte. So etwas hatte sie noch nie getan. Ihr war beinahe schwindelig. Die Pferde waren mit ihr durchgegangen. Vollkommen unerwartet. Sie fühlte sich gleichzeitig aufgekratzt und euphorisch, aber auch ängstlich. Was hatte sie da nur geritten? Außerdem hatte sie Lydia Keller etwas gesagt, was Hedda ihr im Geheimen anvertraut hatte. Aber sie hatte Mut bewiesen und Stolz. Und das fühlte sich wunderbar an.

In der Waschküche stellte sie die Putzeimer weg und reinigte noch den Feudel, den Gerda mal wieder hatte stehen lassen. Dann wusch sie sich die Hände besonders gründlich, als wollte sie sich selber beweisen, dass sie Besseres war als das, was die Menschen über sie dachten. Etwas Besseres, als Lydia Keller aus ihr machen wollte.

Plötzlich ging die Tür auf und Viktor Novak kam herein. Er trat an das Regal mit den alten Putzlappen und nahm sich einen. Vermutlich würde er nun die Schuhe des Fürsten auf Hochglanz wienern.

Adelheid spürte seine Anwesenheit körperlich. Ein vertrautes Ziehen lief durch ihren Körper. Sie trocknete sich weiter die Hände ab, ohne ihn anzusehen, als er sie plötzlich ansprach.

»Fräulein Schaaf, Sie müssen nicht denken, dass ich dem Glauben schenke, was Fräulein Keller so erzählt.«

Adelheids Kopf ruckte hoch. Was sagte er da?

»Ich denke weder, dass Sie unreinlich sind, noch, dass Sie schludrig arbeiten. Und wir alle hier im Haus haben rasch gemerkt, dass Sie Ihre Arbeit sehr gut verrichten. Und schnell lernen. Erstaunlich schnell sogar.« Er nickte kurz, und dann verließ er den Raum.

Adelheid musste sich am Tisch festhalten, so überwältigt war sie. Viktor Novak hatte sie angesprochen, und er hatte sie höflich mit *Fräulein* und *Sie* angesprochen. Was er nicht mehr musste, seit sie Hausmädchen war. Nicht nur das. Er hatte sie sogar gelobt. Er hatte gesagt, dass alle das hier im Haus so sahen. Als Hedda gesagt hatte, dass sie ein gutes Stubenmädchen sei, hatte sie geglaubt, Hedda wolle ihr nur etwas Nettes sagen. Aber das, das klang wirklich, als hätte sie es verdient, etwas Besseres zu sein. Zum Beispiel ein Stubenmädchen, dem nicht das dreckige Putzwasser die Haut an den Händen aufweichte.

März 1907

Constanze blickte in den Garten hinaus. Noch sah es trostlos aus, aber sicher würde es hier in wenigen Wochen schon blühen und grünen. Und überhaupt, sie hatte es fantastisch getroffen. Ruth Mandelbaum war eine sehr nette ältere Dame. Vor allem war sie belesen und weit gereist. Nun lebte sie alleine, all ihre Verwandten wohnten weit weg, und ihre Freunde starben allmählich. Die einen eines natürlichen Todes, bei anderen starb die Freundschaft. Die Witwe behauptete, sie habe mit ihrer spitzen Zunge wohl so manchen vergrault.

Die ältere Dame hatte schlohweiße Haare und unglaublich viele Falten. Sie zeichneten ihr Gesicht wie Lebenslinien, die in ständiger Bewegung waren. An ihrem ersten Nachmittag hatte Frau Mandelbaum Constanze erklärt, jede ihrer Falten stehe für eine interessante Reise. Am Tag drauf hatte sie behauptet, jede ihrer Falten stehe für einen Feind, den sie überlebt habe. Wiederum am nächsten Tag sagte sie, jede ihrer Falten stehe für eine aufrichtige Bemerkung, die sie nicht vorgebracht habe. Und dass man eben hässlicher werde, wenn man nicht freiheraus sprechen dürfe. Aber dass sie nun keine weiteren Falten bekomme, weil sie sich angewöhnt habe, ihre Meinung kundzutun.

Constanze gefiel jede ihrer Erklärungen. Überhaupt war es köstlich, sich mit ihr zu unterhalten. Sie war mit ihrem verblichenen Gatten häufig auf Reisen gewesen. Er war Kaufmann gewesen und hatte ihr ein beträchtliches Vermögen hinterlassen, sodass sie sich keine materiellen Sorgen machen musste. Frau Mandelbaum war schon in allen vier deutschen Kolonien in Afrika gewesen und hatte auf einer langen Asienreise das heutige Kaiser-Wilhelms-Land mit den Karolinen-Inseln, die heute deutschen Marianen-Inseln, sowie Palau und schlussendlich sogar Deutsch-Samoa besucht, als die Inseln noch nicht zu Deutschland gehört hatten. Von überallher hatte ihr Gatte Kolonialwaren bezogen. Ruth Mandelbaum hatte ein aufregendes Leben geführt. Aber ihr Gatte war vor zehn Jahren verstorben, und sie reiste nun nur noch ins böhmische Marienbad zur Kur.

Die Dame hatte sich einen rigoros strengen Tagesablauf angewöhnt. Frühmorgens stand sie auf und machte am offenen Fenster Leibesübungen. Dann wurde gefrühstückt. Nach dem Frühstück musste Constanze ihr die interessantesten Nachrichten aus drei Tageszeitungen vorlesen. Was häufig den ganzen Vormittag in Anspruch nahm, da sie zu allem und jedem einen Kommentar abgab oder eine Geschichte zu erzählen hatte.

Nach einem leichten Mittagessen gingen sie spazieren. Allerdings war die alte Dame nicht gut zu Fuß. Ihre linke Hüfte machte Probleme, und draußen behalf sie sich mit einem Stock. Dennoch, sie war starrköpfig und behauptete, man solle solche Gebrechen einfach ignorieren. Trotzdem merkte Constanze, wie sie bei jedem Schritt zusammenzuckte oder doch lieber eine kürzere Route nahm als angekündigt.

Auch deshalb fuhr Frau Mandelbaum nicht mehr so häufig nach Berlin hinein. Es gab eine Liste, auf der sie Dinge notierte, die sie beim nächsten Besuch in der Stadt zu erledigen oder zu kaufen oder zu besichtigen hatten.

Noch war Constanze nicht mit ihr in Berlin gewesen, freute sich aber schon sehr darauf. Der nächste Besuch musste warten, bis das Wetter gut war. Neben ihrer Hüfte litt sie nämlich noch an Rheuma, was all ihre Gelenke schmerzen ließ, wenn es feuchtkalt war.

Die Köchin, eine nette Mittfünfzigerin, war ebenfalls Jüdin. Das Essen war nur teilweise koscher, bedeutete dennoch für Constanze eine Umgewöhnung, weil es deutlich schlichter war als die opulenten Menüs im Schloss. Constanze aber schmeckte es, und auch der Wein war vorzüglich.

Frau Mandelbaum ging jeden Abend um neun Uhr zu Bett. Was bedeutete, dass Constanze viel Zeit blieb, Schlaf nachzuholen. Und jeden Abend Hugo zu schreiben.

Seit neun Tagen lebte Constanze nun bei ihr, und Herr Harden hatte sich noch nicht gezeigt. Aber für heute Nachmittag hatte er sich angekündigt. Deshalb war sie hochgegangen, um sich umzuziehen. Sie wollte doch einen besonders guten ersten Eindruck machen. Sie war überaus gespannt auf ihn. Als sie nun herunterkam, war das Hausmädchen gerade dabei, für den Tee zu decken.

»Wohin soll ich mich setzen?«, fragte sie.

»Das ist einerlei. Wie Sie wollen«, sagte Frau Mandelbaum.

Constanze setzte sich auf ein Sofa neben ihrem Sessel. Ein zweites Sofa sowie ein weiterer Sessel waren weitere Sitzgelegenheiten. »Wie ist er so?«

»Maximilian? Sehr intelligent. Und er nimmt kein Blatt vor den Mund. Ich bin mir sicher, seine Art wird Ihnen zusagen. Er kommt selten, aber regelmäßig zu Besuch. Wenn, dann mittwochs, weil er dann gerade die nächste Ausgabe seiner Zeitung in Druck gegeben hat. Dann ist er oft zu Hause. Wissen Sie … er läuft.«

»Er läuft?« Was meinte Frau Mandelbaum damit? Das klang merkwürdig. Wieso sollte er auch nicht laufen können? Er war ja noch keine fünfzig, wie Constanze wusste.

»Er rennt durch den Grunewald, wie ein Verrückter oder wie ein Olympionike. Er sagt, das würde seinen Kopf frei machen.«

»Ach wirklich?« Das klang ja witzig.

»Seine Eltern waren auch Kaufleute. Jüdische Kaufleute.«

»Er ist auch Jude? Das wusste ich nicht.«

»Er hat sich umbenannt. Schon vor vielen Jahren. Sein Verhältnis zum Vater war wohl nicht das herzlichste. Nach dessen Tod ist er zum Protestantismus konvertiert.«

»Aha. Und seit wann gibt er diese Zeitung heraus?«

»Schon über zehn Jahre, glaube ich«, sagte Frau Mandelbaum vage. Sie beugte sich vor. Ihr Gesicht nahm verschwörerische Züge an. »Er lebt mit einer Frau zusammen. Sie haben sogar eine Tochter, aber sie sind nicht verheiratet.«

»Und das missbilligen Sie natürlich?«, fragte Constanze vorsichtig nach.

»Ich? … Ich missbillige vieles, aber nicht, wenn zwei Menschen sich lieben. Ich bin mir nicht sicher, aber ich vermute, dass er sie nicht heiratet, um sie zu schützen.«

»Zu schützen? Wovor?«, fragte Constanze überrascht nach.

»Er war schon mehrere Male im Gefängnis … wegen Majestätsbeleidigung.«

Constanze nickte. Beleidigungen der höchsten Majestät – das war ein ausreichend guter Grund, jemanden zu schützen, den man liebte. Kurz fragte sie sich, ob Frau Mandelbaum ihre Stelldicheins mit Hugo auch so nachsichtig beurteilen würde.

»Sie kennen Seine Majestät persönlich?«, fragte die Dame nun plötzlich.

Nun schüttelte sie den Kopf. »Das wäre wirklich zu viel behauptet. Natürlich hatten auch die Fürstin und die Töchter Umgang mit Seiner Majestät. Doch der Kaiser macht sich bei den Damen rar und verbringt seine Zeit lieber in reinen Herrengesellschaften. Und ich … nun … ich habe ihn natürlich gesehen, bin ihm sogar vorgestellt worden, ganz am Anfang. Aber ansonsten habe ich ihn nur von Weitem gesehen.«

»Und wie war Ihr Eindruck von ihm?«

Constanze zuckte mit den Schultern. Was sollte sie nun sagen? Das war eine verfängliche Frage. Sie wusste, dass der Kaiser von einigen hochgelobt, ja fast als heilig verklärt wurde. Andere hielten ihn für inkompetent oder kindisch. Und ganz und gar für den falschen Mann, um Deutschland zu regieren. »Also … Ich weiß nicht recht …«

Die weißhaarige Dame setzte sich aufrecht hin, und in ihrer Miene spiegelte sich Missbilligung. »Ich sage Ihnen, was ich von ihm halte. Ich halte ihn für reaktionär und einen Antisemiten.«

Autsch. Das saß. Das war nichts, was man so frank und frei in der Öffentlichkeit sagen sollte.

Ruth Mandelbaum setzte nach: »Und Ihr Fürst, Fürst zu Eulenburg, der ist nicht besser.«

»Er ist nicht mein Fürst«, entschuldigte Constanze sich.

»Vermutlich wissen Sie von dem *zufälligen* Zusammentreffen des Kaisers auf seiner Palästinareise im Jahr 1898 mit Theodor Herzl. Was Sie aber vielleicht nicht wissen, ist, dass sie sich wenige Wochen zuvor schon auf Schloss Liebenberg getroffen hatten. Arrangiert vom Fürsten zu Eulenburg. Bei diesem Treffen ging es darum, dass der Kaiser die Errichtung eines zionistischen Staates in Palästina unterstützen sollte. Und auch wollte.«

»Ach ja? … Und das ist nicht gut?«, fragte Constanze nach. Das sollte doch eigentlich etwas Positives sein, wenn sich der Kaiser mit dem Zionistenführer Herzl traf und sich für seine Ziele starkmachte.

»So sollte man meinen. Aber dahinter steckte etwas anderes. Nämlich der Plan, alle Juden aus Europa herauszuschaffen. Nach der Gründung eines eigenen Staates sollten sie Deutschland verlassen … müssen. Damit die ›germanische Rasse‹ von uns gereinigt werden könne.« Ruth Mandelbaum schnupfte beleidigt auf. »Nicht nur Fürst zu Eulenburg, auch der Kaiser scheint bestimmten reaktionären Rassenideologien zu frönen, wie ich aus gut unterrichteten Kreisen weiß.«

Gut unterrichteten Kreisen – wen sie damit wohl meinte? Maximilian Harden?

»Sie scheinen mir eine gebildete, moderne und aufgeklärte Frau zu sein. Würden Sie ein solches Treffen unter derartigen Voraussetzungen gutheißen?«

»Nein. Ich dachte immer … Aber der Kaiser und Ballin …«

»Ach, papperlapapp. Albert Ballin … Der Reeder des Kaisers. Der Jude des Kaisers. Für den Kaiser sind Ballin und ein paar andere gar keine richtigen Juden. Ballin weiß über den Schiffsbau so gut Bescheid wie kein Zweiter am Hofe. Er trägt dazu bei, dass die zivile Flotte Deutschlands ständig wächst. Deswegen und wegen seiner finanziellen Zuwendungen hofiert der Kaiser ihn.«

Finanzielle Zuwendungen, von Ballin an den Kaiser? War auch der bedeutendste Reeder Deutschlands einer, der sich einen Orden des Kaisers erkauft hatte? Wo er doch solch große Verdienste hatte.

»Moralisch sind die Vorgänge am kaiserlichen Hof mehr als fragwürdig. Erst bei seinem letzten Besuch hat mich Maximilian über einen unfassbaren Vorgang unterrichtet.« Wieder lehnte sie sich verschwörerisch vor. »Ein Verwandter des Kaisers – ich glaube, er ist ein Cousin –, Friedrich Heinrich Prinz von Preußen, musste sich jüngst eilig ins Ausland absetzen, weil er auch …«

Die Türglocke unterbrach ihre Erzählung. Sie hörten, wie die Haustür geöffnet wurde.

Dann betrat ein Mann den Raum. Von kompakter Gestalt, dichtes schwarzes Haar und ein abgearbeitetes Gesicht. Maximilian Harden war eingetroffen.

»Maximilian …« Frau Mandelbaum war aufgestanden und begrüßte ihn mit offenen Armen. Der Mann drückte ihr einen leichten Kuss auf die Wange und wandte sich sofort Constanze zu.

»Fräulein Maiwald, wie ich annehme.«

»So ist es.« Constanze war schon die ganze Zeit aufgeregt gewesen, bemerkte es aber erst jetzt. Sie war neugierig und doch auch zu gleichen Teilen furchtsam. Sie wusste, dass nun der Moment gekommen war, ihren Preis zu zahlen. Was würde Harden wissen wollen? Dinge, die sie nicht gerne erzählen wollte? Die ihr unangenehm waren? Oder ging es wirklich nur darum, harmlose Informationen, die ein Detektiv mit viel Mühe auch zusammentragen könnte, zusammenzustellen?

»Wie angenehm, Sie endlich kennenzulernen.« Er setzte sich mit einer Selbstverständlichkeit, als fühlte er sich hier ganz zu Hause.

Wieder ging die Tür auf und das Hausmädchen trat herein, einen Teewagen vor sich herschiebend. Während sich die drei über die gute Lage der Villa unterhielten, bekamen sie ihren Tee serviert. Dann ging das Mädchen wieder hinaus.

»Fräulein Maiwald, wenn ich so frei sein darf, Sie etwas zu fragen.«

»Aber natürlich.« Er machte wohl nicht gerne Umschweife.

»Wie lange haben Sie auf Schloss Liebenberg gearbeitet?«

»Ich habe im November 1902 angefangen.«

»Also haben Sie dort angefangen, nachdem Fürst zu Eulenburg aus Wien zurückgekehrt ist?«

»Genau. Er hatte gerade seinen Posten als preußischer Botschafter am Wiener Hof aufgegeben.«

»Aufgegeben? … Ja, so kann man es wohl auch sagen.« Harden lächelte in sich hinein.

»Ich war Gouvernante und Gesellschafterin für seine drei Töchter«, setzte Constanze nach, die das Gefühl bekam, hier geprüft zu werden.

»Eine der drei hat gerade geheiratet, wie mir zugetragen wurde.«

Leichte Röte schoss ihr ins Gesicht. Mittlerweile schien die Flucht der Komtess mit dem Privatsekretär des Fürsten ein offenes Geheimnis zu sein.

»Sie sind sehr gut unterrichtet, Herr Harden«, sagte Constanze. Sie hielt ihre Untertasse mit beiden Händen fest, in der Hoffnung, dass niemand sah, wie sie zitterte. Was wusste er sonst noch alles? Dass man ihr eine Mitschuld an diesem Fehltritt gab?

»Beileibe nicht so gut, wie ich es gerne wäre.« Er sah sie durchdringend an, nippte an seinem Tee und stellte die Tasse wieder ab. »Sie kennen sicherlich den Ersten Sekretär der französischen Botschaft in Berlin, Graf Raymond Lecomte?«

»Der französische Botschaftsrat, Graf Lecomte, ja, den kenne ich«, bestätigte sie nickend. Wenn sie ihre Tasse noch ein wenig fester hielt, würde das Porzellan zerspringen.

»Er war auf der letzten Jagdgesellschaft, nicht wahr?«

Wieder nickte sie. Ein ganz leises Vibrieren der Porzellantasse auf dem Unterteller war zu vernehmen. »Es wurde nicht wirklich gejagt. Der Kaiser hatte sich verkühlt.«

»Ach ja? ... Umso mehr Zeit blieb den Herren vermutlich, sich zu unterhalten«, sagte Harden mit unterdrücktem Zorn, fast mehr zu sich als zu ihr. »Und Sie? Haben Sie sich zufällig mit ihm unterhalten? Oder eine Unterhaltung der Herrschaften mitbekommen?«

Vorsichtshalber stellte sie ihre Tasse ab. »Wie ich Frau Mandelbaum gerade schon gesagt habe, hat sich der Kaiser zwar gerne auf Schloss Liebenberg aufgehalten, doch in den letzten Jahren wurde es seltener. Und wenn er da war, dann mussten auch die höheren Angestellten wie ich in der Kammerstube essen. Gelegentlich saßen die herrschaftlichen Besucher und die Damen des Hauses zusammen und haben der Musik gelauscht. Aber meistens zogen sich die Männer zurück. Was in diesen Herrenrunden besprochen wurde, weiß ich wirklich nicht.« Sie musste ja nicht sagen, dass es ihr äußerst unangenehm gewesen wäre, belauschte Gespräche weitergeben zu müssen.

Harden nickte, als hätte er auch nichts anderes erwartet. Bestimmt war er gut genug über den Kaiser und den Fürsten informiert, um zu wissen, wie es auf dem Schloss zuging.

»Und war Botschaftsrat Lecomte öfter zu Besuch?«

»Nicht häufig, aber doch in regelmäßigen Abständen.«

Die Miene von Harden wirkte beipflichtend. Es kam ihr vor, als wollte er sie nur prüfen.

»Und der Stadtkommandant, Graf Kuno von Moltke?«

»Er kam ebenfalls gelegentlich zu Besuch.«

Harden schaute sie neugierig an. Offensichtlich erwartete er mehr als nur Allgemeinplätze.

»Sie trafen sich aber wohl häufiger, wenn der Fürst in seiner Stadtwohnung in Berlin war«, ergänzte sie deshalb. »Sie kennen sich ja schon ewig.«

»Noch mal zu Lecomte. Hatte er viel Verkehr mit dem Kaiser?«

So langsam fühlte sie sich wie bei einem Kreuzverhör. Constanze merkte, wie ihr der Schweiß aus allen Poren kroch. »Mit eigenen Augen gesehen habe ich es tatsächlich nur das eine Mal. Was aber nicht ausschließt, dass sie sich öfter auf Liebenberg oder gemeinsam mit dem Fürsten in Berlin oder anderweitig getroffen haben … Ich wünschte, ich könnte Ihnen Näheres sagen. Aber wir Frauen blieben bei den Treffen immer außen vor.«

»Ah ja. Die Frauen … Wie ist denn so das Verhältnis des Fürsten und der Fürstin zueinander?«

»Ich verstehe nicht ganz?«, fragte Constanze nach.

»Nun, sind sie … zärtlich miteinander? Sich zugewandt, herzlich … wie ein normales Ehepaar?«

Wie ein normales Ehepaar? »Nun, wenn Sie meinen, ob sie noch sehr verliebt sind … dafür sind sie doch vielleicht schon zu lange verheiratet.«

»Nun, ich meine natürlich: Kommen sie gut miteinander aus? Oder … hassen sie sich vielleicht und gehen sich aus dem Weg, wie es in älteren Ehen ja schon mal geschieht?«

»Nein … also. Ja … sie kommen ganz gut miteinander aus. Sind eingespielt. Allerdings ist der Fürst ja wirklich häufig fort. Weilte er auf dem Schloss, musste er auch immer furchtbar viel arbeiten. Und wenn wichtiger Besuch kam, dann haben sich die Herren natürlich zurückgezogen in ihre Runden.«

Harden schaute sie durchdringend an, als erwartete er noch mehr von ihr.

Sollte sie ihm davon erzählen, wie unterwürfig die Fürstin ihr manches Mal vorgekommen war? Constanze biss sich auf die Lippen. »In solchen Kreisen entscheidet ja häufig nicht die Liebe, sondern die Pflicht über eine Bindung. Aber sie haben ja schon vor über zwanzig Jahren geheiratet. Wie es damals war, kann ich nicht sagen. So gerne ich Ihnen etwas mehr …«

»Maximilian … Sei gnädig mit Fräulein Maiwald. Sie ist eine bezaubernde junge Dame, so intelligent und aufgeschlossen. Wir wollen sie doch nicht sofort vergraulen.«

»Aber natürlich nicht, Ruth.« Er griff wieder zu seiner Tasse und schaute sie über deren Rand hinweg an. »Ich entschuldige mich, wenn ich Ihnen zu nahe getreten sein sollte.«

Sein Blick aber sagte etwas anderes. Sein Blick sagte, dass das hier erst der Anfang war.

15. April 1907

Endlich war der Frühling ausgebrochen. Was für Viktor immer bedeutete, dass er sich weniger Sorgen um seine Familie und vor allem um seine Mutter machen musste. Wenn es warm wurde, schwächte sich auch ihr Husten ab. Und jedes Frühjahr äußerte sie den gleichen Wunsch: Sie wollte so gerne einen Schrebergarten, ein Laubenpieper, wie man in Berlin sagte, mieten. Es war ihr Herzenswunsch. Manchmal rechnete Viktor durch, ob es nicht vielleicht lohnen könnte, bei dem Gemüse, das sie dann nicht kaufen mussten. Aber Schrebergartenparzellen waren heiß begehrt und deshalb nicht günstig. So zog Mutter einige kleine Salatpflanzen in alten Töpfen. Aber die Scheiben der Hütte waren zu klein, um genug Licht durchzulassen. Und draußen konnte man nichts hinstellen, weil am nächsten Tag dann alles weg wäre.

Vor zwei Wochen hatten sie hier im Schloss Ostern gefeiert, bei schönstem Sonnenschein, den schon keiner mehr erwartet hatte. Doch der Fürst schien sich trotz des guten Wetters nicht erholt zu haben. Sehr oft in letzter Zeit blieb er tagelang im Bett. Gicht und Nervenleiden plagten ihn. Ihm war ständig übel, er fühlte sich unwohl oder schwach. Viktor bedauerte ihn, zumindest ein klein wenig. Es waren aber auch wirklich sehr üble Vorgänge, die er in den letzten Monaten hatte ertragen müssen. Angefangen vor fast einem Jahr mit der Duellforderung an Friedrich von Holstein, deren Gründe er nicht kannte. Aber bei Duellen ging es wohl immer um die Ehre und den guten Namen.

Dann tauchte im letzten Sommer immer wieder der fürstliche Name im Zusammenhang mit einer sogenannten Kamarilla im Dunstkreis des Kaisers auf, einem Bund von Nicht-Politikern, die Einfluss auf den Herrscher nahmen. Im November dann die Artikel in der Zeitung dieses gewissen Maximilian Harden. Und vor wenigen Wochen erst die Flucht und dann die überstürzte und nicht standesgemäße Hochzeit seiner mittleren Tochter.

Edmund Jaroljmek und seine Frau waren längst wieder abgereist. Niemand in der Dienstbotenetage wusste, wo sie nun lebten. Und von was. Die Tochter des Fürsten war nun eine vom Makel der Bürgerlichkeit Gezeichnete. Und aus der Verwandtschaft ausgestoßen. Ja, die letzten zwölf Monate waren schwer gewesen für den sonst so harmonieliebenden Fürsten. Das Schicksal hatte es auf ihn abgesehen.

Überhaupt, es lag eine merkwürdige Spannung über dem Schloss, und zwar über allen Etagen. Fräulein Maiwald, die Gouvernante, war überstürzt gegangen. Oder gegangen worden. Viktor wusste nicht, weshalb, aber die Kurzfristigkeit deutete darauf hin, dass sie sich entweder unsittlich verhalten hatte oder aber es anderweitig zu einem Bruch mit der Familie gekommen war.

Auch bei ihnen in der Dienstbotenetage herrschte eine gewisse Unruhe. Für eine kurze Zeit war durch die Herabstufung von Adelheid Schaaf zum Hausmädchen etwas Ruhe eingekehrt. Lydia Keller hatte ihr Ziel erreicht und war endlich Stubenmädchen geworden. Doch so recht klappte die Zusammenarbeit mit den anderen beiden Stubenmädchen anscheinend nicht.

Vielleicht, weil Hedda Pietsch kurz darauf mit Adelheid Schaaf in eine Stube hatte zusammenziehen müssen. Auch sie wurde offensichtlich für einen Fehler bestraft. Anders als bei Constanze Maiwald wusste man, was vorgefallen war. Lydia Keller hatte allen erzählt, Fräulein Pietsch sei mit dem Stallburschen erwischt worden. Viktor war zu vorsichtig, um Lydia auch nur einen Hauch zu glauben. Auf jeden Fall schienen sich Fräulein Pietsch und Fräulein Schaaf gut zu verstehen. Und Adelheid Schaaf gewann an Selbstvertrauen. Was ihr gut stand. Sie blühte richtiggehend auf.

Es hatte ihm mächtig imponiert, wie sie Lydia Keller zurechtgewiesen hatte. Fräulein Keller, diese doofe Kuh. Wie sie über die Tagelöhner gesprochen hatte. Sie verhöhnt hatte. Hielt sich selbst für so viel besser. Am liebsten hätte Viktor ihr den Lappen ins Maul gestopft. Wenn es eine verdiente, ihren Mund mit Seife ausgespült zu bekommen, dann war sie es. Und plötzlich war

Adelheid Schaaf aufgetaucht und hatte sie zurechtgestutzt. Etwas, was Viktor eigentlich hätte tun sollen. Das forderte seinen Respekt ein. Deshalb war er später zu Adelheid Schaaf gegangen und hatte sich ihr erklärt.

Sofort danach hatte er sich gefragt, ob er zu weit gegangen war. Hatte er ihr in irgendeiner Art und Weise Hoffnungen gemacht? Sie schaute ihn nun öfter an, eindringlicher. Erhoffte sie sich nun etwas, weil er mit ihr gesprochen hatte? Oder waren ihre direkteren Blicke eine Folge ihres Aufblühens? Er konnte nicht verhehlen, dass es ihm gefiel. Manchmal hatte er das Bedürfnis, ihr seine Hand an die Wange zu legen. Einfach so. Um sie zu halten, zu beschützen. Vor all der Boshaftigkeit, die sie hier im Schloss traf. Und dann wieder hatte er Angst vor seinen eigenen Gefühlen. Die ja nie zu irgendetwas führen konnten. Gerade nicht mit Fräulein Schaaf.

Denn auch hier im Schloss holten ihn die Nebenwirkungen seines Geheimnisses langsam ein. Auch sein Leben blieb nicht frei von disharmonischen Zwischenklängen. Opitz schien ihn nun skeptisch zu beobachten. Jetzt, da er es zweimal gewagt hatte, seine Weisungen infrage zu stellen. Oder bildete er sich das nur ein? Er war so sehr auf der Hut, dass er manchmal das Gefühl hatte, paranoid zu sein. Bestimmt hatten weder Adelheid Schaaf noch Diedrich Budde etwas von seinem Telefonat mit der Kohlehandlung mitbekommen. Denn der ganzen Geschichte war nichts gefolgt. Und doch hatte er nächtelang unruhig geschlafen.

Viktor ging mit dem silbernen Tablett durch den Flur der Herrschaftsetage. Moritz Lüdke hatte bereits die Bettpfanne im fürstlichen Schlafzimmer entleert. Damit es zu keinen peinlichen Vorkommnissen kam, war der junge Kerl beim Fürsten und seinen Söhnen dafür zuständig, genau wie für das Entzünden des Kamins. Alle anderen Räume wurden von den Hausmädchen bestellt.

Morgens in der ersten Runde der Diener, wenn die Familie unten beim Frühstück saß, wurde das gebrauchte Geschirr eingesammelt. Der Fürst nahm sich gerne noch ein Glas Wein mit ans Bett. Doch als Viktor nun das Schlafgemach betrat, lag der Fürst noch immer in seinem Bett. Er bemerkte Viktor gar nicht und wälzte sich jammernd von links nach rechts. Viktor erstarrte und schob sich rückwärts wieder aus der Tür hinaus. Noch hatte der Fürst ihn nicht bemerkt. Das war noch einmal gut gegangen.

Er ging den Flur hinunter und um eine Ecke. Dann klopfte er am Schlafgemach der Fürstin. Da die Tür einen Spalt aufstand, konnte er nahezu sicher sein, dass sie nicht mehr darin war.

Viktor schob die Tür ein Stück auf und sah, wie Martha Petzold das Kissen zum Lüften aufs Fensterbrett legte. Er ging hinein und sah sich nach gebrauchtem Geschirr um. Eine Porzellantasse stand auf dem Nachttisch. Offensichtlich hatte die Fürstin gestern Abend noch etwas Warmes getrunken, vermutlich eine warme Milch.

Er stellte das kleinere Silbertablett mit der Tasse auf sein Tablett und ließ seinen Blick durch den Raum schweifen. Auf dem Schminktisch stand ein leeres Kristallglas für Likörwein oder Port. Auch dieses nahm er, ohne sich mit dem Stubenmädchen zu unterhalten. Er fand einfach keine Themen, über die er sich ungezwungen unterhalten konnte. Ständig hatte er Angst, in einem Gespräch etwas Verräterisches zu sagen. Oder die anderen zu ermuntern, ihn etwas Persönliches zu fragen. Deshalb ließ er es meistens ganz.

»Dem Fürst ist nicht wohl. Er ist noch im Bett«, gab er als Information weiter. Vermutlich würden die Stubenmädchen in Kürze auch sein Bett ausschlagen wollen.

»Ich weiß«, sagte Martha Petzold, »die Fürstin hat es schon der Mamsell berichtet. Die holt gerade diverse Medikamente. Und wir sollen wohl ein Bad für den Fürsten einlassen.«

»Ich werde Herrn Opitz Bescheid sagen.« Er verließ die Etage und ging direkt hinunter ins Souterrain. Er traf Herrn Opitz, als der gerade seinen Raum verließ.

»Der Fürst wünscht ein Bad.«

»Ich weiß schon«, sagte Opitz barsch.

»Soll ich die Seife holen und die Handtücher anwärmen?«

»Damit habe ich bereits Budde beauftragt.«

Viktor sah Opitz überrascht an. Während Herr Opitz alle höheren Tätigkeiten verrichtete, wenn es um den Fürsten ging, war es normalerweise Viktor, der die etwas niedrigeren Arbeiten ausführte. Der Kammerdiener würde dem Fürsten in die Wanne helfen und ihm später Handtuch und Morgenmantel reichen. Aber es war Viktors Aufgabe, das Bad herzurichten. Normalerweise. Bisher hatte Diedrich Budde das noch nie machen dürfen. Höchstens mal, wenn einer der Söhne des Fürsten ein Bad nehmen wollte.

Deswegen klang es jetzt überrascht und auch ein wenig beleidigt, als er sagte: »Tatsächlich?«

»Ja. Haben Sie an meiner Order etwas auszusetzen?«

Viktor, der immer noch damit beschäftigt war, sich zu überlegen, was hier gerade vorging, schüttelte nur den Kopf.

»Sie können die Zeitungen einsammeln.«

»Schon?«

Opitz hob seine beiden Augenbrauen. »Ja, schon. Es geht Sie zwar nichts an, aber die Fürstin hat mich angewiesen, alle Zeitungen außer Reichweite des Fürsten zu bringen. Sie regen ihn nur auf. Etwas, das wir im Moment unter allen Umständen vermeiden sollten.«

»Jawohl.«

Viktor stellte das Silbertablett in der Küche ab. Es war nicht das erste Mal gewesen, dass Opitz barsch zu ihm war. Aber dass er Budde mit den Aufgaben in der Badestube beauftragt hatte, zeigte deutlich, dass Viktors Position als erster Diener infrage stand. Nun gut, er würde dann eben die Zeitungen einsammeln.

Keine Ahnung, was die Presse nun schon wieder schrieb. Hörte es denn gar nicht auf für den Fürsten? Er ging wieder nach oben. Sollte er noch mal ins Schlafzimmer gehen? Wo lagen die Zeitungen denn gerade? Viktor stand auf dem Flur der Familienzimmer und überlegte, ob er klopfen sollte. Vermutlich war es besser zu warten, bis der Fürst im Bad war. Plötzlich ging die Tür auf, und die Fürstin höchstpersönlich erschien, einen schweren Packen

Blätter in der Hand. Offensichtlich befand sie es als äußerst dringlich, die Presseerzeugnisse fortzuschaffen. Unter normalen Umständen hätte sie sich niemals mit den Zeitschriften belastet. Dafür war sie eine viel zu feine Dame. Mit einem Satz war er bei ihr.

»Novak, nehmen Sie das.« Sie ließ den schweren Packen in seine Hände gleiten. Einige Blätter rutschten auf den Boden. »Schaffen Sie das fort. Der Fürst soll diesen Dreck nicht mehr sehen müssen ... Aber nicht wegschmeißen. Schaffen Sie es ... in mein Schlafgemach.«

»Sehr wohl, Euer Durchlaucht.« Viktor kniete sich nieder und hob die herabgefallenen Exemplare auf, da war die Fürstin schon wieder im Schlafzimmer des Fürsten verschwunden. Er stand auf und ging um die Ecke. Mit dem Ellenbogen drückte er die Klinke herunter. Fräulein Petzold war gegangen. Der Raum war nun leer. Er überlegte, wohin er die Zeitungen legen sollte. Es gab keinen Platz dafür. Deshalb ließ er sie auf das breite Fenstersims rutschen. So ungeordnet konnte er sie aber nun auch nicht liegen lassen.

Er griff zur ersten Zeitung, einer Tageszeitung, und legte sie beiseite. Dann nahm er Zeitungen der gleichen Größe und sortierte sie aufeinander. Bis ihm eine auffiel. Die kam nicht mit der regulären Post ins Haus. Die hatte der Fürst nicht abonniert – *Die Zukunft*.

Viktor sah zwei Ausgaben des Wochenblatts, von dem er in Charlottenburg bereits zwei Ausgaben gekauft hatte. Um Himmels willen, dann ging die elendige Pressekampagne von diesem Schmierenjournalisten weiter?

Er überlegte einen Moment. Budde musste das Bad für den Fürsten vorbereiten. Er sollte die Zeitungen einsammeln. Aber Opitz würde nicht wissen, wie lange er dafür gebraucht hatte. Die Fürstin war bei ihrem Mann, und ihr Bett war bereits ausgelüftet worden. Natürlich konnte eins der Stubenmädchen wegen irgendwas reinkommen, doch würde es sicherlich erst klopfen.

Viktor nahm sich die ältere Ausgabe der *Zukunft*. Das Blatt mit dem entsprechenden Artikel war schon aufgeschlagen.

Die Überschrift lautete: *Wilhelm der Friedliche*. Er las. Dieser Harden schien wütend über das Bild, das Deutschland bei und nach der Marokko-Konferenz im letzten Jahr abgegeben hatte. Zu nachgiebig sei die deutsche Regierung gewesen. Schon vor Jahren hatte Frankreich angefangen, sich den nordafrikanischen Staat immer mehr als seine Kolonien einzuverleiben. Deutschlands Handelsinteressen in dem Land wurden damit bedeutend geschmälert. Ein Landgang des Kaisers in Tanger im März 1905 hatte deshalb diplomatische Verwicklungen ausgelöst, die sich immer höher aufgetürmt hatten, bis es Anfang 1906 zu einer Konferenz in der spanischen Stadt Algeciras gekommen war. Hier sollten mächtige Drohgebärden der deutschen Regierung Frankreich vor einer endgültigen Einverleibung Marokkos zurückschrecken lassen.

Und was machte der Kaiser? Laut Harden war er von Anfang an zu friedlich gestimmt. Und woher hätten die Franzosen gewusst, dass der Kaiser und die deutsche Regierung gar keine Absichten gehabt hätten, mit Frankreich wegen Marokko einen Krieg anzufangen? Weil der französische Botschafter Lecomte dank des Fürsten zu Eulenburg persönlichen Zugang zum Kaiser hatte und die beiden sich wohl vorzüglich miteinander verstanden.

Viktor kannte Raymond Lecomte. Er ging seit Jahren in diesem Haus ein und aus und war ein gern gesehener Besucher, ein angenehmer Mensch, kultiviert und freundlich. Und da auch der Kaiser regelmäßiger Gast auf Schloss Liebenberg war, war es doch kein Verbrechen, wenn sie zufällig auch mal gleichzeitig zu Gast waren. Ob das zur Zeit der Marokkokrise der Fall gewesen war, daran konnte Viktor sich nicht erinnern. Wohl aber waren sie im letzten November beide Gäste der Jagdgesellschaft gewesen. Allerdings hatte die Marokko-Konferenz vor gut einem Jahr stattgefunden, also vor ihrem Zusammentreffen auf Liebenberg. Abgesehen davon war es bei den vielen Besuchern auf Liebenberg nur logisch, dass sie sich früher oder später einmal begegneten.

Es stand nicht schwarz auf weiß dort, aber was Harden da andeutete, ging schon in Richtung Vaterlandsverrat. Wenn der Fürst zu Eulenburg den deutschen Kaiser mit einem wichtigen Mitarbeiter der französischen Botschaft inoffiziell zusammenbrachte und ihn von seinen friedlichen Absichten in Kenntnis setzte, während gleichzeitig die Vertreter der deutschen Regierung den Franzosen Angst machen wollten … hatte das etwas von einem Geheimtreffen. Einem Geheimtreffen, über das die deutsche Regierung und deren Abgesandte auf der Marokko-Konferenz nicht erfreut gewesen sein dürften. Zum ersten Mal ging Viktor auf, dass der Verdacht einer Nebenregierung, der viel beschworenen Kamarilla, möglicherweise stimmte.

Immer mal wieder hatte Viktor mitbekommen, wie der Fürst sich in Gesprächen mit Besuchern darüber geäußert hatte, dass der Kaiser es seinem Reichskanzler und seiner Regierung oft schwer mache, weil er ihnen einfach zwischen die Beine grätsche. Seine Majestät war berüchtigt dafür, in Reden oder Interviews Dinge zu sagen, die später zu heillosen politischen Verwerfungen führten. Der Kaiser brauchte Führung und wohlgesinnte Berater, so sah der Fürst es.

Viktor griff zur nächsten Ausgabe, die eine Woche später erschienen war. Auch die Zeitung vom letzten Samstag war bereits auf der entsprechenden Seite aufgeschlagen worden. Er las … las über *Plagegeister* in der Nähe des Kaisers, die zu weich seien, zu unmännlich. Weichlinge, die den Konflikten mit den europäischen Nachbarn aus dem Weg gingen. Und dann der Satz: *Die träumten nicht von Weltenbränden; haben's schon warm genug*.

Viktor schluckte. Da war er schon wieder, der wenig versteckte Vorwurf der Homosexualität. Aus dem Kontext der beiden Artikel konnte man herauslesen, wen Harden damit meinte: Graf Kuno von Moltke und Fürst Philipp zu Eulenburg.

Deshalb wälzte sich der Fürst in seinem Bett. Deshalb bereitete Budde ihm ein linderndes Bad. Deshalb schaffte die Fürstin diese Zeitungen beiseite. Der Fürst sollte diesen Dreck, wie sie es gerade gesagt hatte, nicht mehr zu sehen bekommen.

Das waren ungeheuerliche Anschuldigungen. Unfassbar. Dafür würde der Fürst diesen Harden sicher zum Duell fordern. Eilig überflog Viktor die anderen Blätter. Einige griffen diese Artikel auf und ließen sich darüber aus, ob denn diese ungeheuerlichen Vorwürfe wahr sein konnten. Und doch, niemand sprach es wirklich aus. Alle blieben vage, schwammig und nebulös. Jede Erwähnung war beschreibend, umschiffte die tatsächliche Anklage.

Stimmten die Vorwürfe der andersgearteten Sexualität etwa? Nein. Das konnte Viktor nicht glauben. Und wenn doch? Und warum nur ließ sich der Fürst lieber ein Bad ein, statt den ersten Zug nach Berlin zu nehmen und diesen Menschen öffentlich zur Verantwortung zu ziehen? Ob nun mit einer Pistole oder einem Gerichtsverfahren?

Hatte Opitz ihn deswegen so scharf angegangen, ob er sich schon eine neue Stelle suche? War der Butler gar nicht neugierig gewesen, sondern panisch? Kannte er Details, die Viktor verborgen waren? Wie schlimm waren diese Anschuldigungen wirklich? Und konnten sie seine Zukunftspläne durchkreuzen?

Momentan stand er mit Opitz nicht auf gutem Fuß, seit ein paar Wochen schon nicht mehr. Aber selbst wenn das Verhältnis besser gewesen wäre – so etwas konnte er nicht fragen: War an den Vorwürfen gegen den Fürsten etwas dran? Opitz würde ihn allein schon wegen der Anmaßung, die in dieser Frage lag, sofort auf die Straße werfen.

Also musste er allein auf die Antwort kommen. Viktors Ziel war es, irgendwann in einem guten Haus Butler zu werden. Sollte aber an der Geschichte nur ein Fünkchen Wahrheit sein, würde man ihn nirgendwo mehr wollen. Dann käme er aus einem verdorbenen Haus.

Was also bedeutete das Verkriechen des Fürsten, das Baden und das Nicht-nach-Berlin-Fahren? Nichts Gutes, wie Viktor fand. Nichts Gutes!

Mitte April 1907

Hedda und Martha Petzold legten das hellblaue Taftkleid zurück und holten den dazu passenden Samtmantel mit Chinchillakragen hervor. So luftig, wie das Taftkleid war, so wärmend musste der Mantel sein. Die Ballkleider aus der letzten Saison waren für dieses Jahr nur ein wenig geändert worden. Die zwei unverheirateten Komtessen waren nur auf wenige Bälle gegangen.

Vor ein paar Tagen hatte Hedda mitbekommen, wie sich Komtess Alexandrine und Komtess Viktoria darüber unterhalten hatten, wie unangenehm sie die Nachfragen zu ihrer Schwester fanden. Sie wussten beide nicht, was sie antworten sollten, und fühlten sich sehr von ihrer Schwester düpiert. Jetzt tat es ihnen leid, dass sie vorher nicht eingeschritten waren. Aber noch immer gaben sie der Gouvernante den größten Teil der Schuld.

Am liebsten hätte Hedda ihnen die Köpfe gewaschen. So ein Kokolores. Wie konnte jemand, der Hunderte Kilometer weiter weg gewesen war, dafür zur Verantwortung gezogen werden, dass die eigene Schwester mit dem Privatsekretär durchgebrannt war? Aber so waren die hohen Damen – bloß keine Verantwortung übernehmen.

Hedda wusste nicht, wie oft sie schon darüber nachgedacht hatte, wie es wohl wäre, so ein Leben wie die Komtessen zu führen. Deren Tagesablauf war eine einzige Aneinanderreihung von Spaß, Vergnügen und Luxus. Die älteste der Töchter ging schon auf die dreißig zu und war immer noch nicht verheiratet. Eine große Freiheit, die ihre Eltern ihr gewährten. Denn neben all der freien Zeit und dem Spaß gab es immerhin eine einzige Aufgabe und Pflicht im Leben adeliger Damen: zu heiraten und den Fortbestand der Familie des Mannes zu sichern. Aber nicht einmal das musste Alexandrine. Und auch Viktoria war mit ihren zwanzig Jahren bereits in dem Alter, in dem andere einem Mann schon fest versprochen waren.

Die allergrößte Freiheit hatte sich natürlich Augusta herausgenommen. Was nun mehr als peinlich für die Schwestern war. Die jetzt damit umgehen mussten, dass ihre Schwester, die Tochter eines Fürsten, einen Bürgerlichen geheiratet hatte. Und damit auch eine Bürgerliche geworden war. Und eine Bürgerliche hatte man nicht gern zur Schwester.

Martha strich über den Chinchillapelz. »Wie weich er sich anfühlt.«

»Zieh den Mantel doch mal über. Sieht ja keiner«, forderte Hedda sie auf.

»Nein, besser nicht«, sagte Martha. Dann nahm sie ihn doch, stellte sich vor den Spiegel und zog ihn über. Verzückt drehte sie sich nach links, nach rechts und wieder nach links.

»Ich finde, er steht dir besser als Komtess Viktoria.« Marthas rotblonde Haare hoben sich gut vom Pelz ab.

Martha kicherte, legte den Mantel aber sofort wieder weg. »Komm, nur noch drei Stücke, dann sind wir hier fertig.«

Sie kontrollierten regelmäßig die Roben der jungen Komtessen auf Mottenfraß, Löcher oder Flecken. Jetzt waren gerade die Winterkleider dran. Als Nächstes holten sie ein apricotfarbenes Prinzesskleid der ältesten Tochter mit dem passenden bestickten Samtüberwurf. Alle Teile wurden nach dem Durchsehen wieder gut und möglichst knitterfrei in sauberen Kleidersäcken aus Leinen verstaut und weggehängt.

Die Tür ging auf und Lydia Keller kam herein. Sie war ziemlich lange weg gewesen, dafür, dass sie eigentlich nur das Seidenpapier aus dem Souterrain holen sollte.

»Endlich. Da sind Sie ja«, sagte Martha leicht genervt.

Sie gingen hinüber zu einem anderen Schrank und legten zwischen opulent bestickte Boleros und Tuchjäckchen jeweils ein Seidenpapier.

»Die sind ja wunderbar«, sagte Lydia Keller und nahm einen der perlenbestickten Stehkragen hoch.

»Seien Sie bloß vorsichtig mit den ganzen Perlen. Wenn da ein Strang reißt, kriechen wir alle den restlichen Nachmittag hier über den Boden«, sagte Hedda.

Ein Stehkragen war in dieser Saison ein unerlässliches Accessoire für die Abendgarderobe. Manche Damen trugen ein breites Halsband aus Perlen, andere hatten bestickte Stoffbänder, die aufwendig mit Perlen und Pailletten verziert waren. Mit dem richtigen Halsband konnte man auch Kleider aus der letzten Saison noch mal aufwerten.

»Haben Sie die Korsetts auch wirklich alle gut durchgesehen?«, fragte Martha Lydia Keller nun.

»Ich denke doch«, antwortete die.

»Sie denken doch? Was glauben Sie, was passiert, wenn sich einer der Stäbe durchdrückt und eins von den teuren Seidenkleidern durchlöchert? Dann sind wir schuld. Also ich frage Sie noch einmal: Haben Sie alle Korsetts auch wirklich gut durchgesehen?«

»Ich gehe noch mal schauen«, sagte Lydia etwas kleinlaut und ging in den Nachbarraum.

Martha schaute Hedda an und verdrehte die Augen. Wenn man Adelheid so einen Auftrag gegeben hatte, dann war sie eher zu gründlich als zu nachlässig gewesen. Aber zu gründlich war besser. Lydia Keller war oft nachlässig, aber es fiel auf sie alle drei zurück, wenn etwas nicht korrekt erledigt worden war.

Auch deshalb fand Hedda es sehr bedauerlich, dass Adelheid nun Hausmädchen war. Es war eine Verschwendung. Sicher würde das nicht ewig so bleiben. Sicher würde sie in zwei oder drei Jahren wieder aufsteigen. Natürlich nur, wenn es einen freien Platz bei den Stubenmädchen gab. Da Gerda Altvater nun in der Hierarchie über Adelheid stand, würde sie eigentlich früher Stubenmädchen werden. Allerdings war Hedda sich nicht so sicher, ob Gerda sich überhaupt zum Stubenmädchen eignete. Sie war oft sehr grob, wenn sie Dinge anfasste oder reinigte. Das hatte auch schon die Mamsell bemerkt. Also gut möglich, dass Adelheid vor Gerda wieder Stubenmädchen werden würde. Aber auch nur, wenn eine von ihnen – also Martha, sie selbst oder Lydia – einen Platz freiräumen würden.

Im Moment fragte Hedda sich allerdings eher, ob der Haushalt in Zukunft noch drei Stubenmädchen benötigen würde. Es herrschte eine gewisse nervöse Unruhe im ganzen Haus, seit Wochen schon. Mal wurde es schlimmer, mal ebbte es ab. Einher damit ging, dass weniger Besucher kamen, also auch weniger Gästezimmer bewirtschaftet werden mussten, und dass sowohl die Fürstin als auch die Komtessen weniger reisten.

Dem Fürsten war es schon letztes Jahr gesundheitlich nicht so gut gegangen. Nun verschlimmerte sich sein Leiden immer mehr. Gerade erst hatte er seinen Besuch der internationalen Sportausstellung in Berlin abgesagt. Zu gerne wären die Damen in die Ausstellungshallen am zoologischen Garten gegangen. Die Familie war betrübt. So ein Ereignis war immer eine gute Gelegenheit, zu sehen und sich sehen zu lassen. Und zu solchen Veranstaltungen kamen auch schon mal Gäste aus der Ferne, die man nicht so oft sah. Aber aus irgendwelchen Gründen machte sich die Familie zu offiziellen Anlässen rar.

Hedda hatte immer noch keine Ahnung, was eigentlich vor sich ging. Vielleicht ging es wieder um irgendwelche Bordellgeschichten oder Skandalhochzeiten. Vermutlich hatte wieder irgend so ein Prinz eine Prostituierte geheiratet, wie vor vier Jahren der österreichische Erzherzog. Himmel, monatelang war es durch die Presse gegangen. Wochenlang hatte Opitz die Zeitungen vor den weiblichen Bediensteten versteckt. Weil allein schon das Lesen über so viel Unrat die Dienstbotinnen hätte verderben können, wie er sich damals ausgedrückt hatte.

Aber abends an der Schlafzimmertür klopfen, das sollte sie etwa nicht verderben? Herr Opitz und auch all die anderen Männer waren so scheinheilig. Außen hui, innen pfui. Was glaubten die denn wohl, woher die Heerscharen der Prostituierten kamen? Das waren doch alles gefallene Dienstbotinnen aus guten Häusern.

Als Hedda und Martha mit den Gala-Roben fertig waren, gingen sie rüber zu Lydia Keller. Doch die war nicht mehr im Ankleidezimmer.

»Wo ist sie denn schon wieder?«, fragte Martha genervt. »Bestimmt ist sie unten. Ich muss eh runter. Ich hole die Tücher und Pasten für die Haarspangen.«

Das stand als Nächstes an – sie würden die Haarkämme und Spangen aus Schildpatt, Elfenbein oder ziseliertem Silber reinigen.

»Ich such die Stücke schon mal raus«, bot Hedda an.

Gemeinsam gingen sie in den Flur. Martha ging Richtung Hintertreppe, wo Lydia gerade hochkam. Hatte sie dort auf sie gewartet?, dachte Hedda kurz. Für einen Moment schien es so.

»Wo waren Sie?«, fragte Martha.

»Nur schnell was für die Mamsell besorgen«, sagte Lydia ausweichend.

»Und sind Sie mit den Korsetts fertig?«

»Noch nicht ganz, Fräulein Petzold.« Lydias Worte klangen überfreundlich.

»Dann sputen Sie sich!« Martha ging zur Hintertreppe.

Hedda wollte gerade eine der Ankleidekammern betreten, als sie einen Schrei hörte. Gefolgt von einem Poltern. Sofort machte sie kehrt und lief zur Hintertreppe.

Martha lag unten am Absatz auf ihrem Hosenboden und verzog schmerzhaft das Gesicht. Hedda hastete die Stufen herab.

»Vorsicht!«, rief Martha noch und hob eine Hand.

Auf der untersten Stufe rutschte sie fast aus. Auf einem Stück Seidenpapier glitten ihre Schuhe zur Seite.

»Oh, verflixt noch mal«, fluchte sie ausnahmsweise. Beinahe wäre sie auf Martha gefallen, konnte sich aber noch gerade an der Wand abfangen.

Sowohl Martha als auch Hedda brauchten einen Moment, um zu kapieren, was passiert war. Das Seidenpapier befand sich zwischen Schuhen und Wand. Hedda bückte sich und nahm es hoch.

»Dieses blöde Gör hat das fallen lassen. Da muss man sich ja den Hals brechen«, fluchte Martha laut. Daran, dass sie so laut war, konnte Hedda erkennen, wie wütend sie war.

Oben an der Treppe tauchte Lydia Kellers Gesicht auf. Sie schaute sehr interessiert. Dann sagte sie: »Was ist denn passiert? Haben Sie sich etwas getan?« Schon stieg sie vorsichtig die Treppe hinunter, den Blick auf die einzelnen Stufen gerichtet.

Hedda kam es komisch vor. Sie wusste doch gar nicht, was passiert war.

Stattdessen sagte Lydia: »Haben Sie sich was gebrochen?« Es klang irgendwie hoffnungsvoll.

Hedda streckte Martha die Hand entgegen, die sie ergriff. Sie half ihr auf.

Schmerzhaft verzog Martha das Gesicht. »Mein Knie tut weh.« Sie versuchte aufzutreten, was ihr nicht gelang.

»Oje. Hoffentlich ist es nichts Schlimmes.«

Hedda konnte sich des Eindrucks nicht erwehren, dass Lydia nur darauf wartete, dass etwas Schlimmes passiert war.

Martha versuchte, eine Treppenstufe zu nehmen, zuckte aber zusammen. »Ich glaube, ich sollte zur Mamsell. Ich muss das Knie kühlen. Und bestimmt ist es gut, wenn ich etwas gegen die Schmerzen bekomme.«

»Ich helfe dir runter«, bot Hedda an. Sie stellte sich direkt neben Martha und nahm ihren Arm. Doch die drehte sich noch mal zu Lydia.

»Das wird Konsequenzen haben. Das mit dem Seidenpapier.«

»Welches Seidenpapier?«, fragte Lydia Keller ganz unbedarft.

»Sie haben es *verloren*. Fräulein Pietsch ist darauf ausgerutscht. Sie hätte sich den Hals brechen können!«

»Oh, das tut mir aber leid. Da muss ich wohl beim nächsten Mal besser aufpassen.«

Martha drehte sich um, und Hedda half ihr die Treppe hinunter. Die Mamsell war nicht in ihrem Zimmer, und Hedda führte die humpelnde Martha in die Leutestube, wo sie sich setzte. Natürlich müsste Martha ihren Rock hochziehen und die Strümpfe herunterrollen, um das Knie zu kühlen. Aber das konnte sie wirklich nicht hier machen, wo jederzeit ein Mann hereinkommen konnte.

»Ich schau mal nach, wo ich sie finde.« Hedda ging rüber in die Küche und fragte, ob jemand wisse, wo die Mamsell sei. Weder Anni noch Liesel wussten es. Da Hedda sie oben nicht gesehen hatte und die Mamsell tagsüber nur sehr selten in ihrer Schlafstube war, musste sie also hier unten irgendwo sein. Sie ging zurück zum Dienstraum der Mamsell, der immer noch verschlossen war. Vielleicht war sie bei Herrn Opitz. Die beiden mussten sich regelmäßig besprechen.

Seine Tür war nicht ganz geschlossen, sondern nur angelehnt. Oje, was, wenn Mamsell Reineke nicht dort drin war? Das Letzte, was Hedda wollte, war, sich mit Herrn Opitz alleine in seiner Dienststube wiederzufinden. Deshalb schlich sie näher und lauschte, ob sie Stimmen hörte.

Und das tat sie. Sie hörte zwei Stimmen. Die Stimme von Herrn Opitz und die Stimme der Mamsell.

»… flehe Sie an. Ich dachte, diese Geschichten hätten wir hinter uns gelassen«, hörte sie die Mamsell bitten.

»Hinter uns gelassen? Wie kommen Sie denn darauf?«

Das klang nicht gut. Das klang zuerst einmal nicht nach einem Gespräch, das für Heddas Ohren bestimmt war. Es ging nicht um die Menüfolge oder darum, wer was putzen oder für eine Reise einpacken sollte. Das hier war etwas Privates.

»Wann werden Sie mich endlich in Ruhe lassen?«

Hedda musste aufpassen, dass sie nicht laut nach Luft schnappte. Dann bedrängte er die Mamsell auch? Wieso ließ sie sich das gefallen? Warum ging sie nicht zur Fürstin? Sie sprachen jeden Tag miteinander.

Der Satz, den die Mamsell gebraucht hatte, als Hedda sich bei ihr über Herrn Opitz' Annäherungsversuche beschwert hatte, kam ihr wieder in den Sinn: Ihr seien die Hände gebunden. Wodurch nur?

»Ich will das nicht diskutieren. Ich erwarte Sie dann heute Abend.«

Hedda musste sich richtiggehend auf die Lippe beißen. Er bestellte sie zu sich ein! Wie unverfroren! Und anders als sie wusste die Mamsell anscheinend nicht, wie sie sich dagegen wehren sollte.

»Oder soll ich etwa der Fürstin Meldung machen? Jetzt, in diesen schwierigen Tagen? Was glauben Sie, was Euer Durchlaucht dazu sagen würde, wenn sie nach der Gouvernante auch noch ihre Mamsell wegen sittlicher Verfehlungen verlieren würde?«

Für einen Moment war es still, dann kam es in einem sehr bitteren Ton aus dem Mund der Mamsell: »Sie und Ihre Kartei der Verfehlungen. Wie konnte ich nur jemals da reingeraten … Ich verfluche diesen Tag.«

Die letzten Worte waren lauter gewesen. Sie kam heraus. Heddas Herz schlug bis zum Hals. Auf Zehenspitzen lief sie bis zur nächsten Ecke und versteckte sich.

Sie hatte sie doch nicht gesehen? Sicher hatte sie sie nicht gesehen! Die Mamsell ging in die andere Richtung davon. Hedda drückte sich an die kalte Wand. Die Mamsell war Herrn Opitz ausgeliefert. Ganz offensichtlich hatte er etwas gegen sie in der Hand. Etwas, von dem er bereit war, es gegen sie einzusetzen. Etwas, das so schlimm war, dass die Mamsell umgehend ihre Stellung verlieren würde. Genau wie Constanze Maiwald ihre Stellung verloren hatte. Wegen sittlicher Verfehlungen. Das allerdings hatte sie nicht gewusst. Sie hatte gedacht, Fräulein Maiwald hatte gehen müssen, weil man ihr eine Mitschuld an der unerwünschten Heirat der Komtess gab.

Eine Kartei der Verfehlungen, das hatte die Mamsell gesagt. Laut und deutlich! Eine Kartei – das hörte sich so an, als wenn Opitz gegen mehrere Personen etwas in der Hand hätte. Obwohl die Wand hinter ihr so kalt war, flutete heißes Blut durch ihre Adern.

Opitz, der den Frauen nachstellte. Die Mamsell, die mit einem wie auch immer gearteten Fleck auf ihrer weißen Weste erpresst wurde. Die Komtess, die heimlich den Privatsekretär heiratete. Constanze Maiwald wegen sittlicher Verfehlungen gekündigt. Nun fiel ihr noch Lydia Keller ein. Sie hatte das sichere Gefühl, dass das Seidenpapier auf der Treppe kein Versehen gewesen war.

Wo war sie hier nur hineingeraten? Wie lange wohl würde es dauern, bis Opitz irgendetwas finden würde, mit dem er auch sie erpressen konnte? Dann würde sie so enden wie die Mamsell, wenn sie Glück hatte. Die Mamsell war schon über vierzig und würde vermutlich nicht mehr schwanger werden. Mit so viel Glück durfte Hedda nicht rechnen. Was also sollte sie jetzt tun?

Kapitel 10

27. April 1907

Unten im Flur des Dienstbotenganges stand der Fürst. Höchstpersönlich. Direkt vor der Tür von Herrn Opitz. Er machte einen orientierungslosen Eindruck, so, als hätte er sich verlaufen.

Viktor war regelrecht erschrocken, als er ihn sah. Mit schnellen Schritten war er bei ihm. »Euer Durchlaucht, wie darf ich Ihnen helfen?«

Der hohe Herr schaute auf. Leicht verquollene Augen sahen ihn an, als würde er Viktor nicht erkennen. »Ich wollte mal wieder … Führen Sie mich in den Weinkeller.« Der Fürst schien fahrig, als wäre er nicht ganz bei sich.

»In den Weinkeller?«

Der Fürst nickte.

»Aber natürlich.« Viktor hatte gelernt, egal wie absurd oder abwegig eine Bitte der Herrschaften war, nicht nachzufragen. Keine Ahnung, was der Fürst im Weinkeller wollte. Er war vermutlich schon Jahre nicht mehr dort gewesen. Vielleicht war ihm langweilig, denn Viktor konnte sich nicht erinnern, dass der Fürst jemals so lange an einem Stück auf dem Schloss geblieben wäre. Zudem fehlte es an erquickender und abwechslungsreicher Gesellschaft. Vielleicht kam der Schlossherr deswegen auf die Idee, sich seinen Weinkeller mal wieder anzuschauen. Ja genau, so musste es sein.

»Hier entlang bitte … Ich müsste noch Herrn Opitz holen, damit er aufschließen kann.«

»Natürlich … Tun Sie das.« Der Fürst blieb vor der massiven Holztür stehen und verschränkte die Hände hinter dem Rücken. Die Finger bewegten sich, als würde er Klavier spielen. Nervös und aufgewühlt.

Viktor nickte höflich und ging. Als er um die Ecke war, rannte er los. Opitz war gerade noch in der Leutestube gewesen. Aber Viktor meinte, es habe vor einem Moment im Salon geschellt. Vielleicht war Opitz schon oben. Er erwischte ihn noch auf dem ersten Treppenabsatz. Wie war der Fürst an ihm vorbeigekommen?

»Herr Opitz, der Fürst.«

»Er scheint gerade geklingelt zu haben.«

Viktor schüttelte vehement den Kopf. »Nein, er ist hier unten. Vor dem Weinkeller. Er will hinein.«

»Der Fürst ist hier unten?« Opitz sah ihn alarmiert an.

»Ja. Ich habe ihn vor Ihrer Dienststube gesehen. Und er hat mich gebeten, ihn in den Weinkeller zu führen. Aber ich habe keinen Schlüssel …«

Kopfschüttelnd kam Opitz die Treppe hinunter. »Budde, gehen Sie nach oben in den Blauen Salon«, rief er in die Leutestube hinein.

Wie hatte es der Fürst geschafft, ungesehen hier in die Etage zu kommen, fragte Viktor sich kurz. War er gar durch die Hintertür reingekommen? Und wie lange hatte er schon vor Opitz' Tür gestanden? Letztendlich war es egal. Sie sollten ihn nicht warten lassen. Eilig ging er vor und hörte auch, wie Opitz ihm schnellen Schrittes folgte.

Der Fürst stand noch immer mit verschränkten Armen vor der Tür und stieß mit einer Schuhspitze wieder und wieder an eine hervorstehende Bodenfliese. »Herr Opitz, sehr schön … Sehr schön.«

»Euer Durchlaucht, mein Fürst. Wie darf ich Ihnen helfen?«

»Ich würde gerne die Weinregale inspizieren.«

Opitz wollte etwas sagen, kam ins Stottern und hustete. »Aber natürlich, Euer Durchlaucht … Die Weinregale …« Er griff in seine Hosentasche und holte einen Schlüsselbund hervor. Der Schlüssel zum Weinkeller war groß und massiv. Opitz drehte den

Schlüssel einmal, dann noch mal. Hier kam so schnell niemand rein.

»Warten Sie, ich muss erst ...« Opitz ging hinein und Viktor hörte, wie er ein Streichholz entflammte. Der Weinkeller war einer der wenigen Räume, die noch nicht elektrifiziert waren. Das warme Licht einer Petroleumlampe leuchtete auf.

»Wenn Euer Durchlaucht mir folgen mögen«, sagte er und leuchtete dem Fürsten. Gleichzeitig machte er verdeckt mit der anderen Hand eine Geste, die Viktor besagte, er solle nachkommen.

Sie stiegen ein paar flache Stufen hinab, bis sie noch etwas tiefer standen. Der Weinkeller war ein echter Keller, kein Souterrain. Er war aus Backstein gemauert und hatte ein Tonnengewölbe. In seinem ganzen Leben war Viktor bisher vielleicht ein Dutzend Mal hier unten gewesen. Für gewöhnlich kümmerte sich Herr Opitz um den Wein, und zwar ganz alleine.

»Was möchten Sie sehen, Euer Durchlaucht? Darf ich Ihnen die neuesten Zugänge zeigen?«

»Ja, genau, Opitz.« Als hätte er schon vergessen, wieso er überhaupt hier runtergekommen war.

Viktor blieb weiter vorne stehen. Bis hoch zum Gewölbe befanden sich ein gutes Dutzend Regale, die von beiden Seiten bestückt waren. Hunderte Flaschen Wein lagerten hier unten. Allein dieser Raum barg ein beträchtliches Vermögen.

»Hier haben wir den Rheinhessen aus dem letzten Jahr, ein ausgezeichneter Riesling. Dort steht der Grauburgunder vom Kaiserstuhl.«

Der Fürst nickte, folgte ihm, zog eine Flasche Grauburgunder hervor, sah sie kaum an, schob sie wieder zurück und sagte dann: »Zeigen Sie mir die Roten.«

Bildete Viktor sich das nur ein oder zitterte die Petroleumlampe in Opitz' Händen? Die Flamme flackerte, als er von einer Seite des Raumes in die andere ging.

»Der Bordeaux von 1904 liegt hier. Ein fantastisches Weinjahr, so sagt man. Den guten Château Lafite Rothschild von 1900 haben wir hier ...«

»Warten Sie. Der Bordeaux, hier sind vier Flaschen. Und wo ist der Rest? Es müssten doch noch deutlich mehr da sein.«

Selbst Viktor merkte auf. Wo kam denn das plötzliche Interesse her? Aber auch Opitz schien verwirrt.

»Euer Durchlaucht?«

»Vom guten Bordeaux. Ich weiß, wir haben bei der letzten Jagdgesellschaft einiges getrunken. Aber nur an einem Abend. An den anderen Tagen hatten wir einen italienischen.«

»Nun … Aus dem Kopf kann ich es nicht genau sagen.«

»Dann lassen Sie uns nachschauen.« Der Fürst drehte sich um und kam zurück. Viktor trat beiseite. Er stand direkt neben dem Pult mit dem Weinbuch – einer riesigen, dicken Kladde, in der alle Flaschen verzeichnet wurden. Ein kleines Tintenfass, eine Feder sowie Löschpapier lagen daneben auf dem kleinen Pult. Fein säuberlich wurde eingetragen, wie viele Flaschen angeliefert und zu welchem Ereignis sie ausgeschenkt wurden.

Herr Opitz trat vor, stellte die Petroleumlampe an den dafür vorgesehenen Platz und öffnete das Buch. Erst blätterte er vor, dann zurück. Endlich schien er die gesuchte Seite gefunden zu haben. Er lief mit dem Finger über die Zeilen.

»Ich … Wo steht es nur? … Es ist so düster hier unten. Novak, suchen Sie nach dem Bordeaux!«, sagte er plötzlich so herrisch, als hätte Viktor etwas falsch gemacht.

Natürlich, Opitz war zu eitel, um vor dem Fürsten seine Brille aufzusetzen. Er konnte gar nichts sehen.

Mit trockenem Humor sagte der Fürst: »Mein lieber Opitz, Sie scheinen langsam eine Brille nötig zu haben.«

»Noch ist es nicht so weit, Euer Durchlaucht. Noch nicht. Nur … es ist so duster hier unten. Nur deswegen!«

Viktor stand nun direkt vor dem Weinbuch, die beiden älteren Herren links und rechts neben ihm. Er fuhr über die Zeilen und blieb bei einem Datum Anfang November stehen.

»Hier ist es, am 4. November gingen fünf Flaschen von dem Bordeaux weg. Wenn ich mir erlauben darf, der Wein wurde gereicht an dem Abend, als Ihr französischer Gast eingetroffen war.«

»Raymond Lecomte! O ja, ich erinnere mich.« Es klang grimmig.

»Am 5. November gab es den badischen Weißwein, am 6. den Rheinhessen, am 7. November hatten wir wieder roten, aber italienischen.« Viktor unterstrich jeweils die Zeilen mit seinem Zeigefinger, um anzuzeigen, was wo stand. Dann trat er zurück.

»Zu welchem Anlass wurde denn der Bordeaux noch gereicht? Wir hatten doch bald fünfzig Flaschen. Oder irre ich mich?«

Viktor wandte sich an Herrn Opitz. »Soll ich nach dem Eingang schauen?«

Opitz nickte nur. Er sah etwas blass aus.

Viktor schlug das Buch vorne auf und blätterte sich nach hinten durch. »Hier steht es. Es waren nur sechsunddreißig Flaschen von dem 1904er Bordeaux, Euer Durchlaucht.«

Der Fürst trat vor und schaute auf das Buch. Er tippte mit seinem Finger unter die Sechsunddreißig. »Wenn wir jetzt aber nur noch vier haben und nur fünf getrunken wurden, dann fehlen wie viele Flaschen?«

»Fehlen? … Das kann gar nicht sein.« Unsanft knuffte Opitz Viktor in den Oberarm. »Schauen Sie nach. Ich meine, wir hätten im Oktober schon ein paar Flaschen Bordeaux ausgeschenkt.«

Wir? An seine Dekantiermaschine ließ Opitz doch niemanden ran. Dieses merkwürdige Gestell aus Metall mit der kleinen Kurbel, das aussah, als wäre es einem Puppenhaus entsprungen. Man legte eine Flasche in die Halterung und dann, ganz langsam, kurbelte man die stehende Flasche in die Horizontale. So vermied man, dass der Bodensatz beim Umfüllen in eine Karaffe aufgewühlt wurde. Den teuren Wein zu dekantieren war die höchste Aufgabe des höchsten Dieners. Niemand durfte es machen – nicht der Kammerdiener, früher nicht der Privatsekretär, nicht die Mamsell. Niemand außer Herrn Opitz.

Viktor blätterte wieder zu den Seiten, auf denen die Weinausgabe verzeichnet war. Er blätterte zurück, bis er im September angelangt war.

»Ja, Sie haben recht. Hier steht es. Zum Geburtstag Ihres Sohnes Mitte September sind noch einmal elf Flaschen weggegangen.«

Opitz gab ein bestätigendes Grummeln von sich.

»Macht zusammen dann aber trotzdem erst zwanzig Flaschen.«

»Euer Durchlaucht ... Ich meine auch, mich erinnern zu können, dass es die eine oder andere Flasche gab, die nach Kork schmeckte.«

»Die eine oder andere. Möglicherweise. Aber doch keine sechzehn Flaschen!«

Opitz stand neben ihm, und Viktor sah, wie er seine Hände zu Fäusten schloss. Er war überaus angespannt. Der Fürst schien ungehalten, dass er keine Antwort bekam.

Dann sagte Opitz: »Aber natürlich, Novak. Ich wusste ja nicht, dass es der Bordeaux war.« Dann wandte er sich an den Fürsten und verneigte sich. »Herr Novak hat zwei ganze Stiegen fallen lassen. Mit fällt eben erst wieder ein, dass es wohl der gute Bordeaux gewesen sein musste.«

Viktors Augen gingen über. Jetzt sollte er schuld sein? Er sollte ein Dutzend Flaschen fallen gelassen haben? Was nicht stimmte! Opitz schob ihm in Anwesenheit des Fürsten die Schuld zu! Zwölf oder vierzehn Flaschen von dem Bordeaux hatten vermutlich schon den Gegenwert seines Jahresgehaltes. Das konnte er nicht auf sich sitzen lassen.

»Aber ich ...«

Opitz schnitt ihm das Wort ab. »Es tut mir unendlich leid, Euer Durchlaucht. Es war ein Versehen. Er ist ... hier die Treppe hinuntergestürzt.« Die weitere Lüge klang nicht wirklich überzeugender.

Das wurde ja immer bunter. Als wenn er jemals den Weinkeller betreten dürfte! Viktor musste sich verteidigen. »Ich bin doch gar nicht ...«

Wieder schnitt Opitz ihm das Wort ab. »Euer Durchlaucht, ich muss es vergessen haben, Ihnen mitzuteilen. Aber es war wirklich ein Versehen. Er hat sich das Knie aufgeschlagen, deswegen waren wir so von Sinnen, weil wir dachten, er würde nun ausfallen. Dabei war doch der Kaiser im Haus. Das wäre eine große Katastrophe geworden. Deshalb muss es mir entfallen sein.«

»So? Direkt sechzehn Flaschen.«

»Natürlich abzüglich der, die gekorkt hatten.«

»Ich ...« Viktor kam nicht weiter. Opitz packte ihn so fest am Oberarm, dass er beinahe aufgeschrien hätte.

»Herr Novak möchte sich bei Ihnen entschuldigen. Und ich darf Ihnen sagen, er ist für gewöhnlich vorsichtiger. So was kommt eigentlich nie vor. Es wird auch nie wieder vorkommen.« Er drehte Viktor so, dass er nun den Fürsten ansah.

Was sollte er sagen? Es war offensichtlich, dass Opitz irgendetwas über den Verbleib dieser Flaschen wusste. Und genauso gut wusste der oberste Diener, dass Viktor rein gar nichts mit deren Verschwinden zu tun hatte. Und nötigte ihn nun, den Fürsten anzulügen, die Schuld auf sich zu nehmen und sich selbst zu entlasten. Was, wenn er es tat? Was, wenn er es nicht tat?

Viktor musste tief Luft holen. »Es tut mir unendlich leid. Es war einfach zu dunkel, und es war ... Es war schon spät.«

»Es leuchtet mir allerdings nicht ein, warum Sie überhaupt mit zwei Stiegen Bordeaux hier auf der Treppe waren. Sollte das nicht Ihre Aufgabe sein, Herr Opitz? Suchen Sie nicht den Wein heraus?«

Gute Frage. So war es ja auch. Viktor schaute Opitz an, was der darauf antworten wollte. Die Augen schienen ihm überzugehen. Er packte ihn nun am Handgelenk und drückte zu. Als wäre es Viktors Aufgabe, ihn da herauszuboxen. Die Stille wurde immer unangenehmer.

Viktor drehte sich wieder zum Fürsten. »Weil ... Herr Opitz hatte sie schon in seinem Raum, um sie zu filtrieren. Doch dann haben Eure fürstliche Hoheit sich umentschlossen.«

»Genau!«, sprang nun auch Opitz ein. »Der Kaiser war doch erkältet. Und wir mussten umdisponieren. Also haben wir für den nächsten Tag den badischen Wein anvisiert. Und Novak sollte den Bordeaux nur wieder zurückstellen.« Er schluckte.

»Ist Ihnen klar, wie viel eine einzige dieser Flaschen kostet?«, fragte der Fürst erbost.

Viktor senkte den Kopf. »Es tut mir unendlich leid. Entschuldigen Sie … Euer Durchlaucht. Ich …«

Hatte er es geschluckt? Würde er diese Erklärung und seine Entschuldigung annehmen? Viktor sagte sich, in dem Moment, in dem der Fürst von ihm das Geld verlangen würde, würde er die Wahrheit sagen.

Doch dann drehte sich der Fürst weg, als hätte er plötzlich jedes Interesse an der Geschichte verloren. »Dass mir das nicht wieder vorkommt … Wenn wir nur noch vier Flaschen davon haben, dann können Sie ihn heute Abend servieren. Wir speisen in kleinem Kreis. Und mir bringen Sie direkt eine Flasche hinauf.« Verstimmt ließ der Fürst sie stehen.

Viktor schaute Opitz an. Doch der drückte ihn zur Seite, klappte das Weinbuch zu und sagte: »Gehen Sie wieder an Ihre Arbeit. Sie haben doch gehört, ich muss dem Fürsten seinen Wein bringen.«

»Und die sechzehn Flaschen?«

Opitz starrte ihn an. »Ich denke, wir haben gerade den Verbleib der sechzehn Flaschen geklärt!«

Viktor hatte Herrn Opitz schon lange im Verdacht, sich bei größeren Festivitäten selbst ein Gläschen guten Weins zu genehmigen. Wenn man fünf oder sechs Flaschen dekantierte und in Karaffen umfüllte, fielen ein oder zwei Gläschen nicht auf. Aber das hier war weit mehr. Opitz zweigte in großem Stil ab. Er nahm direkt ganze Flaschen – und je größer eine Festlichkeit war, umso mehr Flaschen nahm er vermutlich. Jede einzelne Flasche, die umgefüllt in teure Kristallkaraffen nach oben auf die herrschaftlichen Tische ging, wurde vermerkt. Von den Bediensteten konnte niemand eine Flasche beiseiteschaffen. Es gab nur eine einzige Person hier im Haus, die einfach eine Flasche mehr aufschreiben konnte, ohne dass jemand anderes es merkte. Und das war Oswald Opitz.

Opitz hatte sicherlich darauf gesetzt, dass der Fürst sich nicht um die Weinbücher kümmerte. Viktor war seit beinahe fünf Jahren hier, und noch nie hatte er mitbekommen, dass Fürst zu Eulenburg nach den Weinbüchern gefragt hätte. Der Fürst dachte nun, dass Viktor ein riesiges Loch in den Weinkeller gerissen hatte.

»Sie wissen genau, dass ich mit dem Verlust des Weines nichts zu tun habe!«, sagte Viktor.

»Wagen Sie es nicht noch einmal, in Gegenwart des Fürsten oder der Fürstin Widerrede gegen mich zu führen.« Opitz' Gesicht war hochrot, sein Blick … als wollte eine Giftschlange zuschnappen.

Viktor musste sich auf die Zunge beißen. Jetzt bloß nichts sagen. Widerworte konnten ein unheilvolles Echo heraufbeschwören.

»Herr Opitz.« Er drehte sich um und verließ den Weinkeller. Flüchtete raus, direkt durch den Hintereingang, hinaus ins Freie. Und atmete tief durch. Er war aufgewühlt. Mehr als aufgewühlt. Sollte er mit dem Fürsten sprechen? Ihm die Wahrheit erklären? Wieso nur hatte er sich darauf eingelassen, sich selbst als Schuldigen abstempeln zu lassen? Er war einfach nicht darauf vorbereitet gewesen, wie infam Opitz ihn hereinlegen würde.

Wenn er wollte, dass der Fürst die Wahrheit kannte, musste er sofort handeln. Noch heute Abend. Nur dann würde es noch etwas nutzen. Wenn erst einmal ein paar Tage vergangen waren, oder gar ein paar Wochen, war es unwahrscheinlich, dass der Fürst ihm noch glauben würde.

Wie ein gefangener Tiger lief er vor und zurück, wie in einem unsichtbaren Käfig. Fünf Schritte vor, fünf zurück, wieder drehen. Er konnte nicht stillstehen. Er musste etwas tun. Etwas unternehmen. Er konnte diese Lüge, die Beschuldigung doch nicht einfach auf sich sitzen lassen!

Es war kurz vor dem Abendessen der Herrschaften. Die Dienstboten würden etwas später essen. Danach würde Viktor der Familie im Salon aufwarten. Vielleicht, wenn er alleine wäre mit dem Fürsten … Wieso überhaupt hatte der nicht gemerkt, dass hier etwas faul war? Opitz' Ausflüchte waren derart offensichtlich. Wie er mit jedem weiteren Wort ins Schwimmen kam. An der roten Nase konnte man ihm ansehen, dass er zu viel Alkohol trank. Und dann seine ewigen Veilchenpastillen. Hätte der Fürst ihn nicht längst durchschauen müssen? Wieso nur schluckte der Fürst diese hanebüchene Erklärung? Waren die Dinge hier unten in der Dienstbotenetage so unwichtig, dass er sich nicht einmal die einfachsten Fragen stellte?

Es war noch hell. Die Tage wurden endlich länger. Viktor schaute hoch in den Himmel. Hatte er nicht genug Probleme? Musste er nun auch noch für die Probleme anderer Leute geradestehen? Musste er immer kuschen wie ein räudiger Hund? Musste immer freundlich sein, egal wie unfreundlich das Leben zu ihm war? Immer den Kürzeren ziehen? Er hatte keine Freunde, keinen Vertrauten. Er verdiente gut, hatte aber kein Geld. Er hatte sich damit arrangiert, seine Träume begraben zu müssen. Aber allmählich brach ihm das Kreuz unter der Last, die er für andere schulterte.

Die Hintertür ging auf. Adelheid Schaaf war anscheinend überrascht, ihn hier draußen zu sehen. Zumindest wirkte ihr Blick so. Sie nickte stumm und trug die beiden Eimer mit schmutzigem Putzwasser hinaus.

Er schaute ihr nach. Auch sie ackerte hart, verdiente noch weniger und gab vermutlich ebenfalls alles ihrer Familie. Auch war sie gescheit, so wie er. Aber deutlich weniger gebildet. Aber was hatte er schon davon, dass er Englisch, Französisch und Latein verstand? Und sogar altgriechische Texte lesen konnte. Nichts. Wenn die Herrschaften gelegentlich ins Französische wechselten, weil sie etwas sagen wollten, was die Diener nicht hören sollten, dann tat er so, als würde er sie nicht verstehen.

Er blickte ihr hinterher, bis sie um die Ecke verschwand. Sie war wie Salz in einer ewig offenen Wunde. Wann immer er sie sah, tauchte eine Frage auf. Er würde sich nie eine Frau nehmen können. Nicht, solange es seiner Familie so schlecht ging. Bisher war es immer einfach gewesen, diesen Gedanken weit von sich zu schieben. Bisher hatte er niemanden getroffen, wo die Frage mehr als eine theoretische Erörterung war. Bisher …

Jemand kam. Ein Bote aus dem Dorf. Er rannte sogar. Erleichtert sah er Viktor an. »Hier … für den Fürst …«, hechelte er. »Ist gerade aus Berlin … mit dem Zug … gekommen. Ich sollte es … sofort … zum Schloss bringen.« Er atmete heftig auf, erleichtert, die Zeitung bei Viktor loswerden zu können.

»Ich werde sie ihm sofort bringen.«

Schon drehte sich der Junge um und ging schnaufend davon.

Viktor schaute auf den Titel. Es war die neueste Ausgabe der *Zukunft*. Ausgerechnet. Hatte der Fürst darauf gewartet? Hatte er hier draußen gestanden, um die Zeitung sofort in Empfang zu nehmen? War er deswegen so abwesend gewesen? So nervös?

Viktor war neugierig. Gut möglich, dass es die einzige Chance war, die Zeitung zu lesen. Er blätterte sie durch, bis er zu dem Artikel von diesem Maximilian Harden kam. Und las. Wieder beschwerte sich der Kerl über die Politik. Doch dann wurde es persönlich.

Prinz Friedrich Heinrich von Preußen (ein Cousin Wilhelms II., dessen Homosexualität im Januar 1907 öffentlich geworden war; d. Red.) musste, weil er an ererbter Perversion des Geschlechtstriebes leidet, auf die Herrenmeisterschaft im Johanniterorden verzichten. Gilt im Kapitel des Schwarzen Adlers eine mildere Satzung? Da sitzt mindestens einer, dessen vita sexualis nicht gesünder ist als die des verbannten Prinzen.

Viktor gingen die Augen über. Im Kapitel des Schwarzen Adlers! Diesen hohen Orden hatte der Fürst gerade erst im letzten Jahr verliehen bekommen. Und war im Januar zum ersten Mal auf der jährlichen Mitgliederversammlung gewesen. Schon im Artikel vor zwei Wochen hatte der Journalist offen darauf hingewiesen, dass drei ältere Flügeladjutanten des Kaisers homosexuell veranlagt seien. Der Fürst war nie Flügeladjutant gewesen, wohl aber Kuno von Moltke, ein langjähriger und guter Freund des Fürsten. Aber das hier, das zielte direkt auf den Fürsten. Da gab es kein Vertun. Zudem erklärte Harden ein paar Zeilen weiter, dass eine früher veröffentlichte Karikatur zweier Harfenspieler auf genau diese beiden Männer abgezielt habe – Fürst zu Eulenburg und Kuno von Moltke, sein *Schätzchen*. Die Karikatur kannte die Leserschaft bereits, aber natürlich waren die zwei abgebildeten nackten Figuren namenlos geblieben. Doch jetzt gab es eine Zuordnung. Das war ein direkter Angriff auf den Namen zu Eulenburg. Kein Herumdrucksen mehr. Kein vages Andeuten. Maximilian Harden redete Tacheles.

Viktor schlug das Blatt zu. Das war starker Tobak. Das war … Nun gab es kein Ausweichen mehr. Nun musste der Fürst etwas unternehmen, um seinen Namen reinzuwaschen. Und der Berliner Stadtkommandant Moltke ebenfalls. Jetzt war es nur noch eine rhetorische Frage, wie und wann die Günstlinge Seiner Majestät zurückschlagen würden. Denn das mussten sie jetzt. Oder mit Schimpf und Schande untergehen.

30. April 1907

Liesel kam hoch in die erste Etage, wo die Räumlichkeiten der Herrschaften lagen. Völlig verschüchtert tauchte das Küchenmädchen im ehemaligen Schlafzimmer der nun verheirateten Fürstentochter auf, das Adelheid und Gerda heute von Grund auf reinigten. Moritz, der Hausbursche, hatte beim Möbelschleppen geholfen. Das Zimmer wurde nun in ein Gästezimmer umgewandelt. Eigentlich hätten sie heute die Schlafzimmer der anderen Komtessen putzen sollen, aber die Mamsell hatte kurzfristig umgeplant.

»Adelheid, du müsstest unbedingt runterkommen.«

Adelheid schaute überrascht auf. Sie war gerade dabei, den Boden mit der Wurzelbürste zu bearbeiten. Aber allein die Tatsache, dass das Küchenmädchen hier oben auftauchte, war alarmierend. Liesel hatte hier nichts verloren. Wieso kam die Mamsell nicht, wenn es etwas Dringendes zu erledigen gab? Nie würde sie Liesel hochschicken. Erstens unterstand die der Köchin. Und zweitens wusste Liesel sich hier oben nicht zu bewegen. Was, wenn sie der Fürstin in die Arme lief? Ausgerechnet in diesen Tagen!

Adelheid wusste nicht, was los war. Anscheinend wusste niemand so recht, was los war. Die Mamsell war praktisch die ganze Zeit auf Achse, um der Fürstin oder den Komtessen zur Hand zu gehen. Riechfläschchen kamen ununterbrochen zum Einsatz. Kopfschmerztabletten waren Mahlzeitenersatz. Kalte Wickel und die Gabe von Stärkungsmitteln wechselten sich ab. Budde war nach Oranienburg geschickt worden, um diverse Medikamente zu holen. Das Schlafpulver ging langsam aus.

Die Fürstin wie auch der Fürst wechselten seit vorgestern zwischen Trauer und Hysterie. Zwei Mal hatte Adelheid die Fürstin gesehen, von Weitem, als sie um die Ecke geschaut hatte. Das eine Mal hatte sie ausgesehen, als hätte sie die ganze Nacht durchgeweint. Das andere Mal hatte ihre Frisur gewirkt, als hätte sie sich die Haare gerauft. Gelegentlich hörte man Türen knallen und unverständliche Schreie. Es war, als wäre eine riesige Katastrophe auf das Haus derer zu Eulenburg niedergegangen. Eine Katastrophe, größer noch als die nicht standesgemäße Vermählung der Tochter. Adelheid wusste nicht, was sie sich darunter vorstellen sollte.

Hedda vermutete, dass ein entfernter Verwandter gestorben war und die Erbschaft nicht so groß ausfiel wie erwartet. Denn erstaunlicherweise waren die Herrschaften, obwohl doch so immens reich, immer knapp bei Kasse. Das hatte Hedda schon ein paarmal mitbekommen.

Aber ob das stimmte, wurde man nicht gewahr. Herr Opitz, der sonst immer in aller Kürze erklärte, was gerade in Bezug auf die Familie wichtig war, sagte nichts dazu. Wäre jemand gestorben, hätte er sicherlich erwähnt, wer. Spätestens wenn die Koffer zu packen waren, um auf eine Beerdigung zu reisen, würde diese Information öffentlich. Aber niemand ließ Koffer packen. Es gab keine Kondolenzanrufe, keinen Briefverkehr, keine Traueranzeigen.

Jetzt zahlte es sich aus, dass Adelheid gelernt hatte, unsichtbar zu sein. Wer immer auch mit der Familie in Berührung kam, hatte es derzeit schwer. Nichts konnte man ihnen recht machen. Alles war falsch oder schlecht. Budde und Novak und selbst Herr Opitz schlichen mit eingezogenen Köpfen durch die Gänge. Die Diener hatten den gestrigen Tag über fast ausnahmslos in der Leutestube gesessen. Ab und an mussten sie hoch, etwas bringen – warme Milch, Kopfschmerztabletten, Stärkungsmittel. Aber niemand sprach auch nur ein einziges Wort, wenn sie im Salon waren. Anders als sonst, wo man sich nicht darum scherte, dass zwei Meter weiter einer der Diener an der Wand stehend darauf wartete, Befehle zu empfangen. Jegliche Unterhaltung war zu Ende, wenn sie die Räume betraten, so hatte es Diedrich Budde gesagt, bevor er von Herrn Opitz zurechtgewiesen worden war.

Ihr konnte es einerlei sein. Für sie bedeutete es lediglich, dass sie heute statt des einen Raumes einen anderen putzen musste. Aber die Nervosität und Hysterie waren bereits auf die Dienstboten übergesprungen. Herr Opitz wurde ständig wütend. Die Mamsell schnauzte sie in ungewohnter Manier an. Und auch die übrige Dienerschaft war gereizt.

Adelheid fragte sich, ob etwas passiert war, was ihre Anstellung hier im Schloss beeinträchtigen konnte. Alles andere war ihr egal. Mehr interessierte sie nicht. Aber nun stand Liesel im Raum und hatte etwas Dringliches.

»Wieso soll ich runterkommen? Weißt du, was die Mamsell von mir will?«

Liesel schüttelte den Kopf. »Ich komme nicht auf Geheiß der Mamsell. Dein Bruder steht unten am Hintereingang. Er will nicht eher gehen, bevor er mit dir gesprochen hat.«

»Mein Bruder?«, fragte Adelheid erschrocken. Mama! Dann war es vermutlich so weit. Das Baby kam. Aber Mutter würde sie doch bestimmt nicht bitten, deswegen nach Hause zu kommen. Auf die Kleinen mussten nun eben mal die anderen aufpassen. Und Edeltraud musste Mama bei der Geburt helfen. Das hatten sie bereits besprochen. Sie blickte auf die Wurzelbürste in ihrer Hand, dann auf Gerda Altvater.

»Geh ruhig. Ich mach so lange weiter. Aber komm bald zurück«, sagte das erste Hausmädchen. Gerda putzte zwar nicht so viel wie Adelheid, aber immer noch viel.

»Ich beeil mich«, versprach sie und ging auf den Flur. Ein schneller Blick nach links und rechts. Jetzt bloß niemandem der Familie begegnen. Eilig lief sie zur Hintertreppe und hinunter. Sie öffnete die Hintertür.

»Friedel!« Der älteste Bruder stand in der Nähe der Tür.

»Adelheid. Du musst sofort mitkommen!«

»Was? Nein! Das kann ich nicht!«

»Doch. Du musst. Mama geht es schlecht!«

»Ich kann nicht mitkommen. Was stellst du dir vor? Dass ich einfach meine Arbeit verlasse? Dann brauch ich erst gar nicht zurückgehen.«

»Das Baby …«

»Ja, das Baby kommt. Und? Mama hat acht Kinder bekommen. Sie wird wohl auch das neunte schaffen.«

»Das Baby… es kommt aber nicht.«

»Was meinst du mit ›es kommt nicht‹?«, fragte Adelheid nach.

»Es geht ihr schlecht. Schon seit vorgestern Abend. Wir hatten auch erst gedacht, das Baby würde nun kommen. Aber sie hat keine Wehen.«

»Keine Wehen?« Ihre Erinnerung an die Geburten der beiden Brüder war nur vage. Aber als Edeltraud gekommen war, war sie selbst schon acht gewesen. Und auch an die Geburten danach konnte sie sich gut erinnern. Sie wusste, jede Geburt war kritisch. Auch die ersten Tage danach waren kritisch. »Was für Schmerzen hat sie denn?«

»Ich weiß nicht genau … Du musst kommen.«

Sie schüttelte ihren Kopf. »Friedel, ist dir klar, was passiert, wenn ich unerlaubt mit dir mitgehe?«

»Dann frag halt«, sagte er, als wäre es das Einfachste der Welt.

Ausgerechnet jetzt. Ausgerechnet heute. Bei dieser verqueren Stimmung. Nicht, dass übermäßig viel zu tun war. Aber alle waren so mit sich selbst oder den geheimnisvollen Vorgängen in der Herrschaftsetage beschäftigt, dass Adelheid lieber nicht mit Sonderwünschen kommen wollte. Aber nun gut, vermutlich war es das Beste, wenn sie die Mamsell fragte. So sie sie denn überhaupt auf den Gängen erwischte. Denn eins war gewiss: Sie konnte nicht einfach in den Salon hineinmarschieren, wenn die Mamsell dort drin war.

»Ich versuche es. Ich frage, ob ich gehen kann. Aber wenn nicht, dann darfst du auch nicht mehr ins Schloss kommen. Dann bekomme ich keine Erlaubnis.«

»Und wenn Mama stirbt?«

Wenn sie stirbt? Verstand ihr Bruder einfach nicht den Vorgang der Geburt? Oder stand es wirklich so schlimm um ihre Mutter?

»Ich frage. Mehr kann ich nicht machen.« Herr im Himmel, ihre Mutter tat ihr leid. Edeltraud war mittlerweile elf. Drei Jahre älter, als sie gewesen war, als sie ihrer Mutter dabei geholfen hatte, Edeltraud auf die Welt zu bringen. Es würde schon irgendwie gehen. Es musste.

Trotzdem begab sie sich sofort auf die Suche nach der Mamsell. Die kam gerade die Hintertreppe hinunter und schien es eilig zu haben. Adelheid folgte ihr zu ihrem Raum.

»Was gibt es, Kleine? Ich hab nicht viel Zeit«, sagte sie beinahe abwesend, während sie ihren Raum aufschloss. Eine Strähne hatte sich aus ihrem strengen Dutt gelöst.

»Mamsell Reineke, mein Bruder war gerade da. Meine Mutter … sie bekommt das Baby. Und es geht ihr sehr schlecht. Und ich wollte fragen … Weil es doch im Moment nicht so dringend ist …«

Die Mamsell schloss den Medizinschrank auf und holte etwas heraus. Das Trional, ein Beruhigungsmittel, wie Adelheid wusste. Mit der kleinen Flasche in der Hand drehte sie sich zu ihr um. Sie starrte Adelheid an, als hätte sie schon wieder vergessen, was sie wollte.

»Was hattest du gefragt?« Ihr Gesicht schien noch harscher zu sein, die Nase noch schmaler, ihre Stimme noch schroffer als sonst.

»Ob ich zu meiner Mutter gehen kann, um ihr zu helfen. Mit dem Baby. Es kommt.«

»Was macht ihr gerade oben?«

Adelheid war verwundert. Mamsell hatte es ihr doch erst vor wenigen Stunden aufgetragen. »Wir haben das Zimmer von Komtess Augusta ausgeräumt und reinigen es gerade.«

»Ach, das hat ja Zeit. Dann geh zu deiner Mutter. Aber sobald es geht, kommst du zurück. Du musst zurück sein, bevor die Hintertür abgeschlossen wird. Verstanden?«

»Vielen Dank. Ich danke Ihnen, Mamsell Reineke. Das ist sehr nett. Ich danke …«

»Ja, ja. Schon gut.« Etwas unsanft drückte sie Adelheid raus auf den Flur, schloss den Raum ab und eilte nach oben.

Adelheid sagte Gerda Altvater noch Bescheid, dass sie die Erlaubnis bekommen hatte, ihre Eltern in einer dringenden Familienangelegenheit zu besuchen. Dann ging sie nach oben, zog sich die Schürze aus und nahm sich ihr Wolltuch.

Mittlerweile hatte sie sechs Kerzenstummel zusammengesammelt. Sie hatte sie extra nicht vorher mitgebracht, weil sie ja wusste, dass die Geburten sich manchmal hinzogen und über Nacht dauerten. Unten in der Stiefelstube tauschte sie noch eilig ihre guten Schuhe gegen die aus Pressleder, dann war sie schon auf dem Weg.

Keine zwanzig Minuten später betrat sie die Hütte. Eine merkwürdige Stimmung sprang sie an, dunkel und angsterfüllt. Eigentlich hatte sie erwartet, die kleineren Geschwister draußen vor der Hütte zu sehen und dass von innen Schreie ertönten. Aber es herrschte Totenstille. Das Baby kam nicht, hatte Friedel gesagt.

Sie ging hinein. Edeltraud goss gerade Tee auf. Als sie ihre große Schwester sah, stellte sie die Blechkanne zurück und fiel ihr um den Hals.

»Adelheid, wie gut, dass du da bist.« Dann weinte sie. Die große Angst um ihre Mutter brach aus ihr heraus.

»Was ist das für ein Tee?«

»Weidenrindentee und Mädesüßblüten. Mama hat gesagt, ich soll ihn kaufen.«

Weidenrinden und Mädesüß – beides war gegen Schmerzen und Entzündungen. »Hat sie Wehen?«

Edeltraud schüttelte ihren Kopf. Ihre Augen schienen riesig zu sein, so groß wie ihre Angst.

Gundula und Gunther, die Jüngsten, kauerten zusammen mit Bernhard in einer Ecke. Friedel trat aus dem Schlafzimmer. Adelheid hätte gedacht, dass er nun eine Bemerkung machte, dass sie doch gekommen war. Doch er sagte nichts. Er ließ sich auf einen Stuhl fallen, krümmte sich wie unter Qual und verbarg sein Gesicht in seinen Armen.

Adelheid legte den Beutel mit den Kerzenstummeln ab und ging rüber. Ihr Vater saß am Bett der Mutter und tupfte ihr mit einem feuchten Tuch die Stirn ab.

»Gut, dass du da bist. Ich weiß nicht, was hier passiert.«

Adelheid sagte nichts. Sie wusste es doch genauso wenig. Der Vater stand auf, als wäre es nun ihre Aufgabe, der Mutter zu helfen. Stumm stellte er sich neben das Bett.

Sie setzte sich und fühlte die Stirn. Die Mutter schlug die Augen auf. »Adelheid, du hast es noch geschafft.« Es hörte sich beinahe so an, als blieben ihr nur noch Stunden zu leben.

»Mama, was ist?« Nun fing sie an, die glühend heiße Stirn mit dem feuchten Tuch abzutupfen.

»Ich weiß es nicht. Irgendetwas ist nicht in Ordnung.«

»Spürst du das Baby noch?« Natürlich konnte es sein, dass es gestorben war. Es konnten immer unerwartete Komplikationen auftreten.

»Ich glaube schon. Aber mit mir ist irgendetwas … Es ist ganz anders als bei den anderen Geburten.« Sie sprach so leise, als hätte sie ihre ganze Energie schon aufgebraucht.

»Und du hast wirklich keine Wehen?«

»Manchmal habe ich so ein Ziehen. Dann denke ich, jetzt geht's los. Aber bisher …«

Adelheid drehte sich zu ihrem Vater. »Seit wann ist sie so?«

»Unwohl fühlt sie sich schon seit drei oder vier Tagen. Aber erst vorgestern Abend wurde ihr so heiß. Gestern noch haben wir gedacht, dass nun das Baby kommt. Und zum Abend hin wurde es wieder etwas besser. Heute Vormittag fing es wieder an … Adelheid, ich weiß wirklich nicht, was ich tun soll.«

»Den Tee zu trinken ist sicher nicht verkehrt.« Wusste sie doch genauso wenig, was zu tun war. Adelheid hatte keine Ahnung, was hier verkehrt lief. Nur ein Arzt wüsste Rat. Sie legte den feuchten Lappen auf die Stirn ihrer Mutter, stand vom Bett auf und ging hinaus. Der Vater folgte ihr, bis draußen vor die Hütte.

»Vater, das ist nicht normal. Irgendetwas läuft ganz schief.«

»Sie ist so weit. Sie müsste jetzt das Baby bekommen.«

Adelheid nickte. »Hat sie noch gar keine Wehe gehabt?«

Der Vater schüttelte den Kopf.

»Wir sollten ihr einen Tee aus Eisenkraut und Himbeerblättern kochen. Der löst Wehen aus. Aber ich habe keine Ahnung, warum sie fiebert.«

»Sie hat auch Schmerzen. Sie sagt, der ganze Körper tut ihr weh. Alles, Arme und Beine. Der Kopf«, erklärte der Vater.

Was sollte das sein? Das war doch keine Schwangerschaftskomplikation, oder? War das vielleicht eine andere Krankheit, die nur zufällig gerade jetzt hervorbrach? Eine Entzündung, ausgelöst durch eine blutige Wunde von einem rostigen Nagel oder Ähnlichem?

»Sie glaubt auch, dass es mit der Schwangerschaft nichts zu tun hat … Adelheid, ich habe Angst um deine Mutter.« Ihr Vater starrte sie an, als wäre es nun an ihr, das Problem zu lösen. Am liebsten hätte sie ihn genommen und geschüttelt. Sie war es doch nicht, die ihre Mutter geschwängert hatte. Wieder geschwängert und wieder geschwängert, obwohl sie schon das erste und das zweite und das dritte Kind kaum ernähren konnten.

»Was machen wir jetzt?«, fragte sie deshalb.

»Wir brauchen einen Arzt. Du musst die Fürstin darum bitten. Sie muss uns einen Arzt schicken.«

Adelheid öffnete den Mund und schloss ihn nicht mehr. Sie sollte die Fürstin darum bitten?

»Die Herrschenden sind für das Wohl der Menschen, die in ihrem Beritt leben, verantwortlich«, sagte der Vater, als hätte er diesen Satz einstudiert.

»Ich kann doch nicht einfach zur Fürstin gehen und ihr sagen, dass sie uns einen Arzt schicken soll.«

»Wir können keinen bezahlen. Wenn wir nach einem Arzt schicken, wird er erst gar nicht kommen.«

»Trotzdem kann ich die Fürstin nicht danach fragen.« Und heute schon gar nicht, dachte Adelheid mit Schrecken.

»Du musst. Deine Mutter stirbt.« Er packte sie fest am Oberarm.

Wütend schaute sie ihren Vater an. Er machte sich doch überhaupt kein Bild davon, was das bedeutete. »Und wenn sie mich dann entlässt?«

»Wieso sollte sie dich entlassen? Sie hat einfach diesen Arzt zu bezahlen. Also geh und frag sie!« Der Vater schien wie von Sinnen. »Geh und komm nicht wieder, wenn du die Fürstin nicht gefragt hast.« Er ließ sie los und ging hinein.

Adelheid wusste nicht, was sie jetzt noch sagen sollte. Die Tür der armseligen Tagelöhnerhütte fiel laut ins Schloss. Ihr Beutel lag noch drinnen. Für einen Moment überlegte sie, ob sie noch mal reingehen sollte, um ihn zu holen. Sie starrte auf einen kleinen Fleck aus Wiesen-Küchenschelle mit ihren dunklen Blüten und silbrigen Stängeln. Sonst hatte Mama sie immer gepflückt und in ein Glas auf den Küchentisch gestellt. Doch auf dem Küchentisch stand nichts. Niemand wollte nun die Hütte verschönern. Adelheid drehte sich um und ging.

Die Fürstin fragen! Vater macht sich doch keine Vorstellung. In acht Monaten hatte sie genau zwei Mal mit der Fürstin geredet. Das erste Mal, als sie eingestellt worden war. Und das zweite Mal, als die Fürstin sie wegen der Schuhe angesprochen hatte. Beide Male hatte Adelheid nur das Wort an sie gerichtet, weil sie gefragt worden war. Die Mamsell hatte ihr eingebläut, keinesfalls die Mitglieder der Familie oder anderen hohen Besuch anzusprechen. Sie war eine Unsichtbare, und sie sollte auch unhörbar sein.

Als Adelheid zurück beim Schloss war, war ihre Verzweiflung ins Unermessliche gewachsen. Wie sollte sie die Fürstin fragen? Das ging schlichtweg nicht. Aber nichts zu unternehmen ging genauso wenig. Was, wenn ihre Mutter starb? Sie hatte sich nicht einmal von ihr verabschiedet.

Die Verzweiflung war so groß, dass sie sich wie gelähmt fühlte. Was sollte sie nun tun? Unschlüssig stand sie vor der Tür. Sie legte die Hand auf die Türklinke und ging hinein. Lief den Flur entlang, bis zum Raum der Mamsell. Er war abgeschlossen. Vermutlich war sie immer noch oben.

Sie ging in die Stiefelstube, zog ihre alten Schuhe aus und die guten wieder an. Auf dem Weg zur Hintertreppe begegnete sie Anni, dem Spülmädchen. Die schaute sie merkwürdig an. Sah man ihr ihre Verzweiflung an?

Schleppend ging sie die Stufen hoch. Ihr war, als presste ein unermesslich schweres Gewicht sie nieder. Endlich stand sie oben im Erdgeschoss, wo auch die Salons lagen. War die Mamsell irgendwo hier? Und die Fürstin? Es war kaum eine Stunde vergangen, seit sie mit der Mamsell gesprochen hatte.

Sie lief durch das Vestibül, ihre Beine stocksteif, als wäre sie eine Holzpuppe. Am Nachmittag war die Fürstin häufig im Porzellanzimmer. Der Raum war kleiner und besser zu heizen, was den Hüftbeschwerden der Fürstin sehr entgegenkam. Wenn sie dort nicht war, dann vielleicht in der Bibliothek. Normalerweise. Aber im Moment war ja gar nichts normal. Adelheid durchquerte den leeren Blauen Salon. Kurz vor dem Porzellanzimmer stürmte plötzlich Komtess Viktoria heraus, sah kurz überrascht auf und stürmte einfach weiter an ihr vorbei. Ihr Gesicht war verheult.

Die Fürstin war tatsächlich im Porzellanzimmer und saß mit dem Rücken zu ihr. Einen Brief in der Hand haltend, starrte sie aus dem Fenster hinaus. Die ersten warmen Tage waren angebrochen. Und obwohl noch viele Wolken über den Himmel jagten, trauten sich immer mehr Sonnenstrahlen heraus.

»Euer Durchlaucht?«, sprach Adelheid sie an.

Die Fürstin reagierte erst gar nicht. Dann drehte sie sich um, schaute zu Adelheid, aber schaute wie durch sie hindurch.

Adelheid wusste gar nicht, was sie nun tun sollte. Einer Eingebung folgend ging sie vor ihr auf die Knie. »Meine Fürstin, Euer Durchlaucht … Meine Mutter ist schwer krank. Und hochschwanger. Wir benötigen einen Arzt … Ich wollte Sie fragen … ob Euer Durchlaucht so gnädig wäre, einen Arzt rufen zu lassen. Meine Mutter stirbt sonst.«

Kurz starrte die Fürstin sie an, als wäre sie ein Rabenvogel, der mit ihr sprechen würde. Sie sagte nichts. Ihr Gesicht aber sah aus, als hätte sie große Schmerzen. Ihre Mundwinkel zuckten, ihr Blick lief wieder ins Leere. Sollte Adelheid weiterreden?

Inbrünstig faltete sie ihre Hände vor der Brust, als würde sie beten. »Bitte. ... Das Leben meiner Mutter liegt in Eurer Hand ... Bitte, wenn Eure fürstliche Hoheit einen Arzt schicken ...«

Die Nase der Fürstin kräuselte sich, als würde sie sich vor etwas ekeln. Was war los? Sie, die sonst so stoisch wirkte, schien tief getroffen. War ihre Bitte etwa so unverschämt?

»Ich flehe Sie an, bitte lassen Euer Gnaden nach einem Doktor rufen. Meine Mutter ...«

Die Finger der Fürstin krallten sich in das Papier, zerknüllten es geradezu. Hedda hatte ihr erzählt, dass auch die Fürstin zwei Kinder verloren hatte. Sollte sie ...?

»Eure fürstliche Hoheit, ich flehe Sie an als Mutter. Sie wissen besser als jeder andere Mensch hier im Schloss, was es bedeutet, ein Kind zu verlieren. Ich ...«

Wieder legte sich der Blick aus den sturmgrauen Augen der älteren Frau auf sie. Doch nun stachen sie geradezu auf Adelheid ein. Stöhnend stand die Fürstin auf. Schmerzverzerrt drückte sie ihren gebeugten Rücken durch und ging ein paar Schritte. Dann drehte sie sich wieder zu Adelheid um und sah giftig auf sie herab. »Unfassbar. Mich in dieser Situation auch noch mit so etwas zu belasten.« Umständlich, als würden ihre Beine nicht mitspielen, verließ sie mit wackeligen Schritten das Zimmer.

Adelheid blieb auf dem Boden hocken. Und jetzt? Alles war verloren, wenn die Fürstin nicht einen Arzt rief. Doch sie konnte nicht aufgeben. Sie musste die Mamsell finden. Musste sie fragen. Oder den Fürsten. Noch immer stocksteif stand sie auf und ging. Im Vestibül begegnete ihr Hedda.

»Was hast du da drin getan? Die Fürstin hat sich furchtbar echauffiert«, flüsterte Hedda eindringlich.

»Meine Mutter stirbt vielleicht. Ich habe sie gebeten, einen Arzt zu schicken.«

»Was? ... Ja, bist du denn des Wahnsinns? Heute? Du hast sie ausgerechnet heute gefragt?«

Adelheid zuckte mit den Schultern. Es war ja nicht so, als hätte sie sich den Tag ausgesucht. Hedda schüttelte heftig ihren Kopf und schob sie Richtung Hintertreppe. Wieder flüsterte sie, aber mit Nachdruck.

»Wenn du ganz großes Glück hast, dann erwähnt die Fürstin es der Mamsell gegenüber nicht. Wenn du ganz großes Glück hast!«

»Und meine Mutter?«

»Das Leben deiner Mutter liegt in Gottes Hand.«

Adelheid wollte etwas sagen. Das Leben ihrer Mutter lag in der Hand eines guten Arztes, den sie nicht bezahlen konnte. Und hatte Hedda nicht selbst gesagt, dass sie an die ganze Geschichte mit Gottes Willen und dem hochwohlgeborenen Schicksal nicht glaubte?

»Nun geh. Geh schon wieder an die Arbeit. Wenn die Mamsell etwas merkt, wird sie nachfragen. Dann sagt die Fürstin ihr auf jeden Fall Bescheid.«

»Ich muss wieder zurück zu meiner Familie.«

Hedda schnaufte ungewöhnlich laut auf und packte sie an beiden Schultern. »Du solltest dich fragen, wie du deiner Familie am besten hilfst. Wenn du jetzt gehst oder wenn du bleibst. Es ist deine Entscheidung.« Ihr Blick war eindringlich. Dann erst ließ sie sie los.

3. Mai 1907

Ihre Mutter war gestorben. Vater hatte ein Armenbegräbnis arrangiert. Nur ihre Familie war anwesend. Wenigstens für die Beerdigung hatte sie den Nachmittag freibekommen. Der Pastor schaute die Familie kaum an. Und wenn, dann lag eine Missbilligung in seinem Blick, die schlimmer nicht hätte sein können. Als hätten sie etwas ganz Frevelhaftes getan. Als hätten sie ihre Mutter umgebracht. Hieß es nicht immer, Gottes Wege seien unergründlich? Und war es nicht Gottes Wille gewesen, dass die Mutter gestorben war? Was also missbilligte der Pastor dann? Dass ihre Eltern so viele Kinder in die Welt setzten? Oder ganz schlicht, dass sie waren, wer sie waren?

Die elfjährige Edeltraud musste sich nun um das Baby kümmern und kochen, waschen und aufräumen. Zur Schule gehen konnte sie nun nicht mehr. Das kleine Mädchen würde nächste Woche getauft werden. Vermutlich würde Adelheid dafür nicht freibekommen. Aber es würde ohnehin eine denkbar kurze Zeremonie werden. Und gefeiert wurde auch nicht.

Als der Pastor die Grabstelle verließ, blieben sie noch kurz stehen. Edeltraud hatte ihr den kleinen Wurm vorhin sofort in die Arme gedrückt, froh, dass endlich eine erwachsene Frau da war. Doch so erwachsen fühlte sich Adelheid nicht. Nicht erwachsen genug, um die Verantwortung für das hungrige Baby zu übernehmen. Niemand sagte etwas. Friedel und Bernhard versuchten, nicht zu weinen. Bei Adelheid, Edeltraud, Gundula und natürlich bei Gunther liefen nur so die Tränen.

Ihre Mutter war gestorben. Das Herz ihrer Familie. Diejenige, die Wärme und Sonne in die ärmliche Hütte gebracht hatte. Wie würde es nun werden für die Geschwister? Sollte Adelheid nicht besser ihre Stellung aufgeben und zurückkommen, um den Platz ihrer Mutter einzunehmen? Sich um das Neugeborene kümmern und um Gunther und Gundula und den Haushalt? Und Edeltraud könnte weiter zur Schule gehen. Aber Hedda hatte recht. Adelheid hatte überlegt, wie sie ihrer Familie am meisten helfen würde. Die wichtigste Unterstützung war derzeit ihr Lohn.

Vater blickte auf das Grab und dann auf Adelheid. Er sah sie an, als wäre es ihre Schuld, dass die Mutter gestorben war. Irgendwann drehte er sich weg und ging. Er verlor kein Wort, als hätte der Tod seiner Frau ihn stumm gemacht. Friedel legte seinen Arm um Edeltraud, und Bernhard um Gundula. Sie folgten ihrem Vater. Das Baby in einem Arm, nahm sie mit der freien Hand die von Gunther.

Adelheid hatte gedacht, der Weg zum Friedhof wäre der schwerste Gang. Aber tatsächlich war es der Weg zurück in ihre Hütte, in dem Wissen, dass Mama dort nicht auf sie wartete. Dass sie nie mehr dort warten würde. Dass sie nie mehr vor der Tür stehen würde, um ihr zum Abschied zu winken.

Von Weitem sah Adelheid, wie ihr Vater in der Hütte verschwand und gleich darauf wieder herauskam. Er setzte eine Flasche an und trank. Er hatte sich Bier gekauft!

Von welchem Geld? Von ihrem? Wann hatte Vater das letzte Mal Arbeit gehabt? Vor zwei Wochen hatte er dabei geholfen, die Ställe auf einem benachbarten Gut zu kalken. So oder so war es egal, ob es ihr Geld oder seines war. Bisher hatte er sich damit begnügt, Wasser und Milch, Kräutertee oder Muckefuck zu trinken. Sehr selten, nur zu hohen Feiertagen, trank er Alkohol.

Die anderen waren schon in der Hütte. Adelheid schob Gunther ebenfalls hinein. Dann trat sie neben die dürftige Steinwand, das Neugeborene noch im Arm. Vater saß auf einem Baumstamm und trank. Neben dem Holzstamm lagen drei weitere Flaschen.

»Weißt du schon, wie du sie nennen willst?«

Erst tat Vater so, als hätte er sie nicht gehört. Dann drehte er doch seinen Kopf und sah sie an. »Sie wird den Namen deiner Mutter bekommen.«

Adelheid nickte. »Habt ihr auch genug Kuhmilch für die Kleine?«

»Was interessiert es dich? Du hast deine Mutter krepieren lassen.«

Adelheid schnappte nach Luft. Ein eisiger Stich traf ihr Herz. »Du weißt genau, dass ich die Fürstin gefragt habe. Ich habe mich vor ihr auf den Boden geworfen und gebettelt. Ich habe getan, was ich konnte.«

»Wenn das wahr wäre, dann hätte die Fürstin doch einen Arzt geschickt.«

Adelheid schüttelte ihren Kopf. Was sollte sie darauf antworten? Vater wollte nicht wissen, was passiert war. Soweit Friedel es ihr erzählt hatte, hatte Mama kurz nach ihrem Weggang endlich Wehen bekommen. Die Geburt an sich war anscheinend normal verlaufen. Aber es hatte sie vollkommen ausgezehrt. Keine zwei Stunden nachdem das Baby auf der Welt gewesen war, war sie gestorben. Es hieß, sie sei im Kindbett gestorben. Aber Adelheid glaubte, dass die Geburt nicht die Todesursache gewesen war. Vermutlich war die Ursache eher Entkräftung oder zu hohes Fieber, ausgelöst durch eine Wunde, die sich entzündet und eine Blutvergiftung zur Folge gehabt hatte. Letztendlich war es egal. Letztendlich interessierte es niemanden, woran sie wirklich gestorben war. Trotzdem, es war ein sehr unglückliches Zusammentreffen der Ereignisse. Sehr unglücklich, für die ganze Familie.

Als würde das Neugeborene über die angespannte Atmosphäre meckern wollen, fing ihr Krähen an. Das ging nahtlos über in Geschrei. Vater warf ihr noch einen missbilligenden Blick zu und drehte sich weg. Adelheid ging in die Hütte hinein. Edeltraud war bereits dabei, etwas Milch warm zu machen.

»Habt ihr noch altes Brot?«

»Ja, ein kleines Stück.«

»Löse es in der Milch auf. Aber es muss ganz klein sein. Dann wird die Milch etwas sämiger, dicker.«

»Soll ich etwas Wasser in die Milch tun?«

»Sie verdünnen?«, fragte Adelheid nach. »Wieso?«

»Vater hat gesagt, dass man das so macht. Weil Kuhmilch dicker ist als Muttermilch.«

Viele Mütter stillten ihre Kinder nicht, sondern ließen sie von Ammen stillen oder gaben ihnen Ersatznahrung. Aber die Liebig'sche Malzsuppe oder die anderen angebotenen Kindermehle waren viel zu teuer. Mama hatte immer stillen müssen. Ihr war nichts anderes übrig geblieben. Deshalb hatte Adelheid eigentlich keine Ahnung, was sie nun tun sollten. Eine Amme konnten sie nie und nimmer bezahlen. Sie hätten natürlich das Kind in ein Waisenhaus geben können. Aber das wollte Vater sicher nicht. Das Einzige, was sie wusste, war, dass Babys Kuhmilch oder Ziegenmilch tranken und dass man Brot oder auch Eier reinrühren sollte.

»Friedel, kannst du nicht beim Pastor oder beim nächsten Vaterländischen Frauenverein nachfragen, ob wir eine Ziege gestellt bekommen können, wenigstens für ein halbes Jahr?«

»Kannst du das nicht besser machen? Du bist doch eine Frau.« Natürlich war es ihm peinlich, sich um solch eine Angelegenheit kümmern zu müssen.

»Ich hab erst in zehn Tagen wieder frei. Bis dahin ist das Baby verhungert. Dann nimm Edeltraud mit und auch die Kleine. Wenn sie sie sehen, haben sie vielleicht Erbarmen.«

Friedel nickte mürrisch. Es war ja nicht so, als hätte er Besseres zu tun. Adelheid legte Gundula das Baby in die Arme und winkte ihren ältesten Bruder in eine Ecke.

»Ich habe gesehen, dass Papa Bier gekauft hat«, wisperte sie.

Friedel presste seine Lippen zusammen und nickte.

»Trinkt er jetzt etwa?«

Wieder sagte Friedel nichts, zuckte aber hilflos mit den Schultern.

»Du musst gucken, dass das aufhört. Er versäuft sonst das ganze Geld.«

»Er hört doch nicht auf mich.«

»Ja glaubst du denn, er würde auf mich hören? Auf seine Tochter? Gunther ist sowieso schon so dünn und Gundula auch. Edeltraud. Ihr alle könntet mehr auf den Rippen vertragen.« Als Friedel wieder nichts sagte, stupste sie ihn an. »Ihr müsst das verhindern. Sonst wird es nicht die letzte Beerdigung sein, auf die wir dieses Jahr gegangen sind.«

Friedel starrte sie an. Sie wusste doch, dass er sein Bestes tun würde. Aber ob das reichen würde, war die Frage. In der Zwischenzeit mussten eben alle ihr Möglichstes versuchen.

»Edeltraud, ihr müsst schauen, dass ihr auf den Feldern und im Wald was findet. Zur Not esst ihr eben jeden Tag Löwenzahnsalat. Und weißt du, wie man Brennnesselsuppe macht?«

Edeltraud, die gerade das Stück Brot in der warmen Milch zerdrückte, schüttelte den Kopf.

»Hast du noch Kartoffeln und Zwiebeln da?« Die Kartoffeln in ihrem kleinen Garten waren sicher noch grün.

»Zwei kleine Kartoffeln und eine Zwiebel noch.«

»Du kannst noch Sauerklee oder Sauerampfer dazutun. Dann schmeckt es besser. Wichtig ist, anschließend die Blätter in einem Handtuch gut durchzuwalken, damit die Brennhaare der Blätter taub werden … Ich geh mit den Großen raus, Brennnesseln suchen. Ich zeige ihnen, was sie noch pflücken können. Ihr müsst so viel wie möglich sparen.«

Sie würde den Brüdern noch zeigen, wo die Brunnenkresse am Bachlauf unter der Weide wuchs. Und neben der Dorfbleiche gab es einen Wiesenrain, wo Knopfkraut wuchs. Das konnte man gut dünsten. Mit etwas Brühe oder Margarine oder Öl schmeckte es ganz gut.

Adelheid hätte heulen können. Nun waren sie wieder eine typische Tagelöhnerfamilie, die ihr Essen neben dem Rinnstein pflücken musste. Es war so demütigend. Sie hatte gehofft, mit ihrer Stellung im Schloss würde es endlich besser werden. Stattdessen schien es gerade nur schlimmer zu werden.

Edeltraud nickte ihr tapfer zu, hatte aber Tränen in den Augen. Das war zu viel für sie. Sie war hoffnungslos überfordert. Das Schlimme war, dass Adelheid genau wusste, wie sie sich fühlte. Sie hatte das Gleiche durchgemacht, nur mit dem Unterschied, dass ihre Mutter ihr immer zur Seite gestanden hatte. Ach, Mama, du fehlst.

4. Mai 1907

Viktor fühlte sich einsam. Er fühlte sich immer einsam, aber jetzt besonders. Weil er nun etwas wusste, von dem die anderen Dienstboten nicht einmal etwas ahnten. Etwas Ungehöriges, etwas, das ihm auf der Seele lag. Und er konnte mit niemandem darüber reden. Ihm war nicht klar, ob Opitz in die Vorgänge eingeweiht war. Sicher wusste der oberste Diener mehr als die meisten hier im Haus. Er war ja auch schon seit neunzehn Jahren hier angestellt. Den Dienst hatte er noch unter dem Vater des Fürsten angetreten. Opitz kannte die ereignisreiche Familiengeschichte. Er wusste, dass die Familie vor der überraschenden Erbschaft in bescheidenen Verhältnissen gelebt hatte. Dann plötzlich, 1867, erbte die Mutter des Fürsten Schloss Liebenberg, seine Liegenschaften und den dazugehörigen Gutsbetrieb. Die bis dato weitgehend mittellose Familie stieg auf.

Der Vater des Fürsten hatte Opitz 1888, im Dreikaiserjahr, eingestellt. Bei den seltenen Gelegenheiten, wenn Opitz sich über die Familie äußerte, beschrieb er den Vater als knauserig. So war er eben groß geworden. Nach dessen Tod wurde der Graf zu Eulenburg Herr des Hauses, aber war überwiegend abwesend. Er tat diplomatischen Dienst in Stuttgart, dann München und schließlich für lange Jahre in Wien. Die Stellung als Botschafter dort hatte er 1902 aufgegeben. Seitdem wohnte er auf dem Schloss. Opitz kannte den Fürsten also sehr gut. Besser als jeder andere Diener oder Angestellte des Hauses.

Doch ob der oberste Diener über die Angriffe dieses Maximilian Harden und seine unerhörten Vorwürfe im Bilde war, konnte Viktor nicht sagen. Bisher hatte Opitz keinerlei Andeutungen gemacht, die in diese Richtung gingen. Dabei war das ein Paukenschlag, der durchs ganze Land ging.

Seit diese Geschichte im November – oder möglicherweise auch früher, nur unbemerkt von Viktor – angefangen hatte, drängte sich ihm immer wieder eine Frage auf: Wie stand der Kaiser zu diesen Vorwürfen? Diese Frage stellte sich sicherlich die ganze Republik. Fürst Philipp zu Eulenburg, Phili, war sein bester Freund. Wenn es da ein unerhörtes Geheimnis gab, musste Seine Majestät davon doch wissen.

Briefe oder Telegramme des Kaisers oder seiner Adjutanten kamen regelmäßig. Seit dem letzten Artikel, in dem Maximilian

Harden zum ersten Mal ganz konkret den Fürsten zu Eulenburg eines unsittlichen Lebenswandels bezichtigt hatte, lauerte Viktor auf die Post. Der Kaiser würde sich sicherlich dazu äußern. Musste sich dazu äußern.

Durch Gespräche des Fürsten mit seinen Gästen wusste Viktor, dass seine Hofbeamten dem Kaiser nur eine Auswahl bestimmter Artikel vorlegten. Meistens waren es schmeichelnde Artikel, die dem Kaiser und seinen Errungenschaften huldigten und ihn in einem besonders guten Licht erscheinen ließen. Oder es ging um besondere Interessen Seiner Majestät, wie die Fertigstellung eines neuen Schiffes, oder um Technikthemen wie Zeppeline und andere Fluggerätschaften. Technik und Wissenschaften waren wirklich die einzigen Felder, auf denen man dem Kaiser nachsagen konnte, er sei modern und interessiere sich für den Fortschritt. In allen anderen Belangen des Lebens war er eher rückwärtsgewandt.

Der Kaiser hörte gerne Schmeicheleien, und er hörte gerne gute Nachrichten. Er mochte keine Kritik und keine Kritiker. Und jemandem, der mit ihm über Probleme sprechen wollte, dem hörte er bald nicht mehr zu. Aber würde der Fürst sich in seiner Not jetzt nicht an den obersten Herrscher des Landes wenden? An seinen besten Freund? Und wie würde Seine Majestät zu den Anschuldigungen stehen?

In der letzten Woche hatte Viktor es nur zwei Mal geschafft, die Post in Empfang zu nehmen. Beide Male war kein Brief aus dem kaiserlichen Schloss oder aus Potsdam dabei gewesen. Was nichts hieß. Schließlich nahm Opitz in der Regel die Briefe in Empfang.

Und dennoch, nun durfte es nicht mehr lange dauern, bis der Fürst zum Gegenschlag ausholen würde. Dass er sich das überhaupt so lange gefallen ließ, konnte Viktor nicht verstehen.

Er saß gerade unten in der Leutestube und spielte lustlos mit Diedrich Budde Karten. Hedda Pietsch und Martha Petzold saßen ebenfalls am Tisch. Sie nähten. Jede von ihnen besserte eins der empfindlichen Paillettenkleider aus, die mit ihrem transparenten

Stoff über verschiedenfarbige Unterkleider gezogen wurden. Doch der zarte Stoff mit den schweren Perlen und Pailletten war sehr delikat. Praktisch nach jedem Tragen mussten die Dienerinnen ein paar der glänzenden Kleinteile ergänzen.

Oben herrschte noch immer dicke Luft, und keiner der Bediensteten war gerne gesehen. Man brachte etwas hoch, musste aber sofort wieder die Räumlichkeiten verlassen. Im Grunde genommen war es für Viktor von Vorteil, weil er so nicht stundenlang stehen musste. Aber gerade in der derzeitigen Situation hätte er sehr gerne Mäuschen gespielt.

Es klingelte. Sofort stand er auf, sagte »Ich gehe schon« und lief zur Hintertür. Doch es war nicht der Briefträger, sondern nur ein später Lieferant für die Köchin.

Er rief Frau Möckel zur Tür und setzte sich wieder. Budde schien auch nicht so recht Lust zu haben, weiter Karten zu spielen. Er mischte noch, legte dann aber das Kartenspiel beiseite.

»Wenn ich nur wüsste, um was es geht. Ich würde dem Fürsten so gerne helfen. Ihm meine Unterstützung anbieten. Ich würde jeden erschießen, den er mir nennt.«

Viktor lachte trocken auf.

Budde schaute ihn fordernd an. »Was ist? Was gibt es da zu lachen?«

Viktor schüttelte den Kopf. Wenn der wüsste! »Nichts, nichts«, sagte er ausweichend.

»Du kannst das doch gar nicht beurteilen. Nur ein Soldat kennt echte Ehre. Echtes Ehrgefühl und Stolz. Stolz, der um jeden Preis verteidigt werden muss.«

Aus leidvoller Erfahrung wusste Viktor, dass er sich mit Diedrich Budde gar nicht auf dieses Gespräch einlassen sollte. Es führte zu nichts. Er war es so leid, dass Budde immerzu darauf herumritt, dass er nicht gedient hatte.

Es war ausgerechnet Hedda Pietsch, die sich einmischte.

»Dann sind also alle Frauen ehrlos?«, fragte sie spitz.

Nun schaute auch Martha Petzold interessiert auf.

»Das kann man nicht vergleichen. Eine Frau kann ja gar kein Soldat sein.«

»Eben. Wir Frauen sterben zwar zu Tausenden im Kindbett und nicht auf dem Feld«, sagte Hedda Pietsch leise, »aber es wäre doch schön zu wissen, dass man nachgerade noch einen Orden für diese Leistung verliehen bekommt.« Eilig schaute sie sich um, ob Adelheid Schaaf vielleicht gerade in der Nähe war.

Ihre Mutter war gestorben. Im Kindbett, wie man hörte. Die Arme lief herum wie Falschgeld und war zu nichts zu gebrauchen. Die Mamsell war nachsichtig mit ihr, noch. Adelheid Schaaf hatte ohnehin keine Arbeit, bei der Nachlässigkeit oder Fehler besonders auffallen würden. Wenn sie eine Ecke eines Zimmers nicht ordentlich putzte, würde niemand daran sterben.

Die Schaaf tat Viktor leid, musste er doch beständig daran denken, dass es ihm ähnlich ergehen könnte. Seine Mutter würde nicht mehr im Kindbett sterben, aber natürlich hatte er gerade im Winter ständig Angst, dass der Husten schlimmer wurde. So schlimm, dass er sie vielleicht eines Tages nicht mehr lebend wiedersah.

In den letzten zwei Tagen hatte Adelheid Schaaf allerdings wieder normal gegessen und schien sich auch sonst zu beruhigen. Es war beinahe so, als würde sie sich besonders um die Arbeit reißen, um nicht an zu Hause denken zu müssen. Hedda Pietsch wusste sicher mehr darüber, wie es ihr ging. Aber im Grunde genommen sprach man hier nicht über so etwas Persönliches. Und im Grunde ging es Viktor auch nichts an. Schließlich ging die anderen auch nichts an, was in seiner Familie passierte.

Liesel kam herüber. Es wurde Zeit, den Tisch fürs Abendbrot zu decken. Budde nahm das Kartenspiel vom Tisch, und die beiden Frauen beendeten ihre Näharbeiten. Viktor fragte sich, was er tun sollte. Es hatte schon seit Ewigkeiten nicht mehr oben geklingelt. Niemand wusste, wo sich die Familienmitglieder gerade aufhielten. Der Fürst war morgens mal wieder im Bett geblieben. Und hatte das Mittagessen ebenfalls dort eingenommen. Später war er aufgestanden. Aber wo war er jetzt? Und wo war die Fürstin? Und würden sie zu viert zu Abend speisen?

Er sollte Opitz besser fragen, bevor er anfing, den Tisch für die Herrschaften zu decken. An Tagen wie diesen konnte man mehr falsch als richtig machen. Stumm verließ er die Leutestube und ging den Gang runter. Er klopfte an Opitz' Tür, hörte aber nichts. Er klopfte noch mal etwas lauter und drückte dann die Türklinke herunter. Es war nicht abgeschlossen.

Viktor betrat den Raum. Nur die Deckenleuchte war an. Opitz hatte noch eine Schreibtischlampe, die er nutzte, wenn er etwas schrieb. Die Deckenlampe alleine erhellte den Raum nicht besonders. Opitz schnarchte leise. Vornübergebeugt lag sein Kopf mit den Armen auf dem Schreibtisch. Eine leere Karaffe stand am Rand des Schreibtisches. Er hatte also wieder gesoffen!

Viktor hatte geglaubt, dass Opitz nach dem Vorfall im Weinkeller nun seine Gewohnheiten ablegen würde. Dass er zumindest vorsichtiger würde. Aber so war es nicht.

Wachsam trat er an den Schreibtisch heran. So hatte er Opitz schon etliche Male vorgefunden und geweckt. Der oberste Hausdiener war dann immer sehr barsch, als hätte Viktor einen Fehler gemacht. Und dennoch, er musste ihn schließlich etwas fragen.

Seine Hand schwebte schon über der Schulter, als er etwas sah: einen Stapel Briefe. Dann war die Post gekommen, und Opitz hatte es versäumt, sie nach oben zu bringen. Wieder mal.

Viktor griff nach dem Stapel. Ein Brief für Hedda Pietsch aus den Kolonien. Da würde sie sich aber freuen. Einer für die Köchin, drei Umschläge, die an die Fürstin adressiert waren, zwei für die Komtessen und einer …

Viktor schluckte.

Der Brief kam aus dem Palast und trug das offizielle kaiserliche Siegel. Viktor starrte darauf. Was sollte er tun? Der Brief war dringend. Jeder Brief des Kaisers war ohne Verzögerung sofort dem Fürsten vorzulegen. Sofort hieß sofort! Manchmal erwartete der Kaiser noch am gleichen Tag eine Antwort des Fürsten.

Wenn er Opitz nun weckte, würde der ihn mit dem Brief hochschicken. So, wie er es oft tat, wenn er etwas verschlafen hatte. Oben wussten alle, wann die Post kam und dass sie schon längst hätte da sein müssen. Dann wäre er wieder schuld an der Verspätung. Viktor wusste ja nun, dass Opitz ihn ohne mit der Wimper zu zucken ans Messer lieferte. Nein, das Beste war, sich ganz leise zurückzuziehen.

Er legte den Stapel Briefe zurück, schloss leise die Tür hinter sich und ging zurück zur Leutestube. Gerade als er sich setzte, sah er, wie Theurich, der Kammerdiener, die Dienstbotentreppe hinunterkam.

Herr Theurich ging stracks den Gang hinunter. Liesel schepperte mit den Tellern, weswegen Viktor sich möglichst unauffällig an der Tür postierte. Es dauerte einen Moment, dann hörte er zwei laute Stimmen. Die eine schimpfte, die andere stammelte. Sogleich hörte er energische Schritte. Der Kammerdiener kam zurück. Viktor linste unauffällig um die Ecke. Theurich stürmte mit den Briefumschlägen in der Hand die Treppe hoch.

Viktor griff nach einer Zeitung von gestern und setzte sich. Ganz wie er vermutet hatte, erschien kurz darauf Opitz an der Tür und wirkte wie ein begossener Pudel. Theurich würde nun dem Fürsten vom seinem Patzer erzählen. Brühwarm! Und Viktor konnte dafür nicht zur Rechenschaft gezogen werden. Fast hätte er lächeln wollen, verkniff sich das aber.

Opitz blieb unschlüssig an der Tür stehen. »Haben sich die Herrschaften noch mal gemeldet?«

»Seit drei Stunden nicht mehr.«

»Ist der Tisch schon gedeckt?«

»Noch nicht. Ich wollte noch auf Ihre Order warten.«

»Warum sind Sie nicht gekommen und haben mich gefragt?«, blaffte er Viktor an.

»Das hätte ich jeden Moment auch gemacht«, sagte Viktor betont freundlich.

Opitz sah ihn an, als wollte er ihm an die Gurgel. Wutverzerrt. Er war zornig, dabei war es seine eigene Schuld. Schon oft hatte

Viktor sich gefragt, warum der Fürst eigentlich an Opitz festhielt. Zwar war er, wenn es drauf ankam, meistens zuverlässig. Er brachte die Dienstboten auf Trab und war sehr gut im Organisieren. Doch in letzter Zeit häuften sich seine Fehler.

Möglicherweise schob Opitz es immer auf die Diener, auf ihn und Budde und auf all die anderen. Aber letzten Endes war Opitz auch für die Fehler der Bediensteten verantwortlich. Wenn Viktor dem Fürsten klarmachen könnte, dass er sehr gut arbeitete, sich in allen wichtigen …

Laute Schritte polterten die Treppe hinunter. Der Kammerdiener kam zurück. Und ihm folgte … der Fürst! Viktor sprang sofort auf.

Der Fürst sagte nur »Opitz!« und ging weiter den Flur entlang.

Der oberste Diener folgte den beiden Männern mit eiligen Schritten und eingezogenen Schultern.

Neugierig starrte Viktor den Flur entlang. Die Männer waren um die Ecke verschwunden. Was ging nun in dem Raum des Butlers vor sich? Kein Schreien, kein Schimpfen klang durch den Flur.

»Was ist denn eigentlich los?«, fragte Liesel. Sie hatte den Tisch fürs Abendessen gedeckt.

Viktor antwortete, ohne sie anzusehen: »Ich weiß es auch nicht.« Was sollte er nun tun? Oben den Tisch im Salon zu decken wäre vermutlich keine schlechte Idee. Er konnte jetzt nicht untätig bleiben.

Auf dem Weg nach oben kam ihm Adelheid Schaaf entgegen. Wie üblich schleppte sie zwei Eimer mit dreckigem Putzwasser.

»Vorsicht. Der Fürst ist unten.«

»Der Fürst? … Unten?« Sie schaute auf. Sie sah nicht gut aus. Übernächtigt, dünner, ausgezehrt von den Sorgen um ihre Familie.

»Ja, bei Herrn Opitz im Raum. Sputen Sie sich, dass er Sie nicht sieht. Er wird jeden Moment zurückkommen.«

»Danke«, murmelte Adelheid Schaaf und beeilte sich.

Eine halbe Stunde später, Viktor war längst fertig, aßen sie zu Abend, allerdings ohne Herrn Opitz. Der ließ sich entschuldigen. Es herrschte angespannte Stille.

Frau Möckel hatte dem Fürsten eine Kraftbrühe gekocht. Viktor bot sich an, sie hochzubringen. Wenige Minuten später holte er das Tablett im ersten Stock aus dem Speiseaufzug heraus. Er ging zum Schreibzimmer, wo er den Fürsten vermutete. Doch als er nun klopfte und hineinschaute, stand nur Theurich dort und sortierte Papiere.

»Euer Durchlaucht sind im Schlafgemach«, sagte er.

Viktor schloss die Tür und lief den Gang weiter. Er klopfte an das fürstliche Schlafgemach. Nichts rührte sich. Vorsichtig öffnete er die Tür.

»Stellen Sie das Essen auf dem Sekretär ab«, herrschte ihn der Fürst aus dem Nebenraum an.

»Sehr wohl«, sagte Viktor.

Viktor ging zum kleinen Sekretär. Wenn der Fürst seine Korrespondenz bearbeitete, dann meistens in seinem Schreibzimmer. Aber für persönliche Briefe und andere Erledigungen hatte er auch in seinem Schlafzimmer einen kleinen Tisch mit Feder und Tintenfass. Er war gerade dabei, einen Brief zu schreiben.

Viktor musste etwas Platz schaffen fürs Tablett. Vorsichtig schob er einen angefangenen Brief zur Seite. Er schaffte es einfach nicht, nicht hinzuschauen.

Mein allerwertester hoher König, mein Kaiser, Euer Hoheit,
ich sehe mich gezwungen, über manche persönlichen Angriffe hinwegzusehen, um einen skandalösen und für alle höchst unerfreulichen Prozess zu vermeiden. Die scharfe Wendung ist schwer noch abzuwenden. Gott weiß, welches Ende es nimmt. Ein Presseprozess wird böse Blüten treiben und ist das, was unsere Feinde sich wünschen. Seine Majestät ist sich der Folgen wohl kaum bewusst.

Wie schwer würde es dem Reichskanzler fallen, weiterzuregieren. Wie schwer würde ich Eurer Majestät die nächsten Wochen machen, würde Euer Gnaden die Stunden und Tage verdunkeln, wenn ich mich erst öffentlich dazu äußere. Damit würde ich diesem Menschen eine Rechtfertigung an die Hand geben, die er nicht verdient hat. Es würde doch dem ganzen Reich zeigen, dass ich mich schuldig fühlen sollte. Doch wenn Euer Gnaden wünscht, dass ich mich öffentlich äußere …

Versuchte der Fürst mit seiner unerklärlichen Zurückhaltung vor allem den zu Kaiser schützen? Wollte er lediglich vermeiden, aus einigen Artikeln einer Zeitschrift, die sonst nur wenige lasen, eine große Sache zu machen?

Gleich darunter lag der Brief, der vom Kaiser gekommen war. Viktor schob den oberen ein wenig beiseite, um lesen zu können.

… dass Allerhöchstderselbe eine Mitteilung darüber erwartet, ob und welche Schritte Du zur Einleitung einer gerichtlichen Versetzung gegen gewisse Verdächtigungen in einem der letzten Artikel der Zukunft getan hast.

Viktor trat einen Schritt zurück. Er hörte, wie der Fürst aus dem Ankleidezimmer trat.

»Helfen Sie mir!« Ein Halstuch lag offen um seinen Hals. Der Kammerdiener war nirgendwo zu sehen.

»Sehr wohl, Euer Durchlaucht.«

Der Fürst stand vor ihm, schaute mit leerem Blick gegen die Wand und ließ sich das Tuch binden.

Viktor schwitzte. Hoffentlich machte er es richtig. Er hatte schon Hunderte Male gesehen, wie es ging. Und er hatte es selbst schon vor dem Spiegel versucht. An sich selbst konnte er es gut. Aber jemand anderem das Halstuch zu binden, war noch mal schwieriger.

»Ich hoffe, Euer Durchlaucht gefällt es so.« Er senkte seinen Kopf.

Der Fürst lief rüber ins Ankleidezimmer, wo ein Spiegel stand. Viktor blieb stehen und wartete. Hoffentlich hatte er es gut genug gemacht.

»Sie könnten auch ein guter Kammerdiener werden«, sagte der Fürst nun und kam zurück. Offensichtlich reichten ihm die Bindekünste von Viktor. Er sah ihn plötzlich aufmerksam an.

»Novak!«

»Ja, Euer Durchlaucht?«

»Sagen Sie mir eins. Und ich will eine ehrliche Antwort ... Waren Sie das mit den Weinflaschen? Sind die wirklich Ihnen runtergefallen?«

Viktor konnte seinem Blick nicht standhalten. Sollte er nun Opitz verraten? Am liebsten hätte er es rausgeschrien, dass er es nicht gewesen war. Aber dann wäre ebenfalls klar, dass er den Fürsten angelogen hatte. Andererseits würde er nur zu gerne seine Weste reinwaschen.

»Nun?«, fragte der Fürst streng nach.

Viktor spürte, wie er immer kleiner wurde. Warum sagst du es ihm jetzt nicht? Das wäre doch jetzt die beste Gelegenheit. Sag es ihm. Sag ihm die Wahrheit.

»Ich ...« Er suchte den Blick des Fürsten.

Der wartete. Wartete weiter. Seine Augen verengten sich. Dann entließ er ihn plötzlich aus seinem Blick, drehte sich weg und hob den Deckel über der Kraftbrühe.

»Glauben Sie nicht, dass ich Herrn Opitz nicht kennen würde. Und seine Vorlieben ... Ich weiß sehr genau, woran ich mit ihm bin.« Es klang bitter, sehr bitter.

»Euer Durchlaucht. Darf ich sonst noch etwas für Sie tun?«

»Nein danke.« Der Fürst setzte sich und zog das Tablett heran.

Viktor hatte das Gefühl, dass er jetzt schon nicht mehr wusste, dass ein Diener anwesend war.

Ohne noch etwas zu sagen, zog er sich leise zurück. Er atmete erst wieder normal, als er auf der Treppe war. Zum Donnerwetter, was war das denn gewesen? Der Fürst wusste ganz genau, woran er mit Opitz war? Wenn das wirklich so war – warum durfte Opitz dann weiter hier arbeiten?

Kapitel 11

8. Mai 1907

Constanze las den Brief noch einmal. Es war etwas her, seit Hugo geschrieben hatte. Vor zwei Wochen erst hatten sie sich getroffen. Ruth Mandelbaum hatte ihr ein Wochenende freigegeben, um ihre Eltern zu besuchen. Hugo und sie hatten sich in einer idyllischen Waldpension in Ludwigsfelde getroffen, als Ehepaar Mahlzahn, mit falschen Eheringen an den Fingern. Ludwigsfelde lag auf dem Weg zwischen Berlin und Leipzig. Tatsächlich war Constanze am Sonntagvormittag noch nach Wittenberg zu ihren Eltern gefahren. Und mit dem letzten Zug zurück nach Berlin.

Der Abschied fiel ihnen nach wie vor sehr schwer. Obwohl sie nun näher beieinander wohnten, würden sie sich trotzdem nicht häufiger sehen können. Umso mehr freute sie sich über den Brief.

Was läuft da in deinem alten Schloss Liebenberg? Dein früherer Dienstherr wird ziemlich in den Staub getreten. Hast du das eigentlich mitbekommen, was der Nachbar deiner Frau Mandelbaum so alles über den Fürsten zu Eulenburg schreibt?
Deinen Erzählungen nach hatte ich immer gedacht, dass der Fürst sehr konservativ sei, ja in vielen Dingen beinahe reaktionär. Und jetzt soll er auf einmal ein warmer Bruder sein, ein Weichling, nicht männlich genug und viel zu pazifistisch. Ich meine mich erinnern zu können, dass du mir mal von dem französischen Botschaftsrat erzählt hast. Raymond Lecomte – weißt du Näheres über ihn?
Jetzt stellen sich alle die gleichen Fragen: Gibt es die »Liebenberger Tafelrunde« tatsächlich, in dem Sinne, dass sie den Kaiser

unbotmäßig beeinflusst? Ist dein Fürst Teil einer Verschwörung gegen den Kaiser?
Im Artikel wird anschließend erörtert, ob die Vorwürfe der ungesunden vita sexualis gegen Eulenburg stimmen. Und darauf folgt natürlich die skeptische Verwunderung, ob der Kaiser diesen Umstand in den letzten zwanzig Jahren seiner engen Freundschaft nicht bemerkt haben will. Oder ob er gar selbst …
Wenn du auf einige dieser Punkte Antworten hast, schreib mir bitte umgehend.

Constanze ließ den Brief sinken. Jetzt wollte auch noch Hugo sie aushorchen. Der Brief war heute Morgen gekommen und hatte ihr die Stimmung wirklich vermiest. Was nicht so sehr an den Fragen lag, die er stellte. Sondern daran, dass er ihr im weiteren Verlauf des Briefes mitgeteilt hatte, dass er eine erhoffte bessere Stelle nicht bekommen hatte. Jemand anderes war bevorzugt worden. Wieder würde Hugo in absehbarer Zeit keine Gehaltserhöhung bekommen. Und auch wenn Constanze nun mehr Lohn bekam, war ihre Situation nach wie vor die gleiche: Sie würden noch zwei oder drei Jahre sparen müssen.

Ausgerechnet für heute Nachmittag hatte sich Harden angekündigt. Ruth Mandelbaum liebte die Besuche ihres Nachbarn und war ganz entzückt, dass er nun, da Constanze bei ihr arbeitete, viel häufiger kam. Aber natürlich hatte das seinen Grund. Sie saßen noch bei ihrer ersten Tasse Tee, als er mit seiner Fragerunde anfing.

»Haben Sie eigentlich jemals mitbekommen, dass der Fürst eine spiritistische Sitzung abgehalten hätte?«

Constanze hatte sich eigentlich vorgenommen, etwas zurückhaltender zu sein. Aber bei dieser Frage musste sie einfach laut auflachen. »Jemals? Das war gang und gäbe. Auch die Töchter haben es gemacht, die Söhne und die Fürstin ebenfalls. Diese Manie, Geister zu beschwören, ist sogar auf die Dienstboten übergeschwappt.«

»Tatsächlich? Das wusste ich nicht«, sagte Harden überrascht.

Natürlich war die preußische Gesellschaft solchen Dingen ohnehin grundsätzlich zugeneigt. Und für Constanze war es auch nicht die erste Begegnung mit einer Geisterbeschwörung oder einem Ouija-Brett gewesen. Aber so häufig, wie das Jenseits im Schloss angerufen wurde, hatte sie es noch nirgendwo erlebt.

»Der Fürst ist dem Okkulten sehr zugeneigt.«

»Wirklich? Und haben Sie jemals mitbekommen, dass er das mit dem Kaiser zusammen praktiziert hätte?« Harden wirkte plötzlich aufgekratzt.

»Es tut mir leid, aber das kann ich nicht bestätigen. Ich habe dort ja auch nur knapp fünf Jahre gearbeitet. Vielleicht früher …« Als sie sah, wie enttäuscht Harden schaute, sagte sie: »Ich habe allerdings einmal eine Geschichte gehört. Der Kaiser soll vor etlichen Jahren an einer spiritistischen Sitzung teilgenommen haben. Ich weiß nicht genau, worum es dabei ging. Aber er soll wohl ein Stück ›Geisterstoff‹ aus dem Kleid der verstorbenen Fürstentochter, die ihnen erschienen war, über längere Zeit in seiner Uhr mit sich getragen haben.«

»Ein Stück Stoff? Wozu?«, mischte sich nun auch Ruth Mandelbaum ein.

Constanze zuckte entschuldigend mit den Achseln. »Ich glaube, als Talisman. Ich hatte es nur mal gehört.«

Harden rückte auf seinem Sessel ganz nach vorne. »Haben Sie jemals mitbekommen, dass der Kaiser sich durch die Vorkommnisse bei den Séancen in seinen politischen Entscheidungen hätte beeinflussen lassen?«

»Das wäre ja ein starkes Stück«, rutschte es Constanze heraus. »Nein. Ich dachte immer, der Kaiser sei sehr gottesfürchtig. Das würde aber doch mit spiritistischem Aberglauben nicht einhergehen können.«

»Was wir glauben und was der Kaiser tatsächlich tut, mag doch manches Mal recht unterschiedlich sein … Haben Sie sonst noch etwas in der Richtung, was Sie mir erzählen könnten?«

Constanze überlegte kurz. »Da wäre natürlich noch die Geschichte der Weißen Frau der Hohenzollern.«

»Die Geschichte der Weißen Frau?«

»Oh, ich dachte, die wäre bekannt. Sie ist schon uralt, also die Geschichte. Die Weiße Dame – wenn sie auftaucht, wenn man ihr begegnet, dann verstirbt man kurz darauf.«

»Tse … Und dann halten sie uns Juden für religiös degeneriert.« Ruth Mandelbaum schüttelte ungläubig den Kopf.

Constanze wandte sich an Maximilian Harden. »Aber tatsächlich muss ich Ihnen sagen, dass ich weder mit dem Fürsten noch mit der Fürstin jemals an einer spiritistischen Sitzung teilgenommen habe. Nur mit den Töchtern, aber für die war das eher ein origineller Zeitvertreib. Wobei, natürlich haben sie daran geglaubt.«

»Und der Fürst, hat er es mit seinen Gästen gemacht?«

Constanze dachte für einen Moment nach. »Ich will nichts Falsches behaupten. Möglicherweise. Aber ich könnte es nicht beschwören.«

»Schade.« Harden klang wirklich bedauernd.

Das wäre natürlich auch ein starkes Stück, wenn er Beweis dafür führen könnte, dass der Kaiser, Reichskanzler Bülow oder andere wichtige Politiker ihre politischen Entscheidungen nach Mitteilung aus dem Jenseits trafen.

»Ich kann nur die Dinge veröffentlichen, die ich felsenfest beweisen kann. Mir war natürlich klar, dass sich die öffentliche Meinung von den kaisertreuen Zeitschriften gegen mich wenden würde. Deshalb muss ich genauestens darauf achten, was ich schreibe. Und doch – anscheinend versteht nicht ein einziger Journalist im Reich, worum es mir geht.« Er schaute erst Ruth Mandelbaum an, dann Constanze. »Natürlich nicht um Eulenburgs vita sexualis. Mir geht es nur darum, dass der Fürst einen viel zu mäßigenden Einfluss auf den Kaiser hat«, erboste er sich. »Es geht mir einzig und allein um den Kaiser, seine Entscheidungen, seine Einflussnahme. Es geht mir um sein persönliches Regime. Würde er die

Regierung und den Reichstag einfach ohne Einfluss arbeiten lassen, dann müsste ich mich eben danach richten, was da passiert. Aber wieder und wieder setzt Seine Majestät sich nach seinem Geschmack durch. Er benennt den Kanzler und Minister, die ihm hörig sind. Bülow macht doch nur das, was der Kaiser will. Und ich bin mir ziemlich sicher, dass die Ernennung von Bülows zum Reichskanzler auf den Gastgeber der Liebenberger Tafelrunde zurückzuführen ist – Fürst Philipp zu Eulenburg und Hertefeld.«

»Ich habe aber nicht den Eindruck, dass sie so gute Freunde sind«, warf Constanze ein.

»Früher waren sie sehr viel enger miteinander befreundet. Das weiß ich noch von Bismarck«, erklärte Maximilian Harden.

»Sie kannten den Eisernen Kanzler? Persönlich?«, fragte Constanze überrascht.

»O ja. Ich kannte ihn persönlich. Und er hat mich sehr an seinem umfangreichen Wissen über den inneren Zirkel der Macht und der Mächtigen teilhaben lassen.«

Das war allerdings eine interessante Nachricht.

»Wissen Sie eigentlich, dass Eulenburg maßgeblich dabei mitgewirkt hat, dass Bismarck als Kanzler abdanken musste? Der alte Mann hat mir erzählt, dass Eulenburg in den Stunden, in denen der Kaiser auf sein Abdankungsgesuch gewartet hat, für ihn musiziert hat.«

»Wirklich?« Constanze hatte sich überrascht nach vorne gelehnt. Das war ja was. »Ich dachte, der Fürst wäre dem Hause Bismarck freundschaftlich verbunden.«

»Das war früher ... Ich könnte Ihnen Sachen erzählen.« Maximilian Harden schaute sie durchdringend an. Anscheinend überlegte er, was er ihr erzählen durfte. »Was würden Sie sagen, wie der Kaiser über die politische Lage im Reich und im Ausland informiert wird?«

Für einen Moment fragte Constanze sich, wie weit sie gehen durfte. Aber das, was sie nun erzählen wollte, war vermutlich in ganz Berlin ein offenes Geheimnis. »Viel zu wenig und viel zu schlecht. Der Fürst selbst sagte, dass der Kaiser wenig Interesse daran habe, langatmige Vorträge seiner Minister anzuhören. Kurz und bündig, gerne eine Huldigung der Leistung der Majestät mit rein und möglichst keine Probleme ansprechen. Das ist das, was der Kaiser hören will. Wenn er überhaupt etwas hören will.«

»Interessant, dass Fürst zu Eulenburg da doch eine recht realistische Einschätzung hat ... Wussten Sie, dass sich niemand getraut hat, den Kaiser über meine Artikel und meine Vorwürfe zu unterrichten?«

»Seine Majestät weiß nicht, was im ganzen Land über seinen besten Freund erzählt wird?«

»O doch. Er weiß es, aber erst seit ein paar Tagen. Allerdings hatte ich ja bereits im letzten Jahr mit vagen Andeutungen angefangen. Ganz offenkundig hatte bis vor wenigen Tagen niemand den Schneid, vor ihn zu treten und ihm die unangenehmen Wahrheiten vorzulegen. Niemand aus der Regierung – nicht der Reichskanzler, nicht seine Adjutanten und auch nicht sein Hofmarschall. Sie haben es dem Kronprinzen überlassen, die schlechten Nachrichten zu übermitteln.«

Constanze zog ihre Augenbrauen hoch. Was für ein Glück sie doch hatte. Hatte sie erst gedacht, mit dem Wechsel ihrer Stellung wäre sie von allen Informationen und den wichtigen Menschen in Preußen abgeschnitten, stellte sich nun das Gegenteil heraus.

»Aber Sie haben recht: Reichskanzler Bülow ist nicht mehr gut auf Eulenburg zu sprechen. Über einen gemeinsamen Bekannten hat er versucht, mich zu einem Gerichtsverfahren gegen den Fürsten zu drängen.«

»Aber was wäre dann die Anklage?« Constanze wollte es nicht selber aussprechen. So gut kannte sie diesen Mann nicht. Und es war ja ein peinliches Thema.

»Nun, ich sollte ihn wegen Verstoßes gegen den Paragrafen 175 anklagen. Oder vielleicht auch wegen anderer Dinge. Aber so dumm bin ich nicht. Wenn ich ihn anklage, dann dürfte er vor Gericht als Angeklagter so viel lügen, wie er will. Ich warte lieber darauf, dass es anders kommt. Als Zeuge muss er nämlich die Wahrheit sagen.«

Potzblitz, dieser Mann war so geschickt. Der Fürst kam ihr langsam vor wie ein Schaf, das gerade zur Schlachtbank geführt wurde. Und noch nichts davon wusste.

Aber das hatte er sich selbst eingebrockt. Schon viel zu lange fühlte er sich viel zu sicher. Er, der beste Freund des Kaisers, der unendliche Macht besaß. Wie herablassend hatten seine Töchter Constanze behandelt. Wie herablassend hatte die Fürstin sie behandelt. Und sogar als Diebin beschuldigt. Der gesamten Familie war die Tatsache gemein, dass niemand Verantwortung für das eigene Handeln übernahm. Constanze konnte nicht umhin, der ganzen Geschichte etwas außerordentlich Amüsantes abzugewinnen.

Sie stand auf und goss sich eine frische Tasse Tee ein. Sie schenkte auch Frau Mandelbaum und Herrn Harden nach. Wie sie so bei ihm stand und er sie so interessiert anschaute, als wollte er in ihren Gedanken lesen, kam ihr eine Idee.

»Wissen Sie, ich bin gut mit einem der Stubenmädchen ausgekommen. Ich könnte ihr ganz unverbindlich einen Brief schreiben, sie über meine neue Stellung in Kenntnis setzen und fragen, was das Leben auf Schloss Liebenberg so macht.«

»Das halte ich für eine vorzügliche Idee.«

Ruth Mandelbaum klatschte leise. »Ich wusste doch, Sie beide würden sich ausgezeichnet verstehen … Und nun lassen Sie uns über erfreulichere Dinge plaudern. Waren Sie schon in dem neuen Kaufhaus am Wittenbergplatz? Dem KaDeWe? Einfach famos, was man dort alles bekommt.«

Mitte Mai 1907

Es war spät. Hedda war hundemüde. Heute hatten sie im Bett des Fürsten eine Bettwanze entdeckt. Das kleine Vieh, kaum größer als ein Apfelkern, brachte das gesamte Haus auf Trab. Der Fund bedeutete, dass man aufs Peinlichste genau alle Betten kontrollieren musste. Die Bettwäsche wurde abgezogen und die Matratzen und die Bettgestelle untersucht. Hedda war den halben Tag unter die Betten gekrochen, um von unten zu kontrollieren, ob sich auch wirklich nicht eins dieser Viecher dort versteckte. Die Nymphen, junge Bettwanzen, die sich noch nicht mit Blut gefüllt hatten, waren fast durchsichtig und leicht zu übersehen. Ecken oder kleine Löcher im Holz wurden gerne von den Bettwanzen genutzt, um die Eier dort abzulegen. Wenn es draußen hell war, dann versteckten sie sich in den kleinsten Ritzen und Spalten. Deshalb wurden alle unzugänglichen Ecken und Spalten mit Nelkenöl eingepinselt.

Die gesamte Dienerschaft war involviert. Die Mamsell stand dabei und gab Anweisungen, packte bei der Kontrolle der Kissen und Oberbetten sogar selbst mit an. Budde und Novak mussten Moritz Lüdke ausnahmsweise helfen, die Teppiche rauszuschaffen. Der Hausbursche musste dann einen nach dem anderen gründlich durchklopfen. Die Hausmädchen mussten die Gardinen abnehmen und die Böden gründlich schrubben. Die Waschfrauen waren außerplanmäßig gekommen und würden in den nächsten Tagen ordentlich was zu tun haben. Schränke und Fußbodenleisten wurden mit Essiglauge abgewischt. Alles, worin sich so eine Bettwanze verstecken konnte, wurde rausgeräumt, kontrolliert und gereinigt – Bilder, Schminkkästchen, eben alles.

In den Nähten der Matratzen würden sich die Wanzen am ehesten verstecken können. Deswegen hatte man heute schon mal die Matratzen des Fürsten und der Fürstin ausgetauscht. Ihre guten Matratzen waren mit Kieselerde bestäubt worden und würden nun zwei Wochen in einem der Kellerräume stehen. Morgen würden sie das gleiche Prozedere bei den Betten der Komtessen wiederholen. Und in den Tagen danach wären dann nach und nach die Gästezimmer dran.

So viel Arbeit hatten sie seit der letzten Jagdsaison nicht mehr gehabt. Und es würden noch vier oder fünf sehr anstrengende

Tage auf sie warten, bis das Debakel eingedämmt war. Bettwanzen waren klein, konnten sich aber zu einem riesigen Problem auswachsen, wenn man nicht schnell genug reagierte.

Hedda war schon lange nicht mehr so müde gewesen. Die Mamsell hatte sie gerade runtergeschickt, um für die zwei Betten zusätzliche Bettlaken zu holen. Doppelte Bettlaken waren sicherer, sagte sie.

Opitz stand unten am Ende der Treppe und wollte wohl gerade eilig hoch. Doch als er Hedda sah, blieb er stehen. Für einen Moment hielt sie die Luft an. Die anderen waren alle oben, die Ersten waren sogar schon zu Bett gegangen. Hier bot sich eine ausgesprochen gute Gelegenheit für ihn, sie zu bedrängen. Verdammt. Hedda ging noch zwei Stufen weiter runter, aber Opitz stand unten genau vor der Treppe und versperrte ihr den Durchgang.

»Was machen Sie denn so spät noch hier unten? So ganz alleine?« Es klang süffisant.

»Die Fürstin will ins Bett. Ich muss ganz schnell die Laken raufbringen. Sie klang schon ungehalten«, erklärte Hedda. Keine Ahnung, wann die Fürstin ins Bett gehen wollte. Aber als Ausrede sollte es reichen.

»Ach so, die Fürstin. Dann beeilen Sie sich besser.« Er trat einen Schritt zur Seite.

Der Durchgang war immer noch eng. Als sie sich an ihm vorbeidrückte, streifte sie ihn. Er grunzte wohlig. Hedda huschte um die Ecke, den Flur entlang. Sie hörte seine Tritte auf den Stufen. Er ging also tatsächlich hoch. Erleichtert atmete sie durch. Es hätte viel schlimmer ausgehen können. Das Blut pochte heiß durch ihre Adern. Plötzlich war sie gar nicht mehr müde. In der Weißzeugkammer nahm sie zwei Bettlaken vom Stapel.

Wann immer sie nun die Mamsell sah, ging ihr im Kopf herum, dass Opitz sie antanzen ließ, um was auch immer mit ihr zu machen. Möglicherweise war Hedda selbst deshalb von weiteren Attacken seinerseits verschont geblieben. Weil er sich noch der

Mamsell bedienen konnte. Oder weil er einfach keine Lust auf Schwierigkeiten hatte. Denn leicht machte Hedda es ihm nicht. Sie schlief nun in einem Doppelzimmer. Ansonsten achtete sie peinlich darauf, möglichst nie mit ihm alleine zu sein.

Als sie aus der Weißzeugkammer zurück auf den Gang trat, war es absolut still. Sie wusste, die Diener, die Hausmädchen, Lydia Keller und Martha Petzold und sogar die Mamsell waren noch immer oben beschäftigt. Die Küchenbediensteten und der Hausbursche waren schon zu Bett gegangen.

Die Tür von Opitz stand auf, nur einen kleinen Spaltbreit. Und gerade eben war er hochgegangen. Angetrieben von ihrer Neugierde, lief sie die wenigen Schritte auf die andere Seite. Zwei Bettlaken über dem linken Arm, drückte sie mit der rechten Hand die Tür auf. Sie horchte. Nichts war zu hören. Und Opitz' schweren Gang hörte man besonders gut.

Im Raum brannte die Deckenleuchte und am Schreibtisch sogar die Leselampe. Sie trat näher. Eine Kartei der Verfehlungen, wo würde Opitz diese aufbewahren? Sicherlich so, dass niemand sie absichtlich oder unabsichtlich entdecken könnte. Sie huschte um den Schreibtisch herum. Hier lag nichts Interessantes. Der Schreibtisch war abschließbar, und normalerweise trug Opitz den Schlüssel immer bei sich. Doch nun steckte der Schlüssel in der mittleren Schublade. Er musste es sehr eilig gehabt haben, dass er den ganzen Schlüsselbund hier stecken ließ. Hedda zog die Schublade auf. Briefpapier, Listen, Tinte zum Nachfüllen, Ersatzfedern für den Federhalter und Löschpapier, mehrere Bleistifte, ein Anspitzer und ein Radiergummi. Alles fein säuberlich geordnet. Eine kleine ovale Dose mit seinen Veilchenpastillen, die er so oft lutschte. Sie sah abgegriffen aus.

Sie horchte wieder. Nichts war zu hören. Hastig steckte sie den Schlüssel in das Schloss vom rechten Seitenfach und schloss auf. Fast hätte sie lachen wollen. Eine Flasche Champagner, drei Flaschen Rotwein und eine fast leere Flasche gebrannter Korn. Ein großes und ein kleines Glas. Und Veilchenpastillen, ohne Ende

Veilchenpastillen. Eilig schloss sie zu und öffnete die andere Seite des Schreibtisches. Dort lagen die Wirtschaftsbücher, der Eingang, der Ausgang, Übersicht über die Vorratshaltung, das Lohnbuch, weitere Kladden sowie ein schmales Büchlein mit der verhassten Gesindeordnung. Nein, hier würde er keine Beweise von sündhaftem Verhalten aufbewahren. Sie schloss ab und steckte den Schlüssel zurück ins Schloss der Schublade. Der Schlüsselbund klirrte leise.

Ihr Blick fiel auf die gegenüberliegende Seite des Raumes. Der Panzerschrank stand genau hinter der Tür. In dem dicken Metallschrank lagen die Gesindebücher der Dienstboten und am Ende der Woche ihr Lohn. Sie hatte schon mal gesehen, wie Opitz etwas darin eingeschlossen hatte. Irgendwelche Papiere. Es war Monate her. Damals schien es nicht wichtig gewesen zu sein. Es gab zwei Schlüssel, die man gleichzeitig brauchte. Den einen hatte Opitz immer dabei. Und der andere war wer weiß wo.

Aber plötzlich war sich Hedda ganz sicher: Wenn er die Mamsell in der Hand hatte, wenn es eine Kartei der Verfehlungen gab, die noch andere betraf, dann lagerten die Beweismittel da drin.

Sie huschte zur Tür und horchte in den Flur. Sie sollte jetzt besser gehen. Und doch … Wo war der zweite Schlüssel zum Panzerschrank?

Ihr Blick lief über die Regale hinter dem Schreibtisch. Bücher, noch mehr Kladden, sein Gerät zum Umfüllen des Weines. Sicher würde er den Schlüssel selbst noch mal wegschließen. Hedda hatte eine Idee. Sie schloss noch mal die Schublade auf und nahm die abgegriffene Dose Veilchenpastillen heraus. Ein Stück Stoff lag darin. Obwohl keine Pastillen in der Dose waren, duftete es nach Veilchen. Und da war er, der zweite Schlüssel, eingeschlagen in den Stoff. Sie tat ihn zurück, stellte die ovale Dose genau dort wieder ab, wo sie vorher gestanden hatte, und trat an die Tür. Nichts zu hören. Eilig lief sie den Gang entlang und dann die Hintertreppe hoch. Die Hausmädchen gefolgt von den Dienern kamen ihr entgegen. Sie waren auch endlich fertig.

»Wo waren Sie denn so lange? Jetzt aber schnell. Wir wollen alle endlich ins Bett«, schalt die Mamsell sie.

»Jawohl, Mamsell Reineke. Ich beeile mich.« Sobald sie die beiden Betten fertig bezogen hatten, konnten sie für heute Feierabend machen.

Zehn Minuten später schleppte sie sich die Treppe zu den Schlafkammern hoch. Adelheid lag schon im Bett.

»Schläfst du schon?«, fragte sie leise.

»Du kannst ruhig Licht machen«, antwortete die. Ihre Stimme klang leicht nasal. Bestimmt hatte sie wieder geweint. Die Arme, sie kam einfach nicht über den Tod ihrer Mutter hinweg.

Hedda sah den Brief auf dem Kissen. Ach ja. Heute Morgen war ein Brief gekommen, von Constanze Maiwald. Was für eine Überraschung. Damit hatte sie nicht gerechnet. Normalerweise bekam sie nur Post von ihren Brüdern aus Deutsch-Südwestafrika. Deshalb freute sie sich besonders über diesen Brief. Sie hatte ihn zwischendurch hochgebracht. Sollte sie ihn jetzt noch öffnen? Eher nicht. Sie würde ihn morgen lesen oder übermorgen. Vermutlich würden ihr die Augen zufallen, sobald ihr Kopf das Kissen berührte.

Aber sie hatte sich sehr gefreut, überhaupt von der ehemaligen Gouvernante zu hören. Constanze Maiwald hatte ihr immer mal wieder alte Modejournale der Komtessen weitergegeben. Natürlich konnten weder die Gouvernante noch Hedda gut genug nähen, um die dort abgebildeten Kleider nachzunähen. Schon den Stoff hätten die beiden sich nicht leisten können. Trotzdem hatte Hedda die Journale gesammelt und schaute immer mal wieder hinein. Constanze Maiwald fehlte ihr, nicht nur wegen der Journale. Sie hatte sie gemocht. Und es hatte ihr geschmeichelt, dass eine so gut ausgebildete Bürgerstochter mit ihr gesprochen hatte wie mit einer Gleichgestellten.

Müde schlurfte sie rüber in die Badestube, wusch sich gründlich und zog sich zur Nacht um. Als sie ins Zimmer zurückkam, hörte sie bereits den regelmäßigen Atem des Hausmädchens. Adelheid schlief.

Sie machte das Licht aus und stieg ins Bett. Für einen Moment dachte sie daran, ob sie ihr eigenes Bett auch nach Bettwanzen absuchen sollte. Aber das wurde nicht gemacht. Darum würde man sich erst kümmern, wenn einer der Bediensteten Bisse aufzuweisen hätte.

Für einen kurzen Moment starrte sie in die Dunkelheit. Was sollte sie nun machen bezüglich Opitz' Kartei der Verfehlungen? Sollte sie es einfach so laufen lassen? Vor zwei Wochen hatte sie für wenige Tage geglaubt, das Problem würde sich von alleine lösen. Sie wusste nicht, was vorgefallen war, aber sie wusste, dass Opitz beim Fürsten in Ungnade gefallen war. Für bestimmte Dinge wurde nicht mehr er gerufen, sondern Budde oder Novak. Vor allem Novak musste nun ständig für Opitz einspringen. Leider hatte Hedda noch nie in einem anderen Haus mit einem Butler gearbeitet und so keinen Vergleich. Aber über die Jahre hatte sie doch immer wieder gedacht, dass es bessere geben musste. Besonders merkwürdig fand sie, dass der unansehnliche Opitz unangefochten seinen Dienst bestreiten konnte, während Adelheid ja einzig und allein wegen ihres guten Aussehens als Stubenmädchen angestellt worden war. Ginge es dem Fürsten wirklich darum, sich mit schönen Dingen und Menschen zu umgeben, dann wäre Opitz der Erste gewesen, der hätte gehen müssen.

Doch der klebte an seinem Stuhl, verging sich an der Mamsell, versuchte es bei ihr und erpresste wer weiß wen noch. Hedda wusste, er würde es bei ihr wieder versuchen, früher oder später. Sie wäre seinen Übergriffen ausgesetzt, solange sie hier arbeitete. Oder solange er hier arbeitete.

Im Kopf ging sie durch, wie viel Geld sie bereits zusammengespart hatte. Es reichte immer noch nicht. Sie würde sich eine Passage nach Amerika buchen können, aber damit wäre beinahe alles aufgebraucht. Nein, sie würde noch Jahre sparen müssen. Jahre, in denen sie dem Konkurrenzdruck und dem Neid der anderen ausgesetzt war. Auch die Sache mit dem Seidenpapier ging Hedda nicht aus dem Kopf. Das konnte ihr niemand einreden, dass das Zufall gewesen war. Ein kleiner Unfall, der schon mal passierte. Nein, Lydia Keller hatte es auf ihre Stelle oder auf die von Martha Petzold abgesehen.

Hedda schnaufte und drehte sich zur Seite. Opitz' Sauferei und Grapscherei, die vielfältigen Eifersüchteleien unter den Dienstboten, die Unsicherheiten im Haus – sie war alles so leid. Dazu eine Mamsell, die sich nicht imstande befand, sie zu schützen. Tatsächlich war die Freundschaft mit Adelheid im Moment ihr einziger Lichtblick. Wie also sollte sie die nächsten Jahre überleben? Eine andere Stelle wollte sie nicht haben. Am besten wäre es, man würde sich mit mehreren gegen Opitz verbünden. Oder streiken, wenn es mal wieder zu bunt wurde.

Natürlich durften sie das nicht. Schon die normalen Arbeiter hatten kein Streikrecht. Ihre Gesindeordnung ließ das erst recht nicht zu. Und selbstverständlich hatten sie kein Recht, politische Versammlungen abzuhalten.

In immer mehr Berufszweigen bildeten sich allmählich Gewerkschaften. In ihrer natürlich nicht. Wie sollte man das auch zustande bringen? All die vielen Dienstboten, die alleine, zu zweit oder zu dritt in den Haushalten schufteten – da konnte man sich nicht verbünden. Die meisten hatten ja nicht einmal Zeit, auf ein Treffen zu kommen.

Wenn sich nun alle Dienstboten des Schlosses zusammentun würden, ob sie dann eine Verbesserung erreichen könnten? Bestimmt nicht. Bestimmt würden sie einfach nur alle auf die Straße gesetzt. Und doch, es musste ja nicht offiziell geschehen. Allein Adelheids Anwesenheit in ihrer Schlafkammer schützte sie vor Opitz' Übergriffen. Wenn man nun mehr tat als das, sich austauschte, sich gemeinsam wehrte … Natürlich nicht offiziell, sondern eher gemeinsam hinter dem Rücken der Herrschaften und ihrer obersten Lakaien. Wenn man Opitz den Panzerschrank ausräumen konnte … Das wäre was! Das wäre famos!

31. Mai 1907

Opitz war mächtig wütend auf Viktor. Dabei konnte er doch gar nichts dafür. Opitz war zum Nichtstun abgestempelt, durfte unten noch die Post empfangen und rumkommandieren. Allerdings hatte der Fürst in Gegenwart von Herrn Opitz Viktor den Auftrag erteilt, die Post umgehend hochzubringen. Das war natürlich ein Affront erster Güte. Etwas, was Opitz sich selbst eingebrockt hatte. Immerhin durfte er von hier unten aus immer noch die Dienstboten durch die Gegend scheuchen. Diedrich Budde murrte, weil nun ein Teil seiner Arbeit an ihm hängen blieb. Vor allem aber, weil er sich übergangen sah. Ganz offensichtlich wurde Viktor plötzlich vom Fürsten bevorzugt. Natürlich hatte Budde keine Ahnung, warum.

Viktor verstand, dass die merkwürdigen Vorgänge im Schloss Budde zunehmend verwirrten. Wenn Viktor es richtig beurteilte, kannte niemand außer ihm die tatsächliche Dimension der Vorwürfe gegen den Fürsten.

Zwar tauchte der Name Furst Philipp zu Eulenburg und Hertefeld immer öfter in Artikeln auf, aber meistens ging es nur darum, ob es wirklich eine Kamarilla gab. Aber hier im Haus dachten alle, dass das Kokolores war. Weder gab es Geheimtreffen noch geheime Bünde.

Doch wer wusste etwas darüber hinaus? Kannte Opitz die Artikel aus der *Zukunft*? Wussten er oder andere, was mit den mysteriösen Andeutungen gemeint war, die plötzlich in so vielen Artikeln zu finden waren? Eher nicht.

Viktor, der den angefangenen Brief an den Kaiser gelesen hatte, konnte trotzdem nicht verstehen, warum der Fürst sich so zurückhielt. Warum wehrte der Fürst sich nicht? Natürlich hatte er keine Informationen, was er wem schrieb. Der Fürst verfügte über ausgezeichnete Kontakte nach Berlin, in ganz Preußen, ja, weit über die deutschen Grenzen hinaus. Und im Moment schrieb er einen Brief nach dem anderen. Dutzende Briefe gingen hin und her. Budde musste häufig ins Dorf, um noch eilige Briefe aufzugeben.

Es war die eine Frage, die Viktor ohne Unterlass beschäftigte: Was, wenn dieser Maximilian Harden mit seinen Vorwürfen recht hatte? Je länger der Fürst zögerte, etwas gegen ihn zu unternehmen, desto größer wurden die Fantasiegebilde von Viktor. Zwar schwor er sich immer wieder, dass das Kokolores sein musste. Der Fürst war verheiratet, hatte sechs Kinder und war, soweit er es wusste, seiner Frau treu. Andererseits war er natürlich sehr häufig auf Reisen gewesen, und das oft alleine. Obwohl er schon lange kein öffentliches Amt mehr bekleidete, war er doch sehr regelmäßig nach Berlin in die Stadtwohnung gereist, um dort beruflichen Anstrengungen verschiedenster Art nachzugehen. Er war immer noch ein wichtiger Mann, selbst ohne Amt. Und berufliche Reisen trat man in der Regel ohne die Gattin an.

Immerhin gaben ihm die letzten Tage ausreichend Gelegenheit, dem Fürsten seine Leistungen höchstpersönlich zu präsentieren. Viktor legte sich richtig ins Zeug, um ja einen guten Eindruck zu machen. Da Theurich nun einige Aufgaben des Privatsekretärs übernehmen musste, half Viktor, den Bettlägerigen zu umsorgen. Gestern hatte er dem Fürsten Wadenwickel angelegt und vorgestern die schmerzenden Beine mit einem Tonikum eingerieben.

Der Fürst blieb nun tagelang im Bett und jammerte ohne Unterlass. Nur worüber, war nicht ganz auszumachen. Über die schmerzenden Beine, über seine schwachen Nerven oder weil er, genau wie sein guter Freund Kuno von Moltke, um Entlassung aus seinem Amt gebeten hatte. Beiden wurde die Entlassung gewährt – ohne öffentliche Nennung von Gründen. Die fehlende Erklärung bestätigte nur die wenig verklausulierte Anklage dieses Journalisten.

Wie sollte es nun finanziell weitergehen, wenn der Fürst seine Entlohnung aus dem diplomatischen Dienst nicht mehr beziehen würde? Das war eine Frage gewesen, die der Sohn des Fürsten gestellt hatte, als Viktor gerade nebenan im Umkleideraum gewesen war. Die Antwort darauf war der Fürst allerdings schuldig geblieben.

Das Seehaus, das zwei Kilometer weiter für den ältesten Sohn mit seiner Familie gebaut wurde, war immer noch nicht fertig. Auch hier wurde an nichts gespart.

Die Summe der vielen kleinen Informationen bereitete Viktor wirklich Sorge. Der Fürst war es gewohnt, auf großem Fuße zu leben. Er reiste gerne und viel, gab große Bankette und Unsummen für Musikalien, Opern und Theater aus. Zwar waren diese Ausgaben in den letzten Wochen praktisch eingefroren, aber das würde ja nicht immer so bleiben. Spätestens wenn er sich von diesem unerhörten Vorwurf reingewaschen hatte, würde er wieder reisen, und auch die anspruchsvollen Gäste würden zurückkommen. Wenn sein Salär als Diplomat fehlte, was dann?

Musste dann nicht notwendigerweise die Riege der Dienstboten ausgedünnt werden? Wer würde dann übrig bleiben? Ein Grund mehr, sich richtig ins Zeug zu legen. Der Fürst würde sicherlich nicht Opitz und beide Diener gleichzeitig auf die Straße setzen. Viktor sollte also derjenige sein, der bleiben durfte. Auch deshalb umhegte er den Mann aufmerksam. Gerade erst hatte er dem Fürsten vorgeschlagen, ein beruhigendes Fußbad zu nehmen. Eigentlich etwas, was sein Kammerdiener hätte vorbereiten müssen. Doch der war anderweitig schwer beschäftigt.

So brachte Viktor die Blechschüssel, die Handtücher und auch eine große Kanne mit warmem Wasser ins Schlafzimmer.

»Euer Durchlaucht, soll ich Ihnen den Morgenmantel holen?«

Der Fürst schüttelte nur den Kopf.

»Ich bringe sogleich das restliche Wasser.«

Jetzt nickte der Fürst und machte Anstalten, sich auf die Bettkante zu setzen. Viktor verließ das Schlafgemach, eilte die Treppe hinunter und holte zwei weitere Kannen mit wohltemperiertem Wasser. Er steckte das Lavendelöl in eine Hosentasche und die Lavendelblüten, die er vorhin draußen an einigen Sträuchern abgeschnitten hatte, in die andere. Ganz sicher würde der Fürst es zu schätzen wissen, wie sehr Viktor versuchte, es ihm angenehm zu machen.

Als er oben zurück war, kam gerade Herr Theurich aus dem Raum. Er sah Viktor düster an, sagte aber nichts und ging. Vermutlich hatte er weitere schlechte Nachrichten überbracht.

Und so war es tatsächlich. Als Viktor den Raum betrat, stand der Fürst, noch immer nur im Nachthemd, vor dem Fenster und las. Viktor schüttete das Wasser in die Blechschüssel, prüfte noch einmal die Temperatur, ließ das Lavendelöl hineintropfen und verteilte die Lavendelblüten auf der Wasseroberfläche. Ohne weiter etwas zu sagen, blieb er neben dem Bett stehen.

Als der Fürst sich umdrehte, war er leichenblass. So sehr, wie er sonst die ganze Zeit jammerte, so stumm war er nun. Er sah aus, als hätte ihm der Brief einen Schock versetzt. Ohne auch nur einen Ton zu sagen, setzte er sich auf die Bettkante und ließ seine Füße ins Wasser gleiten.

»Euer Durchlaucht, ist es so angenehm?«

Der andere sagte nichts.

»Soll ich noch etwas warmes Wasser hinzugeben?«

Der Fürst starrte einfach vor sich hin, legte dann den Brief beiseite, der von der Bettdecke rutschte. Viktor packte zu, bevor er in die Schüssel mit dem Wasser fallen konnte.

»Legen Sie ihn … Legen Sie ihn auf meinen Sekretär«, sagte der hohe Herr abwesend.

»Sehr wohl.« Viktor ging zum Sekretär. Der Brief war vom Reichskanzler Bernhard von Bülow. Er schaute zurück zu dem Mann, der wie eine gebrochene Seele auf dem Bett saß. Der Fürst schien gerade nicht viel mitzubekommen. Hastig ließ Viktor seinen Blick über die Zeilen fliegen.

Nun wusste er, wieso der Fürst so geschockt war. Bülow forderte ihn auf, umgehend öffentlich gegen die Anschuldigungen anzugehen. Und zu beweisen, dass nichts an diesen verleumderischen Worten dran sei. Zu lange schon habe er gezögert. Er müsse nun handeln. Oder aber er müsse ohne Umschweife den Orden des Schwarzen Adlers zurückzugeben. Zur Vermeidung weiteren Aufsehens solle der Fürst sich alsbald ins Ausland begeben, um dort für unabsehbare Zeit zu verweilen.

Endlich. Endlich musste er etwas unternehmen. Endlich musste er sich von diesem Schmutz reinwaschen. Was Viktor aber wirklich verwirrte, war die Reaktion des Fürsten. Wieso schritt er nicht einfach zur Tat? Wieso tauchte er seine Füße in ein lauwarmes Wasserbad, als wäre es das letzte Gute, was ihm in seinem Leben blieb? Ein unangenehmes Kribbeln durchzog ihn. Was, wenn es wahr war? Was, wenn dieser Journalist Beweise hatte? Anders war der Schock kaum zu erklären.

Viktor legte den Brief weg. »Haben Euer Durchlaucht noch einen Wunsch?«

Der Fürst schüttelte nur schwach den Kopf. Viktor sah sich entlassen. Er ging zur Tür und öffnete sie.

»Diese Lavendelblüten … eine superbe Idee. Wissen Sie, Sie sind ein ausgezeichneter Diener«, sagte der Fürst, ohne ihn anzusehen.

»Ich danke Ihnen«, antwortete Viktor und verließ den Raum. Ihm wurde übel. All seine Hoffnung schwand. Das Geld, das er bisher gespart hatte, es würde für Leanders Studium nie reichen. Was ebenfalls bedeutete, dass auch seine Schwestern weiterhin die Töchter eines Tagelöhners bleiben würden. Er ging zur Hintertreppe und lehnte sich an die Wand.

Fürst zu Eulenburg reagierte auf die Lavendelblüten, aber nicht auf die Forderung des Reichskanzlers und des Kaisers. Zum ersten Mal wurde Viktor bewusst, wie schwach der Fürst war. Das konnte ein echtes Problem werden. Sollte er sich nicht verteidigen, dann musste er ins Ausland gehen. Was würde dann aus Schloss Liebenberg werden? Friedrich Wend, sein ältester Sohn, würde den Gutsbetrieb sicher weiterführen. Vielleicht würde er nicht ins Seehaus ziehen und weiter auf dem Schloss wohnen. Andererseits wurde das Seehaus deutlich moderner eingerichtet, mit richtigen Badezimmern, Toiletten und vielen elektrischen Leitungen. So oder so würde er aber nicht den opulenten Lebensstil seines Vaters fortführen. Und das bedeutete notgedrungen eine deutlich geringere Zahl an Dienerschaft.

Hätte er doch das getan, was Opitz ihm vorgeworfen hatte. Hätte er sich doch beizeiten nach einer anderen Stellung umgeschaut. Jetzt war es zu spät. Alle guten und maßgeblichen Häuser in Preußen und darüber hinaus wussten nun über den Fürsten Philipp zu Eulenburg und Hertefeld Bescheid.

»Er hat Beweise … Sicher hat er Beweise … Ganz bestimmt sogar hat er Beweise«, murmelte Viktor, die Hände vor das Gesicht geschlagen. Plötzlich schreckte er zusammen. Als er hochschaute, stand Hedda Pietsch vor ihm.

»Er *hat* Beweise! Er führt eine Kartei der Verfehlungen.«

»Wer? Harden? … Woher wissen Sie das?«

Nun sah Hedda Pietsch etwas verwirrt aus. »Sprechen Sie nicht über Herrn Opitz?«

»Nein, ich …« Nichts davon konnte er ihr verraten. Zwar fand er Hedda Pietsch sympathisch, aber sie war eine Frau. Und das war eine so schmutzige Angelegenheit und so verwirrend und wenig glaubhaft. Natürlich würde er nicht mit ihr darüber sprechen. Kein Wort würde er darüber verlieren, bei keinem der Angestellten. Allein die ganze Angelegenheit zu erörtern hätte seinen Rausschmiss zur Folge. Doch dann fiel ihm etwas ein.

»Was meinen Sie damit – er hat eine Kartei der Verfehlungen? Opitz? Sie haben gedacht, ich würde über ihn sprechen. Wofür soll er Beweise haben?«, fragte er fordernd.

Nun sah Hedda Pietsch etwas eingeschüchtert aus. »Was? Nein. Ich … habe mich nur versprochen.«

»Wollen Sie mich für dumm verkaufen? Ich habe es doch laut und deutlich gehört.«

Hedda Pietsch schaute ihn an, als würde sie ihn prüfen. »Können Sie ein großes Geheimnis für sich behalten?«

Was für eine Frage. Er behielt ein riesiges Geheimnis schon seit Jahren für sich. »Natürlich.«

Sie trat nahe an ihn heran und senkte ihre Stimme. »Herr Opitz erpresst die Mamsell. Ich weiß nicht, womit, aber ich weiß, dass er eine Kartei der Verfehlungen führt. Ich nehme an, die Mamsell ist nicht die Einzige, deren Schicksal in seiner Hand liegt.«

Viktors Augenbrauen gingen in die Höhe. Das war ja eine äußerst interessante Information. »Wie kommen Sie denn darauf?«

»Ich habe es aus ihrem eigenen Mund gehört. Und Herr Opitz hat ihr nicht widersprochen.« Sie sah ihn durchdringend an. »Und jetzt verraten Sie mir, wer Beweise hat. Worum geht es bei Ihrem Geheimnis?«

2. Juni 1907

Adelheid war froh, dass sie aus dem Schloss rauskam. Als sie vor zehn Monaten dort angefangen hatte, war es für sie einschüchternd gewesen. Sie hatte Angst gehabt – vor den Aufgaben, vor der Mamsell und Herrn Opitz, vor allem aber vor den Herrschaften. Sie hatte gewusst, dass sie eigentlich nur Fehler machen konnte. Denn sie wusste nichts von dem, was sie für ihre Stellung dort hätte wissen müssen. Doch sie hatte sich schnell eingelebt. Sie hatte die ihr gestellten Aufgaben bewältigt. Nach ein paar Wochen, als sie sich endlich eingelebt hatte, ging es ihr gut. Sie freute sich immer noch über ihre Anstellung, selbst jetzt, nachdem sie unfairerweise zum Hausmädchen degradiert worden war.

Und sie freute sich über ihre neue Freundschaft mit Hedda. Sie hatte noch nie eine Freundin gehabt. Immer wenn sie sich mit einem Mädchen aus dem Dorf gut verstanden hatte, hatten die Eltern des Mädchens verboten, mit ihr zu spielen. Man spielte nicht mit den Kindern eines Tagelöhners.

Als Adelheid nun das Schloss durch den Dienstboteneingang verließ, sah sie, wie vorne die Kutsche des Arztes vorfuhr. Der Arzt kam jeden Tag, manchmal zwei Mal am Tag. Ständig sah

Adelheid ihn vorfahren und mit seiner prallen Arzttasche die Treppen hochsteigen. Ja, er kümmerte sich. Er hatte Zeit, sobald der Fürst ihn rufen ließ. Dann war er ganz schnell da. Und verabreichte Medizin, führte bestimmte Behandlungen durch oder was auch immer. Nichts war zu teuer, nichts war zu aufwendig. Nicht für den Fürsten oder für die Fürstin oder die Komtessen.

Ihre Mutter war nun seit vier Wochen tot. Vor zwei Wochen hatte sie bei ihrem Sonntagsbesuch all ihr Gespartes dem Vater übergeben. Sie hatte sogar heimlich Essensreste mitgebracht, die sie aus dem Eimer für die Schweine genommen hatte.

Zuvor schon hatte Adelheid Moritz Lüdke angesprochen, ob er nicht den Stallburschen fragen könne, wegen der Kuhmilch. Ob man sie vielleicht etwas preiswerter bekommen könne, direkt vom Gut. Zwei Tage später hatte Joseph Gebaur sie angesprochen, der Stallmeister. Mit ihm hatte sie vereinbart, dass Edeltraud jeden Tag einen halben Liter frischer Kuhmilch holen durfte. Natürlich musste sie dafür auch etwas zahlen, aber es war deutlich preiswerter, als die Milch im Laden zu kaufen.

Und obwohl es Sommer war und damit die beste Zeit, in den Wäldern Beeren oder die ersten Pilze zu pflücken, und Adelheid Edeltraud beigebracht hatte, aus verschiedenen Kräutern einen schmackhaften Salat herzustellen und grüne Suppen zu kochen, ging es zu Hause bergab. Je mehr Geld sie an einem Ende einsparten, umso mehr Bier kaufte sich der Vater. Adelheid war wütend.

Deshalb ging sie heute schnurstracks erst einmal in den Dorfladen, um dort die Schulden zu begleichen und Essen zu kaufen. Frau Lehmann, die Krämersfrau, war so viel freundlicher zu ihr, seit sie im Schloss arbeitete. Schließlich wusste die Frau auch nie, ob Adelheid etwas fürs Schloss holte oder für die Familie, wenn sie den Laden betrat.

»Guten Tag. Ich brauche ein fest gebackenes Brot, Brühwürze, Öl und Margarine. Und einen Sack Salz und sieben Eier.«

»Ich habe schöne frische, knackige Äpfel. Möchten Sie davon einige?«, fragte Frau Lehmann freundlich.

»Nein, danke.« Äpfel würden sich ihre Brüder im Wald holen können. Dafür konnte sie kein Geld ausgeben.

»Essen Sie gerne Birnen? Ich habe hier schöne Lübecker Prinzessinbirnen, süß und fruchtig.«

Adelheid versuchte sich an einem Lächeln. »Nein, danke.«

Otto Hildebrandt, der Gärtnerbusche, sammelte angeschlagenes Obst auf den Streuobstwiesen. Und einen Teil gab er Moritz Lüdke mit, der es an Adelheid weitergab. Moritz bekam im Schloss genug zu essen. Aber auch er brachte seiner Familie immer etwas mit, wenn er seinen freien Sonntag hatte. Aber da er fast immer an dem anderen Sonntag freihatte und das Obst sich nicht so lange hielt, trat er etwas an Adelheid ab. Bei ihrem letzten Besuch hatte sie einen halben Korb angeschlagener Birnen mitgebracht.

»Danke. Das ist schon alles, was ich brauche.«

»Natürlich.« Die Krämersfrau klang etwas enttäuscht. »Wollen Sie denn das Bier für Ihren Vater direkt mitnehmen?«

»Nein.« Sie musste mit Vater reden. Sie musste ihm klarmachen, dass sie ihm kein Geld für Bier geben würde. Was sie nicht direkt für die tägliche Milch ausgab, sollte sie am besten hier in Lebensmittel investieren. Wenn Geld übrig war, würde er davon Bier kaufen.

Sie gab sich einen Ruck. Die ganze Woche über hatte sie schon den Satz geübt. Er kam ihr nur schwer über die Lippen, war es doch das Zugeständnis, dass etwas falsch lief. »Ich werde demnächst auch nur noch die angeschriebenen Schulden bezahlen, die für die Nahrungsmittel sind.«

»Also für das Bier nicht? Und nicht für die Seife und andere Dinge wie Knöpfe oder Garn?«, fragte die Krämersfrau ungehalten.

Adelheid räusperte sich. »Doch. Für alles außer Bier, Tabak und Schnupftabak. Also auch für keinen anderen Alkohol.« Sie sagte es so kleinlaut, dass sie kaum zu hören war.

»Ich verstehe. Dann darf ich mich also mit Ihrem Herrn Vater herumärgern, wenn er Bier oder anderes haben will?«

Adelheid wollte hochschauen, ihr in die Augen sehen, aber es war einfach zu demütigend. »Ich kann ihm nicht verbieten, Geld für Bier auszugeben. Er ist mein Vater. Aber bezahlen werde ich nur noch die anderen Dinge. Mehr kann ich nicht tun.«

Die Krämersfrau schaute sie missmutig an, und es schien, als wollte sie eine schnippische Bemerkung machen. Doch sie tat es nicht. Da war es wieder: Entweder es gab Mitleid, oder es gab Wut und Beschimpfungen. Nichts hatte sich geändert. Nicht wirklich.

Adelheid packte die Dinge in einen Stoffbeutel und ging. Von ihrem Lohn hatte sie nur siebenunddreißig Pfennig übrig. Sieben Pfennig ließ sie in ihrer Rocktasche, aber die drei Groschen schob sie sich in ihre Schuhe. Friedel würde sie kriegen. Für alle Eventualitäten. Sie lief aus dem Dorf raus. Ihre erbarmungswürdige Hütte lag abseits, versteckt vor den Augen der Dorfbewohner.

In dem kleinen Garten wuchsen Kartoffeln, Kohlrabi und Möhren. Zwiebeln und Knoblauch ebenfalls und ein bisschen Kohl. Die Familie hatten noch drei gute Monate vor sich, vielleicht vier. Dann wäre das Gemüse abgeerntet, und sie müssten wieder jeden Bissen kaufen.

Heute musste Adelheid dringend mit Edeltraud Kräuter sammeln gehen, die sie für den Tee trocknen würde. Man musste das im Sommer machen. Später wären die Kräuter nicht mehr gut genug, und wenn erst mal der Herbst kam und der Winter, dann war es zu spät. Mama hatte ihr gezeigt, was sie brauchten. Wenigstens gab es auf diese Weise immer Kräutertee, wenn schon nichts anderes mehr im Haus war.

Schweren Herzens betrat die Hütte. Sie begrüßte alle und fing an auszupacken.

Als Vater die Lebensmittel sah, fing er sofort an zu keifen. »Wieso kaufst du ein? Ich bin der Hausvorstand. Ich bestimme über das Geld.«

Nun musste Adelheid stark sein. Innerlich hatte sie sich schon gewappnet. »Ich habe nur gekauft, was ihr zum Essen braucht.«

»Ich muss doch auch was trinken.«

»Ich werde beim nächsten Mal Zichorienpulver mitbringen.« Es würde noch Monate vergehen, bis sie Eicheln sammeln und für Kaffeeersatz rösten konnten.

»Bier. Ich will Bier!«

Sie drehte sich zu ihm um. »Vater, ich kann dir kein Bier kaufen. Wenn etwas übrig bliebe und ihr genug zu essen hätt…« Sie sah die Hand nicht kommen. Blitzschnell und hart schlug er zu. Ihr Kopf flog zur Seite.

»Hörst du mir nicht zu, Tochter?«

Adelheid hielt sich die Wange. Bestimmt war sie ganz rot. Er hatte sie auch an den Ohren erwischt, die nun vor Schmerzen klingelten.

»Das nächste Mal bringst du Bier mit. Und keine Widerrede!«

Adelheid sah ihm nach, wie er wütend die Hütte verließ.

Edeltraud fing an, die Sachen im Schrank zu verstauen.

»Schlägt er euch auch?«, fragte sie ihre Brüder. Die sahen betreten zur Seite. »Und macht er das nun öfter?«

»Wir gehen nach Berlin. Wir suchen uns irgendeine Arbeit«, spie Friedel aus.

»Was? … Nein. Das könnt ihr nicht machen. Ihr könnt doch Edeltraud nicht alleine lassen!«

Die hatte Tränen in den Augen, wie Adelheid nun sah. Und Gundula, die die Kleine in den Armen wog, ebenfalls.

»Heidi, kommst du zurück? … Bitte?«, fragte Gunther, der an ihrem Rock zupfte. Er hatte Adelheid früher nicht aussprechen können und war bei Heidi geblieben. Sie musste was unternehmen.

»Was wollt ihr denn in Berlin? Ihr habt doch nicht mal genug Geld, um irgendwo unterzukommen. Wollt ihr auf der Straße schlafen?«

»Wir werden einfach ein kleines Zimmer trockenwohnen.«

Wenn neue Mietskasernen gebaut wurden, dann ließen die Besitzer arme Familien in den Gebäuden mietfrei wohnen, weil so der frische Kalkmörtel schneller aushärtete, wenn geheizt wurde.

Aber die kalten und feuchten Wände waren der Gesundheit nicht gerade zuträglich. Nach drei Monaten mussten die Leute dann raus, woanders hinziehen.

»Aber es ist Sommer. Jetzt brauchen sie keine Trockenwohner«, wandte Adelheid ein.

»Uns egal. Wir haben keine Lust, hierzubleiben«, sagte Bernhard trotzig. Adelheid bemerkte einen kleinen blauen Fleck unter dem Auge. Hatte Vater ihn geprügelt?

»Hier bekommt ihr doch viel eher Arbeit. Jetzt, wo die Ernte ansteht.«

Friedel schüttelte unwillig den Kopf.

Bernhard sagte. »So kennen wir Vater nicht. Er säuft, er schlägt. Er interessiert sich überhaupt nicht für das Baby.«

»Aber gerade wegen der Kleinen müsst ihr bleiben. Edeltraud schafft das nicht alleine … Ihr müsst ihr helfen«, zischte sie leise zwischen den Zähnen durch. Sie wollte Gunther nicht verängstigen. Und Gundula auch nicht.

Gunther klammerte sich nun regelrecht an ihr Bein. Sie setzte sich und hob ihn auf ihren Schoss. Sofort versteckte er seinen Kopf in ihrer Armen.

»Bleibt wenigstens bis nach der Ernte … Bitte!«

Friedel presste die Lippen aufeinander. Dann sagte er: »Na gut. Nur bis nach der Ernte. Dann haben wir auch eine größere Chance, eine Wohnung trockenzuwohnen.«

* * *

Ihr war ganz flau, als sie spät am Abend nach Hause kam. Friedel und Bernhard hatten noch mal versprochen, nicht zu gehen. Nicht vor dem Ende der Ernte. Das Baby sah blass aus. Gunther, Gundula und Edeltraud ebenfalls. Sie schienen wieder etwas schmaler geworden zu sein. Adelheid machte sich ernsthaft Sorgen. Anscheinend gab der Vater zu viel Geld für Bier aus. Wenn das so weiterging, würden sie ganz schnell aus dem Dorf gejagt.

Adelheid hatte Friedel noch mal inständig erklärt, dass auch ihre Stellung von dem Ruf der Familie abhing. Wenn Vater sich auffällig benehmen würde, dann würde ihr vielleicht einfach so gekündigt. Dann wäre das letzte feste Geld weg.

Auf Adelheid würde Vater sowieso nicht hören. Sie war nur eine Frau. Aber Friedel und Bernhard, die mussten etwas unternehmen. Das Baby gefiel ihr nicht. Aber sie wusste auch: Keines der Kinder hatte als Neugeborenes besser ausgesehen. Sie alle waren klein gewesen, und sie alle waren klein geblieben.

Vor dem Hintereingang entdeckte Adelheid Hedda. Und sie redete mit Viktor Novak. Sie schienen sich richtiggehend zu unterhalten, was merkwürdig war. Novak redete praktisch nie mehr als drei Sätze am Stück.

Doch sie schienen sich über etwas auszutauschen, was wohl sehr interessant war. Sie bemerkten Adelheid nicht einmal, als sie näher trat. Eigentlich sollte sie besser sofort aufs Zimmer gehen. Sie war so niedergeschlagen, dass sie mit niemandem reden wollte. Aber die Tatsache, dass Hedda mit Viktor Novak redete, war ominös. Das machte sie wirklich neugierig. Vielleicht würde es erklären, worüber sie und Hedda schon gesprochen hatten: die merkwürdige Stimmung bei den Herrschaften, die manchmal regelrecht ins Hysterische umschlug.

»Guten Abend. Was gibt es denn so Interessantes?«

Hedda druckste etwas herum. »Wir überlegen gerade, wie hilfreich es sein würde, zusammenzuarbeiten.«

»Zusammenzuarbeiten? Wie soll das denn gehen? Du bist ein Stubenmädchen, Herr Novak ein Diener und ich ein Hausmädchen.«

»Fräulein Pietsch meint eigentlich eher, im Verborgenen«, schaltete sich nun Viktor Novak ein.

»Genau. Wenn wir uns zusammentun würden gegen Herrn Opitz.« Hedda war so leise, dass sie es beinahe nicht verstanden hätte.

Aber auch so kapierte Adelheid nicht, worum es ging. »Wieso sollten wir uns gegen Herrn Opitz zusammentun?« Sie fand den obersten Diener zwar nicht besonders sympathisch, eigentlich eher Furcht einflößend. Aber bis auf die üblichen Befehle, die er mit seinem unangenehmen Veilchenatem blaffte, hatte sie noch keine schlechte Erfahrung mit ihm gemacht.

Viktor Novak schüttelte seinen Kopf. Hedda schien verunsichert.

»Du kennst ihn noch nicht so gut wie wir.«

»Vielleicht ist es keine gute Idee, Fräulein Schaaf da mit reinzuziehen.«

»Wo mit reinzuziehen?« Hatte sie das jetzt ernsthaft gefragt? Es sollte sie überhaupt nicht interessieren. Sie wollte nirgendwo mit reingezogen werden. Sie hatte auch so schon genug Probleme. Sie brauchte keine zusätzlichen. Andererseits, die Aussicht darauf, eine Verbündete von Viktor Novak zu sein, elektrisierte sie. Ganz egal, um was es ging.

»Wir sollten ihr wenigstens die Sache mit dem Fürsten sagen«, forderte Hedda nun.

Wieder wusste Adelheid überhaupt nicht, worauf sie hinauswollten. Wieso gab es überhaupt etwas, was Hedda zuerst mit Novak statt mit ihr besprach? Sie hatte gedacht, sie ständen sich näher. Ihr Blick wechselte zwischen Hedda und Viktor Novak. Keiner der beiden sagte etwas.

»Worum geht es denn? Ist der Fürst ernsthaft krank?«

Viktor Novak lachte trocken auf.

Hedda schüttelte den Kopf. »Nein, er hat sich selber angezeigt.«

»Was? Wieso? … Also ich meine, das ist doch unsinnig. Wieso sollte man sich selber anzeigen? Und weswegen?«

Adelheid wusste, sie war gescheiter als viele andere. Sie lernte viel schneller als die meisten. Aber seit sie hier arbeitete, wusste sie auch, dass sie von den allermeisten Dingen draußen in der Welt überhaupt keine Ahnung hatte. Die hohe Politik, die Intrigen, die Konkurrenz zwischen den hohen Männern und der Kampf der Parteien gegeneinander. Und der Fürst schien sich in dieser Welt geschmeidiger zu bewegen als jeder seiner Gäste. Er wusste, wie man Politik machte. Er wusste, wie man sich einschmeichelte. Er kannte alle wichtigen Männer. Adelheid hegte keinen Zweifel, dass er genau wusste, was er tat. Zumindest hatte sie keinen Zweifel gehegt bis vor wenigen Wochen. Bis es damit angefangen hatte, dass er so merkwürdig wurde und gelegentlich hysterische Anfälle bekam.

»Adelheid, vielleicht erkläre ich es dir besser in Ruhe.«

Ihre Augenbrauen gingen neugierig in die Höhe. Ein Jammer. Hedda wollte mit ihr alleine reden.

»Ist auf jeden Fall besser«, sagte Viktor Novak, nickte kurz und ließ die beiden stehen.

Adelheid blickte ihm nach. Schade, es war das erste Mal gewesen, dass Viktor Novak mit ihr gesprochen hatte wie mit einem gleichgestellten Menschen. Viel zu schnell war es zu Ende.

»Was gibt es denn so Ominöses, das du am besten alleine mit mir sprichst?«

Hedda räusperte sich und zog sie ein wenig von der Hintertür weg. Ihr Blick lief nach oben und suchte die Fenster ab. Dann packte sie Adelheid und zerrte sie hinter einen Strauch.

»Du machst es aber spannend.«

»Adelheid, was weißt du von der Liebe?«

»Von der Liebe? Ich weiß, dass ich mit Liebe nichts zu tun habe. Ich habe keine Zeit dafür. Und wer würde mich lieben? Also, außer meinen Geschwistern?«

»Na ja, aber irgendetwas wirst du doch wohl wissen über die Liebe.«

Adelheid zuckte mit den Achseln. »Wenn Frauen und Männer sich lieben, dann heiraten sie und bekommen Kinder.«

Hedda nickte zwar, aber verzog den Mund. »Na ja, und was weißt du vom Kindermachen?«

Adelheid spürte, wie sie rot anlief. »Nichts. Und ich will lieber auch nichts davon wissen. Ich will auf keinen Fall so enden wie meine Mutter.«

Wieder nickte Hedda, aber dieses Mal schien sie mit ihr einer Meinung zu sein. »Aber weißt du auch, dass … die Liebe nicht nur zwischen … Mann und Frau existiert?«

»Natürlich. Eltern lieben ihre Kinder. Kinder lieben ihre Eltern.«

»Und …?«

»Die Geschwister lieben sich?« Worauf wollte Hedda eigentlich hinaus?

»Was ist zwischen Männern?«

»Wie? Zwischen Männern? Ich verstehe nicht, was du mir damit sagen willst.«

»Es gibt Dinge, die Männer miteinander tun, die sie nicht tun dürfen.«

»Hedda … am besten sagst du mir einfach, was los ist. Ich werde aus deinen Worten wirklich nicht schlau.«

»Also gut.« Hedda räusperte sich und holte tief Luft. »Manche Männer, also nur sehr wenige, vergnügen sich miteinander körperlich. Und mit körperlich meine ich sexuell.«

Adelheid schnappte nach Luft. Jetzt war ihr klar, wieso Viktor Novak gegangen war. Über ein solches Thema in seinem Beisein reden zu müssen, wäre ihr noch peinlicher gewesen als der Moment, als er sie gesehen hatte, nachdem Gerda ihr die Abortpfanne übergekippt hatte.

»Also du weißt, was ich damit meine?«

Kaum merklich bewegte sich Adelheids Kopf rauf und runter. Vor wenigen Monaten hatte ihr Vater bereits eine solche Andeutung gemacht. Dass es Männer gebe, die … Aber sie hatten nie wieder darüber gesprochen. Und in den letzten Wochen schon mal gar nicht. Wieder schob sich der eine Moment in ihre Erinnerung, als der Fürst – es war doch der Fürst gewesen? – aus dem Schlafgemach des Berliner Stadtkommandanten gekommen war. Morgens früh, zu ungastlicher Zeit. Sie hatte es niemandem erzählt.

»Es gibt einen Journalisten in Berlin, so hat es mir Herr Novak wenigstens erklärt, der den Fürsten öffentlich dessen bezichtigt. Dass er so einer ist. So ein Hundertfünfundsiebziger.«

»Dass er mit … Männern verkehrt?«

»Genau. Die ganze Geschichte fing wohl schon im Spätherbst an. Dann war es eine Zeit lang gut, aber jetzt, vor wenigen Wochen, bevor diese Spannungen im Schloss angefangen haben, hat er wieder einige Artikel veröffentlicht. Herr Novak sagte mir, dass er mir die Zeitschriften geben würde. Damit ich selber lesen kann.«

Adelheid überlegte für einen Moment. »Das verstehe ich nicht. Wieso zeigt der Fürst dann nicht den Journalisten an? Wieso zeigt er sich selber an?«

»Das wissen wir nicht so genau.«

»Aber ist der Fürst denn nicht unschuldig?«

Hedda hob ihre Hände zu beiden Seiten. »Das denken wir natürlich alle.«

Sollte sie Hedda sagen, was sie gesehen hatte? Im November, ganz frühmorgens? Nein, besser nicht. »Aber was bedeutet das jetzt? Er wird sich doch sicher vom Verdacht reinwaschen wollen.«

»Das wollen wir hoffen. Das wollen wir wirklich hoffen. Stell dir vor, am Ende würde dabei rauskommen, dass das stimmt. Möglicherweise müsste er ins Gefängnis. Und hier auf dem Schloss … Nun ja, es würde massive Veränderungen geben.«

»Wieso?«, fragte Adelheid unbedarft.

»Ja glaubst du, dann würde sich noch ein Gast blicken lassen? Doch nicht einmal bei der Fürstin, die hier wohnen bleiben könnte. Und auch nicht bei den Komtessen. Keine Gäste, keine Bankette, keine Jagdgesellschaften. Was denkst du, wie viele Dienstboten sie da noch brauchen?«

Adelheid erschrak. Daran hatte sie überhaupt nicht gedacht.

Die Hintertür ging auf, und Gerda Altvater trat heraus. Sie schleppte einen Putzeimer. Sie hatte heute Dienst, während Adelheid freihatte. Hedda zog sie noch weiter hinter die Hecke. Gerda bemerkte sie nicht.

»Es gibt bestimmt gleich Abendessen. Wir sollten reingehen. Aber Adelheid … du darfst niemandem etwas sagen. Niemandem! Verstanden?«

»Natürlich. Aber verrate mir eins: Was haben die Geschichte mit Opitz und die Geschichte vom Fürsten miteinander zu tun?«

»Nichts. Außer, dass Viktor Novak etwas über den Fürsten wusste und ich etwas über Herrn Opitz. Und wir uns ausgetauscht haben. Und jetzt kein Wort mehr über die Sache.«

»Aber du erzählst mir schon noch, warum ihr euch gegen Herrn Opitz verbünden wollt?«

»Aber erst nach dem Essen. Erst, wenn wir oben auf der Stube sind.«

Sie gingen gemeinsam hinein. Hedda lief sofort in die Leutestube. Adelheid ging wie immer, wenn sie von ihrer Familie kam, in die Stiefelstube, um ihre alten Schuhe gegen die guten zu tauschen. Sie zog die Schuhe aus Pressleder aus. Drei Groschen fielen ihr in die Hand. Sie waren warm. Adelheid steckte die Münzen in die Rocktasche. Friedel würde das Geld beim nächsten Mal bekommen. Für ihre Familie waren drei Groschen viel Geld. Davon konnte man beinahe drei Kilo Kartoffeln kaufen. Das reichte, um den schlimmsten Hunger ihrer Familie für eine Woche zu stillen. Ihr wurde wieder mal bewusst, wie sehr sie auf diese Stellung angewiesen war.

Was, wenn das wahr wäre? Wenn der Fürst wirklich ein Hundertfünfundsiebziger wäre? Einer, der Dinge tat, für die Adelheid nicht einmal ein Wort kannte. Verbotene Dinge. Hieß es nicht, dass die Adeligen Herrschaften in Gottes Gnade standen? Weil sie sich so gottgefällig verhielten? Deshalb lebten sie in Wohlstand. Deshalb hatten sie immer genug zu essen. Deshalb war ihnen immer warm und sie trugen gute Schuhe.

Wo waren denn die Barmherzigkeit und das gottgefällige Leben gewesen, als sie die Fürstin um Hilfe gebeten hatte? Gebettelt hatte sie. Und die Fürstin hatte sie abgewiesen. Ihre Mutter war gestorben. Mama hätte nicht sterben müssen, wenn ein Arzt sie untersucht hätte. Wenn sie Medizin bekommen hätte. Dessen war Adelheid sich gewiss.

Was folgte aus der Weigerung der Fürstin: Edeltraud konnte nicht mehr zur Schule gehen. Gundula verzweifelte daran, das Baby zu füttern, und war völlig überfordert. Und Gunther, der kleine Gunther, seit wann schon hatte sie ihn nicht mehr lachen sehen? Nicht mehr seit dem Tod der Mutter. Der Vater soff. Und die Brüder wollten weggehen. Sie strich mit ihren Fingern über ihre Wange, dort, wo Vaters Hand sie erwischt hatte.

An alldem war die Fürstin schuld. Und der Fürst. Jawohl, die beiden waren schuld, weil sie ihnen ihre Unterstützung verweigert hatten. Dabei lebten sie ein gottloses Leben. Hedda und Novak wussten nicht, ob die Anschuldigungen gegen den Fürsten wahr waren. Aber sie wusste es. Jetzt endlich war sie sich sicher. Jetzt endlich ergab es einen Sinn. Sie hatte den Fürsten aus dem Schlafzimmer eines anderen Mannes kommen sehen. Das war nicht gottgefällig. Das war Sünde.

In Adelheid kämpften unterschiedliche Gefühle um die Vorherrschaft. Die Wut schob die Trauer beiseite. Dann kämpfte sich die Verzweiflung nach vorne. Wenn sie doch wenigsten mehr Mut hätte. Mut, um die Wut zu bekämpfen. Hoffnung, um gegen die Verzweiflung anzugehen. Am liebsten wäre sie zur Fürstin gegangen und hätte sie an den Haaren in die Hütte geschleift, um ihr zu zeigen, welche Folgen ihre Ablehnung hatte.

Aber natürlich konnte sie das nicht. Nichts konnte sie tun. Rein gar nichts. Im Gegenteil: Sie musste noch dankbar dafür sein, dass sie hier schuften durfte. Sie musste den Herrschaften und ihren Lakaien aus der Hand fressen wie ein gut abgerichteter Hund. Und sie hatte nicht einmal die Wahl, es nicht zu tun. Die Geschwister waren auf ihren Lohn angewiesen. Eher musste sie sich noch mehr anstrengen, damit sie bloß hierbleiben durfte. Was für ein Elend. Was für ein Hohn.

Adelheid drehte den Porzellanschalter. Das Licht in der Stiefelstube verlosch. Unter der Tür zwängte sich ein Schimmer von draußen durch. Als würde die Dunkelheit ihre Sinne schärfen, als würde sie im Dusteren hinter den hellen Schein des Schlosses schauen können, krochen nur ungehörige Gedanken an ihr hoch. Was sie da dachte … das stimmte so doch gar nicht. Sie war nicht zur Tatenlosigkeit verdammt.

Sie konnte etwas tun. Sie konnte es wenigstens versuchen. Adelheid spürte, wie dieses eine Gefühl sich in ihr vordrängelte: Rache! Ja, Rache. Diese Möglichkeit blieb ihr. Sie war eine Unsichtbare. Eine Unhörbare. Eine, die beständig Zugang hatte zu dem Leben fremder Menschen, zu den intimsten Räumen.

Irgendwann würde sie etwas finden. Einen Beweis, der den Fürsten kompromittieren konnte. Oder einen Hinweis, den sie weitergeben konnte. An wen? Das wusste sie nicht. Aber offensichtlich gab es Menschen, die dem Fürsten nicht wohlgesonnen waren. Ja, sie würde Gelegenheit bekommen, sich zu rächen. Das schwor sie sich in die Hand. Irgendwann würden der Fürst und die Fürstin ihre Rache zu spüren bekommen. Früher oder später würde ihr das gelingen. Früher oder später würde sie der Fürstin das Leid ihrer Familie mit Gleichem vergelten. Erfüllt von aufflammenden Rachegefühlen trat sie in das spröde Licht des Dienstbotenganges.

Nachwort

Es gibt da einen Umstand, der mir immer wieder unangenehm aufgefallen ist, während ich meine *Gut-Greifenau*-Reihe geschrieben habe. Und der mir auch heute noch, wenn ich zum Beispiel *Downton Abbey* oder andere Filme schaue, aufstößt. Meistens werden die Geschichten aus dem Blickwinkel der Herrschaften erzählt. Nur selten wird die Perspektive der Bediensteten eingenommen. Aber wenn, dann denke ich: Wieso lassen die sich eigentlich so viel gefallen? Wieso nehmen sie es als gottgegeben hin, dass die Herrschaften ausschlafen, während sie schon seit Stunden schuften? Dass ihre Arbeitgeber im Luxus schwelgen, während sie in ständiger Sorge vor Armut leben müssen?

Denn sie haben wenig verdient, und bis zum Inkrafttreten der Weimarer Verfassung waren sie weitgehend rechtlos. Stattdessen haben sie unfassbar hart gearbeitet, zwölf, vierzehn, manchmal achtzehn Stunden am Tag, sechseinhalb Tage die Woche, Monat für Monat, Jahr für Jahr. Es gab keinen Urlaubsanspruch. Wurde man krank, konnte man die Arbeit verlieren. Muckte man auf, machte Fehler oder war nicht »fleißig« genug, durften die Arbeitgeber einen schlagen und verprügeln, mit Rohrstock und sogar der Peitsche, und sie wurden dennoch vor Gericht freigesprochen, denn ihnen stand das Züchtigungsrecht zu. Und trotzdem sollen die Diener und Dienerinnen immer so loyal gewesen sein, so treu zu ihren Herrschaften gestanden haben?

Diese Fragen haben mich nicht losgelassen. Immer wieder habe ich darüber nachgedacht, wie es wirklich gewesen sein könnte. Und ich habe angefangen, in diese Richtung zu recherchieren. Wie hart das Leben der Dienstboten damals war, wie rechtlos sie waren, wie verloren die Frauen ihren männlichen Arbeitgebern und Vorgesetzten ausgeliefert waren.

Natürlich ist das eine sehr moderne Sicht auf die Welt und eine sehr moderne Frage – die Frage nach sozialer Gerechtigkeit und sozialer Gleichheit. Und doch, im Angesicht dieses so krassen

Unterschieds des Lebens von Menschen, die unter einem Dach lebten, mussten sich doch viele Dienstboten eine ähnliche Frage gestellt haben. Erzogen zu kritischem Hinterfragen waren sie selbstverständlich nicht. Diese Ungleichheit wurde als die natürliche Ordnung dargestellt.

Reichtum wurde als Gottes Gnade und Armut als Gottes Strafe verkauft. Die Mächtigen und die Kirche arbeiteten ja schon immer Hand in Hand. Es wurde also gesagt, die, die reich seien, würden Gottes Wohlwollen erhalten, weil sie ein gottgefälliges Leben lebten. Und die, die arm seien, wurden für ihre Sünden oder die Sünden ihrer Ahnen bestraft. Gelebte Sippenhaft. Das war früher eben herrschender Glaube.

Aber natürlich war es notwendig, dass die Reichen dann tatsächlich auch ein gottgefälliges Leben lebten. Sie sollten mildtätig sein und die Kranken, Armen und Alten unterstützen. Ihre bessere Stellung verdankten sie schließlich einzig und allein einem gottgefälligen Leben. Deshalb mussten sie moralisch und sittlich einwandfrei sein. Denn sonst hätten sie – ihrer eigenen Logik folgend – ja den ganzen Reichtum nicht verdient. Zur gottgefälligen weißen Weste gehörte natürlich auch, dass man sich auf gar keinen Fall scheiden ließ. Das Bündnis war vor Gott geschlossen und durfte von Menschenhand nicht gelöst werden. Sex durfte ausschließlich in der Ehe praktiziert werden. Wobei man bei Männern schon immer zwei Augen zudrückte, wenn dem nicht so war. Was aber gar nicht geduldet wurde, war der damals als »abnorm« geltende Sex. Gelebte Sexualität zwischen Frauen interessierte niemanden, denn den Frauen wurde ja keine eigene Sexualität zugesprochen. Sex unter Männern aber war strafbar. Er wurde bestraft, vor Gericht, und zusätzlich durch gesellschaftliche Ächtung.

Nun gab und gibt es natürlich schon immer Homosexuelle, auch damals. Doch was machten sie? Wollte man der Strafe entgehen, musste man seine Neigung verstecken oder unterdrücken. Das waren die einzigen Möglichkeiten.

War man nun aber reich, berühmt, aus einer Klasse kommend, in der man alle Rechte genoss, über 99 Prozent der Bevölkerung stand, und konnte per se alles machen, was man wollte, dann konnte man diesen Umstand gelegentlich aus den Augen verlieren: dass man seine homosexuellen Neigungen besser versteckte.

So geschehen im Kaiserreich. Und dann hat man das, was man heute rückblickend als den größten Polit-Sex-Skandal des Deutschen Kaiserreiches kennt: die sogenannte Harden-Eulenburg-Affäre oder Harden-Moltke-Affäre oder auch die Affäre um die Liebenberger Tafelrunde. Wie immer man sie auch nennt, der Skandal ging um die ganze Welt, brachte die Deutschen, das heroische deutsche Militär und ganz besonders Kaiser Wilhelm II. arg in Bedrängnis.

Im Mittelpunkt stand die sogenannte Liebenberger Tafelrunde, zugegebenermaßen eine Gruppe überwiegend Homosexueller, mit der der deutsche Kaiser gerne Zeit verbrachte und natürlich auch über politische und gesellschaftliche Dinge debattierte und sich beraten ließ. Hausherr des Liebenberger Schlosses und bester Freund des Kaisers – einer der wenigen, mit denen er sich duzte – war Fürst Philipp zu Eulenburg und Hertefeld.

Und so verbinden sich in meiner neuen Trilogie zwei Themen miteinander: die armen Rechtlosen und die reichen Hingerichteten. Fürst Philipp zu Eulenburg und Hertefeld gab es tatsächlich. Er war eine wichtige politische Figur im historischen Geschehen der wilhelminischen Jahre. Zumindest bis zu dem Skandal. Ebenfalls gab es Generalmajor Kuno von Moltke, Maximilian Harden und etliche andere politische Figuren, die maßgeblichen Einfluss auf die politischen Geschehnisse nahmen. Wann immer eine verbriefte historische Persönlichkeit im Roman auftaucht, habe ich mir die berühmte künstlerische Freiheit herausgenommen, ihnen Dinge in den Mund zu legen oder Handlungen anzudichten. Allerdings orientiere ich mich auch dabei immer an dem, was mir durch historische Überlieferung wahrscheinlich erscheint.

Edmund Jaroljmek, der Privatsekretär des Fürsten, existierte ebenfalls. Und tatsächlich ist er mit der mittleren Tochter des Fürsten durchgebrannt und hat sie geheiratet. Allerdings hatte er schon Monate vorher aufgehört, für den Fürsten zu arbeiten. Verzeihen Sie mir die kleine Beugung der Historie für dramaturgische Zwecke.

Bei den historischen Geschehnissen, den Gerichtsverfahren und dem, was in den Zeitungen stand, habe ich mich weitestgehend an die verbrieften historischen Vorgänge gehalten. Tatsächlich waren die politischen Intrigen im Hintergrund noch sehr viel komplexer, komplizierter und teilweise auch unlogisch, sodass ich einiges weglassen musste, damit ich eine dramatische und dramatisierte Geschichte erzählen konnte.

1945, bei der Ankunft der russischen Armee im Brandenburgischen, ist das gesamte Archiv des Schlosses samt allen Akten, Urkunden, Plänen, Kassenbüchern und Fotos restlos abgebrannt. Leider fehlen deshalb die interessanten historischen Belege, aus denen man so viel hätte herauslesen können. Lieber wäre ich historischen Quellen gefolgt. So musste ich mich bei den Gegebenheiten notwendigerweise an dem orientieren, was mir gemäß den damaligen herrschenden Zuständen als wahrscheinlich erschien.

Auch die Aufteilung und Anordnung der Räumlichkeiten des Schlosses entspricht nicht den historischen Gegebenheiten. Zu viel wurde seitdem umgebaut, und alte Pläne existieren nicht mehr.

Erzählt aber wird diese Geschichte aus der Perspektive fiktiver Personen – der Dienerschaft des Fürsten. Denn ich finde es wichtig, dass auch die große Zeitgeschichte endlich aus der Perspektive derer erzählt wird, die oft am stärksten unter der Klassengesellschaft litten.

Letztendlich war dieses Konstrukt der Gottesgnade zum Scheitern verurteilt. Beschleunigt wurde der Prozess durch das Erstarken der Presse. Nicht zufällig war es ein Journalist, der die Moral der herrschenden Klasse öffentlich infrage stellte, und nicht etwa ein Politiker oder einer der vielen Offiziere des preußischen Heeres.

Unausweichlich, weil die Menschen damals zum allergrößten Teil so dachten, wie sie dachten, gibt es in meinem Text immer wieder unschöne und abfällige Äußerungen über Homosexuelle und stupide Vorurteile über ihren Charakter und ihr Wesen. Das spiegelt nicht meine persönliche Meinung wider. Die Zeiten und das Denken damals waren anders. Ich könnte die Geschichte des großen Polit-Sex-Skandals nicht erzählen, wenn ich nicht beispielhaft klarmachen würde, wie die damalige Gesellschaft tickte. Wenn also von »abnormalem Verhalten«, »Sittenwidrigkeit« und einer »ungesunden vita sexualis« gesprochen wird, dann, weil es die Haltung der damaligen Gesellschaft widerspiegelt.

Für das Kaiserreich hatte es gravierende Konsequenzen, dass der homoerotische Zirkel um Kaiser Wilhelm von den politischen Gegnern entfernt wurde. Es kam in der Nachwirkung zu einer Art »Kollateralschaden«, der die ganze deutsche Geschichte beeinflusste. Aber ich möchte noch nicht zu viel verraten. Einstweilen wünsche ich Ihnen bestes Lesevergnügen, Spannung und gute Unterhaltung mit dem vorliegenden Band.

Mein großer Dank geht an all die, die mir den Rücken stärken und mir dabei helfen, aus guten Geschichten noch bessere zu machen: meine Lektorin Christine Steffen-Reimann vom Droemer Knaur Verlag, meine Außenlektorin Dr. Clarissa Czöppan, meine Agentinnen Regina Seitz und Leonie Schöbel, meine treue Testleserin Esther Rae und mein Mann Dr. Peter Dahmen, der ebenfalls ein hilfreicher Kritiker ist. Und besten Dank auch an Rainer Ackermann, meinen persönlichen Kaiserzeitspezialisten, der auf alle meine Fragen Antworten findet.

Ich hoffe, dass ich Ihnen, meine lieben Leserinnen und Leser, viele spannungsgeladene und unterhaltsame Stunden mit meiner Geschichte schenken darf.

Ihre
Hanna Caspian

Zwischen Tradition und wahrer Liebe – die Geschichte einer Grafenfamilie

HANNA CASPIAN

GUT GREIFENAU

Abendglanz
Nachtfeuer
Morgenröte
Goldsturm
Silberstreif
Sternenwende

Die große Familiensaga vor dem Hintergrund der untergehenden Monarchie
Perfekt recherchiert – hochemotional erzählt

KNAUR

Zwischen Tradition und wahrer Liebe –
Band 1 der Geschichte einer Grafenfamilie

HANNA
CASPIAN

GUT GREIFENAU
Abendglanz

Roman

Mai 1913: Konstantin, ältester Grafensohn und Erbe von Gut Greifenau, wagt das Unerhörte: Er verliebt sich in eine Bürgerliche, schlimmer noch – in die Dorflehrerin Rebecca Kurscheidt, eine überzeugte Sozialdemokratin. Für Katharina dagegen, die jüngste Tochter, plant die Grafenmutter eine Traumhochzeit mit einem Neffen des deutschen Kaisers – obwohl bald klar ist, welch ein Scheusal sich hinter der aristokratischen Fassade verbirgt. Aber auch ihr Herz ist anderweitig vergeben. Beide Grafenkinder spielen ein Versteckspiel mit ihren Eltern und der Gesellschaft. So gut sie ihre heimlichen Liebschaften auch verbergen, steuern doch beide unweigerlich auf eine Katastrophe zu …

KNAUR

Zwischen Tradition und wahrer Liebe –
Band 4 der Geschichte einer Grafenfamilie

HANNA
CASPIAN

GUT GREIFENAU
Goldsturm

Roman

Deutschland 1919: Konstantin und Rebecca kämpfen auf Greifenau mit den Folgen, die Misswirtschaft und Krieg auf ihrem pommerschen Gut hinterlassen haben. Doch schwerer als die aufkommende Hyperinflation treffen sie die persönlichen Schicksalsschläge. Noch ist nichts entschieden, wenn es um Greifenau geht – nicht, solange Konstantin keinen Erben hat.
Die ehemalige Komtess Katharina dagegen, Konstantins Schwester, kann sich alles leisten, was sie will. Nur eines bleibt ihr versagt: der große Traum vom Medizinstudium.
Und auch eine Etage tiefer warten noch einige Dienstboten auf ihr persönliches Glück …

KNAUR